中國古典文學基本叢書

柳宗元集校注

第五册

〔唐〕柳宗元 撰
尹占華
韓文奇 校注

中華書局

雁聯軒〔二一〕，翻雲波泱漭〔二二〕。殊風紛已萃，鄉路悠且廣。羈木畏漂浮〔二三〕，離旌倦搖蕩。昔人歎違志⑧〔二四〕，出處今已兩。何用期所歸，浮圖有遺像。幽蹊不盈尺，虛室有函丈〔二五〕。微言信可傳，申旦稽吾顙〔二六〕。

【校記】

① 室，詁訓本、蔣之翹輯注本、《全唐詩》作「舍」。佛舍稱精舍，當作「舍」。

② 幽，詁訓本作「憂」。

③ 葛，詁訓本作「蔦」，原注及五百家注本、世綵堂本皆注曰：「葛，一作蔦。」

④ 營，詁訓本作「榮」。

⑤ 閲，詁訓本及《全唐詩》作「闋」，疑作「闋」是，言清響不傳於外也。

⑥ 原注與五百家注本、世綵堂本注：「鑑，一作鏗。」《論語・先進》：「（點）鼓瑟希，鏗爾，捨瑟而作，對曰：『異乎三子者之撰。』……曰：『暮春者，春服既成，冠者五六人，童子六七人，浴乎沂，風乎舞雩，詠而歸。』夫子喟然歎曰：『吾與點也。』」疑用此典，則作「鏗爾」是。

⑦ 蹤，原作「縱」，據注釋音辯本、世綵堂本等改。

⑧ 違，詁訓本作「遺」。

【解　題】

［注釋音辯］永州。［韓醇詁訓］集有《永州法華寺新作西亭記》，云寺居永州，地最高。次後篇，在元和四年夏作。按：韓説未知所據。柳宗元元和元年搆法華寺西亭，其《搆法華寺西亭》、《法華寺西亭夜飲》、《遊朝陽巖遂登西亭》諸詩皆提到西亭，而此詩未言及，似爲搆西亭前作。姑定元和元年春夏之交作。《明一統志》卷六五永州府：「華嚴巖，在府城南三里，唐爲石門精室，據法華寺南隅崖下。柳宗元有詩。」雍正《湖廣通志》卷一一永州府零陵縣：「高山在城内，一名東山。上有法華寺。」

【注　釋】

〔一〕柳宗元《法華寺新作西亭記》：「法華寺居永州，地最高。有僧曰覽照。」名緇，名僧。疑即指覽照。

〔二〕［百家注引童宗説曰］愛弟，公之弟也。按：王昶《金石萃編》卷一〇五《柳宗直等華嚴巖題名》，有永州刺史馮叙、永州員外司馬柳宗元、進士柳宗直等，元和元年三月八日直題。則愛弟謂宗直。

〔三〕［注釋音辯］童（宗説）云：窅，胡了切，深遠也。窱，土了切，深也。《説文》：「窅窱，深也。」《詩》作「窈窕」。潘（緯）云：窅，古弔切。窱，他弔切。［韓醇詁訓］窅，伊鳥切。窱，吐了切。

深遠也。［百家注引童宗説曰］窅窱，深邃貌。

〔四〕［注釋音辯］棧，助諫切。按：僉緣，緣附貌。《文選》左思《吴都賦》：「僉緣山嶽之岊，冪歷江海之流。」李善注：「僉緣，布藤上貌。」

〔五〕［韓醇詁訓］《詩》：「蔦與女蘿，施于松柏。」蔦音鳥。一本作葛。甍，謨耕切，屋棟也。［百家注引孫汝聽曰］蘿，女蘿，今兔絲是也。按：見《詩經·小雅·頍弁》。

〔六〕［百家注引童宗説曰］莓苔，草名。按：標牓，題額。

〔七〕壍，同塹。《説文》：「塹，坑也。」

〔八〕［注釋音辯］嶮，爲檢切，高峻貌。滉，胡廣切。瀁，餘兩切。［百家注引張敦頤曰］嶮，高峻貌。滉瀁，水貌。嶮，爲檢切。滉，胡廣切。瀁，餘兩切。又古文「漾」字。

〔九〕祝穆《方輿勝覽》卷二五永州：「華嚴巖在城南，唐爲石門精舍，據法華寺南隅崖下。柳宗元詩：『稍疑地脈斷，倏若天梯往。』」引此句「悠」作「倏」，疑是。

〔一〇〕［注釋音辯］瞬音舜。《維摩經》：「世尊世界名大莊嚴劫曰莊嚴，佛壽二十小劫。」［韓醇詁訓］《維摩經》：「或有衆生樂久住世而可度者，菩薩即演七日爲一劫。」又云：「世尊世界名大莊嚴劫曰莊嚴，佛壽二十小劫。」按：《法苑珠林》卷三《時節》：「從十歲增至八萬，復從八萬還至十歲，經二十返，一小劫。……以年算之，則經八千萬萬億百千八百萬歲也，止爲一小劫矣。」此極言時光之迅。

〔一一〕［注釋音辯］《維摩經》：「菩薩斷取三千大千世界，如陶家輪著在掌中，擲過恒河沙世界之外。」按：韓醇詁訓本同，「在」作「右」。大千世界，佛家世間萬物之總稱。

〔一二〕體空，體會「空」的道理。佛家謂超乎現實之境界爲空。觀有，觀現實。佛家謂現實世界的一切皆爲有相。《金剛經》：「佛告須菩提，凡所有相，皆是虚妄。」

〔一三〕［注釋音辯］童（宗説）云：（蠛蠓）上音蔑，下母揔切，小蟲。［韓醇詁訓］蠛音蔑，蠓音蒙，小蟲也。按：《爾雅·釋蟲》：「蠓，蠛蠓。」郭璞注：「小蟲，似蚋，喜亂飛。」

〔一四〕［注釋音辯］跼，渠玉切。蹐，子昔切。［韓醇詁訓］音罔兩。按：《詩經·小雅·正月》：「謂天蓋高，不敢不跼。謂地蓋厚，不敢不蹐。」跼，曲身。蹐，小步行。魍魎，山川精怪名。此言行動小心害怕驚動精怪也。

〔一五〕［百家注引孫汝聽曰］《孟子》：「枉尺直尋者，以利言也。」按：《孟子·滕文公下》：「《志》曰枉尺而直尋，宜若可爲。」此言正道直行不願屈曲也。

〔一六〕《孟子·公孫丑上》：「吾善養吾浩然之氣。」

〔一七〕［注釋音辯］《莊子》：「名者實之賓也。」按：見《莊子·逍遥遊》。

〔一八〕《後漢書·張衡傳》張衡《思玄賦》：「僕夫嚴其正策兮，八乘攄而超驤。」攄爲騰躍意。

〔一九〕［注釋音辯］韁音薑，馬韁。［百家注引孫汝聽曰］班固《自叙》曰：「貫仁義之羈絆，繫名聲之韁鎖。」韁，馬羈也，音薑。

〔二〇〕［注釋音辯］坱，烏朗切，塵也。［韓醇詁訓］倚朗切，塵也。

〔二一〕軒，飛貌。

〔二二〕［注釋音辯］泱，於黨切。漭，莫朗切，大水貌。［韓醇詁訓］泱，倚郎切，水大貌。

〔二三〕羈木，將木頭捆住。

〔二四〕謝靈運《過始寧墅》：「束髮懷耿介，逐物遂推遷。違志似如昨，二紀及兹年。」然頗疑「違」爲「遠」之誤。《世説新語·排調》：「謝公始有東山之志，後嚴命屢臻，勢不獲已，始就桓公司馬。於時人有餉桓公藥草，中有遠志，公取以問謝：『此藥又名小草，何一物而有二稱？』謝未即答，時郝隆在坐，應聲答曰：『此甚易解，處則爲遠志，出則爲小草。』謝甚有愧色。」劉孝標注：「遠志一名棘宛，其葉名小草。」

〔二五〕［韓醇詁訓］《禮記》「席間函丈」，注：「函，容也。講問宜相對，容丈足以指畫也。」［百家注引孫汝聽曰］《禮記》：「席間函丈。」函，猶容也。按：見《禮記·曲禮上》。言有方丈之室。

〔二六〕［百家注引孫汝聽曰］申旦，謂旦暮也。按：《禮記·檀弓上》：「拜而後稽顙。」顙，額也。

【集評】

孫月峰（鑛）評點《柳柳州全集》卷四三：「披拂」句下：名緇、愛弟，入得欠渾然。總評：游覽諸篇，俱力追謝康樂，比謝更較精細，有風骨，奈以此卻微近今。然此一關大難論，若但如謝，恐終覺板拙。

陸夢龍《柳子厚集選》卷四：有奇韻。

蔣之翹輯注《柳河東集》卷四三：閑遠，漸近點綴，故自清麗。子厚於五言古尤所擅場。

汪森《韓柳詩選》：「觀有」句下：此上叙境。下乃因所感觸之情言之。「眷戀」句下：此處仍收到眺望之景，開合盡致。「浮圖」句下：此柳之識見不如韓處。總評：柳詩五言古極佳，其長篇尤見筆力，須看其字字精鍊。

近藤元粹《柳柳州集》卷三：一路百折，叙來極平極曲，愈淺愈深，使人有置身於其境之想。又評「映日」二句：妙句渾成。

遊朝陽巖遂登西亭二十韻①

謫棄殊隱淪〔一〕，登陟非遠郊。所懷緩伊鬱〔二〕，詎欲肩夷巢②〔三〕。高巖瞰清江，幽窟潛神蛟。開曠延陽景，迴薄攢林梢〔四〕。西亭構其巔〔五〕，反宇臨呀庨③〔六〕。背瞻星長興，下見雲雨交。惜非吾鄉土，得以蔭菁茆〔七〕。羈貫去江介〔八〕，世仕尚函崤④〔九〕。故墅即灃川⑤〔一〇〕，數畝均肥磽⑥〔一一〕。臺館集荒丘⑦，池塘疏沉坳〔一二〕。會有圭組戀，遂貽山林嘲〔一三〕。薄軀信無庸〔一四〕，瑣屑劇斗筲〔一五〕。囚居固其宜，厚羞久已包。庭除植蓬艾，隟牖懸蠨蛸〔一六〕。所賴山水客⑧，扁舟枉長梢〔一七〕。挹流敵清觴〔一八〕，掇野代嘉肴。適道有高言，取樂非絃匏〔一九〕。逍遥屏幽昧，澹薄辭喧呶〔二〇〕。晨雞不余欺，風雨聞嘐嘐〔二一〕。再期永日閑，提挈移中庖。

【校　記】

①登，詁訓本作「宿」。

②肩，世綵堂本作「堅」。

③呀庨，原注與注釋音辯本、五百家注本、世綵堂本皆注曰：「它本或作呀哮。」

④仕，詁訓本作「士」。

⑤澧，原作「灃」，據諸本改。注釋音辯本注曰：「一本作『灃』字者非。」

⑥磽，注釋音辯本作「墝」，注云：「墝，丘交切，亦作磽。」

⑦集，注釋音辯本、《全唐詩》作「葺」。注釋音辯本曰：「七入切。」

⑧水，《全唐詩》作「川」。

【解　題】

〔注釋音辯〕即法華寺西亭。〔韓醇詁訓〕據集《袁家渴記》：「由朝陽巖東南水行至蕪江，可取者三，莫若袁家渴。」朝陽巖蓋在永州也。西亭，即法華西亭。據《亭記》云「新作西亭」，當元和四年。又《始得西山宴游記》云「元和四年九月二十八日登法華西亭」，詩是時作。［百家注引孫汝聽曰］永泰元年，元結自道州以事至永州，愛其郭中有水石之異，泊舟尋之，得巖與洞。以其東向，遂以朝陽命名焉。**按**：韓説可從。《詩話總龜》前集卷一六引《零陵總記》：「朝陽巖在永州城西南一里餘，元結所名也。以其東向，日先照，故名。」祝穆《方輿勝覽》卷二五永州：「朝陽巖在零陵南二里，下臨瀟湘。舊經：道州刺史元結曾維舟山下，以地高而東向，遂名朝陽。有記猶存。」雍正《湖廣通志》卷一一永州府零陵縣：「朝陽巖在城西瀟水之滸，巖有洞名流香洞。唐元結以巖東向，遂名朝陽，且爲之銘。」

【注　釋】

〔一〕［韓醇詁訓］桓譚《新論》曰：「天下神人五，一曰神仙，二曰隱淪。」

〔二〕《文選》班彪《北征賦》：「諒時運之所爲兮，永伊鬱其誰愬。」張銑注：「伊鬱，憂怨也。」

〔三〕［注釋音辯］伯夷、巢父。［韓醇詁訓］伯夷、巢父，皆遯世者。**按**：《孟子·萬章下》：「（伯夷）當紂之時，居北海之濱，以待天下之清也。」嵇康《高士傳》卷上：「巢父者，堯時隱人也。山居不營世利，年老，以樹爲巢而寢其上，故時人號曰巢父。」

〔四〕［注釋音辯］攢，徂丸切。**按**：迴薄，動蕩。《文選》賈誼《鵩鳥賦》：「萬物迴薄兮，振蕩相轉。」

李善注：「《鶡冠子》曰：水激則悍，矢激則遠，精神迴薄，振蕩相轉。」

〔五〕［百家注］［世綵堂注］巔音顛。

〔六〕［注釋音辯］童（宗説）云：（呀庨）上虚牙切，下許交切。［韓醇詁訓］呀，虚加切，張口貌。庨，虚交切，宫室高貌。**按**：班固《西京賦》「上反宇以蓋載」，謂屋瓦。《文選》馬融《長笛賦》「庨窌巧老，港洞坑穀」，李善注：「庨窌巧老，深空之貌。」庨當釋爲虚空。

〔七〕［百家注引孫汝聽曰］《書》：「苞匭菁茆。」蔭菁茆，謂爲此西亭也。**按**：李治《敬齋古今黈》逸文二：「柳子厚《遊朝陽巖》詩：『惜非吾鄉土，得以蔭菁茆。』又《禪室》云：『法地結菁茆，團團抱虚白。』構屋用茆，自是常事，必言菁茆者，當是彼土所出，别有名爲菁茆者也。按《尚書·禹貢》荆州云『包匭菁茆』，孔安國云：『匭，匣也。菁以爲菹，茅以縮酒。』疏云：《周禮·醢人》有『菁菹鹿臡』，故知菁以爲菹。鄭云：『菁，蔓菁也。』蔓菁處處皆有，而令此州貢者，蓋以其味善也。」

〔八〕［注釋音辯］《穀梁》昭公十九年：「羈貫成童。」注：「羈貫，謂交午翦髮以爲飾。」貫與丱同。又《西都賦》「與江介之湫湄」。江介，江之左也。［韓醇詁訓］貫與丱同。《穀梁子》云：「羈貫成童，不就師，父母之罪也。」《西都賦》「與江介之湫湄」，江介，江之左也。**按**：何焯《義門讀書記》卷三七：「羈貫去江介，天寶之亂，柳氏舉族如吴，柳子之父爲宣城令者四年。」

〔九〕［注釋音辯］崤音殽。［韓醇詁訓］《西都賦》：「左據函穀，二崤之阻。」函谷，谷名。崤，山名。

〔百家注引孫汝聽曰〕函，函谷關。崤，山名也。今俗呼爲土殽，石殽，在虢州界。

〔一〇〕〔注釋音辯〕童（宗説）云：墅，承與切，田廬。〔百家注引孫汝聽曰〕灃，長安水名。《詩》所謂「灃水東注」者也。按：宋敏求《長安志》卷一二：「豐水出（長安）縣西南五十五里終南山豐谷。」自注：「一作酆，又作灃。」

〔一一〕《孟子·告子上》：「雖有不同，則地有肥磽。」磽謂瘠薄之地。

〔一二〕〔百家注引童宗説曰〕坳，地不平也，於交切。

〔一三〕〔百家注引孫汝聽曰〕（孔稚珪）《北山移文》：「南岳獻嘲。」

〔一四〕〔百家注引童宗説曰〕庸，用也。

〔一五〕〔注釋音辯〕筲，所交切。〔百家注引童宗説曰〕《論語》：「斗筲之徒，何足算也。」按：見《論語·子路》，喻淺薄之人。

〔一六〕〔注釋音辯〕隟音隙。〔韓醇詁訓〕（蠨蛸）上音蕭，下音梢。《東山》詩注云：「蠨蛸，長踦也。」疏云：「河内人謂之喜母，俗云喜子是也。」按：見《詩經·豳風·東山》。

〔一七〕〔百家注引童宗説曰〕梢，船尾也。按：蔣之翹輯注本《柳河東集》卷四三：「此詩前有『迴薄攢林梢』，又有『扁舟枉長梢』，梢字凡二叶。然韓柳不避重韻，無多疑也。」近藤元粹《柳柳州詩集》卷三：「按是蓋偶然之失耳，不可以爲後人模範也。」

〔一八〕〔百家注引童宗説曰〕挹，酌也。

〔一九〕 絃匏，指音樂，琴瑟爲絃，笙竽爲匏。

〔二〇〕 ［韓醇詁訓］（呶）女交切。按：喧呶，指嘈雜的聲音。

〔二一〕 ［注釋音辯］潘（緯）云：嘐音交。［韓醇詁訓］音膠。《詩》：「雞鳴嘐嘐。」［百家注引孫汝聽曰］《詩》：「風雨瀟瀟，雞鳴嘐嘐。」二字並音膠。按：見《詩經·鄭風·風雨》。

【集評】

孫月峰（鑛）評點《柳柳州全集》卷四三：「得以」句下：轉入思鄉意，稍覺有痕。

陸夢龍《柳子厚集選》卷四：悠然。

蔣之翹輯注《柳河東集》卷四三：「取樂」句下：數語悠然，當有會心。

汪森《韓柳詩選》：「池塘」句下：此言故里之荒蕪，下乃言目前之取適，仍結還題面也。於此可見開合照應之密。總評：先巖後亭，敘次如話。點出「憶非吾鄉土」一句，便爲一詩興感之由。

近藤元粹《柳柳州集》卷三：每每取平生行事入詩文中，是其自知過處，可憫也。

湘口館瀟湘二水所會

九疑濬傾奔〔一〕，臨源委縈迴〔二〕。會合屬空曠〔三〕，泓澄停風雷〔四〕。高館軒霞表，危樓臨山隈①。兹辰始澂霽〔五〕，纖雲盡褰開。天秋日正中，水碧無塵埃。杳杳漁父吟〔六〕，叫叫羈鴻哀。境勝豈不豫，慮分固難裁。升高欲自舒，彌使遠念來。歸流駛且廣〔七〕，汎舟絶沿洄〔八〕。

【校　記】

①臨，注釋音辯本作「淩」。

【解　題】

［注釋音辯］永州。［韓醇詁訓］《九域志》：「瀟水在零陵，湘水在祁陽，皆永州縣。」此館當在永州也。次前後篇，元和四年秋作。按：姑從韓氏繫年。顧祖禹《讀史方輿紀要》卷八一永州府：「湘江，府北十里。自廣西興安縣流入府界，東北流至湘口，瀟水會焉。」又：「湘口關，府北十里，瀟、湘二水合流處也。今爲湘口驛。」雍正《湖廣通志》卷一四永州府：「湘口渡在城北湘口驛前一里。」

【注　釋】

〔一〕［百家注引孫汝聽曰］九疑，山名，在永州界。按：瀟水源出九疑山。

〔二〕［百家注引孫汝聽曰］臨源，嶺名。九疑、臨源，瀟、湘所出。按：樂史《太平寰宇記》卷一六二桂州：「湘水今名小湘江，源出臨源縣陽海山。灕水、湘水同源，分爲二水。」

〔三〕［百家注引孫汝聽曰］會合，謂合流於湘口館也。

〔四〕停風雷，留風雷也。停爲留滯意。

〔五〕［注釋音辯］童（宗説）云：澂，直凌切，與「澄」同。

〔六〕杳杳，象聲。

〔七〕［韓醇詁訓］駛音史，水疾也。

〔八〕順流而下曰沿，逆流而上曰洄。

【集評】

陸時雍《唐詩鏡》卷三七：清澄無滓。

邢昉《唐風定》卷五：悲悽宛曲，音旨哀絶，而無忿懟叫噪之氣，所以得風人之正也。

賀裳《載酒園詩話又編·柳宗元》：余以韋、柳相同者神骨之清，相異者不獨峭淡之分，先自憂樂之别。（黄白山評：東坡「發穠纖於簡古，寄至味於澹泊」，上句指韋，下句指柳，本有分别。後人動以二子並稱，而不别其風格之抑，總是隔壁聽耳。）如《贈吴武陵》曰：「希聲閟大樸，聾俗何由聽？」《種朮》曰：「單豹且理内，高門復何如？」韋安有此憤激？《遊南亭夜還敘志》曰：「知罃懷褚中，范叔戀綈袍。」《湘口館》曰：「升高欲自舒，彌使遠念來。」韋又安有此愁思？

汪森《韓柳詩選》：柳州于山水文字最有會心，幽細澹遠，實兼陶謝之勝。

陳衍《石遺室詩話》卷六引曾剛甫（習經）《壬子八九月間所讀書題詞十五首·謝康樂集》詩注：柳州五言，刻意陶謝，兼學康樂製題，如《湘口館瀟湘二水所會》、《登蒲州石磯望江口潭島深迴斜對香零山》等題，皆極用意。惜此旨自柳州至今，無聞焉爾。

近藤元粹《柳柳州集》卷三：開曠之景，敘來如見，宛然一幅活畫。又評「升高欲自舒」：又入感慨。

登蒲洲石磯望横江口潭島深迴斜對香零山

隱憂倦永夜，凌霧臨江津。猿鳴稍已疏，登石娱清淪〔一〕。日出洲渚静①，澄明晶無垠②〔二〕。浮暉翻高禽，沉景照文鱗。雙江匯西奔〔三〕，詭怪潛坤珍〔四〕。孤山乃北峙③〔五〕，森爽棲靈神。洄潭或動容，島嶼疑摇振〔六〕。陶埴兹擇土〔七〕，蒲魚相與鄰④〔八〕。信美非所安〔九〕，羈心屢逡巡。紆結良可解〔一〇〕，紆鬱亦已伸⑤〔一一〕。高歌返故室，自謅非所欣〔一二〕。

【校　記】

① 静，注釋音辯本、游居敬本作「浄」。

②晶，蔣之翹本及《全唐詩》作「皛」。蔣注曰：「皛音了，諸本作晶，非是。」按：皛爲皎潔貌，似更切。

③峙，原作「畤」，五百家注本、世綵堂本同，此據注釋音辯本、詁訓本、《全唐詩》改。注釋音辯本注：「峙，一本作畤，一本作崎。潘（緯）云：崎，丘奇切，山險也。」原注引孫汝聽注曰：「畤，當作『峙』字。」

④何批王荆石本云：「魚，舊作漁。」

⑤原注與五百家注本、世綵堂本注：「已，一作以。」詁訓本即作「以」。

【解　題】

〔韓醇詁訓〕香零山在永州，與前詩同時作。按：雍正《湖廣通志》卷一一永州府零陵縣：「蒲洲在縣東十里，柳宗元嘗登蒲洲石磯，有詩。」又：「香零山在城東五里。《明一統志》：唐柳宗元嘗登蒲洲石磯以望之。《名勝志》：地産香草，唐世上供，郡人苦之，刺史韋宙奏罷。」又名香陵山。祝穆《方輿勝覽》卷二五永州：「香陵山，在零陵縣東數里。」

【注　釋】

〔一〕《詩經·魏風·伐檀》「河水清且淪猗」，淪，水面微波。

〔二〕［百家注引童宗説曰］晶，精光也，子丁切。

〔三〕［注釋音辯］匯，胡罪切。

〔四〕《後漢書·班彪傳》附班固：「於是聖皇乃握乾符，闡坤珍。」李賢等注：「乾符、坤珍，謂天地符瑞也。」

〔五〕［蔣之翹輯注］孤山謂香零山。

〔六〕［注釋音辯］振，之人切，動也。

〔七〕［注釋音辯］埴，承職切，黏土也，可作瓦器。

〔八〕［蔣之翹輯注］《周禮》「其利蒲魚」，此謂蒲塘中捕魚。

〔九〕［百家注引王儔補注］王粲《登樓賦》：「信美而非吾土兮，曾何足以少留。」

〔一〇〕［注釋音辯］糺，即糾字。

〔一一〕［注釋音辯］紆，邕俱切，屈也。

〔一二〕［注釋音辯］誷音罔。［蔣之翹輯注］《説文》：「誷，誣也。」誷然，失志貌。

【集評】

蘇軾《題柳子厚詩二首》一：柳子厚詩云「鶴鳴楚山静」，又云「隱憂倦永夜」。東坡曰：子厚此詩，遠出靈運上。（《蘇軾文集》卷六七《題跋》）

孫月峰（鑛）評點《柳柳州全集》卷四三：此殆所謂雙聲疊韻體者。

陸夢龍《柳子厚集選》卷四：便入謝室。

蔣之翹輯注《柳河東集》卷四三：不特閒静，氣概又闊，可諷。

陸時雍《唐詩鏡》卷三七：一起數語，峻絶孤聳。

汪森《韓柳詩選》：一題便抵一篇游記，妙在言簡而曲折無窮。詩便是逐筆皴染而出。

近藤元粹《柳柳州集》卷三評「浮暉」二句：警聯妙絶。「浮暉」句五平，唐人古詩不拘聲律如此。又評「糾結良可解」：感慨可想。

南澗中題

秋氣集南磵〔一〕，獨遊亭午時〔二〕。迴風一蕭瑟①〔三〕，林影久參差。始至若有得，稍深遂忘疲。羈禽響幽谷，寒藻舞淪漪〔四〕。去國魂已遊②，懷人淚空垂。孤生易爲感〔五〕，失路少所宜〔六〕。索寞竟何事〔七〕，徘徊祇自知。誰爲後來者，當與此心期。

【校　記】

① 瑟，詁訓本作「索」。

②遊，蔣之翹輯注本、《全唐詩》作「遠」。陳景雲《柳集點勘》卷四：「『遊』一作『遠』，恐皆誤。似當作『逝』。《楚詞》『魂一夕而九逝』。又《懲咎賦》及《哭凌準》詩中皆用『魂逝』語」。當是。

【解　題】

〔注釋音辯〕永州。〔韓醇詁訓〕公永州諸記：自朝陽巖東南水行至袁家渴，自渴西南行不能百步得石渠，石渠既窮爲石澗。石澗在南，即此詩所題者也。公嘗爲《石澗記》，在元和七年春。此詩蓋其年秋作。按：韓説可從。《石澗記》記遊，而此詩多抒失路之悲。

【注　釋】

〔一〕〔注釋音辯〕（磵）古澗字。

〔二〕〔蔣之翹輯注〕孫綽《游天台山賦》：「羲和亭午，游氣高褰。」注：「午，日中。亭，至也。」《纂要》：「日在午曰亭午。」按：見《初學記》卷一引梁元帝《纂要》。

〔三〕《唐音》卷二張震注：「回風，《楚辭》：『悲回風之摇蕙兮，心冤結而内傷。』朱子注：『回風，旋轉之風也。』」

〔四〕〔注釋音辯〕童（宗説）云：漪，於宜切，水文也。《説文》：「小波爲淪。」引《詩》「河水清且淪漪。」今《詩》作「猗」。〔百家注引孫汝聽曰〕《詩》：「河水清且淪漪。」注云：「小風水成文，轉如輪，其狀漪然也。」按：所引見《詩經·魏風·伐檀》。

〔五〕《文選·古詩十九首》八：「冉冉孤生竹，結根泰山阿。」孤生謂孤立無援。

〔六〕《唐音》卷二張震注：「去國，謂謫去也。失路，喻罷官也。」

〔七〕《樂府詩集》鮑照《行路難十八首》九：「今日見我顔色衰，意中索寞與先異。」索寞，沮喪，無生氣貌。

【集評】

蘇軾《書柳子厚南澗詩》：柳子厚南遷後詩，清勁紆餘，大率類此。紹聖三年三月六日。（《蘇軾文集》卷六七《題跋》）

《苕溪漁隱叢話》前集卷一九引蘇軾云：《南澗中》詩……柳儀曹詩憂中有樂，樂中有憂，蓋妙絶古今矣。然老杜云：「王侯與螻蟻，同盡隨丘墟。」儀曹何憂之深也。（按：韓醇詁訓本引上述兩則評語作「近世蘇舜欽子美嘗題此詩後云」，百家注本引王儔補注已改作「東坡」。）

《竹莊詩話》卷八引曾氏《筆墨閒録》：《南澗》詩平淡有天工，在《與崔策登西山》詩上，語奇故也。

陳鵠《耆舊續聞》卷一〇：詩之用事，當以故爲新，以俗爲雅，好奇務新，乃詩之病。子厚南遷後詩：「秋氣集南澗，獨遊亭午時。」清深紆餘，大率類此。故謂子厚詩在淵名下、蘇州上。山谷書柳子厚詩數篇與王觀復，欲知子厚如此學淵明，乃能近之耳。如白樂天自云效淵明數十篇，終不近也。

吴師道《吴禮部詩話》：柳柳州云：「微風一披拂，林影久參差。」陳簡齋云：「微波喜摇人，小立待其定。」語有所自而意不同。

吴可《藏海詩話》：前人詩如「竹影金瑣碎，竹日静暉暉。」又「野林細錯黄金日，溪岸寬圍碧玉天。」此荆公詩也。錯，謂交錯之錯。又「山月入松金破碎」，亦荆公詩。此句造作，所以不入七言體格。如柳子厚「清風一披拂，林影久參差」，能形容出體態，而又省力。

葉寘《愛日齋叢鈔》卷三：東方朔云：「往者不可及兮，來者不可待。」嚴忌云：「往者不可攀援兮，來者不可與期。」王文公《歷山賦》云：「曷而亡乎我之思，今孰見兮我之悲，嗚呼已矣來者爲誰。」不若柳子厚詩「誰爲後來者，當與此心期」，猶有以啟來世無窮之思，否則夫子何以謂焉知來者之不如今也。

《唐詩品彙》卷一五：「秋氣」二句：劉（辰翁）云：子厚每詩起語如法，更清峭奇整。「始至」二句：劉（辰翁）云：精神在此十字，遂覺一篇蒼然。末句：劉（辰翁）云：結得平淡，味不可言。

陸時雍《唐詩鏡》卷三七：言言深訴，卻有不能訴之情。寥落、徘徊，末二語大堪喟息。

《唐詩歸》卷二九：鍾（惺）云：非不似陶，只覺音調外不見一段寬然有餘處。

唐汝詢《唐詩解》卷一〇：此因遊南磵而寫遷謫意。言此地風景冷落，而我愛之，故始至恍若有所得，久則忘疲矣。但悲懷觸物而生，即羈禽寒藻之景，動我去國懷人之思，正以孤客易傷失路，鮮所宜耳。今斯情正難語人，詩雖留題，誰謂後來者知我心乎？蓋柳州以叔文之黨而被黜，悔恨之意，每見於篇。

《王荆石先生批評柳文》卷一一：通篇自然，雅近漢魏。

《删補唐詩選脈箋釋會通評林》卷一二：周珽訓：按柳儀曹坐王叔文黨被黜，悔恨之意，每見於篇章。此因遊南磵而寫遷謫之懷也。首言風景冷落，次言遊興幽適，三言終感起悲，末言心莫我知。總見逐臣失君懷念，凡過筆觸物，皆成愁思也。劉辰翁曰：子厚每詩起語有法，此更清峭奇整。精神猶在「始至若有得，稍深遂忘疲」十字，遂覺一篇蒼然。劉坦之曰：《初秋》篇發語頗新巧，猶未失爲沈、謝。此「獨遊亭午時」，自是唐韻。蔣一葵曰：結得平淡，味不可言。周敬曰：古雅，絶無霸氣。結末有章法，亦在魏晉之間。陳繼儒曰：讀柳州《南澗》、《田家》諸詩，覺雅裁真識，菲菲來會，令人目不給賞，意無留趣。

邢昉《唐風定》卷五：刻骨透髓，真如見其衷曲。

孫月峰（鑛）評點《柳柳州全集》卷四三：此是入選最有名詩，興趣音節俱佳。蓋以鍊意妙，若字句則鍊如無痕，遂近自然，調不陶卻得陶之神。

陸夢龍《柳子厚集選》卷四：天成。

蔣之翹輯注《柳河東集》卷四三：柳州《南磵》詩意致已似恬雅，而中實孤憤沉鬱。此是境與神會，非一時湊泊可成。先正李于鱗嘗選柳古詩，特取此作，大是具眼。「始至」二句：二語已入妙理，然讀之了與人意不異，不知復當如何下注腳也。末句：王世貞曰：使人自遠。

何焯《義門讀書記》卷三七：「秋氣集南澗」：萬感俱集，忽不自禁。發端有力。「羈禽響幽谷」

一聯：似緣上「風」字。直書即目，其實乃興中之比也。羈禽哀鳴者，友聲不可求，而斷遷喬之望也。起下「懷人」句。寒藻獨舞者，潛魚不能依，而乖得性之樂也。起下「去國」句。

徐增《而庵説唐詩》卷二：此子厚以叔文黨貶永州時也，南澗在其處。時方深秋，南澗落莫，若秋氣於此獨聚，故云集。又是一人取遊，到南澗已亭午矣。忽風迴轉來，覺身上一寒。風去林影揺動，良久猶參差不歇也。其始至時若有所得。稍至深處，遂忘罷倦。聽失侣之禽鳴於幽谷，又見澗中之藻舞於淪漪，淪漪是水面之波紋，所聞所見，惟此而已。於是遷謫之況頓起於懷。去國日久，而魂已遠，懷人不見，下淚皆空，蓋人孤則易爲感傷，失路則百無一宜。始慕南澗而來，今若不耐煩南澗矣。我在索莫之中，竟成何事，於此徘徊，亦但自知。誰爲後來遷謫同於我者，當與此心期而已。柳州潦倒乃至於此，何其不自廣也。

賀裳《載酒園詩話又編・柳宗元》：《南澗》詩從樂而説至憂，《覺衰》詩從憂而説至樂，其胸中鬱結則一也。柳子之答賀者曰：「庸詎知吾之浩浩，非戚戚之尤者乎？」讀此文可解此詩。每見評者曰近陶，或曰達，余以《山樞》之答《蟋蟀》，猶謂其憂深音蹙，然即陶詩「今我不爲樂，知有來歲不」意也。此更云死不足畏而且樂，其衷懷何如？如此説詩，正未夢見。

沈德潛《唐詩别裁集》卷四：「稍深」句下：爲學仕宦，亦如是觀。總評：語語是獨遊。東坡謂柳儀曹《南澗》詩憂中有樂，妙絶古今，得其旨矣。

吴昌祺《删訂唐詩解》卷五：以陶之風韻，兼謝之蒼深，五言若此已足，不必言漢人也。末句：

當云後來無人，我心自期之耳。

汪森《韓柳詩選》：起結極有遠神，正以平淡中有紆徐之致耳。

洪亮吉《北江詩話》卷二：静者心多妙，體物之工，亦惟静者能之。如柳柳州「回風一蕭瑟，林影久參差」，李嘉祐「細雨濕衣看不見，閑花落地聽無聲」，鹵莽人能體會及此否？

劉熙載《藝概·詩概》：韋云「微雨夜來過，不知春草生」，是道人語。柳云「迴風一蕭瑟，林影久參差」，是騷人語。

施補華《峴傭説詩》：柳子厚幽怨有得騷旨，而不甚似陶公，蓋怡曠氣少，沈至語少也。《南澗》一作，氣清神斂，宜爲坡公所激賞。

陳衍《石遺室詩話》卷一四：蘇堪平日論詩，甚注意寫景，以爲不易於言情，較難於叙事。所舉名句，若柳州之「壁空殘月曙，門掩候蟲秋」，「回風一蕭瑟，林影久參差」，香山之「一道斜陽鋪水中，半江瑟瑟半江紅」，王荆公之「南浦辭花去，回舟路已迷。暗香無覓處，日落畫橋西」，趙紫芝之「行向石欄立，清寒不可云。流來橋下水，半是洞中雲」，皆各極超妙者。

遊石角過小嶺至長烏村

志適不期貴①，道存豈偷生②。久忘上封事〔一〕，復笑昇天行〔二〕。竄逐宦湘浦，摇心劇懸旌〔三〕。始驚陷世議，終欲逃天刑。歲月殺憂慄〔四〕，慵踈寡將迎〔五〕。追遊疑所愛③，且復舒吾情。石角恣幽步，長烏遂遐征。磴迴茂樹斷〔六〕，景晏寒川明。曠望少行人，時聞田鸛鳴〔七〕。風篁冒水遠④〔八〕，霜稻侵山平。稍與人事間〔九〕，益知身世輕。爲農信可樂，居寵真虛榮。喬木餘故國⑤〔一〇〕，願言果丹誠。四支反田畝，釋志東皋耕⑥〔一一〕。

【校記】

① 不期貴，詁訓本作「不自期」。

② 豈，詁訓本作「貴」。

③ 世綵堂、鄭定本注：「疑，一作款。」

④ 世綵堂、鄭定本注：「冒，一作映。」

⑤ 世綵堂、鄭定本注：「餘，一作望。」

⑥ 原注與五百家注本注：「一本作『澤志東皋耕』。」注釋音辯本注：「釋志，一本作澤志，潘本作澤澤，音釋，土解也。《詩》云『其耕釋釋』，箋云：『耕之則釋釋然。』解，散。」世綵堂本注：「釋志，一本作澤志。」

【解　題】

〔注釋音辯〕永州。〔韓醇詁訓〕詩云「竄逐官湘浦」，此在永州也。次前篇。按：亦元和七年作。祝穆《方輿勝覽》卷二五永州：「石角山，在州東北十里。」《明一統志》卷六五永州府：「石角山在府城東北一十里，連屬十餘小石峰，奇峭如畫。柳宗元嘗遊此賦詩。」

【注　釋】

〔一〕〔韓醇詁訓〕《漢·光武紀》「詔百僚並上封事」，注云：「宣帝始令群臣得奏封事，以知下情。」

〔二〕〔注釋音辯〕古樂府有《昇天行》。〔韓醇詁訓〕古樂府有《昇天行》，謂學仙也。

〔三〕〔注釋音辯〕《史記·蘇秦傳》：「心摇摇如懸旌。」按：亦見《戰國策·楚策一》，謂心不安也。

〔四〕〔注釋音辯〕殺，色界切，減也。

〔五〕《莊子·知北遊》：「無有所將，無有所迎。」將，送也。

〔六〕〔注釋音辯〕磴，丁鄧切，石梯。〔韓醇詁訓〕磴，丁鄧切，磴道也。

〔七〕〔百家注引孫汝聽曰〕《詩》：「鸛鳴於垤。」注：「鸛，致雨之鳥。」按：見《詩經·豳風·東山》。

〔八〕〔蔣之翹輯注〕謝惠連賦：「風篁成韻。」按：《文選》謝莊《月賦》「風篁成韻」，李善注：「風吹篁也。」

〔九〕〔注釋音辯〕間，去聲。

〔一〇〕〔百家注引孫汝聽曰〕《孟子》：「所謂故國者，非謂有喬木之謂也。」按：見《孟子·梁惠王下》。

〔一一〕〔注釋音辯〕又唐王績：「掛冠歸田，葛巾聯牛，躬耕東皋。」〔韓醇詁訓〕隋末王勣字無功，至唐貞觀中爲太樂丞，掛冠歸田，葛巾聯牛，躬耕東皋。每著書，自稱東皋子。見吕才《東皋子集序》。

【集評】

陸時雍《唐詩鏡》卷三七：語如寒風。

孫月峰（鑛）評點《柳柳州全集》卷四三：「追遊」兩句，調略滯。總評：全倣謝《池上樓》篇。

蔣之翹輯注《柳河東集》卷四三：昔人論此詩，以爲逼真韋左司遊覽諸作，予深不然之。子厚意志感憤，已不如韋之恬淡；句調工緻，已不如韋之蕭散。是本同道而異至，烏可漫論云乎？又「景晏」句下：二句荒寒之景如畫。

汪森《韓柳詩選》：「釋志」句下：「故國」正與「竄逐」相應。東皋耕，乃一詩感觸歸結處也。總評：先用虚寫，後用實叙，章法自變。

與崔策登西山

鶴鳴楚山静，露白秋江曉。連袂度危橋，縈迴出林杪。西岑極遠目，毫末皆可了。重疊九疑高，微茫洞庭小〔一〕。迥窮兩儀際〔二〕，高出萬象表。馳景泛頽波，遥風遞寒篠〔三〕。謫居安所習，稍厭從紛擾。生同胥靡遺〔四〕，壽等彭鏗夭〔五〕。蹇連困顛踣〔六〕，愚蒙怯幽眇。非令親愛疎，誰使心神悄？偶兹遁山水，得以觀魚鳥。吾子幸淹留，緩我愁腸繞。

【解　題】

〔注釋音辯〕永州。〔韓醇詁訓〕崔策字子符，公集有《送崔九序》，即此人也。序云：「廢居八年，崔子幸來覲余。」蓋在元和七年也。詩云「秋江」，即其年秋與？又云「吾子幸淹留」，蓋崔子將别之時，與序相先後作耳。按：韓説是。崔策爲柳宗元姊夫崔簡之弟。《明一統志》卷六五永州府：「西山在府城西瀟江之外。唐柳宗元愛其勝境，有《西山宴游記》。」

【注　釋】

〔一〕〔百家注〕九疑、洞庭，並見上注。

〔二〕〔百家注引童宗説曰〕《易·繫辭》：「太極生兩儀。」

〔三〕〔注釋音辯〕篠，匹了切，竹也。〔百家注引童宗説曰〕篠，竹名，可以爲箭，音小。

〔四〕〔注釋音辯〕胥或作胥，同胥。靡，刑徒人也。《莊子》：「胥靡登高而不懼，遺死生也。」〔韓醇詁訓〕《書》：「説築傅巖之野。」注：「虞虢之界有澗水壞道，常使胥靡刑人築護此道。説賢而隱，代胥靡築之，以供食。」疏云：「胥，相。靡，隨也。」《賈誼傳》：「傅説胥靡，乃相武丁。」按：見《莊子·庚桑楚》及《尚書·説命上》。

〔五〕〔注釋音辯〕鏗，丘耕切。彭祖姓籛名鏗。《莊子》：「莫壽乎殤子，而彭祖爲夭。」〔韓醇詁訓〕彭祖姓籛名鏗，壽至八百。按：劉向《列仙傳》卷上：「彭祖者，殷大夫也，姓籛名鏗……八百餘歲。」

〔六〕〔注釋音辯〕連，力展切。蹇連，不進也。踣，蒲墨切。按：陳景雲《柳集點勘》卷四：「《易》『往蹇來連』，連，力善反，難也。馬融、王弼之訓同。又《植靈壽木》詩亦云『蹇連易衰朽』。」見《周易·蹇》。

【集評】

范晞文《對牀夜語》卷三：子厚「西岑極遠目，毫末皆可了。」老杜有「齊魯青未了」。……乃知老杜無所不有。

《唐詩品彙》卷一五：「縈回」句：劉（辰翁）云：參差隱約，可盡而不盡。末句：劉（辰翁）云：《南磵》落句猶有以自遣此懷，似此殊可念。

陸時雍《唐詩鏡》卷三七：謝靈運「猿鳴誠知曙，谷幽光未顯。巖下雲方合，花上露猶泫」，語勢如峰巒起伏，委有餘態。柳子厚「鶴鳴楚山静，露白秋江曉」，陡然直上矣。「連袂度危橋，縈迴出林杪」，語堪入畫。

唐汝詢《唐詩解》卷一〇：此詩首叙向曉之景，次狀西山之高，次紀謫居之況，末冀崔之暫留也。言於鶴鳴露白之時，與崔連袂而行，歷危橋、林杪，以至西山之頂。極目而望，毫末了然，若登九疑而臨洞庭，信象外之壯觀也。我之謫居，本非所習，紛擾頗亦厭，從此生既同胥靡，雖年齊彭祖，亦不爲壽，豈有心於養生哉！且始以蹇連而遭顛沛，終以愚蒙而怯幽微，每以親人見疎爲苦。今得與崔君遁山水而觀魚鳥，良足樂矣。子可不淹留於此，以緩我之愁腸乎？

《删補唐詩選脈箋釋會通評林》卷一二：周珽訓：「重疊」句援喻「西岑」，「微茫」句指秋江説。「迥窮」四句遠景。「生同」「壽等」二句，假放達。「疎」「悄」二字相應。吴山民曰：景語清澈。遁山水、觀魚鳥，亦足寄慨。結語鍊。周珽曰：破山取玉，時逢壯采。

孫月峰（鑛）評點《柳柳州全集》卷四三：「壽等」句下：「夭」字押得妙。總評：是響調，讀之令人心快。類張景陽。

蔣之翹輯注《柳河東集》卷四三：論詩者往往以此作與《南澗》並稱，然一起一結，殊無意味，已大不如矣。

汪森《韓柳詩選》：「迴窮」二句：「兩儀」、「萬象」下接「馳景」二句，便覺生動有情，不止作廓落語。總評：子厚山水詩極佳，然每篇之中必見羈宦遷謫之意，此是胸中所積，不可强者。

何焯《義門讀書記》卷三七：「鶴鳴楚山静」：鶴夜半而警露。此句是不眠待曉，即「隱憂倦永夜」之意，尤不露骨也。

吴昌祺《删訂唐詩解》卷五：劉謂此詩奇，非也。謂《南磵》勝此，則深於古矣。言九疑、洞庭，皆在指顧中，可以攬天地、凌萬物，而日馳風起，遊興遂矣。我安逐客而離紛擾，生無用、壽無益也。唐（汝詢）多未到處。「連蹇」二字，子厚所創，當吾連遭蹇厄也。舊注未是。

沈德潛《唐詩别裁集》卷四：《莊子》：「胥靡登高而不懼，遺生死也。」言被罪之人，輕生身也。次語即《齊物論》意。

近藤元粹《柳柳州集》卷三評「重疊」以下六句：叙風景處清便宛轉，别成風調。

構法華寺西亭

竄身楚南極〔一〕，山水窮險艱。步登最高寺，蕭散任疎頑。西垂下斗絶〔二〕，欲似窺人寰。反如在幽谷，榛翳不可攀。命童恣披翦，葺宇横斷山。割如判清濁①，飄若昇雲間。遠岫攢衆頂〔三〕，澄江抱清灣〔四〕。夕照臨軒墮②，棲鳥當我還。菡萏溢嘉色〔五〕，篔簹遺清班③〔六〕。神舒屏羈鎖〔七〕，志適忘幽潺④。棄逐久枯槁，迨今始開顔。賞心難久留，離念來相關。北望間親愛，南瞻雜夷蠻。置之勿復道，且寄須臾閒。

【校　記】

① 剖，何焯校本作「豁」。《全唐詩》注：「剖，一作割。」剖，分。如杜甫《望嶽》「陰陽割昏曉」。

② 世綵堂本、鄭定本注：「照，一作陽。」

③ 清，原注與諸本皆注曰：「一作漬。」蔣之翹輯注本云：「一作漬，非是。」班，注釋音辯本、游居敬本作「斑」。按：清班，幽清的班列。篔簹非斑竹，作「斑」非。

④ 幽，詁訓本作「憂」。潺，蔣之翹輯注本、《全唐詩》作「孱」。蔣之翹注曰：「孱，鉏山切。諸本皆從水，非是。孱，劣也。冀州人多謂懦弱爲孱。」蔣説是。當作「憂孱」。

【解　題】

〔注釋音辯〕永州。〔韓醇詁訓〕集有《永州法華寺新作西亭記》，在元和四年。觀詩意，在其年夏作。按：柳宗元《法華寺西亭夜飲賦詩序》云：「余既謫永州，以法華寺浮圖之西臨陂池丘陵，大江連山，其高可以上，其遠可以望，遂伐木爲亭……間歲而元克己由柱下史謫焉而來。」則西亭之搆在元克己來永之前二年。此詩當作於元和元年或二年。《詩話總龜》前集卷一六引《零陵總記》：「法華寺在永州東南一里高阜之上，城郭崗巒，交相掩映。」

【注釋】

〔一〕柳宗元《與李翰林建書》：「永州於楚爲最南，狀與越相類。」

〔二〕［蔣之翹輯注］斗與「陡」字同。按：《後漢書·西南夷傳》：「一名仇池，方百頃，四面斗絶。」斗絶，陡峭險絶。

〔三〕［百家注引童宗説曰］攢，聚也，徂丸切。

〔四〕［百家注引童宗説曰］灣，水曲。

〔五〕［韓醇詁訓］《爾雅》：「荷，芙蕖。其華菡萏，其實蓮，其根藕，其中的，的中薏。」按：百家注本引孫汝聽注同。見《爾雅·釋草》。

〔六〕［注釋音辯］篔音云，或從雲。簹音當，竹之大者，生於水邊，一節相去五六尺。［韓醇詁訓］篔簹，竹也。《異物志》曰：「篔簹生於水邊，長數丈，圍一尺五六寸，一節相去六七尺，或相去一丈。廬陵界有之，始興以南又多。」篔音云，簹音當。

〔七〕［蔣之翹輯注］屏，上聲。

【集評】

《王荆石先生批評柳文》卷一一：格韻俱不見奇。

孫月峰（鑛）評點《柳柳州全集》卷四三：「榛翳」句下：四語以文調入詩，大妙。

陸夢龍《柳子厚集選》卷四：清真。

蔣之翹輯注《柳河東集》卷四三：閑曠清峭。又：「夕照」二句，自是偶然景、偶然語，亦不可再得。

汪森《韓柳詩選》：「榛翳」句下：作一反顧，筆意更自疎暢。「離念」句下：應起處「竄身」二句意。總評：人以韋、柳並稱，不知韋自恬静，柳自悲感，故當不同。韋之風致固佳，其學力非柳比也。

近藤元粹《柳柳州集》卷三：不能忘其貶謫，狹中可笑。

夏夜苦熱登西樓

苦熱中夜起，登樓獨褰衣。山澤凝暑氣，星漢湛光輝。火晶燥露滋〔一〕，野静停風威。探湯汲陰井〔二〕，煬竈開重扉〔三〕。凭欄久徬徨，流汗不可揮。莫辯亭毒意〔四〕，仰訴璿與璣〔五〕。諒非姑射子〔六〕，静勝安能希〔七〕。

【解　題】

施子愉《柳宗元年譜》謂在永州作，可從。具體年月無考。

【注　釋】

〔一〕［百家注］晶音精。按：火晶即火精，指夏。《後漢書·郎顗傳》郎顗順帝時拜章云：「火精南方，夏之政也。」

〔二〕［注釋音辯］探，他甘切，取也。《語》「見不善如探湯」。按：百家注本引韓醇注同。見《論語·季氏》。此言取陰井之水以滌熱，水亦熱也。

〔三〕［注釋音辯］煬，於亮切，炙也。《莊子》「煬者避竈」。按：百家注本引孫汝聽注同。見《莊子·寓言》。煬，烤。言開窗如對爐火也。

〔四〕［蔣之翹輯注］毒音督。璿音旋。《列子》「亭之毒之」。注：「化育之意。亭謂品其形，毒謂成其質。」按：亦見《老子》：「長之育之，亭之毒之。」

〔五〕［蔣之翹輯注］《書》：「在璿璣玉衡，以齊七政。」美珠謂之璿。璣，機也。以璿飾璣，所以象天體之轉運也。按：《史記·天官書》：「北斗七星，所謂旋璣玉衡，以齊七政。」此猶言訴於蒼穹也。

〔六〕［注釋音辯］《莊子》：「藐姑射之山，有神人居焉，大旱，金石流土山焦而不熱。」［韓醇詁訓］《列子》云：「姑射山在海河洲中，山上有神人焉，吸風飲露，不食五穀。」射音夜。［百家注］射音亦。按：見《莊子·逍遥遊》及《列子·黄帝》。

〔七〕［注釋音辯］又《老子》「静勝熱」。［百家注引孫汝聽曰］希，望也。［蔣之翹輯注］安能希，謂不可望也。

【集評】

《新刊增廣百家詳補注唐柳先生文》卷四三「仰訴」句下王儔補注引《筆墨閒録》：此以刺當時之政也。

《王荆石先生批評柳文》卷一一：用不着風威。

孫月峰（鑛）評點《柳柳州全集》卷四三：「煬竈」兩語鍛得刻酷。

蔣之翹輯注《柳河東集》卷四三：「莫辯」二句，子厚意似感慨，然亦可有可無。或謂專刺時政，尚屬影響。

近藤元粹《柳柳州集》卷三：暑夜之狀寫出，逼真。

覺衰

久知老會至，不謂便見侵。今年宜未衰，稍已來相尋。齒疎髮就種〔一〕，奔走力不任〔二〕。

咄此可奈何〔三〕，未必傷我心。彭聃安在哉〔四〕？周孔亦已沉〔五〕。古稱壽聖人，曾不留至今。但願得美酒，朋友常共斟①〔六〕。是時春向暮，桃李生繁陰②。日照天正緑，杳杳歸鴻吟。出門呼所親，扶杖登西林。高歌足自快，商頌有遺音〔七〕。

【校記】

① 常，詁訓本作「嘗」。

② 繁，詁訓本作「蘩」。

【解題】

〔韓醇詁訓〕詩意尚未刺柳時也，當在永州作。按：柳宗元《與蕭翰林俛書》、《寄許京兆孟容書》、《與楊京兆憑書》皆有覺衰之歎，諸書皆作於元和四年，此詩約同年作。

【注釋】

〔一〕〔注釋音辯〕種音踵。《左傳》：「盧蒲嫳曰：余髮如此種種。」注：「種種，髮短也。」〔韓醇詁訓〕《左氏》：「盧蒲嫳曰：『余髮如此種種，余奚能爲？』」種，上聲，髮短也。按：見《左傳》昭公三年。

〔二〕［蔣之翹輯注］任，平聲。

〔三〕《文選》張協《詠史》「咄此蟬冕客」，李善注：「《説文》曰：咄，相謂也。」

〔四〕［注釋音辯］彭祖、老聃。按：《藝文類聚》卷二三嵇紹《贈石季倫》：「遠希彭聃壽，虚心處沖默。」彭祖、老聃，古之長壽者。

〔五〕周孔，周公、孔子。聖人。

〔六〕［蔣之翹輯注］陶潛詩：「舂秫作美酒，酒熟吾自斟。」按：見陶淵明《和郭主簿二首》一。

〔七〕［百家注引孫汝聽曰］《莊子》曰：「曳縱而歌《商頌》，聲滿天地，若出金石。」按：見《莊子·讓王》，曾子居衛事。又《韓詩外傳》卷一：「原憲乃徐步曳杖，歌《商頌》而反，聲淪於天地，如出金石。」

【集　評】

曾季貍《艇齋詩話》：柳子厚《覺衰》、《讀書》二詩，蕭散簡遠，穠纖合度，寘之淵明集中，不復可辨。予嘗三復其詩。

《唐詩品彙》卷一五：「稍已」句：劉（辰翁）云：跌怨動人。「朋友」句：劉云：其最近陶，然意尤佳。末句：劉云：怨之又怨，而疑於達。《莊子》曰：「曳蹤而歌《商頌》，聲滿天地，若出金石。」

楊士弘《唐音》卷二：「久知」二句批云：眼前事，眼前語，能道人所不能道。

陸時雍《唐詩鏡》卷三七：末數語寫得興濃，自謂適情，正其愁緒種種。

唐汝詢《唐詩解》卷一〇：此因衰而行樂自慰也。言衰老之徵雖見，未足爲我憂，正以修短賢愚同歸於盡耳。不然，壽如彭聃，聖如周孔，獨不留至今乎！我但願有酒，即與朋友共之。及此暮春，景物明麗，而登高賦詩，以快我志，乘化而歸，盡可也。其真樂天知命者耶？

《王荆石先生批評柳文》卷一一：逼陶。

《删補唐詩選脈箋釋會通評林》卷一二：周珽訓：詩言人當及時行樂也。「人生忽如寄，壽無金石固。萬歲更相送，聖賢莫能度。」古人言之熟矣。「能向花前幾回醉，十千沽酒莫辭貧。」人人識得破，人人行不出，奈何？此詩劉會孟所謂怨之又怨，而疑於達者也。顧璘曰：起二語，善説。「古稱壽聖人」四句，達。唐汝詢曰：「齒疎」二語，曲盡老態。「是時春向暮」四句，景佳。吴山民曰：起説得出。「未必傷我心」，好自寬解。下四句見老不足傷。「但願」二語意超。末四句從「美酒」聯生意。周珽曰：絶透，絶靈，絶勁，絶淡，前無古人者以此。

邢昉《唐風定》卷五：入淵明閫奥，其微遜者，稍涉於直。

孫月峰（鑛）評點《柳柳州全集》卷四三：全學陶，然比陶力量較薄。起四句佳甚，道情真切，以歎惋意出之，尤覺有味。

陸夢龍《柳子厚集選》卷四：故是達。

蔣之翹輯注《柳河東集》卷四三：詩不可學，皆人自爲人詩耳。只如此詩，子厚乃有意學靖節者，讀之覺神氣索然，反失卻子厚本色。

何焯《義門讀書記》卷三七：「是時春向暮」至「商頌有遺音」：旨趣在此，蓋感十年不召也。

吴昌祺《删訂唐詩解》卷五：此「種」卻不佳，「就種」更誤，故解亦不必。宋人詩曰：「無藥能留炎帝在，有人曾哭老聃來。」可爲注腳。

賀裳《載酒園詩話又編・柳宗元》：《覺衰》詩極有轉摺變化之妙。起曰「久知老會至，不謂便見侵。今年宜未衰，稍已來相侵。」一句一轉，每轉中下字極有層折。「齒疏髮就種，奔走力不任」二語，正見「見侵」處。若一直説去，便是俗筆。遽曰：「咄此可奈何……」中間轉筆處，如良御回轅，長年捩舵，至文情之美，則如疾風捲雲，忽吐華月，危峰纔度，便入錦城也。

方東樹《昭昧詹言》卷七：「但願得美酒」二句似陶。

遊南亭夜還敘志七十韻

夙抱丘壑尚〔一〕，率性恣遊遨①〔二〕。中爲吏役牽，十祀空悁勞〔三〕。外曲徇塵轍〔四〕，私心寄英髦②。進乏廊廟器〔五〕，退非鄉曲豪〔六〕。天命斯不易，鬼責將安逃？屯難果見凌③〔七〕，剥喪宜所遭〔八〕。神明固浩浩④，衆口徒嗷嗷〔九〕。投跡山水地〔一〇〕，放情詠離騷〔一一〕。再懷曩歲期，容與馳輕舠〔一二〕。虛館背山郭，前軒面江皋。重疊間浦溆〔一三〕，邐迤驅巖崴⑤〔一四〕。

積翠浮澹灔，始疑負靈鼇〔一五〕。叢林留衡飈，石礫迎飛濤。曠朗天景霽，樵蘇遠相號〔一六〕。澄潭湧沉鷗，半壁跳懸猱〔一七〕。鹿鳴驗食野〔一八〕，魚樂知觀濠〔一九〕。孤賞誠所悼，暫欣良足褒。留連俯櫺檻〔二〇〕，注我壺中醪。朵頤進芰實〔二一〕，擢手持蟹螯〔二二〕。炊稻視爨鼎，鱠鮮聞操刀⑥。野蔬盈頃筐⑦〔二三〕，頗雜池沼芼〔二四〕。緬慕鼓枻翁，嘯詠哺其糟⑧〔二五〕。退想於陵子，三咽資李螬〔二六〕。斯道難爲偕，沉憂安所韜？曲渚怨鴻鵠〔二七〕，環洲彫蘭皋〔二八〕。暮景迴西岑，北流逝滔滔。徘徊遂昏黑，遠火明連艘〔二九〕。木落寒山静，江空秋月高。斂袂戒還徒〔三〇〕，善游矜所操〔三一〕。趣淺戢長枻〔三二〕，乘深屏輕篙。曠望援深竿，哀歌叩鳴艚〔三三〕。中川恣超忽，漫若翔且翱。淹泊遂所止，野風自颾颾〔三四〕。澗急驚鱗奔，蹊荒飢獸嗥。入門守拘縶，悽戚增鬱陶〔三五〕。慕士情未忘，懷人首徒搔⑨〔三六〕。内顧乃無有，德輶甚鴻毛〔三七〕。名竊久自欺，食浮固云叨〔三八〕。問牛悲釁鍾〔三九〕，説彘驚臨牢〔四〇〕。永遁刀筆吏〔四一〕，寧期簿書曹。中興遂群物，裂壤分鞬櫜〔四二〕。岷凶既云捕〔四三〕，吴虜亦已鏖〔四四〕。扞禦盛方虎〔四五〕，謨明富伊咎〔四六〕。披山窮木禾〔四七〕，駕海逾蟠桃〔四八〕。重來越裳雉〔四九〕，再返西旅獒〔五〇〕。左右抗槐棘〔五一〕，縱横羅雁羔〔五二〕。五辟咸肆宥⑩〔五三〕，衆生均覆燾〔五四〕。安得奉皇靈，在宥解天弢〔五五〕。歸誠慰松梓〔五六〕，陳力開蓬蒿。卜室有鄠杜⑪〔五七〕，名田占灃澇〔五八〕。磻谿近餘基〔五九〕，阿城連故濠⑫〔六〇〕。螟蛑願親燎〔六一〕，荼堇甘自薅〔六二〕。飢食期農耕，寒衣俟蠶繅。及骭足爲温〔六三〕，滿腹寧復饕〔六四〕。安將蒯及菅〔六五〕，誰慕粱與膏。弋林驅雀鷃⑬〔六六〕，漁澤從鮹魛〔六七〕。觀象嘉素履〔六八〕，陳詩謝干旄〔六九〕。方託麋鹿群〔七〇〕，敢同騏驥槽〔七一〕。處賤無溷濁〔七二〕，固窮匪淫慆〔七三〕。踉蹌辭束縛〔七四〕，悦懌换煎熬〔七五〕。登年徒負版⑭〔七六〕，興役趨伐鼛⑮〔七七〕。目眩絶渾渾，耳喧息嘈嘈〔七八〕。兹焉畢餘命，富貴非吾曹。長沙哀紆纏⑯〔七九〕，漢陰嗤桔槔〔八〇〕。苟伸擊壤情〔八一〕，機事息秋毫〔八二〕。海霧多蓊鬱〔八三〕，越風饒腥臊。寧唯迫魑魅〔八四〕，所懼齊焄蕉〔八五〕。知罃懷褚中⑰〔八六〕，范叔戀綈袍〔八七〕。伊人不可期〔八八〕，慷慨徒忉忉〔八九〕。

【校　記】

①　悰，注釋音辯本作「賨」。

②　髦，原作「旄」，據諸本改。《爾雅·釋言》：「髦，俊也。」

③　難，詁訓本作「艱」。

④　明，注釋音辯本、詁訓本作「期」。注釋音辯本注：「期，一本作明。」疑作「期」是。神期即神會也。浩浩則爲渺茫之意。

⑤　邐迤，詁訓本作「迤邐」。

⑥　鱠、聞，詁訓本分别作「膾」、「閔」。原注與注釋音辯本等注：「聞，一本作閔。」

⑦　頃，原作「傾」，注釋音辯本同，此據詁訓本、世綵堂本改。

⑧哺，詁訓本作「餔」。

⑨首，詁訓本作「手」。

⑩五，注釋音辯本、詁訓本、世綵堂本皆作「三」。注釋音辯本注：「一本作五辟。」

⑪卜，原作「十」，世綵堂本同。此據注釋音辯本、詁訓本及《全唐詩》改。

⑫濠，原注與注釋音辯本、世綵堂本皆注曰：「一作壕。」詁訓本即作「壕」。

⑬弋，原作「戈」，據諸本改。

⑭徒，《全唐詩》注：「一作從。」

⑮伐，《全唐詩》作「代」。

⑯纆，注釋音辯本、世綵堂本及《全唐詩》皆作「纆」。蔣之翹輯注本：「纆音墨。諸本皆作『纏』，誤。」吴汝綸《柳州集點勘》：「『纆』誤『纏』。」按：《文選》卷一三、《藝文類聚》卷九二引賈誼《鵩鳥賦》「夫禍之與福兮，何異糾纏」，皆作「纏」字，而《史記·賈生列傳》及《漢書·賈誼傳》引作「纆」，出處即有異文，故不必改。

⑰褚，原作「楮」，據諸本改。

【解　題】

［韓醇詁訓］詩云「岷凶既云捕」，元和元年擒西川劉闢也。又云「吴虜亦已鏖」，謂元和二年誅

浙西李錡也。浙西平在二年十一月，而此詩有秋月高明之語，其三年秋與？按：韓説可從。詩又有「中爲吏役牽，十祀空悁勞」語，柳宗元貞元十四年始入宦途，爲集賢院正字，至元和三年正爲十年。

【注釋】

〔一〕［百家注引童宗説曰］夙，早也。按：《太平御覽》卷七九引《符子》：「（黄帝）謂容成子曰：吾將釣於一壑，棲於一丘。」

〔二〕［百家注引童宗説曰］《禮記》：「率性之謂道。」注云：「率，循也。」按：見《禮記・中庸》。

〔三〕［注釋音辯］童（宗説）云：悁音浦，忿也，又音絹。［百家注引張敦頤曰］悁，忿也，憂悒也，音淵，又音絹。

〔四〕《莊子・人間世》：「然則我内直而外曲……外曲者，與人爲徒也。」

〔五〕《三國志・蜀書・許靖傳》：「許靖夙有名譽……蔣濟以爲大較廊廟器也。」

〔六〕司馬遷《報任安書》：「少負不羈之才，長無鄉曲之譽。」

〔七〕［注釋音辯］屯，朱倫切。難，乃旦切。按：《周易・屯》：「彖曰：屯，剛柔始交而難生。」

〔八〕［蔣之翹輯注］難字、喪字，並去聲。按：《周易・剥》：「彖曰：剥，剥也，柔變剛也。」

〔九〕《國語・周語下》：「諺曰：『衆志成城，衆口鑠金。』」《漢書・劉向傳》：「無罪無辜，讒口嗷嗷。」顔師古注：「嗷嗷，衆聲也。」

〔一〇〕［百家注引孫汝聽曰］謂永州也。

〔一一〕［韓醇詁訓］屈原《離騷》也。《賈誼傳》注云：「離，遭也。憂動曰騷，遭憂而作是辭。」

〔一二〕［注釋音辯］潘（緯）云：與音預。舠，都高切，小船。［韓醇詁訓］（舠）音刀，小船也。［百家注引孫汝聽曰］《詩》：「誰謂河廣？曾不容舠。」按：見《詩經・衛風・河廣》。《楚辭》屈原《涉江》「船容與而不進兮」，容與，徐動貌。

〔一三〕［注釋音辯］漵音叙。［韓醇詁訓］音漵，水浦也。［百家注引童宗説曰］浦漵，出《楚辭》。按：見《楚辭》屈原《涉江》「入漵浦余儃佪兮」。

〔一四〕［注釋音辯］嶅，牛刀切，山多小石。按：韓醇詁訓本同。

〔一五〕［百家注引孫汝聽曰］《楚辭・天問》：「鼇戴山抃，何以安之？」按：《列子・湯問》：「（帝）乃命禺彊使巨鼇十五舉首而戴之，迭爲三番，六萬歲一交焉，五山始峙。」

〔一六〕［注釋音辯］樵取薪，蘇取草。［韓醇詁訓］樵取薪也，蘇取草也。《漢書》：「樵蘇後爨，師不宿飽。」左太沖《魏都賦》：「樵蘇往而無忌。」按：見《史記・淮陰侯列傳》。

〔一七〕［注釋音辯］猱，奴刀切，猿屬。［蔣之翹輯注］《詩》：「毋教猱升木。」注：「猿屬。」

〔一八〕［韓醇詁訓］《詩》：「呦呦鹿鳴，食野之苹。」按：見《詩經・小雅・鹿鳴》。

〔一九〕［注釋音辯］莊子與惠子遊於濠梁之上，曰：「儵魚出游從容，是魚樂也。」［韓醇詁訓］莊子與惠子遊於濠梁之上，莊子曰：「鯈魚出游從容，是魚樂也。」惠子曰：「子非魚，安知魚之樂？」莊子曰：「子非我，安知我不知魚之樂？」惠子曰：「子非我，固不知子矣。子固非魚也，子之不知魚之樂，全矣。」莊子曰：「請循其本。」惠子曰：「汝安知魚樂云者，既已知吾知之而問我，我知之濠上也。」《莊子》此一節在「知」字一字，公摘出，使之大有意矣。按：見《莊子·秋水》。「《莊子》此一節」爲韓氏評語。

〔二〇〕［百家注引童宗説曰］櫺，窗櫺。檻，闌也。

〔二一〕［注釋音辯］《易》「觀我朵頤」，謂嚼也。［韓醇詁訓］《易》「觀我朵頤」，朵頤，嚼也。芰，奇寄切，菱也。按：見《周易·頤》。《國語·楚語上》：「屈到嗜芰。」

〔二二〕［注釋音辯］螯，牛刀切，蟹大足。晉畢卓曰：「左手持蟹螯。」［韓醇詁訓］畢卓曰：「得酒滿數百斛船，四時甘味置兩頭，右手持酒盃，左手持蟹螯，拍浮酒船中，便足了一生矣。」按：見《晉書·畢卓傳》。

〔二三〕［韓醇詁訓］《詩》：「采采卷耳，不盈頃筐。」頃筐，畚屬，易盈之器。按：見《詩經·周南·卷耳》。

〔二四〕［注釋音辯］童（宗説）云：芼音毛。《左傳》「澗溪沼沚之毛」，毛，草也。［百家注引韓醇曰］《左氏》「澗溪沼沚之毛」，芼，草也，芼音毛，又去聲。按：見《左傳》隱公三年。

〔二五〕［注釋音辯］枻音曳，與栧同，楫也。哺，奔謨切。《楚辭》：漁父曰「衆人皆醉，何不餔其糟而歠其醨」云云。漁父莞爾而笑，鼓枻而去。［韓醇詁訓］《楚辭·漁父》章：「屈原既放，遊於江潭。漁父曰：『衆人皆醉，何不餔其糟而歠其醨？』屈原曰：『又安能以皎皎之白，而蒙世俗之塵埃乎！』漁父莞爾而笑，鼓枻而去。」枻音曳，楫也。

〔二六〕［注釋音辯］咽音宴，吞也。事出《孟子》。［韓醇詁訓］《孟子》：「陳仲子豈不誠廉士哉！居於陵，三日不食，耳無聞，目無見也。井上有李，螬食實者過半矣。匍匐往，將食之，三咽，然後耳有聞，目有見也。」咽音宴。螬音曹。按：見《孟子·滕文公下》。百家注本引韓醇注尚云：「螬，蟲名。」

〔二七〕［百家注引孫汝聽曰］怨，謂哀鳴也。按：《史記·陳涉世家》：「庸者笑而應曰：『若爲庸耕，何富貴也？』陳涉太息曰：『嗟乎，燕雀安知鴻鵠之志哉！』」

〔二八〕［注釋音辯］童（宗説）云：莩音皋，葛之白花。

〔二九〕［注釋音辯］艘，蘇糾切，船總名。［韓醇詁訓］音曹，船也。［百家注引童宗説曰］艘音騷。

〔三〇〕《後漢書·蔡邕傳》：「感東方（朔）《客難》及楊雄、班固、崔駰之徒設疑以自通，乃斟酌群言，韙其是而矯其非，作《釋誨》以戒厲云爾。」文假託務世公子與華顛胡老之對話，中云：「胡老慠然而笑曰：『若公子，所謂覩曖昧之利，而忘昭晢之害；專必成之功，而忽蹉跌之敗者也。』公子謖爾斂袂而興曰：『胡爲其然也？』」此引此典以自戒也。

〔三一〕［注釋音辯］《列子》：「舟人操舟若神，曰：『善游者數能，忘水也。』」［百家注引孫汝聽曰］《列子》：「顏回問仲尼曰：『吾嘗濟乎觴深之淵，津人操舟若神，吾問焉，曰：「操舟可學邪？」曰：「善游者數能。」』」按：見《列子·黄帝》，又見《莊子·達生》。《莊子·達生》載仲尼曰：「善游者數能，忘水也。……以瓦注者巧，以鉤注者憚，以黄金注者殙，其巧一也，而有所矜，則重外也。凡重外者内拙。」

〔三二〕［百家注引童宗説曰］戢，斂也。按：趣，趨也。

〔三三〕［注釋音辯］（艚）音曹，舟也。按：百家注本引作童宗説注。

〔三四〕［韓醇詁訓］（颾）音騷。按：《廣韻·六豪》：「颾，風聲。」

〔三五〕《尚書·五子之歌》「鬱陶乎予心」，孔安國傳：「鬱陶，言哀思也。」

〔三六〕《詩經·邶風·静女》：「愛而不見，搔首踟躕。」

〔三七〕［注釋音辯］輶，夷周切，輕也。事見《毛詩·烝民》篇。［百家注引孫汝聽曰］《詩》「德輶如毛」，輶，輕也。按：見《詩經·大雅·烝民》。

〔三八〕［注釋音辯］《禮記·坊記》篇「與其使食浮於人」，食謂禄食也。在上曰浮，過也。［百家注引孫汝聽曰］《禮記·坊記》：「君子與其使食浮於人也，寧使人浮於食。」食，謂禄也。在上曰浮。

〔三九〕［韓醇詁訓］事見《孟子》。蓋取其若無罪而就死地之意。［百家注引王儔補注］齊宣王坐於堂上，有牽牛而過堂下者，曰：「將以釁鍾。」釁者，殺牲，以血塗其釁隙。按：見《孟子·梁惠王上》。

〔四〇〕［注釋音辯］説音税。《莊子》：「祝宗人玄端以臨牢筴，説彘曰：『汝奚惡死爲？』彘謀曰：『不如食以糟糠，而錯之牢筴之中。』」［韓醇詁訓］《莊子》：「祝宗人玄端以臨牢筴，説彘曰：『汝奚惡死，吾將三月豢汝，十日戒，三日齋，藉白茅，加汝肩尻乎彫俎之上，則汝爲之乎？』爲彘謀曰：『不如食以糟糠，而錯之牢筴之中。』」説音税。按：見《莊子·達生》。百家注本引孫汝聽注與韓注本同。牢，豬圈。

〔四一〕［韓醇詁訓］《曹參傳》：「蕭何、曹參皆起秦刀筆吏。」顔師古曰：「刀所以削書，古者用簡牒，故吏皆以刀筆自隨。」按：見《漢書·曹參傳》。

〔四二〕［注釋音辯］童（宗説）云：（鞬櫜）上居言切，馬上藏矢。下音臯，藏弓也。［百家注引孫汝聽曰］《左傳》：「右屬櫜鞬。」櫜鞬，盛弓矢之器。鞬，居言切。櫜音臯。按：見《左傳》僖公二十三年。

〔四三〕［注釋音辯］謂四川劉闢伏誅。［百家注引孫汝聽曰］岷，蜀山名。謂元和元年十月劉闢伏誅。按：《舊唐書·憲宗紀上》：「（元和元年九月）辛亥，高崇文奏收成都，擒劉闢以獻。……戊子，斬劉闢並子超郎等九人於獨柳樹下。」

〔四四〕［注釋音辯］童（宗説）云：鏖，於刀切，盡死殺人也。謂李錡伏誅。［韓醇詁訓］鏖，意曹反。《霍去病傳》：「合短兵，鏖蘭皋下。」顔師古曰：「鏖，謂苦擊而多殺也。」［百家注引孫汝聽曰］謂二年十一月李錡伏誅。按：《舊唐書·憲宗紀上》：「（元和二年十月）癸酉，潤州大將張子良、李奉僊等執李錡以獻。……十一月甲申，斬李錡於獨柳樹下，削錡屬籍。」

〔四五〕［韓醇詁訓］謂方叔、召虎也。［百家注引孫汝聽曰］方叔、召虎，周宣王二臣名。按：《詩經・小雅・采芑》：「方叔元老，可壯其猶。」受命北伐玁狁，南征荆蠻。《詩經・大雅・韓奕》：「江漢之滸，王命召虎。」曾討伐淮夷。

〔四六〕［注釋音辯］咎，通作皋。方叔、召虎、伊尹、皋陶。［韓醇詁訓］謂伊尹、皋陶也。按：伊尹佐湯，皋陶輔舜，皆古之賢臣。

〔四七〕［注釋音辯］《山海經》：「崑崙山上有木禾。」郭璞云：「榖也。」［韓醇詁訓］《穆天子傳》：「東征至黑水之阿，有野麥苓莖，西膜所謂木禾，粟類也。」［百家注引孫汝聽曰］《山海經》曰：「崑崙山上有木禾，長五尋，大五圍。」郭璞云：「木禾，榖類者也。」按：見《山海經・海内西經》。

〔四八〕［注釋音辯］《史記》：「東至於蟠木。」注：「東海中有山，上有大桃樹，屈蟠三千里。」［韓醇詁訓］東海有山，名曰度索。山有大桃樹，屈蟠三千里，曰蟠桃。按：見《史記・五帝本紀》。

〔四九〕［注釋音辯］周成王時，越裳國獻白雉。［韓醇詁訓］《前漢》：越裳氏重譯獻白雉。［百家注引孫汝聽曰］周成王時，越裳氏獻白雉，重九譯而至。按：見《後漢書・南蠻傳》。

〔五〇〕［注釋音辯］《尚書》云。［韓醇詁訓］西旅獻獒，見《書》。按：見《尚書・旅獒》。孔穎達疏：「獒是犬名。」

〔五一〕［注釋音辯］《周禮》：「朝士左九棘，孤卿大夫位焉。右九棘，公侯伯子男位焉。面三槐，三公位焉。」[**韓醇詁訓**]《秋官》：「朝士掌建邦外朝之法。左九棘，孤卿大夫位焉，群士在其後。右九棘，公侯伯子男位焉，群吏在其後。面三槐，三公位焉，州長衆庶在其後。」注：「樹棘以爲位者，取以赤心而外刺，象以赤心三刺也。槐之言懷也，懷來人於此，使與之謀。」**按**：見《周禮・秋官司寇・朝士》。

〔五二〕[**注釋音辯**]《周禮》：「卿執羔，大夫執雁。」[**韓醇詁訓**]《春官》：「大宗伯以禽作六摯，以等諸臣。卿執羔，大夫執雁。」注：「羔，小羊，取其群而不失其類。雁取其候時而行。」**按**：見《周禮・春官宗伯・大宗伯》。

〔五三〕[**注釋音辯**]潘（緯）云：辟音闢，法也。《左傳》昭公六年：「三辟之典，皆叔世也。」謂禹刑、肉刑、九刑。」[**百家注引張敦頤曰**]《左氏》：「夏有亂政而作《禹刑》，商有亂政而作《湯刑》，周有亂政而作《九刑》。」三刑之興，皆叔世也。肆宥，赦也。《春秋》「肆大眚」是也。**按**：以上作「三辟」解，可通。然此詩已云「三咽資李螬」，「三」字不應以首字重出，作「五」爲是。《漢書・霍光傳》顔師古注：「五辟，即五刑也。」《尚書・呂刑》：「惟作五虐之刑，曰法。」又《舜典》孔安國傳：「五刑：墨、劓、剕、宮、大辟。」隋則定笞、杖、徒、流、死爲五刑。

〔五四〕[**百家注**]（燾）徒刀切。**按**：《禮記・中庸》：「辟如天地之無不持載，無不覆幬。」「幬」與「燾」通。《舊唐書・憲宗紀上》：「（元和三年正月）癸巳，群臣上尊號曰睿聖文武皇帝……大赦天下。」

〔五五〕[注釋音辯]弢音叨。《莊子》「聞在宥天下」，又曰「解其天弢」。[韓醇詁訓](弢)音叨，弓衣也。[百家注引孫汝聽曰]《莊子》：「聞在宥天下，不聞治天下也。」又曰：「解其天弢，墮其天袠。」按：見《莊子·在宥》及《知北遊》。天弢，此喻指朝廷法網。《舊唐書·憲宗紀上》載元和元年八月，朝廷下詔：「左降官韋執誼、韓泰、陳諫、柳宗元、劉禹錫、淩準、程异等八人，縱逢恩赦，不在量移之限。」故有此語。

〔五六〕《文選》左思《吴都賦》：「平仲桾櫏，松梓古度，楠榴之木，相思之樹。」此代指家園。

〔五七〕[注釋音辯]張(敦頤)云：鄠，侯武切，縣名。[韓醇詁訓]鄠音户，京兆屬縣。[百家注引孫汝聽曰]漢宣帝尤樂杜、鄠之間。杜、鄠，長安上邑。

〔五八〕[注釋音辯](澇)音勞，水名。[韓醇詁訓]灃水出鄠南，澇水出鄠北。公《與許孟容書》云「先墓在城南」，又「城西有數頃田樹」，其此耶？按：酈道元《水經注》卷一九渭水：「(澇水)逕鄠縣故城西……亂流入於渭，即上林故地也。」李吉甫《元和郡縣圖志》卷二京兆府：「豐水，出(鄠)縣東南終南山……北流入渭。」

〔五九〕[百家注引孫汝聽曰]磻谿在鳳翔界。按：《水經注》卷一七渭水：「渭水之右，磻溪水注之。水出南山兹谷，乘高激流，注於溪中。……水次平石釣處，即太公垂釣之所也。」

〔六〇〕[注釋音辯]《前·吾丘壽王傳》：「阿城以東爲上林苑。」按：《三輔黃圖》卷一：「阿房宫亦曰阿城。」

〔六一〕［百家注引孫汝聽曰］《詩》：「去其螟螣，及其蟊賊，無害我田稺。田祖有神，秉畀炎火。」按：見《詩經・小雅・大田》，毛傳：「食心曰螟，食葉曰螣，食根曰蟊，食節曰賊。」「蛑」通「蟊」。

〔六二〕［注釋音辯］童（宗説）云：薅，呼毫切，除草也。［百家注引孫汝聽曰］《詩》：「周樂膴膴，堇荼如飴。」荼、堇，草名。薅，除草也。薅，呼豪切。按：見《詩經・大雅・緜》。

〔六三〕［注釋音辯］骭，下患切，脛骨。［韓醇詁訓］甯戚曰：「短布單衣纔至骭。」骭音岸，脛骨也。按：百家注本引韓醇注尚云：「或曰脅也。骭音旰。」甯戚歌見《史記・鄒陽列傳》裴駰集解引。

〔六四〕［韓醇詁訓］《莊子》曰：「偃鼠飲河，不過滿腹。」饕音叨，貪財也。按：百家注本引孫汝聽注同。所引見《莊子・逍遥遊》。

〔六五〕［注釋音辯］蒯，苦怪切。菅音奸，並茅類。《左傳》云：「無棄菅蒯。」［韓醇詁訓］蒯，苦怪切。菅音姦。［百家注引孫汝聽曰］《左氏》云：「《詩》曰：『雖有絲麻，無棄菅蒯。』」按：見《左傳》成公九年。

〔六六〕《莊子・逍遥遊》陸德明音義：「鷃，鷃雀也，今野澤中鶴鶉是也。」

〔六七〕［注釋音辯］潘（緯）云：鰌與鰍同。魛，都勞切，鮆魚也。［韓醇詁訓］上音囚，下音刀，魚也。［百家注引童宗説曰］鰌、魛，魚名，飲而不食。鰌音囚，魛音刀。

〔六八〕［注釋音辯］《易・履卦》云。［韓醇詁訓］《易》：「素履往，无咎。」按：《周易・履》王弼注：「履道惡華，故素乃无咎。」

〔六九〕[韓醇詁訓]《詩》:「干旄,美好善也。」按:見《詩經·鄘風·干旄》序。

〔七〇〕《梁書·任昉傳》任昉上表:「獨立高山之頂,懽與麋鹿同群。」

〔七一〕[蔣之翹輯注]槽,畜獸之食器。按:《史記·日者列傳》:「故騏驥不能與罷驢爲駟,而鳳凰不與燕雀爲群。」

〔七二〕[注釋音辯]溷,胡困切,濁也。

〔七三〕[注釋音辯]慆,他刀切,慢也。[百家注引孫汝聽曰]《書》:「無即慆淫。」慆,慢也。按:《論語·衛靈公》:「君子固窮。」孫引見《尚書·湯誥》。

〔七四〕[注釋音辯]潘(緯)云:踉,郎、良、狼、亮四音。蹌,七羊、七亮二切。倉踉、搶將同,欲行也。

〔七五〕[注釋音辯](敖)音敖,煎也。按:《詩經·邶風·静女》「説懌女美」,「説」通「悦」。

〔七六〕[韓醇詁訓]《論語》:「式負版者。」注:「負版者,執邦國之圖籍。」按:見《論語·鄉黨》。登年,多年。

〔七七〕[注釋音辯](鼛)音皋。《周禮》:「以鼛鼓鼓役事。」鼛,大鼓也,長一丈五尺。[韓醇詁訓]《周禮》:「鼛鼓鼓役事。」鼛音皋,大鼓也。按:見《周禮·地官司徒·鼓人》。

〔七八〕[百家注引童宗説曰]《廣雅》:「嘈,哜聲也。」音曹。

〔七九〕[注釋音辯]潘(緯)云:糾,通作糾。纆,莫此切。三合曰糾,兩股曰纆,皆索。賈誼爲長沙王傅,作《服賦》曰:「禍之與福,何異糾纆。」[韓醇詁訓]賈誼爲長沙王太傅,有鵩入室,作賦以自廣。有云：「福之與禍兮，何以糾纏。」按：百家注本引孫汝聽注與韓醇本同。潘引見《史記·賈生列傳》，韓引當據《文選》。

〔八〇〕［注釋音辯］桔，古屑切。槔，姑勞切。《莊子》：「子貢過漢陰，見一丈人方將爲圃畦。子貢曰：『有械於此，鑿木爲機，後重前輕，挈水若抽，其名爲槔。』爲圃者忿然曰：『有機械者必有機事。』」［韓醇詁訓］《莊子》：「子貢南遊於楚，反於晉，見一丈人方將爲圃畦，鑿隧而入井，抱甕而出灌，搰搰然用力多而見功寡。子貢曰：『有械於此，用力甚寡而見功多，其名爲槔。』爲圃者忿然而笑曰：『吾非不知，羞而不爲也。』」按：百家注本引孫汝聽注與韓醇本略同。見《莊子·天地》。

〔八一〕［注釋音辯］堯時，民擊壤於路。［百家注引孫汝聽曰］《逸士傳》曰：「堯時有壤父，擊於康衢。」王充《論衡》曰：「堯時，百姓無事，有五十之民，擊壤於塗。觀者曰：『大哉，堯之德也。』擊壤者曰：『堯何力於我也？』」按：見《論衡·藝增》，又見皇甫謐《高士傳》卷上。

〔八二〕［百家注引孫汝聽曰］《莊子》漢陰丈人曰：「有機械者必有機事。」

〔八三〕［蔣之翹輯注］蓊音翁，又烏孔切。按：曹丕《感物賦》「瞻玄雲之蓊鬱」，蓊鬱，盛貌。

〔八四〕［蔣之翹輯注］《左傳》：「投諸四夷，以禦魑魅。」按：見《左傳》文公十八年。杜預注：「魑魅，山林異氣所生，爲人害者。」

〔八五〕［注釋音辯］焄音勳。《禮記》：「焄蒿悽愴。」童（宗説）云：藨與蒿同義，本音，悲嬌切。［韓醇詁訓〕焄音勳。藨，普刀切。焄藨悽愴，見《禮記》。〔百家注引孫汝聽曰〕《禮記》「焄蒿悽愴」，注云：「氣也。」按：《禮記·祭義》：「焄蒿悽愴，此百物之精也，神之著也。」鄭玄注：「焄謂香臭也。蒿謂烝氣出貌也。」

〔八六〕〔注釋音辯〕知音智，罃音鶯。《左傳》：「知罃囚於楚，鄭賈人有欲寘諸褚中以出。既謀之，未行，而楚人歸之。賈人如晉，知罃善視之。」〔韓醇詁訓〕晉景公三年，楚圍鄭，鄭告急晉。楚與晉軍大戰，鄭附楚，反助楚攻晉，虜晉將知罃以歸。罃之在楚也，鄭賈人有將置諸褚中而出，既謀之未行，而楚人歸之。賈人如晉，荀罃善視之，如出諸己。按：事見《左傳》成公三年。褚，囊袋。

〔八七〕〔注釋音辯〕《史記》：「范雎變姓名入秦爲相，魏須賈使秦，雎敝衣見賈。賈曰：『范叔一寒如此哉！』取綈袍賜之。及見雎，雎曰：『以綈袍戀戀有故人意，故釋公。』」〔韓醇詁訓〕范雎欲事魏，家貧無以自資，乃先事魏中大夫須賈。須賈爲魏使於齊，范雎受齊之金，須賈怒雎，以告魏。魏笞擊雎，雎佯死。後入秦爲相，號曰張禄，而魏不知。使須賈於秦，范雎聞之，微行敝衣見須賈。賈曰：「范叔一寒至此哉！」乃取其一綈袍賜之。及見張相，乃即范雎也。須請罪，雎數其罪三，曰：「公之所以得無死者，以綈袍戀戀有故人之意，故釋公。」〔百家注引孫汝聽曰〕綈音題。按：見《史記·范雎列傳》。

〔八八〕〔百家注引孫汝聽曰〕伊人，謂褚中、綈袍者。

〔八九〕〔百家注引孫汝聽曰〕《詩》：「無思遠人，勞心忉忉。」忉忉，憂心貌。按：見《詩經·齊風·甫田》。

【集　評】

孫月峰（鑛）評點《柳柳州全集》卷四三：意趣大約近謝，寫景處甚工，但以篇太長，翻覺味減。若删去少半即盡善。「飢食」下四句：剪字法，本謝來，鍊句則比謝更巧。

蔣之翹輯注《柳河東集》卷四三：艱詞險韻，頗類昌黎聯句諸詩。「孤賞」二句：二語有無限悲惋感悼之意。「阿城」句：「濠」一作「豪」，避重韻也，按此詩二「濠」字、二「曹」字，説已見前。

汪森《韓柳詩選》：「放情」句下：起處總叙大意，仍落出放逐之由，便結出南亭之遊。「悽戚」句下：「入門」二句，便開後半意，接下先頓一小段，入中興望歸之意，乃一篇大展舒處。「安得」二句：中興一段，極力推頌，筆力宏敞，正爲落出「安得奉皇靈」一筆耳。曰「安得」，幾幾乎望之之辭。總下面極力寫歸田之樂，正見一片悲慨。「機事」句下：「苟伸」字與「安得」字相應，極見筆法。總評：長篇中極能琢鍊，用韻亦險峻，而兼以多用對句爲工。此詩約略分作四段。一起一收，前半爲南亭夜還，後半則叙志也。通篇以「丘壑尚」爲主，南亭之遊，適起歸田之望，所叙之志，正謂此耳。

何焯《義門讀書記》卷三七：「神明固浩浩」：神明，謂君心也。「暮景迴西岑」：轉出夜還。「木落寒山静」一聯：大謝詩：「野曠沙岸浄，天高秋月明。」「入門守拘縶」：以下叙志。「五辟咸肆宥」：「五」作「三」。「所懼齊焄蕙」：「蕙」與「蒿」同義。《禮記·祭義》注：「蒿，或作蕙。」

近藤元粹《柳柳州集》卷三：世皆以子厚爲自知其罪，雖然，讀此等詩，其實蓋未自知也。又：「叢林」句五平，肆筆遒麗清潤，才鋒可畏。又：「湧」字「跳」字，大奇。又評「木落」二句：妙句天來。又評「中川」以下四句：情思回折，卻有寬閑之意。又評「入門」四句：幽愁至此，何等狹中，是子厚之所以不及子瞻也。又評「安得」二句：希望特赦歸鄉，其情可憫，其愚可笑。總評：滿腹憤慨，極口吐露，使人憫然。

韋道安

道安本儒士，頗擅弓劍名。二十遊太行，暮聞號哭聲〔一〕。疾驅前致問，有叟垂華纓〔二〕。言我故刺史，失職還西京。偶爲群盜得，毫縷無餘嬴。貨財足非恡〔三〕，二女皆娉婷〔四〕。蒼黄見驅逐〔五〕，誰識死與生？便當此殞命，休復事晨征。一聞激高義，眥裂肝膽横〔六〕。掛弓問所往，趫捷超峥嶸①〔七〕。見盜寒澗陰，羅列方忿爭。一矢斃酋帥〔八〕，餘黨號且驚。麾令遞束縛，纆索相拄撑〔九〕。彼姝久褫魄〔一〇〕，刃下俟誅刑。卻立不親授〔一一〕，諭以從父行。捃收自擔肩〔一二〕，轉道趨前程。夜發敲石火，山林如晝明。父子更抱持，涕血紛交零。

頓首願歸貨，納女稱舅甥〔一三〕。道安奮衣去，義重利固輕。師婚古所病〔一四〕，合姓非用兵〔一五〕。竭來事儒術〔一六〕，十載所能逞②〔一七〕。慷慨張徐州〔一八〕，朱邸揚前旌〔一九〕。投軀獲所願，前馬出王城〔二〇〕。轅門立奇士〔二一〕，淮水秋風生。君侯既即世〔二二〕，麾下相欹傾③〔二三〕。立孤抗王命〔二四〕，鐘鼓四野鳴。橫潰非所壅，逆節非所嬰〔二五〕。舉頭自引刃，顧義誰顧形〔二六〕。烈士不妄死④，所死在忠貞。咄嗟徇權子〔二七〕，翕習猶趨榮〔二八〕。我歌非悼死，所悼時世情。

【校記】

① 世綵堂本注：「趫，一作趨。」

② 世綵堂本注：「十，一作千。逞，一作呈。」章士釗《柳文指要》下《通要之部》卷一二：「逞字作平聲用，見《文選》張平子《思玄賦》注：『字林曰：逞，盡也。』在本文謂讀儒書十載而能事盡，於意適合。十或作千，非。」

③ 麾，詁訓本作「戲」。

④ 妄，原作「忘」，據世綵堂本改。世綵堂本注：「忘，一作妄。」以與下句相聯，作「妄」是。

【解題】

〔韓醇詁訓〕公嘗爲《韋道安傳》，集載其題而亡其文。今觀此詩，則公所以爲之傳者，亦必指是事無疑也。詩云「慷慨張徐州」，即張建封。又云「君侯既即世，立孤抗王命」，謂貞元十六年建封死，軍亂，立其子愔爲留後也。觀詩意，道安嘗佐張於徐州，及軍亂而道安自殺，故詩有「顧義誰顧形」之句。按：韓説是。徐州軍亂，立張愔爲留後在貞元十六年，則宗元此詩亦當作於是年。

【注釋】

〔一〕［蔣之翹輯注］號，平聲。

〔二〕［百家注引童宗説曰］《説文》云：「纓，冠繫也。」

〔三〕［注釋音辯］「恡」與「吝」同。

〔四〕［注釋音辯］娉，普丁切。婷，唐丁切，美女。［百家注］二字並平聲。

〔五〕［蔣之翹輯注］倉黄，猶倉皇也。按：沈德潛《説詩晬語》卷下：「人以忙遽爲倉皇，然古人多作倉黄。少陵：『誓欲隨君去，形勢反倉黄。』『倉黄已就長途往，邂逅無端出餞遲。』柳州：『倉黄見驅逐，誰識死與生。』又云：『數州之犬，倉黄吠噬。』無作倉皇者。倉皇二字，應是後人誤用，因倉卒皇遽而連及之也。」

〔六〕［注釋音辯］眥，疾智切，目邊也。《史記》：「怒目，眥皆裂。」按：見《史記·項羽本紀》。

〔七〕［注釋音辯］趫音喬，善走也。崢，初耕切。嶸音宏。［百家注引童宗説曰］趫，善走。崢嶸，山峻貌。趫音喬。

〔八〕［注釋音辯］酋，所由切。帥，所類切。

〔九〕［注釋音辯］纆，密北切，黑索。撐，抽庚切，拄也。《説文》作撜，諸韻作撐。［百家注引童宗説曰］纆，黑索。按：《玉臺新詠》陳琳《飲馬長城窟行》：「君獨不見長城下，死人骸骨相撐拄。」支持也。

〔一〇〕［注釋音辯］姝，春朱切，美也。《詩》：「彼姝者子。」褫，丈亦切，奪也。張平子《西京賦》：「奪氣褫魄。」［韓醇詁訓］張平子《東京賦》「朝疲夕倦，奪氣褫魄」之爲者也。褫音雉，驚也。［百家注引孫汝聽曰］《詩》「彼姝者子」，謂二女也。按：見《詩經·鄘風·干旄》及《文選》張衡《東京賦》。

〔一一〕［注釋音辯］《孟子》：「男女授受不親。」［百家注引孫汝聽曰］《孟子》：「男女授受不親，禮也。」按：見《孟子·離婁上》。

〔一二〕［注釋音辯］捃，俱運切。按：捃同攈，拾也，見《説文》。

〔一三〕［百家注引孫汝聽曰］甥，壻也。《孟子》「帝館甥於貳室」是也。按：見《孟子·萬章下》。

〔一四〕［注釋音辯］《左傳》威公六年：「鄭太子忽曰：『今以君命奔齊之急，而受室以歸，是以師婚也。』」［韓醇詁訓］《左氏》桓公六年：「齊侯欲以文姜妻鄭太子忽，太子忽辭。及其敗戎師也，齊請娶之，固辭曰：『無事於齊，吾猶不敢。今以君命，奔齊之急，而受室以歸，是以師昏也，民其謂我何？』遂辭諸鄭伯。」按：百家注本引孫汝聽注與韓注本略同。見《左傳》桓公六年。童注誤「桓」爲「威」。

〔一五〕〔注釋音辯〕《禮記・昏義》篇：「合二姓之好。」

〔一六〕〔注釋音辯〕朅，丘揭切。**按**：張相《詩詞曲語辭匯釋》卷四：「朅來，猶云爾來或爾時以來也，猶云迄今……柳宗元《韋道安》詩『朅來事儒術，十載所能逞』，言爾來事儒術經十載，亦猶云事儒術十載以來也。」

〔一七〕〔注釋音辯〕逞，必貞切。

〔一八〕〔注釋音辯〕徐泗濠節度使張建封。

〔一九〕〔注釋音辯〕潘（緯）云：邸，可禮切。《選》「朱邸方開」，李善注引《史記》曰「諸侯朝天子，於天子之所立舍曰邸」，諸侯朱户，故曰朱邸。〔百家注引孫汝聽曰〕朱邸，謂長安邸舍。**按**：見《文選》謝朓《拜中軍記室辭隋王箋》及注。據《舊唐書・張建封傳》，貞元十三年冬，建封入覲京師。

〔二〇〕〔注釋音辯〕建封來朝，道安從之。〔百家注引孫汝聽曰〕貞元十三年十月，建封來朝，道安從之。

〔二一〕〔注釋音辯〕《前漢・項籍傳》「轅門」注：「軍行，以車爲陣，轅相向爲門。」〔韓醇詁訓〕《項籍傳》：「羽見諸侯將，入轅門。」張晏曰：「軍行，以車爲陣，轅相向爲門。」顔師古曰：「《周禮・掌舍》：王行，則設車宫轅門」也。

〔二二〕〔注釋音辯〕謂貞元十六年張建封卒。〔百家注引孫汝聽曰〕（貞元）十六年六月，建封卒。

〔二三〕〔韓醇詁訓〕《項籍傳》：「戲下騎從者八百餘人。」顔師古曰：「戲，大將之旗也。音許宜，又音許爲。《漢書》通以戲爲旌麾，指麾字。」

〔二四〕〔注釋音辯〕謂軍中立建封子張愔爲留後。按：《舊唐書·德宗紀下》：「（貞元十六年五月）徐泗濠節度使、檢校尚書右僕射、徐州刺史張建封卒。壬子，徐州軍亂，不納行軍司馬韋夏卿，迫建封子愔爲留後。……（六月丙午）以前虢州參軍張愔起復驍衛將軍，兼徐州刺史、御史中丞、本州團練使、知徐州留後。」

〔二五〕章士釗《柳文指要》下《通要之部》卷一二：「壅，塞也。謂軍士作亂，未能塞而止之。嬰，加也。謂正直成性，逆節之事不能加之。」

〔二六〕〔百家注引孫汝聽曰〕是月，軍中立建封子愔爲兵馬留後。

〔二七〕〔注釋音辯〕咄，丁没切。按：《公羊傳》哀公十四年徐彦疏：「咄嗟，猶歎息也。」

〔二八〕《晉書·閻纘傳》閻纘上疏：「賈謐小兒，恃重恣睢，而淺中弱植之徒，更相翕習。」翕習，謂親近也。

【集評】

黄震《黄氏日鈔》卷六〇：韋道安遇故刺史被盜，女爲所掠，道安縛致之。刺史歸賄，納女以報，道安辭焉。

蔣之翹輯注《柳河東集》卷四三：奇人奇事，足存之詠歌。

黄周星《唐詩快》卷二：「刃下」句下：危哉可憐！「山林」句下：有景。「義重」句下：此乃大聖賢、大菩薩也，安得僅以仁人義士目之？「顧義」句下：惜哉！總評：天下有如此奇人，所謂廉頗、藺相如，千載之下猶凜凜有生氣。此等詩真可廉頑立懦。

賀裳《載酒園詩話又編·柳宗元》：子厚有良史之才，即以韻語出之，亦自鬚眉欲動。如叙韋道安斃盜辭婚事，生氣凜凜。吾尤喜其「師婚古所病，合姓非用兵」，語甚典雅。

汪森《韓柳詩選》：「趫捷」句下：點染都有生氣，於條暢中具見筋骨。「刃下」句下：「誅刑」字失斟酌。總評：特表太行救二女事，後言死難徐州，便見其立節慷慨，終始不移。筆端亦豪邁相稱。

何焯《義門讀書記》卷三七：「淮水秋風生」：「秋風生」暗用「風從虎」。

喬億《劍溪説詩又編》：子厚爲《韋道安》詩，叙致詳贍，篇法高古，可當韋生小傳。白傅諷諭諸篇，有此筆力否？「疾驅」二字便有高義在。「有叟」句下：已透下「刺史」。「休復」句下：以上述叟之言，「晨」字從上「暮」字來。「掛弓」句下：不曰奮身，乃曰掛弓，趁勢插入，捷甚。「趫捷」句下：指太行。「羅列」句下：謂所掠貨財。「一矢」句下：前已提出「掛弓」，便可直入。「麾令」句下：「遞」字好。「刃下」句下：詩意將爲彼姝解縛，句中只言被縛，下二「久」字，是斃賊後始見彼姝情景也。其不爲賊汙，不白而義自見。筆力高絶。「諭以」句下：達禮之言，是儒士本色。「轉道」句下：字字有根節。「山林」句下：敲石火、如晝明，即女子夜行以燭義。若男子黑夜從行，當別叙一番情景。「夜發」與上「晨征」、「暮聞」一綫。「合姓」句下：是儒士本色語。「十載」句下：「所能」謂弓箭也。雙收正與起應。前案已結，此下別舉一事，見韋終蹈義死也。截然兩段，不用聯絡，而氣脈自相灌輸。「淮水」句下：五字有生氣，有餘情。入張侯即世，亦步驟從容。「所死」句下：儒士、奇士、烈士，俱篇中著眼字。末句下：結處只歎死義爲難能，不更挽難盜事，足見末段爲餘波耳。總評：右詩第三句標韋之年，見年少勇能殲盜，彼父亦以年少願納女，且見女娉婷，拒以師婚，在年少尤爲義舉。既勇且義，所以投軀幕府，至死不變也。通篇具史公義法，而此句與《賈誼傳》「年十八」、「年二十餘」正同。若四十、五十，事可書，年不足稱已。

沈德潛《唐詩別裁集》卷四：難群盜爲勇士，辭師婚爲義士，後顧義引刃，又爲忠貞之士矣。非柳州表揚之，道安幾於湮没。

王闓運《湘綺樓説詩》卷八：看唐詩柳子厚叙韋道安，苦無章法，不知輕重故也。當以不從逆在先，後叙救女，則精采矣。

吴汝綸《柳州集點勘》：似退之。

近藤元粹《柳柳州集》卷三：快人快事，使人呼快。又：宜領言外憤慨之意。

哭連州淩員外司馬

廢逐人所棄，遂爲鬼神欺。才難不其然〔一〕，卒與大患期〔二〕。淩人古受氏〔三〕，吴世夸雄姿〔四〕。寂寞富春水①〔五〕，英氣方在斯〔六〕。六學誠一貫〔七〕，精義窮發揮〔八〕。著書逾十年，幽賾靡不推〔九〕。天庭掞高文〔一〇〕，萬字若波馳②〔一一〕。記室征西府，宏謀耀其奇〔一二〕。輶軒下東越，列郡蘇疲羸〔一三〕。宛宛淩江羽，來棲翰林枝〔一四〕。孝文留弓劍〔一五〕，中外方危疑。抗聲促遺詔，定命由陳辭〔一六〕。徒隸肅曹官③，征賦參有司〔一七〕。出守烏江滸〔一八〕，老遷湟水湄④〔一九〕。高堂傾故國，葬際限囚羈〔二〇〕。仲叔繼幽淪，狂叫唯童兒〔二一〕。一門既無主，焉用徒生爲！舉聲但呼天，孰知神者誰？泣盡目無見〔二二〕，腎傷足不持。溘死委炎荒〔二三〕，臧獲守靈帷〔二四〕。平生負國譴⑤，骸骨非敢私。蓋棺未塞責〔二五〕，孤旐凝寒颸〔二六〕。念昔始相遇，腑腸爲君知⑥。進身齊選擇，失路同瑕疵〔二七〕。本期濟仁義，今爲衆所嗤。滅名竟不試⑦，世義安可支⑧。恬死百憂盡，苟生萬慮滋。顧余九逝魂〔二八〕，與子各何之？我歌誠自慟，非獨爲君悲。

【校　記】

①世綵堂本注：「寘，一作寥。」

②萬，注釋音辯本、游居敬本作「寓」。波，詁訓本作「池」。

③世綵堂本注：「曹，一作都。」

④世綵堂本注：「老，一作左。」按貶官稱左遷，作「左」是。

⑤世綵堂本注：「負，一作罹。」

⑥世綵堂本注：「腑，一作肺。」

⑦原注與諸本皆注曰：「竟，一本作競，誤。」

⑧世綵堂本注：「義，一作議。」何焯《義門讀書記》卷三七：「『義』作『議』。」當作「議」是。

【解　題】

［注釋音辯］凌準。［韓醇詁訓］凌員外準也。嘗考其卒之年月，當元和三年，注詳於誌矣。詩是時作。［百家注引孫汝聽曰］凌準字宗一，杭州富陽人。永貞元年十一月，謫連州司馬員外置同正員。元和三年卒。注詳於誌矣。按：柳宗元《故連州員外司馬凌君權厝誌》記凌準臨終言：「余生於辰，今而寓乎戌，辰、戌衝也。」戌，諸本或作「戊」。戊爲天干，與辰無相衝之理。韓氏認作「戊」，遂定凌準卒於元和三年戊子。凌準卒年應是元和元年丙戌。故此詩亦元和元年作。連州，唐屬江

南西道。

【注　釋】

〔一〕［百家注引童宗説曰］子曰：「才難，不其然乎？」按：見《論語·泰伯》。爲人才難得之意。

〔二〕［蔣之翹輯注］大患，謂死也。

〔三〕［注釋音辯］《周禮》：「凌人掌冰。」［韓醇詁訓］周官凌人爲掌冰之官，因以爲氏。按：見《周禮·天官冢宰·凌人》。

〔四〕［注釋音辯］《吴志》：「凌統爲偏將軍，二子俱封。」［韓醇詁訓］三國時吴有凌統者。［百家注引孫汝聽曰］《吴志》：「凌統字公績，事孫權爲偏將軍。二子烈、封。」按：見《三國志·吴書·凌統傳》。凌廷堪《校禮堂文集》卷二七《甯國凌氏宗譜序》謂若依官爲氏，「凌」字從「冰」。凌水出臨淮，凌統之族從凌水得姓，則當從「氵」，《三國志》作「凌」爲後人所改。

〔五〕［百家注引孫汝聽曰］寂寞，謂統後無其人也。富春，晉世改曰富陽。

〔六〕［注釋音辯］凌準，杭州富陽人。［韓醇詁訓］凌君富春人也。［百家注引孫汝聽曰］在斯，謂在準也。

〔七〕［注釋音辯］六經也。［百家注引童宗説曰］六學，六藝。按：謂《詩》、《書》、《禮》、《樂》、《易》、《春秋》。

〔八〕［百家注引孫汝聽曰］《易·繫》：「精義入神，以致用也。」又《説卦》曰：「發揮於剛柔而生爻。」

〔九〕［注釋音辯］賾，在革切。準著《後漢春秋》三十餘萬言，又著《六經解圍人文集》。［韓醇詁訓］《誌》云：「著《漢後春秋》二十餘萬言，又著《六經解圍人文集》。」［百家注］賾，深也。按：百家注本引韓醇注曰「又著《六經解圍人文集》，未就」。

〔一〇〕［注釋音辯］掞，舒贍切。按：《文選》左思《蜀都賦》「摛藻掞天庭」，掞，發揚意。

〔一一〕［注釋音辯］準以書干丞相，丞相以聞，試其文於萬言。［韓醇詁訓］《誌》云：「年二十，以書干丞相，丞相以聞，試其文，日萬言，擢爲崇文館校書郎。」

〔一二〕［注釋音辯］建中初，準以金吾兵曹爲邠寧掌書記。涇原之亂，以謀畫佐節度使韓遊瓌。［韓醇詁訓］《誌》云：「準以金吾兵曹爲邠寧節度掌書記。」［百家注引孫汝聽曰］建中初，準以金吾兵曹爲邠寧節度使掌書記。涇原之亂，以謀畫佐節度使韓遊瓌，有大功。按：征西府，即謂邠寧節度使府。建中四年，涇原節度使姚令言反，推朱泚爲主。時凌準爲邠寧節度掌書記，佐韓遊瓌征討朱泚有功。

〔一三〕［注釋音辯］輶，夷周切，輕車也。《風俗通》曰：「周秦常以八月遣輶軒之使，採異代方言。」謂準爲浙東觀察判官。［韓醇詁訓］輶音游，輕車也。《誌》云：「準遷侍御史，爲浙東廉使判官。撫循疲人，按驗汙吏，吏人敬愛。」［百家注］輶軒，輕車。孫（汝聽）曰：邠寧府喪，準罷職爲浙東廉使判官。撫循疲人，按驗汙吏，吏人敬愛。東越，即謂浙東也。輶音由。按：童引見應劭《風俗通義序》。

〔一四〕［注釋音辯］準在浙東，治名聞於上，召爲翰林學士。［韓醇詁訓］《誌》云自浙東判官召爲翰林學士。按：百家注本引孫汝聽注與童注本同。《舊唐書·德宗紀下》：「（貞元二十一年正月）丙子，以浙東觀察判官淩準爲翰林學士。」

〔一五〕德宗謚號神武孝文皇帝，廟號德宗。《史記·封禪書》：「黄帝采首山銅，鑄鼎於荆山下。鼎既成，有龍垂胡髯下迎黄帝，黄帝上騎，群臣後宫從上者七十餘人，龍乃上去。餘小臣不得上，乃悉持龍髯，龍髯拔，墮，墮黄帝之弓。百姓仰望黄帝既上天，乃抱其弓與胡髯號。故後世因名其處曰鼎湖，其弓曰烏號。」後世用爲皇帝去世的典故。

〔一六〕［注釋音辯］德宗崩，群臣議，祕五日乃下遺詔，準獨晝其不可，乃以旦日發喪。［韓醇詁訓］《誌》云：「德宗崩，邇臣議祕三日乃下遺詔，君獨抗危辭以語同列王伾，晝其不可者十六七。乃以旦日發喪，六師萬姓安其分。遂入爲尚書郎，仍以文章侍從，由本官參度支，調發出納，姦吏衰止。」按：此謂順宗立。

〔一七〕［注釋音辯］準自翰林參度支。

〔一八〕［注釋音辯］烏江，和州也。準坐叔文黨，貶和州刺史。［百家注引孫汝聽曰］永貞元年九月，準坐王叔文黨，出爲和州刺史。烏江，即和州也。滸，水涯。按：祝穆《方輿勝覽》卷四九和州：

「烏江浦在烏江縣東四里，即亭長艤舟待項王處。」

〔一九〕［注釋音辯］湟水，連州也。謂準降連州司馬。［韓醇詁訓］烏江在和州。湟水在連州。《誌》云：「準以連累，出和州，降連州。」按：劉禹錫《劉夢得文集》卷二七《連州刺史廳壁記》：「西北朝拱於九疑，城下之浸曰湟水。」祝穆《方輿勝覽》卷三七連州：「湟水，在桂陽縣，即漢伏波將軍路博德討南越之所。」凌準於永貞元年九月貶和州刺史，十一月再貶連州司馬。

〔二〇〕［注釋音辯］謂準母卒於家，準以罪不得歸。

〔二一〕［注釋音辯］準二弟繼死。［韓醇詁訓］《誌》云：「準在連，居母喪不得歸，而二弟繼死。」［百家注引孫汝聽曰］高堂，北堂也。準母卒於家，準不得歸。二弟繼死。準二子曰夷仲、永仲。

〔二二〕［注釋音辯］準母死，哭泣，遂喪其明。按：百家注本引韓醇注同。

〔二三〕［注釋音辯］童（宗説）云：溘，渴合切，奄忽也。［蔣之翹輯注］《説文》：「溘，淹忽也。」按：屈原《離騷》：「寧溘死而流亡兮。」

〔二四〕揚雄《方言》卷三：「臧獲，奴婢賤稱也。荆淮海岱雜齊之間駡奴曰臧，駡婢曰獲。」

〔二五〕［注釋音辯］劉毅云：「丈夫兒蹤跡不可尋常使混群小中，蓋棺事方定矣。」按：韓醇注同。所引見《錦繡萬花谷》前集卷二六。

〔二六〕［注釋音辯］童（宗説）云：颸音思，輕風也。按：旐，出喪時在前面引路的旗。

〔二七〕揚雄《解嘲》：「當途者入青雲，失路者委溝渠。」

〔二八〕《楚辭·抽思》：「惟郢路之遼遠兮，魂一夕而九逝。」

【集　評】

劉克莊《後村詩話》後集卷二：子厚永、柳以後詩，高者逼陶、阮。然身老遷謫，思含悽愴。如《哭凌司馬》云：「恬死百憂盡，苟生萬慮滋。」乃犯孔北海臨終之作，不祥甚矣。坡公云：「平生萬事足，所欠惟一死。」惜不令子厚見之。

陸時雍《唐詩鏡》卷三七：寃號慟哭，是其所宜，故其瀝衷皆盡。

孫月峰（鑛）評點《柳柳州全集》卷四三：「遂爲」句下：起兩句奇壯，唤起一篇精神。「孤旐」句下：寫得使人不忍讀，一步苦一步。末句下：從肺腑中道出，自有一種真味。總評：悲痛意以感慨調發之，氣甚雄肆。

蔣之翹輯注《柳河東集》卷四三：范元實（温）曰：此詩寫盡凌準平生，最是筆力。「骸骨」句下：語凜凜，是子厚榜樣，故結云「誠自痛」也。

汪森《韓柳詩選》：「卒與」句下：起四句悲感深重。「舉聲」句下：「呼天」句已與起句相應。末句下：此段關切到自己，語意沉痛，是屈、賈之遺風。

李光地《榕村語録》卷三〇：子美《北征》無一對句。昌黎《與崔群詩》「燕席謝不詣」二句便對。柳詩不能如此高古，其工妙者多似六朝。然《哭凌司馬》與《韋道安》二詩，雖曹子建把筆，不能過。

何焯《義門讀書記》卷三七：不減陳思《贈白馬》之作。

旦攜謝山人至愚池

新沐換輕幘①〔一〕，曉池風露清②。自諧塵外意，況與幽人行③〔二〕。霞散衆山迥，天高數雁鳴。機心付當路〔三〕，聊適羲皇情〔四〕。

【校　記】

① 輕，詁訓本作「巾」。

② 露，注釋音辯本、詁訓本、游居敬本作「霧」。

③ 況，詁訓本作「向」。

【解　題】

［韓醇詁訓］《愚溪詩序》「溪有愚池」，即此也。愚溪之作在元和五年，此詩當六年間秋時作，與已下詩皆在永州也。按：韓説可從。

【注　釋】

〔一〕［注釋音辯］潘（緯）云：幘，側革切，古卑賤不冠者所服。漢元帝額有壯髮，始服之。［韓醇詁訓］《楚辭·漁父》篇：「新沐者必彈冠。」

〔二〕《周易·履》：「履道坦坦，幽人貞吉。」此謂謝山人。

〔三〕［百家注集注］《莊子》：「有機事者必有機心。」《孟子》：「夫子當路於齊。」按：見《莊子·天地》及《孟子·公孫丑上》。

〔四〕［注釋音辯］陶淵明自謂羲皇上人。［韓醇詁訓］陶潛高卧北窗，自號羲皇上人。按：見陶淵明《與子儼等疏》。

【集　評】

《瀛奎律髓彙評》卷一四：方回：詩不純於律，然起句與五、六，乃律詩也。幽而光，不見其工而不能忘其味，與韋應物同調。韋達，故淡而無味。馮舒評：律與不律，不在平仄，方君一生不解也。陸貽典評：所謂律詩者初不在平仄，何云不純於律？紀昀評：韋豈可云無味？以爲宦達故無味，更爲僻謬。紀昀總評：七句太激，便少藴藉。

陸時雍《唐詩鏡》卷三七：起調迥仄。「霞散」二韻，氣韻高標。

孫月峰（鑛）評點《柳柳州全集》卷四三：意興灑然。

陸夢龍《柳子厚集選》卷四：令人心淡。
黄周星《唐詩快》卷九：發付機心，甚妙。
汪森《韓柳詩選》：柳詩短章極有言外之意，故佳。
近藤元粹《柳柳州集》卷三：清氣襲人。又評「機心付當路」二句：强爲寬綽之語耳。

獨覺

覺來窗牖空，寥落雨聲曉。良游怨遲暮〔一〕，末事驚紛擾。爲問經世心①〔二〕，古人誰盡了②？

【校　記】

① 世綵堂本注：「世，一作濟。」
② 誰，《全唐詩》作「難」。

【解　題】

［注釋音辯］覺，去聲。按：睡醒之意。首句之「覺」，亦爲此意。此詩作於永州，年月無考。

【注釋】

〔一〕屈原《離騷》：「惟草木之零落兮，恐美人之遲暮。」

〔二〕葛洪《抱朴子·審舉》：「故披《洪範》而知箕子有經世之器。」謂治理世事。

【集評】

陸時雍《唐詩鏡》卷三七：末二語名言，通恨。

孫月峰（鑛）評點《柳柳州全集》卷四三：首二句：寫景妙。末二句：點得透快。

首春逢耕者

南楚春候早〔一〕，餘寒已滋榮〔二〕。土膏釋原野〔三〕，百蟄競所營〔四〕。綴景未及郊①，穡人先耦耕②〔五〕。園林幽鳥囀，渚澤新泉清。農事誠素務，羈囚阻平生。故池想蕪没，遺畝當榛荆。慕隱既有繫，圖功遂無成。聊從田父言，款曲陳此情。眷然撫耒耜〔六〕，迴首煙雲横。

【校記】

①世綵堂本注：「綴，一作掇。」

②耦，原作「偶」，世綵堂本同，此據注釋音辯本、詁訓本、五百家注本改。

【解　題】

此詩作於永州，年月無考。《初學記》卷三引梁元帝《纂要》：「正月孟春，亦曰……發春、獻春、首春。」章士釗《柳文指要》下《通要之部》卷一：「此逢耕者而悟到切身素務，謂本應從事於農，無奈羈囚於此，分身不得，撫摩耒耜，款曲情深。追想遺畝故池，都付蕪没，言下瞻依不盡，悔念如燒。」

【注　釋】

〔一〕柳宗元《與李翰林建書》：「永州於楚爲最南。」

〔二〕《爾雅・釋草》：「木謂之華，草謂之榮。」

〔三〕［百家注引孫汝聽曰］《國語》：「陽氣俱蒸，土膏其動。」膏，土潤也。按：見《國語・周語上》。

〔四〕［百家注引孫汝聽曰］蟄，藏也。《莊子》：「蟄蟲始作。」蟄，直立切。按：《禮記・月令》孟春之月：「蟄蟲始振。」

〔五〕《左傳》襄公四年：「民獲其野，穡人成功。」農夫也。《論語・微子》：「長沮、桀溺耦而耕。」

〔六〕《周易・繫辭下》：「神農氏作，斵木爲耜，揉木爲耒，耒耨之利，以教天下。」

【集評】

陸時雍《唐詩鏡》卷三七：末數語極懇款之致，覺此衷憮然一往。

孫月峰（鑛）評點《柳柳州全集》卷四三：近陶。

蔣之翹輯注《柳河東集》卷四三：宋瑛曰：差有淵明風味。

沈德潛《唐詩别裁集》卷四：因逢耕者而念及田園之蕪，羈人心事，不勝黯然。

近藤元粹《柳柳州集》卷三：貶謫不平之意片時不能忘於懷，故隨筆發露，平澹中亦有憤懣，可厭也。

溪居

久爲簪組累，幸此南夷謫〔一〕。閑依農圃鄰，偶似山林客〔二〕。曉耕翻露草，夜榜響溪石①。來往不逢人，長歌楚天碧。

【校記】

①榜，詁訓本作「搒」，注曰：「搒，蒲浪切，池畔也。」注釋音辯本曰：「榜，孔孟切，進船也。童本作搒，蒲浪切，池畔也。」原注引孫汝聽注、世綵堂注本與音辯本同。

【解　題】

柳宗元《與楊誨之書》：「方築愚溪東南爲室，耕野田，圃堂下，以詠至理。」當與此詩所寫爲一處。書作於元和五年，知此詩亦大致作於是時。

【注　釋】

〔一〕《楚辭》屈原《涉江》：「哀南夷之莫我知兮，旦余濟乎江湘。」

〔二〕《文選》郭璞《游仙詩七首》七：「長揖當途人，去來山林客。」謂隱士。

【集　評】

《唐詩品彙》卷一五引劉辰翁云：境與神會，不由思得，欲重見自難耳。

顧璘批點《唐詩正音》卷三：超逸。

陸時雍《唐詩鏡》卷三七：音如琢玉。

周珽《删補唐詩選脈箋釋會通評林》卷一二：因謫居，尋出樂趣來。與《雨後尋愚溪》、《曉行至愚溪》二詩，點染情興欲飛。

孫月峰（鑛）評點《柳柳州全集》卷四三：脱灑。

黄周星《唐詩快》卷五：如此亦得。

賀裳《載酒園詩話又編·柳宗元》：然坡（蘇軾）語曰：「所貴於枯淡者，謂外枯而中膏，似淡而實美，淵明、子厚之流是也。若中邊皆枯，淡亦何足道。」自是至言。即如「曉耕翻露草，夜榜響溪石」，「引杖試荒泉，解帶圍新竹」，「寒花疎寂歷，幽泉微斷續」，「風窗疎竹響，露井寒松滴」，孰非目前之景，而字句高潔，何嘗不澹！何病於穠！

沈德潛《唐詩別裁集》卷四：愚溪諸詠，處連蹇困厄之境，發清夷澹泊之音，不怨而怨，怨而不怨，行間言外，時或遇之。

陸鎣《問花樓詩話》卷一：昔人謂「詩中有畫，畫中有詩」，然亦有畫手所不能到者。先廣文嘗言……柳子厚《溪居》詩「曉耕翻露草，夜榜響溪石」，《田家》詩「雞鳴村巷白，夜色歸暮田」，此豈畫手所能到耶？

章燮《唐詩三百首注疏·五言古詩》：「幸此」句下：謫而曰幸，不怨之怨，怨深哉！「夜榜」句下：「曉耕」一聯，言既是山林客，則所事俱是山林矣。「曉」、「夜」二字寓日月淹留意。

近藤元粹《柳柳州集》卷三：似仄律。

高步瀛《唐宋詩舉要》卷一：清泠曠遠。

夏初雨後尋愚溪①

悠悠雨初霽，獨繞清溪曲〔一〕。引杖試荒泉，解帶圍新竹。沉吟亦何事？寂寞固所欲。幸此息營營〔二〕，嘯歌静炎燠②〔三〕。

【校　記】

① 愚，原作「漁」，據諸本改。

② 静，詁訓本作「盡」。又按：百家注本詩後所附劉禹錫《傷愚溪三首》，注釋音辯本、詁訓本、蔣之翹輯注本皆未附。

【解　題】

［百家注引王儔補注］觀公前後諸詩序，溪居之勝可見矣。公殁未幾，而故址廢焉。《劉夢得集》有《傷愚溪》詩三首，其引云：「子厚之謫永州，得勝地，結茆樹蔬，爲沼沚，爲臺榭，目曰愚溪。子厚殁三年，有僧遊零陵，告余曰：『愚溪無復曩時矣。』一聞僧言，悲不能自勝，遂以所聞爲七言以寄恨。」今附於後。（按：劉詩與柳宗元此詩關係不大，故移於書後附録《柳宗元資料》）按：約作於元和五年。

【注　釋】

〔一〕高步瀛《唐宋詩舉要》卷一：「《藝文類聚·水部下》引《俗説》曰：郗僧施清溪中汎，到一曲之處輒作詩一篇，謝益壽見詩笑曰：『青溪之曲復何窮盡！』」

〔二〕《詩經·小雅·青蠅》：「營營青蠅，止于樊。」毛傳：「營營，往來貌。」

〔三〕《藝文類聚》卷三謝朓《出下館》：「麥候始清和，涼雨銷炎燠。」燠，熱也。

【集　評】

陸時雍《唐詩鏡》卷三七：「引杖」二語有寫作。

陸夢龍《柳子厚集選》卷四：二首（按：與《溪居》）道心。

黄周星《唐詩快》卷五：可知避暑之方矣。

近藤元粹《柳柳州集》卷三：勉强之語似自然。

高步瀛《唐宋詩舉要》卷一：「解帶」句下：情景真切。

入黄溪聞猿

溪路千里曲〔一〕，哀猿何處鳴？　孤臣淚已盡，虚作斷腸聲〔二〕。

【解　題】

［注釋音辯］黄溪在永州。［韓醇詁訓］黄溪在永州。集有記，在元和八年十月作。下篇《韋使君黄溪祈雨》亦在八年。此詩豈公從韋君入溪時作耶？按：韓説可從。《太平御覽》卷五三引《荆州記》：「零陵郡東南有黄溪，西有礬石岡。」祝穆《方輿勝覽》卷二五永州：「黄溪在州北九十里，柳子厚記有云：『環永之治，其間多名山水，而黄溪最善。』」

【注　釋】

〔一〕［蔣之翹輯注］《公羊傳》：「河千里而一曲。」

〔二〕［蔣之翹輯注］《宜都山川記》：「峽中猿鳴，行者歌曰：『巴東三峽，猿鳴長悲。猿鳴至三聲，聞者淚沾衣。』」按：《太平御覽》卷九一〇引《宜都山川記》：「峽中猿鳴至清，山谷傳其響，泠泠不絶。行者歌之曰：『巴東三峽猿鳴悲，猿鳴三聲淚沾衣。』」

【集　評】

唐汝詢《唐詩解》卷二三：猿聲雖哀，而我無淚可滴，此於古歌中翻一新意，更悲。

周珽《删補唐詩選脈箋釋會通評林》卷四九：上二句盡題面，下二句入情。多感思，得翻案法。

孫月峰（鑛）評點《柳柳州全集》卷四三：翻舊爲新。

黄周星《唐詩快》卷一四：總是一悲。
汪森《韓柳詩選》：翻斷腸意，更深一層。
吴昌祺《删訂唐詩解》卷一二：此種皆所謂窮而後工也。
沈德潛《唐詩别裁集》卷一九：翻出新意，愈苦。

韋使君黄溪祈雨見召從行至祠下口號

驕陽愆歲事，良牧念菑畬〔一〕。列騎低殘月，鳴笳度碧虚。稍窮樵客路，遥駐野人居。谷口寒流浄，叢祠古木疎〔二〕。焚香秋霧濕，奠玉曉光初〔三〕。肹蠁巫言報〔四〕，精誠禮物餘①。惠風仍偃草〔五〕，靈雨會隨車〔六〕。俟罪非真吏〔七〕，翻慚奉簡書〔八〕。

【校　記】

①誠，詁訓本作「神」。

【解　題】

〔韓醇詁訓〕《黄溪記》云：「溪距州治七十里，由東南行六百步至黄神祠。」即此也。祠之從來，記具之矣。公在永時，嘗事二韋太守，一在元和元年，見《賀改元表》。一在元和七年八年，見集之《新堂記》。詩當八年作。［百家注引孫汝聽曰］時永州刺史韋中丞。按：韋使君爲韋彪。林寶《元和姓纂》卷二東眷韋氏彭城公房：「彪，永州刺史。」柳宗元又有《答韋中立論師道書》，有「居南中九年」語。中立爲韋彪之孫。岑仲勉《元和姓纂四校記》云：「知彪於元和七八年刺永州，其孫中立南來，當是省祖，由是可決《姓纂》稱永州刺史爲彪之見官。」甚是。此詩可定爲元和八年秋作。

【注釋】

〔一〕［百家注引孫汝聽曰］《易》曰：「不耕獲，不菑畬。」《詩》注：「田一歲曰菑，二歲曰新田，三歲曰畬。」按：見《周易·无妄》及《詩經·小雅·六月》。

〔二〕［百家注引孫汝聽曰］《史記》：「吴廣之次所旁叢祠中。」張晏云：「叢，鬼所憑焉。」按：見《史記·陳涉世家》。司馬貞索隱：「高誘注《戰國策》云：叢祠，神祠叢樹也。」

〔三〕［蔣之翹輯注］凡祭祀必用嘉玉，故云。

〔四〕［注釋音辯］潘（緯）云：肸，黑乙切。蠁，許兩切。《選注》：「肸蠁，蚊類。言大福之興，如此蟲群飛而多。」［韓醇詁訓］肸，思乙切，又許訖切。《説文》：「蠁，布也。」蠁音響。［百家注引王儔補注］肸蠁，出《禮記》。肸，思乙切，又許訖切。蠁，音享，又音向。按：《漢書·司馬相如傳》：「衆香發越，肸蠁布寫。」顔師古注：「肸蠁，盛作也。」後常用於神靈感應，如杜甫《朝獻太清宫賦》：「若肸蠁而有憑，肅風颸而乍起。」

〔五〕《論語·顔淵》：「草上之風必偃。」

〔六〕〔注釋音辯〕後漢鄭弘爲淮陰太守，天旱，隨車致雨。〔韓醇詁訓〕後漢鄭弘爲淮陰太守，政不煩苛，天旱行春，隨車致雨。〔百家注引孫汝聽曰〕《詩》「靈雨既零」，注云：「靈，善也。」按：見《後漢書·鄭弘傳》李賢等注引謝承《後漢書》，孫引爲《詩經·鄘風·定之方中》。

〔七〕〔注釋音辯〕子厚爲員外司馬，蓋自謂也。〔韓醇詁訓〕賈誼謫長沙王太傅，爲賦弔屈原。其辭曰：「恭承嘉惠兮，竢罪長沙。」公爲永州員外司馬，故曰非真吏。

〔八〕〔韓醇詁訓〕《詩》「畏此簡書」，注：「簡書，戒命也。」〔百家注引孫汝聽曰〕《詩》：「豈不懷歸？畏此簡書。」簡書，謂韋使君之召。按：見《詩經·小雅·出車》。

【集評】

何焯《義門讀書記》卷三七：「遥駐野人居」：「遥駐」二字已暗括見召從行。此詩天然自工，政使極意彫飾，竟莫加也。

近藤元粹《柳柳州集》卷三評「谷口寒流浄」一聯：佳聯。

郊居歲暮①

屏居負山郭，歲暮驚離索〔一〕。野迥樵唱來，庭空燒燼落〔二〕。世紛因事遠，心賞隨年薄〔三〕。默默諒何爲，徒成今與昨。

【校　記】

①暮，詁訓本作「首」。

【解　題】

此詩難定作年，約作於永州。章士釗《柳文指要》下《通要之部》卷一：「唐宋士大夫引田家逸趣自慰，大致如此。然亦止於躬居田里，藉耕耨爲嘯詠而已。」

【注　釋】

〔一〕〔注釋音辯〕《禮記·檀弓》：「吾離群而索居。」

〔二〕［注釋音辯］燼，徐刃切，火餘木也。按：此當是燒畬的灰燼。

〔三〕《古詩紀》卷五七謝靈運《石室山詩》：「靈域久韜隱，如與心賞交。」謂心與景相契也。

【集　評】

邢昉《唐風定》卷五：賓、主，今、昨，俱偶得匠心之語，而從無人道。

汪森《韓柳詩選》：「野迥」二語，自然生動，在四虚字下得恰好。

秋曉行南谷經荒村

杪秋霜露重〔一〕，晨起行幽谷。黄葉覆溪橋，荒村唯古木。寒花疎寂歷〔二〕，幽泉微斷續。機心久已忘〔三〕，何事驚麋鹿〔四〕？

【解　題】

南谷未詳其地。此詩亦不知作年，約作於永州。

【注　釋】

〔一〕《楚辭》宋玉《九辯》：「覵杪秋之遥夜兮，心繚悷而有哀。」《初學記》卷三引梁元帝《纂要》：「九月季秋，亦曰暮秋、末秋、暮商、季商、杪秋。」

〔二〕《文選》江淹《雜體詩·王徵君》：「寂歷百草晦，欻吸鵾雞悲。」李善注：「寂歷，彫疎貌。」

〔三〕《莊子·天地》：「有機械者必有機事，有機事者必有機心，機心存於胸中則純白不備。」

〔四〕高步瀛《唐宋詩舉要》卷一：「《金樓子·興王》篇曰：『伯夷、叔齊餓於首陽，依麋鹿以爲群，叔齊起，害鹿死，伯夷恚之而死。』此與《列士傳》言伯夷、叔齊不食，經七日，天遣白鹿乳之，夷、齊思念此鹿肉食之必美，鹿知其意，不復來，二子遂餓死，同一怪誕不經。然正機心驚鹿之一證也。姑存之。」按：陳耀文《天中記》卷三九引潘岳《關中記》：「鹿仙辛孟年七十，與麋鹿同群游世，謂之鹿仙。」當是化用此典。

【集　評】

顧璘批點《唐詩正音》卷三：詩意高妙。後二句覺乏渾厚。

唐汝詢《唐詩解》卷一〇：此叙山行之景，因言機心已忘，則當入獸不亂，曷爲驚此麋鹿乎？此乃輞川落句翻案。

吴昌祺《删訂唐詩解》卷五：霜露重而晨行，言其不得已也。子厚自言不驚，唐（汝詢）以説驚，故易之。（即將唐評之句易爲「何得復驚麋鹿乎」。）

王堯衢《唐詩合解箋注》卷二：「荒村」句下：杪，末也。九月始寒，霜露交下，起行南谷，只有黄葉覆於溪橋，荒村但有古木，九月蒼涼之景也。末句下：寒花之態疏淡而寂寥，幽泉之聲微聞其斷續，此皆天地自然之妙。人生若無機械之心，鷗鳥可狎，何事而驚麋鹿乎？余久已忘機，將鹿群可入矣。

雨後曉行獨至愚溪北池

宿雲散洲渚，曉日明村塢①。高樹臨清池，風驚夜來雨。予心適無事，偶此成賓主。

【校　記】

① 明，詁訓本作「鳴」。

【解　題】

此詩作於永州，年月難定。柳宗元《愚溪詩序》：「愚溪之上……遂負土累石，塞其隘爲愚池。」即此。

【集　評】

吴可《藏海詩話》：柳詩「風驚夜來雨」，「驚」字甚奇。琴聰云：「向詩中嘗用驚字。」坡舉古人數「驚」字，僕云：「東風和冷驚羅幙。」子蒼云：「此驚字不甚好。如柳詩『月明摇淺瀨』等語，人豈易到？」

俞良甫評《新刊五百家注音辯唐柳先生文集》卷四三：諸詩皆極幽怨，而讀之蕭然若世外人。同時如退之、夢得，皆不能及也。

顧璘批點《唐詩正音》卷三：雅意自足。

陸時雍《唐詩鏡》卷三七：「高樹」二語，高韻卓出。

唐汝詢《唐詩解》卷一〇：宿雨初霽，樹間餘點未消，風觸之而散灑，若驚之使然。對此景而心無掛礙，所遇之物皆良朋也。

《删補唐詩選脈箋釋會通評林》卷一二：顧璘曰：性道自足。吴山民曰：境清心寂。郭濬曰：閒適之興，寂悟之言。

孫月峰（鑛）評點《柳柳州全集》卷四三：澹而腴，意調同《南澗》首。

陸夢龍《柳子厚集選》卷四：柳詩如此而入，止言陶韋，何耶？

蔣之翹輯注《柳河東集》卷四三：「高樹」二句：此二句與韋左司「微雨夜來過，不知春草生」同一機趣。

王堯衢《唐詩合解箋注》卷二：夜雨初晴，隔宿之雲散於洲渚，初升之日明於村塢。有高樹下臨北池，樹中尚有餘雨，因風一觸而灑落若驚之者。吾心適然無事，偶值此境，獨步無侣，即此便成賓主矣。塢，小障也。

方東樹《昭昧詹言》卷七：奇逸。

高步瀛《唐宋詩舉要》卷一：蘇子瞻《題南澗詩》曰：「柳子厚南遷後詩，清勁紆徐，大率類此。」步瀛案：諸詩皆神情高遠，詞旨幽雋，可與永州山水諸記並傳。

中夜起望西園值月上

覺聞繁露墜，開户臨西園。寒月上東嶺，泠泠疎竹根。石泉遠逾響，山鳥時一喧。倚楹遂至旦[①]，寂寞將何言？

【校　記】

① 旦，原作「日」，據注釋音辯本、詁訓本、世綵堂諸本改。鄭定本、世綵堂本注：「至，一作達。」

【解　題】

詩云「東嶺」，疑即永州東山，則作於永州。年月無考。

【集　評】

陸時雍《唐詩鏡》卷三七：語有景趣，然此等景趣，在冥心獨悟者領之。

唐汝詢《唐詩解》卷一〇：此傷志之不伸也。言睡醒而聞滴露之聲，於是開户臨園，則月已映於竹間矣。泉響鳥鳴，夜景清絶，令人竟夕不寐。寂寞之懷，將復何言。此蓋有甚不堪者，其遷謫之意乎？

《刪補唐詩選脈箋釋會通評林》卷一二：周珽訓：傷己志之見屈，故對景，幽情有未易語人者。吴山民曰：「覺聞」二字寫得境寂。「泠泠」字就月上説，幻。

邢昉《唐風定》卷五：柳與韋，同一澹而音節較亮，氣色較鮮，乃微異也。

陸夢龍《柳子厚集選》卷四：是何等心境。

蔣之翹輯注《柳河東集》卷四三：語語得自實境，故其神意尤覺悄然。

吴昌祺《刪訂唐詩解》卷五：何言謂人不知我之委曲也，然失足權奸，實有欲言而不能者。

王堯衢《唐詩合解箋注》卷二：「泠泠」句下：覺，去聲。睡醒而聞中庭之滴露，起而開户，臨彼西園，只見寒月出於東山之上，泠泠然漸照至疏竹根矣。末句下：夜静則石泉雖遠而愈響，月明則山鳥有時而一喧，如此清絶之景，令人忘寐，不妨倚柱以至旦。然寂寞之懷，將復何言？蓋不忘遷謫之情耳。總評：三首（按指《雨後曉行獨步至愚溪北池》、《秋曉行南谷經荒村》及此首）即事成詠，隨景寫情，頗有自得之趣。然畢竟有「遷謫」二字横於意中，欲如陶、韋之脱，難矣。

零陵春望

平野春草緑，曉鶯啼遠林①。日晴瀟湘渚，雲斷岣嶁岑〔一〕。仙駕不可望，世途非所任〔二〕。凝情空景慕，萬里蒼梧陰〔三〕。

【校　記】

① 曉，原作「晚」，鄭定本、世綵堂本、蔣之翹輯注本及《全唐詩》皆作「曉」，鶯於晨叫也，故據改。

【解　題】

［注釋音辯］永州零陵郡。［韓醇詁訓］零陵，永州郡名。按：此詩作於永州，年月亦無考。

【注釋】

〔一〕［注釋音辯］峋嶁，衡山別名。音矩縷。又峋，古后切。嶁，九后切。［韓醇詁訓］峋，古右切，又音矩。嶁，九后切，又音縷。山名，在衡州。按：百家注本引孫汝聽注與韓注略同。李吉甫《元和郡縣圖志》卷二九衡州：「峋嶁山，即衡山也。在（衡陽）縣北七十里。」峋嶁爲衡山主峰，祝穆《方輿勝覽》卷二四衡州：「峋嶁峰在衡陽北。《湘水記》：衡山南有一山名峋嶁，東西七十里，南北三十里，高一千五百丈。禹登山，獲金簡玉牒治水之書，山上承翼宿，鈐得鈎物，故名峋。下據離宫，攝統火師，故名嶁。」

〔二〕［蔣之翹輯注］任，平聲。

〔三〕［注釋音辯］舜葬蒼梧之野於江南九疑，是謂零陵。［百家注引韓醇曰］舜崩於蒼梧之野，葬於江南九疑，是爲零陵。按：蔣之翹輯注本引作《史記·五帝本紀》。《山海經·海内經》：「南方蒼梧之丘，蒼梧之淵，其中有九疑山，舜之所葬。在長沙零陵界中。」郭璞注：「山今在零陵營道縣南，其山九谿皆相似，故名九疑。古者總名其地爲蒼梧也。」

【集評】

陸夢龍《柳子厚集選》卷四：直寫，自深。

蔣之翹輯注《柳河東集》卷四三：此以處末世而思聖君也，即詩人西方美人之意。

從崔中丞過盧少府郊居①

寓居湘岸四無鄰，世網難嬰每自珍〔一〕。蒔藥閑庭延國老〔二〕，開罇虚室值賢人②〔三〕。泉迴淺石依高柳，逕轉垂藤間緑筠。聞道偏爲五禽戲〔四〕，出門鷗鳥更相親〔五〕。

【校　記】

① 居，注釋音辯本、游居敬本作「舍」。府，《全唐詩》作「尹」。

② 室，詁訓本作「席」。

【解　題】

［韓醇詁訓］永之刺史，當元和九年十年者爲中丞崔公。然公十年正月已召，此詩當九年也。［百家注引孫汝聽曰］中丞崔公，永州刺史也。按：柳宗元《湘源二妃廟碑》：「元和九年八月二十日，湘源二妃廟災，主簿安邑衛之武告於州刺史御史中丞清河崔公能。」則知崔中丞爲崔能。韓醇定此詩作年可從。蔣之翹輯注本云：「盧少府未詳。」唐人稱縣尉爲少府。

【注　釋】

〔一〕［韓醇詁訓］《文選》：「世網嬰我身。」按：《文選》陸機《赴洛道中作》：「借問子何之，世網嬰我身。」反用陸詩意。

〔二〕［注釋音辯］蒔，時吏切。甘草爲國老。［韓醇詁訓］《本草》：「甘草名國老，謂其於諸藥物中爲君也。」按：蒔，種也。羅願《爾雅翼》卷七：「今之甘草，味甘而無毒，能安和七十二種石，千二百種草，故於人譬之國老。不入君臣佐使之列，雖非君而爲君所宗，以其能燮和故也。」

〔三〕［注釋音辯］《魏志》：「鮮于輔曰：酒濁者爲賢人。」［韓醇詁訓］《魏志·徐邈傳》：「鮮于輔云：醉客謂酒清爲聖人，酒濁爲賢人。」按：《莊子·人間世》：「虚室生白。」上二家所引見《三國志·魏書·徐邈傳》。

〔四〕［注釋音辯］華佗五禽之戲，虎、鹿、熊、猿、鳳，以當導引。［韓醇詁訓］華佗曰：「古之仙者爲道引之事，熊經鴟顧，引挽腰體，動諸關節，以求難老。吾有一術名五禽之戲，一曰虎，二曰鹿，三曰熊，四曰猨，五曰鳥，亦以除疾，兼利蹏足，以當道引。體有不快，起作一禽之戲，怡而汗出，因以著粉，身體輕便而欲食。」按：見《後漢書·方術傳·華佗》。

〔五〕［注釋音辯］列子云。［百家注引孫汝聽曰］《列子》：「海上之人有好鷗鳥者，每旦至海上，從鷗鳥遊，鷗鳥之至者百住而不止。」按：見《列子·黄帝》。

【集評】

陳巖肖《庚溪詩話》卷下：古今以體物語形於詩句，或以人事喻物，或以物喻人事，如唐許渾《題崔處士幽居》云：「荆樹有花兄弟樂，橘林無實子孫忙」，語亦工矣。及觀柳子厚《過盧少府郊居》云：「蒔藥閒庭延國老，開罇虛室值賢人」，則語尤自在而意勝。至東坡因章質夫以書送酒六壺書至而酒不至，坡答以詩云：「豈意青州六從事，化爲烏有一先生」，則上下意相關，而語益奇矣。

黃徹《䂬溪詩話》卷三：《賓客集》「添爐擣雞舌，灑水淨龍鬚」，駱賓王「桃花嘶別路，竹葉瀉離尊」，此體甚衆。惟柳子厚《從崔中丞過盧少府郊居》一聯最工，云：「蒔藥閒庭延國老，開尊虛室對賢人」，似稱坐客而有兩意。蓋甘草爲國老，濁酒爲賢人故也。夢得又有「藥爐燒奼女，酒甕貯賢人」，近於湯燖右軍矣。

孫月峰（鑛）評點《柳柳州全集》卷四三：頷聯非大雅，然意巧語工，間爾爲之亦足嬉。

蔣之翹輯注《柳河東集》卷四三：「泉迴」二句：寫景極婉曲有致。

黃周星《唐詩快》卷一二：國老、賢人，天然妙侶，不獨對偶之工。

金聖歎《貫華堂選批唐才子詩》卷五上：（前解）題是從崔過盧，詩卻云四面無鄰，然則從崔，崔自何來？過盧，盧又何往耶？反覆讀之，不得其説。一日，忽然有悟。此詩乃是特寫出門，今在上解，則先極寫其斷斷不宜出門也。夫先生之來南也，只爲嬰世網故也。以嬰世網之故，而直至於來南，而今又容易出門，則一何其不能自珍之至於斯也！是故自到貶所，所卜之居，必欲四面無鄰，自令此身欲從則無所從，欲過則無所過，以庶幾得脱免於世網之外焉。三、四，忽插一國老，一賢人，又妙。初然觸眼，斗地驚心。此二閑客緣何得闖？反覆認之，而後知並是先生妙文寓意。蓋言參苓補瀉，皆有專性，莫如國老，一味和光。聖人之清，漁父切譏，莫如餔糟，玄同無外。此便是避世網人心頭獨得之祕訣，而先生一口遂自説出也。（後解）此下解方寫是日出門。五、六是寫從崔過盧，一路閑景。七、八是寫崔與盧之人也。「依高柳」，想盡二子蕭疏。「間緑筠」，想盡二子精挺。然則亦不必至七、八始寫二子，而又必用七、八再寫之者。先生之於世間，真乃不能一朝又與居矣，必也鳥獸差可同群。今聞二子略去衣冠，人同牛馬，此則正是世網以外自珍尤獨至者。我雖開關破戒，力疾走訪，想於前誓固不相妨也。

何焯《義門讀書記》卷三七：「蒔藥閒庭延國老」：國老比中丞。「開尊虚室值賢人」：賢人則謙言己非清流也。

胡以梅《唐詩貫珠》卷三七：通首言盧少府也。國老，甘草。濁酒爲賢人。句有綫索，雙夾。且賢人也可指崔中丞相過，構思饒仙靈之氣。結以五禽引出鷗鳥，更通。

近藤元粹《柳柳州集》卷三：國老、賢人，何等奇警！

夏晝偶作

南州溽暑醉如酒〔一〕，隱机熟眠開北牖①〔二〕。日午獨覺無餘聲〔三〕，山童隔竹敲茶臼〔四〕。

【校　記】

①机，蔣之翹本、《全唐詩》作「几」。按：二字通，「机」亦「几」也。《莊子·秋水》「公子牟隱机太息」，又《齊物論》「南郭子綦隱几而坐」。

【解　題】

當亦作於永州，年月無考。

【注　釋】

〔一〕〔注釋音辯〕溽，如六切，温濕也。〔蔣之翹輯注〕《月令》：「孟夏之月，土潤溽暑。」

〔二〕〔注釋音辯〕隱，於靳切，據也。

〔三〕［蔣之翹輯注］覺，去聲。

〔四〕［蔣之翹輯注］古人治茶，皆擣末作餅，必用杵臼。子厚云「山童隔竹敲茶臼」是也。至國朝特尚芽茶，而此器遂廢。按：朱翌《猗覺寮雜記》卷上：「唐造茶與今不同。今採茶者，得芽即蒸熟焙乾，唐則旋摘旋炒。劉夢得《試茶歌》：『自傍芳叢摘鷹嘴，斯須炒成滿室香。』又云：『陽崖陰嶺各殊氣，未若竹下莓苔地。』竹間茶最佳，今亦如此。唐末有碾磨，止用臼，多是煎茶。故張志和婢樵青，使竹裏煎茶。柳子厚云：『日午獨覺無餘聲，山童隔竹敲茶臼。』」章士釗《柳文指要》下《通要之部》卷一四：「敲茶臼者，製新茶也。唐人飲茶，不尚購買製成品種，往往自採而自製之，製就即飲，以新爲貴，此子厚所以聞敲茶臼也。」

【集評】

黄徹《䂬溪詩話》卷四：杜《尋范十隱居》云「侍立小童清」。義山《憶正一》云：「鑪煙銷盡寒燈晦，童子開門雪滿松。」子厚：「日午獨覺無餘聲，山童隔竹敲茶臼。」秀老云：「夜深童子喚不起，猛虎一聲山月高。」閒棄山中累年，頗得此數詩氣味。

范晞文《對牀夜語》卷四：七言仄韻，尤難於五言。長孫佐輔有詩云：「獨訪山家歇還涉，茅屋斜連隔松葉。主人聞語未開門，遶籬野菜飛黄蝶。」好事者或繪爲圖。柳子厚云……（即此詩）言思爽脱，信不在前詩下。

謝榛《四溟詩話》卷二：詩有簡而妙者……李洞「藥杵聲中擣殘夢」，不如柳子厚「日午睡覺無餘聲，山童隔竹敲茶臼」。

胡應麟《詩藪》内編卷六：裴迪「艤舟一長嘯，四面來清風」，語亦軒爽，而會孟鄙爲不佳。子厚「日午睡覺無餘聲，山童隔竹敲茶臼」，語亦閒雅，而華玉短其無味。二語皆當領略。

《删補唐詩選脈箋釋會通評林》卷五六：周珽訓：暑窗熟眠，一茶臼之外無餘聲，心地何等清静。惟静生涼，溽暑無能困之矣。日(午)獨覺，見一種涼思，有人所不及知者。周敬曰：好一幅山居夏景圖。

陸夢龍《柳子厚集選》卷四：朴。

黄叔燦《唐詩箋注》卷九：清絶。柳州詩大概以清迥絶塵見長，同乎王、韋，卻是别調。

雨晴至江渡

江雨初晴思遠步，日西獨向愚溪渡。渡頭水落村逕成，撩亂浮槎在高樹〔一〕。

【解　題】

永州作。

【注釋】

〔一〕［百家注引童宗説曰］槎，水中浮木，鉏加切。［蔣之翹輯注］《説文》：「槎，水中浮木。」

【集評】

孫月峰（鑛）評點《柳柳州全集》卷四三：偶然景。

蔣之翹輯注《柳河東集》卷四三：落句大有畫意。

黄叔燦《唐詩箋注》卷九：與韋蘇州「野渡無人舟自横」致同，而筆力横硬。

江　雪

千山鳥飛絶，萬逕人蹤滅。孤舟蓑笠翁，獨釣寒江雪。

【集評】

蘇軾《書鄭谷詩》：鄭谷詩云：「江上晚來堪畫處，漁人披得一蓑歸。」此村學中詩也。柳子厚云……（即此詩）人性有隔也哉！殆天所賦，不可及也已。（《蘇軾文集》卷六七《題跋》）

《詩人玉屑》卷一五引《洪駒父詩話》：東坡言：鄭谷詩「江上晚來堪畫處，漁人披得一蓑歸」，此村學中詩也。子厚云……信有格也哉！殆天所賦，不可及也。（按：此又爲《新刊增廣百家詳補注唐柳先生文》卷四三王儔補注所引。又見《竹莊詩話》卷八。）

曾季貍《艇齋詩話》：東湖（徐俯）言王維雪詩不可學……又言柳子厚雪詩四句説盡。

范晞文《對牀夜語》卷四：唐人五言四句，除柳子厚釣雪一首之外，極少佳者。

《唐詩品彙》卷四三引劉辰翁云：得天趣，獨由落句五字道盡矣。

俞良甫《新刊五百家注音辯唐柳先生文集》卷四三詩後批：此詩雖有天趣，然上兩句竟是體雪，「千山」、「萬逕」影，獨落句五字道盡耳。

顧璘批點《唐詩正音》卷一二：絶唱。雪景如在目前。

唐汝詢《唐詩解》卷二三：人絶鳥稀，而披蓑之翁傲然獨釣，非奇士耶？按七古《漁翁》亦極褒美，豈子厚無聊之極，托此自高歟？

胡應麟《詩藪》内編卷六：「千山鳥飛絶」二十字骨力豪上，句格天成，然律以輞川諸作，便覺太鬧。

《删補唐詩選脈箋釋會通評林》卷四九引吴山民曰：一幅絶妙雪圖。

孫月峰（鑛）評點《柳柳州全集》卷四三：常景耳，道得峭快便入妙。

陸夢龍《柳子厚集選》卷四：便千古。

蔣之翹輯注《柳河東集》卷四三：此詩特落句五字寫得悠然，故小有致耳。宋人乃盛稱之……

予曰：「千山」、「萬徑」二句，恐雜村學詩中，亦不復辨。

黄周星《唐詩快》卷一四：只爲此二十字，至今遂圖繪不休，將來竟與天地相終始矣。

黄生《唐詩摘鈔》卷二：此等作真是詩中有畫，不必更作寒江獨釣圖也。朱之荆補評：柳又有「漁家夜傍西巖宿」一首，何其善寫漁家樂也！千、萬、孤、獨，兩兩對説，亦妙。寒江魚伏，釣其可得，此翁意不在魚也。如可得魚，釣豈獨翁哉！

王士禛《帶經堂詩話》卷一二：余論古今雪詩，唯羊孚一贊。及陶淵明「傾耳無希聲，在目皓已潔」，及祖詠「終南陰嶺秀」一篇，右丞「灑空深巷静，積素廣庭閑」，韋左司「門對寒流雪滿山」句最佳。若柳子厚「千山鳥飛絶」，已不免俗。降而鄭谷之「亂飄僧舍」、「密灑歌樓」，益俗下欲嘔。韓退之「銀盃」、「縞帶」，亦成笑柄。世人怵于盛名，不敢議耳。

沈德潛《唐詩别裁集》卷一九：清峭已絶。王阮亭尚書獨貶此詩，何也？

李瑛《詩法易簡録》卷一三：前二句不沾着「雪」字，而確是雪景，可稱空靈。末句一點便足。阮亭論前人雪詩，於此詩尚有遺憾，甚矣詩之難也！

徐增《而庵説唐詩》卷八：夫大雪而使千山之鳥飛絶矣，萬徑之人蹤盡滅矣，而寒江之漁翁獨不可罷釣乎？江寒則魚伏於下，豈釣之可得？而此一老翁身在孤舟，絶無伴侣，披蓑把釣，肢體半僵，在遠望者眼中，以爲一幅江天釣雪圖，而不知老翁此時作何消受也。余謂此乃子厚在貶時所作以自寓也。當此途窮日短，可以歸矣，而猶依泊於此，豈爲一官所繫耶？一官無味，如釣寒江之魚，終亦無所得而已矣，余豈效此漁翁者哉？

吴昌祺《删訂唐詩解》卷一二：清極，峭極，傲然獨往。

王堯衢《唐詩合解箋注》卷四：雪極大，則千山之鳥斷絶其飛。人不能行，萬徑之蹤跡盡滅。置孤舟於千山萬徑之間，而以一老翁披蓑戴笠，兀坐於鳥不飛人不行之際，真所謂寄蜉蝣於天地，渺滄海之一粟矣，何足爲輕重哉！江寒而魚伏，豈釣之可得？彼老翁獨何爲穩坐孤舟風雪中乎？世態寒凉，宦情孤冷，如釣寒江之魚，終無所得。子厚以自寓也。

《唐詩三百首·五言絶句》孫洙評：二十字可作二十層，卻自一片，故奇。

潘德輿《養一齋詩話》卷二：門人蘇養吾問：雪詩何語爲佳？予曰：王右丞「隔牖風驚竹，開門雪滿山」，語最渾然。老杜「暗度南樓月，寒生北渚雲」次之。他如「獨釣寒江雪」，「門對寒流雪滿山」，「童子開門雪滿松」，亦善於語言者。

朱庭珍《筱園詩話》卷四：祖詠「終南陰嶺秀」一絶，阮亭最所心賞，然不免氣味凡近。柳子厚「千山鳥飛絶」一絶，筆意生峭，遠勝祖詠之平，而阮亭反有微詞，謂未免近俗，迨以人口熟誦，而生厭心，非公論也。

吴瑞榮《唐詩箋要續編》卷六：天趣。柳州氣骨遲重，故攀躡陶、韋，不落浮佻。

錢振鍠《詩話》上：蘇軾《詠雪》最爲惡劣，王士正貶鄭谷、韓愈詩固矣。若柳州「千山鳥飛絶」一首，上兩句措筆太重則有之，下二句天生清峭，士正將一個「俗」字誣之，此兒真别有肺腸。

俞陛雲《詩境淺説續編》一：空江風雪中，遠望則鳥飛不到，近觀則四無人蹤。而獨有扁舟漁父，一竿在手，悠然於嚴風盛雪間。其天懷之淡定，風趣之静峭，子厚以短歌爲之寫照，子和《漁父詞》所未道之境也。

冉　溪

少時陳力希公侯〔一〕，許國不復爲身謀。風波一跌逝萬里〔二〕，壯心瓦解空縲囚〔三〕。縲囚終老無餘事，願卜湘西冉溪地。卻學壽張樊敬侯，種漆南園待成器〔四〕。

【解　題】

〔注釋音辯〕愚溪舊名。〔韓醇詁訓〕冉溪即愚溪也。元和五年，公始易其名爲愚。詩云「願卜湘西冉溪地」，此初作愚溪時也。按：百家注本引汪氏曰同韓醇本，「汪」疑爲汪革。韓説大致可從。此詩作於遷居愚溪之前，當在元和四年。

【注　釋】

〔一〕〔百家注引童宗説曰〕《論語》：「陳力就列。」按：見《論語·季氏》。

〔二〕［注釋音辯］趺，徒結切，失足。［百家注引童宗説曰］趺，失足也。

〔三〕［百家注引孫汝聽曰］《漢書》：「徐樂曰：天下之患，在於土崩，不在瓦解。」按：見《漢書·徐樂傳》。《淮南子·泰族》：「武王左執黄鉞，右執白旄以麾之，則瓦解而走，遂土崩而下。」《左傳》成公二年「兩釋纍囚」，杜預注：「纍，繫也。」

〔四〕［注釋音辯］《後漢》：「樊重字君雲，嘗欲作器物，先種梓漆。時人嗤之，然積以歲月，皆得其用。光武建武十八年，南祠章陵，過湖陽，祠重墓，追爵，謚爲壽張敬侯。」［韓醇詁訓］樊重字君雲，嘗欲作器物，先種梓漆，積以歲月，皆得其用。光武建武十八年，南祠章陵，過湖陽，祠重墓，追爵，謚爲壽張敬侯。按：見《後漢書·樊宏傳》。

法華寺西亭夜飲　賦得酒字①

祇樹夕陽亭〔一〕，共傾三昧酒〔二〕。霧暗水連階，月明花覆牖。莫厭罇前醉，相看未白首〔三〕。

【校　記】

①原注與注釋音辯本注曰：「本注云：賦得酒字。」則「賦得酒字」爲題下自注，故移於題下。五百家注本、世綵堂本無「本注云」三字。詁訓本爲「得酒字」。

【解　題】

[韓醇詁訓]集有《法華寺西亭夜飲賦詩序》，此其詩也。[百家注引童宗説曰]集有《法華寺西亭夜飲賦詩序》，此其詩也。序見二十四卷。按：《西亭夜飲詩序》云：「間歲，元克己由柱下史亦謫焉而來」，西亭建於元和二年，則此次宴集當在元和四年。詩當作於此時。唐人宴集，常以分韻方式賦詩，例加「賦得」字。

【注　釋】

〔一〕[韓醇詁訓]祇樹，取諸經中「祇樹給孤獨園」者也。按：慧琳《一切經音義》卷一〇：「祇樹，梵語也。或云祇陀，或云祇洹，或云祇園，皆一名也。」爲釋迦往舍衛國説法時暫居之處。

〔二〕[注釋音辯]並禪語。按：三昧，即除雜念、寧心神之謂。《大智度論》卷七：「善心一處住不動，是名三昧。」

〔三〕陳景雲《柳集點勘》卷四：「案《西亭夜飲詩序》作於謫永次年，子厚年三十四，又諸客之齒略同，故云。爾亭之西臨池，故有『霧暗水連階』之句。」

【集　評】

《新刊增廣百家詳補注唐柳先生文》卷四三王儔補注引《筆墨閒録》：「平野青草緑，曉鶯啼遠林。日晴瀟湘渚，雲斷峋嶁岑。」又云：「菡萏溢嘉色，篔簹遺清斑。」又「霧暗水連堦，月明花覆牖。」其句律全似謝臨川。

何焯《義門讀書記》卷三七：三、四工在次第如畫。

戲題石門長老東軒

石門長老身如夢，旃檀成林手所種①。坐來念念非昔人〔一〕，萬徧蓮花爲誰用〔二〕。如今七十自忘機，貪愛都忘筋力微〔三〕。莫向東軒春野望，花開日出雉皆飛〔四〕。

【校記】

①注釋音辯本注：「潘（緯）云：旃，疑當作『栴』。《集韻》：『香木也。』佛經：『栴檀香風。』」蔣之翹輯注本亦曰：「『旃』當作『栴』。《集韻》：『栴檀，香木也。』《楞嚴經》：『佛告阿難：汝嗅此栴檀然於一株，四十里内，同時聞香。』」甚是。

【解題】

［韓醇詁訓］前有《法華寺石門精室》詩，又《法華寺西亭記》云「有僧曰覺照」，豈即此長老耶？

詩當元和四五年間作。按：韓説可從。祝穆《方輿勝覽》卷二五永州：「華嚴巖在城南，唐爲石門精室，據法華寺南隅崖下。」章士釗《柳文指要》下《通要之部》卷一五：「又案本詩是五十六字轉韻體，子厚詩全集祇有此種體裁兩首，除本篇外，他一首曰《冉溪》。」

【注釋】

〔一〕楊慎《升庵詩話》卷四：「柳子厚《戲題石門長老東軒》詩曰：『坐來念念非昔人，萬偏蓮花爲誰用。』《法苑珠林》：梵志出家，白首而歸，鄰人見之曰：『昔人尚存乎？』梵志曰：『吾猶昔人，非昔人也。』子厚正用此事，而注者不知引。」按：《釋文紀》卷一〇僧肇《物不遷論》：「梵志出家，白首而歸，鄰人見之曰：『昔人尚存乎？』梵志曰：『吾猶昔人，非昔人也。』鄰人皆愕然。」

〔二〕［韓醇詁訓］誦《妙法蓮華經》也。按：百家注本引張敦頤注同韓醇本。

〔三〕《勝天王般若經》卷一：「衆生長夜流轉六道，苦輪不息，皆由貪愛。」《俱舍論》卷一六：「貪之與愛，名別體同。」

〔四〕［注釋音辯］古樂府有《雉朝飛操》，牧犢子年七十無妻，出野見雉步步相隨，因援琴而歌以自傷。［韓醇詁訓］古樂府有《雉朝飛操》。吴兢《古題要解》云：「舊説齊宣王牧犢子所作也。年七十無妻，出採薪於野，見雉雄雌相隨，意動心怨，乃仰天歎曰：『聖王在上，恩及草木鳥獸，而我獨不獲！』因援琴而歌以自傷。其聲中絶。」長老年亦七十矣，故公以是戲之。按：見吴兢《樂府古題要解》卷下，又見崔豹《古今注》卷中。《古題要解》作「犢沐子」。

【集評】

《唐詩歸》卷二九：鍾（惺）云：穆然深樸，似元道州七言歌。又末句下：鍾（惺）云：三字（「雉皆飛」）禪機。

陸夢龍《柳子厚集選》卷四：可笑，卻精微。

何焯《義門讀書記》卷三七：「花開日日雉皆飛」，戲之也。公暗以長老自比。

近藤元粹《柳柳州集》卷三：戲語。

茆簷下始栽竹

瘴茆葺爲宇，溽暑恒侵肌①。適有重膇疾〔一〕，蒸鬱寧所宜。東鄰幸導我，樹竹邀涼颸〔二〕。欣然愜吾志，荷鍤西巖垂。楚壤多怪石，墾鑿力已疲。江風忽云暮，輿曳還相追〔三〕。蕭瑟過極浦〔四〕，旖旎附幽墀〔五〕。貞根期永固，貽爾寒泉滋。夜窗遂不掩，羽扇寧復持〔六〕。清泠集濃露，枕簟淒已知。網蟲依密葉②〔七〕，曉禽棲迴枝。豈伊紛囂間，重以心慮怡？嘉爾亭亭質③，自遠棄幽期④。不見野蔓草〔八〕，蓊蔚有華姿。諒無凌雲色⑤，豈與青山辭。

【校　記】

①恒，詁訓本作「常」，當是宋人避諱改。

②原注與諸本皆注曰：「網，一作細。」

③鄭定本、世綵堂本注：「嘉，一作喜。」

④鄭定本、世綵堂本注：「棄，一作契。」何焯《義門讀書記》卷三七：「『棄』作『契』。」按：作「契」更符合詩意。

⑤雲色，原作「寒色」。原注與注釋音辯本注曰「一作雲色」，據改。鄭定本、世綵堂本注曰：「一作雲氣。」按：竹經冬不凋，不當云「無凌寒色」，「凌雲」則謂其高也，故作「雲」是。諸本皆誤作「寒」。

【解　題】

〔韓醇詁訓〕次前篇，當元和五六年夏，時方築愚溪溪居也。按：韓説大致可從。

【注釋】

〔一〕［注釋音辯］膇，直類切，足腫。《左傳》成公六年：「有沉溺重足之疾。」［百家注引孫汝聽曰］成六年《左氏》：「有沉溺重膇之疾。」膇，足腫，直類切。

〔二〕［注釋音辯］（颸）音思，風也。

〔三〕《周易·睽》：「見輿曳，其牛掣。」孔穎達疏：「欲載其輿，被曳失己所載也。」

〔四〕屈原《九歌·湘君》：「望涔陽兮極浦。」極浦，遠浦。

〔五〕［注釋音辯］童（宗説）云：旖，音倚。旎，乃倚切。旖旎從風貌。［蔣之翹輯注］即詩「阿儺」字，特古今字形有異耳。按：百家注本引張敦頤注與童注同。

〔六〕［韓醇詁訓］諸葛亮乘素輿，葛巾，持白羽扇。

〔七〕［韓醇詁訓］《文選》沈休文詩：「網蟲垂户織，夕鳥傍簷飛。」按：所引爲沈約《學省愁卧》詩。

〔八〕［百家注引孫汝聽曰］《詩》：「野有蔓草。」按：見《詩經·鄭風·野有蔓草》。

【集評】

陸時雍《唐詩鏡》卷三七：《栽竹》、《種朮》數首，寫得深穩，所謂本色當家。

孫月峰（鑛）評點《柳柳州全集》卷四三：「重以」句下：「豈伊」二句蓋本「人境無喧」意化來。

總評：就事質叙，自有一種真味，即鍊法皆從質中出，蓋學陶。

蔣之翹輯注《柳河東集》卷四三：情幽興遠，鮮浄有規矩，但末路自況，感慨意太露。

汪森《韓柳詩選》：種植諸作，俱兼比興，其意亦由遷謫起見也。

近藤元粹《柳柳州集》卷四：「夜窗」四句：叙來有清氣。

種仙靈毗

窮陋闕自養，癘氣劇囂煩〔一〕。隆冬乏霜霰〔二〕，日夕南風温。杖藜下庭際，曳踵不及門。門有野田吏①，慰我飄零魂。及言有靈藥，近在湘西原〔三〕。服之不盈旬，蹩躠皆騰騫②〔四〕。笑抃前即吏〔五〕，爲我擢其根。蔚蔚遂充庭，英翹忽已繁〔六〕。晨起自採曝，杵臼通夜喧。靈和理内藏，攻疾貴自源。擁覆逃積霧③，伸舒委餘暄④〔七〕。奇功苟可徵，寧復資蘭蓀〔八〕？我聞畸人術〔九〕，一氣中夜存〔一〇〕。能令深深息，呼吸還歸跟⑤〔一一〕。疎放固難效，且以藥餌論。痿者不忘起〔一二〕，窮者寧復言。神哉輔吾足，幸及兒女奔。

【校　記】

①野田，鄭定本、世綵堂本注：「吕作田野。」何焯《義門讀書記》卷三七：「『吏』疑『更』。《列子》

有『田更商丘開』之文，即『叟』字分書也。」

②騫，原作「騫」，此據注釋音辯本、蔣之翹輯注本及《全唐詩》改。注釋音辯本注曰：「騫音軒，飛也，下從馬者誤。」

③壅，注釋音辯本、詁訓本、《全唐詩》作「擁」。

④伸，原作「神」，據注釋音辯本、詁訓本、世綵堂本等改。

⑤世綵堂本注：「跟，音根。一作根。」按：「根」與「爲我擢其根」重韻，非是。

【解　題】

〔注釋音辯〕《本草》名淫羊藿。〔韓醇詁訓〕《本草》淫羊藿，即仙靈毗也。詩云「湘西原」，即在永州。〔百家注引孫汝聽曰〕藥名，《本草》所謂淫羊藿者是也。〔蔣之翹輯注〕葉似小豆而圓薄，莖細而堅，又名剛前。按：此詩作於永州，年月難考。唐慎微《政和證類本草》卷八：「淫羊藿，味辛，寒，無毒。……《圖經》：淫羊藿，俗名仙靈脾……葉青似杏，葉上有刺，莖如粟稈，根紫色，有鬚。」

【注　釋】

〔一〕〔百家注引童宗説曰〕癘，謂疾疫，音厲。

〔二〕〔百家注〕（霰）先見切。

〔三〕［百家注引韓醇曰］湘西原，即在永州。

〔四〕［注釋音辯］蹩，蒲結切。躠音薛，或書作躄，旋行貌。［韓醇詁訓］《莊子》：「蹩躠爲仁，踶跂爲義。」蹩，蒲結切。躠音薛。《説文》：「蹩躠，旋行貌。」［百家注集注］蹩躠，跛也，《説文》云「旋行也」。字出《莊子》云「蹩躠爲仁」。騰騫，猶飛騰也。［蔣之翹輯注］《本草》：淫羊藿益氣力，堅筋骨。故云。按：韓引見《莊子·馬蹄》。

〔五〕《三國志·魏書·鍾繇傳》裴松之注引《魏略》：「聞之驚喜，笑與抃俱。」抃，擊手。

〔六〕［百家注引童宗説曰］英，華也。翹，高貌。

〔七〕暄，温和。

〔八〕［注釋音辯］童（宗説）云：蓀，息根切，香草。陳正敏云：蓀，今溪澗中石菖蒲。［韓醇詁訓］（蓀）息昆切，香草也。按：唐慎微《政和證類本草》卷六：「菖蒲，味辛，温，無毒，主風寒濕痹……《衍義》：菖蒲，世又謂之蘭蓀。生水次，失水則枯。」

〔九〕［注釋音辯］畸，居宜切，不耦也。《莊子》：「畸人者，畸於人而侔於天。」［韓醇詁訓］《莊子》：「子貢問孔子曰：『敢問畸人。』曰：『畸人者，畸於人而侔於天。』」畸謂不耦於人，闕於禮教也。又云：奇異也。音居宜反。按：見《莊子·大宗師》。

〔一〇〕［百家注引孫汝聽曰］《孟子》：「梏之反覆，則其夜氣不足以存。」按：見《孟子·告子上》。《楚辭·遠遊》：「壹氣孔神兮，於中夜存。」

〔二〕［注釋音辯］跟，音根，足踵也。《莊子》：「其息深深。」又曰：「真人之息以踵。」按：百家注本引孫汝聽注同。所引見《莊子·大宗師》。氣功有踵息法，運氣可經湧泉穴至足跟。

〔三〕［注釋音辯］痿，儒睢切，風痹病也。《前漢·韓王信傳》：「如痿人不忘起。」［百家注引孫汝聽曰］《韓王信傳》：「如痿人不忘起，盲者不忘視。」按：見《史記·韓王信列傳》。

【集評】

孫月峰（鑛）評點《柳柳州全集》卷四三：種藥諸篇，大約是陶調，然亦微兼古樂府意。

陸夢龍《柳子厚集選》卷四：自有名理。

何焯《義門讀書記》卷三七：結少味。

種朮

守閑事服餌，採朮東山阿。東山幽且阻，疲苶煩經過〔一〕。戒徒劚靈根〔二〕，封植閟天和。違爾澗底石，徹我庭中莎。土膏滋玄液〔三〕，松露墜繁柯。南東自成畝〔四〕，繚繞紛相羅〔五〕。晨步佳色媚，夜眠幽氣多。離憂苟可怡，孰能知其他①〔六〕？爨竹茹芳葉，寧慮瘵與瘥〔七〕？留連樹蕙辭〔八〕，婉娩采薇歌〔九〕。悟拙甘自足，激清愧同波②〔一〇〕。單豹且理內，高門復如何〔二〕？

【校　記】

①他，注釋音辯本作「多」。按：若作「多」，與前聯重韻，非是。

②愧，詁訓本作「貴」。

【解　題】

［蔣之翹輯注］朮，藥名。按《本草注》：朮有赤、白兩種。赤者即蒼朮也。按：此詩亦當作於永州。年月無考。

【注　釋】

〔一〕［注釋音辯］潘（緯）云：苶，乃結切，本作茶。《莊子釋文》苶音捻，云忘貌。簡文云：疲，病困之狀。［百家注］疲音皮。苶，乃結切。［蔣之翹輯注］苶，乃結切，音捻，字本從茶，又奴禮切，音你，與薾同。《莊子》：「苶然疲役。」病也，又忘也。按：《莊子·齊物論》：「苶然疲役而不知其所歸。」困倦貌。

〔二〕［注釋音辯］（劚）朱玉切，斫也。［百家注引童宗説曰］劚，《説文》云「斫也」，陟玉切。按：靈根，謂根也。

〔三〕［百家注引孫汝聽曰］《國語》：「土膏其動。」膏，潤澤之氣。按：見《國語·周語上》。

〔四〕［百家注引韓醇曰］《詩》：「南東其畝。」按：見《詩經·小雅·信南山》。

〔五〕［注釋音辯］繚音了。繞音擾。

〔六〕［蔣之翹輯注］他音拖。

〔七〕［注釋音辯］瘵，側界切，未瘵羸病也。瘥，才何切，未治疫病也。［韓醇詁訓］瘵，側介切。瘥，蒼何切，病也。

〔八〕［注釋音辯］《楚辭》：「又樹蕙之百畝。」［韓醇詁訓］《楚辭》屈原《離騷經》：「余既滋蘭之九畹兮，又樹蕙之百畝。」

〔九〕［注釋音辯］婉，於宛切。娩，免、晚二音。伯夷叔齊《採薇歌》云云。［韓醇詁訓］伯夷、叔齊隱於首陽山，采薇而食之。及餓且死，作歌曰：「登彼西山兮，采其薇矣。以暴易暴兮，不知其非矣。神農虞夏，忽然没兮，我安適歸矣？於嗟徂兮，命之衰矣。」遂餓死於首陽山。按：百家注本引孫汝聽注與上略同。所引見《史記·伯夷叔齊列傳》。《禮記·内則》：「婉娩聽從。」柔順貌。《詩經·召南·草蟲》：「陟彼南山，言采其薇。未見君子，我心傷悲。」伯夷、叔齊事與此詩意不切，當引《詩經》。

〔一〇〕［百家注引孫汝聽曰］《莊子》：「與道同波。」按：《莊子·天道》：「静而與陰同德，動而與陽同波。」

〔二〕［注釋音辯］單音善。《莊子》：「單豹年七十而有嬰兒之色，餓虎殺而食之。張毅者，高門縣薄，無不走也，而有内熱之病以死。豹養其内，而虎食其外。毅養其外，而病攻其内。」［韓醇詁訓］《莊子》：「魯有單豹者，巖居而水飲，不與民共利，行年七十而有嬰兒之色。不幸遇餓虎，餓虎殺而食之。有張毅者，高門縣薄，無不走也，行年四十，而有内熱之病以死。豹養其内，而虎食其外；毅養其外，而病攻其内。此二子者，皆不鞭其後者也。」單音善。按：見《莊子·達生》。此言單豹、張毅所養不同，而皆不免於一死，則窮通貴賤又有何區別？

【集評】

晁説之《通叟年兄視以柳侯廟詩三首輒亦有作所謂增來章之美也》三：當世容讒賊，他年奈我何？高文興舊學，（原注：子厚文集因晏公迺大備。）詩價重東坡。（原注：公之詩前無賞者，自東坡始之。）木槲開能幾，子規啼漫多。羅池碑字滅，猶解徹庭莎。（原注：子厚詩云：「違爾澗底石，徹我庭中莎。」）（《嵩山文集》卷六）

黄徹《䂬溪詩話》卷四：舊觀《臨川集》「肯顧北山如慧約，與公西崦斸蒼苔」，嘗愛其「斸」字最有力。後讀杜集「當爲斸青冥」，「藥許鄰人斸」，退之「詩翁憔悴斸荒棘」，「窐豁斸株橜」，子厚「戒徒斸雲根」，雖一字之法，不無所本。

汪森《韓柳詩選》：朮之功效，人多知之，故詩中只略點，與前後二首（按指《種仙靈毗》、《種白蘘荷》）不同。亦可知論事論人，端以表微爲貴耳。

近藤元粹《柳柳州集》卷四：有放曠之意，雖然未免憤激。

種白蘘荷

皿蟲化爲癘①〔一〕，夷俗多所神。銜猜每腊毒〔二〕，謀富不爲仁〔三〕。蔬菓自遠至，盃酒盈肆陳。言甘中必苦〔四〕，何用知其真。華潔事外飾，尤病中州人。錢刀恐賈害〔五〕，飢至益逡巡。竄伏常戰慄，懷故逾悲辛。庶氏有嘉草②，攻禬事久泯〔六〕。炎帝垂靈編，言此殊足珍〔七〕。崎嶇乃有得，託以全余身。紛敷碧樹陰〔八〕，眄睞心所親〔九〕。

【校　記】

① 皿，注釋音辯本、詁訓本、《全唐詩》作「血」。

② 原注：「『氏』一作『民』，恐非。」注釋音辯本、詁訓本、游居敬本作「民」。注釋音辯本：「『民』當作『氏』。」世綵堂本：「『氏』一作『民』，誤。」甚是。

【解　題】

［注釋音辯］蘘，人羊切，蓴首也。堪爲菹，治蠱毒。［韓醇詁訓］《本草》：白蘘荷，葉似初生甘蕉，根似薑芽，性好陰，在木下生者尤美。中蠱者服之，亦主諸溪毒沙蝨輩。人家種之，亦云避蛇。［百家注引孫汝聽曰］白蘘荷，蓴苴也。春初生葉，似甘蕉。根似薑而肥。其根莖堪爲菹，治蠱毒。蘘，人羊切。按：此詩亦當作於永州。

【注　釋】

〔一〕［注釋音辯］《左傳》昭公元年：「於文，皿蟲爲蠱。」注：「皿，器也。器受蟲害者爲蠱。」［蔣之翹輯注］：《事物紺珠》云：「蠱毒，中州他省所無，獨閩、廣、滇、貴有之。行廣右。見草有斷腸，物有蛇、蜘蛛、蜥蜴、蜣螂，食而中之，絞痛吐逆，十指俱黑。遠發十年，近發一時，吐水不沉，嚼豆不腥，含礬不苦，皆是物也。又有桃生蠱，食魚則腹變生魚，食雞則腹孕活雞。滇畜蠱甚衆，不害人。其神多蛇、蟾、騾、馬之狀。取死兒墳土灑牀下，置蠱神於上，其土或化錢貝。」按：百家注本引孫汝聽注與注釋音辯本同。《左傳》昭公元年：「趙孟曰：『何謂蠱？』對曰：『淫溺惑亂之所生也。於文，皿重爲蠱。』」杜預注：「皿，器也。器受蟲害者爲蠱。」

〔二〕［注釋音辯］腊，思積切。《周語》：「厚味實腊毒。」注：「腊，亟也。」［百家注引孫汝聽曰］《國語》：「嗜味厚腊毒。」腊，乾肉。按：《國語·周語下》：「高位寔疾顛，厚味寔腊毒。」韋昭

注：「腊，亟也。」

〔三〕〔百家注引孫汝聽曰〕《孟子》：「陽虎曰：爲富不仁矣，爲仁不富矣。」按：見《孟子·滕文公上》。

〔四〕〔注釋音辯〕《國語》：「言之甘者，其中必苦。」按：見《國語·晉語一》。

〔五〕〔注釋音辯〕賈，音古，賣也。《左傳》：「其以賈害也。」又《前漢·食貨志》：「王莽造大錢及契刀、錯刀。」〔韓醇詁訓〕《食貨志》：「故貨利於刀，流於泉。」如淳曰：「名錢爲刀者，以其利於民也。泉者，流行如泉也。」賈音古。按：所引見《漢書·食貨志下》及《左傳》昭公十年。

〔六〕〔注釋音辯〕庶，掌與切。禬，黄外切。泯，彌鄰切，滅也。《周禮》：「庶氏掌除毒蠱，以攻説禬之，嘉草攻之。」《本草注》：「宗懔曰：嘉草即蘘荷也。」〔百家注〕孫（汝聽）曰：《周禮》：「庶氏掌除毒蠱，以攻説禬之，嘉草攻之。」禬，古外切，又音會。泯音民。童（宗説）曰：《山海經》：「空桑之山，西望泯澤。」按：見《周禮·秋官司寇·庶氏》。鄭玄注：「攻説，祈名，祈其神求去之也。嘉草，藥物，其狀未聞。攻之，謂燻之。鄭司農云：禬，除也。玄謂此禬讀如潰癰之潰。」胡震亨《唐音癸籤》卷二〇：「嘉草，柳子厚《種白蘘荷》詩：『庶氏有嘉草，攻禬事久泯。』《本草》：『蘘荷葉似初生甘蕉，根似薑芽，中蠱者服其汁，卧其葉，即呼蠱主姓名。』庶氏以嘉草除蠱毒，宗懔謂嘉草即此也。（陳晦伯）」。何焯《義門讀書記》卷三七：「庶讀如藥煮之煮。……禬讀如潰癰之潰，並見鄭康成説。」

〔七〕［注釋音辯］《本草》曰：「蘘荷主中蠱。」注云：「中蠱者服其汁並卧其葉，即呼蠱主姓名。」干寶《搜神記》：「蔣士先中蠱，家人密以蘘荷置其席下，忽大笑曰：『蠱我者，張小也。』」［百家注引孫汝聽曰］今《本草》也。按《本草》：「白蘘荷主中蠱。」注云：「中蠱者服其汁並卧其葉，即呼蠱主姓名。」［蔣之翹輯注］《本草》，炎帝所撰。按：《太平御覽》卷七二一引皇甫謐《帝王世紀》：「炎帝神農氏……嘗味草木，宣藥療疾，救夭傷之命，百姓日用而不知。著《本草》四卷。」

〔八〕［注釋音辯］潘（緯）云：蘘荷性好陰，在木下生者尤美。潘岳《閑君賦》曰：「蘘荷依陰。」

〔九〕［注釋音辯］眄，音麪，又彌殄切。睞，洛代切。

【集評】

俞良甫批《新刊五百家注音辯唐柳先生文集》卷四三：首句：五字便盡蠱狀。末句下：不言蘘荷，如何直以情有致？含意甚悲。

陸時雍《唐詩鏡》卷三七：結語苦趣。

汪森《韓柳詩選》：「托以」句下：一路説來，只爲「托以全余身」一句，點明便足。總評：前詩《種朮》只略點朮之功效，此詩直爲推原種白蘘荷之故，便見因題用意之别。

新植海石榴

弱植不盈尺，遠意駐蓬瀛〔一〕。月寒空堦曙，幽夢綵雲生。糞壤擢珠樹〔二〕，莓苔插瓊英〔三〕。芳根閟顔色，徂歲爲誰榮？

【解　題】

此詩亦作於永州，年月不詳。《太平廣記》卷四〇九引《酉陽雜俎》：「新羅多海紅並海石榴。唐贊皇李德裕言：花中帶海者悉從海東來。」范成大《桂海虞衡志·志花》：「石榴花，南中一種，四季常開。夏中既實之後，秋深忽又大發，花且實，枝頭碩果罅裂，而其旁紅英燦然。」歸有光《震川先生集》别集卷七《與王子敬》云：「讀柳州《海石榴》詩，疑是今之千葉石榴，今志書亦云。」

【注　釋】

〔一〕〔百家注引孫汝聽曰〕蓬萊、瀛洲，海中山名。此海石榴也，故有蓬瀛之句。

〔二〕〔韓醇詁訓〕《列子》：「渤海之東有大壑焉，其中有玉山，珠玕之樹叢生。」《博物志》：「三珠樹生赤水之上。」按：見《列子·湯問》。《山海經·海外南經》：「三珠樹在厭火北，生赤水上。

其爲樹如柏，葉皆爲珠。」

〔三〕［百家注引孫汝聽曰］《詩》：「尚之以瓊英乎而。」注云：「瓊英，石似玉者。」此言瓊英，則瓊玉之英華也。［蔣之翹輯注］瓊，赤玉。英，猶言草木之華也。按：所引見《詩經·齊風·著》。

【集評】

王楙《野客叢書》卷六：《高齋詩話》載王昌齡《梅詩》云：「落落莫莫路不分，夢中喚作梨花雲。」坡（蘇軾）蓋用此事也。「夢雲」又有榴花一事，柳子厚《海石榴》詩曰：「月寒空堦曙，幽夢綵雲生。」

孫月峰（鑛）評點《柳柳州全集》卷四三：花木諸詩，俱以澹意勝。蓋畏墮落耳。然於情境未極，且連篇觀之，更覺一律。

近藤元粹《柳柳州集》卷四：幽婉。

戲題堦前芍藥

凡卉與時謝，妍華麗兹晨。欹紅醉濃露，窈窕留餘春。孤賞白日暮①，暄風動摇頻。夜窗藹芳氣，幽卧知相親。願致溱洧贈〔一〕，悠悠南國人〔二〕。

【校記】

①白，原作「自」，據諸本改。

【解題】

此詩亦當作於永州，年月未詳。

【注釋】

〔一〕［注釋音辯］洧，榮美切。《詩·溱洧》：「贈之以芍藥。」［百家注引孫汝聽曰］《詩》：「溱與洧，方涣涣兮。維士與女，伊其相謔，贈之以芍藥。」洧。榮美切。按：見《詩經·鄭風·溱洧》。

〔二〕《楚辭》屈原《橘頌》：「受命不遷，生南國些。」王逸注：「南國，謂江南也。」

【集評】

黄徹《䂬溪詩話》卷五：柳子厚《牡丹》曰：「欹紅醉濃露，窈窕留餘春。」坡云：「慇勤木芍藥，獨自殿餘春。」「留」與「殿」，重輕雖異，用各有宜也。

姚範《援鶉堂筆記》卷四四：花卉九首……（按：指柳宗元《戲題階前芍藥》、蘇軾《和陶胡西曹示顧賊曹詩》、党懷英《西湖晚菊》、《西湖芙蓉》等）以上凡九首，元裕之嘗請趙閒閒秉文共作一軸寫，自題其後云：「柳州怨之愈深，其辭愈緩，得古詩之正，其清新婉麗，六朝辭人少有及者。東坡愛而學之，極形似之工，其怨則不能自揜也。党承旨出於二家，辭不足而意有餘。……大都柳出於雅，坡以下皆有騷人之遺，所謂生不並世，俱名家者也。」遺山北學之雄……而其論詩如此，雖云揚搉騷雅，要不離乎膚似。且芍藥之作，亦平平耳，而言六朝少及。東坡諸作，本非其至。且詠趙昌之畫，殊無怨意，而曲而深之，亦豈衷論耶？

吴喬《圍爐詩話》卷二：柳子厚《芍藥》詩曰：「欹紅醉濃露，窈窕留餘春。」近體中好句皆不及。可見體物之妙，古體勝唐體。

何焯《義門讀書記》卷三七：「願致溱洧贈」二句：陳思王詩：「南國有佳人，華容若桃李。」結句雖戲，亦《楚詞》以美人爲君子之旨也。

近藤元粹《柳柳州集》卷四：可爲後人詠物軌範也。

始見白髮題所植海石榴樹①

幾年封植愛芳叢，韶艶朱顔竟不同。從此休論上春事〔一〕，看成古木對衰翁。

【校記】

①詁訓本、《全唐詩》無「樹」字。

【解題】

亦作於永州，年月無考。

【注釋】

〔一〕《初學記》卷三引梁元帝《纂要》：「正月孟春，亦曰孟陽、孟陬、上春。」上春事，謂栽植之事。

【集評】

近藤元粹《柳柳州集》卷四：有衰颯之氣。

植靈壽木

白華鑒寒水①，怡我適野情。前趨問長老，重復欣嘉名〔一〕。蹇連易衰朽〔二〕，方剛謝經營〔三〕。敢期齒杖賜〔四〕，聊且移孤莖。叢萼中競秀，分房外舒英。柔條乍反植，勁節常對生。循翫足忘疲，稍覺步武輕。安能事翦伐〔五〕，持用資徒行〔六〕。

【校記】

① 鑒，詁訓本、《全唐詩》作「照」。

【解題】

［注釋音辯］似竹，有枝節，可爲杖。［韓醇詁訓］孔光，漢明帝時爲太師，賜靈壽杖。孟康曰：「扶老杖也。」服虔曰：「靈壽，木名。」師古曰：「木似竹，有枝節，長不過八九尺，圍三四寸。自合杖制，不須削治也。」此與前數詩皆永州作。按：百家注本引孫汝聽注與韓注同。所引見《漢書·孔光傳》。韓云作於永州，是。

【注釋】

〔一〕［蔣之翹輯注］《楚辭》：「肇賜余以嘉名。」按：見屈原《離騷》。

〔二〕［注釋音辯］童（宗説）云：連音輦，難也。［百家注引孫汝聽曰］《易》：「往蹇來連。」連，難也，力善切。按：見《周易·蹇》。

〔三〕〔百家注引孫汝聽曰〕《詩》：「旅力方剛，經營四方。」按：見《詩經·小雅·北山》。

〔四〕〔注釋音辯〕《周禮》「齒杖」注：「王所以賜老者之杖。」〔韓醇詁訓〕（杖賜）見題注。〔百家注引孫汝聽曰〕《周禮》：「共王之齒杖。」注云：「王所以賜老者之杖。」按：見《周禮·秋官司寇·伊耆氏》。陳景雲《柳集點勘》卷四：「孔光、李靖並賜靈壽杖，事見《漢書》、《唐史》，舊注未及。」（振常案：廖注亦引《漢書》孔光賜杖事。）

〔五〕〔百家注引孫汝聽曰〕《詩》：「蔽芾甘棠，勿翦勿伐。」按：見《詩經·召南·甘棠》。

〔六〕〔百家注引童宗説曰〕《論語》：「以吾從大夫之後，不可徒行也。」按：見《論語·先進》。

【集評】

孫月峰（鑛）評點《柳柳州全集》卷四三：此兩首（按：並指《始見白髮題所植海石榴樹》）猶稍有意趣。

汪森《韓柳詩選》：「叢蕚」四句：寫物極能刻畫。「循玩」四句：寫扶杖意亦極醒露。末句：「徒行」亦與「齒杖賜」相應，中寓感歎。

自衡陽移桂十餘本植零陵所住精舍

謫官去南裔①〔一〕，清湘繞靈岳〔二〕。晨登蒹葭岸，霜景霽紛濁。離披得幽桂〔三〕，芳本欣盈握。火耕困煙燼〔四〕，薪採久摧剥。道旁且不願②，岑嶺況悠邈。傾筐壅故壤③〔五〕，棲息期鸞鷟〔六〕。路遠清涼宫④，一雨悟無學⑤〔七〕。南人始珍重⑥，微我誰先覺〔八〕？芳意不可傳⑦，丹心徒自渥⑧〔九〕。

【校　記】

① 官，注釋音辯本作「宫」。世綵堂本注：「官，一作宫。」

② 願，詁訓本作「顧」。吴汝綸《柳州集點勘》：「願，疑當作顧。」

③ 壅，詁訓本作「擁」。

④ 世綵堂本、鄭定本注：「路遠，一作遠植。」按：作「遠植」是，詳見此條注。

⑤ 世綵堂本、鄭定本注：「雨悟，一作悟雨。」

⑥ 世綵堂本注：「始，一作喜。」

⑦ 傳，詁訓本作「得」。
⑧ 渥，鄭定本作「握」。

【解　題】

［注釋音辯］永州龍興寺。［韓醇詁訓］與下《木芙蓉》詩皆同時作，蓋龍興寺在永，而公初至永時即居此寺，後四五年則居愚溪。此元和三年間也。［蔣之翹輯注］《釋迦譜》：「息心所棲曰精舍。」按：世稱佛寺爲精舍。柳宗元《永州龍興寺西軒記》：「出爲邵州，道貶永州司馬。至則無以爲居，居龍興寺西序之下。」韓説大致可從。

【注　釋】

〔一〕［百家注引童宗説曰］裔，遠也。
〔二〕［注釋音辯］南岳衡州。［百家注引孫汝聽曰］靈岳，謂衡山也。衡山爲南岳。
〔三〕《楚辭》宋玉《九辯》：「白露既下百草兮，奄離披此梧楸。」離披，紛散貌。
〔四〕［韓醇詁訓］《漢武紀》：「江南之地，火耕水耨。」應劭曰：「燒草下水種稻，草與稻並生，高七八寸，因芟去，復下水灌，草死，獨稻長，所謂火耕水耨。」［百家注引孫汝聽曰］火耕，即畬田也。《漢武帝紀》：「江南之地，火耕水耨。」應劭曰：「燒草下水種稻，草與稻並生，高七八寸，因芟去，復下水灌。草死，獨稻長，所謂火耕水耨。」按：見《史記·平準書》及《漢書·武帝紀》。

〔五〕《詩經·周南·卷耳》：「采采卷耳，不盈頃筐。」

〔六〕［注釋音辯］鷟，仕角切，鳳屬。［百家注引童宗説曰］鸑與鷟鷟也。按：《國語·周語上》：「鸑鷟，鳳之別名。」

〔七〕［韓醇詁訓］月中名廣寒清虛之府。清涼宮，指月而言也。謂月中有仙桂而清涼，此桂樹得一雨而霑澤之，則亦敷榮矣，何用學月中耶？［蔣之翹輯注］「一雨」句不可解。舊注云：謂月中有仙桂，路遠而人不可見。今此桂樹得一雨而霑澤之，則亦敷榮矣，何用學月中邪？然其語意尚未明快。姑存之。按：「路遠」當作「遠植」。清涼宮則謂龍興寺也。佛家常稱佛寺所在之山爲清涼山，佛寺爲清涼寺。如李吉甫《元和郡縣圖志》卷一四代州：「五臺山……道經以爲紫府山，内經以爲清涼山。」「無學」，則謂己不悟佛理也。

〔八〕《孟子·萬章上》：「使先知覺後知，使先覺覺後覺也。」

〔九〕［百家注引童宗説曰］《詩》：「顔如渥丹。」按：見《詩經·秦風·終南》。渥，厚也。

【集評】

汪藻《次零陵太守競秀堂韻四首》二：柳子當年亦好奇，衡陽叢桂手親移。何如此地栽桃李，春到千巖萬壑知。（《浮溪集》卷三二）

湘岸移木芙蓉植龍興精舍

有美不自蔽，安能守孤根。盈盈湘西岸，秋至風露繁。麗影別寒水，穠芳委前軒。芰荷諒難雜〔一〕，反此生高原①。

【校　記】

① 吴汝綸《柳州集點勘》：「反，疑爲及。」非是。名芙蓉而生於岸，故曰「反」。

【解　題】

〔注釋音辯〕木芙蓉，拒霜也。〔韓醇詁訓〕蓮花亦謂之芙蓉，《楚辭》所謂「集芙蓉以爲裳」是也。此詩之所謂木芙蓉，則今之所謂拒霜花，生於岸際者也，故云「芰荷諒難雜，反生此高原」。〔蔣之翹輯注〕木芙蓉，又在八九月開，一名拒霜，一名綺帳，一名文官花，退之詩所謂「豔色寧相妒，嘉名偶自同」是也。按：俞文豹《吹劍三録》：「芙蓉有兩種，曰水芙蓉者，荷花也。曰木芙蓉者，拒霜也。《楚辭》曰：『芙蓉始發，雜芰荷些。』注：荷者，芙蓉之莖。……柳子厚《木芙蓉》詩：『麗景別寒水，穠芳委前軒。芰荷諒難比，反生此高原。』此木芙蓉也。」此詩與上一首同時作，約元和三年。

【注　釋】

〔二〕《楚辭·招魂》：「芙蓉始發，雜芰荷些。」王逸注：「芙蓉，蓮華也。芰，蔆也。」

【集　評】

沈德潛《唐詩別裁集》卷四：「安能」句下：遷謫後有得語。

近藤元粹《柳柳州集》卷四：與前首俱似有寓意，而未足以爲妙絶。

早　梅

早梅發高樹，迥映楚天碧。朔吹飄夜香〔一〕，繁霜滋曉白。欲爲萬里贈〔二〕，杳杳山水隔。寒英坐銷落，何用慰遠客〔三〕？

【解　題】

此詩約作於永州，年月無考。

【注　釋】

〔一〕〔蔣之翹輯注〕吹，去聲。朔吹，羌笛也。律十二月，位在北方，故云朔。按：朔吹指北風，「吹」字亦平聲。蔣解穿鑿。

〔二〕〔韓醇詁訓〕贈字本陸凱詩「江南無所有，聊贈一枝春」者也。按：陸凱詩見《太平御覽》卷一九引《荆州記》。

〔三〕〔蔣之翹輯注〕用，即「以」字義，《選》中多如此。

【集　評】

蔣之翹輯注《柳河東集》卷四三：此詩後四句全憑陸凱詩「江南無所有，聊贈一枝春」翻出，而意致自不同。

南中榮橘柚

橘柚懷貞質，受命此炎方〔一〕。密林耀朱緑，晚歲有餘芳。殊風限清漢〔二〕，飛雪滯故鄉。攀條何所歎？北望熊與湘〔三〕。

【解　題】

［注釋音辯］謝玄暉詩云：「南中榮橘柚，寧知鴻雁飛。」按：是爲謝脁《酬王晉安》詩中之句。柳詩約作於永州。

【注　釋】

〔一〕［注釋音辯］《楚辭》：「后皇嘉樹，橘徠服兮。受命不遷，生南國兮。」王逸注云：「南國，江南也。橘受命於江南，不可移徙，種於北地，則化爲枳。」［韓醇詁訓］《楚辭·惜往日》章：「后皇嘉樹，橘徠服兮。受命不遷，生南國兮。」王逸曰：「南國謂江南也。橘受命於江南，不可移徙，種於北地，則化而爲枳。」故江南最多橘柚。詩云「受命此炎方」，謂此也。永州，唐屬江南道。按：所引爲屈原《橘頌》，世綵堂注已改篇名爲《橘頌》。

〔二〕殊風，謂風土不同。清漢，謂漢水。

〔三〕［注釋音辯］熊、湘，二山名。按：百家注本引爲童宗説注。《史記·五帝本紀》：「（黄帝）南至於江，登熊、湘。」張守節正義：「《括地志》云：熊耳山在商州上洛縣西十里，齊桓公登之以望江漢也。湘山一名■山，在岳州巴陵縣南十八里也。」

紅蕉

晚英值窮節，緑潤含朱光。以兹正陽色①〔一〕，窈窕凌清霜。遠物世所重，旅人心獨傷②。迴暉眺林際，摵摵無遺芳③〔二〕。

【校記】

① 原注與世綵堂本注：「陽，一作陰。」

② 獨，注釋音辯本、游居敬本作「所」。

③ 摵摵，原作「戚戚」，注釋音辯本、詁訓本、世綵堂本同，皆注曰：「一作摵摵。」據蔣之翹輯注本、《全唐詩》改。蔣之翹輯注本：「摵，山責切。摵摵，諸本作戚戚。《説文》：摵，隕落也。」吴汝綸《柳州集點勘》：「摵摵，誤戚戚，校改。」

【解題】

〔百家注引孫汝聽曰〕《廣志》曰：「芭蕉一曰芭葅，或曰甘蕉。」〔蔣之翹輯注〕《廣雅》：「芭蕉一曰芭苴，或曰甘蕉，萼紅者紅蕉，白者水蕉。」又鐵蕉、鳳尾蕉、美人蕉，似同類而稍異種。按：范成大《桂海虞衡志·志花》：「紅蕉花，葉瘦類蘆、箬，心中抽條，條端發花，葉數層，日拆一兩葉。葉色正紅，如榴花、荔枝。其端各一點鮮緑，尤可愛。春夏開，至歲寒猶芳。」此詩約作於永州。

【注釋】

〔一〕正陽色，紅色。

〔二〕《文選》盧諶《時興》：「摵摵芳葉零，蕊蕊芳華落。」吕延濟注：「摵摵，葉落聲也。」

【集評】

陸時雍《唐詩鏡》卷三七：子厚詠物，絶去芬嫵，獨抒清素。

汪森《韓柳詩選》：短章詠物，簡澹高古，都能於古人陳語脱化生新也。

近藤元粹《柳柳州集》卷四：寓感甚切。

巽公院五詠

浄土堂〔一〕

結習自無始〔二〕，淪溺窮苦源①。流形及兹世〔三〕，始悟三空門〔四〕。華堂開浄域②，圖像焕且繁。清泠焚衆香③，微妙歌法言④〔五〕。稽首媿導師〔六〕，超遥謝塵昏〔七〕。

【校　記】

①世綵堂本注、何焯《義門讀書記》卷三七皆曰：「淪溺，一作淪極。」

②世綵堂本注、何焯《義門讀書記》卷三七皆曰：「華堂，一作龍華。」

③泠，原作「泠」，據諸本改。清泠即清涼意。

④微，原作「徽」，據諸本改。

【解　題】

［注釋音辯］永州龍興寺。［韓醇詁訓］巽公，重巽也。居永州龍興寺。集有《送巽上人序》，在

元和六年間。此詩當在前也。按：柳宗元《永州龍興寺修淨土院記》：「永州龍興寺，前刺史李承晊及僧法林，置淨土堂於寺之東偏，常奉斯事，逮今二十餘年……會巽上人居其宇下，始復理焉。……今刺史馮公作大門以表其位……以成就之。」文爲元和元年作。馮公爲馮叙，時爲永州刺史。《淨土堂》云「圖像焕且繁」，則此組詩作於修葺之初，定元和二年作當最接近。

【注釋】

〔一〕［注釋音辯］土音杜。［蔣之翹輯注］《釋典》：「佛土名淨土，常清淨自然，無一切雜穢。」

〔二〕《維摩詰所説經·觀衆生品》：「天女以花散諸菩薩，即皆墮落。……答曰：『結習未盡，花著生耳。結習盡者，花不著也。』」《廣弘明集》卷一九沈約《内典序》：「結習紛綸，一隨理悟。」佛教謂人之嗜欲及諸煩惱爲結習。《勝鬘經寶窟中末》：「《攝論》云：無始即是顯因也。」佛教謂世間一切皆無有始也。

〔三〕《周易·乾》：「雲行雨施，品物流形。」指萬物形體。

〔四〕［蔣之翹輯注］三空，生（僧）法，俱也。按：《智度論》卷一九：「於三界中智慧不著，一切三界轉爲空、無相、無作解脱門。」又：「涅槃城有三門，所謂空、無相、無作。……行此法得解脱，到無餘涅槃，以是故名解脱門。」

〔五〕法言，佛經。

〔六〕《維摩詰所説經・佛國品》僧肇注：「菩薩如來，通名導師。」

〔七〕《文選》左思《吴都賦》：「紅塵晝昏。」此指世間昏昧。

【集評】

孫月峰（鑛）評點《柳柳州全集》卷四三：句句切題，更移易不動。詩最忌議論，最忌説理，此乃全是議論，全是説理，卻圓妙有致，不腐不俗，真是高手。

曲講堂

寂滅本非斷〔一〕，文字安可離〔二〕？曲堂何爲設？高士方在斯。聖默寄言宣〔三〕，分別乃無知〔四〕。趣中即空假〔五〕，名相與誰期①〔六〕？願言絶聞得，忘意聊思惟。

【校記】

①與誰，詁訓本、世綵堂本作「誰與」。

【注釋】

〔一〕《維摩詰所説經・佛國品》：「知一切法皆悉寂滅。」僧肇注：「去相故言寂滅。」即「涅槃」之義譯。

〔二〕智顗《摩訶止觀》卷一：「《天王般若》云：『總持無文字，文字顯總持。』此指俗諦可説。」《維摩詰所説經·弟子品》僧肇注：「無有文字，是真解脱。」言佛理不由文字而得也。宗元此句之意則反之。

〔三〕《思益經·如來二事品》：「言一聖説法，説三藏十二部經也。二聖默然，一字不説也。如來唯有此二法。」智顗《摩訶止觀》卷一：「聖説聖默，非説非默。」聖默，即不説法。言宣，即以言相傳。

〔四〕［蔣之翹輯注］別，必列切。按：宗元此句之意，乃謂「默」與「説」爲一事，無有分別。若强作分別，則爲無知也。

〔五〕趣，趨也。龍樹《智度論》：「因緣生法，是名空相，亦名假名，亦説中道。」《摩訶止觀》卷六：「云何即空？並從緣生。緣生即無生，無生即空。云何即假？無主無生即是假。云何即中？不出法性，並皆即中。」謂中、空、假，由一心觀之，圓融無礙，三而一、一而三也。

〔六〕［蔣之翹輯注］相，去聲。按：《楞伽經》卷四：「愚癡凡夫，隨名相流。」耳聞謂之名，眼見謂之相。佛教以爲名相皆虚妄。

禪堂①

發地結菁茆〔一〕，團團抱虛白〔二〕。山花落幽户，中有忘機客〔三〕。涉有本非取，照空不待析〔四〕。萬籟俱緣生〔五〕，窅然喧中寂〔六〕。心境本同如②，鳥飛無遺跡〔七〕。

【校　記】

① 注釋音辯本、游居敬本作「禪室」。

② 世綵堂本注：「境，一作鏡。」鄭定本即作「鏡」。同，《全唐詩》作「洞」，當是。洞如，了然也。

【注　釋】

〔一〕〔百家注引孫汝聽曰〕《書》：「包匭菁茆。」此云「結菁茆」，謂以菁茆茨屋。按：所引見《尚書·禹貢》。

〔二〕〔百家注引孫汝聽曰〕《莊子》：「虛室生白。」按：見《莊子·人間世》。

〔三〕李白《終南過斛斯山人宿置酒》：「我醉君復樂，陶然共忘機。」此忘機客，謂重巽。

〔四〕「有」與「空」，皆佛家語。佛教稱一切有形之物爲有相。絶衆相，即空。即視世間萬物爲虛無。

〔五〕常建《破山寺後禪院》：「萬籟此俱寂，但餘鐘磬音。」指世間一切聲響。緣，因緣，梵語尼陀那。

《翻譯名義集·釋十二支》：「肇曰：前緣相生，因也。現相助成，緣也。」

〔六〕［注釋音辯］窅與杳同，深也。［韓醇詁訓］窅音杳，深也。［百家注引張敦頤曰］窅，深也，音杳。按：《莊子·知北遊》：「夫道，窅然難言哉。」

〔七〕《涅槃經》：「如鳥飛空，跡不可尋。」《華嚴經》：「了知諸法性寂滅，如鳥飛空無有跡。」

【集　評】

《新刊增廣百家詳補注唐柳先生文》卷四三王儔補注引曾氏《筆墨閒録》評「山花」一聯：此聯不觀篇名，知是禪室也。

陸夢龍《柳子厚集選》卷四：盎徹。

芙蓉亭

新亭俯朱檻，嘉木開芙蓉。清香晨風遠，溽彩寒露濃。蕭洒出人世，低昂多異容。嘗聞色空喻〔一〕，造物誰爲工〔二〕？留連秋月晏①，迢遞來山鐘。

【校　記】

①世綵堂本注：「月，一作日。」晏，詁訓本作「夜」。

【注　釋】

〔一〕〔注釋音辯〕《心經》：「色即是空。」〔韓醇詁訓〕《多心經》云：「色即是空，空即是色。」按：所引見《般若波羅蜜多心經》。

〔二〕《莊子・大宗師》：「偉哉，夫造物者。」

【集　評】

孫月峰（鑛）評點《柳柳州全集》卷四三：要見是僧院中芙蓉，所以難。

汪森《韓柳詩選》：談理之詩，只如此結便高。

苦竹橋〔一〕

危橋屬幽逕①，繚繞穿疎林②。迸籜分苦節〔二〕，輕筠抱虛心〔三〕。俯瞰涓涓流，仰聆蕭蕭吟。差池下煙日，嘲哳鳴山禽③〔四〕。諒無要津用〔五〕，棲息有餘陰。

【校　記】

①　世綵堂本注：「橋，一作梁。」

②　世綵堂本注：「疎，一作空。」

③原注：「唽，陟轄切，一本作哳。」注釋音辯本、世綵堂本同。

【注釋】

〔一〕戴凱之《竹譜》：「苦竹，有白有紫，而味苦。」

〔二〕［注釋音辯］迸，北鄧切。按：籜，竹皮，筍殼。迸籜，謂根部新生之竹。

〔三〕［蔣之翹輯注］晉江逌《竹賦》：「含虚中以象道，體員質以儀天。」按：筠，竹之青皮。

〔四〕［注釋音辯］嘲，陟交切。唽，陟轄切。按：象鳥鳴聲。

〔五〕［蔣之翹輯注］要津用，謂爲筏也。

【集評】

陸夢龍《柳子厚集選》卷四：蕭瑟。

近藤元粹《柳柳州集》卷四：「輕筠」句下：可謂此君知己矣。

五首總評：

《新刊增廣百家詳補注唐柳先生文》卷四三王儔補注引曾氏《筆墨閒録》：退之《虢州三堂二十一詠》，子厚《巽公院五詠》，取韻各精切，非復縱肆而作。隨其題觀之，其工可知也。

孫月峰（鑛）評點《柳柳州全集》卷四三：五作俱就禪理發揮，最精妙。

蔣之翹輯注《柳河東集》卷四三：五詠中《禪室》一首差勝。

汪森《韓柳詩選》：五詩極能因名立意，洗剔見工。然談理而實諸所無，不若寫物而空諸所有，在具眼者自當辨之。

梅　雨

梅實迎時雨〔一〕，蒼茫值晚春。愁深楚猿夜，夢斷越雞晨〔二〕。海霧連南極，江雲暗北津。素衣今盡化，非爲帝京塵〔三〕。

【解　題】

〔韓醇詁訓〕梅熟而雨曰梅雨，江東呼爲黄梅雨。按：百家注本引孫汝聽注引作《四時纂要》云，今見葉廷珪《海録碎事》卷一引梁元帝《纂要》。陸佃《埤雅》卷一三：「今江湘二浙，四五月之間，梅欲黄落，則水潤土溽，礎壁皆汗，蒸鬱成雨，其霏如霧，謂之梅雨。」約作於永州時。

【注　釋】

〔一〕〔蔣之翹輯注〕《風俗通》：「夏至霪霖，至前爲黄梅，先時爲迎梅雨，及時爲梅雨，後之爲送梅雨，若沾衣服皆黦。」按：今見《淵鑑類函》卷一四引《風土記》注。

〔二〕［百家注引孫汝聽曰］《莊子》：「越雞不能伏鵠卵。」越雞，小雞。按：見《莊子·庚桑楚》。

〔三〕［注釋音辯］陸士衡詩：「京洛多風塵，素衣化爲緇。」謝玄暉詩：「誰能久客洛，緇塵染素衣。」按：見陸機《爲顧彦先贈婦二首》一，及謝朓《酬王晉安》。方回《瀛奎律髓》卷一七注：「謂衣生醭也。醭，匹卜切。」

【集評】

説郛弓四三張耒《明道雜志》：退之作詩，其精工乃不及柳子厚。子厚詩律尤精，如「愁深楚猿夜，夢短越雞晨」，「亂松知野寺，餘雪記山田」之類，當時人不能到。退之以高文大筆，從來便忽略小巧，故律詩多不工。如陳商小詩，叙情賦景，直是至到，而已脱詩人常格矣。柳子厚乃兼之者，良由柳少習時文，自遷謫後，始專古學，有當世詩人之習耳。

陳巖肖《庚溪詩話》卷上：江南五月梅熟時，霖雨連旬，謂之黄梅雨。然少陵曰：「南京犀浦道，四月熟黄梅。湛湛長江去，冥冥細雨來。」蓋唐人以成都爲南京，則蜀中梅雨，乃在四月也。及讀柳子厚詩曰……（即此詩）此子厚在嶺外詩，則南越梅雨，又在春末。

《新刊增廣百家詳補注唐柳先生文》卷四三王儔補注引曾氏《筆墨閒録》：此詩不減老杜。

《瀛奎律髓彙評》卷一七：方回：老杜在蜀，曰：「南京犀浦道，四月熟黄梅。」子厚在永州，曰：

「梅實迎時雨，蒼茫入晚春。」今江浙間以五月芒種節後逢壬爲入梅，夏至後逢庚爲出梅，定有大雨。惟北土無之。或謂蜀亦無梅雨，杜以爲四月，柳以爲三月，豈梅熟有先後之異乎？紀昀評：末二句點化得妙。許印芳評：柳宗元，字子厚，官柳州刺史。

郎瑛《七修類稿》卷二八：《碎金集》云：「芒種後逢壬入梅，夏至後逢庚出梅。」《神樞經》又云：「芒種後逢丙入梅，小暑後逢未出梅。」人莫適從。予意作書者各自以地方配時候而云然耳。觀杜少陵詩曰：「南京犀浦道，四月熟黃梅。湛湛長江水，冥冥細雨來。」蓋唐人以成都爲南京，則蜀中梅在四月矣。柳子厚詩曰：「梅實迎時雨，蒼茫覺晚春。」此子厚嶺外之作，則又知南粵之梅雨三月矣。

唐汝詢《唐詩解》卷三八：南方多雨，梅時尤甚。子厚北人，因適柳而感風氣之殊，故以托興。四月梅熟而雨，謂之黃梅。今梅未熟而雨先至，所謂迎時也。時方晚春，不太早乎？我之聽猿聞雞，客思正切，又益以雨聲，是愁易深、夢易斷也。況雲霧四塞，雨勢未已，濕氣薰蒸，素衣改色，此豈帝京之塵乎？蓋借士衡詩而反之，所以念帝京、傷放逐之意不淺。

周珽《删補唐詩選脈箋釋會通評林》卷三四：前四句寫嶺外梅天情緒之悽楚。後四句寫梅時景物變化之慘悲。蘇東坡謂子厚詩在陶淵明下、韋應物上，韓退之豪放奇險則過之，而温麗靖深，則不及也。今讀《梅雨》詩，乃知高古藴秀，不獨古體，而五律亦足範世。殆信坡老之語，不我欺也。

孫月峰（鑛）評點《柳柳州全集》卷四三：不深不淺，意興有餘。

蔣之翹輯注《柳河東集》卷四三：此詩頗有氣格，可駕中唐。論者乃以爲不減老杜，又太過也。

汪森《韓柳詩選》：夜猿、晨雞，用事極穩貼入情，更能無字不典切，故佳。「素衣」意用古翻新，極典極切，此種可爲用古之法。

吴昌祺《删訂唐詩解》卷一八：解最明晰。

沈德潛《唐詩别裁集》卷一二：活用陸士衡語，所以念帝京、傷放逐也。

王堯衢《唐詩合解箋注》卷八：「蒼茫」句下：晚春梅未熟而先雨，故曰迎時。子厚在柳州，感風氣之殊，故以托興。「夢斷」句下：因雨生愁，聞夜猿而更苦。因雨驚夢，聽晨雞而忽醒。此時不勝淒怨矣。「江雲」句下：況霧氣迷空，如連南極，雲煙四起，望斷北津。南方濕熱之鄉，其狀如此。末句下：梅雨沾衣，衣服皆�，以至素衣盡化爲緇，非是帝京之塵所染也。陸機詩云：「京洛多風塵，素衣化爲緇。」今借其言而反之云云。總評：前解因雨起愁，後解有念帝京之意。

零陵早春①

問春從此去，幾日到秦原？憑寄還鄉夢，殷勤入故園。

【校　記】

① 何焯《義門讀書記》卷三七：「邵武本作『春懷故園』。」【解　題】

零陵即永州。作年無考。

【集　評】

《唐詩品彙》卷四三引劉辰翁評：皆自精切。

顧璘批點《唐詩正音》卷一二：可憐。

唐汝詢《唐詩解》卷二三：零陵在南，春最早。秦原在北，春稍遲。故問春從此而去，幾日而到秦原乎？我欲憑汝寄還鄉之夢，以入故園耳。

孫月峰（鑛）評點《柳柳州全集》卷四三：是常意，卻道得醒快。

王堯衢《唐詩合解箋注》卷四：「幾日」句下：零陵在南，春氣早。秦原在北，春稍遲。子厚身在南而想秦原之故鄉，故問春去而何日到也。「憑寄」句下：我欲憑春而寄還鄉之夢，使齊到秦原也。末句下：此意殷勤，惟思故園，故亦作殷勤之夢。身不能到而夢到，庶同春以入故園耳。

黄叔燦《唐詩箋注》卷七：與岑嘉州「渭水東流去，何時到雍州。憑添兩行淚，寄向故園流」同意。

田家三首

蓐食徇所務〔一〕，驅牛向東阡〔二〕。雞鳴村巷白，夜色歸暮田〔三〕。札札耒耜聲，飛飛來烏鳶〔四〕。竭兹筋力事，持用窮歲年。盡輸助徭役①〔五〕，聊就空自眠②。子孫日已長，世世還復然。

【校　記】

① 世綵堂本注、何焯《義門讀書記》卷三七皆曰：「徭役，一作淫侈。」

② 世綵堂本注：「自，一作舍。」何焯校本：「重校『自』作『舍』。」當作「舍」。

【解　題】

［韓醇詁訓］以詩意觀之，亦在永州也。按：韓説可從。關於此詩之作意，章士釗《柳文指要》下《通要之部》卷一云：「《田家三首》，乃子厚代表農民之控訴書，諸注家謂是點染田園本色之清真語，饒有淵明風味，何啻癡人説夢！」此組詩既描寫農家生活，又反映農民問題，二者兼具，是陶詩的

異化，韋應物已有此種作品，宗元則大大發展之，而與張王樂府有同道之處。

【注　釋】

〔一〕［注釋音辯］張（敦頤）云：蓐音辱。《左氏》：「晨炊蓐食。」［韓醇詁訓］《左》成公十六年傳云：「蓐食申禱。」蓐音辱。［百家注引韓醇曰］《左氏》：「秣馬蓐食。」蓐食，晨炊。蓐音辱。按：《左傳》文公七年「秣馬蓐食」，杜預注：「蓐食，早食於寢蓐也。」此詩當即晨炊意。

〔二〕［百家注引孫汝聽曰］阡，謂阡陌。南北曰阡，東西曰陌。

〔三〕吴昌祺《删訂唐詩解》卷五曰：「宋人稱其『雞鳴』句，然下云『夜色』，豈謂日暮雞鳴而日色已去耶？」姚範《援鶉堂筆記》卷四〇亦云：「按『雞鳴村巷白』乃言狗務驅車時也，其意未足，而遽云『夜色歸暮田』，且與『耒耜』句不相接，又『夜』、『暮』字相犯，疑此句有誤。」按：此詩先寫爲農人晨起赴田耕，繼寫日暮歸家，實爲一天之勞作生活，此由「空自眠」句可知。「夜色歸暮田」謂夜色之中由暮田而歸也。

〔四〕章士釗《柳文指要》下《通要之部》卷一：「謂烏鳶聞耒耜聲而飛來攫食，此暗示無田可耕之二流子不少。」按：前語是，「暗示」説謬。

〔五〕［注釋音辯］傜音摇。

【集　評】

《新刊增廣百家詳補注唐柳先生文》卷四三王儔補注引曾氏《筆墨閒録》：《田家》詩「雞鳴村巷白」云云，又「里胥夜經過」云云，絶有淵明風味。

《唐詩品彙》卷一五：劉（辰翁）云：無怨之怨。

陸時雍《唐詩鏡》卷三七：「夜色」句下：此語何必減陶！三復之中，覺沖美和貴。末句下：此是唐人作用。

《唐詩歸》卷二九：鍾（惺）云：結得味永，似儲、王田居諸作。

《删補唐詩選脈箋釋會通評林》卷一二：周珽訓：朝作暮歸，終歲勤動，衹足供上官之徵，子孫還相服業，田家能事止於如此。有憫農之思者。讀是詩，寧無惻然？唐汝詢曰：「盡輸助徭役」，良民心腸。

邢昉《唐風定》卷五：太祝（張籍）《田家》亦已盡變，未道及此，誠驪珠也。

孫月峰（鑛）評點《柳柳州全集》卷四三：「雞鳴」句絶佳，「夜色」句亦鍊，但二句不對，又不串合，讀來覺調不甚協。

陸夢龍《柳子厚集選》卷四：與儲（光羲）作便敵手。

何焯《義門讀書記》卷三七：徭役，一作「淫侈」。此不知詩意之婉者也。

其二

籬落隔煙火，農談四鄰夕。庭際秋蟲鳴，疎麻方寂歷①〔一〕。蠶絲盡輸稅，機杼空倚壁。里胥夜經過，雞黍事筵席〔二〕。各言官長峻，文字多督責。東鄉後租期，車轂陷泥澤。公門少推恕②，鞭扑恣狼藉③。努力慎經營〔三〕，肌膚真可惜〔四〕。迎新在此歲④，唯恐踵前跡。

【校記】

① 世綵堂本注：「寂，一作析。」何焯校本：「韓本『寂』作『析』。」

② 世綵堂本注：「少，一作日。恕，作問。」

③ 扑，世綵堂本作「朴」。注釋音辯本注曰：「扑，普木切。」二字通，即木棒也。

④ 世綵堂本注：「此，一作今。」何焯校本：「重校『此』作『今』。」

【注釋】

〔一〕《楚辭》屈原《九歌·大司命》「折疏麻兮瑶華」，王逸注：「疏麻，神麻也。」《太平御覽》卷九六一引《南越志》：「疏麻大二圍，高數丈，四時結實，落無瓤。騷人所謂『折疏麻兮瑶華』。」《文選》江淹《雜體詩三十首·王徵君》「寂歷百草晦」，李善注：「寂歷，彫疎貌。」

〔二〕《論語·微子》：「止子路宿，殺雞爲黍而食之。」

〔三〕［注釋音辯］努，奴古切。

〔四〕章士釗《柳文指要》下《通要之部》卷一一：「『各言』下八句，皆轉述里胥之語。」

【集評】

顧璘批點《唐詩正音》卷三：與選乖。柳多此景，遠不及韋。

陸時雍《唐詩鏡》卷三七：一起四語如繪。

《唐詩歸》卷二九：鍾（惺）云：訴得静，益覺情苦。

《删補唐詩選脈箋釋會通評林》卷一二：周珽訓：田家時際秋空，青黄不接，而官府催科，威迫無容少緩，如此窮苦，直可私談，莫從控訴者。「肌膚真可惜」，寫盡農夫抱怨幽懷。柳州此詩與李長吉《感諷》篇詞意俱同，然李起四語開拓深沉，較此似勝。而後調多委曲，悲慨盡情，柳又覺得（氣）機暢美也。周敬曰：本實事真情，以寫痛懷，如泣如訴，讀難終篇。唐汝詢曰：前段叙得冷落。吴山民曰：「農談四鄰夕」，「談」字是一詩骨子，先含着幾許感慨。

蔣之翹輯注《柳河東集》卷四三：「里胥」句下：家春甫曰：援吏胥來説，便松暢。是亦《捕蛇者説》光景。末句下：一結説似太盡。

汪森《韓柳詩選》：「農談」句下：起筆如畫。總評：怨而不怒，不失爲温厚和平之遺。當與《捕蛇者》、《郭橐駝》諸文相參看。

吴昌祺《删訂唐詩解》卷五：「里胥」等句亦當語，宋人稱之，陋矣。

何焯《義門讀書記》卷三七：「東鄉後租期」四句：車陷泥澤，非敢後期，而遽遭鞭朴，故曰「少推恕」也。

沈德潛《唐詩別裁集》卷四：「鞭朴」句下：里胥恐嚇田家之言，如聞其聲。

近藤元粹《柳柳州集》卷四：外史云：是學老杜《新安吏》、《石壕吏》者，説盡亦不妨，蔣評太刻。

其　三

古道饒蒺藜〔一〕，縈迴古城曲①。蓼花被堤岸，陂水寒更渌②。是時收穫竟，落日多樵牧。風高榆柳疎，霜重梨棗熟。行人迷去住，野鳥競棲宿。田翁笑相念，昏黑慎原陸〔二〕。今年幸少豐，無厭饘與粥〔三〕。

【校　記】

① 世綵堂本注：「古，一作故。」何焯校本：「重校作『故』。」

②世綵堂本注：「渌，一作緑。」何焯校本：「『渌』作『緑』。」《全唐詩》作「緑」。渌，清澈，作「緑」誤。

【注釋】

〔一〕［蔣之翹輯注］老萊子蒺藜蔓田。按：《爾雅·釋草》：「茨，蒺藜。」郭璞注：「布地蔓生，細葉，子有三角，刺人。」

〔二〕章士釗《柳文指要》下《通要之部》卷一：「但此時野鳥都須棲宿，農民反找不着通行道路，迷失方向。於是田翁笑語相念：諸公傍晚以不出門腳踏途路爲是。」按：「行人迷去住」謂行人因林密而迷路。「昏黑慎原陸」則是田翁囑行人語，謂天黑路行小心也。

〔三〕［注釋音辯］饘，諸延切。按：粥稠者曰饘，稀曰粥。

【集評】

陸時雍《唐詩鏡》卷三七：起語景色絶佳，寫到至處，殆無遺歉。

唐汝詢《唐詩解》卷一〇：此述田家之敦儉也。前叙景平直，自然會心。末四語勤儉老人口氣，言道雖僻而紅蓼緑波之景佳，禾雖收而刈薪取果之事急。行人啖梨棗而忘歸，野鳥飽禾黍而蚤宿。於是田翁因夜歸而更相慰勞，且曰年雖豐而可奢於用度哉！仍當甘此饘粥耳。其有豳人遺風耶？

《删補唐詩選脈箋釋會通評林》卷一二：周珽訓：首四句田野間時景。中六句田家人情趣。尾四句，得相助、相扶、相恤之意。古樸可味。蔣一梅曰：「笑相念」一轉，是生意。顧啟琦曰：古雋精警，寫盡淳樸田家情景。

蔣之翹輯注《柳河東集》卷四三：「落日」句下：二語極出得閒澹自得，然三作中近淵明者，於此爲多。

邢昉《唐風定》卷五：仲初（王建）《田家留客》亦此意，而下數格矣。

汪森《韓柳詩選》：「霜重」句下：畫出村落光景。末句下：結語似是安分，不知其正爾深感。

吴昌祺《删訂唐詩解》卷五：「迷去住」者，樂風土，非謂啖梨棗也。「昏黑慎原陸」，恐是防盜竊也。年豐則人情懈，故囑之。

何焯《義門讀書記》卷三七：「古道饒蒺藜」二語，即含「迷去住」三字。

三首總評

陸時雍《唐詩鏡》卷三七：《田家三首》，直欲與陶相上下，第陶趣恬澹，柳趣酸楚，此各其性情所會。

《删補唐詩選脈箋釋會通評林》卷一二：周明輔曰：柳老《田家》諸詩，直與陶、王並席。

孫月峰（鑛）評點《柳柳州全集》卷四三：三作俱以真意勝，鍛鍊意亦到。

蔣之翹輯注《柳河東集》卷四三：清真語，是田園本色。柴桑立法，千古一人，下及儲、柳，庶幾猶不失大檢。近多作者，累句連章，純用土風俚語徵索，煎炒以求逼真，噫！成惡道矣。

毛先舒《詩辯坻》卷三：子厚《田家》，曾吉甫以比淵明，然叙事樸到，第去元、白一塵耳，似不足方柴桑高韻。

賀貽孫《詩筏》：嚴滄浪謂柳子厚五言古詩在韋蘇州之上，然余觀子厚詩，似得摩詰之潔，而頗近孤峭。其山水詩類其《鈷鉧潭》諸記，雖邊幅不廣，而意境已足。如武陵一隙，自有日月，與韋蘇州詩未易優劣。惟《田家》詩，直與儲光羲争席，果勝蘇州一籌耳。

汪森《韓柳詩選》：三詩極似陶，然陶詩是要安貧，此詩是感慨，用意故自不同。

余成教《石園詩話》卷一：柳子厚《田家》云……真能寫田家風景。「木落寒山静，江空秋月高」，「土膏釋原野，百蟄競所營」，「黄葉覆溪橋，荒村唯古木」，「高樹臨清池，風驚夜來雨」，「壁空殘月曙，門掩候門秋」，皆天趣流露。東坡謂韓退之豪放奇險則過子厚，温麗清深不及也。朱子謂學詩須從陶、柳門庭入。蓋子厚之詩，脱口而出，多近自然也。

行路難三首

君不見夸父逐日窺虞淵〔一〕，跳踉北海超昆崙〔二〕。披霄決漢出沆漭①〔三〕，瞥裂左右遺星辰〔四〕。須臾力盡道渴死〔五〕，狐鼠蜂蟻争噬吞②。北方竫人長九寸〔六〕，開口抵掌更笑喧。

啾啾飲食滴與粒③，生死亦足終天年。睢盱大志小成遂④〔七〕，坐使兒女相悲憐。

【校　記】

① 何焯《義門讀書記》卷三七：「『決』疑『抉』。」

② 世綵堂本注：「蜂，一作螻。」按：蜂非噬腐肉者，作「螻」是。

③ 啾啾，世綵堂本注：「一作嘍啾。」

④ 大志，世綵堂本注：「一作天志，一作失志，一作志大。」小，《樂府詩集》作「少」，當是。吴汝綸《柳州集點勘》亦云：「『小』當爲『少』。」

【解　題】

〔韓醇詁訓〕三詩意皆有所諷。上篇謂志大如夸父者竟不免渴死，反不若北方之短人，亦足以終天年，蓋自謂也。中篇謂人才衆多之時，則國家不能愛養，逮天下多事，則皆狼顧而無可用之才，蓋言同輩諸公一時貶黜之意也。下篇謂物適其時，則無有不貴，及時異事遷，則貴者反賤。猶冰雪寒凜，則侯家熾炭，無不貴矣；春陽發而雙燕來，則死灰棄置，無所用之。蓋言其前日居朝而今日貶黜之意也。當是貶永州後作。〔蔣之翹輯注〕古樂府有《行路難》，備言世路艱難及離别悲傷之意，多以「君不見」爲首。按《陳武别傳》云：「武常牧羊，諸家牧豎有知歌謡者，武遂學《行路難》。」則所起亦遠矣。此子厚所擬三作，其意亦皆有所諷。**按**：蔣之翹所引見郭茂倩《樂府詩集》卷七〇《雜曲歌辭》引《樂府解題》。今存最早者爲鮑照《行路難》十八首。

【注釋】

〔一〕[注釋音辯]《列子》：「夸父不量力，欲追日影，逐之於隅谷之際。」注：「隅谷，虞淵也，日所入處。」[韓醇詁訓]《列子》：「夸父不量力，欲追日景，逐之於隅谷之際。渴欲得飲，赴飲河、渭，河、渭不足，將走北飲大澤，未至，道渴而死。棄其杖，尸膏肉所浸，生鄧林。」隅谷，虞淵也，日所入之處。沆，下黨切。漭，毋黨切。瞥，匹滅切。**按**：百家注本引孫汝聽注略同。所引見《列子·湯問》。夸父追日事亦見《山海經·大荒北經》及《海外北經》。

〔二〕[注釋音辯]童(宗説)云：跳，徒彫切。踉，吕唐切，又音良。**按**：跳踉，猶跳躍。北海，指北方極遠處。《莊子·逍遥遊》：「窮髮之北，有冥海者，天池也。」崑崙指極高之山。《山海經·大荒西經》：「西海之南，流沙之濱，赤水之後，黑水之前，有大山名曰崑崙之丘。」

〔三〕[注釋音辯]張(敦頤)云：沆，下黨切。漭，母黨切。**按**：《後漢書·馬融傳》馬融《廣成頌》「瀇瀁沆漭」，爲水勢浩渺無際貌。

〔四〕[注釋音辯]潘(緯)云：瞥，匹滅切。疑與「撇捩」字同，又作「潎洌」。《上林賦》：「轉騰潎洌。」注：「相潎也。」蓋古字多通用，如杜詩用「撇捩」，又用「撇烈」，其義皆同。[百家注引童宗説曰」杜子美云：「千騎常瞥裂。」瞥，匹蔑切。按：所引爲杜甫《留花門》中句。《説郛》弓八一闕名《漢皋詩話》：「『渡河不用船，千騎常撇捩。』撇捩，疾貌。《大食刀歌》『鬼物撇捩辭沉壕』，字意皆同。今從之舊集，作『撇烈』非也。」

〔五〕［注釋音辯］《列子》：「夸父渴，欲飲，走飲河、渭，河、渭不足，將北走飲大澤，未至，道渴而死。棄其杖，尸膏肉所浸，生鄧林，彌望數千里。」按：百家注本引孫汝聽注同。

〔六〕［注釋音辯］竫，疾郢切。《山海經》：「東荒有小人國，長九寸，名曰竫。海鶴遇而吞之。」［韓醇詁訓］《列子》：「東北極有人，名曰竫，人長九寸。」竫音争。按：百家注本引孫汝聽注融合兩家之注。所引見《山海經·大荒東經》及《太平御覽》卷三七八引《列子》。

〔七〕［注釋音辯］睢，許規切。盱音吁。按：《文選》張衡《西京賦》「睢盱拔扈」，李善注：「睢，仰目也。盱，張目也。」

其二

虞衡斤斧羅千山〔一〕，工命採斫杙與椽①〔二〕。深林土翦十取一，百牛連鞅催雙轅〔三〕。萬圍千尋妨道路〔四〕，東西蹶倒山火焚。遺餘毫末不見保，躪躒磵壑何當存〔五〕？群材未成質已夭，突兀崪豁空巖巒〔六〕。柏梁天災武庫火〔七〕，匠石狼顧相愁冤〔八〕。君不見南山棟梁益稀少〔九〕，愛材養育誰復論！

【校 記】

① 世綵堂本注：「杙與，一作戕爲。」鄭定本即作「戕爲」。

【注 釋】

〔一〕［韓醇詁訓］《周禮》：「山虞掌山澤之政令，仲冬斬陽木，仲夏斬陰木。凡服耜，斬季材以時入之。凡邦工入山林，而掄材不禁。林衡掌巡林麓之禁令，若斬木材，則受法於山虞，而掌其政令。」［百家注引孫汝聽曰］《周禮》：「虞衡作山澤之材。」注云：「虞衡，掌山林之官。掌山澤者謂之虞，掌川林者謂之衡。」按：見《周禮·天官冢宰·大宰》及《地官司徒》中諸章。

〔二〕［注釋音辯］杙音弋，橜也。［韓醇詁訓］杙，余力切，橜也。

〔三〕［百家注引童宗説曰］鞅，牛羈也。

〔四〕［百家注引童宗説曰］圍，繞也。

〔五〕［注釋音辯］潘（緯）云：躪，良刃切，蹂也。諸韻皆作轥。躒，郎戟切，動也。《集韻》躪、轥同。恐通作「躪」。轢，《説文》：「車所踐也。」《羽獵賦》：「徒車之所轥轢。」［韓醇詁訓］躪音吝。躒音歷。磵音澗。按：所引爲揚雄《羽獵賦》。躪躒，踐踏輾壓也。

〔六〕［注釋音辯］童（宗説）云：⿰山孝，許交切。（諸）韻、《玉篇》無從山旁孝字。惟《集韻》：「庨豁，宫殿高貌。」張（敦頤）云：豁，呼括切。豁，達。亦作⿰衤害。嵒，魚咸切。巒音鸞。［韓醇詁訓］⿰山孝，許交切。諸韻無從山旁者。《集韻》有「庨」字，云：「庨豁，宮室高貌。」按：「㟨」同「庨」。庨豁，高貌。

〔七〕［注釋音辯］漢武帝太初元年，柏梁臺災。晉惠帝元康五年，武庫火。［韓醇詁訓］漢武帝太初元年，柏梁臺災。二月起建章宮。注云：「越巫名勇，謂帝曰：『越國有大災。』即復大起宮室，以厭勝之，故帝作建章宮。」晉惠帝元康五年，武庫火，累代異寶，一時蕩盡。《左氏》：「人火曰火，天火曰災。」按：分別見《漢書·武帝紀》及《五行志上》、《晉書·惠帝紀》、《左傳》宣公十六年。

〔八〕［注釋音辯］匠石，出《莊子》，匠人名石也。按：見《莊子·人間世》。《史記·蘇秦列傳》：「秦雖欲深入，則狼顧。」張守節正義：「狼性怯，走常還顧。」

〔九〕南山，終南山，在長安南。

其三

飛雪斷道冰成梁，侯家熾炭雕玉房〔一〕。蟠龍吐耀虎喙張，熊蹲豹躑爭低昂〔二〕。攢巒叢崿射朱光〔三〕，丹霞翠霧飄奇香。美人四向迴明璫①〔四〕，雪山冰谷晞太陽〔五〕。星躔奔走不得止②〔六〕，奄忽雙燕棲虹梁。風臺露榭生光飾，死灰棄置參與商〔七〕。盛時一去貴反賤，桃笙葵扇安可常③〔八〕！

【校　記】

①明，注釋音辯本作「鳴」。

②躔，詁訓本作「纏」。

③常，原作「當」，諸本同，據《樂府詩集》改。注釋音辯本曰：「當，合作『常』字。」世綵堂本注：「當，一作常。」何焯《義門讀書記》卷三七：「『當』合作『常』。」陳景雲《柳集點勘》卷四：「恐仍作『當』。爲是言時序之寒燠既改，侯家之熾炭禦冬，反不如桃笙葵扇之宜夏矣。若作『常』，義反晦矣。」

【注　釋】

〔一〕［百家注引童宗説曰］雕玉房，以雕玉飾房也。

〔二〕［注釋音辯］蹲音存。躑，直炙切。［韓醇詁訓］古者屑炭和作獸形。蟠龍虎喙、熊蹲豹躑，皆言炭之形也。蹲，言存切。躑，直炙切。按：《晉書·羊琇傳》：「琇性豪察侈，費用無復齊限，而屑炭和作獸形以温酒。」《説郛》弓七六蕭統《錦帶書》黄鍾十一月：「酌醇酒而據切骨之寒，温獸炭而祛透心之冷。」

〔三〕［注釋音辯］崿，五各切。按：此以山喻熾炭堆積之狀。

〔四〕［注釋音辯］（璫）音當，耳珠也。

〔五〕揚雄《方言》卷七：「晞，暴也。暴五穀之類，秦晉之間謂之曬，東齊、北燕、海岱之郊謂之晞。」此句言屋内暖熱如夏也。

〔六〕《藝文類聚》卷四六王褒《太子太保中都公陸逞碑銘》：「水朝江漢，星躔牛斗。」指星宿之位置次序。此謂物换星移、冬去春來。

〔七〕［注釋音辯］《左傳》昭公元年：「閼伯、實沉日尋干戈以相征討，後帝不臧，遷閼伯於商丘，主辰。遷實沉於大夏，主參。」［韓醇詁訓］《莊子》：「心若死灰。」韓安國坐抵法，獄吏辱之，安國曰：「死灰獨不然乎？」《左氏》：「辰爲商星，參爲晉星，參、商相去之遠也。」揚子曰：「吾不觀參辰之相比也。」王正長（瓚）《雜詩》曰：「王事離我志，殊隔過商參。」按：所引見《莊子·齊物論》及《漢書·韓安國傳》。後人以參商喻遠隔，如曹植《與吴季重書》：「別有參商之闊。」

〔八〕［注釋音辯］東坡云：「桃笙，以桃竹爲簟也。桃竹出巴渝間，吴人謂簟爲笙。」《晉·謝安傳》有蒲葵扇。［韓醇詁訓］左太沖《吴都賦》：「桃笙象簟，韜於筒中。」注云：「桃笙，桃竹簟也。吴人謂簟爲笙。」《蘇子美詩話》亦云：「常不知桃笙爲何物，偶閲《方言》：『簟，宋、魏之間謂之笙。』乃悟桃笙，以桃竹爲簟也。梁簡文帝《答南安王餉簟書》云：『五離九折，出桃枝之翠筍。』乃謂桃枝竹簟也。桃竹出巴渝間。杜子美有《桃竹拄杖歌》。」晉謝安少有盛名，時多愛慕。鄉人有罷中宿縣者，還詣安，安問其歸資，答曰：「有蒲葵扇五萬。」安乃取其中者捉之，京師士庶競市，價增數倍。按：韓注誤蘇子瞻爲蘇子美。所引見蘇軾《書子厚詩》，《蘇軾文集》卷六七《題跋》。百家注本集注已改作「東坡云」。百家注本集注又引《詩話》云：「余按唐萬年尉段公路《北户録》云：『瓊州紅藤簟。《方言》謂之笙，或曰籧篨，亦曰行唐。沈約《奏彈歙令仲文秀恣横》云：「令吏輸六尺笙四十領。」』何東坡忘此耶？又左思太沖《吴都賦》云：『桃笙象簟，韜於筒中。』注云：『桃笙，桃枝簟也。吴人謂簟爲笙。』劉夢得亦有詩云：『薰風香塵尾，月露濡桃笙。』」所引爲闕名《復齋漫録》，見《苕溪漁隱叢話》後集卷一一引。蒲葵扇事見《晉書·謝安傳》。竹簟與蒲葵扇皆夏用之物，謂亦不能長年用也。程大昌《演繁露》卷一二：「柳子厚詩云：『盛時一失貴反賤，桃笙蒲葵安可常。』案揚雄《方言》：『簟，宋、魏之間謂之笙。』梁簡文帝《答南平嗣王餉舞簟書》曰：『五離九析，出桃枝之碧筍。』郭璞《桃枝贊》曰：『叢薄幽薈，從風蔚猗。簟以寧寢，杖以持危。』杜子美亦有《桃竹杖》詩。桃笙，蓋以桃竹爲簟也。」

【集　評】

俞鎮《學易居筆録》：柳子《行路難》以喻炎盛，至風臺露榭，則死灰不復然矣。

邢昉《唐風定》卷一〇：止詠一物，借題生感，骨力老蒼，張王攀之不及矣。

陸夢龍《柳子厚集選》卷四：稍逼長吉（李賀）。

汪森《韓柳詩選》：「丹霞」句下：綺麗之語，故自鮮秀。總評：音節古，色澤鮮，絶去纖、僞二種流弊。

近藤元粹《柳柳州集》卷四：寓意託深，議論亦甚正。雖然，子厚言此，蓋未知其罪過也，可謂顏厚矣。又末句下：悲憤之意在言外。

聞籍田有感①

天田不日降皇輿〔一〕，留滯長沙歲又除〔二〕。宣室無由問釐事〔三〕，周南何處託成書〔四〕？

【校　記】

①注釋音辯注曰：「籍，潘（緯）本作籍，亦作藉。」蔣之翹輯注本作「藉」。蔣曰：「藉，慈夜切。一作耤。俗本作籍，非是。」按：二字通。

【解　題】

［注釋音辯］元和五年，詔來年籍田。［韓醇詁訓］元和五年有詔，來歲籍田。然是年十一月公與楊誨之書云「有北人來，示將籍田敕」云云，而此詩云「歲又除」，蓋聞敕在十一月末矣。詩是時作。［百家注引孫汝聽曰］元和五年十月，憲宗詔來年正月十六日東郊籍田，敕有司修撰儀注。［蔣之翹

輯注」《禮記》：「天子爲藉千畝，冕而朱紘。諸侯百畝，冕而青紘。躬執耒以祀天地、山川、社稷。先古以爲醴酪齊盛，於是乎取之。」《説文》：「藉，借也。」借民力以爲之也。按：韓説可從。蔣注引自《禮記·祭義》。然籍田事不見今《舊唐書·憲宗紀》。《詩經·周頌·載芟》毛傳：「籍田，甸師氏所掌，王載耒耜所耕之田。天子千畝，諸侯百畝。籍之言借也，借民力治之，故謂之籍田。」

【注釋】

〔一〕［注釋音辯］張衡《東京賦》：「躬三推於天田，修帝籍之千畝。」［百家注引孫汝聽曰］《楚辭》：「恐皇輿之敗績。」皇輿，天子車也。按：韓醇注與童注同。《文選》張衡《東京賦》「躬三推於天田」，吕延濟注：「天田，天子之籍田也。」「皇輿」見屈原《離騷》。

〔二〕［蔣之翹輯注］此用賈誼事以自況也。

〔三〕［注釋音辯］釐音禧。賈誼貶長沙王傅，後召入見，上方受釐，坐宣室因問鬼神之本。［韓醇詁訓］賈誼貶長沙王太傅，後歲餘，文帝思誼，徵之。至入見，帝方受釐，坐宣室。上因感鬼神事，而問鬼神之本，誼具道所以然之故。至夜，文帝前席。釐音禧，祭餘肉也。按：百家注本引孫汝聽注與韓注本同。所引見《史記·賈生列傳》及《漢書·賈誼傳》。

〔四〕［注釋音辯］《史記》司馬遷自序：「太史公竟留滯周南，執遷手泣曰：『今天子封泰山而余不得從行，是命也夫！汝爲太史，無忘吾所欲論著矣。』」［韓醇詁訓］《詩·周頌·載芟》：「春籍田而祈社稷也。」〔百家注引孫汝聽曰〕元和五年十月，憲宗詔來年正月十六日東郊籍田，敕有司修撰儀注。公自言留滯永州，如太史公之不得從行也。〔蔣之翹輯注〕時子厚在永州，不得從事，故落句云云。

【集　評】

近藤元粹《柳柳州集》卷四：一聲一淚，自負亦甚矣。

跂烏詞①

城上日出群烏飛，鵶鵶争赴朝陽枝〔一〕。刷毛伸翼和且樂，爾獨落魄今何爲〔二〕？無乃慕高近白日②，三足妬爾令爾疾〔三〕？無乃飢啼走路旁③，貪鮮攫肉人所傷〔四〕？翹肖獨足下叢薄〔五〕，口銜低枝始能躍。還顧泥塗備螻蟻④〔六〕，仰看棟梁防燕雀〔七〕。左右六翮利如刀〔八〕，踊身失勢不得高。支離無趾猶自免〔九〕，努力低飛逃後患。

【校　記】

①世綵堂本注：「一作跛烏詞。跂，舉一足也。」又云：「跂烏，病一足，跂而行也。作跛非。」

②近，詁訓本作「競」。
③路，蔣之翹本、《全唐詩》作「道」。
④蔣之翹輯注本注：「備，一作畏。」

【解　題】

［注釋音辯］跂，舉一足也。［韓醇詁訓］與下《籠鷹》、《放鷓鴣詞》，意皆以自況，蓋初謫永州後有感而云也。跂音奇，緩走也。［蔣之翹輯注］此詞及下《籠鷹》、《放鷓鴣》，皆以自況。按：韓説是也。章士釗《柳文指要》下《通要之部》卷一二：「子厚之《跂烏詞》，堪與老杜之《瘦馬行》媲美。」

【注　釋】

〔一〕［百家注引韓醇曰］鵶鵶，烏聲。《詩》：「梧桐生矣，于彼朝陽。」朝陽，日初出處。［蔣之翹輯注］鵶鵶，烏聲。李白詩：「歸飛啞啞枝上啼。」《詩》疏：「朝陽，日初出處。」按：今本韓醇詁訓僅引《詩》兩句。所引見《詩經·大雅·卷阿》。鵶同鴉，以鳴聲名也。作鳴聲亦寫作「啞」，如費昶《行路難二首》一：「千門萬户不知曙，唯聞啞啞城上烏。」

〔二〕［注釋音辯］張（敦頤）云：魄音託，落魄不檢。又旁各切，不得志。按：韓醇詁訓本與張注同。

〔三〕[注釋音辯]《五經通義》：「日中有三足烏。」[韓醇詁訓]《春秋元命包》云：「日中有三足烏。」按：《淮南子·精神》：「日中有踆烏。」高誘注：「謂三足烏。」日中有三足烏，見《藝文類聚》卷一引《五經通義》、《初學記》卷三〇引《春秋元命苞》。

〔四〕[注釋音辯]《前·黄霸傳》：「吏食於道旁，有烏攫其肉。」[百家注引孫汝聽曰]《漢書》：「黄霸爲潁川太守，嘗欲有所司察，擇長年廉吏遣行，屬令周密。吏出，不敢舍郵亭，食於道旁，烏攫其肉。」按：見《漢書·循吏傳·黄霸》。

〔五〕[注釋音辯]潘（緯）云：翹，都遥切。肖，思公切，輕小也。《莊子》：「翹肖之物。」《淮南子》注：「聚木曰叢，深草曰薄。」[百家注引孫汝聽曰]《莊子》：「肖翹之物。」獨足，一足也。[蔣之翹輯注]《爾雅》：「聚木曰叢，深草曰薄。」按：《莊子·胠篋》作「肖翹」，原文：「惴耎之蟲，肖翹之物，莫不失其性。」成玄英疏：「附地之徒曰惴耎，飛空之類曰肖翹，皆輕小物也。」《淮南子·俶真》：「烏飛千仞之上，獸走叢薄之中。」《莊子》「肖翹」義於此詩不甚切合。章士釗以爲「翹肖」爲「翹首」之訛。《柳文指要》下《通要之部》卷一二云：「吾曩謂柳用字最矜慎，無故倒用蒙叟（莊子）所用字，既非其所願爲，則『翹肖』字原非胎息《南華》，而直是『翹首』字之由後人作意成誤，十之八九可成定論。」又云：「翹首猶言矯首，皆詩中屢見不鮮之字，今用與『獨足』相配成文，於《跂烏詞》最爲貼切。」

〔六〕《韓詩外傳》卷八：「夫吞舟之魚大矣，蕩而失水，則爲螻蟻所制。」

〔七〕［韓醇詁訓］陳涉曰：「燕雀安知鴻鵠之志哉？」公暗用此意矣。按：見《史記·陳涉世家》。

〔八〕［注釋音辯］翮，户隔切。［百家注引孫汝聽曰］《揚子》：「鶴明沖天，不在六翮乎？」按：見揚雄《法言》卷五。《韓詩外傳》卷六：「夫鴻鵠一舉千里，所恃者六翮爾。」

〔九〕［注釋音辯］《莊子》：「上有大役，則支離以有常疾，不受功。夫支離其形，猶足以養生。」又：「叔山無趾，見仲尼。」［韓醇詁訓］《莊子》曰：「支離疏者，上有大役，則支離以有常疾，不受功。上與病者粟，則受三鍾，與十束薪。夫支離其形者，猶足以養生，終其天年，而況支離其德者乎！」又：「魯有兀者叔山無趾，踵見仲尼。仲尼曰：『子不謹前，既犯患若是矣，雖今來，何及矣？』無趾曰：『吾惟不知務而輕用吾身，吾是以亡足。今吾來也，猶有尊足者存，吾是以務全之也。』」按：見《莊子·人間世》與《德充符》。

【集　評】

汪森《韓柳詩選》：詞致歷落，自不入平軟之調。

近藤元粹《柳柳州集》卷四：比喻甚切。又：子厚蓋食腐鼠見唾棄也，而以螻蟻、燕雀等語罵人，其輕薄可想也。

籠鷹詞

淒風淅瀝飛嚴霜〔一〕，蒼鷹上擊翻曙光〔二〕。雲披霧裂虹蜺斷，霹靂掣電捎平岡〔三〕。砉然勁翮翦荆棘〔四〕，下攫狐兔騰蒼茫①。爪毛吻血百鳥逝②，獨立四顧時激昂。炎風溽暑忽然至〔五〕，羽翼脱落自摧藏。草中狸鼠足爲患，一夕十顧驚且傷〔六〕。但願清商復爲假〔七〕，拔去萬累雲間翔③。

【校　記】

① 茫，詁訓本作「莊」。

② 百，詁訓本作「衆」。

③ 原注與注釋音辯本、詁訓本、世綵堂本注：「累，一作里。」

【解　題】

〔蔣之翹輯注〕《博雅》：「鷹，鳥之鷙者。」按：段成式《酉陽雜俎》前集卷二〇：「鷹四月一日停放，五月上旬拔毛入籠。……八月中旬出籠。」此詩寫鷹於秋季搏殺狐兔，夏時入籠，而企盼於秋之來臨也。

【注釋】

〔一〕［百家注引韓醇曰］秋風曰凄風。淅瀝，風聲。

〔二〕［蔣之翹輯注］《月令》：「秋節將至，鷹自習擊曰學習，將搏鷙。殺鳥於大澤四面陳之，謂之祭鳥。」按：《禮記·月令》季夏之月：「鷹乃學習。」《初學記》卷二引《春秋感精符》：「霜，殺伐之表。季秋霜始降，鷹隼擊，王者順天行誅，以成肅殺之威。」

〔三〕［韓醇詁訓］傅玄《蜀都賦》曰：「鷹則流星曜景，奔電飛光。」掣，尺裂切，挽也。按：捎，拂掠。

〔四〕［注釋音辯］砉，霍虢切，又呼鵙切。［韓醇詁訓］《莊子》：「砉然響然。」音呼鵙反，又音畫，又呼歷反，皮骨相離聲。［百家注引孫汝聽曰］砉然，羽翮之聲。按：見《莊子·養生主》。

〔五〕［韓醇詁訓］《月令》：「季夏之月，土潤溽暑。」按：百家注本引童宗説曰與韓醇本同。夏季爲鷹入籠之時，故曰「自摧藏」。

〔六〕此句言鷹不能有所作爲也。

〔七〕［韓醇詁訓］孟秋之月，涼風至，則鷹乃祭鳥也。按：《禮記·月令》孟秋之月：「鷹乃祭鳥，用始行戮。」清商，謂秋也。

【集評】

汪森《韓柳詩選》：寫得有氣概，自見堅響。

近藤元粹《柳柳州集》卷四：以自家比蒼鷹，以他人比貍鼠，亦其自不知量處。

放鷓鴣詞

楚越有鳥甘且腴，嘲嘲自名爲鷓鴣。徇媒得食不復慮〔一〕，機械潛發罹罝罦〔二〕。羽毛摧折觸籠籞①〔三〕，煙火煽赫驚庖厨。鼎前芍藥調五味②〔四〕，膳夫攘腕左右視。齊王不忍觳觫牛〔五〕，簡子亦放邯鄲鳩〔六〕。二子得意猶念此③，況我萬里爲孤囚。破籠展翅當遠去，同類相呼莫相顧。

【校記】

① 籞，五百家注本作「禦」。

② 芍，詁訓本作「勺」。

③ 原注與詁訓本、世綵堂本皆注曰：「二子，一作二君，又作二臣。」

【解　題】

［注釋音辯］鳥如雞，黑色，其鳴自呼，常南飛不北。［韓醇詁訓］鷓鴣出南越，其鳴自呼，嘗南飛不北。按：此詩亦當作於永州，年月無考。蓋借放鷓鴣以寄意，表憫物憐情之心。《太平御覽》卷九二四引楊孚《異物志》：「鷓鴣，其形似雌雞，其志懷南，不思北。其名自呼，但南不北。其肉肥美宜炙，可以飲酒爲諸膳也。」又引《南越志》：「鷓鴣雖東西迴翔，然開翅之始，先南翥。其鳴自呼。」

【注　釋】

〔一〕［百家注引孫汝聽曰］媒，所以致鷓鴣者。

〔二〕［注釋音辯］罝音嗟。罦音孚。［韓醇詁訓］網也。按：罝罦即罝罘。《禮記·月令》季春之月：「田獵，罝罘羅網。」鄭玄注：「獸罟曰罝罘，鳥罟曰羅網。」

〔三〕［韓醇詁訓］（籞）音語。［蔣之翹輯注］籞音語，同篽。《説文》：「籞，折竹以繩掛連，使人不得往來也。」按：籠籞即鳥籠。《漢書·宣帝紀》地節三年顔師古注引臣瓚曰：「籞者，所以養鳥也。設爲籬落，周覆其上，令鳥不得出。」

〔四〕［注釋音辯］前漢《子虚賦》注：「芍藥根主和五藏，又辟毒氣，故合之於蘭桂五味，以助諸食。因呼五味之和爲芍藥耳。」今人食馬肝、馬腸者，猶合芍藥而煮之。［韓醇詁訓］《子虚賦》：「勺藥之和，具而後御之。」勺藥，調和也。［百家注引孫汝聽曰］司馬相如賦：「芍藥之和，具而後御之。」芍藥，香藥。按：所引見《漢書·司馬相如傳》相如《子虛賦》及顏師古注。

〔五〕［注釋音辯］出《孟子》。［韓醇詁訓］事見《孟子》。［百家注引韓醇曰］《孟子》：「齊宣王坐於堂上，有牽牛而過堂下者，曰：『將以釁鐘。』王曰：『吾不忍其觳觫，若無罪而就死地。』」按：見《孟子·梁惠王上》。觳觫，恐懼顫抖貌。

〔六〕［注釋音辯］潘（緯云）：邯音寒，胡甘切。鄲，多寒切。趙地也。《孔叢子》：「元日有人獻鳩於趙簡子，簡子厚賞之，而放其鳥。」［韓醇詁訓］《孔叢子》曰：「元日有人獻鳩於簡子，簡子厚賞之而放其鳩。人問其故，曰：『元日放鳩也。』」邯鄲，趙地。［百家注引孫汝聽曰］《列子》：「邯鄲之民以正月之旦獻鳩於簡子，簡子厚賞之。客問其故，簡子曰：『正月放生，示有恩也。』」按：見《列子·説符》及《太平御覽》卷九二一引《孔叢子》。

【集評】

《新刊增廣百家詳補注唐柳先生文》卷四三王儔補注引曾氏《筆墨閒録》：蓋以自況其欲遠儔類也。

葛立方《韻語陽秋》卷一六：柳子厚有《放鷓鴣詞》，人徒知其不肯以生命供口腹，其仁如是也。余謂此詞乃作於詔追之時，有自悔前失之意，故前言「狗媒得食不復慮」，後言「同類相呼莫相顧」。媒與類，皆謂伾、文也。

黄徹《䂬溪詩話》卷三：子厚《曉行》云：「機心久已忘，何事驚麏鹿？」又《放鷓鴣詞》云：「破籠展翅當遠去，同類相呼莫相顧。」惜乎知之不早爾。

又卷八：宋之問《陸渾山莊》云：「野人相問姓，山鳥自呼名。」東坡海外詩云：「花曾識面香仍好，鳥不知名聲自呼。」蓋《古今注》：「南方有鳥名鷓鴣，其名自呼，向日而飛。」柳子厚云：「楚越有鳥甘且腴，嘲嘲自鳴爲鷓鴣。」

汪森《韓柳詩選》：末句下：前云「徇媒得食」，故落句云然。總評：已上三詩（按：《跂烏詞》、《籠鷹詞》及本篇）皆兼比興，頗寓自傷之意也。

沈德潛《唐詩別裁集》卷八：「機械」句下：暗指王叔文招之及罹禍事。總評：見此後當自檢束，勿更爲所引也。

喬億《劍谿説詩》卷上：子厚寂寥短章，詞高意遠，是爲絶調。若《放鷓鴣》、《跂烏詞》，並悔過之作，惻愴動人。

龜背戲

長安新技出宫掖，喧喧初徧王侯宅。玉盤滴瀝黄金錢，皎如文龜麗秋天〔一〕。八方定位開神卦〔二〕，六甲離離齊上下〔三〕。投變轉動玄機卑，星流霞破相參差。四分五裂勢未已，出無入有誰能知。乍驚散漫無處所，須臾羅列已如故。徒言萬事有盈虚，終朝一擲知勝負〔四〕。脩門象棊不復貴①〔五〕，魏宫粧奩世所棄〔六〕。豈如瑞質耀奇文，願持千歲壽吾君〔七〕。廟堂巾笥非余慕〔八〕，錢刀兒女徒紛紛〔九〕。

【校　記】

① 原注與詁訓本注曰：「脩門，郢城門。一本作循門，非是。」

【解　題】

〔韓醇詁訓〕其製不可詳。觀詩意，乃亦博碁之類，新出於宫掖中者也。作之時日無所考焉。〔百家注引孫汝聽曰〕狀如龜背，因以爲名。按：此詩當作於長安時，風格不類貶後諸作。李肇《唐國史補》卷下：「今之博戲，有長行最盛。其具有局有子，子有黄、黑各十五，擲采之骰有二。其法生於握槊，變於雙陸。……監險易者，喻時事焉。適變通者，方易象焉。王公大人，頗或躭翫，至有廢慶弔、忘寢休、輟飲食者。」詩云「八方定位開神卦」，李肇云長行「方易象」，龜背戲或即長行耶？

【注　釋】

〔一〕〔蔣之翹輯注〕麗，著也。《易》：「日月麗乎天。」按：《周易・離》：「離，麗也。日月麗乎天，百穀草木麗乎土。」

〔二〕由陰、陽兩種符號中每次取三種組成可重復的組合，上下相疊，共有八種，古稱八卦。以八卦對應八方，則乾爲南，坤爲北，離爲東，坎爲西，兑爲東南，艮爲西北，巽爲西南，震爲東北。此句所寫當是局盤上的方位符號。

〔三〕六甲指五行方術。葛洪《神仙傳》卷八云左慈「尤明六甲」。其法不詳。此當以六甲指各種變化。

〔四〕［韓醇詁訓］劉毅家無擔石之儲，樗蒲一擲百萬。按：見《晉書·何無忌傳》、《宋書·武帝紀上》。

〔五〕［注釋音辯］《楚詞》：「魂兮歸來，入脩門些。菎蔽象棊，有六博些。」［韓醇詁訓］宋玉《招魂》云：「魂兮歸來，入脩門些。菎蔽象碁，有六博些。分曹並進，遒相迫些。成梟而牟，呼五白些。」脩門，郢城門也。按：百家注本引孫汝聽注與韓注本略同。象棋，《楚辭·招魂》王逸注：「象牙爲棋，麗而且好也。」

〔六〕［注釋音辯］潘（緯）云：奩，力鹽切。本作匳。《酉陽雜俎》：「彈棊起於魏宮粧奩之戲。」［韓醇詁訓］《世説》：「彈棋起於魏宮粧奩之戲。」［百家注引孫汝聽曰］《世説》：「彈棋始自魏宮内粧奩之戲，文帝於此技特妙，能用手巾角拂之。」按：見《世説新語·巧藝》及段成式《酉陽雜俎》續集卷四。

〔七〕［蔣之翹輯注］《史記》：「龜千年，游蓮葉之上。」按：見《史記·龜策列傳》褚少孫補。

〔八〕〔注釋音辯〕《莊子》：「楚有神龜，死已三千歲矣，王巾笥而藏之廟堂之上。」按：百家注本引韓醇注同。《莊子·秋水》：「莊子釣於濮水，楚王使大夫二人往先焉，曰：『願以竟内累矣。』莊子持竿不顧，曰：『吾聞楚有神龜，死已三千歲矣。王巾笥而藏之廟堂之上。此龜者，寧其死爲留骨而貴乎？寧其生而曳尾於塗中乎？』二大夫曰：『寧生而曳尾塗中。』莊子曰：『往矣，吾將曳尾於塗中。』」

〔九〕〔韓醇詁訓〕錢刀見上《白蘘荷》詩注。按：《樂府詩集》卷四一《白頭吟》：「男兒重意氣，何用錢刀爲。」

聞黄鸝

倦聞子規朝暮聲〔一〕，不意忽有黄鸝鳴。一聲夢斷楚江曲，滿眼故園春意生①。目極千里無山河②，麥芒際天摇青波。王畿優本少賦役，務閑酒熟饒經過〔二〕。此時晴煙最深處，舍南巷北遥相語。翻日迥度昆明飛〔三〕，凌風邪看細柳翥〔四〕。我今誤落千萬山，身同傖人不思還〔五〕。鄉禽何事亦來此？令我生心憶桑梓③〔六〕。閉聲迴翅歸務速，西林紫椹行當熟〔七〕。

【校　記】

①原注與注釋音辯本、世綵堂本皆注曰：「一本『意生』作『草緑』。」

②原注與注釋音辯本、世綵堂本皆注曰：「一本『目極』作『故園』。」蔣之翹輯注本：「目極，一作故園，非是。」

③令，濟美堂本作「令」。生心憶桑梓，注釋音辯本、游居敬本作「心憶桑梓間」。吴汝綸《柳州集點勘》：「『心』上校增『生』字，删『間』字。」

【解　題】

〔韓醇詁訓〕觀詩意，蓋其久在永州也。〔百家注引孫汝聽曰〕黄鸝，即倉庚也。一名摶黍。按：韓説可從。陸璣《毛詩草木鳥獸蟲魚疏》卷下：「黄鳥，黄鸝留也。或謂之黄栗留，幽州人謂之黄鶯。一名倉庚，一名商庚，一名鵹黄，一名楚雀。齊人謂之摶黍，關西謂之黄鳥。當葚熟時，來在桑間，故里語曰：『黄栗留，看我麥黄葚熟不？』亦是應節趨時之鳥。」

【注　釋】

〔一〕〔百家注引孫汝聽曰〕子規，即鵜鴂，一名杜鵑。

〔二〕〔蔣之翹輯注〕過音戈。

〔三〕［百家注引孫汝聽曰］昆明，池名。按：《三輔黄圖》卷四：「漢昆明池，武帝元狩四年穿，在長安西南，周迴十里。」

〔四〕［注釋音辯］（翥）章庶切，飛舉也。［蔣之翹輯注］昆明，池名。細柳，營名。或云只作細柳，亦通，但恐與昆明不切屬耳。按：李吉甫《元和郡縣圖志》卷一京兆府：「細柳倉在（咸陽）縣西南二十里，漢舊倉也。周亞夫軍次細柳，即此是也。」

〔五〕［注釋音辯］童（宗説）云：傖，助耕切。楚人別種。［韓醇詁訓］傖，鋤耕切。吴人罵楚人曰傖。

〔六〕［韓醇詁訓］《詩》：「維桑與梓，必恭敬止。」按：見《詩經·小雅·小弁》。朱熹集傳：「桑、梓二木。古者五畝之宅，樹之牆下，以遺子孫，給蠶食、具器用者也。」

〔七〕［韓醇詁訓］椹，匙荏切，《説文》「桑實也」。《詩》：「食我桑椹，懷我好音。」按：見《詩經·魯頌·泮水》。

【集　評】

胡仔《苕溪漁隱叢話》後集卷一一：子厚《聞鶯》詩云：「一聲夢斷楚江曲，滿眼故園春草緑。」其感物懷土，不盡之意，備見於兩句中，不在多也。

孫月峰（鑛）評點《柳柳州全集》卷四三：「王畿」句下：「優本」字稍覺生。總評：意態飛動。

汪森《韓柳詩選》：「滿眼」句下：亦有生新之致，緣下筆時不走熟徑故也。

渾鴻臚宅聞歌效白紵

翠帷雙卷出傾城〔一〕，龍劍破匣霜月明〔二〕。朱唇掩抑悄無聲，金簧玉磬宫中生〔三〕。下沉秋火激太清①〔四〕。天高地迥凝日晶〔五〕，羽觴蕩漾何事傾〔六〕？

【校　記】

① 火，注釋音辯本、詁訓本、世綵堂本作「水」。蔣之翹輯注本作「火」，並云：「《詩》『七月流火』，注：『心星也。』」是。

【解　題】

〔注釋音辯〕渾音魂。臚音閭。白紵歌，吴曲也。〔韓醇詁訓〕白紵，歌名。吴孫皓時。渾鴻臚，不詳其何人也。〔百家注引孫汝聽曰〕白紵，古歌詞名。起於吴地，疑爲吴曲。〔蔣之翹輯注〕子厚此作似效鮑照體五歌之一也。按：陶敏《全唐詩人名彙考》以爲此渾鴻臚爲渾鍊。《全唐文》卷四七八鄭餘慶《左僕射賈耽神道碑》：「以永貞元年十一月一日薨……詔鴻臚卿渾鍊持節備賻絹一千匹、米粟一百石，詔葬長安高陽原。」則渾鍊元和初爲鴻臚卿。渾鍊爲渾瑊之子，見《新唐書·宰相世系表五下》渾氏。盧綸有《送渾鍊歸覲卻赴闕庭》詩。柳宗元永貞元年九月貶官永州司馬，則此詩貶官前作。《新唐書·百官志三》鴻臚寺：「卿一人，從三品。少卿二人，從四品上。……掌賓客及凶儀之事。」白紵，舞名，亦歌曲名。郭茂倩《樂府詩集》卷五五：「《宋書·樂志》曰白紵舞。按舞辭有巾袍之言，紵本吴地所出，宜是吴舞也。晉俳歌云：『皎皎白緒，節節爲雙。』吴音呼緒爲紵，疑白緒即白紵也。《南齊書·樂志》曰《白紵歌》。……《樂府解題》曰：『古詞盛稱舞者之美，宜及芳時爲樂。』其譽白紵曰：『質如輕雲色如銀，製以爲袍餘作巾，袍以光軀巾拂塵。』《唐書·樂志》曰：『梁武帝令沈約改其辭爲《四時白紵歌》。』今中原有《白紵曲》，辭旨與此全殊。」中收鮑照《白紵歌》六首，其中四首爲七言七句，句句押同一韻體。

【注釋】

〔一〕［韓醇詁訓］李延年侍漢武帝，歌曰：「北方有佳人，絶世而獨立。一顧傾人城，再顧傾人國。」按：見《漢書·外戚傳上·孝武李夫人》。

〔二〕［韓醇詁訓］龍泉、太阿，皆劍名也。龍藻亦劍彩也。又晉雷焕得寶劍，入水化爲龍而去。按：見《藝文類聚》卷六〇引雷次宗《豫章記》。

〔三〕［韓醇詁訓］笙有十三簧，象鳳之身。《吕氏春秋》曰：「堯命夔拊石擊石，象上帝玉磬之音，以舞百獸。」按：見《吕氏春秋·仲夏紀·古樂》。

〔四〕《詩經·豳風·七月》「七月流火」，毛傳：「火，大火也。」即心宿。農曆五月見於正南，入秋乃漸西沉。葛洪《抱朴子·雜應》：「止升四十里，名爲太清。」

〔五〕［百家注］（晶）子丁切。按：晶，精通。日精即日也。

〔六〕［韓醇詁訓］宋玉《招魂》：「瑶漿蜜勺，實羽觴些。」

【集　評】

近藤元粹《柳柳州集》卷四：結單句。

楊白花

楊白花，風吹度江水。坐令宫樹無顔色，摇蕩春光千萬里。茫茫曉日下長秋①〔一〕，哀歌未斷城鴉起②。

【校　記】

① 秋，《全唐詩》注：「一作林。」

②城，詁訓本作「晨」。

【解　題】

［注釋音辯］楊白華，楊大眼之子。容貌瓌偉，魏太后胡氏逼幸之。白華懼禍，南奔於梁。太后追思不已，爲作《楊白花歌》，使宫人晝夜連臂蹋足歌之。［韓醇詁訓］觀詩意，亦謫永後作。詩云「風吹渡江水」，又云「摇蕩春光千萬里」，亦自況也。［百家注引孫汝聽曰］《南史》：「楊白花，武都仇池人。少有勇才，容貌瓌偉，魏胡太后逼幸之。白花懼禍，會父大眼卒，白花擁部曲南奔於梁。太后追思不已，爲作《楊白花歌》，使宫人晝夜連臂蹋足歌之，聲甚悽斷。」楊白花位至太子左衛率。按：《梁書・王神念傳》作楊白華，《南史・王神念傳》作楊白花。《樂府詩集》卷七三歸爲雜曲歌辭。此詩非有自傷之意，蓋擬樂府也。作年未詳，疑作於貞元中。

【注　釋】

〔一〕［注釋音辯］長秋，皇后宫。按：《後漢書・明德馬皇后紀》：「永平三年春，有司奏立長秋宫。」李賢等注：「皇后所居宫也。」

【集評】

許顗《彦周詩話》：楊華既奔梁，元魏胡武靈后作《楊白華歌》，令宫人連臂踏足歌之，聲甚淒斷。柳子厚樂府云……言婉而情深，古今絶唱也。

王楙《野客叢書》卷一〇：今市井人言快樂則有唱《楊白花》之説，其事見《北史》。……柳子厚有《楊白花》詩，此正與漢宫人歌《赤鳳來》曲相似。見《趙后外傳》。

《唐詩品彙》卷三六引劉辰翁云：語調適與事情俱美，其餘音杳杳，可以泣鬼神者，惜不令連臂者歌之。

胡應麟《詩藪》内編卷三：李杜外，短歌可法者，岑參《蜀葵花》、《登鄴城》，李頎《送劉昱》、《古意》，王維《寒食》，崔顥《長安道》，賀蘭進明《行路難》，郎士元《塞下曲》，李益《促促曲》、《野田行》，王建《望夫石》、《寄遠曲》，張籍《節婦吟》、《征婦怨》，柳宗元《楊白花》，雖筆力非二公比，皆初學易下手者。

顧璘批點《唐詩正音》卷五：更不淺露，反極悲哀。

陸時雍《唐詩鏡》卷三七：較本詞覺雅。

唐汝詢《唐詩解》卷一八：此爲太后懷人之詞，而借楊花以託意也。風吹渡江者，謂白花南奔於梁也。所懷既遠，足使我宫樹無顔色，而彼摇盪春光於萬里之外，於是作此哀歌，幾忘晷刻。纔覩曉日，忽聞晚鴉之起矣。唐人用樂府舊題，咸别自造意，惟此篇爲擬古。

《删補唐詩選脈箋釋會通評林》卷二四：周珽訓：風吹渡江水，謂白花南奔於梁也。宫樹無顔色，以春色摇蕩他地，懷念既遠，不勝改容也。纔覩曉日，忽聞晚鴉，恍惚哀歌，摹情極盡，正得擬古之正格者。唐仲言云：此爲太后懷人之詞，而借楊花以託意也。唐人率借樂府發己情，此用本題意。末句憂思之深，幾忘旦暮。郭濬曰：情思悠遠，備至無聊，太白有此風味。吴山民曰：「茫茫」句見得是太后。

孫月峰（鑛）評點《柳柳州全集》卷四三：微而顯，語簡而含味長。音節最妙。「江水」、「宫樹」、「長秋」、「哀歌」字點得最醒。

陸夢龍《柳子厚集選》卷四：妙絶。

蔣之翹輯注《柳河東集》卷四三：子厚樂府小曲如《楊白花》，似得太白遺韻。

邢昉《唐風定》卷一〇：音節渾是盛唐。

王夫之《唐詩評選》卷一：顧華玉稱此詩更不淺露，反極悲哀。其能爾者，當由即景含情。

賀裳《載酒園詩話》卷一：凡編詩者，切不宜以樂府編入七言古。如柳詩：「楊白花……」真可謂微而顯，宛肖胸中所欲言。然不先知胡太后事，安知此詩之妙！

吴昌祺《删訂唐詩解》卷一〇：直欲亞太白《烏棲曲》。又：宫樹無聲，太后憔悴也。摇蕩春光，心馳萬里也。唐（汝詢）解參。

沈德潛《唐詩别裁集》卷八：長秋宫，太后所居。通篇不露正旨，而以「長秋」二字逗出，用筆用意在微顯之間。

漁翁

漁翁夜傍西巖宿，曉汲清湘然楚竹〔一〕。煙銷日出不見人，欸乃一聲山水緑①〔二〕。迴看天際下中流，巖上無心雲相逐〔三〕。

【校記】

①欸，原作「欵」，注釋音辯本、詁訓本同，據世綵堂本、蔣之翹本及《全唐詩》改。蔣之翹輯注本曰：「欸，亞改切，音靄。字本從矣，俗從矣、從厽者，皆非是。乃音襖。宋洪駒父云從來詩家多倒讀之。黄山谷書元次山曲亦然。《苕溪漁隱詩話》則信山谷太過，反以正音爲非。翹按之《楚辭·九章》『欸秋冬之緒風』，朱子云：『《方言》：南楚謂然爲欸。漢亞父曰唉。唐人詩欸乃皆此字。』則欸之音靄，無疑。但乃讀如襖者無考，更俟詳焉。」緑，原作「渌」，注釋音辯本、詁訓本同，注釋音辯本注：「渌，一本作緑。」據世綵堂本、濟美堂本及《全唐詩》改。「渌」僅水清澈意，「緑」則兼色彩也。

【解　題】

［韓醇詁訓］集中有《西山宴游記》，詩云「西巖」，即西山也。亦在永作。按：韓説可從。

【注　釋】

〔一〕《藝文類聚》卷八引《湘中記》：「湘水至清，雖深五六丈，見底了了。」

〔二〕［注釋音辯］苕溪漁隱曰：「《元次山集·欸乃曲》欸音襖，乃音靄，棹船歌聲。洪駒父詩注謂欸音靄，乃音襖，遂反其音，是不曾看《次山集》及《山谷碑》耳。」［韓醇詁訓］欸音襖，乃音靄。一作㝹靄，非是。黄魯直嘗爲林夫人《欸乃歌》云：「欸乃，湖南歌也。」《冷齋夜話》：「洪駒父曰：世俗合欸乃二字爲一，誤矣。」又云：「欸乃，三老相呼聲也。」［百家注引王儔補注］山谷嘗書元次山《欵乃曲》云：「欵音媪。乃音靄。湘中棹歌聲。子厚《漁父詞》有『欵乃一聲山水渌』之句，誤書『欸乃』，後生多承誤，妄用之，可笑。」按：所引諸家之言，參見集評。元結《元次山集》卷三《系樂府十二首·欵乃曲》自注：「欵音襖，乃音靄，棹船之聲。」詩云：「昔聞扣斷舟，引釣歌此聲。」又卷四《欵乃曲五首序》云：「大曆丁未中，漫叟以軍事詣都使還州，逢春水，舟行不進，作《欵乃》五曲，舟子唱之。蓋欲取適於道路耳。」則「欵乃」爲船夫之歌，有聲無義。至於其音，當如元結所注，音「襖靄」，如船工號子聲。當屬借字爲音，故韻書不及也。或真如洪芻所云，當作「㝹靄」，然「㝹」或爲「砮」之誤。

〔三〕〔韓醇詁訓〕陶淵明《歸去來辭》：「雲無心以出岫。」

【集評】

惠洪《冷齋夜話》卷二：洪駒父曰：柳子厚曰：「欸靄一聲山水緑」，欸音襖，而世俗乃分「欸」爲二字，誤矣。

又卷五：柳子厚詩曰……東坡云：詩以奇趣爲宗，反常合道爲趣。熟味此詩有奇趣，然其尾兩句，雖不必亦可。欸藹，三老相呼聲也。

張邦基《墨莊漫録》卷四：柳子厚云「欸乃一聲山水緑」，此又嶺外之音，皆此類也。

吴沆《環溪詩話》卷下：柳子厚詩云……（即此詩）此賦中之興也。又唐詩云：「百尺絲綸直下垂，一波纔動萬波隨。夜静水寒魚不餌，滿船空載月明歸。」此全是興也，言外之意超然。……大抵漁家詩要寫得似漁家，田圃詩要寫得似田圃人家，樵牧要寫得樵牧，又要不犯正位，不隨古人言語。且如柳子厚詩云：「千山鳥飛絶，萬徑人蹤滅。孤舟簑笠翁，獨釣寒江雪。」後來李梅亭作雪詩云：「不知萬徑人蹤滅，釣得魚來賣與誰？」此乃翻古人公案例也，動步要説變了古人言語，方有新意。

胡仔《苕溪漁隱叢話》前集卷一九：山谷云：「千里楓林煙雨深，無朝無暮有猿吟。停橈静聽曲中意，好是雲山韶濩音。」「零陵郡北湘水東，浯溪形勝滿湘中。溪口石顛堪自逸，誰人相伴作漁翁。」右元次山《欸乃曲》。欸音媪，乃音靄。湘中節歌聲。子厚《漁父詞》有「欸乃一聲山水淥」之句，誤書「欵欠」，少年多承誤妄用之，可笑。苕溪漁隱曰：余遊浯溪，讀磨崖《中興頌》於碑側，有山谷所書《欵乃曲》，因以百金買碑本以歸，今録入《叢話》。又元次山集《欵乃曲》注云：「欸音襖，乃音靄，棹船之聲。」《洪駒父詩話》謂欸音靄，乃音襖。遂反其音，是不曾看《元次山集》及山谷此碑，而妄爲之音耳。

姚寬《西溪叢語》卷上：柳子厚詩云……欵音襖，乃音靄，相應之聲也。今人誤以二字合爲一。劉言史《瀟湘遊》云：「夷女采山蕉，緝紗浸江水。野花滿髻妝色新，閒歌曖迺深峽裏。曖迺知從何處生，當時泣舜斷腸聲。」此聲同而字異也。曖迺即欵乃字。

程大昌《演繁露》卷一三：柳子厚詩……欸音奥，乃音靄。世固共傳欸乃爲歌，不知何調何辭也。《元次山集》有《欸乃歌》五章，章四句，正絶句詩耳。……蓋全是詩，如《竹枝》、《柳枝》之類。其謂欸乃者，殆舟人於歌聲之外，別出一聲，以互相其所歌也耶？今徽、嚴間舟行，猶聞其如此。顧其詩非昔詩耳，而欸乃之聲可想也。《柳枝》、《竹枝》尚有存者，其語度與絶句無異，但於句末隨加「竹枝」或「柳枝」等語，遂即其語以名其歌。欸乃殆其例耶？

王觀國《學林》卷八：觀國案：《廣韻》上聲欸，於改切，相然譍也。然則欸音靄，乃音媪爾。今世所傳柳子厚文集《漁父》詩作「欵乃」，又箋音於其下曰：「欵音襖，乃音靄。」蓋世之誤用字、誤切音者，皆自柳子厚文集。始蓋編類文集者之過也。文有合「欸乃」爲一字作𥦗者，而讀𥦗曰襖，副以靄字，爲「𥦗靄」，此誤之尤甚者也。黄庭堅所題，今刻永州浯溪石矣。

王楙《野客叢書》卷一九：唐人詩句不一，固有採取前人之意，亦有偶然暗合者。如……柳子厚詩「欸乃一聲山水緑」，張文昌詩「離琴一聲罷，山水有餘輝」。

嚴羽《滄浪詩話·考證》：柳子厚「漁翁夜傍西巖宿」之詩，東坡删去後二句，使子厚復生，亦必心服。

孫奕《履齋示兒編》卷一三：人皆曰柳柳州《漁父》詩「欵乃」二字本書爲「欸乃」，讀曰襖靄……《廣韻》十五海：「欸，音於改反，相然譍也。」謂之「相然譍」，則正得「一聲山水緑」之本意。當從騶父欸音靄、乃音襖爲正。故洪景盧尚書《欸乃齋記》云：「柳别本或併二字爲襖音，又别出一靄字，非也。」

俞文豹《吹劍三録》：柳詩「㢱靄一聲山水緑」，一本作「欸乃」。陳氏《博聞録》遂以「欸乃」爲兩字，謂「靄」字誤。

高似孫《緯略》卷一：柳子厚《漁翁》詩「欸乃一聲山水緑」，欸音襖，乃音靄。唐劉言史《瀟湘》詩：「夷女采山蕉，緝紗浸江水。野花滿髻粧色新，閒歌曖迺深峽裏。曖迺知從何處生，當時泣舜斷腸聲。」言史之詩，則又以欸乃爲泣舜之餘聲，夷女皆能之，不必爲漁父棹船相應聲也。二字音雖同而字則異，以「欸」爲「曖」，以「乃」爲「迺」。元結《系樂府·欸乃曲》曰：「誰能聽欸乃，欸乃感人情。不恨湘波深，不怨湘水清。所嗟豈敢道，空羨江月明。昔聞扣斷舟，引釣歌此聲。始歌悲風起，歌竟愁雲生。遺曲今何在？逸爲漁父行。」次山又有《欸乃歌》五章，章四句，其序曰：「大曆丁未中，漫叟以軍事詣都使還州，逢春水，舟行不進，作《欸乃》五曲，舟子唱之，蓋取適於道路耳。」其中一章曰：「千里楓林煙雨深，無朝無暮有猿吟。停橈静聽曲中意，好是雲山韶濩音。」審其末章，亦是泣舜之意也。

又《騷略》卷一《後欸乃辭序》：柳子厚《漁翁》詩，蕭蕭《湘君》、《湘夫人》清風，不可以筆墨機緘索也。世人論次《楚辭》，乃以《天對》、《晉對》推之，知者淺矣。因掇杜公句，伴《漁翁》詩，爲《後欸乃辭》，嗟歎之不足也。

《唐詩品彙》卷三六引劉辰翁云：或謂蘇評爲當，非知言者。此詩氣渾，不類晚唐，正在後兩句，非蛇安足者。

陳櫟《勤有堂隨録》：柳子厚《漁翁》詩……南城童宗説音注「欸」音「襖」、「乃」音「靄」，新安張敦頤音辯亦無異説。今按《玉篇》、《類篇》、《廣韻》、《集韻》，欸從矣、從欠，倚亥反，相應聲也。乃，曩亥反（此字之本旨），語辭也。皆無「襖靄」音者。文簡程公《演繁露》謂舟人於歌聲之外，别出一聲，以互相其所歌，今徽、嚴間舟行，猶聞其如此。若然，則倚亥、曩亥二反，正似舟人相歌之聲，又何必於篇韻外，特創二音，而後爲得耶？

王文禄《詩的》：柳柳州《漁翁》詩曰……氣清而飄逸，殆商調歟？

李東陽《麓堂詩話》：柳子厚「回看天際下中流，巖上無心雲相逐。」坡翁欲削此二句，論詩者類不免矮人看場之病。予謂若止用前四句，則與晚唐何異？然未敢以語人。兒子兆先一日過庭，輒自及此，予頗訝之。又一日忽曰：「劉長卿『白馬翩翩春草細，邵陵西去獵平原。』非但人不能道，抑恐不能識。」因誦予《桔槹亭》曰……以爲三四年前，尚疑此語不可解，今灑然矣。予乃顧而笑曰：「有是哉！」

王世貞《藝苑卮言》卷四：王勃「河橋不相送，江樹遠含情」，杜荀鶴「承恩不在貌，教妾若爲容」，皆五言律也。然去後四句作絶，乃妙。天寶妓女唱高達夫「開篋淚沾臆」，本長篇也，删作絶唱。白居易「曾與情人橋上别」一首，乃六句詩也，亦删作絶，俱妙。獨蘇氏欲去柳宗元「遥開天際」，朱氏欲去謝玄暉「廣平聽方籍」二語，吾所未解耳。

郎瑛《七修類稿》卷二八：欸，歎聲也，亦作欵。本哀音，收灰、隊二韻，亦讀上聲。欸，按《説文》無襖音也，乃即俗之迺字……今二字連綿讀之，是棹船相應之聲，柳子厚詩「欸乃一聲山水緑」是也。後人因柳集中有注字云「一本作襖靄」，遂即音欸爲襖、音乃爲靄，不知彼注自謂别本作「襖靄」，非謂「欸乃」當音「襖靄」也。……其甥洪駒父又辯曰……尤爲可笑，不知此「麫」爲何字也。

楊慎《丹鉛餘録》卷一四：《離騷》《九章》云：「乘鄂渚而反顧兮，欸秋冬之緒風。」《尸子》：「禹有進善之鼓，備訊唉也。」漢韋孟詩：「勤唉厥生。」《説文》：「欸，譍也。亞改切，又焉開切。」《史記》范增撞破玉斗，曰「唉」。《方言》云：「南楚謂然曰唉。」《説文》：「唉，譍也。烏開切。」二字音義並同。如嘆與歎、欬與咳、嘯與歗，實一字耳。其語則皆楚語也。故元次山有《欸乃曲》，而柳詩亦用此二字，皆湘楚間語。柳文舊本作「靄襖」音，上字正協亞改之聲。韻書亦於皆韻收「唉」字、海韻收「欸」、「唉」二字，其説與《説文》不異。但「乃」字讀如「襖」者，未有考耳。近世乃有倒讀之者，又皆寫欵，則誤益甚矣。欸字從欠，與欵字不同，然點畫甚相似，故多誤也。《楚辭》注及《朱文公文集》互發此義，今詳筆之。

胡應麟《詩藪》内編卷六：子厚「漁翁夜傍西巖宿」，除去末二句自佳。劉以爲不類晚唐正賴有此，然加此二句爲七言古，亦何詎勝晚唐？故不如作絶也。

顧起龍《説略》卷一五：《説文》：「欸乃，應也。」《集韻》作唉。或從口，或從欠，如「嘯」之作「歗」、「歎」之作「嘆」，字雖殊，義一也。……柳宗元詩「欸乃一聲山水緑」，注：「欸乃，一本作襖靄。」按欸音靄，乃音襖。近日倒讀之，誤矣。《項氏家説》云：「劉蜕文集有《湖中靄乃歌》，劉言史《瀟湘詩》有『閑歌曖迺深峽裏』。靄乃也曖迺也、欸乃也，皆一事，但用字異耳。欸本音哀，亦轉作上聲。後人因柳集中有注云『一本作襖靄』，遂欲音欸爲襖，音乃爲靄。不知彼注自謂别本作『襖靄』，非謂欸乃當音襖靄也。」

胡震亨《唐音癸籤》卷二四：欸，歎聲也，讀若哀，烏來切。又應聲也，讀若靄，上聲，倚亥切。又去聲，於代切。無襖音。乃，難辭，又繼事之辭，無靄音。今二字連讀之，爲棹船相應聲，柳子厚詩云「欸乃一聲山水緑」是也。元次山有《湖南欸乃歌》，劉蜕有《湖中靄迺歌》，劉言史瀟湘詩中有「閑歌曖迺深峽裏」，字異而音則同。……靄迺、襖靄既有兩本，不妨並行，豈必比而同之，以爲一音乎？

顧璘批點《唐詩正音》卷五：「欸乃」句下：幽意絶人。

桂天祥批點《唐詩正聲》卷八：「煙銷日出不見人」二句：古今絶唱。

陸時雍《唐詩鏡》卷三七：「欸乃一聲山水緑」，此是淺句。「巖上無心雲相逐」，此是淺意。

唐汝詢《唐詩解》卷一八：此盛稱漁翁之樂，蓋有欣慕之意。言彼寢食自適，而放歌於山水之間，泛舟中流而與無心之雲相逐，豈不蕭然世外耶？

《删補唐詩選脈箋釋會通評林》卷二四：周珽訓：寢食飄然，當歌幽適，漁翁與無心之雲相去來，其樂也何如？此蓋有欣慕之意。後坡删去後二句，謂子厚復生，亦必心服。又謂詩奇趣爲宗，反常合道爲趣，熟味此詩有奇趣，然尾二句不必亦可。蓋以前四語已盡幽奇，結反着相也。劉會孟則云此詩氣渾，不類晚唐正在後兩句，句非蛇足。比陸時雍謂「欸乃」句是淺句，「巖下」句是淺意，然與？吴山民曰：首二句清，次二句有趨景慕，深推贊切，豈子厚失意時詩耶？

邢昉《唐風定》卷一〇：高正在結，欲删二語者，難與言詩矣。

孫月峰（鑛）評點《柳柳州全集》卷四三：是神來之調，句句險絶，鍊得渾然無痕。後二句尤妙，意竭中復出餘波，含景無窮。

陸夢龍《柳子厚集選》卷四：曠潔，無復一塵。

蔣之翹輯注《柳河東集》卷四三：此詩急節簡奏，氣已太峻削矣，自是中晚伎倆。宋人極賞之，豈以其蹊逕似相近乎？

賀貽孫《詩筏》：詩有長言之味短、短言之味長，作者任意所至，不復自止，一經明眼人删削，遂大開生面者。然明眼人往往不能補短，但能截長。如柳子厚「漁翁夜傍西巖宿……」東坡欲删其後二句，嚴儀卿云：使子厚復生，亦必心服。謝脁詩云：「洞庭張樂地……」儀卿欲删去「廣平聽方藉，茂陵將見求」十字，只用八句，余謂即玄暉復生，亦當拍掌叫快。

田同之《西圃詩説》：杜荀鶴「承恩不在貌，教妾若爲容」一律，王元美以爲去後四句作絶句乃妙，其言當矣。至謂柳宗元《漁翁》一首，東坡不合欲去末二句，愚竊惑之。此首至「欸乃一聲山水緑」一句，恰好調歇，删去末二句，言盡意不盡，何等悠妙！何等含蓄！豈元美於斯未嘗三復耶？

王士禛《居易録》卷九：坡公《吴興飛英寺》詩起句云：「微雨止還作，小窗幽更妍。盆山不見日，草木自蒼然。」古今妙絶語。然不若截取四句作絶句，尤雋永。如柳子厚「漁翁夜傍西巖宿」，只以「欸乃一聲山水緑」作結，當爲絶唱，添二句反蛇足。而聾者顧深贊之，可一笑也。予嘗定故友程職方周量詩，愛其一首云「朝行青山頭，暮歇青山曲。青山不見人，猿聲相斷續」云云，删作絶句，其妙什倍。此可爲知者道耳。

又《分甘餘話》卷一：余嘗謂柳子厚「漁翁夜傍西巖宿」一首末二句蛇足，删作絶句乃佳。東坡論此詩，亦云末二句可不必。

宋長白《柳亭詩話》卷三：唐六如《題釣翁》詩：「直插魚竿斜繫艇，夜深月上當竿頂。老漁爛醉喚不醒，滿船霜印蓑衣影。」此首天趣悠然，覺柳州「西巖」詩後二句真可删卻。

汪森《韓柳詩選》：歌行短章與絶句只是一例耳，此詩固短章之有致者，謂當截去末二句與否者，皆屬迂論。

吴昌祺《删訂唐詩解》卷一〇：作絶句似更佳。又：「欸乃」或音「靄迺」。相逐者，雲自相逐也。

沈德潛《唐詩别裁集》卷八：東坡謂删去末二語，餘情不盡，信然。

王堯衢《唐詩合解箋注》卷三：欸乃音媪靄。此詠漁翁，自夜宿起，曉行止。西巖，西山也。有山處有水，而漁舟依傍以宿。及至曉，則汲清湘之水，然燒楚地之竹，以爲晨炊。迨炊過而煙銷矣，徐而日出矣。空江曉起，四顧無人，是時漁父放舟，而欸乃一聲，但覺山水之碧色如洗，好一片空明境界！回首一看，白雲無際，乃放舟下中流而去。此時巖上無心出岫之雲，亦空自相逐而已，漁翁不見也。六語内層次無限。欸乃，湘中節歌聲。元結爲道州刺史，作《欸乃曲》，令舟子唱之。總評：此篇六句只一韻，亦一體。

錢振璜《詩話》下：東坡以子厚《漁翁》詩末二句不如删卻，蓋「巖上無心雲相逐」句，本是啞句，本是湊韻。啞句、湊韻，子厚甚多，古今詩家亦多，不可不戒。

金湛生《粟香隨筆》二筆卷一：古今詠漁詩多於詠樵詩。柳宗元詩……（即此詩）又五絶詩：「千山鳥飛絶，萬逕人蹤滅。孤舟蓑笠翁，獨釣寒江雪。」司空曙詩：「釣罷歸來不繫船，江村日落正堪眠。縱然一夜風吹去，只在蘆花秋水邊。」唐寅詩：「直插魚竿斜繫艇，夜深月上當竿頂。老漁爛醉唤不醒，滿船霜浸蓑衣影。」此數詩，不獨青箬緑蓑、斜風細雨，足寫漁家行樂圖也。

陳衍《石遺室詩話》卷一八：黄山谷謂「疎影横斜」一聯不如「雪後園林」一聯云云，余爲廣其例曰：韓退之之「日照潼關四扇開」不如其「一間茅屋祀昭王」，柳子厚之「獨釣寒江雪」不如其「欸乃一聲山水緑」，「柳州柳刺史，種柳柳江邊」不如白樂天之「開元一株柳，長慶四年春」。

飲　酒

今旦少愉樂①，起坐開清樽。舉觴酹先酒始爲酒者也②〔一〕，遺我驅憂煩③。須臾心自殊，頓覺天地暄〔二〕。連山變幽晦，淥水函晏温④〔三〕。藹藹南郭門，樹木一何繁。清陰可自庇，竟夕聞佳言。盡醉無復辭，偃卧有芳蓀。彼哉晉楚富〔四〕，此道未必存⑤。

【校　記】

①旦，《全唐詩》作「夕」。

②原注與世綵堂本注：「本注云：始爲酒者也。」詁訓本注：「自注云：始爲酒者也。」可知爲作者自注，蔣之翹輯注本亦云柳自注，故移入詩中。

③遺，世綵堂本、蔣之翹本、《全唐詩》作「爲」。

④淥，世綵堂本、蔣之翹本、《全唐詩》作「緑」。

⑤必，詁訓本作「甞」。

【解　題】

［韓醇詁訓］集中有《與楊誨之書》，云「吾待子郭南亭上」，而詩云「靄靄南郭門」，此亦在永州也。按：韓説可從。

【注　釋】

〔一〕［注釋音辯］酹音耒。先，息見切。按：韓醇詁訓本同。

〔二〕［蔣之翹輯注］《説文》：「暄，温也。」

〔三〕《史記·孝武本紀》：「至中山，晏温。」裴駰集解引如淳曰：「三輔謂日出清濟爲晏，晏而温也。」

〔四〕［韓醇詁訓］《孟子》：「曾子曰：晉楚之富，不可及也。彼以其富，我以吾仁；彼以其爵，我以吾義。吾何慊乎哉！」按：見《孟子·公孫丑下》。

【集　評】

蘇軾《書柳子厚詩後》：元符己卯閏九月，瓊士姜君來儋耳，日與予相從，至庚辰三月乃歸，無以贈行，書柳子厚《飲酒》、《讀書》二詩以見别意。子歸，吾無以遣，獨此二事，日相與往還耳。二十一

日書。（《蘇軾文集》卷六七）

《新刊增廣百家詳補注唐柳先生文》卷四三王儔補注引曾氏《筆墨閒録》：《飲酒》詩絶似淵明。

陸時雍《唐詩鏡》卷三七：同一《飲酒》，陶令趣真，子厚趣假。此其中固不可强。

孫月峰（鑛）評點《柳柳州全集》卷四三：亦有澹趣，然效之卻不難。

陸夢龍《柳子厚集選》卷四：逼古。

蔣之翹輯注《柳河東集》卷四三：陶詩，人信不可學。子厚《飲酒》、《讀書》二首，不知如何費許多力氣摹仿，終是自做自家詩耳。論者遂以逼真淵明，不特不知陶，並不知柳矣。

讀書

幽沉謝世事，俛默窺唐虞〔一〕。上下觀古今，起伏千萬途。遇欣或自笑，感戚亦以吁。縹帙各舒散〔二〕，前後互相逾①。瘴痾擾靈府〔三〕，日與往昔殊。臨文乍了了，徹卷兀若無。竟夕誰與言②，但與竹素俱〔四〕。倦極更倒卧③，熟寐乃一蘇。欠伸展支體〔五〕，吟詠心自愉。得意適其適，非願爲世儒〔六〕。道盡即閉口，蕭散捐囚拘。巧者爲我拙，智者爲我愚。書史足自悦，安用勤與劬〔七〕。貴爾六尺軀，勿爲名所驅。

【校　記】

① 世綵堂本注：「前後，一作得失。」

② 原注與世綵堂本注：「竟字，今本多誤作競。」詁訓本作「競」。

③ 世綵堂本注：「更，一作便。」《全唐詩》作「便」。

【解　題】

［韓醇詁訓］集《與許京兆書》在元和四年，云：「往時讀書，自以不至底滯，今皆頑然無復省録。每讀古人一傳，數紙已後，則再三伸卷復觀姓氏，旋又廢失。」即此詩所謂「臨文乍了了，徹卷兀若無」者也。觀詩意，亦永州作。按：韓説可從。《寄許京兆孟容書》、《與李翰林建書》皆提到讀書事，此詩亦約作於元和四年。其下《詠史》、《詠三良》、《詠荊軻》等，似當時讀書有感而作。

【注　釋】

〔一〕《論語·泰伯》：「唐虞之際，於斯爲盛。」堯稱有唐氏，舜稱有虞氏。

〔二〕［注釋音辯］張（敦頤）云：縹，普紹切。帙，直質切。［韓醇詁訓］縹，苦紹切。［百家注引童宗説曰］縹，帛青白色。疋沼切。按：《説文》：「帙，書衣也。」

〔三〕痾，疾病。《莊子·德充符》：「不可入於靈府。」成玄英疏：「靈府者，精神之宅也，所謂心也。」

〔四〕［注釋音辯］竹，簡也。素，絹也。古人用以寫書。《選》張景陽詩：「游思竹素園。」［韓醇詁訓］《文選》張景陽《雜詩》：「游思竹素園，寄辭翰墨場。」注：「竹素，皆古人所用書。文言游思古人典籍也。」

〔五〕［韓醇詁訓］《禮記》：「君子欠伸撰杖屨。」按：見《禮記·曲禮上》。又《儀禮·士相見禮》「君子欠伸」鄭玄注：「志倦則欠，體倦則伸。」

〔六〕曹植《贈丁翼》：「君子通大道，無願爲世儒。」世儒，世俗之儒。

〔七〕《説文》：「劬，勞也。」

【集評】

黄徹《䂬溪詩話》卷三：柳《讀書》篇云：「瘴痾擾靈府，日與往昔殊。臨文乍了了，徹卷兀若無。」蓋嘗答許京兆書云：「往時讀書不至底滯，今每讀一傳，再三伸卷復觀姓氏。」在宗元則爲瘴痾所擾，他人乃公患也。

宋闕名《北山詩話》：柳子厚云：「貴爾六尺軀，勿爲名所驅。」崔符《毛女》云：「教食松柏不飢寒，舉身生毛作羽翰。」

陸夢龍《柳子厚集選》卷四：韞藉乃爾。

陸時雍《唐詩鏡》卷三七：寫出真境，最得。

孫月峰（鑛）評點《柳柳州全集》卷四三：錬，澹意入妙。

蔣之翹輯注《柳河東集》卷四三：「非願」句下：讀書之作，至此意已自結煞，以下更屬蛇足，可删。

賀裳《載酒園詩話又編·柳宗元》：《讀書》曰：「上下觀古今……」殆爲千古書淫墨癖人寫照。又曰：「臨文乍了了，徹卷兀若無。」則知先爲余輩一種困人學人解嘲矣。

汪森《韓柳詩選》：觀此亦可見古人讀書苦志，然樂境亦只在此。

何焯《義門讀書記》卷三七：詩亦無窮起伏。

感遇二首

西陸動涼氣〔一〕，驚烏號北林〔二〕。栖息豈殊性，集枯安可任①〔三〕！鴻鵠去不返〔四〕，勾吴阻且深②〔五〕。徒嗟日沉湎，丸鼓騖奇音③〔六〕。東海久摇蕩，南風已騷騷〔七〕。坐使青天暮，小星愁太陰〔八〕。衆情嗜姦利，居貨捐千金④〔九〕。危根一以振，齊斧來相尋〔一〇〕。攬衣中夜起⑤，感物涕盈襟。微霜衆所踐，誰念歲寒心〔一一〕。

【校　記】

①注釋音辯本、世綵堂本注：「集，一作榮。」詁訓本作「榮」。

②注釋音辯本、世綵堂本注：「昊，一作昦。」詁訓本作「昦」，非是。蔣之翹輯注本：「昊，一作昦。《月令》孟春之月『其帝太昊，其神勾芒』也，然於『阻深』字不合。」

③注釋音辯本注：「鶩，潘（緯）本作騖。注云：騖，音木。此當作騖，音務。」騖，馳也，傳播之意。

④捐，注釋音辯本、游居敬本作「損」。音辯本注：「損，一本作捐。」吴汝綸《柳州集點勘》：「『損』，『捐』誤。」

⑤原注：「攬音覽。一作擥。」世綵堂本同。注釋音辯本亦曰：「攬，一本作擥。」二字同。

【解　題】

［韓醇詁訓］永州作。按：陳景雲《柳集點勘》卷四：「《感遇》詩二首，蜀人韓醇曰在永州作。宋槧大字本於《非國語》下載張嵲舍人言子厚《感遇》二詩始終用太子事，不知何謂。案柳集中他人文誤編入者甚多，此二詩亦非柳子作。當時無儲位杌棿事，不應如詩所詠。韓亦無明據，宜闕疑，以俟博考。如《童區寄傳》本作於永州，而韓以爲柳州作，則其説之臆揣多矣。」疑此詩非宗元所作，無據。德宗貞元末，王叔文爲東宫侍讀。順宗即位，擢用王伾、王叔文，及劉禹錫、柳宗元等人，施行革新，宦官、强藩遂聯手迫順宗内禪，二王等人或貶或死，此詩當因此而作。詩作於元和初，時朝廷正

迫害永貞革新黨人，宗元不得不隱其詞旨也。

【注釋】

〔一〕［百家注引孫汝聽曰］昭四年《左氏》：「日在北陸而藏冰，西陸朝覿而出之。」陸，道也。按：《隋書·天文志中》：「日循黄道東行，一日一夜行一度，三百六十五日有奇而周天。行東陸謂之春，行南陸謂之夏，行西陸謂之秋，行北陸謂之冬。」

〔二〕《藝文類聚》卷四二曹操《短歌行》：「月明星稀，烏鵲南飛。繞樹三匝，何枝可依？」

〔三〕［注釋音辯］案《晉語》云：「人皆集於苑，己獨集於枯。」注：「集，止也。苑，茂木也。」［百家注引孫汝聽曰］《晉語》云：「暇豫之吾吾，不如鳥烏。人皆集於苑，己獨集於枯。」［蔣之翹輯注］任，平聲。按：見《國語·晉語二》，爲優施之歌。又云：「里克笑曰：『何謂苑？何謂枯？』優施曰：『其母爲夫人，其子爲君，可不謂苑乎？其母既死，其子又有謗，可不謂枯乎？』」苑通菀，茂木貌。

〔四〕《史記·留侯世家》：「（高祖）歌曰：『鴻鵠高飛，一舉千里。羽翮已就，横絶四海。』……竟不易太子者，留侯本招此四人之力也。」

〔五〕［注釋音辯］謂孟春，其帝太皡，其神勾芒。潘（緯）云：顔注《漢書》以吴言勾者，夷語之發聲，猶言於越耳。［韓醇詁訓］《月令》孟春之月：「其帝太昊，其神勾芒。」按：《史記·吴太伯世家》：「太伯之奔荆蠻，自號句吴。」裴駰集解：「宋忠曰：句吴，太伯所居之地。」《漢書·地理志下》顔師古注：「句音鉤，夷俗語之發聲也。」何焯《義門讀書記》卷三七：「『鴻鵠去不返』二句，鴻鵠高飛，一舉千里。高祖楚歌之辭。句吴則太伯也。」

〔六〕［注釋音辯］前漢元帝置擊鼓殿下，日臨軒檻上，隤銅丸以擿鼓。［韓醇詁訓］《漢·史丹傳》：「元帝留好音樂，或置鼙鼓殿下，天子自臨軒檻上，隤銅丸以擿鼓，聲中嚴鼓之節。」［百家注引孫汝聽曰］《漢書·史丹傳》：「天子自臨軒，隤銅丸以擿鼓，聲中嚴鼓之節。」按：何焯《義門讀書記》卷三七：「丸鼓謂元帝材定陶也。」

〔七〕［百家注引童宗説曰］駸，馬行疾，七林切。按：二句意頗晦。何焯《義門讀書記》卷三七：「『東海久摇盪』，謂東海王。『南風已駸駸』，南風烈烈吹黄沙，賈妃謡也。」

〔八〕［百家注引孫汝聽曰］《詩》：「嘒彼小星，三五在東。」太陰，月也。按：見《詩經·召南·小星》。章士釗《柳文指要》下《通要之部》卷二云：「南風已駸駸，當指韋皋及裴均、嚴綬等人發動進攻，再加天暮小星之群閹裏應外合，可見敵勢之强，非本黨所能抵禦。」可備一説。

〔九〕［注釋音辯］居，諸也。［百家注引孫汝聽曰］《史記·吕不韋傳》：「奇貨可居。」按：何焯《義門讀書記》卷三七：「居貨用子楚事。」《史記·吕不韋列傳》：「子楚，秦諸庶孽孫，質於諸侯，車乘進用不饒，居處困，不得意。吕不韋賈邯鄲，見而憐之，曰：『此奇貨可居。』」當用其事。然其意不明。疑以影射宦官、强藩擁太子李純，迫順宗禪位。

〔一〇〕［注釋音辯］潘（緯）云：齊，如字。《易》：「得其資斧。」衆家並作「齊斧」。張軏云：「黄鉞也。」張晏云：「整齊也。」虞喜《志林》云：「齊當作齋，齋戒入廟而受斧。」［韓醇詁訓］齊，側皆切。［百家注引孫汝聽曰］《漢書》引《易》：「喪其齊斧。」齊斧，利斧。齊，側皆切。按：《漢書·王莽傳》：「此經所謂喪其齊斧者也。」顔師古注：「應劭曰：齊，利也。亡其利斧，言無以復斷斬也。師古曰：此《易·巽卦》上九爻辭。」此當以言順宗既遜位，已無權柄，所親信之人遂遭殃也。

〔一一〕《論語·子罕》：「歲寒，然後知松柏之後彫也。」

其二

旭日照寒野〔一〕，鷽斯起蒿萊〔二〕。啁啾有餘樂〔三〕，飛舞西陵隈。迴風旦夕至〔四〕，零葉委陳荄〔五〕。所棲不足恃，鷹隼縱横來。

【解題】

此首旨意較顯，以鷽斯所棲不足恃喻己所遭之磨難。

【注釋】

〔一〕［注釋音辯］旭，吁玉切，日始出。

〔二〕［注釋音辯］鷽音豫，雅烏也。［韓醇詁訓］《詩》：「弁彼鷽斯，歸飛提提。」鷽音豫，雅烏也。［百家注引孫汝聽曰］《詩》：「弁彼鷽斯，歸飛提提。」注云：「鷽，卑居。卑居，雅烏也。小而多群，腹下白。」鷽音豫。按：見《詩經·小雅·小弁》。《爾雅·釋鳥》：「鷽斯，鵯鶋。」郭璞注：「鴉烏也。小而多群，腹下白。江東亦呼爲鵯烏。」

〔三〕［注釋音辯］啁，之由切。啾，即由切。鳥聲。

〔四〕［韓醇詁訓］《爾雅》：「回風曰飄。」按：見《爾雅·釋天》。指旋風。

〔五〕［注釋音辯］荄音該，草根。按：《爾雅·釋草》：「荄，根。」郭璞注：「別二名。俗呼韭根爲荄。」陳荄，即宿根也。

【集評】

徐度《卻掃編》卷下：張嵲舍人……又言子厚《感遇》二詩，始終用太子事，不知其何謂。

孫月峰（鑛）評點《柳柳州全集》卷四三：蒼古，含味深。音節彷彿陳思《雜詩》。

蔣之翹輯注《柳河東集》卷四三：詞旨幽邃，音節豪宕，近似陳拾遺，非中唐人口吻。

近藤元粹《柳柳州集》卷四：寫情叙恨，語語幽深。

詠史

燕有黄金臺〔一〕，遠致望諸君〔二〕。嗛嗛事强怨〔三〕，三歲有奇勳〔四〕。悠哉闢疆理〔五〕，東海漫浮雲。寧知世情異，嘉穀坐熇焚〔六〕。致令委金石，誰顧蠹蠕群〔七〕。風波歘潛構〔八〕，遺恨意紛紜。豈不善圖後？交私非所聞。爲忠不内顧①，晏子亦垂文〔九〕。

【校記】

① 内顧，蔣之翹本、《全唐詩》作「顧内」。

【解題】

〔韓醇詁訓〕與下二詩皆不詳其作之時日，當附次《讀書》後。燕昭王於齊破燕之後即位，謂郭隗曰：「誠得賢士以共國，以雪先王之耻，孤之願也。」隗曰：「王必欲致士，先從隗始。」於是昭王改築宫而師事之。又置千金於臺上，以延天下士，謂之黄金臺。於是樂毅自魏往。二十八年，樂毅爲上將軍，與秦、楚、三晉合謀以伐齊，下齊七十餘城，惟莒、即墨未下。燕王封樂毅，使留徇齊城之未下者。昭王卒，惠王立，與樂毅有隙，使騎劫代將，樂毅亡走趙。趙封於觀津，號望諸君。後齊與騎劫戰，果破劫於即墨下，盡復齊城。惠王後悔，使人讓樂毅，毅報遺燕王書。燕復以毅子間爲昌國君，毅往來，復通燕。**按**：此詠樂毅事。章士釗《柳文指要》下《通要之部》卷二：「詩全爲弔王叔文而作。望諸君，樂毅也。詩即以毅影叔文。」所解太實，不足爲信。蓋讀書有所感悟而作。

【注釋】

〔一〕［注釋音辯］《圖經》：「黄金臺在易水東南。燕昭王置千金於臺上，以延天下之士。」**按**：百家注本引孫汝聽注引作《上谷郡圖經》。見《文選》鮑照《放歌行》：「豈伊白璧賜，將起黄金臺。」李善注引《上谷郡圖經》。

〔二〕［注釋音辯］樂毅也。**按**：樂毅封望諸君，見《史記·樂毅列傳》。

〔三〕［注釋音辯］嗛音歉。有所銜也。或音「謙」者，與此文不合。［韓醇詁訓］嗛音歉。［百家注引孫汝聽曰］《晉語》：「嗛嗛之德，不足就也。嗛嗛之食，不足狃也。」注云：「嗛嗛，猶小小。」嗛音歉，口玿切。**按**：見《國語·晉語一》。此處有隱忍義。

〔四〕［注釋音辯］謂下齊七十餘城。［百家注引韓醇曰］《史記》：「燕昭王以子之之亂而齊大敗燕，昭王怨齊，未嘗一日而忘報齊也。樂毅爲魏使燕，因委質爲臣。昭王以毅爲上將軍伐齊，下齊七十餘城，皆爲郡縣。」

〔五〕疆理，即疆治。

〔六〕［注釋音辯］熇，虛嬌、呼酷、呼各三切。謂樂毅被讒畏誅，降趙。［百家注引孫汝聽曰］昭王卒，子惠王立。齊田單縱反間於燕曰：「齊之所忌，唯患他將之來。」惠王乃使騎劫代將，而召樂毅。毅畏誅，遂西降趙。趙封毅於觀津，號曰望諸君。熇，呼堯切。

〔七〕［注釋音辯］蠕與蝡同，時袞切。［韓醇詁訓］蠢，尺尹切。蠕，而尹切，蟲動貌。按：上句「金石」謂貞節之心，「委」爲擱置意。蠢蠕則指惠王、騎劫之輩。

〔八〕［注釋音辯］欻，許勿切。按：義同「忽」。

〔九〕［蔣之翹輯注］文見《晏子春秋》。按：《史記·晏嬰列傳》：「晏平仲嬰者，萊之夷維人也。事齊靈公、莊公、景公，以節儉力行重於齊。既相齊，食不重肉，妾不衣帛。其在朝，君語及之，即危言。語不及之，即危行。國有道，即順命。無道，即衡命。以此三世顯名於諸侯。」又太史公曰：「方晏子伏莊公尸，哭之成禮，然後去。豈所謂見義不爲無勇者邪？至其諫説，犯君之顔，此所謂進思盡忠，退思補過者哉！」垂文，指後世有《晏子春秋》，載其事蹟。

【集評】

孫月峰（鑛）評點《柳柳州全集》卷四三：鍊意儘深妙，但太涉議論，頗乏圓活之致。

何焯《義門讀書記》卷三七：「誰顧蠢蠕群」：此句怨而怒矣。樂生報書自温厚也，此詩以燕惠王比憲宗，然以此稱樂生，自爲工也。下《三良》篇亦有指斥。

近藤元粹《柳柳州集》卷四：以昭王卒惠王立而斥樂毅，暗比順宗退位憲宗立而斥王叔文輩，子厚終不知自家之非，真小人哉！

詠三良①

束帶值明后〔一〕，顧盼流輝光②。一心在陳力，鼎列夸四方〔二〕。款款效忠信〔三〕，恩義皎如霜。生時亮同體，死没寧分張。壯軀閉幽隧，猛志填黄腸③〔四〕。殉死禮所非〔五〕，況乃用其良〔六〕。霸基弊不振，晉楚更張皇〔七〕。疾病命固亂，魏氏言有章〔八〕。從邪陷厥父，吾欲討彼狂④〔九〕。

【校　記】

①注釋音辯本題無「詠」字。

②盼，原作「眄」，注釋音辯本、世綵堂本同，據詁訓本及《全唐詩》改。《説文》：「眄，恨視也。」於文意不合。然二字常混用。

③注釋音辯本注：「腸，一本作壤，如羊切。」非是。

④原注與注釋音辯本、世綵堂本注：「彼狂，謂穆公子康公也。一作彼康。」詁訓本「狂」即作「康」，注曰：「一作狂。」

【解　題】

［韓醇詁訓］《左氏》文公六年，秦伯任好卒，以子車氏之三子奄息、仲行、鍼虎爲殉，皆秦之良也。國人哀之，爲之賦《黄鳥》詩。《黄鳥》，哀三良也。國人刺穆公以人從死，而作是詩。疏云：「《秦本紀》云：穆公卒，葬於雍，從死者百七十人。然則死者多矣。主傷善人，故曰哀三良也。」後人以殉葬當是後君爲之，此不刺康公而刺穆公者，是穆公命從己死，此臣自殺從之，非後主之過。然公末句云：「從邪陷厥父，吾欲討彼康。」則責在康公矣。按：百家注本引孫汝聽注與韓注本略同。亦讀書有所感而作。

【注　釋】

〔一〕《論語·公冶長》：「束帶立於朝，可使與賓客言也。」明后，明君。

〔二〕［百家注引孫汝聽曰］鼎列，鼎足而列也。

〔三〕《楚辭·卜居》：「吾寧悃悃款款朴以忠乎？」王逸注：「志純一也。」

〔四〕［注釋音辯］《前漢·霍光傳》：「賜黄腸題湊各一具。」注：「以柏木黄心致累棺，故曰黄腸。」

［韓醇詁訓］《霍光傳》：「賜以便房、黄腸題湊各一具。」蘇林曰：「以柏木黄心致棺外曰黄腸。」按：見《漢書·霍光傳》。黄腸指棺木。

〔五〕［百家注引孫汝聽曰］《禮記》：「子車死於衛，其妻與其家大夫謀以殉葬。陳子亢曰：『以殉葬，非禮也。』」按：見《禮記·檀弓下》。

〔六〕［百家注引王儔補注］東坡作《秦穆公墓》篇則云「昔公生不誅孟明，豈有死之日而忍用其良？乃知三子殉公意，亦猶齊之二子從田横。古人感一飯尚能殺其身，今人不復見此等，乃以所見疑古人」云云。按：所引見王十朋《東坡詩集注》卷四《鳳翔八觀·秦穆公墓》。

〔七〕［蔣之翹輯注］《書·康誥》：「張皇六師。」按：張皇，張揚也。

〔八〕［注釋音辯］《左傳》宣公十五年：「魏武子有嬖妾，無子。武子疾，命其子顆必嫁是。疾病則曰『必以爲殉』。及卒，顆嫁之。曰：『疾病則亂，吾從其治也。』」按：百家注本引孫汝聽注與童注本同。《詩經·小雅·都人士》：「其容不改，出言有章。」鄭玄箋：「吐口言語又有法度文章。」

〔九〕［注釋音辯］謂秦康公也。［百家注引孫汝聽曰］謂穆公子康公也。

【集　評】

葛立方《韻語陽秋》卷九：三良以身殉秦繆之葬，《黄鳥》之詩哀之。序詩者謂國人刺繆公以人從死，則咎在秦繆而不在三良矣。王仲宣云：「結髮事明君，受恩良不訾。臨沒要之死，焉得不相隨。」陶元亮云：「厚恩固難忘，君命安可違。」是皆不以三良之死爲非也。至李德裕則謂社稷死則死之，不可許之死，欲與梁丘據、安陵君同，譏則是罪，三良之死，非其所矣。然君命之於前，而衆驅之於後，爲三良者，雖欲不死，得乎？唯柳子厚云：「疾病命固亂，魏氏言有章。從邪陷厥父，吾欲討彼狂。」使康公能如魏顆，不用亂命，則豈至陷父於不義如此哉！東坡《和陶》亦云：「顧命有治亂，臣子得從違。魏顆真孝愛，三良安足希。」似與柳子之論合。而《過秦繆墓》詩乃云：「繆公生不誅孟明，豈有死之日而忍用其良？乃知三子狥公意，亦如齊之二子從田横。」則又言三良之殉，非繆公之意也。

胡仔《苕溪漁隱叢話》後集卷三：《藝苑雌黄》云：秦繆公以三良殉葬，詩人刺之，則繆公信有罪矣。雖然，臣之事君，猶子之事父也，以陳尊己、魏顆之事觀之，則三良亦不容無譏焉。昔之詠三良者，有王仲宣、曹子建、陶淵明、柳子厚。或曰「心亦有所施」，或曰「殺身誠獨難」，或曰「君命安可違」，或曰「死沒寧分張」，曾無一語辨其非是者。惟東坡《和陶》云：「殺身故有道，大節要不虧。君爲社稷死，我則同其歸。顧命有治亂，臣子得從違。魏顆真孝愛，三良安足希。」審如是言，則三良不能無罪。東坡一篇，獨冠絶於古今。苕溪漁隱曰：余觀東坡《秦繆公墓》詩，意全與三良詩意相反，蓋是少年時議論如此。至其晚年，所見益高，超人意表，此揚雄所以悔少作也。詩云：「昔公生不誅孟明，豈有死之日而忍用其良？乃知三子殉公意，亦如齊之二子從田横。」

王若虚《滹南遺老集》卷三〇：三良殉葬秦伯之命，詩人刺之，左氏譏之，皆以見繆公之不道。而後世文士，或反以是罪三子。葛立方曰：「君命之於前，衆驅之於後，三良雖欲不死，得乎？」此説爲當。東坡詩云：「顧命有治亂，臣子得從違。魏顆真孝愛，三良安足希。」若以魏顆事律之，則正可責康公耳。柳子厚所謂「從邪陷厥父，吾欲討彼狂」是也。

陸時雍《唐詩鏡》卷三七：精警，遂不覺議論之煩。

孫月峰（鑛）評點《柳柳州全集》卷四三：前半祖陳思，後半評論多，翻覺板拙，似史斷，不似詩。

蔣之翹輯注《柳河東集》卷四三：又按曹子建《詠三良》云：「功名不可爲，忠義我所安。秦穆先下世，三良皆自殘。生時等榮樂，既没同憂患。誰言捐軀易，殺身誠獨難。」彼三臣者，國人皆謂之良而哀之，《黄鳥》之詩既著之聖經矣，而後世猶有不同之議，如李德裕之不念其殺身之難者，何哉？此詩誠定論也。

近藤元粹《柳柳州集》卷四：「殉死」二句：正論堂堂，可以一掃紛紛之論。

詠荆軻

燕秦不兩立，太子已爲虞〔一〕。千金奉短計①，匕首荆卿趨〔二〕。窮年徇所欲，兵勢且見屠。微言激幽憤，怒目辭燕都。朔風動易水，揮爵前長驅〔三〕。函首致宿怨，獻田開版圖〔四〕。

炯然耀電光，掌握罔正夫②〔五〕。造端何其鋭，臨事竟趑趄〔六〕。長虹吐白日〔七〕，蒼卒反受誅③。按劍赫憑怒，風雷助號呼。慈父斷子首，狂走無容軀〔八〕。夷城芟七族〔九〕，臺觀皆焚汙④。始期憂患弭，卒動災禍樞。秦皇本詐力，事與桓公殊。奈何效曹子，實謂勇且愚〔一〇〕。世傳故多謬，太史徵無且〔一一〕。

【校　記】

①世綵堂本注：「一本『計』作『策』。」

②原注曰：「正，一作匹。」注釋音辯本、世綵堂本同。

③世綵堂本注：「反，一作乃。」

④世綵堂本注：「焚，一作瀦。」

【解　題】

［韓醇詁訓］燕太子丹見秦且滅六國，兵以臨易水，恐其禍至，謂其太傅鞠武曰：「燕秦不兩立，願太傅圖之。」鞠武乃薦田光於太子，使與之謀。田光乃言荆軻可用。太子既見荆軻，曰：「誠得劫秦王，使悉反諸侯之侵地，若曹沫之於齊桓公，則善矣。不可，因而刺殺之，唯荆卿留意。」軻曰：「今樊將軍，秦王購之金千斤、邑萬家。誠得樊將軍首，與燕督亢之地圖獻秦王，臣乃得有以報太子。」軻

乃私見樊於期，於期遂自刎。軻乃盛於期之首，函封之。求天下匕首，以藥淬，試人，無不立死。又得勇士秦舞陽爲副。頃之，未發。太子疑其改悔，乃復請之。荆軻怒叱太子曰：「今日往。不反者，豎子也。」遂發。太子及賓客皆送至易水上。既祖，遂就車而去。至秦，持千金之資，厚遺秦王寵臣蒙嘉爲先。秦王大喜，乃朝服，設九賓，見燕使者咸陽宫。荆軻奉樊於期頭函，而秦武陽奉地圖匣以進。秦王發圖，圖窮而匕首見。荆軻因左手把其袖，而右手持匕首椹之。秦王驚，自引起。軻逐秦王。是時，侍醫夏無且以其所奉藥囊提荆軻，秦王拔劍擊之，斷其左股。於是左右前，斬軻。秦王由是大怒，益發兵伐燕，燕王乃使使斬太子丹頭獻之。秦復遣兵攻之，後五年，秦遂滅燕。按：荆軻刺秦王事，見《戰國策·燕策三》及《史記·刺客列傳》。

【注釋】

〔一〕〔百家注引孫汝聽曰〕燕太子丹謂其太傅鞠武曰：「且燕、秦不兩立，願太傅圖之。」鞠武乃薦田光於太子，光言荆軻可用。

〔二〕〔百家注引孫汝聽曰〕荆軻曰：「樊將軍，秦購之金千斤、邑萬家，誠得樊將軍首獻秦王，秦王必悦，臣乃得有以報。」太子豫求天下之利匕首，得趙人徐夫人匕首，取之百金，裝爲遣荆軻。

〔三〕〔百家注引孫汝聽曰〕荆軻將入秦，至易水之上，爲歌曰：「風蕭蕭兮易水寒，壯士一去兮不復還。」

〔四〕［注釋音辯］樊於期怨秦王而奔燕，荆軻見於期，於期遂斬首與荆軻。以函盛之，並獻燕督亢之地於秦。按：百家注本引孫汝聽注與此略同。

〔五〕孫月峰（鑛）評點《柳柳州全集》卷四三：「罔正夫，不可解。」按：上句「炯然耀電光」謂「圖窮而匕首見」也。掌握罔正夫，謂手握匕首而不得力。「夫」爲語氣詞。

〔六〕［注釋音辯］趑，千咨切。趄，千余切。按：張載《劍閣銘》：「一人荷戟，萬夫趑趄。」趑趄，猶豫不決貌。

〔七〕［注釋音辯］漢鄒陽上書曰：「荆軻慕燕丹之義，白虹貫日，太子畏之。」按：見《漢書·鄒陽傳》鄒陽《獄中上梁孝王書》。《藝文類聚》卷二引《列士傳》：「荆軻爲燕太子謀刺秦王，白虹貫日。」

〔八〕［注釋音辯］秦王詔王翦伐燕，燕王乃斬丹獻之。［百家注引孫汝聽曰］荆軻既死，秦王大怒，詔王翦伐燕。代王嘉乃遺燕王喜書曰：「秦所以追尤燕急者，以太子丹故也。今誠殺丹獻之秦王，秦兵必解。」其後秦將李信追丹，丹匿衍水中，燕王乃斬丹獻之。後五年，秦卒滅燕。

〔九〕［百家注引孫汝聽曰］鄒陽又云：「荆軻湛七族，要離燔妻子。」

〔一〇〕［注釋音辯］魯莊公十三年，齊桓公與魯會於柯，曹劌以匕首劫桓公，盡歸魯之侵地，桓公許之。［韓醇詁訓］曹沫事注於《佩韋賦》中矣。按：曹沫事見《史記·刺客列傳》。《吕氏春秋·離俗·貴信》作曹劌。

〔二〕［注釋音辯］《史記》太史公曰：「世言荆軻傷秦王，非也。始公孫季功、董生與夏無且游，具知其事，爲余道之如是。」按：韓醇詁訓本同。見《史記·刺客列傳》。無且即秦王侍醫夏無且。王充《論衡·感虚》：「傳書言：燕太子丹朝於秦，不得去，從秦王求歸。秦王執留之，與之誓曰：『使日再中，天雨粟，令烏白頭，馬生角，廚門木象生肉足，乃得歸。』當此之時，天地祐之，日爲再中，天雨粟，烏白頭，馬生角，廚門木象生肉足。秦王以爲聖，乃歸之。」世傳多謬，當指此類。

【集評】

劉克莊《後村詩話》新集卷五：詠荆卿者多矣，此篇「勇且愚」之評，與淵明「惜哉劍術疏」之語，同一意脈。

《唐詩品彙》卷一五：劉（辰翁）云：結得此事，較有體。太史公曰：「世言荆軻傷秦王，非也。始公孫季功、董生與夏無且游，具知其事，爲余道之如是。」《西清詩話》云：柳子厚詩雄深簡淡，迥拔流俗，至味自高，直揖陶謝。然似入武庫，但覺森然。

許學夷《詩源辯體》卷二三：子厚五言古，如《掩役夫骸》、《詠三良》、《詠荆軻》，亦漸涉議論矣。至如《荆軻》結語云：「世傳故多謬，太史徵無且。」即《桐葉封弟辯》云「或曰封唐，史佚成之」之意。但語較元和終則温潤耳，故不入大變也。

陸時雍《唐詩鏡》卷三七：愛其簡緊。

孫月峰（鑛）評點《柳柳州全集》卷四三：「奈何」句下：返侵地是荆卿無奈何狂言耳，如此詰責，恐爲强魄所笑。總評：亦嫌實叙多，襯貼少。起句用得恰好，以下亦有鍊法，但鬱而不暢，看淵明詩，彼何等磊落。

蔣之翹輯注《柳河東集》卷四三：淵明有《詠三良》、《荆軻》詩，意旨托古以自見。《三良》取其與主同死，《荆軻》取其與主報讎也。子厚擬之不然，特爲讀史作論斷耳。

何焯《義門讀書記》卷三七：「長虹吐白日」：用事變换。「秦皇本詐力」以下：又即荆軻必欲生劫之以報太子之意，與上「臨事竟趦趄」一層反覆呼應，言所患不在無勇，而反失太子燕秦不兩立之本謀，則短於計而失諸愚也。

掩役夫張進骸

生死悠悠爾，一氣聚散之。偶來紛喜怒，奄忽已復辭。爲役孰賤辱，爲貴非神奇。一朝纊息定〔一〕，枯朽無妍媸〔二〕。生平勤皂櫪，剉秣不告疲①。既死給槥櫝〔三〕，葬之東山基。奈何值崩湍，蕩析臨路垂。髐然暴百骸②〔四〕，散亂不復支。從者幸告余〔五〕，睠之涓然悲③〔六〕。貓虎獲迎祭〔七〕，犬馬有蓋帷〔八〕。佇立唁爾魂〔九〕，豈復識此爲。畚鍤載埋瘥〔一〇〕，溝瀆護其危〔一一〕。我心得所安，不謂爾有知。掩骼著春令〔一二〕，兹焉適其時。及物非吾輩④，聊且顧爾私。

【校　記】

① 剉，詁訓本作「摧」。世綵堂本注：「剉，一作莝。」注釋音辯本注：「剉，粗卧切。破也。字作莝，斬草也。秣音末，馬食穀。」作「莝」是。二字通，即切草。原注引孫汝聽注曰：「《詩》：『乘馬在廄，摧之秣之。』」見《詩經·小雅·鴛鴦》。鄭玄箋：「摧，今莝字。」作「摧」字亦是。

② 骸，詁訓本作「體」。注釋音辯本、世綵堂本注：「一作體。」

③ 睠，原作「睠」，據諸本改。睠，視也。

④ 原注與詁訓本、世綵堂本注：「輩，一作事。」蔣之翹輯注本、《全唐詩》作「事」。

【解　題】

〔韓醇詁訓〕詩云「及物非吾事」，此貶永後作。按：韓説可從。

【注　釋】

〔一〕〔注釋音辯〕《禮記》云：「屬纊以俟絶氣。」注：「纊，今之新綿，易動揺。置口鼻之上，以爲候。」按：百家注本引孫汝聽注云《禮·大記》。見《禮記·喪大記》。

〔二〕［注釋音辯］姸，五堅切。嫵，元之切。好惡也。

〔三〕［注釋音辯］潘（緯）云：轊，於翽切。櫝音讀。前漢詔令：「郡國給轊櫝葬埋。」注：「小棺也。」［韓醇詁訓］《高祖紀》：「士卒從軍死者爲槥。」服虔曰：「音衛。」應劭曰：「小棺也。」按：百家注本引韓醇曰尚有：「今謂之櫝。舊本皆作轊櫝。轊，乃車軸頭也，非是。」潘注引見《漢書·成帝紀》，韓引見《高帝紀下》。

〔四〕［注釋音辯］髐，虚交切，髑髏貌，不潤澤。暴音曝。［韓醇詁訓］髐，虚交切，髑髏也。按：《莊子·至樂》：「莊子至楚，見空髑髏，髐然有形。」枯骨暴露貌。

〔五〕［注釋音辯］從，才用切。

〔六〕涓然，即泫然，流淚貌。

〔七〕［注釋音辯］《禮記》：「迎貓，爲其食田鼠也。迎虎，謂其食田豕也。迎而祭之也。」［韓醇詁訓］《禮記》：「古之君子，使之必報之。迎貓，爲其食田鼠也。迎虎，爲其食田豕也。」按：見《禮記·郊特牲》。

〔八〕［注釋音辯］《禮記》：「敝帷不棄，爲埋馬也。敝蓋不棄，爲埋狗也。」［韓醇詁訓］《禮記》：「仲尼之畜狗死，使子貢埋之，曰：『吾聞之：弊帷不棄，謂埋馬也；弊蓋不棄，爲埋狗也。』」按：見《禮記·檀弓下》。

〔九〕〔注釋音辯〕唁，牛愜切。

〔一〇〕〔注釋音辯〕畚音本，蒲器。鍤，側治切，鍫也。瘞，於例切，埋也。〔百家注引孫汝聽曰〕瘞亦埋也，于計切。

〔一一〕危，高也。指墳。

〔一二〕〔注釋音辯〕骼，潘本作「髂」，各額切。《禮記·月令》：「掩骼埋胔。」〔韓醇詁訓〕《月令》孟春之月：「掩骼埋胔。」骼，各百反。注：「死氣逆生也。」骨格曰骼。按：《禮記·月令》孟春之月鄭玄注：「骨枯曰骼，肉腐曰胔。」

【集評】

《苕溪漁隱叢話》前集卷一九引范温《詩眼》：《掩役夫張進骸》，既盡役夫之事，又反覆自明其意。此一篇筆力規模，不減莊周、左丘明也。

《唐詩品彙》卷一五引劉辰翁云：學陶不如此篇逼近，亦事題偶足以發爾，故知理貴自然。

謝榛《四溟詩話》卷四：余讀柳子厚《掩役夫張進骸》詩，至「但願我心安，不爲爾有知」，誠仁人之言也。夫子厚一代文宗，故其摛詞振藻，能占地步如此。鎮康王西巖每於春間，命校人於郊外舉白骨之暴露者，拾而瘞之，能不自以爲功，人見之以爲常。殊不知周文澤及枯骨，遺俗尚存，比之子厚自文其事者遠矣。余偉是舉，因賦詩頌之。

陸時雍《唐詩鏡》卷三七：稱衷語愫，非爲詩作也。

《王荆石先生批評柳文》卷一一：日日詠之不厭。

孫月峰（鑛）評點《柳柳州全集》卷四三：「一氣」句下：起句大妙，然用於役夫最切。若朋友便須哀痛，豈得用此寬語？總評：一團真意，寫出自别。且事新，亦自易爲辭。又：遣調以從容，佳。三段《禮》插得自然。想見其一時感歎，漫出數語，宛然無要緊意，所以味長。

陸夢龍《柳子厚集選》卷四：起語見道。

汪森《韓柳詩選》：起意極曠達，後意仍見淒惻，都是真實語耳。故足爲見道之言。

吴昌祺《删訂唐詩解》卷五：此亦叙事耳，宋人極口，所以變楊廷秀一派也。

沈德潛《唐詩别裁集》卷四：「不謂」句下：仁人之言。總評：「一朝纊息定」二語，見貴賤賢愚，古今同盡，此達人之言也。「我心得所安」二語，見求安惻隱，非以示恩，此仁人之言也。

余成教《石園詩話》卷一：柳子厚（宗元）文章卓偉精緻，與古爲侔，尤擅西漢詩騷，一時行輩推仰。貶官後自放山澤間，其堙厄感鬱，一寓於詩。「志適不期貴，道存豈偷生」。《掩役夫張進骸》云：「我心得所安，不謂爾有知。」此等吐屬，大有見解。

近藤元粹《柳柳州集》卷四：後來王陽明《瘞旅文》，頗有此詩之況味。

省試觀慶雲圖詩①

設色初成象②，卿雲示國都〔一〕。九天開祕祉③，百辟贊嘉謨〔二〕。抱日依龍衮，非煙近御爐〔三〕。高標連汗漫〔四〕，向望接虚無④。裂素榮光發⑤〔五〕，舒華瑞色敷。恒將配堯德〔六〕，垂慶代河圖〔七〕。

【校　記】

①注釋音辯本、游居敬本無「詩」字。《英華》無「省試」及「詩」字。

②初，《英華》作「方」，《全唐詩》作「既」。

③祉，鄭定本及《英華》作「旨」。

④向，《英華》作「迥」，《全唐詩》作「迥」。按：作「迥」是。

⑤榮，《英華》作「雲」。

【解　題】

〔注釋音辯〕晏元獻家本有此詩，今附卷末。〔韓醇詁訓〕晏元獻家本有此詩，今附於此。公貞元五年舉進士，九年及第。此詩九年作。按：徐松《登科記考》卷一三定貞元九年禮部試詩爲《風光草際浮詩》。徐氏《登科記考》卷一二於貞元六年曰：「按《柳宗元集》有《省試觀慶雲圖詩》，韓注以爲公舉進士時所作。考子厚舉進士於貞元五年，則省試自六年始。七年以後，題皆可考，則《觀慶雲圖》爲六年試題矣。」然考《文苑英華》卷一八〇有李程、柳宗元、李行敏《觀慶雲圖》詩，而三人皆貞元十二年同登博學宏詞者，疑爲貞元十二年宏詞試題。《登科記考》繫貞元十二年宏詞試題爲《竹箭有筠詩》，有李程、席夔、張仲方之作，亦無確證。故疑《觀慶雲圖》是貞元十二年博學宏詞試詩。慶雲，五色雲。《漢書·禮樂志》載《華爅爅》：「甘露降，慶雲集。」顔師古注：「如淳曰：《天文志》云：若煙非煙，若雲非雲，郁郁紛紛，是謂慶雲。」又曰卿雲。《史記·天官書》：「若煙非煙，若雲非雲，郁郁紛紛，蕭索輪囷，是謂卿雲。卿雲見，喜氣。」王溥《唐會要》卷二八《祥瑞上》：「至大曆十四年閏五月十四日，澤州進《慶雲圖》。」

【注釋】

〔一〕［百家注引韓醇曰］卿雲，一曰慶雲，見《西京雜記》。按：見《初學記》卷一引《西京雜記》。

〔二〕《詩經·大雅·假樂》：「百辟卿士，媚于天子。」鄭玄箋：「百辟，畿内諸侯也。」此指群臣。揚雄《法言》卷一〇：「或問忠言嘉謨，曰：言合稷契謂之忠，謨合臯陶謂之嘉。」

〔三〕［百家注引王儔補注］又《瑞應圖》曰：「非氣非煙，五色氛氳，謂之慶雲。」按：見《藝文類聚》

卷一引《孫氏瑞應圖》。

〔四〕《淮南子·俶真》：「甘暝於溷澖之域，而徙倚於汗漫之宇。」高誘注：「汗漫，無生形。形生，元氣之本神也。」

〔五〕《後漢書·范式傳》：「裂素爲書，以遺巨卿。」《太平御覽》卷六一引《尚書中候》：「榮光出河，休氣四塞。」

〔六〕［注釋音辯］《堯紀》：「望之如雲。」［韓醇詁訓］《史記》：「堯就之如日，望之如雲。」按：見《史記·五帝本紀》。

〔七〕《周易·繫辭上》：「河出圖，洛出書，聖人則之。」鄭玄注：「《春秋緯》云：河以通乾，出天苞。洛以流坤，吐地符。河龍圖發，洛龜書感。《河圖》有九篇，《洛書》有六篇。」

【集評】

高斯得《跋林逢吉玉溪續草》：劉夢得定柳州詩，斷自永州以後。惟晏元獻家本存省試詩一首，人不以爲允也。柳州之詩孤峭嚴健，無可揀擇，其以此乎？（《恥堂存稿》卷五）

汪森《韓柳詩選》：「非煙」句下：「抱日」二句寫物極工，亦甚得體。末句下：結亦典秀。

何焯《義門讀書記》卷三七：「設色初成象」：在天成象，破「圖」字，即含卿雲。「高標連汗漫」二句：空闊。「裂素榮光發」：「圖」字不略。

毛奇齡《唐人試帖》卷三：以圖與雲合觀，極見作法。且「高標」、「迥望」字俱不泛下。

錢良擇《唐音審體》卷一一：應試詩但以工麗取勝，並不如詠物之可以寄託，有詞無意，故名手亦無面目可尋。

陶元藻《唐詩向榮集》卷二：「高標」句下：是賦圖，不是空賦卿雲。

李因培《唐詩觀瀾集》卷一六：結醒「圖」字。

近藤元粹《柳柳州集》卷四：貶謫以前之詩自有富貴氣象，不似後來衰颯怨憤之態。

春懷故園

九扈鳴已晚①〔一〕，楚鄉農事春。悠悠故池水，空待灌園人〔二〕。

【校記】

①注釋音辯本注：「潘本作九鳸，同。」世綵堂本注：「扈，一作鳸。」

【解題】

疑作於永州，年月無考。

【注釋】

〔一〕［注釋音辯］《左傳》昭公十七年：「九扈爲九農正。」［韓醇詁訓］《左氏》：「郯子曰：九扈爲九農正。」杜預曰：「扈有九種也：春扈鳻鶞，夏扈竊玄，秋扈竊藍，冬扈竊黄，棘扈竊丹，行扈唶唶，宵扈嘖嘖，桑扈竊脂，老扈鷃鷃。以九扈爲九農之號，各隨其時，以教人事者也。」［百家注］《説文》曰：「九扈，農桑候鳥。」孫（汝聽）曰：昭十七年《左氏》：「郯子曰：『少昊之立，九扈爲九農正，扈民無淫者也。』春扈鳻鶞，夏扈竊玄，秋扈竊藍，冬扈竊黄，棘扈竊丹，行扈唶唶，宵扈嘖嘖，桑扈竊脂，老扈鷃鷃。」崔豹《古今注》云：「春扈趣民耕種，夏扈趣民耘除，秋扈趣民收斂，冬扈趣民蓋藏，棘扈掌民百藥，行扈晝爲民驅鳥，宵扈夜爲民除獸，桑扈爲蠶驅雀，老扈趣民收麥。」按：孫引見蔡邕《獨斷》卷上，今本《古今注》無之。

〔二〕［韓醇詁訓］於陵子辭卿相，而桔槔灌園。戴宏爲河間相，自免，歸而灌蔬，以經教授。向秀與吕安灌園山陽，收餘利，以供酒食之費。范丹學通三經，常自賃灌園。按：百家注集注與韓注同。韓醇注所引諸事，於陵仲子見《漢書·鄒陽傳》及顔師古注，戴宏、向秀分别見《藝文類聚》卷六五引謝承《後漢書》、《向秀别傳》，范丹見《初學記》卷二四引《陳留耆舊傳》。

【集評】

俞良甫批《新刊五百家注音辯唐柳先生文集》卷四三：子厚律詩長句，矜重如朴，及小絶平易如不經意，然每讀不可爲懷，詩之得失可見。諸長篇點綴精麗，樂府托興飛動，古詩短調紆鬱，清美閑肸，詩總不多，而態度備矣。退之固當遜出其下。昔言韓柳爾，不偶然。

陸夢龍《柳子厚集選》卷四：亦復悠悠。

柳宗元集校注卷第四十四

非國語序①

左氏《國語》，其文深閎傑異，固世之所耽嗜而不已也，而其説多誣淫，不概於聖〔一〕。余懼世之學者溺其文采而淪於是非，是不得由中庸以入堯舜之道②。本諸理，作《非國語》。

【校　記】

①《非國語》，注釋音辯本收於《别集》上下兩卷。

②原注與世綵堂本注：「一作『是不知得由中庸』。」是不，注釋音辯本、詁訓本注：「一本有『知』字。」

【解　題】

〔韓醇詁訓〕《國語》，左丘明所作。其文不主於經，號曰外傳。自遭秦火，至漢建安、黄武間，諸儒損益之者不一。公非之之意，於其序見之，大抵欲合於理而已。集中有《與吕道州書論非國語》云：「身編夷人，名在囚籍，以道之窮也，而施乎事者無日，故乃挽引，强爲小書，以志其中之所得焉。」又《與吴武陵書》云：「若《國語》之説，僕病之久，嘗難言於世俗，今因其閒也而書之。」又云：「伏而不出者累月，方視足下。」書當元和三四年間，公時在永州作。其間載《國語》斷截不詳者，輒附益之，庶乎其理易見焉。按：《非國語》共六十七篇，非一時所作，完稿當在元和四年。六十七篇的次序除個别篇章外，基本上是按《國語》的前後次序編排的。文章具有讀後感的性質，先簡引《國語》中的言論，然後加以批評，提出自己的看法。短小精悍，卻説理透徹，擊中要害。所涉及的問題則包括哲學、歷史、政治、經濟、文化、道德等各個方面，集中反映了柳宗元反天命、反迷信的唯物主義思想。故柳宗元作《非國語》之意，並非單純針對其書，乃借此以發表自己的思想、見解與看法。

【注　釋】

〔一〕〔百家注引孫汝聽曰〕《揚子》：「參差不齊，一概諸聖。」注云：「一以聖人之道概平之。」按：見揚雄《法言》卷七《重黎》。

非國語上 三十一篇

滅密 此已下《周語》①

恭王遊於涇上②，密康公從，有三女奔之〔一〕。其母曰：「必致之王。衆以美物歸汝，何德以堪之？小醜備物，終必亡〔二〕。」康公不獻。一年，王滅密。

非曰：康公之母誠賢耶，則宜以淫荒失度命其子，焉用懼之以數？且以德大而後堪，則納三女之奔者，德果何如？若曰勿受之，則可矣。教子而媚王以女，非正也。左氏以滅密徵之，無足取者。

【校記】

① 注釋音辯本小字注作「周語」。詁訓本則無小字注。按：注釋音辯本至《城成周》題下皆有「周語」小字注。《非國語》於每篇前先引一段《國語》原文，然後以「非曰」進行批判，所引《國語》原文諸本詳略不一，注釋音辯本最簡，蔣之翹輯注本較詳，百家注本、詁訓本、世綵堂本等大致相

同。韓醇詁訓本曰：「其間載《國語》斷截不詳者，輒附益之。」可知柳宗元原引較簡，韓醇本據《國語》有所增益，注釋音辯本方爲柳文原貌。今《國語》原文仍依據百家注本，不作詳校，僅個別文字與《國語》對勘，也不加增删。

②恭王，注釋音辯本、詁訓本作「昭王」。注釋音辯本注：「按《國語》作共王。」詁訓本注：「恭王，諸本皆作昭王。以《國語》諸本考之，皆作恭王。且周之世系，恭王在穆王之後，而昭王在穆王之前，《國語》之叙亦止自穆王以來，則爲恭王無疑矣。恭，史記作『共』，《語》作『恭』。」蔣之翹輯注本：「恭王，穆王之子伊扈也。」

【解　題】

此文認爲康公之母勸兒子用美女討好恭王，不是正道，故康王母是否賢良，是大可懷疑的。

【注　釋】

〔一〕〔蔣之翹輯注〕從，玆用切。康公，密國之君。三女同姓，奔，不由媒氏也。

〔二〕〔注釋音辯〕《國語》注云：「醜，類也。德小而物備，終取之，必以亡。」按：所引《國語》爲韋昭之注。下同。

不藉

宣王不藉千畝，虢文公諫曰〔一〕：「云云，將何以求福用人①？」王不聽。三十九年，戰于千畝，王師敗績于姜氏之戎〔二〕。

非曰：古之必藉千畝者，禮之飾也。其道若曰：「吾猶耕云爾②。」又曰：「吾以奉天地宗廟。」則存其禮誠善矣。然而存其禮之爲勸乎農也，則未若時使而不奪其力，節用而不殫其財，通其有無，和其鄉閭，則食固人之大急，不勸而勸矣。啟蟄也得其耕〔三〕，時雨也得其種，苗之猥大也得其耘③〔四〕，實之堅好也得其穫〔五〕，京庾得其貯④〔六〕，老幼得其養，取之也均以薄，藏之也優以固，則三推之道⑤〔七〕，存乎亡乎，皆可以爲國矣。彼之不圖，而曰我特以是勸，則固不可。今爲書者曰「將何以求福用人」，夫福之求，不若行吾言之大德也⑥；人之用，不若行吾言之和樂以死也。敗于戎，而引是以合焉，夫何怪而不屬也？又曰「戰于千畝」者，吾益羞之。

【校記】

① 注釋音辯本注：「人，《國語》作『民』。」

②原注與世綵堂本注：「一作『吾猶耕乎云爾』。」詁訓本無「云」字。注釋音辯本注：「一本『耕』下有『乎』字。」
③耘，詁訓本作「耕」。
④原注與世綵堂本注：「京庾，一作尔庾。」
⑤推，原作「椎」，據諸校本改。
⑥原注與注釋音辯本、世綵堂本注：「德，一作福。」

【解　題】

［韓醇詁訓］藉，借也，借民力以爲之。天子藉田千畝，諸侯百畝，自厲王流於彘，藉田禮廢。宣王即位，不復遵古，故虢文公諫之。文公，文王母弟也。用人，《國語》作「用民」。按：天子親藉田，爲古代勸農的一種形式。柳宗元不同意周朝的軍隊被姜姓部落打敗是周宣王不藉田的説法，認爲與其走形式，不如實行輕徭薄賦、節用和民的政策措施。

【注　釋】

〔一〕［注釋音辯］潘本作富辰諫，注云未詳。按：《國語·周語上》即作「虢文公」，潘本誤。
〔二〕［注釋音辯］《國語》注：「姜氏之戎，西戎之别種，四岳之後也。」

〔三〕［百家注引孫汝聽曰］《左氏傳》：「啟蟄而郊。」注云：「啟蟄，建寅之月。」按：見《左傳》桓公五年。

〔四〕［百家注引孫汝聽曰］《漢書》：「江皋河濱，雖有惡種，無不猥大。」猥，盛也。按：見《漢書·賈山傳》賈山《至言》。

〔五〕［百家注引孫汝聽曰］《詩》：「既堅既好，不稂不莠。」注云：「盡堅好矣，盡齊美矣。」按：見《詩經·小雅·大田》。

〔六〕［百家注引孫汝聽曰］《詩》：「曾孫之庾，如坻如京。」京，高也。按：見《詩經·小雅·甫田》。

〔七〕［注釋音辯］推，都回切。［韓醇詁訓］推，進也，徒回切。《禮記》：「天子三推。」按：《禮記·月令》孟春之月：「乃擇元辰，天子親載耒耜，措之於參保介之御間，帥三公九卿、諸侯大夫，躬耕帝籍。天子三推，三公五推，卿諸侯九推。」三推即推三次。

【集　評】

《新刊增廣百家詳補注唐柳先生文》卷四四引黄唐曰：三老五更之禮，教孝意也；三代五恪之立，象賢意也；餼羊不去，告朔意也；明堂不毁，行政意也；藉田之舉，其爲勸率之意深矣。子厚獨曰亡是亦足以爲國，愚恐《無逸》之書，人主不復聞，農桑之殿最，何以加於守令乎？（按：蔣之翹輯注本引作張敦頤曰。）

沈作喆《寓簡》卷二：宣王不藉千畝，子厚曰：「藉千畝，禮之飾也。若曰吾猶耕云耳，不若時使節用，則不勸而勸矣。啟蟄得其耕，時雨得其種，苗之猥大得其耘，實之堅好得其穫，取之均以薄，則三推之道存乎亡乎，皆可以爲國矣。」子沈子曰：先王之爲是禮也，蓋以身先天下，驅以歸諸本，不可廢也。如宗元之言，是聖王之典禮，舉爲無用也，亡之可也。男女居室足矣，何必昏禮也？加布其首足矣，何必冠禮也？仰天俯地而祭之足矣。何必南北郊也？飲食酧之足矣，何必禘祫蒸嘗也？如是，則夷狄而已矣。左氏徵戰於千畝，則誣矣。

黄震《黄氏日鈔》卷六〇：愚謂子厚論勸農之本善矣，謂勸農之禮可亡則過矣。是禮也，古人體夫愛民一念，真誠之發，豈姑以是飾乎？

王觀國《學林》卷七：《國語》曰：「宣王不藉千畝，富辰諫。」柳子厚非曰：「古之必藉千畝者，禮之飾也，未若時使而不奪其力，節用而不殫其財，通其有無，和其鄉閭，則食固人之大急，不勸而勸矣。」觀國案：《禮》：「天子親耕以共粢盛，王后親蠶以共祭服。」粢盛、衣服皆備，然後可以享宗廟。蓋王者身致其誠，以盡孝道，舉此以率天下，皆知勸於耕、勸於蠶其意。若曰：思天下匹夫匹婦有惰於耕而受其饑者，有惰於蠶而受其寒者，今我以天子之尊，且不敢忘耕事也，我親率之，冀天下皆知勸於耕，而民無受其饑者矣。以王后之尊，且不敢忘蠶事也，我親率之，冀天下皆知勸於蠶，而民無受其寒者矣。亦猶聖人躬儉以率天下也，聖人豈能必天下之不爲侈靡哉？吾示之以儉，則天下觀而化，庶幾侈靡之習可革也。然則王者親耕藉，實爲政之大者。至於時使而不奪其力，節用而不殫其財，通其有無，和其鄉閭，此亦爲政之不可缺者，豈爲耕藉而遂廢之哉？若夫不能時使而奪民之力，不能節用而殫民之財，以至有無之不通，鄉閭之不和，是人君失政治之道，非藉千畝之過也。若曰：藉千畝者徒舉也，非實惠也，則向所謂躬儉者，亦徒舉耶？

《王荆石先生批評柳文》卷一二：左氏徵賊戎以合，則誠非矣，謂藉田不足以勸，可乎？

何焯《義門讀書記》卷三七：《不藉》篇「然而存其禮之爲勸乎農也」至「不勸而勸矣」：若曰：存其禮而又能推行是政，則誠善矣。藉田猶不能躬親，則時使節用者，其又何望焉？柳子立論，大抵欲快一時之見，伸一夫之説，而不究其源流者也。

三川震

幽王二年〔一〕，西周三川皆震。伯陽父曰〔二〕：「周將亡矣！夫天地之氣，不失其序，若過其序，民亂之也。陽伏而不能出，陰迫而不能蒸，於是有地震。今三川實震，是陽失其所而鎮陰也。陽失而在陰，源必塞。源塞，國必亡。若國亡，不過十年，數之紀也。夫天之所棄，不過其紀。」是歲也，三川竭，岐山崩，幽王乃滅，周乃東遷①〔三〕。

非曰：山川者，特天地之物也。陰與陽者，氣而游乎其間者也。自動自休，自峙自流，是惡乎與我謀？自鬬自竭，自崩自缺，是惡乎爲我設？彼固有所逼引，而認之者不塞則惑。夫釜鬲而爨者〔四〕，必涌溢蒸鬱以糜百物〔五〕；畦汲而灌者，必衝盪濆激以敗土石。是特老婦老圃者之爲也②，猶足動乎物，又況天地之無倪〔六〕，陰陽之無窮，以澒洞轇轕乎其中〔七〕，或會或離，或吸或吹，如輪如機，其孰能知之③？且曰「源塞，國必亡」；「人乏財用，不亡何待」，則又吾所不識也。且所謂者天事乎？抑人事乎？若曰天者，則吾既陳於前矣；人也，則乏財用而取亡者，不有他術乎？而曰是川之爲尤，又曰「天之所棄，不過其紀」，愈甚乎哉！吾無取乎爾也。

【校　記】

①自「夫天地之氣」至「周乃東遷」，注釋音辯本無。原注引韓醇注曰：「自『天地之氣』已下新附。」世綵堂本注同。

②「老婦」二字原闕，原注與世綵堂本注：「一本云『是特老婦老圃者之爲也』。」注釋音辯本注：「一本『特』字下有『老婦』字。」據補。

③詁訓本無「能」字。

【解　題】

此文論地震是自然現象，並非神的意志，也與人類社會無關。西周的滅亡有其他原因，與地震没有關係。

【注　釋】

〔一〕［蔣之翹輯注］三年，諸皆作「二年」，非是。按：《國語・周語上》即作「幽王二年」。

〔二〕［百家注引韓醇曰］伯陽父，周大夫也。

〔三〕［注釋音辯］《國語》注：「西周，鎬京也，幽王在焉。三川，涇、渭、洛，出於岐山也。震，動也。地震，故三川亦動，川竭也。」按：蔣之翹輯注本謂三川指涇、渭、汭。

〔四〕［注釋音辯］鬲，革、歷二音。《爾雅》：「鼎欵足者謂之鬲。」欵足，曲腳也。按：百家注本引孫汝聽注同。

〔五〕［百家注引童宗説曰］糜，爛也。

〔六〕［百家注引童宗説曰］倪，端倪。

〔七〕［注釋音辯］童（宗説）云：澒音汞，諸韻皆胡動切，並云水銀也，無別義。今獨孤及《觀海詩》：「澒洞吞百谷，周流無四垠。」杜子美詩：「澒洞不可掇。」杜詩中用澒洞不一。《淮南子》：「澒濛鴻洞，莫知其門。」許慎注：「澒讀如項羽之項，鴻讀如子贛之贛，洞讀如同游之同。」今按唐人用「澒洞」二字，若出於《淮南子》，音合依本處注。張（敦頤）云：轇轕音膠葛。按：澒洞，水勢瀰漫無際貌。

【集評】

沈作喆《寓簡》卷四：三川皆震，子厚曰：「山川者特天地之物也，陰陽者氣而游乎其間者也，自動自休，自止自流，是惡乎與我謀？自鬭自竭，自崩自缺，是惡乎與我設？」子沈子曰：子厚之學，謂天人爲不相知，茫乎昧乎，治亂善惡無所主，災祥爲不足畏也。是使有國者逆天而慢神，爲惡而弗知懼也。日月星辰之行悖於上，山川崩竭於下，陰陽之氣謬戾於其間，而曰吾弗預知也，彼形而然耳，彼氣而然耳，治亂非所感也，是賊夫君者也。

王觀國《學林》卷七：《國語》曰：「三川震，伯陽父曰：周將亡矣。」柳子厚非曰：「山川者，特天地之物也，陰陽游乎其間者也，自動自休，自峙自流，是惡乎與我謀？自鬭自竭，自崩自缺。是惡乎爲我設？」觀國竊謂天地之有山川，猶人身之有支體氣血也。天地陰陽之氣不和，則有山崩水竭之災。一人之身，陰陽之氣不和，則變而爲疾。聖人與天地同體，懼陰陽之氣不和，則爲災爲疾。夫爲災爲疾者，變也，故《春秋》書沙鹿崩、梁山崩者，記變也。《左氏傳》曰：「國主山川，故山崩川竭，君爲之不舉，降服、乘縵、徹樂、出次、祝幣。」史辭以禮焉。三川震，伯陽父曰「周將亡矣。」意謂王者不能修德以召和，而變見焉，則國有亡之道也。

黄震《黄氏日鈔》卷六〇：愚謂人者天地之心，天地不得其寧，而曰「惡與乎我」，此子厚怨天之論所發也。

《王荆石先生批評柳文》卷一二：即天變不足畏之説。

蔣之翹輯注《柳河東集》卷四四：翹按：伯陽父之言，雖謂山崩川竭，在乎陰陽失序，然所以致其失序者，意實謂爲人事也。子厚非之云云，則《十月之詩》所謂百川沸騰，山冢崒崩者，亦不足信乎？《中庸》云：「國家將亡，必有妖孽。」豈聖人亦好爲是以誣人也！

料民①

宣王料民于太原，仲山父諫曰：「民不可料也，夫古者不料民而知其少多。王治農于藉，蒐于農隙〔一〕，耨穫亦於藉，獮于既蒸〔二〕，狩於畢時〔三〕，是皆習民數也〔四〕，又何料焉！不謂其少而大料之，是示少而惡事也。臨政示少，諸侯避之，治民惡事，無以賦令②。且無故而料民，天之所惡也〔五〕，害於政而妨於嗣③。」王卒料之。及幽王，乃廢滅④。

非曰：吾嘗言⑤：「聖人之道，不窮異以爲神，不引天以爲高，故孔子不語怪與神。」君子之諫其君也，以道不以誣，務明其君，非務愚其君也。誣以愚其君則不臣⑥。仲山氏果以職有所協〔六〕，不待料而具〔七〕，而料之者政之尨也，姑云爾而已矣，又何以示少惡事爲哉〔八〕？況爲大妄以諉乎後嗣〔九〕！惑于神怪愚誣之説，而以是徵幽之廢滅，則是幽之悖亂不足以取滅，而料民者以禍之也⑦。仲山氏其至於是乎？蓋左氏之嗜誣斯人也已，何取乎爾也？

【校　記】

①蔣之翹輯注本此篇在《三川震》前，按《國語》次序，亦應在《三川震》前。

②注釋音辯本無自「民不可料也」至「無以賦令」，省作「云云」。韓醇詁訓本：「自『民不可料』至『無以賦令』新附。」原注引韓醇注及世綵堂本注同。

③原注與世綵堂本注：「（嗣）一作『後嗣』。」注釋音辯本注：「一本『於』字下有『後』字。」

④詁訓本注：「《國語》無『廢』字。」原注引韓醇注及世綵堂本注同。

⑤世綵堂本注：「言，一作聞。」

⑥原注與世綵堂本注：「一作『罔不拒』。」注釋音辯本注：「則，一本作罔。臣，一本作拒。」

⑦注釋音辯本、詁訓本無「者」字。

【解　題】

［注釋音辯］《國語》注：「料，數也。」［韓醇詁訓］料，數也。按：料民即清查人口。仲山父反對宣王料民，認爲此舉「天之所惡」。柳宗元不以爲然，認爲仲山父之言爲誣言以愚其君，聖人注重民事，不引天以爲高。

【注釋】

〔一〕［蔣之翹輯注］春田曰蒐。

〔二〕［蔣之翹輯注］秋田曰獮。 蒸，升也。《月令》孟秋乃升穀，既升謂仲秋也。

〔三〕［蔣之翹輯注］冬田曰狩。

〔四〕［蔣之翹輯注］習，簡習之也。

〔五〕［蔣之翹輯注］惡，烏路切。下同。

〔六〕［百家注引童宗説曰］協，合也。

〔七〕［注釋音辯］《周語》：「仲山甫諫曰：『古者不料民而知其少多，司民叶孤終，司商叶民性，司徒叶旅，司寇叶奸，牧叶職，工叶革，場叶入，廩叶出。』」注：「叶，合也，合其籍以登於王。」

〔八〕［注釋音辯］後上：「不謂其少而大料之，是示少而惡事也。」注：「是示以寡少，又厭惡政事。」［百家注引孫汝聽曰］示少，示以寡少也。 惡事，厭惡政事，不能修之之意。

〔九〕［注釋音辯］童（宗説）云：「諉，女恚切，累也。」［百家注集注］《賈誼傳》：「尚有可諉者。」《胡建傳》：「執事以諉上。」諉，累也。

【集評】

蔣之翹輯注《柳河東集》卷四四：「以禍之也」句下：一句駁倒，曰老吏斷獄。

神降于莘

周惠王十五年①，有神降于莘。王問于内史過曰〔一〕：「今是何神也？」對曰：「昔昭王娶於房，曰房后，實有爽德，協于丹朱。丹朱馮身以儀之，生穆王焉〔二〕。實臨周之子孫而禍福之。夫神壹，不遠徙遷〔三〕，若由是觀之，其丹朱之神乎？」王曰：「其誰受之？」對曰：「在虢土。」王曰：「然則何爲？」對曰：「臣聞之，道而得神，是謂逢福；淫而得神，是謂貪禍。今虢少荒，其亡乎？」王曰：「吾其若之何？」對曰：「使太宰以祝史帥狸姓，奉犧牲粢盛玉帛往獻焉〔四〕，無有祈也。」王曰：「虢其幾何？」對曰：「昔堯臨民以五〔五〕，今其冑見，神之見也，不過其物。若由是觀之，不過五年②。」

非曰：力足者取乎人，力不足者取乎神。所謂足，足乎道之謂也，堯舜是矣。周之始，固以神矣，况其徵乎！彼鳴乎莘者③，以焄蒿悽愴〔六〕，妖之淺者也。天子以是問，卿以是言④，則固已陋矣。而其甚者，乃妄取時日，莽浪無狀〔七〕，而寓之丹朱，則又以房后之惡德與丹朱協而憑，以生穆王，而降于虢，以臨周之子孫〔八〕，於是遂帥丹朱之裔以奉祠焉。

又曰堯臨人以五，今其胄見〔九〕，虢之亡不過五年〔一〇〕。斯其爲書也，不待片言而迂誕彰矣。

【校　記】

①注釋音辯本無上六字。

②自「王問于内史」至「不過五年」，注釋音辯本省作「云云，使率狸姓以獻焉」。詁訓本注云：「舊本止載『有神降於莘，使帥狸姓以獻焉』兩句，今如前附益之，庶可見非之之意也。」原注引韓醇注及世綵堂本注同。

③嗚，原作「鳴」，據諸本改。

④以是，詁訓本作「是以」。

【解　題】

［百家注引孫汝聽曰］莘，虢地。按：内史過云房后與丹朱鬼魂相交而生周穆王，並云丹朱神靈降臨虢地預示虢國將在五年内滅亡，純屬一派胡言，柳宗元批駁了此類記載之虚妄，指出「力足者取乎人，力不足者取乎神」。

【注釋】

〔一〕［蔣之翹輯注］過，古禾切。内史，周大夫。過，其名。

〔二〕［蔣之翹輯注］馮，皮冰切。昭王，康王之子，名瑕。房，國名。爽，亡也。協，合也。丹朱，堯子。馮，依也。儀，匹也。《詩》：「實維我儀。」此言房后之行有似丹朱。丹朱馮其身而匹偶，以生穆王也。按：所引見《詩經·鄘風·柏舟》。

〔三〕［蔣之翹輯注］壹謂一心馮依於人也。

〔四〕［注釋音辯］狸姓，丹朱之裔。［韓醇詁訓］狸姓，丹朱之裔。謂神不歆非類，故帥以往。［蔣之翹輯注］帥，所律切。太宰，卿掌祭祀之式、玉帛之事。祝，太祝，掌祈福祥。史，太史，掌次主位。

〔五〕［韓醇詁訓］五年一巡狩。

〔六〕［注釋音辯］張（敦頤）云：焄音熏。《禮記》：「焄蒿悽愴。」［韓醇詁訓］焄音薰，香氣。焄蒿悽愴，見《禮記》。按：見《禮記·祭義》。

〔七〕［注釋音辯］童（宗説）云：（莽浪）並如字，鹵莽無根源也。按：韓醇詁訓本同。

〔八〕［注釋音辯］《周語》：「内史過曰：『昔昭王娶於房，曰房后，實有爽德，叶於丹朱，丹朱憑身以儀之，生穆王焉。是實臨照周之子孫而禍福之。』」注：「儀，匹也。房后之行有似丹朱，丹朱憑依其身而匹偶之，生穆王也。」

〔九〕〔百家注引孫汝聽曰〕胄，後也。
〔一〇〕〔注釋音辯〕同上：「昔堯臨民以五，今其胄見，神之見也不過其物，若由是觀之，不過五年。」注：「五，五年巡狩也。胄謂丹朱也。物，數也。」

聘魯

定王八年，使劉康公聘於魯〔一〕。發幣於大夫，季文子、孟獻子皆儉〔二〕，叔孫宣子、東門子皆侈〔三〕。歸，王問魯大夫孰賢？對曰：「季、孟其長處魯乎？叔孫、東門其亡乎？若家不亡，身必不免。」王曰：「幾何？」對曰：「東門之位不若叔孫而泰侈焉，不可以事二君。叔孫之位不若季、孟而亦泰侈焉，不可以事三君。若皆蚤世，猶可，若登年以載其毒，必亡①〔四〕。」

非曰：泰侈之德惡矣，其死亡也有之矣，而孰能必其時之蚤暮耶？設令時之可必，又孰能必其君之壽夭耶？若二君而壽，三君而夭，則登年載毒之數〔五〕，如之何而準？

【校記】

① 自「發幣於大夫」至「必亡」，注釋音辯本作「云云。叔孫宣子、東門子家皆侈。歸告王曰：『叔

孫、東門其亡乎？東門之位不若叔孫而泰侈，不可以事二君。叔孫之位不若季孟亦泰侈，不可以事三君。』」詁訓本注：「自『發幣於大夫』至『身不免』及『登年以載其毒必亡』，皆新附。」原注引韓醇注及世綵堂本注同。

【解　題】

劉康公就魯國四位大夫奢、儉不同的生活態度，預測他們身家性命之長短，柳宗元斥之爲無稽之談。柳宗元認爲奢可亡身敗家，然而卻不可以預知其年限。

【注　釋】

〔一〕〔蔣之翹輯注〕劉，畿内之國。康公，王卿士。

〔二〕〔蔣之翹輯注〕二子，魯卿。季文子，季孫行父也。孟獻子，仲孫蔑也。

〔三〕〔注釋音辯〕叔孫僑如、公孫歸父也。〔蔣之翹輯注〕二子皆魯大夫。叔孫宣子，叔孫僑如也。東門子，公孫歸父也。

〔四〕〔韓醇詁訓〕登年，多歷年也。載，行也。毒，害也。必亡，家必亡也。

〔五〕〔注釋音辯〕《周語》：「劉康公曰：『若皆蚤世，猶可，若登年以載其毒，必亡。』」注：「登年，多歷年也。載，行也。毒，害也。必亡，家必亡也。」

叔孫僑如

簡王八年，魯成公來朝，使叔孫僑如先聘且告〔一〕。見王孫説〔二〕，與之語。説言于王曰：「魯叔孫之來也，必有異焉。其享覲之幣薄而言諂，殆請之也。若請之，必欲賜也。魯執政唯强，故不懽焉，而後遣之。且其狀方上而鋭下，宜觸冒人，王其勿賜。若貪陵之人來而盈其願，是不賞善也①。」

非曰：諸侯之來，王有賜予，非以貨其人也，以禮其國也。苟叔孫之來，不度於禮，不儀於物，則罪也，王而刑之，誰曰不可？若力之不能而姑勿賜，未足以懲夫貪凌者也，不若與之。今使王逆詐諸侯而蔑其卿，苟興怨於魯，未必周之福也。且夫惡叔孫者泰侈貪凌，則可矣；方上而鋭下，非所以得罪於天子。

【校　記】

①自「簡王八年」至「不賞善也」，注釋音辯本作「叔孫僑如聘，王孫説言於王曰：『叔孫之來也，必有異焉，殆請之也。且其狀方上而鋭下，宜觸冒人，王其勿賜。』」詁訓本注：「自『簡王』至『來

朝』，自『魯叔孫來』至『後遺之』，皆新附。」原注及世綵堂本注同。

【解　題】

叔孫僑如驕横貪婪，後在魯國無法存身，逃奔齊國。柳宗元反對以相貌取人，認爲諸侯國之間的外交往來應按照禮節辦事，故批駁了王孫説之言。

【注　釋】

〔一〕［韓醇詁訓］僑音橋。［蔣之翹輯注］使僑如先修聘禮，且告王以成公將朝也。

〔二〕［韓醇詁訓］王孫説，周大夫也。［蔣之翹輯注］説，古悦字，下同。

【集　評】

蔣之翹輯注《柳河東集》卷四四：謂其不度於禮而刑之則太强，又恐其蔑卿而興怨則太弱，非中論也。

郤　至

晉既克楚于鄢，使郤至告慶于周①。未將事，王叔簡公飲之酒〔一〕，相説也。明日，王叔子譽諸朝。郄至見邵桓公〔二〕，與之語。邵公以告單襄公曰：「王叔子譽温季，以爲必相晉國，相晉國必大得諸侯，勸二三君子必先導焉，可以樹〔三〕。」襄公曰：「人有言曰兵在其頸，其郄至之謂乎？君子不自稱也。云云。在《太誓》曰：『民之所欲，天必從之。』王叔欲郄至，能勿從乎？」郄至歸，明年死難。及伯輿之獄，王叔陳生出奔晉②。

非曰：單子罪郄至之伐當矣。因以列數舍鄭伯、下楚子、逐楚卒，咸以爲姦〔四〕，則是後之人乘其敗追合之也。《左氏》在《晉語》言免胄之事，則曰「勇以知禮」〔五〕，於此焉而異，吾何取乎？郄氏誠良大夫，不幸其宗侈而亢，兄弟之不令，而智不能周，强不能制，遭晉厲之淫暴，讒嬖竊構以利其室，卒及於禍〔六〕。吾嘗憐焉。今夫執筆者以其及也，而必求其惡以播於後世，然則有大惡幸而得終者，則固掩矣，世俗之情固然耶？其終曰：「王叔欲郄至，能勿從乎？」斯固不足譏也已。

【校記】

① 原注與詁訓本、世綵堂本注：「告慶，舊本作獻捷。」

② 自「晉既克楚」至「出奔晉」，注釋音辯本作「郤至告捷于周，王叔簡公相説也，單襄公曰：『兵在其頸者，其郤至之謂乎？王叔欲郤至，能勿從乎？』郤至歸，明年死難。及伯輿之獄，王叔陳生

出奔晉。」詁訓本注：「自『晉克楚』至『可以樹』，新附。」原注及世綵堂本注同。

【解　題】

〔注釋音辯〕童（宗説）云：「郄」字亦作「郤」，乞逆切。〔蔣之翹輯注〕郤至，晉卿温季也。按：柳宗元認爲郤至雖好自誇，然以郤至「三伐」爲「三姦」，則是後人落井下石之語。因其敗而求其惡，有以成敗論人的意味。顯然，柳宗元主張評價歷史人物應客觀公正。否則，一成功則百好，是否將其人的惡事也掩蓋起來了呢？

【注　釋】

〔一〕〔蔣之翹輯注〕王孫簡公，周大夫王叔陳生也。

〔二〕〔蔣之翹輯注〕召桓公，王卿士。

〔三〕〔蔣之翹輯注〕單音善。單襄公，王卿士。樹謂樹黨於晉也。

〔四〕〔注釋音辯〕《周語》：「郤至曰：『吾有三伐：吾三逐楚軍之卒，勇也；見其君必下而趨，禮也；能獲鄭伯而赦之，仁也。』襄公曰：『今郤至在七人之下，而欲上之，是求蓋七人也。且郤至何三伐之有？姦仁爲佻，姦禮爲羞，姦勇爲賊。叛戰而擅舍鄭君，賊也；棄毅行容，羞也；叛國即讎，佻也。有三姦以求替其上。』」〔百家注引韓醇曰〕《周語》：「邵公初告單襄公，謂郤至曰：『吾有三伐：勇而有禮，反之以仁。吾三逐楚軍之卒，勇也；見其君必下而趨，禮也；能獲鄭伯而赦之，仁也。若是而知晉國之政，楚、越必朝。』襄公曰：『且郤至何三伐之有？夫仁、禮、勇，皆民之爲也。以義死用謂之勇，奉義順則謂之禮，畜義豐功謂之仁。姦仁爲佻，姦禮爲羞，姦勇爲賊。有三姦以求替其上，遠於德政矣。』」公謂三姦之説，自郤至死難後，後人追合之也。按：韓醇詁訓本同注釋音辯本之注。

〔五〕［注釋音辯］《晉語》：「郤至三逐楚平王卒，見王必下奔。王使問之以弓，郤至甲胄而見客，免胄而聽命。君子曰：『勇以知禮。』」［韓醇詁訓］《晉語》：「厲公六年，鄢之戰，郤至以韎韋之跗注，三逐楚平王卒，見王必下奔。退戰，王使工尹襄問之以弓曰：『方事之殷也，有韎韋之跗注，君子也。屬見不穀而下，無乃傷乎？』郤至甲胄而見客，免胄而聽命，曰：『君之外臣至，以寡君之靈，間蒙甲胄，不敢當拜君命之辱，爲使者故，敢三肅之。』君子曰：『勇而知禮。』」公謂左丘明前日既載其三姦之事，而於此所書又如此，固已自異也。

〔六〕［注釋音辯］《晉語》：「與荆人戰於鄢陵，大勝之，於是乎君伐智而多力，怠教而重斂，大其私暱，殺三郤而尸諸朝，納其室以分婦人。」注：「納，取也。室，妻妾貨財。」按：韓醇詁訓本同。

柯陵之會

柯陵之會，單襄公見晉厲公視遠步高〔一〕。晉郤錡見，其語犯；郤犨見，其語迂；郤至見，其語伐；齊國佐見，其語盡〔二〕。魯成公見〔三〕，言及晉難及郤犨之譖。單子曰：「晉將有亂，其君與三郤其當之乎？」魯侯曰：「敢問天道乎？抑人故也？」對曰：「夫合諸侯，民之大事也。其君在會，步言視聽必皆無謫，則可以知德矣。晉侯爽二①，吾是以云。今郤伯之語犯，叔迂季伐，犯則陵人，迂則誣人，伐則掩人，其誰能忍之？雖齊國子亦將與焉。立於淫亂之國，而好盡言，以招人過〔四〕，怨之本也。」簡王十一年，晉殺三郤。十三年，晉侯弑。齊人殺國武子②。

非曰：是五子者，雖皆見殺，非單子之所宜必也。而曰合諸侯，人之大事，於是乎觀存亡〔五〕，若是，則單子果巫史矣。視遠步高、犯、迂、伐、盡者，皆必乎死也，則宜死者衆矣！夫以語之迂而曰宜死，則單子之語，迂之大者，獨無謫耶〔六〕？

【校 記】

①詁訓本注：「『爽』當爲『喪』。喪二，視與步也。」蔣之翹輯注本：「舊注云『爽當爲喪』，非是。爽，差也。爽二，視與步也。」

②自「柯陵之會」至「殺國武子」，注釋音辯本作「柯陵之會，單襄公見晉厲公視遠步高，郤錡見，其語犯，郤犨見，其語迂，郤至見，其語伐，齊國佐見，其語盡。單子曰：『晉將有亂，其君與三郤當之，齊國亦將與焉。』」詁訓本注：「自『魯侯曰』至『能忍之』，自『立於淫亂』至『國武子』，皆新附。」原注及世綵堂本注同。

【解 題】

［韓醇詁訓］《春秋》魯成公十七年書：「公會尹子、單子、晉侯、齊侯、宋公、衛侯、曹伯、邾人伐鄭。六月乙酉，同盟於柯陵。」［蔣之翹輯注］柯陵，鄭西地名。按：此篇是針對單襄公言論的批評，認爲從人們的言談舉止來觀存亡，比迂者更愚蠢。柳宗元實際上是否定先知先覺。

【注 釋】

〔一〕［注釋音辯］［韓醇詁訓］單音善。［蔣之翹輯注］晉厲公，景公之子州蒲也。

〔二〕［注釋音辯］［韓醇詁訓］錡音倚，又音奇。犨，嗤周切。《國語》注云：「善惡褒貶無所諱也。」

〔蔣之翹輯注〕錡，晉卿，郤克之子駒伯也。犯，陵犯人也。犨亦晉卿，錡之族父苦成叔也。迂，迂回加誣於人。伐，好自伐其功。國佐，齊卿，國武子也。盡者，盡其心意，善惡褒貶無所諱也。

〔三〕〔蔣之翹輯注〕魯成公，宣公之子黑肱。

〔四〕〔韓醇詁訓〕招音搖。

〔五〕〔注釋音辯〕《周語》：「天合諸侯，民之大事也，於是乎觀存亡，故國將無咎。其君在會，步言視聽必皆無讁，則可以知德矣。」

〔六〕〔蔣之翹輯注〕讁，譴也。

晉孫周

晉孫談之子周適周。單襄公以告頃公曰〔一〕：「必善晉周，將得晉國。其行也文，能文則得天地。天地所祚，小而後國。夫敬，文之恭也；忠，文之實也；信，文之孚也；仁，文之愛也；義，文之制也；智，文之輿也；勇，文之帥也①；教，文之施也；孝，文之本也；惠，文之慈也；讓，文之材也。此十一者，夫子皆有焉。天六地五，數之常也〔二〕。云云。成公之歸也〔三〕，吾聞晉之筮之也，遇乾之否，曰：『配而不終，君三出焉。』一既往矣，後之不知，其次必此。且成公之生也，其母夢神規其臀以黑，曰②：『使有晉國，三而畀驩之孫。』故名之曰黑臀。於今再矣。晉襄公曰驩，此其孫也，而令德孝恭，非此而誰？必早善晉子，其當之也。」頃公許諾③。

非曰：單子數晉周之德十一〔四〕，而曰合天地之數，豈德義之言耶？又徵卦、夢以附合之〔五〕，皆不足取也。

【校記】

① 帥，原作「師」，據蔣之翹輯注本及《國語·周語下》改。

② 曰，原作「白」，據詁訓本、世綵堂本等改。

③ 自「晉孫談」至「頃公許諾」，注釋音辯本作「單襄公以告頃公，必善晉周，云云。此十一者，夫子皆有焉。天六地五，數之常也。」詁訓本注：「自『晉孫談』至『適周』，自『將得晉國』至『文之材也』，自『成公之歸』至『許諾』，皆新附。」原注及世綵堂本注同。

【解題】

此篇所批駁的仍是預言家單襄公的先驗之談。

【注釋】

〔一〕［注釋音辯］［韓醇詁訓］頃與傾同。［百家注］單音善。［蔣之翹輯注］頃公，襄公之子。

〔二〕［注釋音辯］《國語》注：「天有六氣：陰、陽、風、雨、晦、明。地有五行：金、木、水、火、土。」一本作「天五地六」者誤。［韓醇詁訓］舊本皆作「天五地六」，非是。

〔三〕［蔣之翹輯注］成公，晉文公之庶子黑臀。

〔四〕［注釋音辯］周，晉悼公名也。十一者，謂敬、忠、信、仁、義、智、勇、教、孝、惠、讓。

〔五〕［注釋音辯］《周語》：「單襄公曰：『且其夢曰：必驩之孫，實有晉國。其卦曰：必三取君於周。其德又可以君國，三襲焉。』」注：「三合，德、夢、卦也。」

穀洛鬭

靈王二十二年①，穀、洛鬭，將毀王宫，王欲壅之，太子晉諫。云云。王卒壅之。及景王，多寵人〔一〕，亂於是乎始生。景王崩，王室大亂。及定王〔二〕，王室遂卑。

非曰：穀、洛之説，與三川震同。天將毀王宫而勿壅，則王罪大矣，奚以守先王之國？壅之誠是也。彼小子之譊譊者〔三〕，又足記耶？王室之亂且卑在德，而又奚穀洛之鬭而徵之也！

【校　記】

①　注釋音辯本無此句。

【解　題】

〔注釋音辯〕〔韓醇詁訓〕《國語》注：「穀、洛，二水名也。洛在王城之南，穀在王城之北。水激有似於鬭也。靈王時，穀水盛出於王城之西而南流，合於洛水，毁王城西南，故齊人城郟。」〔蔣之翹輯注〕鬭者，兩水激有似於鬭也。按：將周王室之衰卑歸結爲築堤防水，是何等愚昧之言！柳宗元自不信之，並明確指出，政之興衰，在德而不在天。

【注　釋】

〔一〕〔蔣之翹輯注〕景王，晉之弟貴也。寵人謂子朝及臣賓孟之屬。

〔二〕〔蔣之翹輯注〕定王，頃王子。

〔三〕〔注釋音辯〕〔韓醇詁訓〕譊，女交切。太子晉早卒，不立。

【集　評】

《新刊增廣百家詳補注唐柳先生文》卷四四引黄唐曰：人君所畏者天，惟天命可以警之。今言三川之震，付之不知，穀、洛之溢，可壅而不害，則天自天、人自人，靡所敬忌，人主何憚而不爲？獨不見姚崇不信災異，卒開明皇很天之心而爲天寶之亂乎？（按：蔣之翹輯注本引作張敦頤曰。）

王觀國《學林》卷七：《國語》曰：「穀洛鬬，將毁王宫，王欲壅之，太子晉諫云云。」柳子厚非之曰：「壅之誠是也，彼小子之譊譊者，又足記耶？」觀國案：太子晉諫語，文而辨，實可嘉，秦漢以來，文士未能過，非譊譊之徒也。

何焯《義門讀書記》卷三七：《穀洛鬬》篇「天將毁王宫而勿壅」四句：恐懼修省，以圖其本，而無廢水土之政焉，則庶乎不墜於一偏矣。

大錢

景王將鑄大錢，單穆公曰〔一〕：「不可云云。可先而不備，謂之殆①。可後而先之，謂之召災〔二〕。」

非曰：古今之言泉幣者多矣〔三〕，是不可一貫，以其時之升降輕重也。幣輕則物價騰踊，物價騰踊則農無所售②，皆害也。就而言之，孰爲利？曰：幣重則利。曰：奈害農何？曰：賦不以錢，而制其布帛之數，則農不害。以錢，則多出布帛而賈，則害矣。今夫病大錢者，吾不知周之時何如哉？其曰召災，則未之聞也。左氏又於《内傳》曰〔四〕：「王其心疾死乎③〔五〕？」其爲書皆類此矣。

【校記】

①自「曰」至「謂之殆」，注釋音辯本省作「不可云云」。

②詁訓本無「物價騰踊」四字。

③乎，詁訓本作「矣」。

【解題】

單穆公反對鑄大錢，柳宗元以爲不然。認爲錢幣之值是可以升降的，應根據實際情況來決定。若錢重物輕，以實物計賦，可不害農。錢輕物重，則物價騰踊矣。此篇反映了柳宗元平抑物價的經濟思想。

【注釋】

〔一〕〔蔣之翹輯注〕穆公，王卿士，單靖公之曾孫。按：《國語·周語下》韋昭注引賈侍中曰：「大錢者，大於舊，其價重也。」

〔二〕［注釋音辯］［韓醇詁訓］《國語》注：「謂民未患輕而重之，離民匱財，是爲召災也。」
〔三〕［韓醇詁訓］錢者，金幣之名。古曰泉，後轉曰錢。
〔四〕［注釋音辯］《春秋左氏傳》及《國語》，皆左丘明所作。
〔五〕［注釋音辯］［韓醇詁訓］《左傳》昭公二十一年伶州鳩云。

【集　評】

王觀國《學林》卷七：《國語》曰：「景王將鑄大錢，單穆公不可云云，可後而先之，謂之召災。」柳子厚非曰：「病大錢者，吾不知周之時何如哉，其曰召災，則未之聞也。」觀國案：單穆公云可後之者，其必時未宜用大錢也。先之而召災者，其必時未宜用而亟用之，則法有不當於民之心者也。法不當於民之心，則亂之招也，豈惟災而已耶？

無　射

王將鑄無射〔一〕，單穆公曰①：「不可。」

非曰：鍾之大不和於律，樂之所無用，則王妄作矣。單子詞曰：「口内味，耳内聲〔二〕，聲味生氣。氣在口爲言，在目爲明。言以信名，明以時動，名以成政②，動以殖生。政成生殖，樂之至也。若視聽不和，而有震眩，則味入不精。不精則氣佚，氣佚則不和，於是有狂悖之言，有眩惑之明，有轉易之名，有過慝之度。出令不信，刑政放紛③。」而伶州鳩又曰〔三〕「樂以殖財」，又曰「離人怒神」。嗚呼，是何取於鍾之備也？吾以是怪而不信④。

或曰：移風易俗則何如？曰：聖人既理定，知風俗和恒而由吾教，於是乎作樂以象之。後之學者述焉，則移風易俗之象可見，非樂能移風易俗也。曰：樂之不能化人也，則聖人何作焉？曰：樂之來，由人情出者也，其始非聖人作也。聖人以爲人情之所不能免，因而象政令之美，使之存乎其中，是聖人飾乎樂也。所以明乎物無非道，而政之不可忘耳。孟子曰：「今之樂猶古之樂也」，「與人同樂，則王矣。」吾獨以孟子爲知樂。

【校記】

①穆，原作「襄」，世綵堂本注：「據《國語》，乃單襄公。」今據蔣之翹輯注本及《國語·周語下》改。

②名，詁訓本作「明」。

③原注：「紛，一作族，非是。」

④以是，詁訓本作「是以」。

【解　題】

［注釋音辯］潘（緯）云：射音亦。無射，夾鍾之所生。［蔣之翹輯注］無射，鐘名。謂律中無射也。按：無射爲古代十二樂律之一，此指無射鍾。柳宗元認爲音樂是人感情抒發的一種手段，並非聖人所發明，是聖人看到音樂的宣傳教育作用，以之「象政令之美」，然非音樂之本質，因而反對將音樂的作用神祕化和政治化。

【注　釋】

〔一〕［蔣之翹輯注］王，景王也。

〔二〕［注釋音辯］童（宗説）云：内，諾答切，音納。出《集韻》。按：韓醇詁訓本同。

〔三〕［注釋音辯］《國語》注：「伶，周樂官。州鳩，名也。」按：韓醇詁訓本「周」作「司」。

【集　評】

黄震《黄氏日鈔》卷六〇：愚謂子厚之論是矣，而立語易也。禮樂皆由人心生，聖人因而文之，還以導人心者也。人生而有舉動，聖人因其舉動而約之禮，否則肆矣。人生而有謳吟，聖人因其謳吟而和之樂，否則蕩矣。約之禮而和之樂，隨其事而施之用，上自朝廷，下達閭巷，使人日習而悠然契焉，非心邪念，淫聲慢色，不得以干其間，此古人禮樂之用。而治定作樂則，又子孫象祖宗之功德以薦之郊廟，所謂隨其事而施之用之大者也。單子、伶州鳩論樂之成政殖財，誠誕而無理，子厚獨指其象治，而謂不能移風易俗，又矯之太過。故曰立語易也。

蔣之翹輯注《柳河東集》卷四四：樂以觀德所由來矣，單子云云，正以論樂之本源也。若此而非之，則古人所垂教者，誰不可非邪？

律

王問律於伶州鳩，對曰云云。

非曰：律者，樂之本也，而氣達乎物，凡音之起者本焉。而州鳩之辭曰：「律呂不易，無奸物也〔一〕。和平則久，久固則純，純明則終①，終復則樂，所以成政〔二〕。」吾無取乎爾。又曰：「姬氏出自天黿，大姜之姪〔三〕，所憑神也。歲在周之分野。月在農祥，后稷之所經緯也。武王欲合是而用之〔四〕。」斯爲誣聖人亦大矣。又曰：「王以夷則畢陳，黃鍾布戎，太蔟布令，無射布憲，施捨於百姓〔五〕。」吾知其來之自矣，是《大武》之聲也，州鳩之愚信其傳，而以爲武用律也。孔子語賓牟賈之言《大武》也，曰：「《武》始自北出，再成而滅商，三成而南，四成而南國是疆，五成而分周公左、召公右，六成復綴，以崇天子，夾振之而四伐，盛威於中國〔六〕。」則是《大武》之象也。致右憲左，久立於綴〔七〕，皆《大武》之形也。夷則、黄鍾、太蔟、無射，《大武》之律變也。

【校　記】

①則，原作「以」，據諸本及《國語·周語下》改。

【解　題】

柳宗元認爲：「律者，樂之本也，而氣達乎物，凡音之起者本焉。」律本來指用於定音的竹管，後來指高低不同的十二個標準音爲十二律。柳宗元一言中的，是爲柳宗元音樂思想的基礎。可是不斷地有人將音樂神祕化和政治化，遂將樂律與陰陽五行以及天象變化附會在一起，並用作行政的一項内容。柳宗元指出，古書中關於《大武》的描述，只不過是《大武》舞的表現形式與象徵意義，别無其他，是其唯物主義思想的又一體現。

【注　釋】

〔一〕〔注釋音辯〕《周語》：「伶州鳩曰：『律吕不易，無奸物也。』」注：「律吕不變易其正，各順其時，則神無奸行，物無害生也。」按：韓醇詁訓本僅引《周語》注。

〔二〕〔注釋音辯〕同上：「和平則久，久固則純，純明則終，終復則樂，所以成政也。」注：「久，可久樂語》注。

也。固，安也。終，成也。終復，終則奏故樂也。言政象樂也。」按：韓醇詁訓本僅引《周

〔三〕［百家注］（姪）徒結切，又直質切。

〔四〕［注釋音辯］同上：「王曰：『七律者何？』對曰：『昔武王伐殷，歲在鶉火，月在大駟，星在天黿，我姬氏出自天黿，則我皇妣大姜之姪、逢公之所憑神也。歲之所在，則我有周之分野。月之所在，辰馬農祥也，我太祖后稷之所經緯也。王欲合是五位三所而用之。』」注：「天黿即玄枵，齊之分野。太姜，王季之母也，姪封於齊。鶉火，周之分野。辰馬，謂房、心也。所在大辰之次爲天駟，駟，馬也。房星，晨正而農起焉，故謂之農祥。鶉火之分，張十六度，張至房七宿七同，合七律也。歲在鶉火午，辰在天黿子。自午至子，其度七同也。」［韓醇詁訓］《國語》云：「王問七律者何？州鳩曰：『我姬出自天黿，及析木者有建星及牽牛焉，則我皇妣太姜之姪、伯陵之後逢公之所憑神也。歲之所在，則我有周之分野也。月之所在，辰馬農祥也，我太祖后稷之所經緯也。王欲合是五位三所而用之。』」注：「天黿即玄枵星，齊之分野。周之皇妣王季之母太姜者，逢伯陵之後，齊女也，故言出自天黿。歲星在鶉火，周之分野也。辰馬，房、心星也。房星，辰正而農事起，故謂之農祥。稷播百穀，故農祥后稷之經緯。謂武王欲合是五位：歲、月、日、星、辰；三所：逢公所憑神、周分野所在、后稷所經緯而用之。」公非之以爲誣。

〔五〕［注釋音辯］同上：「州鳩曰：『王以癸亥夜陳，未畢而雨。以夷則之上宮畢，王以黃鍾之下宮，

布戎於牧之野，以太蔟之下宮，布令於商，以無射之上宮，布憲於百姓。』」〔韓醇詁訓〕《語》又云：「故以七同其數，而以律和其聲，於是乎有七律。王以二月癸亥夜陳，未畢而雨，以夷則之上宮畢之，以黄鍾之下宮布戎於牧之野，以太蔟之下宮布令於商，以無射之上宮布憲施捨於百姓。」

〔六〕〔注釋音辯〕《禮記·樂記》句注：「成猶奏也，每奏《武》曲一終爲一成。始奏象觀兵孟津時，再奏象克殷時也，三奏象克殷而反也，四奏象南方之國服也，五奏象周、召分職而治也，六奏象兵還振旅也，復綴，反位止也。崇，充也。夾振之者，王與大將夾舞振鐸以爲節也。」「駟」當作「四」，每奏四伐，一擊一刺爲一伐。按：韓醇詁訓本無「駟」當作「四」之注，餘同。

〔七〕〔注釋音辯〕《樂記》：「武舞致右憲左。」又云：「久立於綴，以待諸侯之至也。」注：「致謂膝至地也。」「憲」讀爲「軒」。按：韓醇詁訓本同。

城成周

劉文公與萇弘欲城成周〔一〕，告晉。魏獻子爲政，將合諸侯。衛彪傒見單穆公曰：「萇弘其不没乎！萇叔必速及，魏子亦將及焉。若得天福，其當身乎？若劉氏，則子孫實有禍。」是歲，魏獻子焚死。二十八年，殺萇弘。及定王，劉氏亡〔二〕。

非曰：萇弘天所壞之説，吾友化光銘城周〔三〕，其後牛思黯作《訟忠》①〔四〕，萇弘之忠悉矣，學者求焉。若夫「當身」、「速及」之説，巫之無恒者之言也，追爲之耳。

【校記】

①訟，原作「頌」，據注釋音辯本、詁訓本改。原注與世綵堂本注：「（頌忠）一作『訟忠』。」注釋音辯本、詁訓本注：「訟，一本作頌。」《文苑英華》卷三六〇有牛僧孺《訟忠》，「訟」字是。

【解題】

衛彪傒從天命不可違的觀念出發，認爲萇弘作周城必遭天報應。柳宗元反對天命之論，贊賞吕温、牛僧孺的觀點，認爲《國語》中的這些記載，都是巫蠱之流事後妄加比附的結果。

【注釋】

〔一〕［韓醇詁訓］萇音長。

〔二〕［韓醇詁訓］在敬王十年。劉文公，王卿士。萇弘，周大夫萇叔也。衛彪傒，衛大夫也。魏獻子，晉正卿魏舒也。

〔三〕［注釋音辯］吕温字化光，作《古東周城銘》云：「大夫萇弘言抗其傾，坐召諸侯，廓崇王城，雖微遠猷，實被令名，宜福而禍，何傷於明。」〔韓醇詁訓〕吾友化光，吕温也。温字和叔，一字化光。化光《古東周城銘并序》云：「魯昭公三十二年，萇弘合諸侯之大夫城成周，衛傒曰：『天之所壞，不可支也。萇弘違天，必受其咎。』異歲，周人殺萇弘。左氏明證以爲世規，俾持顛之臣沮其勝氣，非所以勵尊王、垂大訓也。予經其地而作是銘。銘曰：文王受命，肇興西土。周公作洛，始會風雨。居中正本，拓闢開祚。盛則駿奔，衰則夾輔。平王東遷，九鼎已輕。二伯之後，時無義聲。大夫萇弘，言抗其傾。坐召諸侯，廓崇王城。雖微遠猷，實被令名。宜福而禍，何傷於名。立臣之本，委質定分。爲仁不卜，臨義不問。無天無神，唯道是信。國危必扶，國威必振。求而不獲，乃以死殉。興亡治亂，在德非運。罪之違天，不可以訓。升墟覽古，慨然遐憤。勒銘頽隅，以勸大順。」

〔四〕〔注釋音辯〕〔韓醇詁訓〕唐牛僧孺字思黯，作此篇以美萇弘。

【附録】

牛僧孺《訟忠》：春秋周大夫萇弘之城成周也，晉女叔寬謂弘違天，不免也。《國語》衛彪傒又云：「萇叔支天有咎也，支天壞，違天也。人道補天，反常也。誘人城周，誑人也。」左丘明皆然其言。某以爲一言喪邦，其例由斯矣。若是，則帝王不務爲政，而務稱天命；下不務竭忠，而務别興衰矣。雖欲不亡，其亡固翹足而俟矣。必謂天壞不支，自古無中興之君乎？衰運不輔，自古無持危之臣乎？殷太戊、周宣王，胡以承天壞而興乎？殷傅説、周吉甫，胡以持襄運而壽乎？二君二臣，天豈私之乎？且傒謂臣謀其君爲違天，則危而不扶爲順天乎？人道補天爲反道，則捨人徵天爲合道乎？誘人勤王爲誑人，則勸人叛王爲信人乎？辭之悖亂，有至是者。夫人道，邇也；忠者，人倫紀綱也。天道遠也，談者，人倫虛誕也。假天道以助人倫，猶慮論誣於失也。況捨人事、徵天道，棄邇求遠，無裨於教者也。又謂不得終果，由支天壞也，則趙高，秦之助壞者也；董賢，漢之助壞者也；曹爽，魏之助壞者也；賈謐，晉之助壞者也。咸家族身戮者，天不壽之。夫天之所與，豈有親者？以道承天，則天無壞者；以亂承天，則天無支者。故支壞非天也，興衰由人也。但有人不支而敗，無天不可支也。嗚呼！弘無殷宗、周宣以任之，位卑大夫，不爲王卿士，卒令强晉迫脅，非道殘勦，士死難，於弘爲得矣。奈何丘明不譏周殺忠臣，所以國危也；晉殺王臣，所以國分也。但紀弘之戮死，是神彪傒、叔寬反常之説也。謹按：魏子賞賈辛以定王室也，夫子曰：「其命也忠，當有後於晉國也。」賞忠有後，則身終不謂反天戮也，是知丘明謬聞偏見，失聖之旨甚遠。恐史册久謬誣惑，爲臣者將求事之，得不以文字申訟哉？（《文苑英華》卷三六〇）

問戰　此已下《魯語》①

長勺之役，曹劌問所以戰於嚴公云云（一）。公曰：「小大之獄，必以情斷之。」劌曰：

「可以一戰〔二〕。」

非曰：劌之問洎嚴公之對，皆庶乎知戰之本矣，而曰夫「神求優裕於饗」，「不優，神不福也」，是大不可。方鬬二國之存亡，以決民命，不務乎實而神道焉，是問則事幾殆矣。既問公之言獄也②，則率然曰「可以一戰」，亦問略之尤也③。苟公之德可懷諸侯，而不事乎戰則已耳，既至於戰矣，徒以斷獄爲戰之具，則吾未之信也。劌之辭宜曰：「君之臣謀而可制敵者誰也？將而死國難者幾何人〔三〕？士卒之熟練者衆寡？器械之堅利者何若？趨地形得上游以延敵者何所？」然後可以言戰。若獨用公之言而恃以戰，則其不誤國之社稷無幾矣。申包胥之言戰得之，語在《吴篇》中〔四〕。

【校　記】

① 注釋音辯本小字注作「魯語」。自此篇至《骨節專車楛矢》，注釋音辯本皆注作「魯語」。

② 世綵堂本注：「既問，一作聞。」

③ 世綵堂本注：「問略，一作闊略，一作『略之尤公也，苟知德可懷諸侯』。」

【解　題】

長勺之戰是春秋時有名的以弱勝强的戰例之一，魯國之所以能打敗齊國，依靠的是士氣。柳宗元在肯定曹劌問戰的基礎上，批駁了他們求神祐護的做法。柳宗元又列舉將帥、士卒、裝備、地形等，認爲此方是決定戰争勝負的最主要的條件，體現了柳宗元務實的軍事思想。

【注釋】

〔一〕［注釋音辯］潘（緯）云：劌，古衛切。嚴公，本莊公，避漢明帝諱易曰「嚴」。［韓醇詁訓］（劌）姑衛切。嚴公，《國語》作「莊公」。［蔣之翹輯注］曹劌，魯士。莊公，魯桓公之子，名同。

〔二〕［蔣之翹輯注］可以一戰，《國語》作「是則可矣」。

〔三〕［注釋音辯］［韓醇詁訓］難，乃旦切。

〔四〕［注釋音辯］《吴語》：「楚申包胥使於越曰：『敢問君王之所以與之戰者。』越王曰：『觴酒豆肉，未嘗不分也云云。』包胥曰：『善則善矣，未可以戰也。夫戰，智爲本，仁次之，勇次之。』」

按：韓醇詁訓本同。

【集評】

《新刊增廣百家詳補注唐柳先生文》卷四四引黄唐曰：子厚非魯公君臣不知治人，而求卜於神，是矣。謂斷獄爲不足以戰，則未必然。僂者怒於一笑而齊侯辱，御者忿於一羹而華元敗，赦食馬者足以出秦繆公，遺翳桑者足以赦趙宣子，事以一端起，則言亦因之。使治獄者不由公道，戮及非辜，怨結士卒，一戰取衄，安知無如羊斟之類乎？東萊吕伯恭曰：「子羔爲衛政，刖人之足，衛亂，子羔走郭門，刖者守門，曰：『於此有室。』子羔入，追者罷。子羔將去，謂刖者曰：『吾親刖子之足，此乃子報我之時也，何足逃我？』刖者曰：『君之治臣也先，後臣以法，欲臣之免於法也，臣知之。獄決罪定，臨當論刑，君愀然不樂，見於顔色，臣又知之。此臣所以脱君也。』子羔一有司耳，有哀矜之意，人猶報之若是，况莊公君臨一國，獄必以情，人之思報，豈子羔比耶？宗元乃曰『以斷獄爲戰之具，吾未之信』，歷舉將臣、士卒、地形之屬，宗元之言，而非所以戰也。」（按：黄唐之語，蔣之翹輯注本引作穆修曰。）

何焯《義門讀書記》卷三七：《問戰》長勺之役篇：此條乃非一偏之論，先儒譏之者，略於「知戰之本」一語耳。

躋僖公

夏父弗忌爲宗，蒸，將躋僖公云云。展禽曰：「夏父弗忌必有殃。若血氣强固，將壽寵得没。雖壽而没，不爲無殃。」其葬也，焚，煙徹其上〔一〕。

非曰：由「有殃」以下，非士師所宜云者，誣吾祖矣〔二〕。

【解　題】

柳下惠是以天人感應的觀念批評弗忌的，故柳宗元認爲「非所宜云」。

【注　釋】

〔一〕［注釋音辯］《國語》注：「已葬而火焚其棺槨也。徹，達也。」［韓醇詁訓］弗忌，魯大夫。宗，宗伯，掌國祭祀之禮也。烝，祭也。躋者，升也。弗忌欲升僖公於閔公之上，謂明者爲昭，其次爲穆，而不以次。宗有司皆曰非昭穆而不聽。柳下惠以爲必有殃，而其言近誣，故公謂非所宜云。《國語》注：「已葬而火焚其棺槨也。徹，達也。」

〔二〕［注釋音辯］展禽，柳下惠也。子厚常謂柳氏出於下惠之裔。按：韓醇詁訓本僅有下一句。

莒　僕

莒太子僕殺紀公〔一〕，以其寶來奔。宣公使僕人以書命季文子，里革遇之而更其書〔二〕。明日，有司復命，公詰之，僕人以里革對。公執之，里革對曰：「毀則者爲賊，掩賊者爲藏，竊寶者爲宄，用宄之財者爲姦。使君爲藏、姦者，不可不去也。臣違君命者，不可不殺也。」公曰：「寡人實貪，非子之罪也。」乃舍之①。

非曰：里革其直矣②，曷若授僕人以入諫之爲善？公之舍革也，美矣，而僕人將君命以行，遇一夫而受其更，釋是而勿誅，則無以行令矣。若君命以道而遇奸臣更之，則何如？

【校　記】

① 自「明日」至「乃舍之」，注釋音辯本省作「云云」。詁訓本注：「自『明日』以下新附。」

② 矣，詁訓本作「也」。

【解　題】

里革私自篡改君主的書信，經過一番辯言，魯宣公反而釋放了他。柳宗元從明法審令的立場出發，認爲里革雖正直，宣公處置也難以非議，但這樣做的結果將是「無以行令」，法壞政廢，是其以法治國思想的體現。

【注　釋】

〔一〕〔韓醇詁訓〕紀公生僕及季佗，既立僕，而又愛季佗而黜僕，故弑之。

〔二〕〔注釋音辯〕〔韓醇詁訓〕《魯語》注：「里革，史克也。遇僕人，見公書，以太子殺父，大逆，故更也。」〔蔣之翹輯注〕宣公，文公之子，名倭。季文子，季孫行父也。里革，魯太史，名克。

【集　評】

《王荆石先生批評柳文》卷一二：宋時猶有封詔袖敕者，今遂欲以違命誅里革，可乎？

仲孫它

季文子無衣帛之妾，無食粟之馬，仲孫它諫云云。文子以告孟獻子，孟獻子囚之七日①。自是子服之妾，衣不過七升之布，馬餼不過稂莠〔一〕。

非曰：它可謂能改過矣，然而父在焉，而儉侈專乎己，何也？七升之布，大功之縗也，居然而用之，未適乎中庸也已。

【校　記】

①注釋音辯本無「文子以告孟獻子孟」八字。

【解　題】

〔注釋音辯〕它，徒何切。按：仲孫它經過父親的懲罰，比季文子更儉樸，柳宗元認爲他是矯揉造作，是裝樣子。柳宗元有力地揭露了仲孫它的虚僞。

【注　釋】

〔一〕〔注釋音辯〕《國語》注：「獻子，它之父仲孫蔑也。子服，即它也。八十縷爲升。緵，秫也。」〔韓醇詁訓〕季文子，季孫行父也，相魯宣公、成公。仲孫它，孟獻子之子。子服，它也。布八十縷爲升。緵，秫也。

羵　羊

季桓子穿井〔一〕，得土缶，中有羊焉。使人問仲尼曰：「吾穿井獲狗，何也？」仲尼曰：「以丘所聞者，羊也。」

非曰：君子於所不知，蓋闕如也〔二〕。孔氏烏能窮物怪之形也①？是必誣聖人矣。史之記地坼犬出者有之矣〔三〕。近世京兆杜濟穿井獲土缶〔四〕，中有狗焉，投之於河，化爲龍。

【校　記】

①烏，原作「惡」，據注釋音辯本、詁訓本改。二字可通。

【解　題】

［注釋音辯］羵音墳。按：羵羊，土之怪。《國語·魯語下》注：「羵羊，雌雄不成者。」此篇意不在辨羵羊之有無，《國語》云孔子未見而知井中所出是羊，是將聖人神化，這才是柳宗元所要批駁的。

【注　釋】

〔一〕［蔣之翹輯注］季桓子，魯正卿季平子之子斯也。

〔二〕孔子言，見《論語·子路》。

〔三〕［注釋音辯］《晉·五行志》：「輔國將軍孫無終家於既陽，地中聞犬子聲，尋而地坼，有二犬子，皆白色。」［韓醇詁訓］《晉·五行志》：「大興中，輔國將軍孫無終家於既陽，地中聞犬子聲，尋而地坼，有二犬子，皆白色，一雄一雌。取而養之，皆死。後無終爲桓玄所滅。」

〔四〕杜濟，大曆五年至八年爲京兆尹。

【集　評】

蔣之翹輯注《柳河東集》卷四四：聖人博物洽聞，所云木石之怪曰夔、罔兩，水之怪曰龍、罔象，土之怪曰羵羊，此特據實而論之也。而乃曰「誣聖人」，子厚蓋誣左氏矣。

骨節專車　楛矢

吳伐越，隳會稽〔一〕，獲骨節專車〔二〕。吳子使好來聘，且問之仲尼。仲尼曰：「丘聞之，昔禹致群臣于會稽之山，防風氏後至，禹殺而戮之，其骨節專車。此爲大矣。」仲尼在陳，有隼集於陳侯之庭而死，楛矢貫之，石砮，其長尺有咫〔三〕。陳惠公使人以隼如仲尼之館問之，仲尼曰：「隼之來也遠矣，此肅慎氏之矢也①〔四〕。」

非曰：左氏，魯人也，或言事孔子，宜乎聞聖人之嘉言爲《魯語》也。盍亦徵其大者，書以爲世法？今乃取辯大骨、石砮以爲異〔五〕，其知聖人也亦外矣，言固聖人之恥也。孔子曰：「丘少也賤，故多能鄙事〔六〕。」

【校　記】

①自「吳子」至「肅慎氏之矢也」，注釋音辯本無。詁訓本注：「自『吳子』以下新附。」原注引韓醇注

及世綵堂本注同。

【解　題】

《國語》此記，意在宣揚孔子爲神人而非凡人，故柳宗元認爲左氏非知聖人者，若僅博學多識便爲聖人，對聖人的理解也太膚淺了。

【注　釋】

〔一〕［韓醇詁訓］隳，《國語》作「墮」。［蔣之翹輯注］（隳、墮）音同。會，古外切。會稽，山名。隳，壞也。吴王夫差敗越於夫椒，越王句踐棲於會稽，吴圍而壞之，在魯哀元年。

〔二〕［注釋音辯］［韓醇詁訓］《國語》注：「骨一節，其長專車。專，擅也。」

〔三〕［百家注］楛音苦。［蔣之翹輯注］楛，木名。砮，矢鏃也。八寸曰咫。

〔四〕［韓醇詁訓］肅慎，北夷之國。砮，矢中石鏃也，乃乎切。

〔五〕［注釋音辯］《魯語》又云：「仲尼在陳，有隼集於陳侯之庭而死，楛矢貫之，石砮。」楛，木名。砮，鏃也。潘（緯）云：楛，侯古切。砮音奴。

〔六〕見《論語·子罕》。

輕幣《齊語》

天下諸侯知桓公之非爲己動也，是故諸侯歸之。桓公知諸侯之歸己也，故使輕其幣而重其禮，故天下諸侯罷馬以爲幣〔一〕，縷綦以爲奉〔二〕，鹿皮四箇①。諸侯之使垂橐而入，稛載而歸②〔三〕。

非曰：桓公之苟能弔天下之敗，衛諸侯之地，貪强忌服，戎狄縮匿，君得以有其國，人得以安其堵，雖受賦於諸侯，樂而歸之矣，又奚控焉？悉國之貨以利交天下，若是耶，則區區齊人，惡足以奉天下？己之人且不堪矣③，又奚利天下之能得？若竭其國，勞其人，抗其兵，以市伯名於天下，又奚仁義之有？予以謂桓公之伯不如是之弊也④。

【校記】

① 原注與詁訓本、世綵堂本注：「《國語》作『分』」，諸本皆作『箇』。」注釋音辯本注：「《齊語》『箇』作『分』。」

② 注釋音辯本作：「桓公輕其幣而重其禮，故天下諸侯罷馬以爲幣，縷綦以爲奉，鹿皮四箇，垂橐而

入，稛載而歸。」詁訓本注：「自『天下』至『歸己也』新附。」原注與世綵堂本注同。

③ 矣，原作「焉」，據諸本改。

④ 原注與世綵堂本注：「謂，一作『爲』。」注釋音辯本、詁訓本作「爲」。

【解 題】

輕幣即減輕别國進獻的禮物。《國語》作者認爲齊桓公的霸業是用「輕幣重禮」的手段收買來的，柳宗元則認爲桓公不會做此賠本的買賣，齊國人也承擔不起。若其霸業是用如此手段籠絡諸侯國而來，又何仁義之有？

【注 釋】

〔一〕［注釋音辯］（《齊語》）注：「罷，不任用也，幣圭以馬也。」［韓醇詁訓］罷音疲。

〔二〕［注釋音辯］奉，藉玉之藻也。以縷織綦，不用絲，取易供也。分，散也。［百家注引孫汝聽曰］奉，藉也，所以藉玉之藻也。縷綦，以縷織綦，不用絲，取易共也。

〔三〕［注釋音辯］稛，鮝也。言重而歸也。潘（緯）云：綦音其，稛，苦隕切。［韓醇詁訓］稛，鮝也。《唐韻》從禾，力隼切，《集韻》苦隕切。［蔣之翹輯注］稾，豉也。垂言空而來也。稛，鮝也。言重而歸也。

【集評】

《新刊增廣百家詳補注唐柳先生文》卷四四引黄唐曰：桓公之不王而伯，惟其假仁義之名，其實則爲利耳。考《管子》之書，若通魚鹽，若賦金鐵，若作錢幣，若殺商賈，欲實囷京，則式璧也；欲傾魯、梁，則服綈也；欲制諸侯之寶，則多具石璧也；欲下代王之衆，則貴買狐白也。朝夕汲汲，惟利爲謀，其用厚禮以交諸侯，蓋市四鄰之歡心，亦僞而不誠也。子厚乃以爲公之仁義，必無利交之事，子厚固誠齊人乎？（按：蔣之翹輯注本引作沈晦曰，唯「桓公」作「威公」。）

卜　此已下《晉語》①

獻公卜伐驪戎〔一〕，史蘇占之曰：「勝而不吉。」

非曰：卜者，世之餘伎也，道之所無用也。聖人用之，吾未之敢非②，然而聖人之用也③，蓋以驅陋民也，非恒用而徵信矣。爾後之昏邪者神之，恒用而徵信焉，反以阻大事。要言④，卜史之害於道也多，而益於道也少，雖勿用之可也。左氏惑於巫而尤神怪之，乃始遷就附益以成其説，雖勿信之可也。

【校　記】

①注釋音辯本自此篇至下卷《董安于》，題下小字注皆作「晉語」。

②之，原作「知」，據諸本改。

③自「聖人用之」至「之用也」十六字，詁訓本無。

④言，世綵堂本作「之」。

【解　題】

柳宗元不信天命，反對占卜，故對《國語》中的卜史之言深惡痛絶。認爲聖人或用之「以驅陋民」，作爲偶一用之的愚民手段是可以的，然不可恒用而徵信。

【注　釋】

〔一〕［蔣之翹輯注］獻公，晉武公之子詭諸也。驪戎，西戎之别在驪山者。

【集　評】

王觀國《學林》卷七：《國語》曰：「獻公卜伐驪戎。」柳子厚非曰：「卜者，聖人用以驅陋民也，非常用而取信焉，雖勿用之、勿信之可也。」觀國案：聖人於卜筮有所謂通天下之志、成天下之務、定天下之業、斷天下之疑者，其妙至於窮神知化，非但驅陋民而已也。

蔣之翹輯注《柳河東集》卷四四：翹按：史蘇論卜，未言褒姒與虢石比，而亡周已無可考。然虢石，佞人，猶可言也，若夫伊尹比妹喜、膠鬲比妲己，不經殊甚，不知子厚何以不非之。

何焯《義門讀書記》卷三七：《卜》獻公卜伐驪戎篇「卜者世之餘伎也，道之所無用也」：《易》、《洪範》之言，柳子固嘗誦之矣，何立論之易也！

郭偃　與前伐驪戎事相屬①

郭偃曰：「夫口，三五之門也〔一〕。是以讒口之亂，不過三五〔二〕。」

非曰：舉斯言而觀之，則愚誣可見矣。

【校　記】

①注釋音辯本、詁訓本皆無題下小字注。

【解　題】

郭偃將三辰五行與讒口三五扯在一起，故柳宗元斥之爲「愚誣」。

【注　釋】

〔一〕［注釋音辯］元注云：「口以紀三辰，言以宣五行。」［蔣之翹輯注］郭偃，晉大夫卜偃。按：「元注云」原闕，韓醇詁訓本同。「元注」指《國語》韋昭注。

〔二〕［注釋音辯］元注云：少三，若多則五也。按：「元注云」原闕，韓醇詁訓本同。

公子申生

申生曰：「棄命不敬，作令不孝，間父之愛而嘉其貺，有不忠焉，廢人以自成，有不貞焉〔一〕。」

非曰：申生於是四者咸得焉。昔之儒者，有能明之矣，故予之辭也略。

【解　題】

申生囿於敬、孝、忠、貞的觀念，拒絕了臣下的規勸，終被驪姬陷害而自殺。柳宗元對於申生的行爲未明加臧否，似有隱衷。

【注　釋】

〔一〕〔韓醇詁訓〕申生，晉獻公太子也。獻公將黜之而立奚齊，諸臣使圖之，申生曰：「吾其止也。」

按：百家注本引韓醇申生曰作「云云。吾其止也」。

【集　評】

蔣之翹輯注《柳河東集》卷四四：申生賢矣，但拘拘於臣子之小節，而不知邦國之大本，是以不免於難，千古有遺悲焉。子厚以爲「予之辭也略」，豈申生無可議乎？

狐　突

公使太子伐東山〔一〕，狐突御戎〔二〕。至於稷桑，翟人出逆〔三〕。申生欲戰，狐突諫曰：「不可。」申生曰：「君之使我非歡也，抑欲測吾心也。不戰而反，我罪滋厚。我戰雖死，猶有名焉。」果戰①，敗翟於稷桑而反②。讒言益起，狐突杜門不出。君子曰：「善深謀。」

非曰：古之所謂善深謀，居乎親戚輔佐之位，則納君於道，否則繼之以死，唯己之義所在莫之失之謂也。今狐突，以位，則戎禦也③；以親，則外王父也。申生之出，未嘗不從，覩其將敗而杜其門，則姦矣，而曰「善深謀」，則無以勸乎事君也已。丕鄭曰：「君爲我心〔四〕。」里克曰：「中立〔五〕。」晉無良臣，故申生終以不免。

【校記】

①自首句至「果戰」，注釋音辯本無。原注與詁訓本、世綵堂本注：「自『公使太子』至『果戰』新附。」

②翟，注釋音辯本作「狄」。

③注釋音辯本、詁訓本注：「禦，合作御。」

【解題】

在晉國行將内亂的情況之下，狐突、丕鄭、里克等大臣明哲保身，《國語》作者反而稱贊他們，柳宗元嚴厲批評了這種觀點。柳宗元對狐突等人的批評當是有感於永貞革新時的現實而發。

【注釋】

〔一〕［韓醇詁訓］獻公十七年。太子，申生也。獻公欲黜之。欲使爲此行而觀之。

〔二〕［蔣之翹輯注］狐突，晉同姓，唐叔之後，狐偃之父。

〔三〕［蔣之翹輯注］稷桑，皋落翟地。逆，拒也。

〔四〕［注釋音辯］［韓醇詁訓］《晉語》：「丕鄭曰：『我無心，是故事君者，君爲我心，制不在我。』」注：「我無心者，不得自在也。君爲我心，以君爲心。」按：見《國語·晉語二》。

〔五〕［注釋音辯］同上：「里克曰：『吾秉心以殺太子，吾不忍通復故交，吾不敢，中立其免乎？』」注：「中立不阿，君亦不助太子也。」按：韓醇詁訓本同。見《國語·晉語二》。

【集評】

蔣之翹輯注《柳河東集》卷四四：翹按：狐突爲太子謀曰：「惠父而遠死，惠衆而利社稷。」未嘗不納君於道也。子厚但以其杜門而議之，亦未知聖人所稱管仲不死之義矣。

何焯《義門讀書記》卷三七：《狐突》篇「以親則外王父也」：據《左傳》：晉獻公烝於齊姜，生秦穆夫人及太子申生，大戎狐姬生重耳，文公謂狐偃爲舅氏，特以母之同姓故耳。若狐姬，固非突之女也，柳子乃以突爲申生之外王父，何所本耶？

虢　夢

虢公夢在廟，有神面白毛、虎爪，執鉞立於西阿之下云云。公覺，且使國人賀夢。舟之僑告諸其族曰〔二〕：「衆謂虢不久，吾今知之。」以其族行，適晉①。

非曰：虢，小國也，而泰以招大國之怒〔三〕，政荒人亂，亡夏陽而不懼，而猶用兵窮武，以增其讎怨，所謂自拔其本者。亡，孰曰不宜，又惡在乎夢也？舟之僑誠賢者歟？則觀其政可以去焉。由夢而去，則吾笑之矣。

【校記】

① 以上注釋音辯本作「虢公夢在廟，有神面白毛、虎爪，執鉞立於西阿之下云云。舟之僑以其族行，適晉。」原注與詁訓本、世綵堂本注：「自『公覺』至『知之』新附。」

【解題】

虢國政荒民困，然將國亡與虢公的惡夢聯繫在一起，是荒謬的。故柳宗元嘲笑舟之僑的因虢公之夢而出走。

【注釋】

〔一〕〔蔣之翹輯注〕虢公，文王弟虢仲之後，名醜。舟之僑，虢大夫。

〔二〕泰，驕縱奢侈。

童謡

獻公問於卜偃曰：「攻虢何月也？」對曰：「童謡有之，曰丙之辰云云。」非曰：童謡無足取者，君子不道也。

【解　題】

晉獻公問攻打虢國的日期，卜偃以童謡爲決定，柳宗元斥之「無足取」。古代史書中關於童謡的記載亦多矣，往往以之爲某歷史事件的前兆，蓋民間流行的歌謡是民衆心聲的反映，所謂可以觀民風焉，其中也可有某種期待，若預言也可能以後得到應驗，但非必然。無應驗者亦多矣，史家不記而已。故柳宗元反對以童謡作爲預測未來的依據。

【集　評】

王觀國《學林》卷七：《國語》曰：「獻公問於卜偃曰：『攻虢何月也？』對曰：『童謡有之。』」柳子厚非曰：「童謡無足取者，君子不道也。」觀國案：《詩》、《書》有曰古人有言，有曰夏諺，有曰周諺，此皆與童謡一體，蓋皆君子之言也，特假曰古人、曰夏諺、曰周諺、曰童謡爾。故《詩》三百率多婦人、女子、小夫、賤者之所爲，苟其言有理而不悖於道，雖童謡何傷焉！

吴曾《能改齋漫録》卷一〇：王觀國《學林新編》辨柳子厚《非國語》曰：獻公問於卜偃……以上皆觀國説。予按：《列子》載堯治天下五十年，不知天下之治與不治、億兆之願戴己與不願戴己，顧問左右外朝及在朝，皆不知也。堯乃微服遊於康衢，聞童兒謡曰：「立我蒸民，莫匪爾極。不識不知，順帝之則。」堯喜問曰：「誰教爾爲此言？」童兒曰：「聞之大夫，大夫曰古詩也。」堯還宫，召舜，因禪以天下，舜不辭而受之。夫子厚以謡爲不足取，固已非矣，觀國排之，不能引此，而姑以夏周之諺，又何陋耶！

《王荆石先生批評柳文》卷一二：童謡豈得盡棄？

宰周公

葵丘之會，獻公將如會〔一〕，遇宰周公〔二〕，曰：「君可無會也。夫齊侯將施惠出責，是之不果奉，而暇晉是皇〔三〕。」公乃還。宰孔曰：「晉侯將死矣。景、霍以爲城，而汾、河、涑、澮以爲淵〔四〕，戎狄之民實環之，汪是土也〔五〕，苟違其違〔六〕，誰能懼之？」是歲，獻公卒①。

非曰：凡諸侯之會霸主②，小國則固畏其力而望其庥焉者也，大國則宜觀乎義，義在焉則往，以尊天子，以和百姓。今孔之還晉侯也，曰「而暇晉是皇〔七〕」，則非吾所陳者矣。又曰：「汪是土也，苟違其違，誰能懼之〔八〕？」則是恃乎力而不務乎義，非中國之道也。假令一失其道以出，而以必其死，爲書者又從而徵之〔九〕，其可取乎？

【校　記】

① 以上注釋音辯本作「葵丘之會，獻公將如會，遇宰周公云云。公乃還。宰孔曰：『晉侯將死矣云云。』是歲，獻公卒。」原注與詁訓本、世綵堂本注：「自『君可無會』至『是皇』，自『景霍』至『懼之』，新附。」

② 主，原作「王」，據諸本改。

【解　題】

此篇爲針對宰周公語的批判。宰周公勸阻晉獻公不要赴齊桓公的葵丘之會，並説晉國完全可以自己稱霸，柳宗元認爲這是憑仗武力而拋棄道義的言論。

【注釋】

〔一〕［韓醇詁訓］魯僖公九年，齊桓公盟諸侯於葵丘。

〔二〕［蔣之翹輯注］宰周公，王卿士宰孔也。爲冢宰，食采於周，故云周公。自會先歸，遇獻公於道。

〔三〕［韓醇詁訓］暇，謂不暇以晉爲務也。

〔四〕［韓醇詁訓］《晉語》注：「霍，晉山名。」［蔣之翹輯注］涑音速。景，大也。大霍，晉山名。汾、河、涑、澮，四者皆晉水名。按：景，山名。李吉甫《元和郡縣圖志》卷一二絳州：「景山，在（聞喜）縣東南十八里。」

〔五〕［韓醇詁訓］環，繞也。汪，大也。

〔六〕［韓醇詁訓］上違，違去也。其違，違道也。

〔七〕［注釋音辯］《晉語》：「宰周公曰：『齊侯將施惠出責，是之不果奉，而暇晉是皇。』」注謂「不暇以晉爲務也」。

〔八〕［注釋音辯］同上：「晉景霍以爲城，而汾、河、涑、澮以爲渠，戎狄之民實環之，汪是土也，苟違其違，誰能拒之？」注：「霍，晉山名。環，繞也。汪，大也。苟違，違去也。其違，違道也。」

〔九〕［蔣之翹輯注］徵，證也。

荀息

里克欲殺奚齊〔一〕，荀息曰〔二〕：「吾有死而已。先君問臣於我，我對以忠貞。」既殺奚齊，荀息將死之，人曰：「不如立其弟而輔之。」荀息立卓子。里克又殺卓子①，荀息死之。君子曰：「不食其言矣。」

非曰：夫「忠」之爲言中也，「貞」之爲言正也，息之所以爲者有是夫？間君之惑，排長嗣而擁非正，其於中正也遠矣。或曰：「夫已死之不愛，死君之不欺也，抑其有是，而子非之耶？」曰：子以自經於溝瀆者舉爲忠貞也歟②？或者：「左氏、穀梁子皆以不食其言，不食其言③，然則爲信可乎？」曰：又不可。不得中正而復其言，亂也，惡得爲信？曰：「孔父、仇牧〔三〕，是二子類耶？」曰：不類。曰：「不類④，則如《春秋》何？」曰：《春秋》之類也，以激不能死者耳。孔子曰「與其進不保其往也〔四〕」。《春秋》之罪許止也，隱忍焉耳〔五〕。其類荀息也亦然，皆非聖人之情也。枉許止以懲不子之禍⑤，進荀息以甚苟免之惡，忍之也。吾言《春秋》之情，而子徵其文，不亦外乎？故凡得《春秋》者，宜是乎我也，此之謂信道哉！

【校　記】

①自「既殺」至「卓子」，注釋音辯本省作「云云」。原注與詁訓本、世綵堂本注：「自『既殺』至『卓子』新附。」

②經，原作「涇」，據諸本改。

③世綵堂本不重出「不食其言」。注釋音辯本、詁訓本注：「一本無此四字。」

④詁訓本、世綵堂本不重出「曰不類」。

⑤枉，原作「杜」，據諸本改。

【解　題】

〔韓醇詁訓〕公集中有《與元饒州論春秋書》，亦及《春秋》書荀息之事，云：「某嘗著《非國語》六十餘篇，其一篇爲息發也，今録以往。」即此也。書意皆與此篇同。按：荀息以死來報答晉獻公對自己的信任，《國語》對其贊揚有加，柳宗元則認爲荀息的行爲算不得忠貞。

【注　釋】

〔一〕〔韓醇詁訓〕晉獻公寵驪姬，既殺太子申生而立奚齊，公子重耳奔狄，夷吾奔秦。至是獻公卒，里克欲殺奚齊而逆重耳。

〔二〕［蔣之翹輯注］荀息，奚齊傅。

〔三〕［注釋音辯］《春秋》桓公二年，宋督弒其君與夷及其大夫孔父。莊公十二年，宋萬弒其君捷及其大夫仇牧。僖公十年，里克弒其君卓及其大夫荀息。按：韓醇詁訓本末云：「其法皆同。」

〔四〕《論語·述而》：「人潔，己以進，與其潔也，不保其往也。」

〔五〕［注釋音辯］《春秋》昭公十九年，許世子止弒其君買。《左傳》云：「許悼公瘧，飲太子止之藥而卒，書曰『弒其君』。」［韓醇詁訓］昭公十九年，許世子止弒其君買。《左氏》云：「許悼公瘧。五月，飲太子之藥而卒。太子奔晉。書曰『弒其君』。君子曰：『盡心力以事君，舍藥物可也。』」

【集　評】

《王荆石先生批評柳文》卷一二：忍之豈可以云聖人？

何焯《義門讀書記》卷三七：《荀息》篇「吾言《春秋》之情，而子徵其文，不亦外乎」：《春秋》之情，不外乎文也。

柳宗元集校注卷第四十五

非國語下 三十六篇

狐偃

里克既殺卓子，使屠岸夷告重耳曰〔一〕：「子盍入乎？」舅犯曰：「不可云云。」秦穆公使公子縶弔重耳曰〔二〕：「時不可失。」舅犯曰：「不可云云。」

非曰：狐偃之爲重耳謀者，亦迂矣。國虛而不知入，以縱夷吾之昏殆〔三〕，而社稷幾喪。徒爲多言，無足采者。且重耳，兄也；夷吾，弟也。重耳，賢也；夷吾，昧也。弟而昧，入猶可終也，兄而賢者，又何慄焉①？使晉國不順而多敗，百姓之不蒙福，兄弟爲豺狼以相避於天下，由偃之策失也②。而重耳乃始倀倀焉遊諸侯〔四〕，陰蓄重利，以幸其弟死，獨何心歟？僅能入而國以霸，斯福偶然耳③，非計之得也。若重耳早從里克、秦伯之言而入，則國可以無嚮者之禍，而兄弟之愛可全，而有分定焉故也。夫如是，足以爲諸侯之孝④，又何戮笑於天下哉？

【校記】

① 原注與詁訓本、世綵堂本注：「慄，一作怯。」

② 詁訓本無「也」字。

③ 原注與詁訓本、世綵堂本注：「偶，一作禍。」注釋音辯本作「禍」，並注：「一本『禍』作『偶』。」

④ 「足」字原闕，原注與注釋音辯本、世綵堂本注：「（『以』字上）一有『足』字。」據補。

【解題】

狐偃從愚腐的道義觀出發，極力勸阻重耳回國繼承君位，柳宗元則從國家情況與民衆利益出發，認爲狐偃不識時務。

【注釋】

〔一〕〔韓醇詁訓〕屠岸夷，晉大夫也。

〔二〕〔蔣之翹輯注〕縶，秦公子子顯也。

〔三〕〔韓醇詁訓〕初，里克及秦穆公既告重耳，又使告公子夷吾於梁，重耳以舅犯之言不入，夷吾以冀芮之言而入，是爲惠公。惠公之惡，後篇可見矣。［蔣之翹輯注］夷吾，獻公庶子，重耳弟也。

〔四〕［注釋音辯］潘（緯）云：倀，抽良切。［韓醇詁訓］倀，丑良切。［蔣之翹輯注］《説文》：「倀倀，失道貌。」

【集　評】

《王荆石先生批評柳文》卷一二：未然。

蔣之翹輯注《柳河東集》卷四五：舅犯，一霸佐耳，觀其兩不可之言，皆以仁義自處，不務徼倖以得國，實可與孟夫子行仁政之言相表裏者。子厚乃譏其迂而又重罪之，此己之勝得之念勝，故從而爲之辭也，其爲叔文所黨，宜哉！

輿人誦

惠公入而背内外之賂，輿人誦之曰〔一〕：「云云。得之而狃〔二〕，終逢其咎。喪田不懲，禍亂其興〔三〕。」既里、丕死禍①，公隕於韓〔四〕。郭偃曰：「善哉！夫衆口，禍福之門也〔五〕。」

非曰：惠公、里、丕之爲也，則宜咎禍及之矣，又何以神衆口哉？其曰「禍福之門」，則愈陋矣。

【校記】

①丕，諸本皆作「丕」，並注：「丕音丕。」即「丕」字，故據《國語·晉語三》改。下文之「丕」字亦如之。「死禍」二字原闕，據諸本補。注釋音辯本、詁訓本注：「一本有『禍』字。」原注與世綵堂本注：「一云『死禍』。」《國語·晉語三》作「死禍」。

【解題】

晉惠公、里克、丕鄭等背信棄義，晉人編歌謠諷刺他們，後三人皆無好結果，郭偃認爲是歌謠起的作用。柳宗元批判了郭偃之言，認爲他們罪有應得，是他們行爲的必然結果。

【注釋】

〔一〕〔蔣之翹輯注〕背音佩。輿，衆也。不歌曰誦。

〔二〕〔韓醇詁訓〕（狃）女九切。

〔三〕〔蔣之翹輯注〕得之而狃，謂惠公。喪田不懲，謂丕鄭。

〔四〕〔蔣之翹輯注〕既，已也。秦伐晉，戰於韓，獲惠公以歸，隕其師徒。在魯僖公十五年。

〔五〕〔注釋音辯〕《國語》注：「輿，衆也。不歌曰誦。惠公二年，殺里克、丕鄭。偃，晉大夫，善輿人之誦豫知之，故云『衆口禍福之門』也。」

【集評】

蔣之翹輯注《柳河東集》卷四五：郭偃又曰：「是以君子省衆而動，監戒而謀，謀度而行。」則其爲戒亦深矣。子厚乃過爲非之，何爲也哉？

葬恭世子

惠公出恭世子而改葬之，臭達於外〔一〕，國人頌之曰：「云云。歲之二七，其靡有徵兮①。若翟公子〔二〕，吾是之依兮。安撫國家②，爲王妃兮〔三〕。」郭偃曰：「十四年，君之冢嗣其替乎？其數告於人矣。公子重耳其入乎？其魄兆於人矣〔四〕。若入，必霸於諸侯，其光耿於民矣③〔五〕。」

非曰：衆人者言政之善惡，則有可采者，以其利害也，又何以知君嗣二七之數與重耳之伯？是好事者追而爲之，未必偃能徵之也，況以是故發耶④？

【校記】

①原注與世綵堂本注：「一作『無有徵者』。」

②安，注釋音辯本作「鎮」。按：《國語·晉語三》作「鎮」，柳宗元父名柳鎮，當是避父諱所改。

③光耿，諸本皆作「耿光」，注釋音辯本注：「《晉語》『耿光』作『光耿』。」故據《國語·晉語三》乙轉。

④原注與注釋音辯本、詁訓本、世綵堂本注：「一本『是』作『臭』。」當作「臭」。

【解題】

柳宗元肯定民謡的政治意義，但不認爲民謡有預言性，凡預言得證實者，皆好事者追爲之，是其反對讖緯迷信思想的體現。

【注釋】

〔一〕［注釋音辯］《晉語》「臭」作「臭」。［韓醇詁訓］「臭」與「臭」同。［蔣之翹輯注］太子申生死，國人謚爲恭君。獻公時，申生葬不如禮，故改葬之。惠公烝於獻公夫人賈君，故申生臭達於外，不欲爲無禮所葬也。

〔二〕［注釋音辯］《晉語》「翟」作「狄」。［韓醇詁訓］恭世子，申生也。翟公子，重耳也。「翟」與「狄」同。［蔣之翹輯注］靡，無也。

〔三〕［蔣之翹輯注］妃，滂佩切。言重耳當霸諸侯，爲王匹偶也。
〔四〕［百家注引孫汝聽曰］魄，形也。兆，見也。
〔五〕［注釋音辯］（《國語》）注：「二七，十四歲後也。狄公子，謂重耳。言重耳當伯諸侯，爲王妃偶。冢嗣，太子也。替，滅也。耿猶昭也。」童（宗説）云：耿，古迥切，與「炯」同。［百家注引韓醇曰］耿，猶照也。

殺里克

惠公既殺里克而悔之，曰：「芮也使寡人過殺社稷之鎮〔一〕。」郭偃聞之曰：「不謀而諫者冀芮也，不圖而殺者君也①。不謀而諫不忠，不圖而殺不祥。不忠受君之罰，不祥罹天之禍②。受君之罰死戮，罹天之禍無後③〔二〕。」

非曰：芮之陷殺克也，其不祥宜大於惠公，而異其辭，以配君罰天禍④，皆所謂遷就而附益之者也。

【校　記】

① 自「不謀而諫」至「君也」原闕，詁訓本同，注釋音辯本作「不謀而諫，不圖而殺」。此從世綵堂本。

②罹，注釋音辯本作「離」。
③罹，注釋音辯本作「離」。
④詁訓本無「天禍」二字。

【解題】

柳宗元認爲郭偃的這些説法都是《國語》作者宣揚天命而附會牽就出來的。

【注釋】

〔一〕〔韓醇詁訓〕芮，冀芮也。鎮者，重也。

〔二〕〔注釋音辯〕元注云：「文公殺懷公於高梁，秦人殺冀芮而施之。」按：百家注本、韓醇詁訓本無「元注曰」，餘同。何焯校本云：「二句亦非自注，下句則《國語》本文也。」

獲晉侯

秦穆公歸，至于王城〔一〕，合大夫而謀曰：「殺晉君與逐出之，與以歸與復之，孰利？」公子縶曰〔二〕：「殺之利。」公孫枝曰〔三〕：「不可。」公子縶曰①：「吾將以重耳代之。晉君之無道莫不聞②，重耳之仁莫不知，殺無道立有道，仁也。」公孫枝曰：「恥一國之士，又曰『余納有道以臨汝』，無乃不可乎〔四〕？不若以歸，要晉國之成，復其君而質其適子〔五〕，使子父代處秦③，國可以無害。」

非曰：秦伯之不霸天下也，以枝之言也。且曰「納有道以臨汝」，何故不可？縶之言殺之也，則果而不仁，其言立重耳，則義而順。當是時，天下之人君莫能宗周，而能宗周者，則大國之霸基也。向使穆公既執晉侯，以告于王曰：「晉夷吾之無道莫不聞，重耳之仁莫不知，且又不順，既討而執之矣。」於是以王命黜夷吾而立重耳，咸告于諸侯曰：「吾討惡而進仁，既得命于天子矣，吾將達公道于天下。」則天下諸侯無道者畏④，有德者莫不皆知嚴恭欣戴而霸秦矣⑤。周室雖卑，猶是王命，命穆公以爲侯伯⑥，則誰敢不服？夫如是，秦之所耻者亦大矣⑦。棄至公之道而不知求⑧，姑欲離人父子而要河東之賂〔六〕，其舍大務小、違義從利也甚矣，霸之不能也以是夫！

【校　記】

① 「公」原闕，據諸本補。

② 君之，原作「之君」，據《國語·晉語三》改。

③子父，原作「父子」，據《國語·晉語三》改。詁訓本作「子代父處」。

④詁訓本無「則天下」三字。

⑤原注與注釋音辯本、詁訓本、世綵堂本注：「一本『莫不』作『慕』字。」

⑥注釋音辯本無下「命」字。

⑦原注與注釋音辯本、詁訓本、世綵堂本注：「耻，一本作『集』字。」

⑧原注與世綵堂本注：「一作『至公大中之道』。」注釋音辯本注：「『至公』下一本有『大中』字。」詁訓本注：「一作『至公大同之道』。」

【解　題】

此篇爲柳宗元對秦穆公處理外交與國政事務的評論，批評了秦穆公舍大務小、違義從利的做法。然在春秋大國争霸的情况下，晉强即秦弱，讓不得人心的晉惠公回國當國君，顯然對秦有利，秦穆公何暇顧及晉人！

【注　釋】

〔一〕〔韓醇詁訓〕晉惠公五年，秦帥師侵晉，獲晉侯以歸。〔百家注〕王城，秦地。

〔二〕〔百家注〕縶，丁立切。

〔三〕［蔣之翹輯注］枝，子桑也。
〔四〕［蔣之翹輯注］謂雖立有道，君父之耻未刷。
〔五〕［注釋音辯］潘（緯）云：質音至。適，丁歷切。［韓醇詁訓］質，脂利切。
〔六〕［韓醇詁訓］是役也，秦取晉河東之地而置官司。［蔣之翹輯注］在魯僖十五年。

【集評】

《王荆石先生批評柳文》卷一二：初以忿交兵，而遂勸其請命廢立，以常人行非常之事，天下難服之。

慶鄭

丁丑，斬慶鄭，乃入絳〔一〕。

非曰：慶鄭誤止公〔二〕，罪死可也，而其志有可用者。坐以待刑〔三〕，而能舍之，則獲其用亦大矣。晉君不能由是道也，悲夫！若夷吾者，又何誅焉？

【解　題】

此篇評晉惠公只圖報復，必欲慶鄭死而後快，而不知慶鄭亦有可用之處也。

【注　釋】

〔一〕［韓醇詁訓］初，秦侵晉，晉師潰，惠公號慶鄭曰：「載我。」慶鄭曰：「忘善而背德，又廢吉卜，何我之載？」君遂止於秦。秦既歸惠公，惠公故斬之。止，獲也。按：百家注本引孫汝聽注同。

〔二〕［注釋音辯］《晉語》：「蛾析謂慶鄭曰：『君之止，子之罪也。』」注：「止，獲也。」

〔三〕［注釋音辯］同上：「公至於絳郊曰：『鄭也有罪，猶在乎？』慶鄭曰：『臣是以待即刑，以成君政。』君曰：『刑之。』蛾析曰：『君盍赦之。』君曰：『斬鄭，無使自殺。』令司馬説刑之。」［韓醇詁訓］惠公未至，蛾晳謂慶鄭曰：「君之止，子之罪也。今君將來，子何俟？」慶鄭曰：「君若來，將待刑以快君志。」及惠公入，蛾晳欲舍之，惠公不可。

乞食於野人

文公在狄十二年，將適齊，行過五鹿①〔一〕，野人舉塊以與之，公子怒，欲鞭之。子犯曰：「天賜也。人以土服②，又何求焉？十有二年，必獲此土，有此其以戊申乎③〔二〕？」

非曰：是非子犯之言也，後之好事者爲之。若五鹿之人獻塊，十二年以有衛土，則涓人疇枕楚子以塊〔三〕，後十二年其復得楚乎④？何没而不云也，而獨載乎是？戊申之云，尤足怪乎！

【校記】

①以上注釋音辯本作「過五鹿」。

②原注與詁訓本、世綵堂本注：「人，《國語》作『民』。」

③「乎」上原有「云」，據《國語·晉語四》删。

④乎，詁訓本作「子」。

【解題】

子犯爲勸慰重耳之言，姑妄聽之可也。若以此言當真，涓人疇曾枕楚靈王以塊，如何未有得土之應也？柳宗元斥之，是也。然以爲非子犯之言，也太把謊言當真了。

【注　釋】

〔一〕〔韓醇詁訓〕五鹿，衛地。

〔二〕〔注釋音辯〕《晉語》注：「塊，墣也。戊，土也。申，廣大地也。」

〔三〕〔注釋音辯〕《吴語》：「楚靈王徬徨於山林之中，乃見其涓人疇，王枕其股以寢於地。王寐，疇枕王以墣而去之。」按：百家注本引孫汝聽注「墣」作「塊」。

懷　嬴

秦伯歸女五人，懷嬴與焉〔一〕。

非曰：重耳之受懷嬴，不得已也。其志將以守宗廟社稷，阻焉，則懼其不克也。其取者大，故容爲權可也。秦伯以大國行仁義，交諸侯，而乃行非禮以强乎人，豈習西戎之遺風歟？

【解　題】

重耳納懷嬴，於禮爲不合，柳宗元此篇則爲重耳作辯護，遂將非禮的責任歸爲秦穆公。

【注釋】

〔一〕［注釋音辯］《國語》注：「歸，嫁也。懷嬴，故子圉妻。」［韓醇詁訓］晉文公重耳過秦，而秦歸之女也。懷嬴，故子圉妻。子圉，惠公夷吾子也，質於秦，逃歸，而立爲懷公，故曰懷嬴。

【集評】

《新刊增廣百家詳補注唐柳先生文》卷四五引黄唐曰：國之命在禮，人倫之教化，尤嚴於有國之初。子厚謂文公取國爲大，納懷嬴爲小，愚謂明人倫、立教化，正始之大者也。人倫不明，教化不立，雖取威定伯，何益於久遠哉！穆公之納懷嬴失矣，然公悔過於崤，幾於聖賢用心，則在重耳者猶可不受，今也安然聽之，可以志在國家社稷而藉口乎？（按：蔣之翹輯注本引作穆修曰）

黄震《黄氏日鈔》卷六〇：愚謂秦之歸固非矣，重耳之受亦非也，不得已而受，亦終始禮待之可也。

筮

公子親筮之，曰：「尚有晉國。」得貞《屯》、悔《豫》皆八〔一〕，筮史占之，皆曰不吉①。司空季子曰〔二〕：「吉云云。」

非曰：重耳雖在外，晉國固戴而君焉，又況夷吾死，圉也童昏以守内〔三〕，秦、楚之大以翼之，大夫之强族皆啟之，而又筮焉，是問則末矣。季子博而多言，皆不及道者也，又何載焉！

【校　記】

① 皆曰，原作「曰皆」，據《國語·晉語四》改。

【解　題】

柳宗元反對以占卜決事，故對司空季子之言嗤之以鼻，並批評《國語》專載此類事之荒誕。

【注　釋】

〔一〕〔蔣之翹輯注〕内曰貞，外曰悔，震下坎上屯，坤下震上豫。得此兩卦，震在屯爲貞，在豫爲悔。八謂震兩陰爻，在貞在悔皆不動，故曰皆八，謂爻無爲也。

〔二〕〔蔣之翹輯注〕季子，晉大夫胥臣白季也。

〔三〕〔注釋音辯〕惠公名夷吾，懷公名圉。

董因

董因迎公於河〔一〕，公問焉，曰：「吾其濟乎？」對曰：「歲在大梁云云。」

非曰：晉侯之入，取於人事備矣，因之云可略也，大火、實沉之説贅矣〔二〕。

【解題】

董因之言，從星象、卜筮的觀念出發，論證重耳回國，不僅能得政權，而且能稱霸諸侯，故柳宗元稱爲冗贅。

【注釋】

〔一〕〔蔣之翹輯注〕因，周太史辛有之後。傳曰：「辛有之二子，董之晉。故晉有董史。」

〔二〕〔注釋音辯〕《晉語》：「董因曰：『歲在大梁，將集天行，元年始受，實沈之星也。實沈之墟，晉人所居，所以興也。今君當之，無不時矣。君之行也，歲在大火，是謂大辰。』」注：「公以辰出而參入。」〔韓醇詁訓〕大梁、大火、實沉，皆星名。

命官

胥、籍、狐、箕、欒、郤、柏、先、羊舌、董、韓①，實掌近官〔一〕。諸姬之良，掌其中官。異姓之能，掌其遠官〔二〕。

非曰：官之命，宜以材耶？抑以姓乎？文公將行霸而不知變是弊俗，以登天下之士，而舉族以命乎遠近，則陋矣。若將軍、大夫必出舊族，或無可焉，猶用之耶？必不出乎異族，或有可焉，猶棄之耶？則晉國之政可見矣。

【校記】

①柏，原作「栢」，據注釋音辯本、詁訓本及《國語·晉語四》改。

【解題】

此篇，柳宗元嚴厲批評了晉文公的用人政策，並尖鋭提出用人唯才幹，還是唯親疏、家族的問題。

【注釋】

〔一〕［韓醇詁訓］十一族，晉之舊姓。近官，朝廷者。

〔二〕［注釋音辯］（《國語》）注：近官，朝廷者也。中官，内官。遠官，縣鄙。［韓醇詁訓］諸姬，同姓。中官，内官。遠官，縣鄙。按：注釋音辯本之注，百家注本引作童宗説曰。

倉葛

周襄王避昭叔之難①，居於鄭地氾〔一〕。晉文公迎王入于成周，遂定之于郟〔二〕。王賜公南陽陽樊、温、原、州、陘、絺、鉏、攢茅之田〔三〕。陽人不服，公圍之，將殘其民。倉葛呼曰〔四〕：「君補王闕，以順禮也。陽人未狎君德而未敢承命，君將殘之，無乃非禮乎？」公曰：「是君子之言也。」乃出陽人②。

非曰：於《周語》既言之矣〔五〕，又辱再告而異其文，抑有異旨耶？其無乎，則耄者乎？

【校記】

① 昭，原作「貽」，據蔣之翹輯注本及《國語·晉語四》改。

②以上注釋音辯本作「陽人不服，公圍之，將殘其民。倉葛呼曰云云」。原注與詁訓本、世綵堂本注：「自『周襄王』至『之田』，自『君補』以下，新附。」

【解題】

此事載《國語·周語中》及《晉語四》，爲一事兩見者。柳宗元認爲不應重出，一定是作者糊塗了。

【注釋】

〔一〕〔蔣之翹輯注〕汜音凡。周惠王生襄王，以爲太子。又娶於陳，曰惠后，生昭叔。惠后將立之，未及而卒。昭叔奔齊，襄王復之，又通襄王之后翟隗。王廢隗氏，翟人伐周，故襄王避之於汜。汜，地名。

〔二〕〔蔣之翹輯注〕成周，周東都。郟，王城也。

〔三〕〔蔣之翹輯注〕陘，奚經切。鉏，仕魚切。攢，才官切。八邑，周南城地。

〔四〕〔蔣之翹輯注〕倉葛，陽樊人。

〔五〕〔注釋音辯〕《周語》「陽人不服，晉侯圍之，倉葛呼曰」云云。

觀狀

文公誅觀狀以伐鄭，鄭人以名寶行成，公弗許①。鄭人以瞻與晉②，晉人將烹之，瞻曰：「天降禍鄭，使淫觀狀，棄禮違親③〔一〕，云云。」

非曰：觀晉侯之狀者曹也〔二〕。今於鄭胡言之，則是多爲誣者且耄，故以至乎是。其説者云：「鄭效曹也。」是乃私爲之辭，不足以蓋其誤〔三〕。

【校記】

① 注釋音辯本無以上十八字。

② 瞻，《國語·晉語四》及蔣之翹輯注本作「詹」。

③ 違，世綵堂本作「遺」。

【解題】

晉文公以觀狀爲由攻打鄭國，然觀狀者爲曹共公，與鄭無涉，致注者於伐鄭事不知所云，故左氏及注者皆遭柳宗元的批評。以理度之，晉以觀狀爲由伐鄭當是事實，但顯然是晉文公的藉口，柳宗元不明其意，遂否定《國語》之記，未妥。

【注　釋】

〔一〕［韓醇詁訓］初，晉文公過曹，曹共公不禮焉。聞其駢脅，欲觀其狀。則觀狀是曹，非是鄭也。而注云鄭復效曹觀公駢脅之狀，故伐之。是又從而爲之辭，此公所以非之也。［蔣之翹輯注］按詹，鄭卿叔詹伯也。文公過鄭時，詹請禮之，鄭伯不聽，因請殺之，此文公所以乞詹也。

〔二〕［注釋音辯］《晉語》：「曹共公不禮焉，聞其骿脅，欲觀其狀。」

〔三〕［注釋音辯］《晉語》注：「淫放也於曹，君不禮，放君。」按：注之意不明。《國語·晉語四》韋昭注：「賈侍中云：『鄭復效曹觀公駢脅之狀，故伐之。』唐尚書云：『誅曹觀狀之罪，還而伐鄭。』昭省內、外傳，鄭無觀狀之事，而叔詹云『天禍鄭國，使淫觀狀』，謂淫放於曹，不禮公子，與觀狀之罪同耳。」「使淫觀狀」，當是鄭伯觀看重耳與女人在一起的情景。曹共公爲觀浴，雖事不同，皆爲偷窺，故晉文公亦懷恨在心。

救饑

晉饑，公問於箕鄭曰〔一〕：「救饑何以？」對曰：「信。」公曰：「安信？」對曰：「信於君心，信於名，信於令，信於事。」

非曰：信，政之常，不可須臾去之也，奚獨救饑耶？其言則遠矣。夫人之困在朝夕之内，而信之行在歲月之外，是道之常①，非知變之權也。其曰「藏出如入」則可矣〔二〕，而致之言若是遠焉②，何哉？或曰：「時之信未洽，故云以激之也。信之速於置郵，子何遠之耶？」曰：夫大信去令，故曰信如四時恒也，恒固在久。若爲一切之信，則所謂未孚者也。彼有激乎則可也，而以爲救饑之道，則未盡乎術。

【校記】

① 是，詁訓本作「大」。

② 致，詁訓本作「鄭」。

【解　題】

面對晉國大饑的狀況，如何救饑？箕鄭不談具體措施，卻侈談「信」的作用，完全不切實際，故柳宗元認爲其言遠離現實。信是治國常道，但在這種情況之下，空言信是解決不了餓肚子的。

【注　釋】

〔一〕〔蔣之翹輯注〕箕鄭，晉大夫。

〔二〕〔注釋音辯〕《晉語》：「箕鄭曰：『藏出如入，何匱之有？』」〔韓醇詁訓〕鄭又云：「於是乎民知君心，貧而不懼，藏出如入，何匱之有？」

【集　評】

王觀國《學林》卷七：《國語》曰：「晉饑，公問於箕鄭曰：救饑何以？對曰：信。」柳子厚非曰：「信，政之常，不可須臾去也，聖人獨救饑也耶？」其言則遠矣。觀國案：箕鄭所對，蓋出於孔子所謂「自古皆有死，民無信不立」，乃推本而言之也。以謂晉君苟信素著於民，則饑不足患爾。若曰發廩以濟之，告糴於鄰國，此有司之常典，非所以答晉君之問也。

趙宣子

趙宣子言韓獻子於靈公，以爲司馬。河曲之役，趙孟使人以其乘車干行，獻子執而戮之①〔一〕。

非曰：趙宣子不怒韓獻子而又褒其能也，誠當〔二〕。然而使人以其乘車干行，陷而至乎戮，是輕人之死甚矣，彼何罪而獲是討也？孟子曰：「殺一不辜而得天下，君子不爲〔三〕。」是所謂無辜也歟？或曰：「戮，辱也，非必爲死。」曰：雖就爲辱，猶不可以爲君子之道，舍是其無以觀乎？吾懼司馬之以死討也。

【校　記】

① 原注與詁訓本、世綵堂本注：「獻子，諸本皆誤作『宣子』。」注釋音辯本作「宣子」。

【解　題】

在河曲之役中，趙盾爲考驗韓厥是否執法不阿，故意叫人干擾軍隊行列，結果被韓厥「執而戮之」。柳宗元認爲趙盾的做法是不正當的，是輕人生命，致一無辜而死，非君子之道。

【注釋】

〔一〕［韓醇詁訓］宣子，趙衰之子宣孟盾也。韓獻子，韓厥也。干行，犯其軍列也。趙孟即宣子。

〔二〕［蔣之翹輯注］靈公，襄公子夷皋也。河曲，晉地。魯文十二年，秦伐晉，戰於河曲。

［注釋音辯］《晉語》：「宣子召而禮之，告諸大夫曰：『吾舉厥也而中，吾乃今知免於罪矣。』」

〔三〕見《孟子·公孫丑上》。

伐宋

宋人殺昭公，趙宣子請師以伐宋云云。曰：「是反天地而逆民則也，天必誅焉。晉爲盟主而不修天罰〔一〕，將懼及焉。」

非曰：盟主之討殺君也，宜矣。若乃天者，則吾焉知其好惡而暇徵之耶？古之殺奪有大於宋人者，而壽考佚樂不可勝道，天之誅何如也？宣子之事則是矣，而其言無可用者。

【解　題】

天命、天道之説，古代盛行，作爲一種宣傳、鼓動、譴責、討伐的口號，用之也無不可。但若認爲天真能行施權威，賞善罰惡，當然是大錯特錯的。柳宗元反對天道之説，此篇論趙盾之言，當也有憤激於現實之意。

【注　釋】

〔一〕［注釋音辯］《晉語》注：「則，法也。修，行也。」

鉏　麑①

靈公虐，趙宣子驟諫。公患之，使鉏麑賊之〔一〕。晨往，則寢門辟矣，盛服將朝，早而假寐。麑退而歎曰：「趙孟敬哉！夫不忘恭敬，社稷之鎮也。賊國之鎮不忠，受命而廢之不信。」觸庭之槐而死②〔二〕。

非曰：麑之死善矣③。然而趙宣子爲政之良，諫君之直，其爲社稷之衛也久矣，麑胡不聞之，乃以假寐爲賢邪〔三〕？不知其大而賢其小歟④？使不及其假寐也⑤，則固以殺之矣。是宣子大德不見赦，而以小敬免也。麑固賊之悔過者，賢可書乎？

【校　記】

①原注引集注、詁訓本、世綵堂本題下注：「舊本於此篇『賢可書乎』之後，有『今左氏多爲文辭』一節，嘗怪其意不相屬。以别本考之，乃脱《祈死》、《長魚矯》二篇，而『左氏多爲文辭』者，乃公非《長魚矯》後辭也。益此二篇，然後公六十七篇之文足矣。」可知其後二篇原脱，爲韓醇據别本補足者。

②以上注釋音辯本作：「趙宣子驟諫，公使鉏麑賊之。」

③注釋音辯本「善」上有「固」。

④歟，詁訓本作「耶」。

⑤原注與注釋音辯本、世綵堂本注：「『使』上一本有『向』字。」

【解　題】

柳宗元據當時情理而言，認爲鉏麑觸槐而死只不過是「賊之悔過者」，不值得大書特書。鉏麑暗殺趙盾，當是觸槐後其事方爲人知，則鉏麑自殺的原因，恐出於他人推測。

【注　釋】

〔一〕〔注釋音辯〕童（宗説）云：鉏，宋魚切。麑音兒。《晉語》注：「鉏麑，力士。賊，殺也。」〔韓醇詁訓〕鉏，牀魚切。麑音倪。鉏麑，力士也。賊，殺也。

〔二〕〔蔣之翹輯注〕廷，外朝之廷也。《周禮》：「王之外朝三槐，三公位焉。」則諸侯之朝，三槐，三卿位焉。

〔三〕〔注釋音辯〕《晉語》：「晨往，則寢門辟矣，盛服將朝，早而假寐。麑退歎而言曰：『趙孟敬哉！夫不忘恭敬，社稷之鎮也。』」

【集評】

黄震《黄氏日鈔》卷六〇：愚謂麑之心特生於政之良，怵惕於將朝盛服之寐耳。麑而賢，必能諫其君，必不受君之命以賊宣子。今爲之賊而不忍害，可言宣子之賢，麑不足問也。

祈死

反自鄢，范文子謂其宗祝曰：「君驕泰而有烈①，吾恐及焉。凡吾宗祝爲我祈死，先難爲免。」七年夏，范文子卒②〔一〕。

非曰：死之長短而在宗祝，則誰不擇良宗祝而祈壽焉？文子祈死而得，亦妄之大者。

【校　記】

①「泰」字原闕，據《國語·晉語六》補。

②以上注釋音辯本作「反自鄢，范文子謂其宗祝云云」。原注與詁訓本、世綵堂本注：「自『君驕』而下新附。」

【解　題】

此篇斥范文子祈死而得的虚妄，故柳宗元諷刺説：若祈禱果有靈驗，則欲長壽者擇一良巫祝便萬事大吉。

【注　釋】

〔一〕〔韓醇詁訓〕〔百家注引孫汝聽曰〕范文子，范燮也。鄢之役，晉伐鄭，楚救之，大夫欲戰，文子不欲，欒武子不聽，遂與戰，大勝之。此文子自鄢歸，懼難而祈其死也。〔蔣之翹輯注〕范文子，范燮也。宗，宗人。祝，祝史也。

長魚矯

長魚矯既殺三郤，乃脅欒、中行云云〔一〕。公曰：「一旦而尸三卿，不可益也。」對曰：「亂在内爲宄，在外爲姦，御宄以德，御姦以刑。今治政而内亂，不可謂德；除鯁而避强，不可謂刑。德刑不立，姦宄並至。臣脆弱，不能忍俟也。」乃奔狄。三月，厲公殺①。

非曰：厲公，亂君也。矯，亂臣也。假如殺欒書、中行偃，則厲公之敵益衆，其尤可盡乎？今左氏多爲文辭，以著其言而徵其效，若曰「矯知幾者」，然則惑甚也夫②！

【校記】

①詁訓本無「厲公」二字，以上注釋音辯本作「長魚矯既殺三郤，乃脅欒、中行云云。公曰『一旦而尸三卿，不可益也』云云。乃奔狄。三月，厲公殺。」原注與詁訓本、世綵堂本注：「自『對曰』至『不忍俟也』新附。」

②世綵堂本無「夫」字。

【解題】

長魚矯以除惡務盡勸厲公，厲公不聽，卒遭禍。然長魚矯之舉實爲翦除異己，以圖獨攬大權，《國語》卻將他説成是深謀遠慮、見微知著之人，故柳宗元批評《國語》表彰了壞人。

【注釋】

〔一〕〔注釋音辯〕《晉語》注：「三郤，郤錡、郤犨、郤至也。」〔韓醇詁訓〕三郤，郤至、郤錡、郤犨也。欒，欒書。中行，中行偃也。

【集評】

蔣之翹輯注《柳河東集》卷四五引穆文熙曰：長魚矯既殺三郤，復脅欒、中行氏，欲殺之，及不獲命，乃遂出奔，灼知禍本，脱屣榮位，可謂異人。左氏未可盡非。

戮僕

晉悼公四年，會諸侯於雞丘。魏絳爲中軍司馬①，公子揚干亂行於曲梁，魏絳斬其僕〔一〕。

非曰：僕，稟命者也，亂行之罪在公子。公子貴②，不能討，而稟命者死，非能刑也。使後世多爲是以害無罪，問之則曰魏絳故事，不亦甚乎！然則絳宜奈何③？止公子，以請君之命④。

【校　記】

①以上注釋音辯本無。原注與詁訓本、世綵堂本注：「自『晉悼』至『司馬』新附。」

②原注與詁訓本、世綵堂本注：「一無『貴』字，一無『公子貴』三字，而作兩『貴』字，非是。」

③詁訓本「奈何」下有「曰」。

④原注與詁訓本、世綵堂本注：「止，一作『正』，非是。當作『止』，止，執也。」

【解　題】

揚干干擾了軍事行動，魏絳殺了他的僕人以示懲罰，是明顯地怕得罪公室，是「刑不上大夫」、「法不治貴」思想的體現。《國語》反而表彰魏絳嚴於執法，何其謬也！故柳宗元認爲若後世以此爲例，法律條文成了一紙空文，其害大矣。此類事件柳宗元也感到難辦，他提出的處理方法是：先請示君主之命，然後再做處置。還是畏於權勢。要之，在君主專制等級森嚴的中國古代，是不可能真正地依法論罪的。

【注　釋】

〔一〕［注釋音辯］《晉語》注：「揚干，悼公之弟。」［韓醇詁訓］揚干，悼公弟也。［蔣之翹輯注］雞丘，雞澤。事在魯襄三年。曲梁，晉地。魏絳，魏犨之子莊子也。揚干，悼公弟也。行，行列也。

僕，御也。

【集評】

《新刊增廣百家詳補注唐柳先生文》卷四五引黄唐曰：以軍政論之，殺貴大，賞貴小。當殺，雖貴重必殺之，是刑上究也。賞及牛童、馬圉，是賞下流也。不責宣子而戮其使，不治揚干而戮其僕，已爲有禮，又安得謂之殺無辜乎？若子厚必請君命，則又不然。投機之會，間不容息，方欲作士氣以決一戰，而每每稟命，是非失火之家，必白大人而後救之乎？（按：蔣之翹輯注本引作韓醇曰。）

叔魚生①

叔魚生，其母視之曰：「云云。必以賄死。」楊食我生〔一〕，叔向之母聞其號也，曰：「終滅羊舌氏之宗。」

非曰：君子之於人也，聽其言而觀其行，猶不足以言其禍福，以其有幸有不幸也②。今取赤子之形聲，以命其死亡，則何耶？或者以其鬼事知之乎？則知之未必賢也。是不足書以示後世。

【校記】

①此篇蔣之翹輯注本列《逐欒盈》後，並云：「舊本此篇在《叔魚生》之後，今依《國語》正之。」按《國語·晉語八》，叔魚生事在逐欒盈後，蔣説是也。今仍從舊本原貌。

②注釋音辯本無後「有」字。

【解題】

叔魚木及楊食我母云云，此所謂以命相定人一生禍福與命運，柳宗元自不信之。王安石《臨川文集》卷六八《性説》亦云：「越椒、叔魚之事，徒聞之左丘明，丘明固不可信也。」

【注釋】

〔一〕〔注釋音辯〕《晉語》注：「叔魚，晉叔向弟。楊食我，叔向子。」〔韓醇詁訓〕食音異。我音俄。〔蔣之翹輯注〕叔魚，晉大夫叔向母弟羊舌鮒也，後爲贊理受雝子女而抑邢侯，邢侯殺之。楊，叔向邑也。食我，叔向子伯石也。黨於祁盈，盈獲罪，晉殺盈及食我，遂滅祁氏、羊舌氏。

逐欒盈

平公六年〔一〕，箕遺及黄淵、嘉父作亂，不克而死，公遂逐群賊云云。陽畢曰：「君掄賢人之後〔二〕，有常位於國者而立之①，亦掄逞志虧君以亂國者之後而去之云云。」使祁午、陽畢適曲沃，逐欒盈〔三〕。

非曰：當其時不能討，後之人何罪？盈之始，良大夫也，有功焉，而無所獲其罪。陽畢以其父弒君而罪其宗②〔四〕，一朝而逐之，激而使至乎亂也〔五〕。且君將懼禍懲亂耶？則增其德而修其政，賊斯順矣，反是，順斯賊矣，況其胤之無罪乎？

【校記】

① 自「君掄」至「立之」，注釋音辯本無以上十五字。

② 弒，原作「殺」，此據注釋音辯本改。

【解　題】

陽畢的意見是功罪及乎後人，祖先之功子孫可以享受，祖先之罪子孫也要承擔。結果是欒盈無罪被逐，導致其叛晉。柳宗元反對這種做法，其意是要分清責任，是非功過由個人承擔，不應累及無辜。

【注　釋】

〔一〕［蔣之翹輯注］平公，悼公之子，名彪。

〔二〕［注釋音辯］《晉語》注：「掄，擇也。」［韓醇詁訓］箕遺、黄淵、嘉父，皆晉大夫，欒盈之黨。欒盈，黶之子、書之孫也。欒書，厲公七年弑厲公，即立悼公，故陽畢以盈爲亂國者之後而去之。畢晉，大夫也。掄，擇也。［百家注］父音甫。

〔三〕［蔣之翹輯注］祁午，中軍尉。曲沃，欒盈邑名。

〔四〕何焯《義門讀書記》卷三七：「其王父，非其父也。」按弑厲公者爲欒書，欒盈爲欒書之孫，何言是。「父」當作「王父」。

〔五〕［注釋音辯］《晉語》：「居三年，欒盈晝入，爲賊於絳。」［蔣之翹輯注］晉謂欒盈出奔楚，後三年晝入，爲賊於絳。

新聲

平公説新聲，師曠曰：「公室其將卑乎？君之明兆於衰矣〔一〕。」

非曰：耳之於聲也，猶口之於味也。苟説新味，亦將卑乎？樂之説，吾於《無射》既言之矣〔二〕。

【解題】

柳宗元不認爲音樂可以亡國，國之興亡，與音樂本身無關，故歡迎新聲。《貞觀政要》卷七《禮樂》篇載唐太宗與杜淹等的一段對話，可知不只柳宗元對新聲持如此觀點，録之如下：「太常少卿祖孝孫奏所定新樂，太宗曰：『禮樂之作，是聖人緣物設教，以爲撙節，治政善惡，豈此之由？』御史大夫杜淹對曰：『前代興亡，實由於樂。陳將亡也，爲《玉樹後庭花》，齊將亡也，而爲《伴侣曲》，行路聞之，莫不悲泣，所謂亡國之音。以是觀之，實由於樂。』太宗曰：『不然，夫音聲豈能感人？歡者聞之則悦，哀者聽之則悲，悲悦在於人心，非由樂也。將亡之政，其人心苦然，苦心相感，故聞而則悲耳，何樂聲哀怨能使悦者悲乎？今《玉樹》、《伴侣》之曲，其聲具存，朕能爲公奏之，知公必不悲耳。』尚書右丞魏徵進曰：『古人稱《禮》云《禮》云，玉帛云乎哉？《樂》云《樂》云，鐘鼓云乎哉？

樂在人和，不由音調。』太宗然之。」

【注釋】

〔一〕［蔣之翹輯注］説，古悦字。新聲者，衛靈公將如晉，舍於濮水之上，聞琴聲焉甚哀，使師涓以琴寫之。至晉，爲平公鼓之，師曠撫其手而止曰：「此亡國之音也。昔師延爲紂作靡靡之樂，後而自沉於濮水之中，聞此聲者，必於濮水之上乎？」師曠，晉主樂大師子埜。按：明，通「萌」。

〔二〕［注釋音辯］見前卷。

【集評】

沈作喆《寓簡》卷二：左氏《國語》：「晉平公説新聲，師曠曰：『公室將卑，君之明兆於衰矣。』」柳子厚非之曰：「耳之於聲，猶口之於味。苟悦新味，亦將卑乎？」子沈子曰：子厚之言非也。人之視聽好惡，與夫嗜欲之反常者，是固有卑亂死亡之理，夫何譏焉？

王觀國《學林》卷七：《國語》曰：「平公説新聲，師曠曰：公室其將卑乎？」柳子厚非曰：「耳之於聲也，猶口之於味也，苟説新味，亦將卑乎？」觀國案：聲音與政通，故《詩》有所謂治世之音、亂世之音、亡國之音，以其雅、鄭異也。正聲雅而鄭聲淫，治世之音，正聲也；亂世、亡國之音，淫聲也。平公説新聲者，舍正聲而説淫聲，則將溺於亂世、亡國之音，而政其頹矣。師曠，知音者也，因以發諷曰：「公室其將卑乎？」《禮》曰：凡姦聲感人而逆氣應之，逆氣成象而淫樂興焉。正聲感人而順氣應之，順氣成象而和樂興焉。魏文侯問於子夏曰：「吾端冕而聽古樂，則惟恐卧，聽鄭衛之樂，則不知倦，敢問古樂之如彼何也？新樂之如此何也？」子夏對曰：「今君之所好者，其溺音乎？鄭音好濫淫志，宋音燕女溺志，衛音趨數煩志，齊音敖辟驕志，此四者，皆淫於色而害於德。爲人君者，謹其所好惡而已矣。」由此觀之，則師曠之言，不爲過也。《書》曰：「甘酒嗜音，峻宇雕牆，有一於此，未或不亡。」夫口耳之習不慎，而至於亡國喪家者有之，固不特公室卑而已也。

何焯《義門讀書記》卷三七：《新聲》篇「苟説新味，亦將卑乎」：新味之云，淺陋不足陳。

射鷃

平公射鷃不死，使豎襄搏之〔一〕，失，公怒，拘將殺之。叔向曰：「君必殺之。昔吾先君唐叔射兕於徒林，殪，以爲大甲〔二〕。今君嗣吾先君，射鷃不死，搏之不得，是揚吾君之恥者也。君其必速殺之，勿令遠聞。」君忸怩于顔①，乃趣舍之②〔三〕。

非曰：羊舌子以其君明暗何如哉？若果暗也，則從其言，斯殺人矣。明者固可以理諭，胡乃反徵先君以恥之耶〔四〕？是使平公滋不欲人諫己也。

【校記】

①詁訓本無「于顔」二字。

②以上注釋音辯本作「平公射鷃不死，使豎襄搏之，失，公怒，拘將殺之。叔向曰：『必速殺之，無令遠聞。』君忸怩於顔，乃趣舍之。」原注與詁訓本、世綵堂本注：「自『昔吾先君』至『殺之』新附。」

【解題】

［注釋音辯］《晉語》（鷃）作「鴳」。潘（緯）云：（射鷃）上食亦切。下音晏。［百家注］射，食亦切。鷃，於諫切。按：叔向進諫的方法是正話反説，《史記·滑稽列傳》所載優孟諫楚莊王葬馬、優旃諫秦二世漆城，皆此類也。柳宗元認爲這種方法還是不用爲好，若君主是個昏君，不明諫者之意，反而照辦，豈不弄假成真、事與願違？柳宗元言之是矣。旁敲側擊、隱喻托諷，不是政治家所爲。

【注釋】

〔一〕［蔣之翹輯注］鷃扈，小鳥也。豎，内豎。襄，名也。

〔二〕［注釋音辯］叔向，羊舌氏，名肸。［韓醇詁訓］叔向，羊舌肹也。［蔣之翹輯注］殪，一計切。兕，似牛而青，重千斤，善觸人。徒林，林名。一發而死曰殪。叔向，羊舌肸也。

〔三〕［韓醇詁訓］忸，女六切。怩音尼，愧顔也。［百家注］趣音娶。［蔣之翹輯注］（趣）又音促。

〔四〕〔注釋音辯〕《晉語》：「叔向曰：『昔吾先君唐叔射兕於徒林，殪以爲大甲。今君嗣吾先君，射鷃不死，搏之不得，是揚吾君之恥者也。』」

趙文子

秦后子來奔，趙文子曰〔一〕：「公子辱於敝邑，必避不道也？」對曰：「有焉。」文子曰：「猶可以久乎？」對曰：「國無道而年穀龢熟，鮮不五稔①。」文子視日，曰：「朝不及夕，誰能俟五〔二〕？」后子曰：「趙孟將死矣。怠偷甚矣〔三〕，非死逮之，必有大咎。」

非曰：死與大咎，非偷之能必乎爾也，偷者自偷，死者自死。若夫大咎者，非有罪惡，則不幸及之，偷不與也。左氏於《内傳》曰「人主偷必死」〔四〕，亦陋矣。

【校　記】

① 以上注釋音辯本無。原注與詁訓本、世綵堂本注：「自『秦后子』至『五稔』新附。」

【解　題】

趙文子曰「誰能俟五(年)」，后子認爲此話有預言性，後趙文子果死於是年冬。柳宗元不認爲不吉利的話會帶來噩運，享樂與死亡也没有必然的關係，特加以批駁。

【注　釋】

〔一〕［注釋音辯］后子，秦景公之弟。［蔣之翹輯注］后子，景公之弟，名鍼。來奔在魯昭元年。按：趙文子，趙武，亦云趙孟。

〔二〕［注釋音辯］五年也。

〔三〕［百家注引童宗説曰］偷，苟也。

〔四〕［注釋音辯］《左傳》昭公元年：「民主偷必死。」按：左氏《内傳》即《左傳》，左氏以《國語》爲《外傳》。

【集　評】

沈作喆《寓簡》卷二：又趙文子視日曰：「朝不及夕。」后子曰：「趙孟將死矣，非死必有大咎。」子沈内傳亦云：「人主偷必死。」子厚曰：「死與大咎，非偷之能必乎爾也。偷者自偷，死者自死耳。」子沈子曰：子厚之言非也。君子朝以聽政，晝以訪問，夕以修令，夜以安身，固有常業也。而墮偷弗務焉者，非其聲色嗜欲之浸淫，神明之耄昏，則其病蠱之潰攻，精爽之消亡也，其有不獲死乎？且起居動静語言之間，雖一嚬一笑，災祥見焉。故季札以樂卜，趙孟以詩卜，襄仲歸父以言語卜，子游子夏以威儀卜，沈尹戌以禮卜。蓋精神之所寓，不可誣也。

醫和

平公有疾，秦景公使醫和視之。趙文子曰：「醫及國家乎？」對曰：「上醫醫國，其次醫人①，固醫官也〔一〕。」文子曰：「君其幾何？」對曰：「若諸侯服，不過三年。不服，不過十年。過是，晉之殃也。」②

非曰：和，妄人也。非診視攻熨之專，而苟及國家，去其守以施大言，誠不足聞也。其言晉君曰：「諸侯服不過三年，不服不過十年〔二〕。」凡醫之所取在榮衛合脈理也〔三〕，然則諸侯服，則榮衛離、脈理亂，以速其死，不服則榮衛和、脈理平，以延其年耶？

【校　記】

① 醫，原作「疾」，據游居敬本及何焯校本改。

②以上注釋音辯本作「文子曰：『醫及國家乎？』對曰：『上醫醫國，其次疾人，固醫官也。』」原注與詁訓本、世綵堂本注：「自『平公』至『視之』，自『文子曰君其幾何』已下，新附。」

【解　題】

［注釋音辯］《晉語》注：「和，醫名。」按：此篇，柳宗元對醫和的侈言國政表示了極大反感。醫和言若國君惑於女色，國亡便速，不惑於女色，國亡便遲，柳宗元反問：醫之道亦通於國政耶？

【注　釋】

〔一〕［注釋音辯］《晉語》注：「止其淫惑是謂醫國。官猶官職。」［蔣之翹輯注］官，職也。

〔二〕［注釋音辯］《晉語》注：「諸侯服則專於色。」

〔三〕榮衛，中醫指人體的營養作用、保護機能和血氣循環。《黄帝内經素問》卷八：「故養神者必知形之肥瘦、榮衛、血氣之盛衰。血氣者，人之神，不可不謹養。」又卷九：「榮衛不行，五藏不通，則死矣。」

【集　評】

蔣之翹輯注《柳河東集》卷四五：和之謂諸侯不過三年云云，蓋以國之庸君，出無敵國外患，内必過於淫荒，是以速死，否則猶可稍久，此亦理之常也。子厚非之，大似矯强。

黄　熊

晉侯夢黄熊入于寢門，子産曰：「鮌殛于羽山，化爲黄熊，以入于羽淵〔一〕，實爲夏郊云云。」

非曰：鮌之爲夏郊也，禹之父也，非爲熊也。熊之説①，好事者爲之。凡人之疾，魄動而氣盪，視聽離散，於是寐而有怪夢，罔不爲也，夫何神奇之有？

【校　記】

① 上二句詁訓本作「非爲熊之説也」。

【解　題】

此篇認爲禹之父鮌變爲黄熊之説本是神話，則晉平公夢黄熊、祀夏郊而疾瘳之説便是無稽之談。人如精神恍惚、身氣不調，便做怪夢，没有什麽奇怪的。此篇有力地批判了將夢神祕化，以及圓夢、以夢爲依據敬神事鬼的做法。

【注　釋】

〔一〕［注釋音辯］《晉語》注：「羽山之淵，鮌既死而神化也。」潘本作「能」，奴來切。補：音作黄能，乃來切，亦如字。亦作熊，音雄。「鮌」與「鯀」同。《左傳》昭公七年釋文：「音奴來者，三足鼈也。一曰熊，足似鹿。東海人祭禹廟，不用熊白及鼈爲饌。」［蔣之翹輯注］能，奴來切。亦作「熊」。晉侯，平公也。能，三足鼈也。按：鯀死，化爲黄能，「能」是熊還是鼈，已不可考矣。

韓宣子憂貧

韓宣子憂貧，叔向賀之曰：「欒武子無一卒之田云云〔一〕。行刑不疚，以免於難〔二〕。及桓子驕泰奢侈云云。宜及於難，而賴武子之德，以没其身。及懷子改桓之行〔三〕，修武子之德，而離桓子之罪，以亡于楚云云。」

非曰：叔向言貧之可以安①，則誠然，其言欒書之德，則悖而不信。以下逆上，亦可謂行刑耶〔四〕？前之言曰欒書「殺厲公以厚其家」〔五〕，今而曰「無一卒之田」，前之言曰「欒氏之誣晉國久矣」，用書之罪以逐盈，今而曰②「離桓之罪，以亡于楚」，則吾惡乎信？且人之善惡，咸繫其先人，己無可力者，以是存乎簡策，是替教也。

【校　記】

①詁訓本無「可以」二字。

②注釋音辯本無「曰」字。

【解　題】

柳宗元在肯定「貧可以安」的同時，指出《國語》叙欒書及其子孫的事，前後矛盾，無所信從。

【注　釋】

〔一〕〔注釋音辯〕《晉語》注：「欒書。」〔百家注引孫汝聽曰〕上大夫一卒之田。

〔二〕〔蔣之翹輯注〕欒書爲晉上卿，而又不及。免難，謂免殺君之難。

〔三〕〔蔣之翹輯注〕懷子，桓子之子盈也。

〔四〕〔韓醇詁訓〕〔百家注引孫汝聽曰〕謂欒書弑厲公也。

〔五〕〔注釋音辯〕《晉語》：「陽畢曰：『且夫欒氏之誣晉國久也，欒書實覆宗，殺厲公以厚其家。』公使陽畢適曲沃逐欒盈。」

圍鼓

中行穆子帥師伐翟，圍鼓。鼓人或請以城畔，穆子不受〔一〕，曰：「夫以城來者，必將求利於我。夫守而二心，姦之大者也。」①

非曰：城之畔而歸己者有三：有逃暴而附德者，有力屈而愛死者，有反常以求利者。逃暴而附德者庥之，曰德能致之也。力屈而愛死者，與之以不死，曰力能加之也。皆受之。反常以求利者，德力無及焉，君子不受也。穆子曰：「夫以城來者，必將求利於我〔二〕。」是焉知非嚮之二者耶？

【校記】

①自「夫以城」致「大者也」，注釋音辯本無。原注與詁訓本、世綵堂本注：「自『以城來』已下新附。」

【解　題】柳宗元在此篇中詳細分析了投降獻城的幾種不同情況，批判了以穆子獻城即爲投機行奸的説法。

【注　釋】

〔一〕〔注釋音辯〕《國語》注：「穆子，荀吴。」〔韓醇詁訓〕鼓，白翟别邑。〔百家注引孫汝聽曰〕中行穆子，荀吴也。〔蔣之翹輯注〕穆子，晉卿中行偃之子荀吴也。翟，鮮虞也。鼓，白翟别邑。事在魯昭十五年。

〔二〕〔注釋音辯〕《晉語》注：「利，爵賞也。」

具　敖

范獻子聘於魯〔一〕，問具山、敖山，魯人以其鄉對。獻子曰①：「不爲具、敖乎？」曰：「先君獻、武之諱也〔二〕。」獻子歸，曰：「人不可以不學②。吾適魯而名其二諱，爲笑焉③。唯不學也。」

非曰：諸侯之諱，國有數十焉，尚不行於其國，他國之大夫名之，無慙焉可也。魯有大夫公孫敖〔三〕，魯之君臣莫罪而更也，又何鄙野之不云具、敖？

【校　記】

①「獻子」二字原闕，據注釋音辯本補。

②人不可以不學，注釋音辯本作「云云」。

③焉，原作「矣」，據蔣之翹輯注本及《國語·晉語九》改。

【解　題】

范獻子爲自己不知避諱感到羞愧，柳宗元認爲大可不必，作爲禮義之邦的魯國也没有完全做到避君主之諱。避諱之俗，雖有寬嚴之分，卻歷來奉行不廢。柳宗元不敢明白反對避諱，但對此俗之不以爲然，於此可見。

【注　釋】

〔一〕［百家注引孫汝聽曰］范獻子，士鞅也。

〔三〕［注釋音辯］《晉語》注：「獻公具，武公敖。」［韓醇詁訓］獻公名具，武公名敖。［百家注引韓醇曰］獻公名具，伯禽之曾孫。武公名敖，獻公之子。

〔三〕［注釋音辯］《左傳》文元年注：「公孫敖，慶父子。」

董安于

下邑之役，董安于多〔一〕，簡子賞之，辭曰：「云云。今一旦爲狂疾，而曰必賞汝，是以狂疾賞也，不如亡。」趣而出，乃釋之〔二〕。

非曰：功之受賞也，可傳繼之道也，君子雖不欲，亦必將受之。今乃遁逃以自潔也，則受賞者必恥。受賞者恥，則立功者怠，國斯弱矣。君子之爲也，動以謀國，吾固不悦董子之潔也。其言若懟焉〔三〕，則滋不可。

【解　題】

董安于不受戰功，以打仗爲狂疾，柳宗元從國家的利益出發，批判了董安于的行爲，並認爲董安于逃賞以自潔，説不定也是對獎賞不滿的表現。

【注　釋】

〔一〕［百家注引孫汝聽曰］下邑，晉之邑也。

〔二〕［注釋音辯］《晉語》注：「戰功曰多。簡子奔晉陽，時安于力戰有功，言戰鬬爲凶事，猶人之有狂易之疾，相戰傷也。」［韓醇詁訓］［百家注引劉崧曰］多，功多也。戰功曰多。安于，趙簡子家臣。狂疾言戰爲凶事，猶人有狂疾相殺也。

〔三〕［注釋音辯］懟，徒對切。［百家注］懟，徒對、杜罪二切。

祝融　此已下《鄭語》①

史伯曰：「夫黎爲高辛氏火正，以淳燿敦大，天明地德，光照四海，故命之曰祝融，其功大矣〔一〕。夫成天地之大功者，其子孫未嘗不彰，虞、夏、商、周是也。其後皆爲王公侯伯〔二〕。祝融亦能昭顯天地之光明，以生柔嘉材者也②。其後八姓，於周未有侯伯〔三〕。佐制物於前代者，昆吾爲夏伯矣〔四〕，大彭、豕韋爲商伯矣〔五〕，當周未有。融之興者，其在芈姓乎③〔六〕？」

非曰：以虞舜之至也，又重之以幕，能聽協風以成樂物生，而其後卒以殄滅。武王繼之以陳，覆墜之不暇〔七〕。堯之時④，祝融無聞焉。祝融之後昆吾、大彭、豕韋，世伯夏、商。

今史伯又曰「於周未有侯伯」，必在楚也〔八〕，則堯、舜反不足祐耶？故凡言盛之及後嗣者，皆勿取。

【校　記】

①此與下篇，注釋音辯本皆小字注作「鄭語」。

②詁訓本無「材」字。

③注釋音辯本作「史伯曰：『夫成天地之大功者，其子孫未嘗不章。』」原注引韓醇注與詁訓本、世綵堂本注：「自『黎爲高辛』至『功大矣』，自『虞夏商周』已下，新附。」

④時，詁訓本作「後」。

【解　題】

史伯以楚國爲祝融之後，有大功於天地，因此斷言楚國必會强大起來。柳宗元以虞舜之後先興後衰爲例反駁此觀點，以明祖先功德之不可恃。

【注　釋】

〔一〕〔韓醇詁訓〕史伯，周太史也。〔蔣之翹輯注〕史伯，周太史也。高辛，高嚳也。黎，顓頊之後吴回也。祝，始；融，明也。

〔二〕［蔣之翹輯注］舜、禹，王身。稷、契在子孫。公侯伯，謂其後杞、宋及幕後陳侯也。

〔三〕八姓，祝融之後，己、董、彭、秃、妘、曹、斟、芈也。

〔四〕［韓醇詁訓］昆吾，祝融之孫。陸終第一子名樊，爲己姓，於昆吾。昆吾，衛也。夏衰，昆吾爲夏伯。

〔五〕［韓醇詁訓］［百家注引孫汝聽曰］大彭，陸終第三子曰籛，爲彭姓，封於大彭，謂之彭祖。豕韋，彭姓之别，封豕韋者也。商衰，二國相繼爲商伯。

〔六〕［韓醇詁訓］芈音弭，楚姓也。［蔣之翹輯注］按：黎爲祝融，生陸終。終生六子，其季曰季連，爲芈姓，楚之祖也。季連之後爲鬻熊，事周文王。其曾孫熊繹當成王時封於荆蠻，是爲楚子。

〔七〕［注釋音辯］《鄭語》：「虞幕能聽協風，以成樂物生者也。」注：「虞幕，舜後虞思也。言能聽知和風，因時順氣，以成育萬物，使之樂生。」［蔣之翹輯注］《姓纂》：「周武王時，帝舜之冑有虞閼，父爲陶正。武王賴其利器用，與其神明之後而封之於陳。其後爲楚所滅。」

〔八〕［注釋音辯］《鄭語》：「祝融，亦能昭顯天地之光明，以生柔嘉材者也。其後八姓，於周未有侯伯。昆吾爲夏侯伯矣，大彭、豕韋爲商伯矣，當周未有。」

【集評】

沈作喆《寓簡》卷四：史伯曰：「夫成天地之功者，其子孫未嘗不章。」子厚曰：「凡言盛德之及後嗣者，皆勿取。」子沈子曰：若是，則爲善者何以勸矣？夫爲善者之不幸而不昌其身也，則子孫猶有望焉，世之知是理之不誣也，故中人之可與爲善者競於爲善矣。夫孰不願其子與孫之盛大耶？不然，則盛德百世祀與積善餘慶者，非耶。

褒　神

桓公曰：「周其弊乎？」史伯對曰：「殆於必弊者也①。今王棄高明昭顯，而好讒慝暗昧，惡角犀豐盈，而近頑童窮固云云。訓語有之曰：『夏之衰也，褒人之神化爲二龍，以伺於王庭云云。』天之生此久矣，其爲毒也大矣。申、繒、西戎方彊〔一〕，王欲殺太子以成伯服〔二〕，必求之申，申人弗畀，必伐之。若伐申，而繒與西戎會以伐周，周不守矣。」②

非曰：史伯以幽王棄高明顯昭，而好讒慝暗昧，近頑嚚窮固，黜太子以怒西戎、申、繒於彼，以取其必弊焉可也，而言褒神之流禍〔三〕，是好怪者之爲焉，非君子之所宜言也。

【校　記】

① 於必，世綵堂本作「必於」。

②以上注釋音辯本作「桓公曰：『周其弊乎？』對曰：『殆必於弊。』」原注引韓醇注與詁訓本、世綵堂本注：「自『今王』已下新附。」

【解　題】

柳宗元不相信神途鬼道之説，故對周王朝的衰敗由於襃神的記載嗤之以鼻。

【注　釋】

〔一〕［注釋音辯］《鄭語》注：「申，姜姓，幽王前后太子宜臼之舅也。繒，姒姓，申之與國也。西戎，亦黨於申。」［韓醇詁訓］申，姜姓，太子宜臼之舅也。繒，姒姓。繒，慈陵切。申之與國也。西戎，亦黨於申。

〔二〕［韓醇詁訓］王，幽王也。

〔三〕［注釋音辯］同上：「夏之衰也，襃人之神化爲二龍，夏后下請其漦而藏之，吉。及厲王之末，發而觀之，化爲玄黿，府之童妾遭之，既笄而孕。王嬖是女，使至爲后而生伯服。天之生此久矣，其爲毒也大矣。」［蔣之翹輯注］漦，龍所吐沫。童女之所孕者，襃姒也。

嗜芰 已下《楚語》①

屈到嗜芰〔一〕。將死，戒其宗老曰〔二〕：「苟祭我，必以芰。」及祥，宗老將薦芰，屈建命去之〔三〕，曰：「國君有牛享，大夫有羊饋，士有豚犬之奠，庶人有魚炙之薦。籩豆脯醢，則上下共之。不羞珍異，不陳庶侈，夫子其以私欲干國之典？」遂不用②。

非曰：門内之理恩掩義。父子，恩之至也，而芰之薦不爲愆義。屈子以禮之末，忍絶其父將死之言，吾未敢賢乎爾也。苟薦其羊饋，而進芰於籩，是固不爲非。《禮》之言齋也曰：「思其所嗜〔四〕。」屈建曾無思乎？且曰違而道〔五〕，吾以爲逆也。

【校　記】

① 此與以下二篇注釋音辯本皆小字注作「楚語」。

② 自「曰國君」至「遂不用」，注釋音辯本無。原注與詁訓本、世綵堂本注：「自『國君』已下新附。」

【解題】

［注釋音辯］《楚語》注：「芰，菱也。」［韓醇詁訓］芰，菱也。一作「艾」，非是。［百家注引孫汝聽曰］芰，菱也。芰音技。按：父親嗜芰，臨死前遺言祭祀時擺上芰，可是兒子没有照辦，柳宗元非之，蘇軾又非柳宗元，雖立場不同，卻各引經據典，講出一番大道理。此事算不得大事，以父子關係而論，誰的意見以感情爲重，毋庸贅言。中國古代社會的孝道禮大於情，於此也見一斑。

【注釋】

〔一〕［韓醇詁訓］［百家注引孫汝聽曰］屈到，楚卿。屈建，到之子。［百家注］屈，居勿切。［蔣之翹輯注］屈到，楚卿，屈蕩之子夕也。

〔二〕［注釋音辯］《楚語》注：「宗臣曰老。祥，祭也。建，屈到之子。」［百家注引孫汝聽曰］宗臣曰老。宗老，爲宗人者。

〔三〕［百家注］去，羌吕切。

〔四〕［注釋音辯］《禮記·祭義》云。［蔣之翹輯注］《禮記·祭義》：「有齋之日，思其所樂，思其所嗜。」

〔五〕［注釋音辯］《楚語》：「子木有羊饋而無芰薦。君子曰：『違而道。』」

【集　評】

蘇軾《屈到嗜芰論》：屈到嗜芰，有疾，召其宗老而屬之曰：「祭我必以芰。」及祥，宗老將薦芰，屈建命去之。君子曰「違而道」。唐柳宗元非之曰：「屈子以禮之末，忍絶其父將死之言，且《禮》『有齋之日，思其所樂，思其所嗜』。子木去芰，安得爲道？」甚矣，柳子之陋也。子木，楚卿之賢者也，夫豈不知爲人子之道，事死如事生，況於將死丁寧之言，棄而不用，人情之所忍乎？是必有大不忍於此者而奪其情也。夫死生之際，聖人嚴之。薨於路寢，不死於婦人之手，至於結冠纓、啟手足之末，不敢不勉。其於死生之變亦重矣。父子平日之言，可以恩掩義，至於死生至嚴之際，豈容以私害公乎？曾子有疾，稱君子之所貴乎道者三。孟僖子卒，使其子學《禮》於仲尼。管仲病，勸桓公去三豎。夫數君子之言，或主社稷，或勤於道德，或訓其子孫，雖所趣不同，然皆篤於大義，不私其躬也如是。今赫赫楚國，若敖氏之賢，聞於諸侯，身爲正卿，死不在民，而口腹是憂，其爲陋亦甚矣。使子木行之，國人誦之，太史書之，天下後世不知夫子之賢，而唯陋是聞，子木其忍爲此乎？故曰：是必有大不忍者而奪其情也。然《禮》之所謂「思其所樂，思其所嗜」，此言人子追思之道也。曾晳嗜羊棗，而曾子不忍食；父没而不能讀父之書，母没而不能執母之器，皆人子之情自然也，豈待父母之命耶？今薦芰之事，若出於子則可，自其父命，則爲陋耳，豈可以飲食之故而成父莫大之陋乎？曾子寢疾，曾元難於易簀，曾子曰：「君子之愛人也以德，細人之愛人也以姑息。」若以柳子之言爲然，是曾元爲孝子，而曾子顧禮之末易簀於病革之中，爲不仁之甚也。中行偃死，視不可含，范宣子盟而撫之曰：「事吴敢不如事主。」猶視。欒懷子曰：「主苟終，所不嗣事於齊者，有如河。」乃瞑。嗚呼！范宣子知事吴爲忠於主，而不知報齊以成夫子憂國之美，其爲忠則大矣。古人以愛惡比之美疢藥石，曰：「石猶生我，疢之美者，其毒滋多。」由是觀之，柳子之愛屈到，是疢之美。子木之違父命，藥石也哉！（《蘇軾文集》卷四。蔣之翹輯注本亦引之。）

王世貞《讀楚語論》：夫不忍於一薦之小禮，而棄忘其父之嗜好，其不孝小也。急於揚己之名，而不諱其父之誤，其不孝大也。夫建也，挾左右廣之甲，而欲無禮於盟主之上卿，棄諸侯之信，而不之顧，此夷狄也，而何有於小禮也？其父生不得志於鼎俎，而又銜建之驁桀，故示微於宗老。而建卒弁髦之，寧不違道也？或云屈到之芰，建可薦也。建之不薦，《左氏》可無稱也。《左氏》之稱，柳子可無非也。柳子之非，蘇子可無譏也。蘇子之譏，子可無衷也。甚矣，儒者之好持論也。余無以對。（《讀書後》卷二）

袁枚《駁蘇子屈到嗜芰議》：屈到嗜芰，臨卒，命薦芰，子木不從。《國語》是之，柳子非之，蘇子作論陋柳子。袁子曰：是蘇子之陋，非柳子之陋也。蘇子之言曰：父子平日可以恩掩義，死生之際，不可以私害公。謬矣。父子之間，有私而無公。《禮》曰：「子不私其父，則不成其子。」孟子曰：「父子之間不責善。」果芰非禮，萬不可薦。當父彌留諄囑之際，子木早宜涕泗而諫，不欺其父於地下矣。不幾諫於生前，而責善於死後，是欺其將盡之魂，而餒其求食之鬼也。蘇子曰恐其父以飲食之名聞於諸侯，則更謬矣。夫籩豆之事，其昭告於鄰國者，古未有也。即《儀禮》所載，膮臐鼎俎，雖有定數，然考之三傳，徵之史册，未聞有列國之諸侯大夫，爲增一果減一牲而受美惡名。惟屈建之煩稱博引，以禮奪情，然後其父嗜芰傳於人間，其子撤芰又傳於人間。揚其父爲飲食之人，而顯其身爲守禮之士，致千百世後有蘇子者，猶嘵嘵然陋其父而孝其子，是皆子木使之聞之也。使屈到嗜之，子木薦之，則家庭常事，人間比比然矣。民不及知，而書亦必不載也。且先王已立廟矣，復爲之立寢者，原以伸人子之私，使之思其所嗜，思其所欲也。《中庸》曰：「設其裳衣，薦其時食。」裳衣豈有一定之衣，而時食寧有一定之食哉？《月令》以含桃羞寢廟，南朝以筍腥薦帝，後猶能倣而行之。使子木抑其禮於廟，而申其情於寢，未爲不可也。蠻夷大夫，楚氛甚惡，原不足責，而丘明、蘇子身爲文人，不知孝並不知禮，何也？然則魏武子、陳子車之索殉，其亦從之歟？曰：殺人以成孝，吾未之前聞，彼則所謂亂命也。然則何以不諫？曰：諫則其父必命殉者先死矣，是又宜將順以幹其蠱也。君子之於孝也，審其大小輕重而已矣。（《小倉山房文集》卷二一）

祀

王曰：「祀不可已乎？」對曰〔一〕：「祀所以昭孝、息民、撫國家、定百姓，不可以已。夫民氣縱則底，底則滯，滯久不振，生乃不殖〔二〕。」

非曰：夫祀，先王所以佐教也①，未必神之。今其曰昭孝焉，則可也，自「息民」以下，咸無足取焉爾。

【校記】

①注釋音辯本無「所」字。

【解題】

柳宗元承認祭祀有佐教的作用，用來宣揚孝道，其他則非是。其實，祭祀作爲教化的手段，亦如宗教所起的作用，觀射父所云也未必皆非。至於神靈之有無，則是另一問題。

【注釋】

〔一〕［韓醇詁訓］王，楚昭王。對，楚平王之子子期之對也。［蔣之翹輯注］王，楚昭王。對，觀射父所對者也。按：蔣注是。子期祀平王，昭王向觀射父詢問有關祭祀的問題，觀射父以對。

〔二〕［注釋音辯］《楚語》注：「已，止也。無祭祀，則民無所畏忌，無所畏忌則志放縱，放縱則遂廢滯難復恐懼也。生，生人物也。殖，長也。生物不長，神不降以福也。」［百家注引童宗説曰］縱，放也。底，著也。滯，廢也。不振，懼也。

左史倚相

王孫圉聘於晉，定公饗之。趙簡子鳴玉以相〔一〕，問於王孫圉曰：「楚之白珩猶在乎〔二〕？其爲寶也幾何矣？」對曰：「未嘗爲寶。楚之所寶者曰觀射父，又有左史倚相〔三〕，能使上下説於鬼神，順道其欲惡，使神無有怨痛於楚國。」①

非曰：圉之言楚國之寶，使知君子之貴於白珩可矣〔四〕，而其云倚相之德者則何如哉？誠倚相之道若此，則覡之妄者〔五〕，又何以爲寶？非可以夸於敵國。

【校　記】

①以上注釋音辯本作「王孫圉曰：『左史倚相能使上下説於鬼神，順道其欲惡，使神無有怨痛於楚國。』」原注與詁訓本、世綵堂本注：「自『聘於晉』至『觀射父』新附。」

【解　題】

此篇柳宗元肯定了王孫圉以人才爲無價之寶的觀點，但卻不認爲大談鬼神之道的人也算人才。

【注釋】

〔一〕［蔣之翘輯注］王孫圉，楚大夫。定公，晉頃公之子午也。簡子，趙鞅也。

〔二〕［蔣之翘輯注］珩，佩玉之横者。

〔三〕［蔣之翘輯注］觀，古亂切。射音亦，父音甫。觀射父，楚大夫。左史，官名。倚相，名。

〔四〕［注釋音辯］《楚語》：「趙簡子問於王孫圉曰：『楚之白珩猶在乎？』曰：『楚之所寶者觀射父、左史倚相。』」潘（緯）云：珩音行，佩上玉也。

〔五〕［注釋音辯］覡音檄，女巫。［百家注引孫汝聽曰］男巫曰覡。按：孫注是。

伍員①《吴語》

伍員伏劍而死〔一〕。

非曰：伍子胥者，非吴之暱親也，其始交闔閭以道，故由其謀②。今於嗣君已不合，言見進則讒者勝，國無可救者，於是焉去之可也。出則以孥累於人〔二〕，而又入以即死，是固非吾之所知也。然則員者，果很人也歟？

【校記】

①伍，原作「五」，注釋音辯本、詁訓本同，文中亦作「五」，皆據世綵堂本改。

②謀，原作「禮」，據諸本改。

【解題】

伍子胥與吴王夫差意見不合，柳宗元認爲可以離開吴國，對伍員的行爲表示不理解，實際是對愚忠觀念的非議。

【注釋】

〔一〕［注釋音辯］員音云，伍子胥。［韓醇詁訓］五員，五奢之子子胥也，名員。事吴王夫差。夫差起師伐越，越王勾踐起師逆之，夫差將許越成，申胥諫之，不聽。夫差乃大戒師伐齊，申胥又諫曰：「昔天以越授吴，而王弗受，今伐齊，越人恐來襲我。」不聽，遂伐齊，敗齊師於艾陵。既勝，乃訊申胥，申胥釋劍而對曰：「員不忍稱疾辟易，以見王之親爲越擒也，員請先死。」遂自殺。其後越果滅吴。員音云。［百家注引孫汝聽曰］魯哀十一年。

〔二〕［注釋音辯］《左傳》哀公十一年：「子胥使於齊，屬其子於鮑氏爲王孫氏。」注：「私使人至齊屬其子，改姓爲王孫，欲以避吴禍。」

【集 評】

蔣之翹輯注《柳河東集》卷四五：予嘗渡笠澤，出胥口，至子胥盛鴟夷所投處，時友人宋白均從作懷古詩，結云：「豈惜宗臣難去國，空令千古泣忠魂。」予曰：「是即子厚之見也。孰知子胥於闔閭不可不謂之知遇，行成之諫，特因事效忠，以一死報先君耳。彼固知其無濟也，尚何謂非吾之所知哉！」

姚鼐《伍子胥論》：或曰：「子胥之諫夫差，其時季札與同立於朝，季子親於吳，而反不以諫死，何耶？」蓋自諸樊戴吳，欲以位傳季子，而季子又以賢得民，彼夫差者，忌而遠之甚矣。微子啟，帝乙之長子也，疑於紂而紂疏之，故抱器適周而奉商祀。微子、季札之不諫，知不可諫而以身存宗也。伍員之諫，恃夙昔之恩，而冀君之一悟也。而柳宗元乃從而非之，以爲非吴親屬，諫死爲過。夫彼謂爲親屬者，固宜死也，而微子、季札之不死，又豈非親屬者哉？（《惜抱軒文集》卷一）

柳先生曰：宋、衛、秦，皆諸侯之豪傑也，左氏忽棄，不録其語，其謬耶①？吴、越之事無他焉，舉一國足以盡之②，而反分爲二篇，務以相乘，凡其繁蕪曼衍者甚衆，背理去道，以務富其語。凡讀吾書者，可以類取之也。越之下篇尤奇峻，而其事多雜，蓋非出於左氏③。吾乃今知文之可以行於遠也。以彼庸蔽奇怪之語，而黼黻之，金石之，用震曜後世之耳目，而讀者莫之或非，反謂之近經，則知文者可不慎耶？嗚呼！余黜其不臧，以救世之謬，凡六十七篇。

【校　記】

①世綵堂本注：「謬耶，一作何也。」

②足，注釋音辯本作「是」。

③原注與世綵堂本注：「『雜蓋』字，一本作『反盩』。」注釋音辯本注：「蓋，一本作『反盩』字。」

【解　題】

此文爲《非國語》之跋。柳宗元欣賞《國語》的文辭，然認爲其内容不經，故撰《非國語》。

【集　評】

宋庠《國語補音序》：惟唐文人柳子厚作《非國語》二篇，攟摭左氏，意外微細，以爲詆訾，然未足掩其鴻美。左篇今完然，與經籍並行無損也，庸何傷於道。（《國語補音》卷首）

劉恕《書資治通鑑外紀後》：《國語》亦左丘明所著，載内傳遺事。或言論差殊而文詞富美，爲書別行，自周穆王盡晉知伯、趙襄子，當貞定王時，凡五百餘年，雖事不連屬，於史官蓋有補焉。七國有《戰國策》，晉孔衍作《春秋後語》，並時分國，其後絶不録焉。唐柳宗元采摭片言之失，以爲誣淫，不

概於聖，作《非國語》六十七篇，其説雖存，然不能爲國語輕重也。（《宋文鑑》卷一三〇）

蘇軾《與江惇禮秀才五首》二：向示《非國語》之論，鄙意素不然之，但未暇爲書爾。乃示甚善。柳子之學，大率以禮樂爲虚器，以天人爲不相知云云，雖多，皆此類耳。此所謂小人無忌憚者，君正之大善。至於《時令》、《斷刑》、《貞符》、《四維》之類，皆非是，前書論之稍詳，今冗迫，粗陳其略，須面見乃盡言。然迂學違世，不敢自是，因君意合，偶復云爾。（《蘇軾文集》卷五六。《新刊增廣百家詳補注唐柳先生文》卷四五王儔補注亦引蘇軾此文，然較略。）

沈括《答李彦輔秀才書》：某始未得柳子厚之書，聞其有《非國語》、《夫子廟碑》、《對賀者》之説，固知宗元文不足與已矣。其學如是，而語之以聖人之取捨，宜不知也。道爲知者傳，其所不知，君子無憾於學者，於其所未覩，吾不知其可不可也。（《長興集》卷七）

邵博《邵氏聞見後録》卷一五：東坡報江季恭書云……予謂學者不可不知也。

朱翌《次韻胡明仲見寄二首》（原注：胡示《辨正論》。）二：柳州非國語，意恐亂詩書。去草絶根本，立言推緒餘。斷疑先近似，反已問何如。歲晚飄零甚，歸歟指敝廬。（《灊山集》卷二）

徐度《卻掃編》卷下：張嵲舍人言柳子厚平生爲文章專學《國語》，讀之既精，因得掇拾其差失，著論以非之，此正世俗所謂没前程者也。又言子厚《感遇》二詩，始終用太子事，不知其何謂。

陸游《老學庵筆記》卷一〇：徐敦立侍郎頗好謔，紹興末，嘗爲予言：「柳子厚《非國語》之作，正由平日法《國語》爲文章，看得熟，故多見其疵病，此俗所謂没前程者也。」予曰：「東坡公在嶺外，特喜子厚文，朝夕不去手，與陶淵明並稱二友。及北歸，與錢濟明書，乃痛詆子厚《時令》、《斷刑》、《四維》、《貞符》諸篇，至以爲小人無忌憚者。豈亦由朝夕紬繹耶？恐是《非國語》之報。」敦立爲之抵掌絶倒。

朱熹《朱子語類》卷一三九：先生方修《韓文考異》，而學者至，因曰：「韓退之議論正，規模闊大，然不如柳子厚較精密。如《辨鶡冠子》及説《列子》在《莊子》前，及《非國語》之類，辨得皆是。」黄達才言：「柳文較古。」曰：「柳文是較古，但卻易學，學便似他，不似韓文規模闊。學柳文也得，但會衰了人文字。」

員興宗《柳宗元非國語策》：自見其可以言而言，五經之言也。未可以言而或列之言，諸子之言也。可言而不言，與不可言而言，衆人之言也。五經之言，千一而過乎？曰：五經烏免哉！《詩》云：「周餘黎民，靡有孑遺。」《詩》言過也。《易》曰：「見豕負塗，載鬼一車。」《易》言過也。《書》曰：「前徒倒戈，血流漂杵。」《書》言過也。《禮》云：「大言受大禄，小言受小禄。」《禮》言過也。下斯觀之，賢言之失，可知也。荀卿曰：「禮以起僞也，性以起信也。」禮性之辯，卿烏知之？韓愈曰：「墨子不異孔子也，孔子不異墨子也。」孔墨之辯，愈烏知之？夫以聖言聖，以賢言賢，其失如是之甚也，而況《國語》乎！《國語》，丘明所著之書也。丘明之書，上不至聖，而下愈於賢，抑在聖賢之間乎？雖然，丘明之文，其事則覈，其文則濫。濫則多淫，多淫則多失，是固當也。後之士不伺其失而攻之，柳宗元獨識之，誠得間矣。今而觀其事，如周王滅密之説曰：「小醜備物，宜獻之王。」子厚曰：「雖獻之王，王而受之，不可謂德。」鉏麑觸槐之説曰：「見其假寐，不忍殺也。」子厚曰：「如其不寐，則殺之矣，不可謂義。」虢公禋神之説曰：「聽國於神，不亡何待。」子厚曰：「聽而亡，不可謂信。」晉侯得塊之説曰：「舅犯進塊，晉侯以興。」子厚曰：「楚人進塊，楚何以亡，不可謂訓。」子厚之於《國語》，連揞扗之如此，子厚非，固誕之也。後之讀子厚之辭，宜勿易此矣。或曰：司馬遷採《國語》以著書，董仲舒採《國語》以命文，劉向摭《國語》以益《説苑》，《國語》何負於學者，學者顧憎之，子厚何淺也！曰：是固子厚之所忽也。子厚之論《貞符》，自司馬遷、董仲舒、劉向，未有能貫其説也，則《國語》之病，子厚其能默然已乎？噫！使天不生子厚於貞元之間，則唐之士美而言之，其罪皆可髡鉗矣！（《九華集》卷一〇）

晁公武《郡齋讀書志》卷一下：《非國語》兩卷，右唐柳宗元子厚撰。序云：「左氏《國語》其文深閎傑異，而其説多誣淫，懼學者溺其文采而淪於是非，本諸理，作《非國語》。」上卷三十一篇，下卷三十六篇。

高似孫《緯略》卷三《戰國策》：柳子厚嘗謂「左氏《國語》其閎深傑異，固世之耽嗜而不已也，而其説多誣淫，不概於聖，余懼世之學者惑其文采而不論其是非，作《非國語》」。昔讀是書，殊以子厚言之或過，及反覆《戰國策》，而後三嘆《非國語》之作，其用意切、用功深也。予遂效此，盡取《戰國策》與《史記》同異，又與《説苑》、《新序》雜見者各彙正之，名曰《戰國策考》。

黄震《黄氏日鈔》卷六〇：子厚以《國語》文深閎傑異，而説多誣淫，作《非國語》。愚觀所作，非獨駁難，多造理，文亦奇峭。

王應麟《困學紀聞》卷六：江端禮嘗病柳子厚作《非國語》，乃作《非非國語》，東坡見之曰：「久有意爲此書，不謂君先之也。」然子厚《非國語》，而其文多以《國語》爲法。（若璩按：東坡《續楚語論》即東坡《非非國語》。）

王柏《續國語序》：唐之柳宗元乃以《國語》文勝而言厖，好怪而反倫，學者溺其文必信其實，是聖人之道翳也，遂作《非國語》六十篇七，以望乎世者愈狹，而求相於吕化光，豈不愚哉！司馬公曰：「《國語》所載，皆國家大節，興亡之本，宗元豈足以望古君子藩籬，妄著一書以非之。」（《魯齋集》卷四）

王若虚《議論辨惑》：柳子厚《非國語》雖不盡佳，亦大有是處，而温公、東坡深罪之，未爲篤論也。（《滹南遺老集》卷三〇）

胡祗遹《語録》：人之稟賦識見，爲學行事，便可卜其終身之禍福。柳子厚《非國語》以禮樂爲虚器，以天下不相關，以人之動作威儀不足以卜禍福，只此三者，使子厚不坐貶死，亦必不得其死。（《紫山大全集》卷二六）

《元史》卷一八一《虞集傳》虞集弟槃：槃幼時嘗讀柳子厚《非國語》，以爲《國語》誠可非，而柳子之説亦非也，著《非非國語》，時人已歎其有識。

曹安《讕言長語》：《離騷》爲詞賦之祖，朱子論屈原者盡矣，揚雄乃作《反離騷》。其後有《非國語》者，又有作《非非國語》者；有《刺孟》者，又有作《刺刺孟》者。静言思之，可發一笑。

何孟春《餘冬叙録》卷四五：江端禮嘗病柳子厚《非國語》，而作《非非國語》，東坡見之曰：「久有意爲此書，不謂君先之也。」元虞槃讀子厚《非國語》曰：「《國語》誠可非，而柳説亦非也。」於是著《非非國語》。槃不知端禮有書故耶？今人亦止知《非非國語》爲槃作，而端禮之先之弗知也。槃事具元正史，端禮則王應麟《紀聞》所載，宜世有弗甚考者。二書春未之見。非非之語，寧知不復有可非者乎？得二書者，當自有辨。

黄瑜《非非國語》：宋劉章嘗魁天下，有文名，病王充作《刺孟》、柳子厚作《非國語》，乃作《刺刺孟》、《非非國語》。江端禮亦作《非非國語》，東坡見之曰：「久有意爲此書，不謂君先之也。」元虞槃亦有《非非國語》。是《非非國語》有三書也，同邪？異邪？豈紹述而勦取之邪？求其書不可得，蓋亦罕傳矣。今以子厚之書考之，大率闢庸蔽怪誣之説耳。雖肆情亂道，時或有之，然不無可取者焉。其非《滅密》也，曰：「康公之母誠賢耶，則宜以淫荒失度命其子，焉用懼之以數？且以德大而後堪，則納三女之奔者，德果何如？若曰勿受之則可矣，教子而媚王以女，非正也。」斯乃正論，其可以盡非耶？至其非《三川震》曰：「山川者，特天地之物也，陰與陽者，氣而游乎其間者也。自動自休，自峙自流，是惡乎與我謀？自鬬自竭，自崩自缺，是惡乎爲我設？」此則肆情亂道甚矣，是天變不足畏之所從出也。餘類此者，不容枚舉，此所以來三子者之喙與？（《雙槐歲鈔》卷六）

陸深《春風堂隨筆》：世目薄行人爲没前程，此語亦有所自。柳子厚作《非國語》，人以爲子厚平生作文，得《國語》最深，因知其短長而持之，故謂子厚爲没前程。然則以夫子之道反害夫子，從古已然，可歎也。（《儼山外集》卷五）

郎瑛《七修續稿》卷四：王充有《刺孟》，宋劉章作《刺刺孟》；柳子厚有《非國語》，劉章作《非非國語》。此皆反而正之之意，實難也。况王乃辭勝理者，因孟而矯之，時則可耳。柳以正理而矯淫誣之辭，劉何能勝之耶？惜未見其書。

《王荆石先生批評柳文》卷一二：余謂《非國語》只可總作一篇文字，略言鬼神禍福不足徵，卻至於前後矛盾之説不足據，屈指數之則盡矣，何必譊譊。

胡應麟《少室山房筆叢》卷一三《史書佔畢一》：柳宗元愛《國語》，愛其文也；非《國語》，非其義也。義詭僻則非，文傑異則愛，弗相掩也。好而知惡，宗元於《國語》有焉。論者以柳操戈入室，弗察者又群然和之，然則文之工者傷理倍道，皆弗論乎？（虞槃作《非非國語》，余欲作《非非非國語》爲柳解嘲，第未見本書。）

張萱《疑耀》卷二：樓迂齋謂：「柳子厚文章皆學《國語》，卻著《非國語》，是私其所自得，而諱其所從來也，其天資刻薄如此。今世有一士人，止能讀一部《文選》，其所撰述，皆竊《文選》中糟粕以自衒，但對人輒排斥《文選》，是亦一子厚也。」余謂：即能作《文選》便足佳，何以諱爲？第恐其不能爲《文選》耳。子厚之《非國語》，其文即可爲《國語》否耶？而奈何諱之？

朱彝尊《經義考》卷二〇九《左丘子明春秋外傳國語》引王維楨曰：柳子厚文章簡古有法，深得左氏之遺，至爲論六十七篇而命曰《非國語》，病其文勝而不醇乎道，斯持論之過也。（按：蔣之翹《柳河東集》卷首《讀柳集叙説》引作陳文燭曰。）

又引戴仔曰：觀《非國語》之書，而見宗元之寡識也。……夫知人而後可以知天，子厚不知民，則焉知天道？伯陽父、仲山甫、王子晉、單穆公、單襄公、伶州鳩、史伯、衛彪、傒觀射父九人，語言皆不可訾，訾之其爲不知大矣。公孫僑如之貪邪，郤至之汰侈矜伐，不可奬，奬之其爲同德，明矣。子貢曰：「文武之道未墜於地，在人賢者識其大者，不賢者識其小者。」吾讀《國語》之書，蓋知此編之中一話一言，皆文武之道也，而其辭閎深雅奥，讀之味尤雋永。然則不獨其書不可訾，其文辭亦未易貶也。

王士禎《香祖筆記》卷八：柳子厚作《非國語》，宋江端禮作《非非國語》，嗣是劉章、虞槃皆有《非非國語》，見張合宙載，今不盡傳。

姚範《援鶉堂筆記》卷四三：子厚學《春秋》於陸質，質之學本於啖助，故云見聖人之道與堯舜合，不惟文、武、周公之志獨取其法。而陸質墓表云：「以堯舜爲的，以文武爲首，以周公爲翼。」而他文亦曰：「理不一斷於古書，老生直趣堯舜大道。」其淵源本於此也。啖助之學，不喜左氏，故子厚喜《穀梁》，作《非國語》。

焦循《書非國語後》：一《國語》也，或是之，或非之，而《國語》則至今存。一《非國語》也，或是之，或非之，而《非過語》則至今與《國語》並存。然則是非果何定乎？古人之書，往往是非各半，苟不論其世，則一言且可非可是也。是非既各半，則並存也固宜。孟子不信武成血流漂杵，學者奉之。

東都好讖緯，王仲任爲《論衡》，以斥棄一切陰陽五行之説，宋歐陽公修《唐書》及《五代史》，亦盡削天文徵驗，皆與柳氏義合。夫性與天道，子貢未聞，好語怪異，以感民志，詎足訓也。褒姒之事，予嘗辨其謬，惜柳氏未及此，尚有遺耳。（《雕菰集》卷一八）

劉熙載《藝概·文概》：柳柳州嘗作《非國語》，然自序其書，稱《國語》文深閎傑異，其《與韋中立書》謂「參之《國語》以博其趣」，則《國語》之懿亦可見矣。

又：吕東萊《古文關鍵》謂柳州文出於《國語》，王伯厚謂子厚《非國語》，其文多以《國語》爲法。余謂柳文從《國語》入，不從《國語》出，蓋《國語》每多言舉典，柳州之所長，乃尤在「廉之欲其節」也。

又：柳州作《非國語》而文學《國語》，半山謂荀卿好妄、荀卿不知禮，而文亦頗似《荀子》。文家不以呰讆爲棄取，正如東坡所謂「我憎孟郊詩，復作孟郊語」也。

柳宗元集校注外集卷上

賦文誌

披沙揀金賦 求寶之道同乎選才①

沙之爲物兮，視汙若浮。金之爲寶兮，恥居下流。沉其質兮，五才或闕〔一〕；耀其光兮②，六府以脩〔二〕。然則抱成器之珍，必將有待；當慎擇之日，則又何求。配珪璋而取貴，豈泥滓而爲儔〔三〕。披而擇之，斯焉見寶。盪浸淫而顧盼③，指炫熀而探討〔四〕。動而愈出〔五〕，幽以即明④，涅而不緇〔六〕，既堅且好⑤〔七〕。潛雖伏矣〔八〕，獲則取之〔九〕。翻混混之濁質⑥，見熠熠之殊姿⑦〔一〇〕。久暗未彰，固亦將君是望⑧〔一一〕；先迷後得，孰謂棄予如遺〔一二〕。其隱也則雜昏昏，淪浩浩，晦英姿兮自保⑨，和光同塵兮，合于至道〔一三〕；其遇也則散弈弈，動融融，煥美質乎其中⑩，明道若昧兮，契彼玄同。儻俯拾而不棄，諒致美于無窮。欲蓋而彰〔一四〕，將炯爾而見素⑪〔一五〕；不索何獲〔一六〕，遂昭然而發蒙。觀其振拔汙塗，積以錙銖，碎清光而競出⑫，耀真質而特殊⑬。錐處囊而纖光乍比〔一七〕，劍拭土而異彩相符〔一八〕。用之則行，斯爲美矣；求而必得，不亦説乎〔一九〕！豈獨媚旭日以晶熒⑭〔二〇〕，帶長川之清淺。皎如珠吐，疑剖蚌之乍分；粲若星繁，似流雲之初卷。是以周德思比，而岐昌即詠⑮〔二一〕；陸文可侔，而昭明是選〔二二〕。若然者，可以議披沙之所託，明揀金之所裁。良工何遠，善價爰來。拂以增光，寧謝滿贏之學〔二三〕；汰之愈朗⑯，詎慚擲地之才〔二四〕。客有希採掇於求寶之際，庶斯文之在哉！

【校　記】

①《文苑英華》、《全唐文》題下小注作「以『求寶之道同乎選才』爲韻」。

②光，《英華》作「德」。兮，《英華》作「而」，並注云：「一作兮。」

③盼，原作「眄」，據注釋音辯本、詁訓本等及《英華》、《全唐文》改。

④《英華》「幽」字上有「將去」二字。何焯《義門讀書記》卷三七：「幽以即明，上增『將去』二字。」

⑤《英華》作「實既堅而且好」。何焯《義門讀書記》卷三七：「『既堅且好』作『實既堅而且好』。」

⑥混混，《英華》作「渾渾」，並注云：「一作混混。」何焯《義門讀書記》卷三七：「翻混混之濁質，『混混』作『渾渾』。」

⑦熠熠，《英華》作「耀耀」，並注云：「一作熠熠。」

⑧未彰，《英華》作「處固」，並注云：「一作未彰。」固亦，《英華》作「亦冀」。

⑨姿，《英華》作「精」，並注云：「一作姿。」保，《英華》作「寶」，並注云：「一作保。」

⑩乎，原作「兮」，據注釋音辯本、詁訓本等及《英華》改。

⑪將，《英華》作「故」。爾，注釋音辯本、詁訓本作「然」。

⑫碎，《英華》作「研」，並注云：「一作碎。」光，《英華》作「暉」，並注云：「一作光。」

⑬耀，《英華》作「輝」。真，世綵堂本作「直」。特，《英華》作「將」，《全唐文》作「持」。

⑭獨，《英華》作「徒」，何焯校本作「特」。

⑮德思，《英華》作「詩作」，並注云：「二字一作『德思』。」岐，注釋音辯本、世綵堂本作「歧」。岐昌，《英華》作「祈招」。何焯《義門讀書記》卷三七：「而岐昌即詠，『岐昌』作『祈招』。」按：祈招，《詩經》佚詩篇名。《左傳》昭公十二年：「昔穆王欲肆其心，周行天下，將皆必有車轍馬跡焉。祭公謀父作《祈招》之詩，以止王心，王是以獲没於祗宮。」

⑯朗，原作「即」，據諸本及《英華》、《全唐文》改。

【解　題】

［注釋音辯］出劉義慶《世説》：「陸士衡文如披沙揀金。」［韓醇詁訓］劉慶義《世説》：「陸士衡文如披沙揀金，往往見寶。」又見鍾嶸《文品》。公外集賦三首，皆貞元五年以後舉進士時作。按：五

百家注本引孫汝聽注與韓醇注本同，惟鍾嶸《文品》作《詩品》。《世説新語·文學》評陸機文作「排沙簡金」，鍾嶸《詩品》卷上作「披沙簡金」。此爲貞元十二年博學宏詞試賦。《文苑英華》卷一一八李程《披沙揀金賦》題下注：「貞元十二年宏詞。」同作者有柳宗元、席夔、張仲方，限韻同。皆爲其年宏詞登第者。題下八字爲此賦所押韻腳，若爲試賦，則爲有司所規定。彭叔夏《文苑英華辨證》卷一云：「唐賦韻數，平側、次第，初無定格，今略舉一二：有四韻者，《泰階六符》（元亨利貞）、《秋月》（至明周照）、《蓂莢》（呈瑞聖朝）、《丹甑》（國有豐年）諸篇是也。有五韻者，《五星同色》（昊天有成命）、《海上五色雲》（餘霞散成綺）、《金莖》（日華川上動）、《殘雪》（明月照積雪）諸篇是也。有六韻者，《止水》（清審洞澈涵容）、《魍魎》（道德仁義希夷）、《信及豚魚》（聖朝道孚隱微）、《善師不陣》（聖朝威服遠人）諸篇是也。有七韻者，《日再中》（漢文帝時數如此）、《武藝絶倫》（弧矢之利威天下）、《觀紫極舞》（大樂與天地同和）諸篇是也。有八韻者（今爲定格）。有九韻者，《二氣合景星》（其狀無常出有道之國）、《竹宫望拜神光》（上幸之日有事於圜丘）、《大儺》（命有司送寒氣肅京室）諸篇是也。有十韻者，《千秋鏡》（鵲飛如向月龍盤似映光）、《秦客相劍》（決浮雲清絶塞通題爲韻）、《冰壺》（清如玉壺冰何慙夙昔意）諸篇是也。其八韻，則有四平四側者（今爲定格）。有三平五側者，《日月合璧》（兩曜相合候時不差）、《先王正時令》（四時漸差置閏以正）諸篇是也。有五平三側者，《冰將釋》（和風既至遲日初臨）、《玉壺冰》（堅白貞虚作人之則）諸篇是也。有二平六側者，《泗濱浮磬》（美石見質琢之成器）、《圖畫功臣》（立定爾功惟克永代）諸篇是也。有六平二側者，《白雲無心》（山川出雲天實爲之）、《鑿壁偷光》（將欲貪於鱗角之成）諸篇是也。有以平上去入爲韻者，如《三無私》、《山公啟事》諸篇是也。有平上去入周而復始者，如《空賦》、《三足烏賦》諸篇是也。」考察唐人律賦用韻情況甚詳，可參看。

【注釋】

〔一〕［五百家注引孫汝聽曰］《左氏》：「天生五材，民並用之，廢一不可，誰能去兵。」按：見《左傳》襄公二十七年。杜預注：「金、木、水、火、土也。」

〔二〕［五百家注引孫汝聽曰］《書》：「六府孔修。」又曰：「水、火、金、木、土、穀惟修。」按：見《尚書·禹貢》及孔安國傳。

〔三〕［注釋音辯］滓，壯仕切，澱也。［韓醇詁訓］滓，壯士切。

〔四〕［注釋音辯］童（宗説）云：炫，熒絹切。熲，户廣切。潘（緯）云：熲，諸韻皆無。張（敦頤）云：探音貪。《説文》作撢，遠取之也。他含切。［韓醇詁訓］炫，熒絹切。熲，户廣切。探音貪。

〔五〕［注釋音辯］《老子》句。按：《老子》：「虚而不屈，動而愈出。」

〔六〕［注釋音辯］潘（緯）本「涅」作「湼」，乃結切。［五百家注引孫汝聽曰］《論語》：「不曰白乎？涅而不緇。」緇，黑色。按：見《論語·陽貨》。

〔七〕〔五百家注引孫汝聽曰〕《詩》：「既堅既好。」〔蔣之翹輯注〕「既堅」句見《詩·大田》。按：見《詩經·小雅·大田》。

〔八〕〔注釋音辯〕《毛詩》句。〔五百家注引孫汝聽曰〕《詩》：「潛雖伏矣，亦孔之昭。」按：見《詩經·小雅·正月》。

〔九〕〔注釋音辯〕《左傳》僖公二十二年句。按：《左傳》隱公五年：「冬物畢成，獲則取之，無所擇也。」又僖公二十二年：「獲則取之，何有於二毛。」

〔一〇〕〔注釋音辯〕熠，弋入切，盛光也。〔韓醇詁訓〕熠，弋入切。

〔一一〕〔五百家注引孫汝聽曰〕《左氏》：「寡君將君是望，敢不稽首。」按：見《左傳》襄公三年。

〔一二〕〔五百家注引孫汝聽曰〕《詩》：「將安將樂，棄予如遺。」按：見《詩經·小雅·谷風》。

〔一三〕〔蔣之翹輯注〕《老子》：「和其光，同其塵。」

〔一四〕〔注釋音辯〕杜預《左傳序》句。〔五百家注引孫汝聽曰〕《左氏》：「或求名而不得，或欲蓋而名彰。」〔世綵堂〕出《春秋左傳序》。

〔一五〕〔注釋音辯〕炯，俱永切。

〔一六〕〔注釋音辯〕《左傳》昭公二十七年句。〔五百家注引孫汝聽曰〕昭二十七年《左氏》：「上國有言曰：『不索何獲。』」

〔一七〕〔注釋音辯〕《史記·馮煖傳》句。〔韓醇詁訓〕趙平原君曰：「賢者之處世也，譬若錐之處囊中，其末立見。」按：見《史記·平原君列傳》。

〔一八〕［注釋音辯］《晉·張華傳》云。［韓醇詁訓］雷焕得酆城劍，取南昌西山下土拭之，送一劍並土與張華。華以南昌土不如華陰土，報雷焕書兼華陰土一斤致焕。焕將拭劍，轉精明也。按：見《晉書·張華傳》。

〔一九〕「用之則行」見《論語·述而》。「不亦説乎」見《論語·學而》。

〔二〇〕［韓醇詁訓］晶，音精。熒，惠扃切。

〔二一〕［注釋音辯］岐昌，文王也。金玉其相。［蔣之翹輯注］岐昌，文王也。《詩·棫樸》「金玉其相」，注：「美文王也。」按：《詩經·大雅·棫樸》：「追琢其章，金玉其相。」毛傳：「文王能官人也。」

〔二二〕［注釋音辯］見題注。又梁昭明太子集《文選》。［五百家注］陸機事，見題注。［蔣之翹輯注］梁昭明太子蕭統集《文選》，録陸機文爲多，如《歎逝賦》、《文賦》、《辨亡論》、《演連珠》之類。

〔二三〕［注釋音辯］前漢韋玄成。［韓醇詁訓］漢韋賢曰：「遺子黄金滿籯，不如教子一經。」按：《漢書·韋賢傳》：「少子玄成復以明經歷位至丞相，故鄒魯諺曰：『遺子黄金滿籯，不如一經。』」韋賢字長孺。

〔二四〕［注釋音辯］《晉書》孫綽云。［韓醇詁訓］晉孫綽字興公，作《天台山賦》示范榮期，期曰：「此賦擲地，必爲金聲也。」按：《晉書·孫綽傳》：「嘗作《天台山賦》，辭致甚工。初成，以示友人范榮期云：『卿試擲地，當作金石聲也。』榮期曰：『恐此金石，非中宫商。』」

【集評】

《王荆石先生批評柳文》卷一二：自此至《劉叟傳》，俱似少年筆，可删。又：採掇成語，斷章取義，想當時舉業如此。

蔣之翹輯注《柳河東集》外集卷一：三賦（按：與下《迎長日賦》、《記里鼓賦》）體格直是駢儷語之叶韻者耳，全用經史成語，更陋甚。

何焯《義門讀書記》卷三七：《披沙揀金賦》合觀《迎長日》、《記里鼓》，三賦皆當時格，其中警句尚勝香山也。

李調元《賦話》卷三：唐柳宗元《披沙揀金賦》云：「潛雖伏矣，獲則取之。」用成語，巧不傷雅。又：「皎如珠吐，類剖蚌而乍分；粲兮星繁，似流雲之初卷。」獨見老成。考柳州四六最工，在禮部時，箋表多出其手。貶謫之後，如《賀破東平表》、《討黄少卿牒》等作，載於集中者頗多，其爲當時所推重可知也。施之帖括，固宜精警絶倫。

王芑孫《讀賦卮言·押虚字例》：柳子厚《披沙揀金》用「乎」字云：「用之則行，斯爲美矣；求而必得，不亦説乎。」

孫梅《四六叢話》卷四：柳河東《披沙揀金》、《記里鼓車》等作，質有其文，巧而兼力，誠鴻博之新裁，場屋之定式矣。

迎長日賦　三王迎日禮用夏郊①

惟饗帝以事天，必推策而迎日〔一〕。寅方肇建，俟啟蟄以展儀〔二〕；卯位將初，爰用牲而協吉②〔三〕。送烈烈之凝氣〔四〕，導遲遲之陽律③〔五〕，猶分可愛之輝〔六〕，式佇寅賓之質〔七〕。稽之虞典，期匪疾而匪徐；行以夏時〔八〕，契惟精而惟一。職在馮相〔九〕，事傳小正〔一〇〕。符上春以備儀，必脩其始；先仲春而有事，故謂之迎。時也淑景初延，幽陽潛啟，當四時之首位，用三代之達禮。探賾索隱〔一一〕，得郊祀之元辰；極往知來，正邦家之大體。事冠前古，儀標後王。皮弁乍臨〔一二〕，土圭之影猶積〔一三〕；泰壇既罷〔一四〕，玉漏之聲漸長④〔一五〕。變熙熙之純曜，流杲杲之晴光〔一六〕。璧影始融，麗景纔凝於城闕⑤；輪形尚疾，斜暉未駐於康莊⑥〔一七〕。是知迎長日之儀，實王心之所共⑦；兆南郊之位，乃陽事之所用⑧。故可以知上下之際⑨，見天人之交，動浮光於俎豆⑩，散微照於苞茅〔一八〕。周流金石，暉照陶匏〔一九〕。異乎天紀不脩〔二〇〕，秦伯尚矜其泰時〔二一〕；日官失職〔二二〕，晉侯徒繼乎夏郊〔二三〕。于以迎之，則無違者⑪。委照將久⑫，豈三舍之足憑〔二四〕；延光可期，胡再中之云假〔二五〕！自然應以繁祉，錫之純嘏〔二六〕，禮義允洽于人神，正朔克周于戎夏。今我后再新古禮，與天地相參。應戬穀之宜〔二七〕，受之千億；奉郊祀之報，至于再三。然則迎長日恭祀事，並虞夏而何慙！

【校　記】

①《文苑英華》、《全唐文》題下注作「以『三王郊禮日用夏正』爲韻」。按：「正」、「迎」同韻部，二字皆見於賦中。
②吉，原作「告」，據諸本及《全唐文》改。
③導，《全唐文》作「遵」。
④漸，《英華》作「潛」，並注云：「一作漸。」
⑤纔，《英華》作「欲」，並注云：「一作纔。」
⑥於，《英華》作「乎」，並注云：「一作于。」
⑦實王心之，《英華》注：「四字一作『聖王』二字。」蔣之翹輯注本：「王，一作皇。」
⑧《英華》「位」上有「正」字，「乃」作「乘」。
⑨《英華》「際」上有「分」字。
⑩《英華》「光」上有「晨」字。
⑪違，原作「爲」，據《英華》、《全唐文》改。《英華》注云：「一作爲，非。」何焯《義門讀書記》卷三七亦云：「『無爲』作『無違』。」

⑫ 久，詁訓本作「入」。

【解　題】

〔注釋音辯〕出《禮記·郊特牲》篇：「郊之祭也，迎長日之至也。」〔韓醇詁訓〕題見《禮記·郊特牲》：「天子適四方，先柴。郊之祭也，迎長日之至也。」注云：「《易》説曰：三王之郊，一用夏正。夏正，建寅之月也。此言迎長日者，建卯而晝夜分，分而日長也。」故賦謂「寅方」「卯位」，以此焉。按：長日指冬至，此後日長一日，故云長日。古代朝廷於此日舉行郊祭之禮。《文苑英華》卷五六收此題賦二篇，爲李程與柳宗元之作，限韻同。貞元十九年閏十月，柳宗元爲監察御史裏行，曾主持祭事。其《祀朝日説》云：「柳子爲御史，主祀事，將朝日。」又《禬説》云：「柳子爲御史，主祀事，將禬。」此賦或作於貞元十九年十一月。

【注　釋】

〔一〕〔五百家注〕策，著也。〔蔣之翹輯注〕《史·五帝紀》「迎日推策」，策，數也，迎數之也。日月朔望，未來而推之，故曰迎日。

〔二〕〔韓醇詁訓〕《左氏》：「凡祀，啟蟄而郊。」〔五百家注引孫汝聽曰〕桓九年《左氏》：「凡祀，啟蟄而郊。」啟蟄，謂建寅之月。按：夏曆以寅月爲歲首，稱建寅。寅月即農曆正月。

〔三〕卯位指東方。古代以北斗之斗柄所指方向定季節，斗柄指正北（子位），爲冬至；指正東（卯位），爲春分。

〔四〕［五百家注引孫汝聽曰］《詩》：「冬日烈烈。」［世綵堂］仲冬送烈烈。按：見《詩經·小雅·四月》。

〔五〕［五百家注引孫汝聽曰］《詩》：「春日遲遲。」按：見《詩經·豳風·七月》。

〔六〕［韓醇詁訓］《左氏》：「夏日可畏，冬日可愛。」［五百家注引孫汝聽曰］文七年《左氏》：「賈季曰：『趙衰，冬之日；趙盾，夏之日。』」注云：「冬日可愛，夏日可畏。」

〔七〕［韓醇詁訓］《書》：「寅賓出日。」注云：「寅敬賓導也。」按：《尚書·堯典》孔安國傳作「寅敬賓導，秩序也」。

〔八〕［注釋音辯］《禮記》注：「三王之郊，一用夏正。夏正，建寅之月也。」［五百家注引孫汝聽曰］《論語》：「行夏之時。」按：見《論語·衛靈公》。

〔九〕［注釋音辯］馮音憑。相，息亮切。《周禮·春官》序注：「馮，乘也。相，視也。世登高臺以視天文之次序。」［韓醇詁訓］《周禮·春官·馮相氏》：「冬夏致日，春秋致月，以辨四時之序。」

〔一〇〕［注釋音辯］（正）音征。《禮記·禮運》注：「夏四時之書，其存者有《夏小正》。」［韓醇詁訓］《禮記·禮運》：「孔子曰：我欲觀夏道，是故之杞，而不足徵也，吾得夏時焉。」注云：「得夏四時之書，其書存者有《小正》。」

〔一一〕［注釋音辯］賾，仕革切。［蔣之翹輯注］賾音格。

〔一二〕［注釋音辯］《郊特牲》篇：「祭之日，王皮弁以聽祭報。」［韓醇詁訓］《郊特牲》：「祭之日，王皮弁以聽祭報，示民尊上也。」

〔一三〕［韓醇詁訓］《周禮》：「土方氏掌土圭之法，以致日景。」注云：「日景者，夏至景尺有五寸，冬至景丈三尺，其間則日有長短。」按：見《周禮·地官司徒·大司徒》。

〔一四〕［注釋音辯］《禮記·祭法》：「燔燔柴於泰壇，祭天也。」［韓醇詁訓］《禮記》：「燔柴於泰壇，祭天也。」［五百家注引孫汝聽曰］《廣雅》曰：「圓丘、泰壇祭天，方丘、泰折祭地。」

〔一五〕［韓醇詁訓］張衡《漏水轉渾天儀制》曰：「以銅爲器，再疊差置，實以清水。下各開孔，以玉虯吐漏水入兩壺，右爲夜，左爲晝。」按：見《初學記》卷二五引。

〔一六〕［五百家注引孫汝聽曰］《詩》：「其雨其雨，杲杲出日。」按：見《詩經·衛風·伯兮》。

〔一七〕［蔣之翹輯注］《爾雅》：「五達謂之康，六達謂之莊。」按：見《爾雅·釋宫》。

〔一八〕［蔣之翹輯注］包，裹束茅菁。茅，天子祭禮必用菁茅以束酒，謂束茅而灌之以酒，《左傳》謂縮酒是也。

〔一九〕［注釋音辯］《禮記》：「器用陶匏，以象天地之性也。」按：見《禮記·郊特牲》。

〔二〇〕［五百家注引孫汝聽曰］《書》：「俶擾天紀。」注云：「紀，謂時日。」按：見《尚書·胤征》。

〔二一〕［注釋音辯］潘（緯）云：畤，音止。《説文》：「天地五帝所基址祭地。」右扶風有五畤、好畤、鄜時，皆黄帝時祭。一曰：秦文公立也。［韓醇詁訓］以《秦本紀》及《封禪書》考之，秦襄公作西時，祠白帝。至文公作鄜時，宣公作密時，靈公作吴陽上時，祭黄帝，下時祭炎帝，獻公作畦時，祀白帝，皆未嘗立泰時，至漢武元鼎中，始立泰時，祠太乙。則泰時乃漢立也，賦云「秦矜泰時」，恐誤。**按**：韓説是。《史記·孝武本紀》太史公祠官寬舒等言「立泰時壇以明應」；《漢書·郊祀志下》：「孝武皇帝居甘泉宫，即於雲陽立泰時，祭於宫南。」皆可證。

〔二二〕［五百家注引孫汝聽曰］《左傳》：「天子有日官，諸侯有日御。」**按**：見《左傳》桓公十七年。

〔二三〕［注釋音辯］《左傳》昭公七年：「晉韓宣子祀夏郊。」注：「祀鯀。」［韓醇詁訓］《左氏》昭公七年：「鄭子産聘於晉，晉侯有疾，韓宣子逆客曰：『寡君疾，今三月矣。今夢黄熊入於寢門，其何厲鬼也？』對曰：『昔堯殛鯀於羽山，其神化爲黄熊，以入於羽淵，實爲夏郊，三代祀之。晉爲盟主，其或未之祀也乎？』韓子祀夏郊，晉侯有間。」

〔二四〕［注釋音辯］魯陽公。［韓醇詁訓］魯陽與韓戰，酣，日暮，援戈揮之，日反三舍。**按**：五百家注本引孫汝聽注引作《淮南子》。見《淮南子·覽冥》。

〔二五〕［注釋音辯］《前漢·文帝紀》：「新垣平候日再中。」［韓醇詁訓］《風俗通》曰：「成帝問劉向：『俗説文帝及徵，後期，不得立，日爲再中。』向曰：『文帝少即位，不容再中。』」［五百家注引孫汝聽曰］《漢書》：「文帝時，新垣平言：『臣候日再中。』居頃之，日卻復中，乃更以十七年爲元年。」**按**：見《漢書·郊祀志上》及應劭《風俗通》卷二。

〔二六〕［五百家注引孫汝聽曰］《詩》：「天錫公純嘏。」按：見《詩經・魯頌・閟宮》。

〔二七〕［注釋音辯］戩，子禰切，福也。［五百家注引孫汝聽曰］《詩》：「俾爾戩穀。」［蔣之翹輯注］戩音翦。《詩》：「俾爾戩穀。」戩與翦同。戩，盡。穀，善也。按：見《詩經・小雅・天保》。

記里鼓賦 聖人立制智者研精①

異哉鼓之設也〔一〕，恢制度于天邑②，佐大禮于時行即行，贊盛容而立之斯立。觀其象，可以守威儀之三千〔二〕；節其音，可以表吉行之五十〔三〕。配和鸞以入用〔四〕，並司南而爲急〔五〕。若乃郊薦之儀既陳，封禪之禮攸執，經千里之分寸可候③，度四方而禮容是集。施五擊於華山之野，知霧氣已籠〔六〕；用百發乎南山之陽〔七〕，識雷聲所及。先聖有作，後王式遵。啟玄機以求舊，運巧智而攸新。相彼良工，自殊昧道之士；眷茲木偶，應異迷途之人〔八〕。齊步武而無佚，差遠近而有倫。遵大路，罔愆乎禮典〔九〕；聽希聲，克正于時巡〔一〇〕。雖道有環回，地分險易〔一一〕，固善應而莫失④，諒知幾而有爲〔一二〕。載考載擊，所辨于長亭短亭〔一三〕；匪疾匪徐，足分乎有智無智〔一四〕。觀其妙矣，孰測其微細？觀其徼矣，詎知其啟閉〔一五〕？音不衰而得度〔一六〕，響其鏜而有制〔一七〕。于以翊龍御，于以引天旋。異銅渾之儀，亦可敘紫微之星次〔一八〕；殊玉漏之制，而能步黃道之日躔⑤〔一九〕。周物之智斯設，極深之機是研〔二〇〕。鄙繁音之坎坎〔二一〕，陋促節之闐闐〔二二〕。妙出人謀，思由神假⑥〔二三〕。時然後擊，贊賞典于今兹；動惟其常，契同文于古者。由是皇衢以正，帝道斯盛。恭出震以成威〔二四〕，膺御乾而啟聖。我后得以昭文物，展聲明，不僭于素〔二五〕，可舉而行。宜乎騁墨妙，呈筆精〔二六〕，固敢先三雅而獻賦〔二七〕，庶將開萬國之頌聲。

【校　記】

①記，《文苑英華》作「數」。《英華》、《全唐文》題下注爲：「以『聖人立制智者研精』爲韻。」

②吴汝綸《柳州集點勘》云：「『恢制度』上疑脱一句。」吴説是。

③之，《英華》、《全唐文》作「而」。

④失，原作「實」，據何焯校本、《全唐文》改。

⑤步，原作「涉」，據注釋音辯本、詁訓本、蔣之翹輯注本及《英華》、《全唐文》改。

⑥思，《英華》作「巧」。

【解　題】

〔注釋音辯〕出《晉書·輿服志》：「記里鼓車，駕四，形如指南車。」〔韓醇詁訓〕題見《晉書·輿服志》：「記里鼓車，駕四，形制如司南車。」又見葛洪所集《西京雜記》。［五百家注引孫汝聽曰］崔豹《古今注》曰：「大章車，所以識道里也。起於西京，亦曰記里車。車上有二層，皆有木人，行一里，下層擊鼓，行十里，上層擊鼓。尚方故事有作車法。」按：《晉書·輿服志》：「記里鼓車，駕四，形制如司南。其中有木人，執槌向鼓，行一里，則打一槌。」又見崔豹《古今注》卷上。《宋書·禮志五》：「記里車，未詳所由來，亦高祖定三秦所獲。制如指南，其上有鼓，車行一里，木人輒擊一槌。」《太平廣記》卷二二六引《紀聞》：「開元初修法駕，東海馬待封能窮伎巧，於是指南車、記里鼓、相風鳥等，待封皆改修，其巧踰於古。」岳珂《愧郯録》卷一三載指南車、記里鼓車的造法甚詳。郎瑛《七修類稿》卷二四：「本朝嘗以記里鼓出題試士，多有不知爲何物者，知者又不知始於何時、何人創也。近《墨談》以楊鐵崖《記里鼓賦》數言通用之辭，即以爲制度，又無時與人也。殊不知唐元和間金忠義作，宋天聖間内侍盧道隆又造之（制見三朝志）。」《舊唐書·憲宗紀下》：「（元和十年十二月）庚申，新造指南車、記里鼓。」《唐會要》卷三二：「元和十年十月，上閲新作指南車、記里鼓於麟德殿。」《册府元龜》卷九〇八：「金公立爲典作官，元和十年十二月，帝閲新作指南車、記里鼓於麟德殿，賜公立緋服銀章及馬一匹。至穆宗元和十五年十月，故金忠義男公亮進修成指南車、記里鼓。又文宗大和元年六月，賜修指南車、記里鼓人故金忠義男公亮緋衣、牙笏、錦三十匹。」此賦云「我后得以昭文物，展聲明，不僭於素，可舉而行」，疑即作於元和十年。爲將用於獻賦之作。然是年三月即出爲柳州刺史，是賦終未得用也。章士釗《柳文指要》下《通要之部》卷一五：「賦以『盛人立制智者研精』爲韻，而用韻不依次序，首立、次人、次智、次制、次研、次者、次聖、次精，雖韻目如數不訛，而乃顛倒雜亂用之，每本韻之部位都不一律，且每段配句長短不齊，長者七韻如『立』，五韻如『人』，短至兩韻如『者』如『聖』，此由作者任意分佈，爲唐以後律賦之所不許。然子厚揮灑自如爲之，可見有唐此類限制之不嚴。復次，吾沈心讀此賦，亦不見特殊勝處，仔細核之，只不過是當時考棚尋聲覓事，隨遇而安之順口溜而已。更就記里鼓之由來，一無聲叙，今所見整篇文字，尤不得謂非臨場不得題旨之東西拼湊。倘爾時所得題非記里鼓，而適爲指南、司南、大章、雲母、通幰諸車目，吾揣子厚本篇所用資料，可以無須更换，全部使用。試問從古文場之滑稽形象，寧復有逾於斯？」

【注　釋】

〔一〕〔注釋音辯〕潘（緯）云：异，音異，舉也。又《集韻》音怡，發歎。一曰已也。按：注釋音辯本「異」作「异」，「异」的本義爲舉，作「不同」義使用時已通作「異」。

〔二〕〔韓醇詁訓〕《禮記》：「禮儀三百，威儀三千，待其人而後行。」按：見《禮記·中庸》。

〔三〕〔韓醇詁訓〕《賈捐之傳》：「鸞旗在前，屬車在後，吉行日五十里。」按：見《漢書·賈捐之傳》。

〔四〕〔五百家注引孫汝聽曰〕桓二年《左氏》：「錫鸞和鈴，昭其聲也。」注云：「鈴在馬頟，鸞在鑣，和在衡。」

〔五〕〔韓醇詁訓〕取車制如司南之義。按：司南即指南車。

〔六〕［蔣之翹輯注］《古今注》：「與蚩尤戰於涿鹿之埜，蚩尤作大霧，軍士皆迷路，帝作指南車，以示四方。」指南又名司南，「五擊」句未詳。如謂「霧」與「指南」相屬者，應即黄帝事。「華山」字恐誤，當云「涿鹿之埜」。如謂「霧」與「華山」相屬者，《後漢書》：「張楷好道術，居華陰，能爲五里霧。」其事又與題不洽，恐非是。今並存之，以俟知者。按：用張楷事，見《後漢書·張霸傳》附張楷。張楷能爲五里霧，「五擊」謂五次擊鼓，一擊一里，五擊即五里也。

〔七〕［五百家注引孫汝聽曰］《詩》：「殷其雷，在南山之陽。」按：見《詩經·召南·殷其雷》。

〔八〕［注釋音辯］崔豹《古今注》：「大章車，所以識道里也，起於西京，亦曰記里車。上有二層，皆有木人，行一里，下層擊鼓；行十里，上層振鐲。」

〔九〕《詩經·鄭風》有《遵大路》。

〔一〇〕［五百家注引孫汝聽曰］《老子》：「大音希聲。」［蔣之翹輯注］古者天子巡狩，按時而行。

〔一一〕［注釋音辯］易，以豉切。

〔一二〕［注釋音辯］（爲）于僞切。

〔一三〕［韓醇詁訓］庾子山《江南賦》：「十里五里，長亭短亭。」謂五里一短亭，十里一長亭。［蔣之翹輯注］《六帖》：「十里一長亭，五里一短亭。」按：此爲庾信《哀江南賦》中句。

〔一四〕［注釋音辯］《世説》：「魏武帝過曹娥碑，碑背上題作『黄絹幼婦外孫齏臼』，楊脩便解，魏武行三十里方悟。歎曰：『我才不如卿，有智無智，較三十里。』」按：五百家注本引孫汝聽注與童注同。見《世説新語·捷悟》。

〔一五〕［注釋音辯］徼，吉弔切。［五百家注引孫汝聽曰］《老子》：「常無欲以觀其妙，常有欲以觀其徼。」［蔣之翹輯注］徼，邊際也。

〔一六〕［五百家注引孫汝聽曰］《左氏傳》：「一鼓作氣，再而衰。」按：見《左傳》莊公十年。

〔一七〕［注釋音辯］鏜音湯，鐘鼓聲。［韓醇詁訓］鏜音湯。《詩》曰：「擊鼓其鏜。」［蔣之翹輯注］鏜，鼓聲。按：五百家注本引孫汝聽注與韓注本同。見《詩經·邶風·擊鼓》。

〔一八〕［蔣之翹輯注］渾天儀制：蓋上鑄金爲司辰，具衣冠，左手把箭，右手指刻以別天時蚤晚。餘詳見前賦。紫微垣在天微、天市二垣之内。

〔一九〕［蔣之翹輯注］黄道，日行之處，天之中央。

〔二〇〕［五百家注引孫汝聽曰］《易》曰：「夫《易》，聖人所以極深而研幾也。」［蔣之翹輯注］《易》曰：「智周乎萬物。」按：皆見《周易·繫辭上》。

〔二一〕［五百家注引孫汝聽曰］坎坎，鼓聲。《詩》：「坎其擊鼓，宛丘之下。」按：見《詩經·陳風·宛丘》。

〔二二〕［注釋音辯］（闐）音田，盛貌。［蔣之翹輯注］（《詩》）又：「振旅闐闐。」按：見《詩經·小雅·采芑》。

〔二三〕［蔣之翹輯注］假音格。按：與「者」押韻，上聲馬部。

〔二四〕［蔣之翹輯注］《易》：「帝出乎震。」按：見《周易·説卦》。

〔二五〕［注釋音辯］童（宗説）云：僁音愆，俗作僁，係《左傳》句。［韓醇詁訓］僁音愆。按：見《左傳》宣公十一年。僁同愆。不愆於素，即不違反古制。

〔二六〕［蔣之翹輯注］江淹賦：「淵雲之墨妙，嚴樂之筆精。」按：見《文選》江淹《别賦》。

〔二七〕三雅，《太平御覽》卷八四五曹丕《典論》：「劉表有酒爵三，大曰伯雅，次曰仲雅，小曰季雅。伯雅容七升，仲雅六升，季雅五升。」先三雅獻賦，即於酒宴開始之前獻賦也。

【集　評】

周嬰《卮林》卷五「記里鼓」條：柳宗元亦有賦，都無佳語，亦不紀時與人。

何焯《義門讀書記》卷三七：《宋書·禮志》：「記里車未詳所由來，亦高祖定三秦所獲。制如指南。其上有鼓，車行一里，木人輒擊一槌。大駕鹵簿以次指南。」《舊書·憲宗紀》：「元和十年十二月庚申，新造指南車、記里鼓。」

吾　子

曰：「吾子來也，以有餘而欲及人乎？」曰：「然。」「若用子而能使竭忠孝乎？」曰：

「否。夫無忠而忠見，無孝而孝聞，曷若使不見而忠，無聞而孝，肅然已出，熙然已及，夫已也渾然矣乎！」

【解　題】

［蔣之翹輯注］闕文。揚雄《法言》有《吾子》篇，云：「降周迄孔，成于王道，然後誕章乖離，諸子圖徵，譔《吾子》。」按：本文仿揚雄《吾子》，以對話體的形式，提出「不見而忠，無聞而孝」的思想觀點，是以儒家倫理道德爲體，以道家思想觀念爲用。疑柳宗元原文亦似揚雄《吾子》，闡述了作者對一系列問題的看法，然大部分文字佚去，僅存以上數語。作時亦無考。

劉叟傳

魯有劉叟者，嘗以御龍術進於魯公云云①〔一〕。劉叟曰：「歲不雨，無以出繇無以入②。民枯然視天，卿士大夫絶智，謀山川、禱神祇以祈③，皆不應④。臣投是龍於尺池之内⑤，不踰晷〔二〕，雷浮上下，雷浮東西⑥，於是先之以風，騰之以雲，從之以雨，如君之意。欲一邑足之？欲一國足之？欲天下足之？」魯公曰：「斯龍也其神乎？是則寡人之國非敢用。」劉叟曰：「臣聞避風雨，禦寒暑，當在未寒暑乎？是故事至而後求，曷若未至而先備？」於是魯公止劉叟而内龍〔三〕。明年，果大旱，命劉叟出龍，果大雨。

【校　記】

①「云云」二字，諸本皆用小字，當是作者原注，故仍其舊。

②繇，原作「終」，注釋音辯本、詁訓本、世綵堂本等皆同，此據《柳柳州外集》改。《柳柳州外集》並注云：「一作絲。」何焯校本亦作「繇」。「繇」通「由」。

③祇，原作「祈」，據諸本改。

④皆，諸本皆作「咸」。

⑤池，注釋音辯本、詁訓本作「地」。龍爲水物，作「池」是。何焯校本亦作「池」。

⑥二「浮」字，諸本均作「孚」。二字可通。「雷浮東西」之「雷」疑爲「雲」之訛，因不當重用二「雷」字。

【解　題】

此文未詳作年。名爲「傳」，實則虚構，意在説明「事至而後求，曷若未至而先備」的道理，亦即未雨綢繆之意。龍致雨事，《淮南子·墬形》「土龍致雨」，高誘注：「湯遭旱，作土龍以像龍，雲從龍，故致雨也。」可見其説由來已久。《藝文類聚》卷九六引《抱朴子》：「案使者甘宗所奏西域事云：外國方士能神呪者，臨川禹步吹氣，龍即浮出。初出乃長十數丈，方士吹之，一吹則龍輒一縮，至長數寸，乃取著壺中，以少水養之。外國常患旱災，於是方士聞有旱處，便賫龍往賣之，一龍直金數十斤，舉國會斂以雇之。直畢，乃發壺出龍著淵中，因復禹步吹之，長數十丈。須臾而雨四集矣。」《晉書·藝術傳·僧涉》：「能以祕祝下神龍，每旱，（苻）堅常使之呪龍請雨，俄而龍下鉢中，天輒大雨。」《太平廣記》卷三九六引《柳氏史》又記唐玄宗時大旱，嘗請無畏三藏召龍致雨事。此文疑作於貞元中。

【注　釋】

〔一〕《史記·夏本紀》：「陶唐既衰，其後有劉累，學擾龍於豢龍氏，以事孔甲，孔甲賜之姓曰御龍氏，受豕韋之後。」裴駰集解：「《傳》曰：遷於魯縣。」

〔二〕晷，日規的刻度。

〔三〕［注釋音辯］内與納同。［蔣之翹輯注］内音納。

【集　評】

黄震《黄氏日鈔》卷六〇：《劉叟傳》：叟以御龍術進，魯公内龍先備，明年果大旱，命劉叟出龍，果大雨。

《王荆石先生批評柳文》卷一二：不真。

河間傳

河間，淫婦人也，不欲言其姓，故以邑稱。始婦人居戚里〔一〕，有賢操〔二〕。自未嫁，固已惡群戚之亂尨〔三〕，羞與爲類，獨深居爲翦製縷結。既嫁，不及其舅，獨養姑，謹甚，未嘗言門外事。又禮敬夫賓友之相與爲肺腑者。其族類醜行者謀曰：「若河間何？」其甚者曰：「必壞之。」乃謀以車衆造門〔四〕，邀之遨嬉，且美其辭曰：「自吾里有河間，戚里之人日夜爲飭厲，一有小不善，唯恐聞焉。今欲更其故，以相效爲禮節，願朝夕望若儀狀，以自惕也。」河間固謝不欲，姑怒曰：「今人好辭來，以一接新婦來爲得師，何拒之堅也？」辭曰：「聞婦人之道①，以貞順静專爲禮。若夫矜車服、耀首飾，族出讙鬧，以飲食觀遊，非婦人宜也。」姑强之②，乃從之遊。過市，或曰：市少南，入浮圖祠③，有國工吴叟始圖東南壁，甚怪，可使奚官先辟道④，乃入觀。觀已，延及客位，具食。帷牀之側，聞男子欬者〔五〕，河間驚，跣足出⑤，召從者馳車歸。泣數日，愈自閉，不與衆戚通。戚里乃更來謝曰：「河間之遽也，猶以前故，得無罪吾屬耶？向之欬者，爲膳奴耳。」曰：「數人笑於門，如是何耶？」群戚聞且退。

期年，乃敢復召，邀於姑，必致之與偕行。遂入灃隍州西浮圖兩池間⑥〔六〕，叩檻出魚鼈食之〔七〕，河間爲一笑，衆乃歡。俄而又引至食所，空無帷幕，廊廡廓然，河間乃肯入。先壁群惡少於北牖下，降簾，使女子爲秦聲，倨坐觀之。有頃，壁者出宿，選貌美陰大者主河間，乃便抱持河間，河間號且泣⑦，婢夾持之，或諭以利，或罵且笑之。河間竊顧視持己者甚美⑧，左右爲不善者已更得適意，鼻息咈然〔八〕，意不能無動，力稍縱，主者幸一遂焉。因擁致之房，河間收泣甚適，自慶未始得也。至日仄，食具，其類呼之食⑨，曰：「吾不食矣。」且暮⑩，駕車相戒歸，河間曰：「吾不歸矣。」必與是人俱死。群戚反大悶，不得已，俱宿焉⑪。夫騎來迎，莫得見，左右力制，明日乃肯歸。持淫夫大泣，齧臂相與盟而後就車。

既歸，不忍視其夫，閉目曰：「吾病甚⑫。」與之百物，卒不食。餌以善藥，揮去。心怦怦〔九〕，恒若危柱之絃。夫來⑬，輒大罵，終不一開目。愈益惡之，夫不勝其憂。數日，乃曰：「吾病且死，非藥餌能已，爲吾召鬼解除之，然必以夜。」其夫自河間病，言如狂人，思所以悦其心，度無不爲。時上惡夜祠，其夫無所避⑭，既張具〔一〇〕，河間命邑人告其夫召鬼祝詛⑮，上下吏訊驗，笞殺之。將死，猶曰：「吾負夫人！吾負夫人！」河間大喜，不爲服，闢門召所與淫者，倮逐爲荒淫〔一一〕。

居一歲，所淫者衰，益厭，乃出之。召長安無賴男子，晨夜交於門，猶不慊〔一二〕。又爲酒壚西南隅，己居樓上，微觀之，鑿小門，以女侍餌焉。凡來飲酒，大鼻者，少且壯者，美顔色者，善爲酒戲者，皆上與合。且合且窺，恐失一男子也。猶日呻呼懵懵以爲不足〔一三〕。積十餘年，病髓竭而死。自是，雖戚里爲邪行者，聞河間之名，則掩耳蹙頞⑯，皆不欲道也⑰〔一四〕。

柳先生曰：天下之士爲脩潔者，有如河間之始爲妻婦者乎？天下之言朋友相慕望，有如河間與其夫之切密者乎？河間一自敗於强暴，誠服其利，歸敵其夫猶盜賊仇讎，不忍一視其面，卒計以殺之，無須臾之戚。則凡以情愛相戀結者，得不有邪利之猾其中耶〔一五〕？亦足知恩之難恃矣。朋友固如此，況君臣之際，尤可畏哉！余故私自列云⑱。

【校　記】

①「婦」下原脱「人」字，注釋音辯本、詁訓本、世綵堂本等同，據《柳柳州外集》補。

②「非婦人宜也，姑强之」，《柳柳州外集》作「非禮甚矣，何以師爲？新婦不足辱也。姑不聽，强之。河間俛矉登車」。

③「祠」字原闕，諸本同，據《柳柳州外集》補。

④《柳柳州外集》「使」上無「可」字。辟，原作「壁」，諸本皆同，此據《柳柳州外集》改。何焯《義門

讀書記》卷三七：「『可使奚官先壁道』，『壁道』宜作『辟道』。」

⑤足，注釋音辯本、詁訓本、世綵堂本等皆作「走」。

⑥「池」字原脱，諸本皆同，據《柳柳州外集》補。

⑦「號」上原衍「聞」字，據諸本及《柳柳州外集》删。

⑧《柳柳州外集》「竊」下無「顧」字。

⑨「類」上「其」字原闕，諸本皆同，據《柳柳州外集》補。

⑩且，原作「旦」，世綵堂本同，據注釋音辯本、詁訓本、游居敬本及《柳柳州外集》改。

⑪俱，《柳柳州外集》作「留」。

⑫「甚」字原脱，諸本同，據《柳柳州外集》補。

⑬來，《柳柳州外集》作「入」。

⑭「其」原作「甚」，詁訓本、世綵堂本皆同。若作「甚」，逗作「時上惡夜祠甚，夫無所避」，未若作「其」字通暢，故據注釋音辯本、游居敬本改。

⑮人，諸本皆作「臣」。

⑯耳，原作「鼻」，諸本皆同，據《柳柳州外集》改。河間婦非嗅惡也，乃事醜也，故從「耳」。

⑰也，《柳柳州外集》作「之」。

⑱「故」字原闕，據諸本補。蔣之翹輯注本：「故，一作固，非是。」

【解　題】

此篇當作於永州，然作年無考。《緑窗女史》妾婢部徂異門、《舊小説》乙集皆收入，已目之爲小説矣。何焯批校王荆石本《柳文》曰：「大字本不載此篇。」大字本指鄭定《重校添注音辯唐柳先生集》，故有人疑是僞作。章士釗《柳文指要》上《體要之部》卷二九亦云：「《河間傳》，贋作也。」顯然不能因在外集便指爲僞作。或以爲敷衍《漢書·游俠傳》中原涉語，亦淺論。歷代評論者多以爲此篇有所寄諷，但諷意爲何，卻頗有分歧。或以爲「詆憲宗」，如宋代胡寅。古代文士常以夫婦喻君臣，夫爲陽，婦爲陰；君爲陽，臣爲陰，故以婦喻臣，未有以婦喻君者，故此説未的。或以爲懲戒女淫，如何焯便以爲影射公主之淫蕩者，純屬臆測。若此，直言之可也，何必假託？唐人並不以此等事爲大忌諱。此文云「河間一自敗於强暴，誠服其利，歸敵其夫猶盜賊仇讎」，爲本文之關鍵所在。婦人即士人也。則此文乃刺士人陷泥汙不思自拔，而反利其利。當永貞之際，皇位更迭，政治風雲變化，宗元目睹了某些士人的翻覆與背叛，遂撰此文以諷。

【注　釋】

〔一〕〔注釋音辯〕《前漢·萬石君傳》注：「於上有姻戚者，則皆居之，故名其里爲戚里。」

〔二〕〔注釋音辯〕操，七到切，節操也。

〔三〕尨，雜也。《左傳》閔公二年：「衣之尨服。」注：「尨，雜色。」

〔四〕［注釋音辯］造，七到切，至也。

〔五〕［注釋音辯］欬，口慨切，逆氣。

〔六〕［注釋音辯］潘（緯）云：（隑）按《集韻》無此字，未詳。隑，或口慨、柯開二切。江南人呼悌爲隑。按《集韻》沂、祈二音，曲岸也。又魚開切，脩長也。《前漢·相如傳》「臨曲江之隑州兮」，注：「曲，岸頭也，巨衣切。」［五百家注］隑，口溉切，又何開切。按：陳景雲《柳集點勘》卷三：「隑州在曲江。唐代都城游覽之勝，曲江爲最，又浮圖臨水，故叩檻出魚鱉食之。」隑州即曲江池，「浮圖」則指曲江西之慈恩寺。康軿《劇談録》卷下：「曲江池本秦世隑洲，開元中疏鑿，遂爲勝境。其南有紫雲樓、芙蓉苑，其西有杏園、慈恩寺。花卉環周，煙水明媚，都人游翫，盛於中和、上巳之節。」「隑」爲衍字。

〔七〕當是將活魚鼈放在籠子裏浸於水中，以備烹飪時取用。吴曾《能改齋漫録》卷七：「東坡詩：『叩檻出魚鼉，詩取一笑粲。』按柳子厚《河間傳》云：『遂入禮隑州西浮圖兩池間，叩檻出魚鱉食之，河間爲一笑。』」

〔八〕咈然，出氣貌。

〔九〕［注釋音辯］張（敦頤）云：怦，披耕切，音抨。按：形容心跳。

〔一〇〕［注釋音辯］張音帳。按：即準備了帳幕工具。

〔一一〕［注釋音辯］倮，力果切。

〔一二〕〔注釋音辯〕慊，苦簟切。按：慊，滿足。
〔一三〕〔注釋音辯〕懵音蒙，又母總、彌登、母亘三切。按：懵懵，昏然貌。
〔一四〕〔注釋音辯〕蹴與蹙同，促也，急也。頞音遏，鼻頞也。按：頞即鼻梁。
〔一五〕猾，擾亂，摻雜。

【集評】

胡寅《讀史管見》卷二四：或謂憲宗用法太嚴，而人才難得，豈應以一眚終棄，是不然。夢得、子厚之附伾、文也，蓋有變易儲貳之祕謀，未及爲而敗。……子厚至托諷淫婦人有始無卒者，以詆憲宗。二人者，既失身匪人，不知創艾，乃以筆墨語言，深自文飾，上及君父，以成小人之過，則其免於大戮，已爲深幸，擯廢没齒，非不幸也。

李季可《松窗百説·柳宗元》：柳宗元作《河間傳》，足以諷一而勸百。其言淫汙之甚，吁！可怪也。豈夫子自道乎？黔驢、永鼠，輕薄子常藉以駡曰：「技止此爾。」則其言豈有益哉！察其悍傑之資，徒不碌碌爾，固不稟中和矣。嗚呼，渾渾顥顥之書，陵夷乃至於此邪？

王楙《野客叢書》卷二〇：客或譏原涉曰：「子本吏二千石之世，結髮自修，以行喪推財禮讓爲名，正復讎取仇，猶不失仁義，何故遂自放縱，爲輕俠之徒乎？」涉應曰：「子獨不見家人寡婦邪？始自約敕之時，意乃慕宋伯姬及陳孝婦，不幸一爲盜賊所汙，遂行淫佚，知其非禮，然不能自還，吾猶此矣。」僕謂此柳子厚《河間傳》之意也。《史記·吕不韋傳》述太后云云，《河間傳》又用其語。古人作文，要必有祖，雖穢雜之語，不可無所自也。

俞文豹《吹劍録》：原涉云：「家人寡婦，始自約敕時，意慕宋伯姬爲人，不幸爲盜賊所汙，遂行淫泆，雖知其非，而不能改。」柳子厚《河間傳》亦此意也。如涉所云，自足以勸戒，何必極狀其淫蕩之醜？又《捕蛇説》即苛政猛於虎之謂，《禮記》以八十言盡之，子厚乃以六百字。文日勝，質日衰，可以觀世變矣。

羅大經《鶴林玉露》丙編卷六：全州士人滕處厚貽書魏鶴山云：「漢人謂士修於家而壞於天子之庭，夫能壞於天子之庭者，必其未嘗修之於家者也。」可謂至論。然余觀柳子厚《河間傳》，非不修於家也，及竊視持己者甚美，左右爲不善者已更得適意，鼻息咈然，則雖欲不壞於天子之庭，得乎？要之不壞於天子之庭，乃特立獨行者也。若夫中人，雖修於家，其不壞於天子之庭者，鮮矣。

黄震《黄氏日鈔》卷六〇：《河間傳》志貞婦一敗於强暴，以計殺其夫，卒狂亂以死，子厚藉以明恩之難恃。愚以爲士之砥節礪行，終不免移於富貴利欲者多矣，正當引以自戒，而不必計其恩之可恃否也。

戴埴《鼠璞》卷下：柳子厚，文壇之雄師，世謂以作《河間傳》不入館閣，然亦有所本。《漢書·原涉傳》：「涉曰：『子獨不見家人寡婦耶？始自約敕之時，意迺慕宋伯姬及陳孝婦，不幸一爲盜賊所汙，遂行淫行，知其非禮，然不能自還，吾猶此矣。』」其意正相類。

劉定之《雜誌·李杜韓柳》：其（柳宗元）阿附伾、文，胡致堂謂忌憲宗在儲位，有更易祕謀，未及爲而敗。後又託河間淫婦無卒者以詆憲宗，得免於大戮爲幸。由是言之，文雖美而若斯，過惡固非可湔滌者也。（《明文衡》卷五六）

《王荆石先生批評柳文》卷一二：極其模寫。又：序醜事極雅。又：腥穢滿前，豈關世訓！

孫能傳《剡溪漫筆》卷五：文字作穢媟語，自是斯言之玷，如漢《雜事祕辛》記桓帝選后一事，其叙致誠亦奇豔，然女瑩燕處一段，至於「胸乳菽發，私處墳起」等語，亦穢媟太甚矣。選后乃國家盛禮，何必描寫至此。吴姁審視，事或有之，可筆以於書以對帝后乎？柳子厚《河間傳》文亦近穢，雖借以寄刺，何乃爲此淫醜之詞！至於俗傳《如意君》等傳，及近日吴下《青樓傳》所紀松陵善戰，尤汙辱翰墨，嬴秦一炬，焉可無也。黄魯直少時嘗作樂府，以使酒玩世，道人法秀謂以筆墨勸淫，於我法中當犁舌之獄，文士宜以爲戒。

蔣之翹輯注《柳河東集》外集卷二：《河間傳》，文小有致耳。其摹寫貞、淫兩截，焯焯如覩。此正爲士之不終其守者戒也。子厚乃特以明恩之難恃，則所謂諷一而勸百者，是不可以已矣乎？

方鵬《責備餘談》卷下：古今人稱文章大家，必曰韓柳，然柳非韓匹也。韓之文主乎理，而氣未嘗不充。柳之文主乎氣，而於理則或激之太高，拘之太迫，奇古峭麗則有之，而舂容雋永之味則不足。其甚者《天説》是也。其鄙褻不足傳者，《河間傳》是也。傳中數語，雖稍知義理者猶恥言之，而謂宗工碩儒爲之乎！讀之汙齒頰，書之累毫楮，删而去之可也。胡氏曰：《河間傳》寓言耳，蓋以譏憲宗也。則其罪益大矣。

汪琬《跋王于一遺集》：前代之文有近於小説者，蓋自柳子厚始，如《河間》《李赤》二傳、《謫龍説》之屬皆然。然子厚文氣高潔，故猶未覺其流宕也。至於今日，則遂於小説爲古文辭矣。（《鈍翁前後類稿》卷四八）

何焯《義門讀書記》卷三七：「河間命邑臣告其夫召鬼祝詛」：《漢書》：皇太后、皇后、公主所食曰邑。此云「邑臣」，豈其公主耶？

馬位《秋窗隨筆》：《河間傳》一篇，託詞比喻何苦，持論至此，傷忠厚之道。編之外集，宜矣。恐是後來文士僞作。

錢大昕《十駕齋養新録》卷一六：《漢書》：原涉曰：「子獨不見家人寡婦邪？始自約敕之時，意乃慕宋伯姬及陳孝婦，不幸壹爲盜賊所汙，遂行淫失，知其非禮，然不能自還。吾猶此矣。」柳子厚《河間傳》蓋本於此，而詞太穢褻。此等文不作可也。

光聰諧《有不爲齋隨筆》辛：《河間婦傳》蓋原涉之語而推衍之。稱河間者，蓋又因河間姹女工數錢之謡，其人殆子虚烏有焉。《漢書·原涉傳》：「子獨不見家人寡婦耶？始自約敕之時，意乃慕宋伯姬及陳孝婦，不幸壹爲盜賊所汙，遂行淫失，知其非禮，然不能自還。」後閲戴埴《鼠璞》，亦同此意。

平步青《霞外攟屑》卷七上：《野客叢書》：「《吕不韋傳》述太后云云，《河間傳》又用其語。古人作文，要必有祖，雖穢雜之語，不可無所自也。」《原涉傳》「子獨不見家人寡婦」一段，柳子厚《河間傳》之意也。《鼠璞》：元顧長卿讀柳文曰：「嗟君臣之際，皆忍言之。」是不可以訓。《螺江日記》（卷六）亦謂口孽。引或説曰：「河間與和奸音同」。則未是。

陸以湉《冷廬雜識・河間婦傳》：柳子厚《河間婦傳》遣詞猥褻，昔人曾譏之。然其文固有爲而作。其記游戲之所，一則曰浮圖，再則曰浮圖，可知佛廬之貽害甚烈，而婦人之喜入廟者，可以警矣。

箏郭師墓誌

郭師名無名，無字。父爽，雲中大將。無名生善音，能鼓十三絃〔一〕。其爲事天姿獨得，推七律三十五調〔二〕，切密邃靡。布爪指，運掌擥①，使木聲絲聲，均其所自出，屈折愉繹，學者無能如②。自去乳，不近葷肉〔三〕，以是慕浮圖道。既失父母，即棄去兄弟，自髡緇，入代清涼山〔四〕。又南來楚中，然遇其故器，不能無撫弄。吴王宙刺復州〔五〕，或以告，乃延入，强之。宙號知聲音，抃蹈，以爲神奇。會宙貶賀州，遂以來。性愛酒，不能已，因縱髮，爲黄老術。薛道州伯高抵宙以書〔六〕，必致之。至與坐起。伯高，褒邪人也〔七〕，嗜其音，至善處，輒自爲擊節。教閽管謹視出入。餌仄柏〔八〕，不食穀。三年變服③，遁逃九疑叢祠中〔九〕。披取之，益善親遇，終不屑。卒乘暴水入小船，下峋嶁山〔一〇〕，求道籙。會歐陽師死，不果受。張誠副嶺南，又强與偕。誠死，至是抵余。時已得骨髓病，日猶鼓音四五行。居數日，益篤。既病，自爲歌。死三日，葬州北崗西。志其詞曰：

雲州生，柳州死。年五十④，病骨髓。天與之音，今止矣⑤。丁酉之年秋既季〔一二〕，月闕其團於是始〔一三〕。心爲浮屠形道士，仁人我哀埋勿棄。

【校記】

① 五百家注本引韓醇注云、詁訓本、世綵堂本：「掔，舊作緊，胥山沈公（晦）謂當作掔，音於焕切。《儀禮》曰『鈎中指，結於掔。』掌後節中也。又音牽，音慳，擊也，牽也。」注釋音辯本其下尚有：「潘（緯）云：掔，烏貫切，與腕同。《玉篇》作掔。」按：《儀禮》無上所引文，唯《儀禮·士喪禮》：「設決，麗於掔。」鄭玄注：「掔，手後節中也。」雖然，「掔」即「腕」字，當無疑義。

② 如，原作「知」，諸校本皆同，據《全唐文》改。世綵堂本注：「屈，一作抑。知，一作如。」劉禹錫《與柳子厚書》轉述柳文引作「抑折愉繹，學者無能如」，後者即作「如」。何焯《義門讀書記》卷三七：「屈折愉繹，屈一作抑。學者無能知，知作如。」

③ 「服」字原闕，據諸本補。

④ 何焯校本注云：「『年』下有『半』字。」由志文觀之，此郭師死時尚年輕，增「半」字是。

⑤ 止，注釋音辯本、游居敬本、《全唐文》作「已」。

【解題】

［韓醇詁訓］郭師，時之善箏者。故以是稱焉。誌云「丁酉之年秋季，月闕其團於是始」，蓋元和十二年九月十六日也。又云「仁人我哀埋勿棄」，以是日葬也。公時在柳州，《劉夢得集》有與公書，云：「發書得《箏郭師墓誌》一篇，以爲其工獨得於天姿，使木聲絲聲，均其所自出，抑折愉懌，學者無能知。」又云：「郭師與不可傳者死矣，絃張柱差，枵然貌存。中有至音，含糊弗聞。噫！人亡而器存，布在方策者是已。余之伊鬱也，豈獨爲郭師發耶？想足下因僕書，重有慨耳。」蓋覩郭師之事，觀公之文，而有感也。**按**：韓説是。此文元和十二年秋作於柳州。

【注釋】

〔一〕［注釋音辯］今雅樂、清樂，箏並十有二絃，他樂皆有十三絃。潘（緯）云：鼓絃，竹身，樂也。一説秦人薄義父子争瑟而分之，因以爲名。［韓醇詁訓］阮瑀《箏賦》曰：「箏長六尺以應律，絃十有二象十二時，柱高三寸象三才。」《唐史·音樂志》云：「箏本秦聲也，制與瑟同而絃少。」案京房造五音，唯此瑟十三絃，此乃箏也。今雅樂、清樂箏並十有二絃，他樂皆十有三絃。郭師所能者，蓋十三絃者也。

〔二〕七律，古樂中的七種基本音律。《國語·周語下》：「七律者何？」韋昭注：「七律爲音器，用黄鐘爲宫，太簇爲商，姑洗爲角，林鐘爲徵，南吕爲羽，應鐘變宫，蕤賓變徵也。」五音爲宫、商、角、徵、羽。五音乘七律，得三十五調，即黄鐘宫、黄鐘商、黄鐘角、黄鐘徵、黄鐘羽、太簇宫、太簇商、太簇角等。若增律爲十二，五音加變宫、變徵爲七，則調爲八十四。

〔三〕［注釋音辯］葷，許雲切，臭菜。按：指薑、葱、蒜等辛臭的菜蔬。

〔四〕［五百家注引孫汝聽曰］代謂代州。［蔣之翹輯注］代謂代州，今屬太原府。《一統志》：「清涼山，文殊師利所居。其山五峰，高出雲漢。今名五臺。」按：李吉甫《元和郡縣圖志》卷一四代州：「五臺山，在（五臺）縣東北百四十里。道經以爲紫府山，内經以爲清涼山。」

〔五〕［五百家注引孫汝聽曰］太宗子吴王恪，恪子琨，琨子祇，祇子巘，巘子宙，皆嗣爲王。按：《册府元龜》卷七〇〇：「李宙爲丹王府長史，元和七年以前任復州刺史，坐贓，貶爲賀州司户參軍。」《新唐書·宗室世系表下》吴王李恪之後，嗣王李巘子爲嗣王李寅，無李宙。或表誤「宙」爲「寅」；或李宙爲李寅之兄弟，表失載。

〔六〕［蔣之翹輯注］薛伯高，名景晦。詳見正集五卷《道州文宣廟碑》。按：《新唐書·藝文志三》：「薛景晦《古今集驗方》十卷。」注：「元和邢部郎中，貶道州刺史。」即此薛景晦。

〔七〕［注釋音辯］邪，余遮切。按：「邪」通「斜」。褒、斜皆爲水名，沿褒水、斜水形成的通道稱褒斜道，爲古代入蜀的通道之一。李吉甫《元和郡縣圖志》卷二二興元府褒城縣：「本漢褒中縣，屬漢中郡，都尉理之。古褒國也。當斜谷大路。」

〔八〕仄柏，即側柏。李時珍《本草綱目》卷三四柏：「柏有數種，入藥惟取葉扁而側生者，故曰側柏。」

〔九〕［五百家注引孫汝聽曰］神之依叢木者謂叢祠。按：九疑，指九疑山。

〔一〇〕［注釋音辯］岣，恭于切。嶁，隴主切。［五百家注引祝氏曰］岣嶁，山名。嶁，力主反。［蔣之翹輯注］岣，古右切。嶁，九后反。岣嶁，衡山別名。按：李吉甫《元和郡縣圖志》卷三〇衡州：「岣嶁山，即衡山也，在（衡陽）縣北七十里。」

〔一一〕［五百家注引孫汝聽曰］元和十二年季秋也。

〔一二〕［注釋音辯］謂九月十六日。［五百家注引孫汝聽曰］謂九月十六日也。

【集評】

劉禹錫《與柳子厚》：間發書得《箏郭師墓誌》一篇，以爲其工獨得於天姿。使木聲絲聲，均其所自出，抑折愉繹，學者無能如。繁休伯之言薛訪車子，不能曲盡如此。能令鄙夫沖然南望，如聞善音，如見其師，尋文寤事，神騖心得。倘佯伊鬱，久而不能平。嗟夫！郭師與不可傳者死矣，絃張柱差，枵然貌存，中有至音，含糊弗聞。噫！人亡而器存，布方册者是已。余之伊鬱也，豈獨爲郭師發邪？想足下因僕書，重有慨耳，不宣。禹錫白。（《劉夢得文集》卷一四）

王行《墓銘舉例》卷一：《箏郭師墓誌》：右誌序之所序，重在其善音也。壽年、葬日，見銘詩中，同韓文《施先生銘》例也。書其藝於題之端，又一例也。

《王荆石先生批評柳文》卷一二：自好。

茅坤《唐宋八大家文鈔》卷二七：宕。

陸夢龍《柳子厚集選》卷四：曲折頓挫，極文之變。

蔣之翹輯注《柳河東集》外集卷二：此文之小品也。其旨趣實，可傳。並禹錫書亦極騷楚。

儲欣《河東先生全集録》卷六：箏師蹤跡亦奇，要以善音爲主。劉夢得曰：繁欽説薛訪車子，不能曲盡如此。

何焯《義門讀書記》卷三七：此文夢得遺書稱嘆，不知何以在外集中。

趙秀才群墓誌

嬰曰死信孤乃立〔一〕，王侯世家天水邑。群字容成系是襲，祖某父某仕相及①。嗟然秀才胡伋伋〔二〕？體貌之恭藝始習。娶于赤水禮猶執〔三〕，南浮合浦遽遠集〔四〕。元和庚寅神永戢〔五〕，問年二紀益以十〔六〕。僕夫反柩當啟蟄〔七〕，瀟湘之交瘞原隰〔八〕。稚妻號叫幼女泣，和者悽欷行路悒〔九〕。追初憫夭銘兹什。

【校　記】

①原注：「一本止作『祖仕相及』。」詁訓本注：「古本於祖字下空三字，一本無空。」世綵堂本注：

「一本止作『祖仕相及』，一作『考某』。」按：空字者，留待刻石時填入祖、父之名。

【解　題】

〔韓醇詁訓〕誌云「元和庚寅神永戢」，又云「僕夫返柩當啟蟄」，元和五年正月也。按：韓說是。此文爲元和五年在永州作。

【注　釋】

〔一〕〔注釋音辯〕《史記》：「晉景公三年，屠岸賈殺趙朔、趙同、趙括、趙嬰齊，滅其族。朔妻有遺腹男，公孫杵臼、陳嬰謀匿之。至十五年，復與趙田邑如故。」〔韓醇詁訓〕趙氏在春秋時事晉，至景公三年，大夫屠岸賈殺趙朔、趙同、趙括、趙嬰齊，滅其族。趙朔妻，成公姊，有遺腹，走公宮匿。趙朔客曰公孫杵臼，杵臼謂朔友人程嬰曰：「胡不死？」嬰曰：「朔之婦有遺腹，若幸而男，吾奉之。」後果生男。屠岸賈索之，嬰與杵臼謀，乃取他人子，使杵臼負而匿。諸將遂索杵臼殺之，程嬰與趙氏真孤俱匿山中。居十五年，景公疾，卜云：「大業之後不遂者爲祟。」於是召趙孤及程嬰，復與趙田邑如故。按：見《史記·趙世家》。

〔二〕伋伋，通「汲汲」，急切貌。

〔三〕赤水，《新唐書·地理志六》劍南道合州有赤水縣，中。

〔四〕合浦，《新唐書·地理志七上》嶺南道廉州合浦郡：「下。本合州，武德四年曰越州，貞觀八年更名，以本大廉洞地。」

〔五〕［五百家注引韓醇曰］庚寅，元和五年。

〔六〕［五百家注引孫汝聽曰］年三十四也。

〔七〕［五百家注引孫汝聽曰］《左氏》：「啟蟄而郊。」啟蟄，建寅之月，蓋正月也。按：見《左傳》桓公五年。

〔八〕［注釋音辯］瘞，於例切，埋也。

〔九〕［注釋音辯］和，胡卧切。欷，香衣切。悒，音邑。

【集評】

王行《墓銘舉例》卷一：右誌銘而不序，同韓文《試大理評事胡君銘》例也。題書其名，雖非例，亦韓文《盧渾墓銘》之類也。

蔣之翹輯注《柳河東集》外集卷二：隱括，不多語，而世次生平及生死返葬日月，已無不盡之。

何焯《義門讀書記》卷三七：「嬰臼死信孤乃立」：伏追初。「嗟然秀才何汲汲」：伏憫夭。

太府李卿外婦馬淑誌

氏曰馬，字曰淑，生廣陵〔一〕。母曰劉，客倡也。淑之父曰揔〔二〕，既孕而卒，故淑爲南康謳者。李君爲睦州，詆狂寇見誣，左官爲循州録〔三〕，過而慕焉，納爲外婦，偕竄南海上。及移永州〔四〕，州之騷人多李之舊，日載酒往焉。聞其操鳴絃爲新聲，撫節而歌，莫不感動其音①，美其容，以忘其居之遠而名之辱，方幸其居是也②。元和五年五月十九日，積疾卒于湘水之東，葬東崗之北垂，年二十四。銘曰：

容之丰兮藝之功，隱憂以舒和樂雍，佳冶彫殞逝安窮。諧鼓瑟兮湘之滸〔五〕，嗣靈音兮永終古〔六〕。

【校　記】

① 詁訓本「動」上無「感」字。

② 居，原作「若」，據詁訓本改。

【解　題】

［韓醇詁訓］公集有《與李睦州書》，名字皆不得而詳。然公誌及其私，必與公相厚者。元和五年，公時與李俱在永州，故云卒於湘水之東。誌是時作也。《漢書》：「齊悼惠王，其母，高祖微時外婦也。」顔師古曰：「謂與旁通者。」其云外婦，本此。按：太府李卿爲李幼清，曾爲睦州刺史。《兩浙金石志》卷二有《唐李幼清題名》，云：「睦州刺史李幼清，元和元年十一月二十□日游。」即此人。外婦，非婚娶之婦，侍妾也。

【注　釋】

〔一〕［五百家注引孫汝聽曰］廣陵，揚州。

〔二〕唐有顯宦馬總，字會元，元和四年爲御史中丞充嶺南都護、本管經略使，屢爲方鎮，入爲户部尚書。兩《唐書》有傳。《舊唐書》作「馬摠」，《新唐書》作「馬揔」。顯非馬淑之父者。

〔三〕［五百家注引孫汝聽曰］李爲睦州刺史，元和二年爲李錡所誣，得罪，貶循州。按：「録」指録事參軍。

〔四〕［五百家注引孫汝聽曰］更大赦，李量移永州。

〔五〕［韓醇詁訓］［五百家注引童宗説曰］謂湘靈鼓瑟也。

〔六〕［五百家注引孫汝聽曰］湘靈鼓瑟，今淑之死，能嗣其音也。

【集　評】

俞文豹《吹劍三録》：余《續集》以銘婦人爲非。近見柳文有馬雷五者，子厚妓妾之姪女也，年十五死，子厚爲作墓志。馬淑者，南康娼女也，爲李氏歌姬，年二十四死，子厚爲銘其墓。孔子曰：「惟名與器不可以假人。」今以銘而假妾婦，毋乃已甚。

茅坤《唐宋八大家文鈔》卷二七：馬淑，倡也。按銘法，此不當銘者，而柳子銘之，過矣。然文特佳。

陸夢龍《柳子厚集選》卷四：自不可及。

蔣之翹輯注《柳河東集》外集卷二：「其居是也」句下：造語工峭。平平叙去，各填數語，韻絶趣絶。

孫琮《山曉閣選唐大家柳柳州全集》卷四：流離竄逐中，得女郎爲伴，此便是李睦州風雨知己。及移永州，李睦州故舊，日載酒相過，便是子厚輩風雨知己。爲女郎作誌銘，便寫得如許多情，江州琵琶婦，有此豔麗否？妙在「方幸其若是」一句作結，真是無限感悼。

何焯《義門讀書記》卷三七：文爲遷客發，不爲馬作也。

柳宗元集校注外集卷下

表啟

爲文武百官請復尊號表六首

臣等言：臣竊觀前代之盛，列辟之英〔一〕，咸保鴻名而崇明號。或配其德，或昭其功，蓋所以揚耿光〔二〕，彰淳懿而示遠也。其有暗然不耀，後嗣何觀？蔽而不揚，群臣之罪。伏惟皇帝陛下由正統而臨祚，承聖緒而受圖，稟高明之姿於天，侔博厚之德于地〔三〕。端教化之本，制刑禮之中，聲震八區，威加六合。運玄造之化①，靡有不通；成陰騭之功，莫之能測。是用光膺聖神文武之號〔四〕。其後雖逢阨運〔五〕，今睹昌期②，誠我武之掃清〔六〕，猶自咎而抑損，同罪己之義〔七〕，明愛人之仁。群臣等上順聖心，以成恭德，而退懷大懼，謂掩全功，五年于兹〔八〕，若墜冰谷〔九〕。方今百職皆理，庶績其凝〔一〇〕，人用咸和〔一一〕，俗惟丕變。陳師鞠旅〔一二〕，無犯塞之虞；畫界封疆③，無專地之患。四海寧一④，萬類蕃滋，薄刑溢不冤之聲〔一三〕，逋賦蒙勿收之惠⑤，西成有穰歲之報〔一四〕，南極見壽星之祥〔一五〕。靈貺屢加，天恩允答。豈宜固爲菲薄⑥〔一六〕，以掩盛明？尊號之崇，願復如舊。況臣等親奉平明之理，久蒙覆露之恩，恥德美之不彰，憂罪戾之將及。伏惟陛下復循舊典，俯徇群情⑦，誠天地神祇内外臣庶之所望也。臣等無任屏營悃懇之至⑧。

【校記】

①《英華》、《全唐文》此句作「運造化之柄」。

②今，《英華》、《全唐文》作「尋」。

③封，原作「分」，此據諸本改。世綵堂本注：「一本『封疆』在『晝界』上。」

④一，《英華》、《全唐文》作「謚」。

⑤世綵堂本注：「一本『逋』作『通』。」

⑥菲薄，原作「薄菲」，此據諸本改。

⑦情，《英華》、《全唐文》作「心」。

⑧懇，《英華》、《全唐文》作「款」。《英華》、《全唐文》此下尚有「謹詣朝堂奉表陳請以聞，臣誠勤誠懇，頓首頓首，謹言」二十一字。

【解　題】

〔注釋音辯〕德宗貞元五年。〔韓醇詁訓〕公正集中有《爲京兆府請復尊號表》三，又有《爲耆老請復尊號表》二，皆在貞元十九年間，蓋爲德宗復聖神文武之號作也，其事已詳於正集之注。今又有表六，蓋在正集之表前作。其上三表在貞元四年。第一表云「謂掩全功，五年於兹」，蓋自興元元年甲子德宗去聖神文武號，至貞元四年戊辰爲五年也。後三表在貞元五年。其第四表云「去年九月三度詣闕上表」，即上前三表之明年爲五年矣。公時年十七，初舉進士云。按：此六表，《文苑英華》卷五五五署崔元翰，名下注：「貞元五年。」六表皆爲崔元翰作，詳見辯證。《舊唐書·德宗紀下》：「（貞元五年冬十月）庚午，百僚請復徽號，不允。」可知爲貞元五年事。韓説非是。

【注　釋】

〔一〕〔五百家注引孫汝聽曰〕司馬相如曰：「歷選列辟，以迄於今。」〔蔣之翹輯注〕辟音璧。按：見《漢書·司馬相如傳》相如《封禪文》，「今」作「秦」。

〔二〕〔五百家注引孫汝聽曰〕《書》：「以覲文王之耿光，以揚武王之大烈。」耿光，光明也。按：見《尚書·立政》。

〔三〕〔五百家注引祝充曰〕《禮記》：「博厚配地，高明配天。」按：見《禮記·中庸》。

〔四〕〔注釋音辯〕建中元年上尊號云。〔五百家注引孫汝聽曰〕建中元年正月，群臣上尊號曰聖神文武皇帝。按：見《舊唐書·德宗紀上》。

〔五〕［注釋音辯］興元元年詔，書奏不得稱尊號。［五百家注引韓醇曰］興元元年正月，以朱泚之亂去尊號。

〔六〕［五百家注引祝充曰］《書》：「我武惟揚，侵于之疆。」按：見《尚書·泰誓中》。

〔七〕［注釋音辯］《左傳》：「禹湯罪己。」［五百家注引孫汝聽曰］《左氏》：「禹湯罪己，其興也勃焉。」按：見《左傳》莊公十一年。

〔八〕［五百家注引韓醇曰］自興元元年甲子，至貞元四年戊辰，爲五年矣。

〔九〕［五百家注引孫汝聽曰］貞元五年十月，百寮請復尊號，不允。按：冰谷，薄冰與深谷。《詩經·小雅·小宛》：「惴惴小心，如臨于谷。戰戰兢兢，如履薄冰。」

〔一〇〕［五百家注引祝充曰］《書·臯陶謨》之詞。凝，成也。

〔一一〕［五百家注引孫汝聽曰］《書》：「用咸和萬民。」咸和，皆和也。按：見《尚書·無逸》。

〔一二〕［五百家注引孫汝聽曰］兵法：二千五百人爲師，五百人爲旅。

〔一三〕［五百家注引孫汝聽曰］《漢書》：「于定國爲廷尉，民自以不冤。」按：見《漢書·于定國傳》。

〔一四〕《尚書·堯典》：「寅餞納日，平秩西成。」孔安國傳：「秋，西方，萬物成。」

〔一五〕［蔣之翹輯注］《禮典瑞志》：「《禮》：秋分，享壽星於南郊。」按：見《太平御覽》卷二四引《禮記》。《史記·封禪書》「壽星祠」司馬貞索隱：「壽星，蓋南極老人星也。見則天下理安，故祠之以祈福壽也。」

〔一六〕〔世綵堂〕菲薄，見孔明《出師表》：「不宜妄自菲薄。」

【集評】

黄震《黄氏日鈔》卷六〇：《請復尊號表》，皆諛辭也。子厚内集已多有之，爲京兆時事業，止此而已乎？

【辯證】

此六表宋乾道永州刻《柳柳州外集》不收。《文苑英華》卷五五五、《全唐文》卷五二三作崔元翰。彭叔夏《文苑英華辨證》卷五：「《爲文武百官請復尊號》六表載柳宗元集中，而《唐類表》作崔元翰作。《文苑總目》作《類表》，而本卷乃作常袞。按唐德宗興元元年幸奉天，削去徽號，貞元五年六年，百僚六表請復舊，即此是也。（原注：《舊史》載：貞元五年六月，百官請復徽號。正指此事。）是時崔元翰爲禮部員外郎，歷知制誥，《唐書》稱其詔令温雅，則《類表》云元翰作是矣，况又《總目》明言取之《類表》乎？本卷乃誤作常袞。袞於建中初卒，至是已十年矣。又柳文收此表或入正集，或入外集，按《宗元年譜》，貞元五年方十七歲，（原注：時其父以事忤宰相竇參被貶。）八年始貢京師，其誤可知。」王應麟《困學紀聞》卷一七：「《百官請復尊號》六表，皆崔元翰作。」按：二家所辯甚是。權德輿《權載之文集》卷二三《唐故尚書比部郎中博陵崔君文集序》稱崔元翰「推人情以陳聖德，則《請復尊號表》」，即謂此也。岑仲勉《唐集質疑·柳柳州外集》亦云：「於時宗元未登仕版，其非柳作，復何疑焉。」

第二表

臣等言：臣等前詣朝堂上表，伏請復加尊號，奉被還旨，未遂懇誠，拳拳顒顒，不勝大願。臣等伏以崇明號，昭盛德，爰自中古，實爲上儀。以至于我祖宗，莫不膺兹典禮。伏惟皇帝陛下有廣運之德，弘照微之仁①，燭幽以明，威遠以武。惠澤之被，誠浹洽于八方〔一〕；英聲之揚，宜越軼于千古〔二〕。而乃久爲抑損，以守謙恭，事有曠而不遵，禮有缺而未備。臣等又以爲不私與己，是謂至公②。有美之而莫敢辭，有非之而莫敢隱，必推於物，而順於人。既以徇於群心，又思叶於中典③，此皆聖人之事也④。且夫虚而失實，則誇曜而誣；質而不華，則朴略而固。所以王度資於潤飾〔三〕，帝者務於恢崇，將以法日月之昭明，配天地之廣大〔四〕，聳遠方之觀聽⑤，兼前代之規模⑥，然後表其全功，謂之盡善。不可以方當陛下臨位，群臣在廷，而使鴻名不彰，盛典猶闕。既無以光昭衆美，又無以丕承舊儀，則臣等蒙恥於今，獲罪於後，實爲大懼，敢忘盡規。尊號之崇，願從群議。伏惟陛下俯迴宸睠，察納愚誠，不惟臣等受恩，天下幸甚，無任區區懇迫之至。謹昧死重詣朝堂，奉表固請以聞。臣等誠懇誠勤，頓首頓首。謹言。

【校　記】

①照微，《英華》、《全唐文》作「覆載」。

②公，《英華》、《全唐文》作「德」。

③中典，《全唐文》作「古帝」。按：疑當作「古典」。

④人，《英華》、《全唐文》作「王」。

⑤方，《英華》、《全唐文》作「人」。

⑥規，諸本作「軌」。何焯《義門讀書記》卷三七：「『軌』作『規』。」

【解　題】

《文苑英華》卷五五五題下注：「前人，同前。」意即亦崔元翰作，作于貞元五年。

【注　釋】

〔一〕〔注釋音辯〕浹，即叶切。

〔二〕［注釋音辯］軼，徒結切。潘氏（緯）：音佚。［韓醇詁訓］浹，即協切。軼，徒結切。

〔三〕［五百家注引孫汝聽曰］昭十二年《左氏》：「思我王度，式如玉，式如金。」王度，王之法度也。

〔四〕［五百家注引祝充曰］《易》：「廣大配天地。」按：蔣之翹輯注本引作《易·繫辭》。見《周易·繫辭上》。

第三表

臣等言①：前再上表②，請加尊號，實以功德俱茂，典禮宜崇，然而不能鋪陳，無以動寤〔一〕，愚誠雖竭，天鑒未迴。臣某等誠恐誠懼，頓首頓首。

臣等謹按《白虎通》曰：「號者，功之表也。」神農有教田事之勤，燧人有興火食之利，伏羲正五始〔二〕，祝融續三皇③〔三〕，人爲之名，以美其事。其後帝王之盛，洎我祖宗之明，咸因人心而順古道，雖損益或異④，而表功明德一也。臣等是以遵有國之令典，採上古之遺文，察人心於謳謠〔四〕，觀天意於符瑞，敢以爲請，累表陳誠。曩者運丁艱難，時或順動〔五〕，陛下思成湯之罪己〔六〕，念周宣之側身〔七〕，去徽號而不稱，垂炯戒而自儆〔八〕。應天以德，示人以恭，聞于蠻貊戎夷，告于天地宗廟。是故咸知陛下之志，慕義而歸仁；潛感陛下之誠，通靈而助順⑤。今者君臣同德⑥，上下叶心，百職畢修，庶官以序，禮法明具⑦，教化流行，方内歡康〔九〕，天下寧一。四人遵業，萬類樂生，嘉應休徵，神物靈貺，形于草木，著于星辰。而辭之以仁壽未臻，至化猶鬱，遂使德誠可紀，名號未崇。不告於明神，不示於殊俗，將何以知陛下之戡難？將何以表陛下之致平？下無以威於四方，上無以報於九廟，其不可一也。淳古之至化，邈而不追⑧；烈祖之盛儀，廢而不續⑨，其不可二也。庶正群官，宗室支屬，西土耆長，大學諸生，黄冠之倫，緇衣之侣，萬衆伏闕，彌旬織路，而乃不從人心，以違公議，其不可三也。守謙恭卑讓之志，忽光大弘遠之圖，臣等誠雖至愚⑩，以爲大謬。

伏以常久之德，貞夫一也〔一〇〕；元始之義，善之長也〔一一〕。并包覆露，天之大也；清浄玄默，道之妙也。睿智之周物，不可以不稱夫聖也；妙算之無方，不可以不稱夫神也。行仁義，修典法，歌詩頌，考文章，不可以不稱夫文也；卻戎夷，翦暴逆⑪，邊兵以整，禁衛以嚴，不可以不稱夫武也。而合於唐堯乃聖乃神乃武乃文之德。臣等謹稽之乾符，叶於古典，侔德澤之廣，配功業之崇，昧冒萬死，伏請上尊號曰貞元大道聖神文武皇帝。臣等竭其精誠，發於交感，無以迴日⑫，其能動天。無任屏營悃懇之至，謹復詣朝堂，奉表固請以聞。臣某等誠惶誠恐⑬，頓首頓首⑭。

【校記】

①《英華》、《全唐文》「臣」下有「某」字。

②《英華》、《全唐文》「前」上有「臣等」二字。

③續，原作「績」，據《英華》、《全唐文》、《白虎通義》改。

④或，原作「咸」，據注釋音辯本、詁訓本及《英華》、《全唐文》改。

⑤通，《英華》、《全唐文》作「垂」。

⑥同，原作「周」，據諸本改。何焯《義門讀書記》卷三七：「『周』作『同』。」

⑦禮法，《英華》、《全唐文》作「法令」。

⑧追，原作「足」，據《英華》、《全唐文》改。《英華》注：「柳集作足，非。」

⑨世綵堂本注：「續，一作纘，又一作績。」何焯《義門讀書記》卷三七：「『續』作『纘』。」

⑩蔣之翹輯注本：「『臣』下一無『等誠』二字。」

⑪夷，原作「狄」，據注釋音辯本、游居敬本改。《英華》、《全唐文》「郤」上有「攘」字，「狄」亦作「夷」，「翦」上有「戡」字。

⑫無，《英華》、《全唐文》作「庶」。

⑬蔣之翹輯注本：「一無『某』字。」

⑭《英華》、《全唐文》「頓首」下有「謹言」二字。二書文後尚有「及大會議，户部尚書班宏又請加奉

道字，故又改其文。博施不息，而萬物以生，推功不宰，而萬化以成，又合於《書》之奉若天道之義。伏請上尊號曰聖神文武奉道皇帝」等字，當是因班宏請於尊號上再加「奉道」二字，故文字又有所改動。

【解題】

《文苑英華》卷五五五題下注：「前人，同前。」意亦崔元翰作，作于貞元五年。

【注釋】

〔一〕［世綵堂］《漢書》：「動痞萬乘。」按：見《漢書·王商史丹傅喜傳贊》。

〔二〕［五百家注引孫汝聽曰］《白虎通》云：「正五行。」［蔣之翹輯注］始，《白虎通》作「行」。按：班固《白虎通義·德論上》：「伏羲仰觀象於天，俯察法於地，因夫婦正五行始定人道，畫八卦以治下。治下伏而畫之，故謂之伏羲也。」

〔三〕［注釋音辯］《白虎通》：「祝者屬也，融者續也。言能屬續三皇之道而行之，故謂之祝融。」［五百家注引孫汝聽曰］《白虎通》曰：「謂之祝融何？祝者屬也，融者續也。言能屬續三皇之道而行之，故謂之祝融也。」按：見《白虎通義·德論上》。

〔四〕［韓醇詁訓］［五百家注］謳，烏侯切。

〔五〕［五百家注引祝充曰］《易》：「聖人以順動，故刑罰清而民服。」按：見《周易·泰》。

〔六〕［五百家注引孫汝聽曰］《左氏傳》：「禹湯罪己，其興也勃焉。」按：見《左傳》莊公十一年。

〔七〕［五百家注引孫汝聽曰］《詩·雲漢》，仍叔美宣王也。宣王遇災而懼，側身修行，欲銷去之。按：見《詩經·大雅·雲漢》毛傳。

〔八〕［注釋音辯］潘（緯）云：炯，古頂、户頃二切。明也。［韓醇詁訓］［五百家注］炯，古迥切。

〔九〕［五百家注引祝充曰］方内，言四方之内也。

〔一〇〕［五百家注引孫汝聽曰］《易》：「天下之道，貞夫一者也。」按：見《周易·繫辭下》。「天下之道」作「天地之動」。

〔一一〕［五百家注引韓醇曰］《易》：「元者，善之長也。」按：見《周易·乾》。

第四表

臣等言：去年九月①〔一〕，三度詣闕上表〔二〕，請復上尊號。悃愨雖竭，精誠莫通，又懼於累塵聖聽，是用中輟。大願未畢，群心靡寧，臣某等誠勤誠懇，頓首頓首。

臣等生逢昌運，早列清朝，獲睹文明，繼跡聖俊②。亦嘗考前載於史氏，訪遺儀於禮官，至於保鴻名尊號之榮，昭茂功盛德之美，皆烈祖之垂法，爲累代之成規，子孫之所宜丕承，臣下之所宜崇奉。陛下纂聖緒而臨下，遵令典以制中，則亦俯從公卿大夫之請，光膺聖神文武之號。間者陛下以禍亂之故，特貶損以自儆，以從一時之宜，信爲恭也。今乃欲遂變更而不復，以廢先祖之典則③，若專焉，豈陛下或未之思？然臣等實以爲懼，雖欲行陛下之志，奈先祖之典法何？伏惟陛下因於憂勞，深自咎責，命祝史告于天地，陳圭幣祠于祖宗，布于群臣，聞于兆庶。固能降開祐之福，致感悦之誠，咸和以叶心，盡瘁而畢力。弼成神造，康濟艱難，寇逆掃除，暴强擾順。侯衛奉守屏之職，夷狄爲來庭之賓，兵戎不興，邊鄙不聳，文軌同於四海，貢賦修於九州。至若時候將愆，必惟思而内省④；皇情微軫，遂交感而潛通。陰陽和而風雨時，年穀熟而財用足。休祥數見⑤，福應屢臻。此皆天地祖宗垂靈錫祉，以成陛下之志，明無不答不享之咎也。陛下宜承天意，以悦神心，增修盛儀，再加明號⑥，崇昭報之禮，表恢復之功。而辭以仁壽未臻，至化猶鬱，則若尚懷不足，以要天地祖宗⑦，雖有固讓之勤，而非重請之義。

且夫號者，其來尚矣。燧人、神農，各旌其事。湯以甚武而曰武王⑧〔三〕，迨我祖宗崇尚古道，垂著新法，陛下獨爲辭讓，以守謙沖，則皇王將有愧於前，祖宗將不悦於後。而帝德是非之辯，固有所歸；國典異同之文，後難以守。且陛下本爲炯誡⑨，以示敬恭，誠謙德也。今以先王之道而不敢不法，烈祖之訓而不敢不承，又謙德之大也⑩。若乃守獨善而遺公議，執小讓而忽宏規，違臣庶之心，廢祖宗之典，乃所以失陛下之恭德，又徒以掩陛下之全功。臣等雖誠至愚⑪，竊所不取。輒敢徵之國典，酌於經義，取夫貞者事之幹，元者善之長，以配聖謨神化之盛，文德武功之崇，叶紀年之嘉名，遵舊號之美稱，以如開元故事，謹冒萬死，請上尊號曰貞元聖神文武皇帝。伏惟陛下沛然迴慮，俯徇群情，然後聖德之光昭，玄功之茂著，後代得揚盛美而鑑至清⑫，是群臣之願也。不勝懇迫之至，謹奉表詣闕固請以聞。臣等誠勤誠懇⑬，頓首頓首⑭。

【校　記】

①《英華》、《全唐文》「臣」下有「某」字，「去」上有「臣等」二字。
②聖，《英華》、《全唐文》作「賢」。
③何焯《義門讀書記》卷三七：「『則』作『刑』。」
④《義門讀書記》卷三七：「『惟』作『懼』。」
⑤見，注釋音辯本作「應」。
⑥世綵堂本注：「明，一作名。」
⑦《義門讀書記》卷三七：「『要』字不當義理。」按：「要」有要脅義，故何焯以爲不當。
⑧甚，原作「其」，據《英華》、《全唐文》改。
⑨注釋音辯本注：「一本烱作鑑。」詁訓本、世綵堂本注：「烱，古迴切。一作鑑。」

⑩ 蔣之翹輯注本：「『大』下一有『者』字。」

⑪ 雖誠，原作「誠雖」，據諸本改。

⑫ 盛美，原作「美盛」，據諸本乙轉。鑑，《英華》、《全唐文》作「鏡」。清，蔣之翹輯注本、游居敬本作「情」。

⑬ 誠，原作「謹」，據諸本改。

⑭ 《英華》、《全唐文》「頓首」下有「謹言」二字。

【解　題】

〔蔣之翹輯注〕表云「去年九月」，謂貞元四年九月也。按：《文苑英華》卷五五五題下注：「前人。貞元六年。」《舊唐書·德宗紀下》：「（貞元六年）冬十月己亥，文武百僚京城道俗抗表請徽號，上曰：『朕以春夏亢旱，粟麥不登，朕精誠祈禱，獲降甘雨，既致豐穰，告謝郊廟。朕倘因禋祀而受徽號，是有爲爲之，勿煩固請也。』」此表爲貞元六年作，亦爲崔元翰作。

【注　釋】

〔一〕〔五百家注引韓醇曰〕貞元五年。

〔二〕〔五百家注引韓醇曰〕即前所上之三表。

〔三〕［注釋音辯］《史記·商紀》：「湯曰：吾甚武。自號曰武王。」

第五表①

臣頎等言〔一〕：臣等伏以尊號未復，累具陳請②，伏奉詔旨，固守謙恭，臣等上授天地神靈③，次奉祖宗典法，列經義而順古，因人心以從時，詞繁而不能陳明，誠竭而未蒙察納，德美盛而猶蔽，憲度缺而莫修，罪戾是憂，冰炭交集。臣某等誠惶誠恐，頓首頓首。

臣某等伏以先王之道，由大中而可久〔二〕；近古之化，以彌文而益彰。然則守謹而爲恭④，不如立中而垂法〔三〕；表樸而略禮，不如文明而化光。況於文質異時，而國家自有制度，豈直爲一王之法，固以遇三代之文⑤，其於規模，信爲弘遠。陛下嗣訓先祖，貽謀後聖，當踐修以纂承，寧變更而廢墜？

臣等又伏讀詔書曰〔四〕：「遐想哲王，則自燧人、神農，殷湯之時，有其事也。」又曰：「欽若典訓，則自代宗、肅宗、玄宗而上，有其儀也。」又曰：「所誡者滿，所尚者謙，守之以誠，期於終始。」臣等以爲去鴻名而貶損，謙之始也〔五〕；遵舊典而奉承，謙之終也。造次而未嘗違於禮，守之以誠也〔六〕；敬恭而無或陷於專，所誡者滿也。又曰：「虛美崇飾，所不敢當。」伏惟皇帝陛下恤人之心，動天之德，致理之文教，戡亂之武功⑥，著於頌聲，光於史氏。上有其實，無虚美之嫌；下盡其誠，非崇飾之僞。又曰：「勉一乃心，共康庶政。」曩者公卿大夫侍御攜僕〔二〕，或從扞牧圉〔三〕，或備持戈矛，蓋有同力之誠，而無離德之間。今者四岳群后，九土庶邦，外自藩維，内及宗室，黄髪耆老，青衿諸儒，或僉以同辭，或遠而抗疏，一心之效也。群材序進，百職交修，烽燧不驚，兵戎以息，鑽鑿不用〔四〕，獄訟以衰，六氣和而風雨時，五穀昌而倉廪實，庶政之康也。誠由教化，以致雍熙⑦，自當冠於皇王，寧復謝於堯禹。宜加明號，以表成功。陛下雖以爲辭，臣等未知其説。又伏奉詔旨，令臣等斷表。伏以君親一致，臣子一例，而《春秋》之義，以王父命辭父命⑧，不以父命辭王父命。臣某等得遵先帝之典，以違陛下之詔⑨，謹昧冒萬死，伏請復上尊號如前。不勝惶懼懇迫之至⑩。

【校　記】

①《英華》題下注：「爲文武百僚太子少保于頎以下作」。

②世綵堂本注：「具，一作表。」

③授，《英華》、《全唐文》作「援」，當是。

④謹，《英華》、《全唐文》作「謙」。

⑤遇，《英華》、《全唐文》作「過」，蔣之翹輯注本作「遵」。何焯《義門讀書記》卷三七：「『遇』作

『寓』。」

⑥亂，諸本皆作「難」。

⑦雍，注釋音辯本作「邕」，並注：「邕，一本作雍。」

⑧「以王父命辭父命」一句原闕，據《英華》、《全唐文》補。《春秋公羊傳》哀公三年：「不以父命辭王父命，以王父命辭父命，是父之行乎子也。」正用此意。

⑨「違」字原闕，注云：「『以』下逸一字。」注釋音辯本注：「『以』字下闕一字。」據世綵堂本、《英華》、《全唐文》補「違」字。《義門讀書記》卷三七：「『以』字下有『違』字。」

⑩《英華》、《全唐文》此句下尚有「謹復詣朝堂奉表固請以聞。臣頔等誠惶誠恐，誠勤誠懇，頓首頓首，謹言」等字。

【解題】

［蔣之翹輯注］表云「臣頔」，謂于頔也。按：《文苑英華》卷五五五題下署「前人，同前。」謂崔元翰作，作于貞元六年也。是表則爲崔元翰代于頔等作。

【注釋】

〔一〕［注釋音辯］于頔等。［五百家注引孫汝聽曰］頔謂于頔。按：《舊唐書·于頔傳》云其曾爲太子少保、工部尚書。

〔二〕［五百家注引孫汝聽曰］《書》：「左右攜僕。」攜僕者，謂左右攜持器物之僕。按：見《尚書·立政》。

〔三〕［五百家注引孫汝聽曰］僖二十八年《左氏》：「甯武子曰：不有行者，誰扞牧圉？」注：「牛曰牧，馬曰圉。」

〔四〕［注釋音辯］鑽，祖官、祖筭二切。《國語》注：「鑽，臏刑也。鑿，黥刑也。」按：《國語·魯語上》「其次用鑽笮」。韋昭注：「鑽，臏刑也。笮，黥刑也。」《漢書·刑法志》：「中刑用刀鋸，其次用鑽鑿。」

【集評】

陸夢龍《柳子厚集選》卷四：婉悉。

第六表①

臣頎等言：臣等今月七日所上表，昨十五日下詔旨加，辭讓愈固②，臣等感謙沖於盛德，而私有舊典隳廢之憂；懼煩瀆於聖聽，而內懷微誠懇迫之切。進退兢惕，不知所措，臣某等誠惶誠恐，頓首頓首。

臣某等伏以爲事貴舉其中③〔一〕，名惡浮於實④〔二〕。得其中，不宜變之而失正；有其實，不必避之以爲恭。況於祖宗之矩儀，國家之典制，陛下道尊教備⑤，德博化光，奚取於貶損而自卑⑥，朴略而太簡者也？昔漢宣帝謂元帝曰：「我漢家亦自有制度〔三〕。」諸葛孔明誡其主曰：「不宜妄自菲薄〔四〕。」前史載之詳矣，幸陛下思之。

臣等又以爲執小讓之賢，不足以方得禮合度之善⑦；去鴻名之敬，不足以補變法改作之專。陛下行之，將何所守？伏以高祖受其明命⑧，歷代承以聖德，至陛下又有下武繼文重熙累盛之美，不可謂德之不嗣也；躬上聖之姿，合至神之化，有戡禍亂制夷狄之武⑨，修禮樂垂憲度之文，不可謂實之不孚也。比年已來，俗化斯厚，人少犯法，吏無舞文〔五〕，獄犴將空，梏拲不用⑩〔六〕，可謂人皆向善⑪，豈曰俗未勝殘？然若辭之⑫，所未寤也。況於尊號之美，陛下已受於初，去之既由於艱虞⑬，復之宜因於康靖。徒示其罰，不旌其功，何以知區宇之削平？何以知宗廟之紹復⑭？似非陛下之本意，但自欲改先祖之遺儀耳。内之臣庶，跋履山川〔七〕，思報主恩，誓雪國恥⑮，亦欲攄其宿憤，表其成勞。陛下猶掩鴻名，罔窮其事⑯，則此等如有未盡，不以爲歡⑰。儻陛下以自咎責之心，尚或未弭，則群臣不能匡輔之罪⑱，亦當未除⑲，將何以蒙陛下之恩私？將何以受陛下之爵賞？君猶含垢，臣以偷榮，群下之情，必深反側。又無以示於萬古，無以威於四夷，皆非遠圖，且乖大體。臣等懷此數者，悢悢而不能自安⑳，謹昧冒萬死，重違詔旨，伏請復上尊號，以如前表。伏惟皇帝陛下思聿修無念之言㉑〔八〕，顧屈己從人之義，再膺大典，俯徇群情㉒，因來月謁太清宫太廟，郊祠上帝〔九〕，遂以告祠，實臣等之至誠，實臣等之厚幸。不勝惶懼懇迫之至，謹復詣朝堂，奉表固請以聞㉓。

【校記】

①世綵堂本題下注：「一本以上六表在前集。」

②加，《英華》、《全唐文》作「如初」，當是。

③「爲」原闕，據諸本補。

④世綵堂本、《英華》、《全唐文》「名」上有「立」字。世綵堂本注：「他本無『爲』、『立』二字。」

⑤道尊教備，原作「教尊道備」，據《英華》、《全唐文》改。

⑥奚，原作「辭」，據《英華》、《全唐文》改。

⑦禮，原作「宜」，據《英華》、《全唐文》改。「禮」與下句之「法」作對仗，作「禮」是。

⑧其，《英華》、《全唐文》作「兹」，當是。

⑨原注及詁訓本、世綵堂本注：「一無『有』字。」

⑩梏拳，《英華》、《全唐文》作「桎梏」。

⑪向，諸本皆作「遷」。

⑫然若，《英華》、《全唐文》作「若固」，當是。

⑬既，原作「即」，據《英華》、《全唐文》改。

⑭「紹」字原闕，據《英華》、《全唐文》補。注釋音辯本注：「此下疑闕一字。」世綵堂本作「興復」。何焯《義門讀書記》卷三七：「『復』字上有『興』字。」《英華》注：「柳集作復祀。」

⑮國，《英華》、《全唐文》作「讎」。

⑯罔窮，《英華》、《全唐文》作「不彰」。

⑰歡，注釋音辯本作「勸」，並注曰：「一本作歡字。」

⑱匡，注釋音辯本作「莊」，並注：「莊，一本作匡。」原注及詁訓本、世綵堂本注：「匡，一作莊。」

⑲當未，注釋音辯本作「未當」。亦當，《英華》作「是亦」。

⑳恨恨，《全唐文》作「悢悢」。《義門讀書記》卷三七：「『恨』當作『悢』。」陳景雲《柳集點勘》卷三：「『恨恨』，一作『悢悢』爲是。嵇康《與山巨源書》『顧此悢悢』，注引《廣雅》曰：『悢悢，悲也。』」按：「恨恨」亦可通，遺憾不已之意。

㉑念，原作「忝」，據《英華》、《全唐文》改。

㉒情，諸本作「心」。

㉓《英華》、《全唐文》句下尚有「臣等誠惶誠恐，誠勤誠懇，頓首頓首，謹言」等字。

【解　題】

《文苑英華》卷五五五題下署「前人，同前。」謂崔元翰作，作于貞元六年。仍爲崔元翰代于頔等作。

【注　釋】

〔一〕［注釋音辯］《左傳》哀公十一年句。按：《左傳》哀公十一年：「施取其厚，事舉其中，斂從其薄。」

〔二〕［注釋音辯］記表記云。按：《弘明集》卷一三郗超《奉法要》：「況乎仁德未至，而名浮於實，獲戾幽冥，固必然矣。」注釋音辯本注之上「記」字當爲「郗」之訛，指郗超，曾爲桓温記室參軍。

〔三〕［五百家注］見《漢・元帝紀》。

〔四〕［蔣之翹輯注］見《蜀志》。按：即諸葛亮《出師表》中語。

〔五〕［蔣之翹輯注］《史記》：「吏士舞文弄法。」按：見《史記・貨殖列傳》。

〔六〕［注釋音辯］犴音岸。梏，古毒切。拲音拱。按：梏，手械。《説文》：「拲，兩手同械也。」

〔七〕［注釋音辯］跋，滿撥切。草行爲跋。

〔八〕［五百家注引祝充曰］《詩》：「無忝爾祖，聿修厥德。」按：見《詩經・大雅・文王》。「忝」作

「念」。

〔九〕〔五百家注引孫汝聽曰〕貞元六年十月，百僚請復尊號，上曰：「春夏亢旱，宿麥不登，朕精誠祈禱，獲降甘雨，既致豐穰，告謝郊廟，倘因禋祀而受尊號，是有爲爲之，勿煩固請。」十一月庚午，祀南郊。

及大會議户部尚書班宏又請改所上尊號加奉道字故其文如後表

伏以睿智之周物而靡不通，不可以不稱夫聖也；妙算之無方而莫能測，不可以不稱夫神也；行仁義，修典法，歌詩頌，考文章，不可以不稱夫文也；攘卻戎夷，戡翦暴逆，邊兵以整，禁衛以嚴，不可以不稱夫武也，而合於唐堯乃聖乃神乃武乃文之德。博施不息，而萬物以生；推功不宰，而萬化以成，合於《書》之「奉若天道」之義〔一〕。臣等謹稽之乾符，叶於古典，侔德澤之廣，配功業之崇，昧冒萬死，伏請上尊號曰神聖文武奉道皇帝。

【解　題】

〔韓醇詁訓〕與下《韓洄請歷數近日徵應祥瑞表》次前表，皆在貞元五年作。據宏本傳：竇參當國兼度支使，進宏尚書，副參。參當國在貞元五年，八年貶。又洄本傳云：貞元十年終國子祭酒。蓋洄前五年已爲祭酒。表在六年作。［五百家注引孫汝聽曰］宏，衛州汲人。貞元五年二月自户部侍郎遷本部尚書。

【注釋】

〔一〕《尚書》未見「奉若天道」之語。《仲虺之誥》云「奉若天命」，疑「道」爲「命」字之訛。

【辯證】

此文實爲《第三表》之後面一部分，《文苑英華》、《全唐文》均未單獨成篇。《英華》卷五五五《第三表》後有「及大會議，户部尚書班宏又請加奉道字，故又改其文。博施不息，而萬物以生，推功不宰，而萬化以成，又合於《書》之奉若天道之義。伏請上尊號曰聖神文武奉道皇帝」一段話，有人遂將前面數字作爲題目，湊合《第三表》中的後面文字以成篇，附入柳宗元文集。注釋音辯本文前云：「此係改第三表。」五百家注本引孫汝聽注、蔣之翹輯注本皆於文後云：「此是改第三表。」故此文仍是崔元翰作，爲誤入柳集者。岑仲勉《讀全唐文札記》云：「按此兩題及文，已略見前卷五二三崔元翰《請復尊號》第三、第六兩表下，此非柳宗元之文，《英華辨證》五已詳言之，況所收更非全篇乎？」

及大會議國子祭酒韓洄請歷數近日徵應祥瑞故又改其文如後表

又伏見陛下以今年四月以來方當雩祭之修，而有旱備之請。纔愆期而未害於物，深軫念而將卹其人，氣潛通而交感以和，澤旋流而霶霈思遠①。由是風雨時而霜雹不降，稼穡茂而蝗螟不生，農功以成，年穀大熟，休祥數見，福應屢臻。仁木連理而垂陰，嘉禾同穎而挺秀，壽星舒景炎之盛，芝草布葩英之重。白麞凝彩而雪輝，蒼烏取象於天色，將偏於郡國，相繼於歲時。右具如表。

【校　記】

① 世綵堂本注：「思，本作斯。」作「斯」是。

【解　題】

［五百家注引孫汝聽曰］貞元七年，以韓洄爲國子祭酒。按：《舊唐書·德宗紀下》：「（貞元七年夏四月）汴州獻白烏。」表云「蒼烏取象於天色」，正謂此。此表當貞元七年上，爲改《第六表》於貞

元七年復請上尊號也。

【辯　證】

此文《文苑英華》卷五五五、《全唐文》卷五二三皆附崔元翰所作《第六表》後，爲改《第六表》所加之文。仍爲崔元翰作。

爲崔中丞賀平李懷光表

臣某言：伏奉某月日敕，逆賊李懷光輿臺末人〔一〕，奚虜遺醜〔二〕，備聞凶險之行，頗有殘暴之名。陛下略其細微，假以符節，盡委朔方之地〔三〕，猶分禁衛之兵〔四〕，不感殊恩①，乃懷異望。間者饋貢不入，王師問罪，尋令舉軍赴敵，而乃終歲無功〔五〕。洎駕幸近郊〔六〕，敕還舊鎮，將掃猾夏之盜，因解奉天之圍〔七〕，豈伊人謀，蓋是天意。陛下但嘉其排難，不省其由，列爲上公，命作元帥。及躡寇滑汭②，頓軍咸陽（闕）

【校　記】

①恩，諸本皆作「私」。

②「汭」字原脱，據諸本補。又，「滑」字疑是「渭」之訛。據兩唐書《李懷光傳》云：懷光屯兵咸陽陳濤斜，陰連朱泚反叛。陳濤斜地當渭水之北，汭爲涇水支流。

【解　題】

〔注釋音辯〕貞元元年，時子厚年十三。〔韓醇詁訓〕李懷光，德宗建中初爲朔方節度使，時馬燧、李抱真討田悦未克，詔懷光以朔方兵並力進討，爲賊所敗。會朱泚反，德宗狩奉天，被圍急，懷光率所部奔命，遂敗賊，泚解圍去。進加副元帥。後誦言：天下亂皆由宰相、度支、京兆尹等。或以告盧杞，杞聞之，不得朝，頗恚恨。去屯咸陽，遂陰連朱泚謀反。貞元元年，爲其部將牛名俊斬首以獻。公之表當是時作也。然公時年十三，其爲崔中丞者不詳其人矣。文又闕，不全云。〔蔣之翹輯注〕懷光謀反，貞元元年爲其部將牛名俊斬首以獻，則此表當是時作也。然子厚時年十三，不應有此文，況中丞者不詳其人，文又闕而不全，疑非子厚所作。但新舊史俱稱其少精敏絶倫，則時年十三亦可以成文矣。或少時擬作，亦未可知。姑爲存而俟考焉。**按**：此非柳宗元文，詳辯證。

【注　釋】

〔一〕〔五百家注引孫汝聽曰〕《方言》：「南楚凡罵庸賤曰臺。」**按**：見揚雄《方言》卷三。

〔二〕〔注釋音辯〕李懷光，渤海靺鞨人。〔五百家注引韓醇曰〕懷光，渤海靺鞨人，醜類也。

〔三〕［五百家注引孫汝聽曰］建中元年七月，以懷光爲朔方節度使。按：「元年」爲「二年」之誤。

〔四〕［注釋音辯］建中元年，以懷光爲朔方節度使。二年，詔懷光率神策及朔方軍討李惟岳。［五百家注引孫汝聽曰］二年五月，詔懷光率神策及朔方軍討李惟岳。按：史書未見李懷光率朔方軍討李惟岳事。建中三年五月，李懷光率神策及朔方軍討田悦，當指此事。注釋音辯本之注「元年」爲「二年」之誤。

〔五〕［注釋音辯］朱滔、王武俊連兵救田悦，懷光討悦，勇而無謀，爲滔等所敗。［五百家注引孫汝聽曰］時馬燧、李抱真同討魏，城未拔，朱滔、王武俊連兵救田悦，詔懷光統朔方兵一萬五千同討悦。懷光勇而無謀，爲滔等所敗。

〔六〕［五百家注引韓醇曰］建中四年十月丁未，車駕至咸陽。戊申，幸奉天。

〔七〕［注釋音辯］朱泚反，懷光敗泚兵於醴泉，由是奉天之圍解。［五百家注引韓醇曰］十一月，懷光引兵敗朱泚兵於醴泉，泚聞之懼，引兵歸長安，由是奉天之圍解。

【辯證】

宋乾道永州刻《柳柳州外集》收入此篇，文安禮《柳先生年譜》繫之於貞元元年，並云：「劉夢得作集序，云子厚始以童子有奇名於貞元初。」未是。此文非柳宗元作，韓醇已疑之矣。貞元元年宗元隨父居江西，當時江西觀察使爲李兼，亦非崔姓，當無擬作之可能。

爲裴令公舉裴冕表

臣某言：聞忠邪不可以並立①，善惡不可以同道②，吴任宰嚭而伍胥誅夷③〔一〕，楚任靳尚而屈平放逐〔二〕，遠惟前事，孰不痛心。伏見澧州刺史裴冕明允忠肅④，道高德厚，匪躬無怠⑤，有蹇諤之風〔三〕。首佐先帝⑥，驅馳靈武〔四〕，贊雲雷之業，成社稷之勳〔五〕。程元振忌其直方⑦，遂加誣構，投謫荒裔⑧，天下稱冤〔六〕。空懷醜正之悲⑨，莫雪增嫌之恥⑩。今姦邪屏退，聖政大明⑪〔七〕，百度惟貞⑫，四門以穆。寰海之内，元元之人，莫不延首德音，思聞至化。願特令追冕列在天朝，俾之端揆庶寮，平章百姓⑬。處詢謀之任⑭，當燮理之權，必能協和萬邦，致君堯舜。臣位兼將相，職忝股肱，思進賢傑⑮，共熙帝載〔八〕。臣無任懇願之至⑯。

【校　記】

①《英華》、《全唐文》「聞」上有「臣」字。是。

②道，《英華》、《全唐文》作「群」，當是。

③誅，《英華》、《全唐文》作「鴟」。

④「明允」二字原闕，據《柳柳州外集》及《英華》、《全唐文》補。世綵堂本注：「一作忠肅明允，一作明允忠肅。」何焯《義門讀書記》卷三七：「或作忠肅明允，或作明允忠肅。」

⑤怠，原作「忌」，據注釋音辯本、詁訓本等改。

⑥首，原作「道」，據《英華》、《全唐文》及《新唐書·裴冕傳》改。世綵堂本注：「道，一作首。」

⑦直方，《英華》作「直道□方」，《全唐文》作「直道剛方」。

⑧投謫荒裔，注釋音辯本、詁訓本作「投荒謫裔」。

⑨醜，原作「醞」，據《柳柳州外集》、世綵堂本及《英華》、《全唐文》改。《左傳》昭公二十八年：「叔游曰：鄭書有之，惡直醜正，實蕃有徒，無道立矣，子懼不免。」作「醜」是。

⑩增嫌，《英華》、《全唐文》作「盜憎」。陳景雲《柳集點勘》卷三：「又表中『盜憎之恥』，今集作『增嫌之恥』，亦非。」

⑪大，《英華》、《全唐文》作「文」。

⑫百，注釋音辯本作「大」，注云：「大，一本作百。」原注與世綵堂本注：「諸本作『大度』，誤。」

⑬上三句《英華》、《全唐文》作「伏願特令冕列在朝廷，俾之臺座，端揆庶僚，平章百姓」。

⑭詢，《英華》、《全唐文》作「訏」。

⑮思進，《英華》、《全唐文》作「竊思」。

⑯《英華》、《全唐文》無「臣」字，「願」作「迫」。

【解　題】

［注釋音辯］或疑子厚先人所作。［韓醇詁訓］裴冕，明皇時爲河西節度行軍司馬。時明皇狩蜀，冕自河西還，道遇太子平凉，遂從至靈武，與杜鴻漸、崔漪同辭請太子宜正位號。及肅宗即位，進冕中書侍郎、同中書門下平章事。後以舉劉烜爲判官，坐降施州刺史，徙澧州。傳云：大曆中，郭子儀言於代宗曰：「冕首佐先帝，驅馳靈武，有社稷勳。程元振忌其賢，遂加誣罔，海内冤之。」與此表合。然此表當爲郭令公作，其云「裴令公」非也。又傳云：時元載秉政，冕早所甄引，載德之，又貪其衰瘵，且下己，遂拜左僕射、同中書門下平章事。不踰月，卒。據元載之誅在大曆十二年，而柳生於大曆八年，是時方五歲，而此表又當在載未誅之前，時公未生。或謂公集《先侍御府君神道表》云：「汾陽王居朔方，備禮延望。」恐此表乃其先人之作，然亦不可得而考。此決非公之文也，明矣。［五百家注引孫汝聽曰］大曆四年十二月戊戌，裴冕卒。八年，公始生，當無此表。裴令公，蓋裴遵慶也。

按：蔣之翹輯注本存目删文，亦認爲此非柳宗元文。

【注　釋】

〔一〕［注釋音辯］嚭，匹鄙切。吴太宰，譖殺伍子胥，浮於江。［韓醇詁訓］吴王夫差元年，以大夫伯嚭爲大宰，嘗以報越爲志。二年，悉精兵以伐越，敗之夫椒。越王勾踐使大夫種因大宰而行成，吴王將許之，伍子胥諫不聽，遂自殺。吴王以鴟鶇盛其尸，投之於江。按：五百家注本所引同。見《國語·吴語》、《史記·伍子胥列傳》。

〔二〕［注釋音辯］屈原字平，事楚懷王，爲上官、靳尚共毁譖之。原既放逐，投汨羅江以死。［韓醇詁訓］屈原名平，事楚懷王，爲三閭大夫。同列上官、靳尚共毁譖之，王乃疎原。原既放逐，遂投汨羅江而死。按：五百家注本所引同。見《史記·屈原列傳》。

〔三〕［五百家注引祝充曰］《易》曰：「王臣蹇蹇，匪躬之故。」按：見《周易·咸》。

〔四〕［注釋音辯］至德元載，玄宗幸蜀，冕遇太子於平涼，勸之朔方。七月，太子入靈武，冕與杜鴻漸、崔漪等勸進。冕以定策功爲中書侍郎平章事。

〔五〕［五百家注引孫汝聽曰］至德元載，玄宗幸蜀，至益昌，遥詔太子充天下兵馬元師，以冕爲御史中丞兼左庶子，爲之副。是時冕爲河西行軍司馬，授御史中丞，詔赴朝廷。遇太子於平涼，具陳事勢，勸之朔方。七月，太子入靈武，冕與杜鴻漸、崔漪等勸進。甲子，以定策功，以冕爲中書侍郎、平章事。

〔六〕［注釋音辯］寶應元年，爲肅宗山陵使，與程元振相違，貶施州刺史。［五百家注引孫汝聽曰］寶應元年四月，肅宗崩，以冕爲山陵使。冕以倖臣李輔國權盛，將附之，乃表輔國親昵術士中書舍人劉烜充山陵判官。烜坐法免，冕亦以議事與程元振相違，貶施州刺史，移澧州刺史。

〔七〕〔注釋音辯〕廣德元年，制削程元振官爵，放歸田里。〔五百家注引孫汝聽曰〕廣德元年十一月，削元振官爵，放歸田里。

〔八〕〔五百家注引孫汝聽曰〕二年二月，以冕爲左僕射兼御史大夫，充東都、河南、江南、淮南諸路轉運使。

【辯　證】

宋乾道永州刻《柳柳州外集》收有此文，然非柳宗元作，童宗説、韓醇、孫汝聽已言之。《文苑英華》卷六〇八載此文，題爲《代郭令公請雪裴僕射表》，作者邵説。並云：「大曆中。」王應麟《困學紀聞》卷一七：「《爲裴令公舉裴冕表》，邵説作。」陳景雲《柳集點勘》卷三：「案『裴』當作『郭』，『舉』當作『雪』。此表乃汾陽幕下士邵説作，見《文苑英華》。昔人有疑子厚父爲汾陽管記時作，亦非也。邵説舉進士，嘗事史思明父子，及歸順後，汾陽重其才，留之幕下。事詳舊史。」吴汝綸《柳州集點勘》：「此非公文。」諸家所論極是。邵説，兩《唐書》有傳。

爲武中丞謝賜新茶表

臣某言：中使竇某至，奉宣聖旨①，賜臣新茶一斤者。天睠忽臨，時珍俯及，捧戴驚抃，以喜以惶②。中謝。臣以無能，謬司邦憲，大明首出〔一〕，得親仰於雲霄；渥澤遂行，忽先霑於草木。况兹靈味，成自遐方，照臨而甲拆惟新③〔二〕，煦嫗而芬芳可襲，調六氣而成美，扶萬壽以效珍。豈臣賤微④，膺此殊錫，銜恩敢同於嘗酒，滌慮方切於飲冰〔三〕。撫事循涯，隕越無地。臣不任感戴欣抃之至。

【校　記】

① 諸本皆脱「聖」字，據《英華》補。

② 驚抃，《英華》作「抃驚」。喜，《英華》作「兢」。

③ 拆，詁訓本、世綵堂本作「折」。

④ 臣，諸本作「可」，據《英華》改。《英華》注云：「集作可，非。」

【解　題】

［注釋音辯］順宗時，武元衡。［韓醇詁訓］中丞武元衡也。貞元二十年遷御史中丞，公時爲監察御史，乃其屬也。正集有《爲武中丞謝賜櫻桃表》，此當次其後。［世綵堂］武元衡字伯蒼。按：陳景雲《柳集點勘》卷三：「順宗以乙酉正月即位，三月中丞武元衡改授左庶子。斯表之進當距即位未遠，故有『大明首出』一聯。又順宗誕辰在正月，『扶萬壽以效珍』句，謂新茶入貢適當斯時也。唐代

吴蜀貢新茶皆以冬中作法爲之，故可春初上獻。（振常案：此表各本皆列外集，原稿列此，或所據宋本如此。廖注亦云此表當與《謝櫻桃表》並列，故仍其舊。）」此表爲貞元二十一年柳宗元代武元衡所作。

【注　釋】

〔一〕［五百家注引孫汝聽曰］貞元二十一年正月，德宗崩，順宗即位。《易》曰：「首出庶物，萬國咸寧。」按：見《周易·乾》。

〔二〕《周易·解》：「雷雨作而百果草木皆甲坼。」孔穎達疏：「百果草木皆莩甲開坼，莫不解散也。」

〔三〕［注釋音辯］《莊子》：「朝受命，夕飲冰。」［韓醇詁訓］《莊子》曰：「朝受命而夕飲冰，我其内熱歟？」按：見《莊子·人間世》。

【集　評】

王志堅《四六法海》卷三：《武元衡傳》云：「德宗末，擢御史中丞。順宗立，王叔文使人誘以爲黨，拒不納，俄爲山陵儀仗使。劉禹錫求爲判官，元衡不與，叔文滋不悦。數日，改太子右庶子。憲宗立，復拜中丞。」今按劉、柳集皆有《代武中丞謝表》，正是時作。以後劉、柳之謫，元衡下石最力。

劉有《靖安佳人怨》二章，柳有《古東門行》，皆爲元衡死於賊作也。

爲裴中丞賀破東平表

臣某言：月日得進奏官狀報，逆賊李師道以某月日克就梟戮，率土臣子，慶抃無涯。中謝。臣聞負恩干紀者，鬼得而誅〔一〕；犯順窮凶者，天奪其魄〔二〕。不自妖孽①，曷彰聖功？伏惟陛下先天不違，與神合契，掩周宣中興之業，陋漢光再造之勳。靈旗四臨，氛沴皆散，凡在臣庶，盡覩升平。伏以師道席父祖以作威〔三〕，苞海岳而專禄，恃東秦十二之險〔四〕，誘臨淄三七之兵〔五〕，竊據一方，歲踰五紀。朝宗之地〔六〕，曠若外區；封祀之山〔七〕，隔成異域。累聖垂德，曾未悛心〔八〕，餘孽滔天，果聞折首〔九〕。遂使云亭有主，知玉牒之將封〔一〇〕；遼海無虞，見石砮之已至〔一一〕。此皆陛下神籌獨得②，廟略無遺，授任推盡力之誠③，縱捨有感心之化。金石可貫，龜筮必從，克成不戰之功，遂治無爲之理。臣謬司戎旅，遠守方隅，愧無横草之功〔一二〕，坐見覆盂之泰〔一三〕。抃蹈歡慶，倍萬恒情。

【校　記】

① 何焯《義門讀書記》卷三七：「『自』作『有』。」當是。

② 原注及諸本皆注：「籌，一作筭。」

③ 誠，世綵堂本作「威」。

【解題】

［注釋音辯］裴行立。［韓醇詁訓］裴中丞行立也。公正集中有《爲裴中丞賀克東平赦表》，事詳見注。此表當次之，元和十四年作。［五百家注引孫汝聽曰］元和十二年二月，李師道誅，東平盡平。時御史中丞裴行立爲桂管觀察使。［蔣之翹輯注］子厚已有《爲裴中丞賀克東平赦表》，又有《代裴中丞賀分淄青爲三道表》，見正集三十八卷。此亦當次其處。按：《舊唐書·憲宗紀下》：「（元和十四年二月）壬戌，田弘正奏：今月九日，淄青都知兵馬使劉悟斬李師道並男二人首請降，師道所管十二州平。甲子，上御宣政殿受賀。」孫注誤「十四年」爲「十二年」。此表元和十四年作於柳州。

【注釋】

〔一〕［注釋音辯］《莊子》云。［韓醇詁訓］《莊子》：「不爲善乎幽閒之中者，鬼得而誅之。」按：見《莊子·庚桑楚》。

〔二〕［注釋音辯］《左傳》襄公二十九年。［韓醇詁訓］《左氏》襄公二十九年：「鄭伯有使公孫黑如楚，辭曰：『楚、鄭方惡，而使予往，是殺予也。』伯有强使之，子皙怒，將伐伯有氏，大夫和之。

十二月，鄭大夫盟於伯有氏，裨諶曰：『善之代不善，天命也，其焉辟？子產舉不踰等，則位班也；擇善而舉，則世隆也。天又除之，奪伯有魄。』」按：五百家注本引作童宗説曰。

〔三〕［注釋音辯］大曆中，李正己爲平盧淄青節度使。正己子納，納子師道。［五百家注引孫汝聽曰］大曆中，以李正己爲平盧淄青節度使，傳其子納，納傳師道。

〔四〕［注釋音辯］《前·高祖紀》：「齊得十二焉。」注：「謂二十萬人足當諸侯百萬人。」［韓醇詁訓］李師道即淄青之地，有州十二，傳五世。［五百家注引孫汝聽曰］漢高帝六年，田肯賀上曰：「秦形勝之國，帶河阻山，縣隔千里，持戟百萬，秦得百二焉。齊地方二千里，持戟百萬，縣隔千里之外，齊得十二焉。此東、西秦也。」百二者，謂秦地險固，二萬人足以當諸侯百萬人。十二者，謂二十萬人足以當諸侯百萬人。言齊雖固，不如秦二萬乃當百萬人。按：「十二」語雙關，既用典，又切李師道之十二州。

〔五〕［注釋音辯］《史記》：「蘇秦説齊王曰：『臨淄之中七萬户，不下户三男子，三七二十一萬，不待發於遠縣，而臨淄之兵固已二十一萬矣。』」［五百家注引孫汝聽曰］《史記》蘇秦説齊宣王曰：「臨淄之中七萬户，不下户三男子，三七二十一萬，不待發於遠縣，而臨淄之卒，固已二十一萬矣。」按：見《史記·蘇秦列傳》。

〔六〕［韓醇詁訓］《禹貢》：「海岱惟青州。」青州東北據海，西南距岱也。又云：「海岱及淮惟徐州。」東至海，北至岱，南至淮也。以其淮海之所在，故曰朝宗。按：五百家注本引韓醇注尚云：「此言東海爲師道所據也。」所引見《尚書·禹貢》。

〔七〕［韓醇詁訓］［五百家注引童宗説曰］謂東封泰山也，在兖州。

〔八〕［五百家注引孫汝聽曰］《書》：「惟受罔有悛心。」悛，改也。按：見《尚書·泰誓上》。

〔九〕［五百家注引祝充曰］《易》：「有嘉折首，獲匪其醜。」按：見《周易·離》。

〔一〇〕［注釋音辯］《風俗通》：「封泰山，封廣二丈，高九尺，下有玉牒書。」［韓醇詁訓］《封禪書》：「炎帝封泰山，禪云云。黄帝封泰山，禪亭亭。」《後漢志》曰：「云云、亭亭，皆泰山下小山也。」《風俗通》云：「封泰山，封廣二丈，高九尺，下有玉牒書。」按：五百家注本、韓醇詁訓本引作劉（崧）曰。所引見《史記·封禪書》、應劭《風俗通》卷二。

〔一一〕［注釋音辯］砮音奴。矢鏃，石爲之。《國語》：「肅慎氏貢楛矢石砮。」［韓醇詁訓］《國語》：「武王克商，通道於九夷、八蠻，使各以其方賄來貢，使無忘職業。於是肅慎氏貢楛矢石砮，長尺有咫。」砮，矢鏃也，以石爲之。砮音奴。按：見《國語·魯語下》。陳景雲《柳集點勘》卷三：「案鄆帥並領平盧一道，平盧，遼海地，又兼押蕃使，故有此二語。舊注未悉。」

〔一二〕［注釋音辯］《前·終軍傳》：「無横草之功。」注：「言行草中使草偃卧，故曰横草。」［韓醇詁訓］漢終軍當發使匈奴，軍自請曰：「軍無横草之功。」師古曰：「言行草中，使草偃卧，故曰横草也。」

〔一三〕［注釋音辯］《東方朔傳》：「安於覆盂。」［韓醇詁訓］［五百家注引孫汝聽曰］東方朔《客難》：

「連四海之外以爲帶，安於覆盂。」按：見《漢書・東方朔傳》。

【集評】

王志堅《四六法海》卷三：代宗時，李正己爲平盧節度使，雄據東方。子納自稱齊王，後師道嗣，爲其將劉悟所殺。

陸夢龍《柳子厚集選》卷四文首評：古宕。又「臣聞」下：字字切東平。又「恃東秦」二句：執言有案。

儲欣《河東先生全集録》卷六：典切。

何焯《義門讀書記》卷三七：「竊據一方」二句：承「專禄」。「朝宗之地」二句：承「海」。「封祀之山」二句：承「岳」。「餘孽滔天」：承「父祖」。「遂使云亭有主」二句：承「封祀」。「遼海無虞」二句：承「朝宗」。「縱捨有感心之化」：包括劉悟事。

賀赦表

臣某伏奉某月日恩制①，大赦天下。一人有慶，百度惟新，戴天履土，罔不欣抃。中謝。某聞天地元功②，施雨露而育物；帝王繼統，昇日月以垂曜。群品資始，萬方文明。伏惟陛下嗣守鴻業，光膺駿命，淳化均於四序，大德合於二儀。保寧社稷，光宅區宇，弘孝慈以御下，崇恭儉以垂休，恩覃溪洞③，事冠千古④。況乃順時布政，乘春導和，敷作解之澤⑤〔一〕，宣在宥之典，九族既睦，四門廣闢。而又洗滌幽縶，雷雨之施也；歸還流竄，羅網之釋也；移敘貶黜，覆載之仁也；蠲除逋債，政理之源也；褒寵勳賢，激勸之方也。廢金寶之貢，有以彰儉德；搜遺逸之士，有以表至公。元勳宿將，賞延子孫；庶尹卿士，榮周存殁。廣直言之路，啟進善之門，德超虞夏，道掩軒項〔二〕。必將平一殊俗，發揮大猷，億萬斯年，永荷天緒。臣謬當任用，守職藩維，不獲奔赴闕庭，親睹盛禮，感悅歡抃，倍萬恒情⑥。

【校　記】

① 《英華》、《全唐文》「某」下有「言」字。

② 某，《全唐文》作「臣」，《英華》「某」上有「臣」字。元，原作「成」，據《英華》及《全唐文》改。

③ 溪洞，《柳柳州外集》及《英華》、《全唐文》作「浹旬」。

④ 冠，注釋音辯本、游居敬本作「貫」。千，《英華》、《全唐文》作「今」。

⑤ 澤，《英華》、《全唐文》作「恩」。

⑥ 自「親睹」下，《英華》作「臣無任云云」。

【解　題】

［注釋音辯］代帥臣賀順宗即位赦。［韓醇詁訓］表云「況乃順時布政，乘春導和」，此謂元和改元赦也。又云「謬當任用職在藩維」，此必代桂廣帥臣作。［五百家注引韓醇曰］表云「況乃順時布政，乘春導和」，此謂順宗嗣位肆赦也。蓋當公之世，人主嗣位肆赦，惟順宗一人耳。又云「謬當任用，職在藩維」，此必代桂廣帥臣作。按：五百家注本引韓説是，此是賀順宗即位赦也。《舊唐書·順宗紀》：「（貞元二十一年二月）甲子，御丹鳳樓，大赦天下。諸道除正敕率税外，諸色榷税並宜禁斷，除上供外，不得別有進奉。」此表云「歸還流竄」、「蠲除逋債」、「褒寵勳賢」、「廢金寶之貢」等，正與順宗新政相合。憲宗受内禪即皇帝位在貞元二十一年八月，非春季，且無大赦；若云元和元年改元大赦，則憲宗非首即位，皆與文不合，故知爲順宗。文云「恩覃溪洞」，故韓醇推測此方鎮爲廣州或桂州。然《文苑英華》卷五五八作「恩覃浹旬」，若此，推測代桂、廣帥臣作便無依據。此表爲柳宗元代某方鎮作，然代何方帥臣則不可知。其時與柳宗元有來往之方鎮有嚴礪，時爲山南西道節度使；其岳父楊憑，時爲湖南觀察使。疑爲代嚴礪作。或以爲李吉甫作，非是。詳見辯證。

【注　釋】

〔一〕［注釋音辯］《易·解卦》：「雷雨作解，君子以赦過宥罪。」

〔二〕［注釋音辯］軒，黄帝軒轅氏也。項，顓頊。

【辯證】

宋乾道永州刻《柳柳州外集》收有此表。《文苑英華》卷五五八、《全唐文》卷五一二作李吉甫。《文苑英華》列《賀赦表》六篇之四。彭叔夏《文苑英華辨證》卷五：「《賀赦表》六首，《類表》以爲李吉甫作，而《文苑》以爲李邕。按邕天寶初卒，而此六表乃作代宗、德宗、憲宗時，況《文苑》於五百五十九卷有重出一表，題云李吉甫乎？又第二表末云：『謹遣當州軍事衙前虞侯王國清奉表陳賀以聞。』正與吉甫《郴州謝上表》末語同，則非邕作也。」彭辨此六表非李邕作，甚是。然以爲此六表皆李吉甫作，卻非是。第二表，《英華》題下注：「《類表》作《貞元二十一年賀大赦表》」，後篇作《賀貞元大赦表》。」原列第三表即重出者，又列《英華》卷五五九，卷五五八已將其删去。李吉甫已有《貞元二十一年賀大赦表》矣（即第二表），何勞再作？當是吉甫作《賀赦表》六篇，然須將卷五五九的一篇包括在内，而將第四表即此篇除外，李吉甫作仍爲六篇，而此表，則柳宗元作。李吉甫貞元十九年由郴州刺史遷饒州刺史，貞元二十一年爲考功郎中。第二表作於饒州。第三表則爲考功郎中時作。

賀皇太子牋①

宗元惶恐言：伏奉六月七日制，元和聖文神武法天應道皇帝光受徽號〔一〕，率土臣子，歡抃無涯。伏惟皇太子殿下麗正居中，輔成昌運，消伏沴孽②，贊揚輝光，鴻名允升③，大慶周洽，表文武之經緯，著天道之運行。瑞景照臨，示重輪之發耀④〔二〕；恩波下濟，見少海之增瀾〔三〕。宗元忝守遐方〔四〕，獲聞盛禮，踴躍之至，倍萬恒情，謹附牋賀。宗元惶恐，死罪死罪⑤。

【校　記】

①注釋音辯本、游居敬本無「太」字。《英華》題作「皇帝册尊號賀皇太子牋」。
②消，《英華》作「削」，當是。
③允，《英華》作「載」，蔣之翹輯注本作「永」。
④示，《英華》作「知」。耀，《英華》作「輝」。
⑤自「踴躍」以下，《英華》作「不任抃躍之至」。

【解　題】

〔注釋音辯〕元和十四年，皇帝受尊號賀。〔韓醇詁訓〕憲宗元和十四年，群臣上尊號曰元和聖神文武法天應道皇帝，公時在柳州，故云「忝守遐方，獲聞盛禮」。皇太子乃元和七年所立遂王宥者。公是年十月卒於柳云。〔五百家注引孫汝聽曰〕皇太子恒，憲宗第三子。按：韓説是。李宥即李恒，元和七年立爲太子後改名。第三十七卷亦有《賀皇太子牋》，舊注以爲賀順宗之立李純爲皇太子，非是。二篇皆賀李恒之立。此篇爲自作，彼篇則代桂管觀察使裴行立作。

【注釋】

〔一〕［五百家注引孫汝聽曰］元和十四年七月，群臣上尊號曰元和聖文神武法天應道皇帝。按：見《舊唐書·憲宗紀下》。

〔二〕［韓醇詁訓］［五百家注引劉崧曰］崔豹《古今注》曰：「漢明帝爲太子，樂人作四歌贊德，其二曰《月重輪》。」按：見《古今注》卷中。

〔三〕［注釋音辯］郭璞注《山海經》：「太子爲少海。」［韓醇詁訓］［五百家注引劉崧曰］《山海經》曰：「無皋之山，南望幼海。」郭璞注曰：「即少海也。」昔天子比大海，太子爲少海。按：見《山海經·東山經》。

〔四〕［五百家注引韓醇曰］公時在柳州，其年十月卒於柳。

賀裴桂州啟

宗元啟：伏承天恩，榮加寵贈，伏惟增感，抃慶罔極。某聞揚名以顯，孔聖于是作經〔一〕；大孝所尊，曾子以之垂訓〔二〕。雨露敷澤，日月垂光，盛德果驗以達人〔三〕，積善必徵於餘慶〔四〕。

天下人子，羡慕無階。某特承恩眷，倍百恒品，恨以守官①，不獲奔走拜賀，無任展轉惶灼之至。

【校記】

① 吴汝綸《柳州集點勘》：「『恨』疑爲『限』。」

【解題】

［注釋音辯］裴行立封贈，前代。［韓醇詁訓］裴桂州即前中丞公行立也。行立爲桂管觀察使在元和十三四年間，時淮西已平，公前有《爲賀淮西平赦表》，此豈赦後有所封贈，故公以啟賀之歟？按：陳景雲《柳集點勘》卷三：「觀子厚《賀赦表》中『榮周存殁』語，蓋謂贈封恩詔。子厚以元和十四年作桂州兄誌，言其父由尚書郎再贈大理卿，此啟殆賀其再贈也。」陳説是。

【注釋】

〔一〕［五百家注引祝充曰］孔子曰：「揚名於後世，以顯父母。」按：蔣之翹輯注本引作《孝經》。見《孝經》卷一。

〔二〕［五百家注引孫汝聽曰］《禮記》：「曾子曰：大孝尊親。」按：見《禮記·祭義》。

〔三〕［五百家注引孫汝聽曰］昭七年《左氏》：「聖人有明德者，若不當世，其後必有達人。」

〔四〕［五百家注引祝充曰］《易》：「積善之家，必有餘慶。」按：見《周易·乾》。

與衛淮南石琴薦啟①

疊石琴薦一②〔一〕。出當州龍壁灘下。

右件琴薦躬往採獲③，稍以珍奇，特表殊形，自然古色。伏惟閣下稟夔、旦之至德，蘊牙、曠之玄蹤〔二〕，人文合宮徵之深，國器專瑚璉之重〔三〕。藝深攫醳④〔四〕，將成玉燭之調〔五〕；思叶歌謡⑤，足助薰風之化〔六〕。願以頑璞，上奉徽音，增響亮於五絃，應鏗鏘於六律。沉淪雖久，提拂未忘，儻垂不徹之恩〔七〕，敢效彌堅之用。

【校 記】

① 世綵堂本注：「一作狀，在前集。」

② 注釋音辯本注云：「元注云：出當州龍壁灘下。」蔣之翹輯注本亦曰「柳自注」。可知爲宗元原注，故采入正文，用小字表示。當州指柳州。

③ 採，原作「探」，據諸本改。

④詁訓本注：「攫醳，一本作擢澤。」
⑤恩，原作「恖」，據諸校本改。

【解　題】

［注釋音辯］衛次公。［韓醇詁訓］衛淮南次公也，以檢校工部尚書爲淮南節度使在元和十二年淮蔡平後。傳云：「次公本善琴，方未顯時，京兆尹李齊運使子與之遊，請授之法，次公拒絕，因終身不復鼓。」而公此文在柳州作，則衛時尚鼓琴也，史傳之載過乎實矣。按：《舊唐書·憲宗紀下》：「（元和十二年十月甲申）以左丞衛次公代（李）鄘爲淮南節度使。」「（十三年十月）癸亥，前淮南節度使衛次公卒。」又見兩《唐書》本傳。琴薦，用以支琴者。黄震《黄氏日鈔》卷六〇：「蓋石可薦琴者。」

【注　釋】

〔一〕［蔣之翹輯注］按龍壁山在柳州東北。《一統志》云「石壁峭立，下臨灘瀨中，多秀石」是也。當州即本州之意爾。如以爲果出當州，則柳與當道路相去尚遠，《唐·地理志》柳屬嶺南，當屬劍南，況子厚亦未曾至其地，何以云「躬往採獲」也？當不辨而自明矣。按：王存《元豐九域志》卷九柳州有龍壁山。《明一統志》卷八三柳州府：「龍壁山在府城東北一十五里，中有石壁峭立，下臨瀧瀨。宋陶弼詩：『曾看柳侯山水記，信知龍壁好煙霞。』」

〔二〕［注釋音辯］后夔、姬旦、伯牙、師曠。［蔣之翹輯注］夔旦，后夔、姬旦；牙曠，伯牙、師曠也。

〔三〕［五百家注引童宗説曰］《論語》：「子謂子貢：汝，器也，瑚璉也。」注云：「夏曰瑚，殷曰璉，宗廟之器也。」按：見《論語·公冶長》。

〔四〕［注釋音辯］攫，厥縛切。醳音釋，舒也。《史記·田敬仲世家》：「鄒忌子以鼓琴見，曰：『攫之深、醳之愉者，政令也。』」［韓醇詁訓］攫，厥縛切。醳音液，醇酒也。［五百家注引孫汝聽曰］《史記·田完世家》：「鄒忌子曰：『大絃濁以春温者，君也。小絃廉折以清者，相也。攫之深、醳之愉者，政令也。』」醳，舒也，音釋。攫，厥縛切。

〔五〕［韓醇詁訓］《爾雅》：「四時和謂之玉燭。」按：見《爾雅·釋天》。

〔六〕［韓醇詁訓］舜作五絃之琴以歌南風，曰：「南風之薰兮，可以解吾民之愠兮。」按：見《孔子家語·辨樂》。

〔七〕［注釋音辯］［五百家注引孫汝聽曰］《禮記》：「士無故，不徹琴瑟。」按：見《禮記·曲禮下》。

【集　評】

陸夢龍《柳子厚集選》卷四：親切。

答鄭員外賀啟①

李師道三代受恩〔一〕，四兇負德〔二〕，聖朝含育，務在安人，不知覆載之寬弘，更縱豺狼之奸蠹②。王師一發，兇首已來，萬姓稱歡，四方無事。伏惟同增慰慶③。

【校　記】

①　世綵堂本注：「一作狀，在前集。」

②　奸，原作「扞」，據注釋音辯本、游居敬本及《全唐文》改。

③　此句原闕。世綵堂本注：「一本有『伏惟同增慰慶』六字。」何焯《義門讀書記》卷三七：「《答鄭員外賀啟》似非全篇，收處重校一本（按指鄭定本），有『伏惟同增慰慶』六字。」故據以增。

【解　題】

［韓醇詁訓］與以下啟皆在元和十四年淄青平後作。［蔣之翹輯注］以下二啟疑皆闕文。按：以下二啟，當是淄青平後，桂管諸州互致賀啟，即爲此而作。

【注　釋】

〔一〕〔五百家注引孫汝聽曰〕代宗永泰元年七月，以李正己爲平盧淄青節度使。德宗建中二年七月卒，子納領軍務。貞元八年五月卒，子師古領留務。憲宗元和元年閏六月卒，弟師道領留務。是爲三代受恩。

〔二〕〔注釋音辯〕謂李正己、子納、納子師道、師古。〔五百家注引韓醇曰〕四兇，即謂正己、納、師古、師道。

【集　評】

陸夢龍《柳子厚集選》卷四：二啟（按：與上啟）安恬而大。

答諸州賀啟①

李師道累代負恩，不起悛革，餘孽怙亂②，更肆猖狂。王師暫勞，已致梟戮。率土歡抃，慶賀難勝。太平之功，自此而畢。勞致書問，悚息增深③。

【校　記】

① 世綵堂本注：「一作狀，在前集。」

②原注與世綵堂本注：「孽，魚列切。一本作蠥字。」

③此句原闕。世綵堂本注：「一本有『勞致書問悚息增深』八字。」何焯《義門讀書記》卷三七：「《答諸州賀啟》，重校（按指鄭定本）有『勞致書問悚息增深』八字。」故據以增。

【集評】

焦循批《柳文》卷三：古雅簡厚。

柳宗元集校注外集補遺①

萬年縣丞柳君墓誌 并序

惟貞元十二年龍集景子三月日②〔一〕，前萬年縣丞柳君，終於長安升平里之私第，享年五十。長子弘禮，承家當位。次曰傳禮，幼曰好禮。奉夫人洎中父之命，考時定制，動合古道，三日而殯，三月而葬〔二〕。粤五月十九日甲子，克開長安縣高陽原，祔於先塋，禮也。先時撰辰酌禮〔三〕，稱義備物，外姻畢至〔四〕，宗人來會。從弟宗元受族屬之教，泣涕濡翰，書辭紀行。曰：

君諱元方，字某，解人也。系自周、魯，後得柳姓〔五〕。七代祖虬，後魏中書令，封美陽公〔六〕。四葉至皇考惇〔七〕，皇朝散大夫、資陽令。祖初③，延州司馬。考頤，宣州寧國丞。濟德克紹厥類，藏聰晦明，粹爲淑和。少孤，季父建撫字訓道〔八〕，通《左氏春秋》，貫歷代史，指畫羅列，接在視聽，嗜爲文章，辭富理精。以門廕出身，調補宣州溧水尉。綱簿貢賦④，入於天府，特授同州馮翊尉。改京兆府雲陽主簿，轉長安主簿，遷萬年丞〔九〕。端靖守貞，處劇不撓。秩滿，居養素食，貧，常好竺乾之道〔一〇〕，自振塵昏之外⑤〔一一〕，泊如也。既而嬰被沈疾，不克永壽。姻戚動懷，朋友道傷，僉曰：「天之報施善人，何如哉？」君前娶河南獨孤氏，左司郎中緬之女⑥〔一二〕，無子，早世。繼室以裴夫人，諫議大夫虬之女〔一三〕。陰教内則，著於閨闈，有女三人焉。嗚呼！銘誌之來古矣，是不可闕，遂刊勒玄石，措於陰堂〔一四〕。銘曰：

振振吾宗，德之宅耶。惟君之德，至其賾耶⑦。德而不壽，命既厄耶⑧。松柏蒼耶，不朽石耶。

【校　記】

①外集補遺，注釋音辯本無，五百家注本列爲新編外集三卷之第一卷，詁訓本題作「新編外集」，羅振常影印世綵堂本作「外集補遺」。今標題從世綵堂本，新增之篇亦附入。

②景，詁訓本作「丙」。「景」爲「丙」的避諱字，詁訓本回改。蔣之翹輯注本：「景，本做丙，避唐諱也。」

③「初」字原闕，世綵堂本同，據《新唐書·宰相世系表三上》補。陳景雲《柳集點勘》卷三：「案《世

系表》，司馬名礿，『祖』下脱一字。」

④賦，《全唐文》作「職」。

⑤原注與詁訓本、世綵堂本注：「外，一作表。」

⑥緬，《新唐書·宰相世系表五下》作「愐」。

⑦賾，世綵堂本及《全唐文》作「頤」。按：賾，深奥。作「頤」非。

⑧命，蔣之翹輯注本及《全唐文》作「今」。

【解　題】

［韓醇詁訓］誌云：「系自周魯，後得柳姓。七代祖虬，後魏中書令，封美陽公。」蓋柳氏自魯士師展禽食采柳下得姓，至後魏有諱僧習者，爲方輿公，有五子，曰鷟，曰慶，曰虬，曰檜，曰鸑。公裔出於慶，而萬年公出於虬，此系所自別也。史表載虬，後周中書侍郎、美陽孝公，與誌稍戾，豈史誤耶？萬年公貞元十二年卒，是年葬，誌是時作。［蔣之翹輯注］萬年丞，貞元十二年卒，是年葬，誌是時作。

按：韓説是。是爲其堂兄柳元方所作的墓誌。

【注　釋】

［一］［五百家注引孫汝聽曰］倉龍，太歲。按：龍，星座名。集，次。龍集景子即歲次丙子。《初學

記》卷一何承天《天讚》：「龍集有次，星紀乃分。」

〔二〕［五百家注引孫汝聽曰］《王制》：「大夫、士、庶人三日而殯，三月而葬。」按：蔣之翹輯注本引作《禮記・王制》。

〔三〕［五百家注］撰，擇也。

〔四〕［五百家注引孫汝聽曰］《左氏》：「士逾月，外姻至。」按：見《左傳》隱公元年。

〔五〕［五百家注引孫汝聽曰］魯孝公子展之孫，以王父字爲謚，至展禽食采於柳下，因爲氏。魯爲楚滅，柳氏入楚。楚爲秦滅，柳氏遷晉之解縣。故柳氏爲河東解人。按：世綵堂本引作《魯世家》，實引自《新唐書・宰相世系表三上》柳氏。

〔六〕［五百家注引孫汝聽曰］虯字仲盤，西魏大統中爲中書侍郎。按：《新唐書・宰相世系表三上》載柳虯字仲盤，後周中書侍郎，與此有異。

〔七〕陳景雲《柳集點勘》卷三：「以下文世次考之，『皇考』似當作『曾祖』。然曾祖古有皇考之稱，見於《禮記》，此所本也。」

〔八〕［五百家注引孫汝聽曰］頣三子，長元方，季即建。建爲金部郎中。按：陳景雲《柳集點勘》卷三：「案文云季父建，乃謂元方之季父，則建乃延州司馬季子，而頣之弟也。注誤甚。」柳建爲柳頣之弟、柳元方之叔父，陳説是。

〔九〕溧水、馮翊、雲陽、長安、萬年，皆縣名。後三縣屬京兆府。

〔一〇〕〔蔣之翹輯注〕竺乾，釋氏道也。

〔一一〕〔韓醇詁訓〕〔五百家注〕搌音展，極也。

〔一二〕〔五百家注引孫汝聽曰〕緬之子三人：寔、寂、密。

〔一三〕〔五百家注引孫汝聽曰〕虬，河東人，代宗時爲諫議大夫。

〔一四〕〔五百家注引童宗説曰〕陰堂，壙中。

處士段弘古墓誌 并序①

段處士弘古，讀縱横書〔一〕，剛峭少合，尤濩落〔二〕，不事産。人或交之，度非義，輒去。以故年五十，不就禄。嘗以法家言抵御史大夫何士幹〔三〕，延以上座，將用之。會士幹死，又聞襄陽節度使于頔愛人大言〔四〕，遂干以兵畫，一見喜甚。居月餘，視頔終不可與立功，又遁去。隴西李景儉〔五〕、東平吕温②〔六〕，高氣節，尚道義③，聞其名，求見，大懽。留門下，或一歲，或半歲。夜與言④，不知日出。温卒〔七〕，景儉逐〔八〕，前右拾遺張宿與然諾⑤，南見中山劉禹錫、河東柳宗元，二人者言於御史中丞崔公〔九〕。公時降治永州，知其信賢，徼其去〔一〇〕。又南抵好義容州扶風竇群〔一一〕，途過桂，桂守舊知君，拒不爲禮〔一二〕。君憤怒發病，不肯治。曰：「平生見大人，未嘗相下。今窮於此，年加老，接接無所容入也〔一三〕，益困於俗笑也，吾安用生爲？埋道邊耳。」居六月，死逆旅中。崔公爲出涕，命特贈賻，致其喪來永州，哭爲祭之。與喪具道里費，歸葬澧州安鄉縣黄山南麓上。君之死元和九年八月十六日，後某月日葬。祖某官，父某官。妻彭城劉氏。子知微、知章，皆未冠。銘曰：

廉不貪，直不倚，困者吾之⑥〔一四〕，通者不以〔一五〕。不懲其躓，卒以亢死。觀游非類，有賤非鄙。何以葬之？黄山南趾。

【校　記】

①詁訓本無「并序」二字。

②平，原作「君」，據詁訓本、世綵堂本、《全唐文》改。

③義，原作「藝」，世綵堂本同，此據詁訓本改。

④「夜」原闕，世綵堂本同，據詁訓本補。

⑤宿，原注與詁訓本、世綵堂本注據：「一作道。」按：作「道」非。《舊唐書》卷一五四、《新唐書》卷一七五皆有《張宿傳》，云張宿自布衣授左拾遺，與此文稍異。

⑥吾，《全唐文》作「安」。

【解　題】

［韓醇詁訓］御史中丞崔公，能也，時爲永州刺史。公元和九年尚佐永州，故薦弘古於崔。迨其死，崔猶爲經紀其喪，可謂賢矣。公正集有祭弘古文，當其喪過永州時作，誌亦作於是時也。隴西李景儉、東平呂温化光、中山劉禹錫夢得，暨公，及崔永州，皆弘古所與游者，可以知其人矣。呂化光集亦有與段秀才詩，即弘古也。［蔣之翹輯注］正集有《祭弘古文》，元和九年當其喪過永州時作，誌亦作於是時也。按：韓説是。段弘古一生隱居不仕，爲柳宗元好友，故爲之作墓誌，又爲文祭之。

【注　釋】

〔一〕［五百家注引孫汝聽曰］《漢志》有縱横十二家，蓋蘇秦、張儀之書也。

〔二〕［五百家注引孫汝聽曰］濩落，大貌。《莊子》作「瓠落」，與「濩落」同。按：見《莊子·逍遥遊》。

〔三〕［五百家注引孫汝聽曰］《漢志》有法家者流。按：《唐尚書省郎官石柱題名》考功員外郎有何士幹，貞元四年爲鄂岳觀察使。其生平仕歷參見勞格、趙鉞《唐尚書省郎官石柱題名考》卷一〇。

〔四〕［五百家注引孫汝聽曰］（于）頔字允元，貞元十四年九月，以頔爲襄州刺史、山南東道節度使。

〔五〕［五百家注引祝充曰］（李）景儉，字致用。

〔六〕［五百家注引祝充曰］（吕）温，字化光。

〔七〕［五百家注引祝充曰］元和六年，温卒。

〔八〕［五百家注引孫汝聽曰］元和三年十月，景儉貶江陵户曹參軍。

〔九〕［蔣之翹輯注］崔公名能。按：崔能，元和九年坐爲南蠻所攻，貶永州刺史。兩《唐書》有傳。

〔一〇〕［韓醇詁訓］［五百家注］徼與邀通，遮也。

〔一一〕［五百家注引孫汝聽曰］元和八年四月，以（竇）群爲容管經略使。

〔一二〕段弘古卒於元和九年八月，病居六月，則元和九年初抵桂州也。據《舊唐書·憲宗紀下》，元和八年十二月，以崔詠爲桂管觀察使。此桂守當即崔詠。宗元與崔詠亦有交往，故其名不便提及。

〔一三〕接接，通「捷捷」，奔波也。《詩經·大雅·烝民》：「四牡業業，征夫捷捷。」

〔一四〕［五百家注引孫汝聽曰］困者，謂己及禹錫之屬皆窮困也。

〔一五〕［五百家注引孫汝聽曰］言通達者則不用也。［世綵堂］以，用也。言通達者不用也。

【集評】

儲欣《河東先生全集録》卷六：節剛而厄於命，故所如不偶，歷叙愴然。

潞州兵曹柳君墓誌①

柳氏子某爲平陸丞，王父母之喪，寓於外。貞元二十一年，始葬於虢之閿鄉〔一〕。窆墨遇食〔二〕，乃貽書其族尚書禮部員外郎宗元，使爲其誌，且曰：「吾之先，自魏已來，爲宰相者累世〔三〕。我高祖諱萬齒，爲伊闕令。襲其先河間郡公曾祖諱某，浙州刺史〔四〕。咸有懿德。洎於兵曹府君諱某，勤身惠志，好義能讓而同，故交者固，直而敬，故親者睦。凡舉明經者四，皆獲美仕。初爲陸渾主簿，次吴縣尉，次上黨丞，次潞州兵曹參軍②。其勾稽擿發，毗贊闔決，無不勝職。加朝散大夫。某年月日，終於官次，殯於州若干里。會世多難，家又貧窶〔五〕，故不及大事③。嗚呼！我曾祖、王父葬於潁陽，我伯祖、叔祖洎伯父，皆葬閿鄉皇天原望壽里。潁陽北臨間④，其地陰狹，岸又數壞⑤，大懼不克久安神居。是以從他兆於兹卜，用七月六日甲子，將以具於玄堂之下〔六〕，固故有望乎爾也。」於是删其書爲文，置於埏中，俾移於石上。

【校　記】

① 「兵」下原有「馬」字，世綵堂本同，據詁訓本删。唐制，府有兵曹參軍，州有司兵參軍，無兵馬曹參軍。陳景雲《柳集點勘》卷三：「案『馬』字衍。」

② 「次」原闕，據詁訓本、世綵堂本、《全唐文》補。

③ 大，原作「夫」，世綵堂本同，據詁訓本改。

④陳景雲《柳集點勘》卷三：「『間』當作『澗』。」
⑤壞，蔣之翹輯注本作「潰」。

【解　題】

［韓醇詁訓］誌云貞元二十一年七月葬，誌是時作。按：韓説是。此柳君與柳宗元爲同族，其名未出。

【注　釋】

〔一〕［蔣之翹輯注］閿音聞，字正作閺。《前漢·戾太子傳》：「以湖閿鄉邪里爲戾園。」
〔二〕［五百家注引祝充曰］《説文》：「窆，葬下棺也。彼驗切。」
〔三〕［五百家注引孫汝聽曰］慶爲魏侍中，自後四世爲宰相。
〔四〕淅州，《舊唐書·地理志二》山南東道鄧州：「内鄉，漢淅縣地，屬弘農郡，後周改爲中鄉，隋改爲内鄉。武德元年置淅州，又分内鄉置默水縣。後復改爲内鄉。」
〔五〕［蔣之翹輯注］窶音巨。《説文》：「窶，貧而無以爲禮也。」
〔六〕玄堂，墓室。《文選》謝朓《齊敬皇后哀策文》：「翠帟舒皐，玄堂啟扉。」

永州司功參軍譚隨亡母毛氏誌文

毛氏夫人，父曰儀禹，豐州别駕。祖弘義，濟州户曹。夫人歸譚氏曰損，爲鄧州司倉參軍。損父昌，爲常州録事參軍。祖曰元愛，爲左羽林大將軍、弘農男。惟譚洎毛氏，於周咸爲諸侯〔一〕。譚入於莒，毛及魏爲后族，千歲復合。夫人生丈夫子曰隨。隨謹愿好禮，始克於裴、柳爲姻。隨娶裴氏，今中書舍人次元之族弟也〔二〕。女子嫁柳氏曰從肇，曰余族兄也。余早承族兄之教，聞夫人之德，且曰：「隨之所以能立，洎吾嫂之所以令，皆夫人之訓。」則宜有以文其聲詩，刻而措諸墓。夫人諱某，壽若干，某年月日終，某年月日祔於此①。誌曰：

周之列國，譚子毛伯。合是二姓，從其匹敵②。夫人有訓，乃策厥族。惟時善良，不享豐福。懿厥子姓，追號憲德。内言不出，孰表貞節。願垂休銘，永誌幽谷。

【校　記】

①詁訓本、世綵堂本無「年」字。

②從，詁訓本作「終」。

【解　題】

［韓醇詁訓］年月誌皆不載。據題云永州，公在永時作。［蔣之翹輯注］舊云永州時作，此因題有永州而誤承之耳。按：據志，毛氏生譚隨及一女，其女嫁宗元族兄，文云「余早承族兄之教」，可知此族兄及嫂年長宗元許多，則毛氏未必卒於元和間也，此文亦未必作於永州。若作於永州，則譚隨與柳宗元爲同事，在永州諸多詩文中，何得無一語言及譚隨？當作於貞元間。

【注　釋】

〔一〕［蔣之翹輯注］周文王第九子封毛，稱毛伯。譚，子爵，國在齊平陰縣。《詩·碩人》「譚公惟私」者是也。

〔二〕裴次元，河東聞喜人。德宗貞元四年登賢良方正能言極諫科，歷吏部員外郎、京兆尹、福建觀察使、江西觀察使等。元和十五年卒。參勞格、趙鉞《唐尚書省郎官石柱題名考》卷四、卷五。

清河張府君墓石①

貞元二十年六月日，清河張公諱曾，寢疾即世於莫亭嘉深里之私第②〔一〕，享年七十六。自屬纊至於移窆，朋從親昵及州里士君子③，無不慟怛。嗚呼！仁賢之云亡也哉！

惟公受姓□黄而分④，歷代茂盛，源流益别。公即清河之緒。曾祖皇太子諮議郎諱崇，祖皇中府折衝諱操〔二〕，父皇太子内直郎諱□⑤。公即内直郎嗣也。早歲有節，克壯□心，拳拳禮容，執無倦怠⑥。逮夫弱冠，遵道秉義，汪汪然不可得而親，不可得而友，挺出常度，機略内蘊。時薊州刺史御史中丞榮公□公才⑦〔三〕，最以從事。情以道契，三揖而進，受静塞軍營田判官⑧〔四〕。恭儉蒞職，勳績明著，甄録奏聞，受遊擊將軍守右領軍衛⑨、幽州開福府折衝都尉員外置同正員〔五〕，賜騎都尉。公疏勢賊諂，心不苟合，□恬淡爲頤年之用⑩，視簪組爲伐性之具，遂辭名晦跡，高卧雲物，因家於三河邑〔六〕，背郭而東，得林巒之勝致也。暨乎年逾不惑，以長子瓊佐鄭亭侯⑪，嘉聲洋洋，多歷年數，由是閱實觀政，巾車以來。郡邑清暢，禮容大備，□釋我願，斯不返駕。每道人貞士⑫，談真空微妙之性，探□原迷賾之旨⑬，浩浩方寸，洞豁塵境，不其致歟？嗟乎！大道無涯，天命有定，雖聖明不能越常運而超物外哉！

公以疾，起無妄情，不嗜藥，禺禺居易，悔咎莫有，星歲幾同⑭，大漸長往。嗚呼！天富其道，而闕於壽，謂之何哉？夫人北平田氏，□而得禮。有子二人，瓊、等。卜祔先塋，龜筮告吉，以其年十一月一日窆於任丘東北長丘鄉原，禮也。二嗣號擗，痛深泣血，哀告以先遠有期⑮，請以誌之。宗元承命不怍⑯，刻之貞石。銘曰：

蘭茝其馨，金玉其貞。碎而折之⑰，何神不明？茂旌其英，德立行成。悠悠銘旌，洋洋懿聲。孝子令孫⑱，宅兆郊原。龜筮叶從，慶流後昆。

【校　記】

① 此文諸本不載，録自《全唐文》卷九九三，作者闕名。原編者按云：「謹按：是文從邑志採入，文中有『宗元』字樣，志亦以爲柳宗元作，然詳其文筆不類，且本集未載，故入闕名。」周紹良主編《唐代墓誌彙編》貞元一三四收有此文，題「唐清河張府君墓誌銘」，署柳宗元撰，云録自《古誌石華》卷一五。當是柳宗元作。以下《唐代墓誌彙編》簡稱《彙編》。

② 「於」字《全唐文》闕，據《彙編》補。

③ 「及」字《全唐文》闕，據《彙編》補。

④ 《全唐文》「受」字下注：「闕二字。」據《彙編》補「姓」字。

⑤ 《全唐文》「郎」字下注：「闕二字。」據《彙編》補「諱」字。

⑥ 《彙編》作「執□無倦」。

⑦ 《全唐文》「御史」字下注：「闕二字。」據《彙編》補「中丞」。所闕一字，《全唐文》注：「闕一字。」《彙編》作□□（闕二字）。

⑧ 《全唐文》「進」字下注：「闕二字。」據《彙編》補「受静」二字。

⑨《全唐文》「遊」字下注：「闕一字。」據《彙編》補「擊」字。
⑩《全唐文》未注闕字，據《彙編》加闕字符號。
⑪鄭，《全唐文》誤作「鄭」，據《彙編》改。
⑫《全唐文》「每」字下注：「闕一字。」《彙編》亦闕一字，然「人」作「道人」，故據《彙編》增「道」字。「士」字《全唐文》亦闕，據《彙編》補。
⑬《全唐文》「原」字下注：「闕一字。」據《彙編》補「迷」字。
⑭同，《全唐文》作「周」，據《彙編》改。
⑮《全唐文》無「期」字，據《彙編》補。
⑯作，《全唐文》作「忤」，據《彙編》改。怍，慚也。
⑰而折，《全唐文》作「碎折」，據《彙編》改。
⑱令，《全唐文》作「念」，據《彙編》改。令，美也，善也。作「令」是。

【解　題】

志云張曾卒於貞元二十年六月，葬於其年十一月，此文亦當是年作。因是柳宗元早期所作，故文集失收。張曾其人未詳。

【注釋】

〔一〕莫亭未詳。據《新唐書·地理志三》河北道莫州文安郡，本鄚州，開元十三年改莫州，屬縣有任丘。誌云葬於任丘東北長丘鄉原，則莫亭當在莫州。

〔二〕折衝，官名。唐於各州有折衝府，設折衝都尉。參見杜佑《通典》卷二九《職官十一》折衝府。

〔三〕此薊州刺史滎公，名未詳。當時幽州盧龍節度使爲劉濟，薊州、莫州皆爲其所管領，河北三鎮爲半割據狀態，地方官員不由朝廷任免。

〔四〕《新唐書·地理志三》河北道薊州漁陽郡：「南二百里有静塞軍，本障塞軍，開元十九年更名。」《新唐書·忠義傳下·蔡挺玉》：「（朱）泚乃奏涿州爲永泰軍，薊州静塞軍，瀛州清夷軍，莫州唐興軍，置團練使。」静塞軍爲薊州駐軍。

〔五〕陳思《寶刻叢編》卷一〇引《集古録目》：「《唐清邊軍總管楊乾緒碑》，唐富平主簿褚琇撰，正字權瓌八分書。乾緒字幼紹，雍州富平人，官至宣威將軍、右玉鈐衛、幽州開福府折衝都尉、清邊軍總管，致仕。碑以先天元年十一月立。」可知唐有幽州開福府折衝都尉之銜。

〔六〕薊州漁陽郡有三河縣，見《新唐書·地理志三》。

上宰相啟①

宗元啟：自古遭時立功，事或容易，至於今日，尤見其難。伏惟相公秉鈞見以覺群迷，杓持操以祛衆惑，横議雷動，執心彌堅。雖石柱之當洪流〔一〕，燭龍之照朔土〔二〕，未足以爲喻也。自天寶之亂，六十餘年，侯伯多繼代之人，卒伍有要君之志，累聖含育，未議削平。夙居相位，動踰百數，各務固守，以保安寧。藏疾日滋，稔禍彌長，四海之内，敢望清夷？閣下奮忠勇之誠，挺貞明之志，以中興爲己任，視群寇爲私讎。五年之間，六合無事，不圖至是，獲覩太平。某罪責未明，拘守荒服，慶抃徒至，稱賀無階。將盡力於縑紬〔三〕，冀流芳於遐邇。報效之至，捨此無由，無任感激欣躍之至。

【校　記】

① 本文録自宋乾道永州本《柳柳州外集》，爲他本所無。

【解　題】

文云「自天寶之亂，六十餘年」，又頌其以中興爲己任，削平叛亂，則作於平吳元濟之亂後，宰相則爲裴度。當元和十四年作於柳州。

【注　釋】

〔一〕石柱，即柱石，以喻擔當國家重任者。《漢書·霍光傳》田延年語：「將軍爲國柱石」。

〔二〕《山海經·大荒北經》：「西北海之外，赤水之北，有章尾山，有神人面蛇身而赤，直目正乘，其瞑乃晦，其視乃明……是燭九陰，是謂燭龍。」

〔三〕縑、紬皆爲絲織品，可用於書寫。此以指著作。

上裴桂州狀①

使持節柳州諸軍事守柳州刺史柳宗元。

右，宗元伏事旌棨，恭守條章。安清因酒喧呼，吐於和協，輒敢塵黷，惶懼伏深。伏蒙仁恩，特賜處置下情，不任悚戴屏營之至。限以守官，不獲奔走拜謝，伏增戰越。謹狀。

【校　記】

① 本文録自宋乾道永州本《柳柳州外集》，他本無此文。

【解　題】

裴桂州爲裴行立，元和十二年至十五年爲桂管觀察使。宗元尚有《賀裴桂州啟》。文中「安清」爲人名。由文意觀之，安清在裴行立面前酒後失禮，柳宗元代爲求情，裴行立於是委托宗元代爲處分，宗元遂作此信表示感謝。

蘇州賀赦表①

臣某言：伏奉二月十三日赦②，下垂拱臨軒③，親受典册，大赦天下，與人更始。中賀。伏惟元和聖文神武法天應道皇帝陛下，用人情爲田，播殖萬類，細徹微妙，靈通幽神，洗盪危疑，開釋罪罟。酬勞而盡傾府帑，貶用而大減租入，逋負除而餒者自活，力役省而耕者倍功。繼絶存亡，忠賢飲德於黄壤；棄瑕肆眚，奪魄再麗於遺骸。極天地之歡心，盡帝皇之上事。疲史臣之筆，編簡難書；涸詩人之思，謳謡絶路。臣搃集黎老，伏讀德音，不寤微生，坐階仁壽。不勝慶抃之至。

【校　記】

①本文録自《文苑英華》卷五六〇，作者署柳宗元。《英華》編者按：「宗元未嘗爲蘇州，此篇當考。」

②《舊唐書·憲宗紀下》：「（元和十四年七月）辛巳，群臣上尊號曰元和聖文神武法天應道皇帝。

是日，御宣政殿受册，禮畢，御丹鳳樓，大赦天下。京畿今年秋税、青苗、榷酒等錢，每貫量放四百文，元和五年已前逋租並放。」此《賀赦表》即賀此次赦事，在元和十四年七月，可知「二」爲「七」字之訛。《唐大詔令集》卷七有崔群《元和聖文神武法天應道皇帝册文》，云「維元和十四年歲次己亥七月丁丑朔十三日己丑」，則此《賀赦文》「十三日」不誤。

③「下」當爲「上」之訛。「垂拱臨軒」爲稱頌皇帝的套語，故前爲「上」字。

【辯證】

此文有重要訛字，已見校記。此文或疑非柳宗元所作，因宗元未嘗爲蘇州刺史，然可能是蘇州刺史請柳宗元代筆之作。查郁賢皓《唐刺史考》，元和十四年蘇州刺史爲王仲舒。《舊唐書·文苑傳下·王仲舒》：「京兆尹楊憑爲中丞李夷簡所劾，貶臨賀尉，仲舒與憑善，宣言於朝，言夷簡掎摭憑罪，仲舒坐貶硤州刺史，遷蘇州。」《新唐書·王仲舒傳》亦言爲婺州刺史，居五年，徙蘇州。又曰：「穆宗立，每言仲舒之文可思，最宜爲誥，有古風，召爲中書舍人。既至，視同列率新進少年，居不樂，曰：『豈可復治筆研於其間哉？吾久棄外，周知俗病利得，治之不自愧。』宰相聞之，除江西觀察使。」可知仲舒雖早攻文，然後期已不樂爲文矣。又仲舒爲柳宗元妻父楊憑至友，請托柳宗元代作，亦有可能。故判此文非柳作，恐亦武斷。柳宗元卒於元和十四年十一月，卒前之作，當是未暇收入集中之原因，今且存疑。

送元暠師詩①

侯門辭必服，忍位取悲增〔一〕。去魯心猶在〔二〕，從周力未能〔三〕。家山餘五柳〔四〕，人世遍千燈〔五〕。莫讓金錢施，無生道自弘〔六〕。

【校　記】

①此詩録自宋乾道永州本《柳柳州外集》，他本無。

【解　題】

元暠，僧人，與柳宗元、劉禹錫等爲友。柳宗元有《送元暠師序》，見第二十五卷，詩、序當同時作。

【注　釋】

〔一〕釋贊寧《宋高僧傳》卷一《唐京兆大興善寺不空傳》：「測其忍位，莫定高卑。」悲增，悲增菩薩之省稱。

〔二〕《韓詩外傳》卷三："至乎孔子去魯，遲遲乎其行也。可以去而去，可以止而止，去父母國之道也。"

〔三〕《論語·八佾》："子曰：『周監於二代，郁郁乎文哉！吾從周。』"

〔四〕《晉書·隱逸傳·陶潛》："嘗著《五柳先生傳》以自況。"元暠俗姓陶，故用陶淵明之典。

〔五〕佛前燃燈，以喻光明。《藝文類聚》卷八○晉支曇諦《燈贊》："既明遠理，亦弘近教。千燈同輝，百枝並曜。飛煙清夜，流光洞照。見形悦景，悟旨測妙。"

〔六〕佛言世人有過去、當今、未來三世，識神不滅，禮佛修煉，可致無生。無生之道，即佛法也。

永字八法頌①

側不愧臥，勒常患平。努過直而力敗，趯宜峻而勢生。策仰收而暗揭，掠左出而鋒輕。啄倉皇而疾罨，磔趯趞以開撑。

【校　記】

①此文録自《全唐文》卷五八三，署柳宗元。

【辯　證】

明馮武《書法正傳》卷三録柳宗元《八法頌》，即此文，然小字注云：「或曰張旭傳。」元陶宗儀《書史會要》卷五：「柳宗元字子厚，河東人，以進士及第，官至禮部員外郎、柳州刺史。少精敏絶倫，爲文章雄深雅健，名蓋一時。善書，嘗作《筆精賦》，略曰：『勒不貴卧，側嘗患平。努過直而力敗，趯當蹲而勢生。策仰收而暗揭，掠右出而鋒輕。啄倉皇而疾掩，磔趯趯以開撑。』此永字八法，足以盡書法之妙矣。」題作《筆精賦》，文字亦小有出入。宋朱長文《墨池編》卷二：「張旭傳永字八法：側不患平，勒不貴卧。努遇直而敗力，趯當存而勢生。策仰收而暗揭，掠左出以鋒輕。啄倉徨而疾掩，磔趯趞以開撑。」與《永字八法頌》亦大同小異，然作張旭所傳。宋陳思《書苑菁華》卷二：「《禁經》云：八法起於隸字之始。自崔、張、鍾、王，傳授所用，該於萬字，墨道之最不可不明也。隋僧智永發其指趣，授於虞祕監世南，自茲傳授彰厥存焉。李陽冰云：昔逸少上書，遂歷多載，十五年中，偏攻永字，以其八法之勢能通一切也。八法者，永字八畫是矣。」又卷一九引唐范陽盧雋《臨妙訣》：「吴郡張旭言：自智永禪師過江，楷法隨渡。永禪師乃羲、獻之孫，得其家法，以授虞世南。虞傳陸東之，陸傳子彦遠，彦遠僕之堂舅以授余。不然，何以知古人之詞云耳？雋按：永禪師從姪纂及孫涣，皆善書，能繼世。張懷瓘《書斷》稱上官儀師法虞公，過於纂矣。張志遜又纂之亞。是則非獨專於陸也。王叔明書後，吕又云：虞、褚同師於史陵，陵蓋隋人也。旭之傳法，蓋多其人。若韓太傅滉、徐吏部浩、顔魯公真卿、魏仲庠。又傳蔣、陸，及從姪野奴二人。予所知者，又傳清河崔邈，邈傳緒長文、韓方明、徐吏部。傳之皇甫閲，閲以柳宗元員外爲入室，劉尚書禹錫爲及門者。言柳公常（下闕）五。柳傳方少卿直温。近代賀拔式（下闕）馬璋、李中丞戎子方，皆得名者。蓋書非口傳手授而云能知，未之見也。小子蒙昧，常有心焉，而良師不遇，歲月久矣，天機懵然。因取翰林《隱術》、右軍《筆勢論》、徐吏部《論書》、竇臮《字格》、《永字八法》、《勢論》，删繁選要，以爲其篇。《繫辭》言：智者觀其彖辭，思過半矣。倘學者殫思於此，鍾繇、羲、獻，誠可見其心乎。」可見永字八法，其説已久。蓋書「永」字，點、横、豎、撇、捺、折、勾等備具，故學書自「永」字始。將其書法要點編爲口訣，便是「永字八法」。《書苑菁華》卷一六載唐林藴《撥鐙序》，云林藴竊慕盧肇文翰，盧肇云：「常人云永字八法，乃點畫爾，拘於一字，何異守株？《翰林禁經》云：筆貴饒左，書尚遲澀，此君臣之道也。大凡點畫不在拘於長短遠近，但勿遏其勢，俾令筋骨相連，意在筆前，然後作字。若平直相似，狀如運算，元此畫爾，非書也。吾昔受教於韓吏部，其法曰撥鐙，今將授子，子勿忘傳，擫拖鉤拽是也。訣盡於此，子其旨而味乎。」亦言及《禁經》及「永字八法」，並云盧肇受傳於韓吏部，只是未載永字八法的具體口訣。宋人已傳其八句，但未有云柳宗元作者。云柳宗元作始於陶宗儀，其載不可具信。桑世昌《蘭亭考》卷四：「未有《蘭亭》，此法已具，祕於傳授者不一。今《蘭亭》首修此法，但側微變耍，亦有自云。」馮武《書法正傳》卷五：「簡緣云：按此八句，書家皆作柳宗元語，不知其本出於張旭也。蓋宗元傳八法於皇甫閲，閲傳之徐浩，浩傳之旭。古人授受淵源，毫髮不亂如此。」故此文非柳宗元所作。柳宗元《與吕恭論墓中石書書》：「爲其永字等頗效王氏變法，皆永嘉所未有，辭尤鄙近。」可見柳宗元鄙棄永字筆法之説，益可證此文非柳文。

救三死方

治霍亂鹽湯方①

元和十一年十月，得乾霍亂〔一〕，上不可吐，下不可利，出冷汗三大斗許，氣即絶。河南房偉傳此湯，入口即吐，絶氣復通。其法用鹽一大匙，熬令黄，童子小便一升，二物温和服之，少頃，吐下，即愈。

治丁瘡方②

元和十一年得丁瘡，凡十四日，日益篤。善藥傳之，皆莫能知。長樂賈宣伯教用蜣蜋心③，一夕而百苦皆已。明年正月，食羊肉，又大作。再用，亦如神驗。其法：一味貼瘡，半日許可再易。血盡根出，遂愈。蜣蜋心腹下度取之，其肉稍白是也。所以云食羊肉又大作者，蓋蜣蜋畏羊肉，故耳。用時需禁食羊肉。其法蓋出葛洪《肘後方》〔二〕。又主箭鏃入骨不可拔者。微熬巴豆，與蜣蜋並研勻，塗所傷處，斯需痛定。必微痒，且忍之。待極痒不可忍，便撼動箭鏃，拔之立出。此方傳於夏侯鄆。鄆初爲閬州録事參軍，有人額上有箭痕，問之，云：「隨馬侍中征田悦〔三〕，中射馬侍中，與此藥，立可拔鏃出。後以生肌膏藥傳之，遂無苦。因并方獲之。」云諸瘡亦可療。鄆得方，後至洪州，逆旅主人妻患瘡，呻吟方極，以此藥試之，立愈。又主沙塵入眼不可出者。取生蜣蜋一枚，手持其背，遂於眼上影之，沙塵自出。

治腳氣方④

元和十二年二月，得腳氣〔四〕，夜半痞絶。脅有塊大如石，且死，因大寒⑤，不知人三日。家人號哭。滎陽鄭洵美傳杉木湯，服半，食頃，大下三次，氣通塊散。用杉木節一大升⑥，橘葉切一大升⑦。北地無葉，可以皮代之⑧。大腹檳榔七枚⑨，合子碎之。童子小便三大升，共煮。取一大升⑩，半分，兩服⑪。若一服得快利，即停後服。已前三死，真死矣⑫，會有教者，皆得不死。恐他人不幸有類余病，故傳焉。

【校記】

①録自宋唐慎微撰、宋寇宗奭衍義、金張存惠重修《重修政和證類本草》卷四，云「唐柳柳州纂《救三死治霍亂鹽湯方》云」，即此文。明朱橚《普濟方》卷二〇二、李時珍《本草綱目》卷一一亦載之，文字較略。

②此則録自《重修政和證類本草》卷二二，云「唐劉禹錫纂柳州《救三死方》云」。當出劉禹錫《傳信方》，然劉是抄自柳宗元《救三死方》，故收於宗元名下。朱橚《普濟方》卷二七四、李時珍《本草綱目》卷四一亦載之。據文意，題擬加「治丁瘡」三字。

③「宣」原作「方」。宋闕名撰、清程休删定《聖濟總録纂要》卷二一云：「河東柳宗元偶病丁瘡，凡四十日，他藥治之莫效，長樂賈宣伯教用蜣螂心貼之，一夕而穴，百苦皆已」，「賈方伯」作「賈宣伯」。當作「賈宣伯」，即柳宗元《送賈山人南遊序》之賈山人，故改。

④此則録自《重修政和證類本草》卷一四，云「唐柳柳州纂《救三死方》云」。李時珍《本草綱目》卷三四亦載之。據文意，題擬加「治腳氣」三字。宋許叔微《證類普濟本事方》卷七亦載之，云「唐柳柳州纂《救三死方》云」，然載二方，後者所載治打撲損方實出劉禹錫《傳信方》，見辯證。

⑤因大寒，《普濟方》作「困塞」。

⑥《證類本草》無「用」字，據《普濟方》補。

⑦此句《普濟方》作「橘葉一升」。

⑧上二句《普濟方》作「無葉以皮代之」。
⑨枚，《普濟方》作「箇」。
⑩取，《普濟方》作「之」。若作「之」，則「之」字屬上句。
⑪兩，《普濟方》作「二」。
⑫真，《普濟方》作「皆」。按：陳尚君《全唐文補編》卷六二據《普濟方》收録二則，缺録二則，誤收一則，實僅收治脚氣一方。題作《救死三方》，亦誤。

【解題】

柳宗元與劉禹錫頗記醫方，既以自用，亦兼治病救人。劉有《傳信方》二卷，見《新唐書·藝文志三》。柳記則多散佚，醫藥之書偶有徵引者。柳之《救三死方》一爲治霍亂，一爲治丁瘡，一爲治脚氣，未知有人嘗試用否。

【注釋】

〔一〕李時珍《本草綱目》卷五：「乾霍亂，不吐不利，脹痛欲死。」又卷三一：「乾霍亂，心腹脹痛，不吐不利，煩悶欲死。」
〔二〕《隋書·經籍志三》著録葛洪《肘後方》六卷，《新唐書·藝文志三》作葛洪《肘後救卒方》六卷。

今有《肘後備急方》八卷，題葛洪撰，爲後人增補本。

〔三〕馬侍中，馬燧也。德宗朝名將，兩《唐書》有傳。建中二年，魏博節度使田悦反，興元元年，田悦、王武俊、李納等去王號，歸服朝廷，戰事告一段落。

〔四〕脚氣，《素問》稱厥疾。兩脚浮腫，足趾間有水皰滲液，可自股脛上達腰際，舊説因腎虚挾風濕而發。宋董汲有《脚氣治要》一卷，已佚。

【辯證】

許叔微《證類普濟本事方》卷七於柳宗元《救三死方》後起行另録：「崔給事頃在澤潞，與李抱真作判官。李相方以毬杖按毬子，其軍將以杖相格，承勢不能止，因傷李相拇指，並爪甲劈裂。遂索金瘡藥裹之，强坐，頻索酒飲。至數杯，已過量，而面色愈青，忍痛不止。有軍吏言：取葱新折者，便入溏灰，火煨蒸熱，剥皮，劈開，其間有涕，取罨損處。仍多煨，取續，續易熱者。凡三易之，面色卻赤，斯須云已不痛。凡十數度易，用熱葱併涕裹纏，遂畢席笑語。」陳尚君《全唐文補編》卷六二遂將此則補入柳宗元名下。按：此則實出劉禹錫《傳信方》。唐慎微等《重修政和證類本草》卷二八：「煨葱治打撲損，見劉禹錫《傳信方》，云得於崔給事。取葱新折者，便入煻灰火煨，承熱剥皮，擘開，其間有涕，便將罨損處。仍多煨取續，續易熱者。崔云：頃在澤潞，與李抱真作判官，李相方以毬杖按毬子，其軍將以杖相格，便乘勢下能止，因傷李相拇指，並爪甲擘裂。遽索金創藥裹之，强坐，頻索酒喫。至數盞，已過量，而面色愈青，忍痛不止。有軍吏言此方，遂用之。三易，面色卻赤，斯須云已不痛。凡十數度，用熱葱並涕纏裹其指，遂畢席笑語。」二書所載顯然爲一事。《全唐文補編》誤收。

揚子新注六則①

《學行篇》：「如將復駕其所説，則莫若使諸儒金口而木舌。」先生云②：金口木舌，鐸也。使諸儒駕孔子之説如木鐸也〔一〕。

《修身篇》：「熒魂曠枯，糟莩曠沈。」先生云：熒，明也。熒魂，司目之用者也。「糟」當爲「精」，莩如葭莩之莩，目精之表也。言魂之熒明，曠久則枯；精之輕浮，曠久則沈。不目日月，目之用廢矣，以至於索塗冥行而已矣〔二〕。

「擿埴索塗，冥行而已矣。」先生云③：「糟」當爲「精」，言盲矇之患，神光久曠則枯，目精久曠則沈④，於是以杖擿地而求路，冥冥然行矣〔三〕。

《孝至篇》：「勤勞則過於阿衡。」先生云：阿衡之事，不可過也。過則反〔四〕。

「漢興二百一十載，而中天其庶矣乎！」先生云：揚子極陰陽之數，此言知漢祚之方半耳〔五〕。

《法言序》：「譔淵騫。」柳宗元曰：按《漢書》，《淵騫》自有序文。語俗近，不類。蓋後人增之，或班固所作〔六〕。

【校記】

①前五則録自《新刊五百家注音辯唐柳先生文集》附録卷上，題作《柳先生揚子新注》。蔣之翹輯注《柳河東集》遺文亦録之，題作《揚子新注五則》。《説郛》弓一〇作《揚子新注》，署柳宗元。實皆自司馬光輯注揚雄《揚子法言》中録出者。《揚子法言》除第三則引作「柳宗元曰」外，其餘皆引作「宗元曰」。第六則輯自四部叢刊本李軌注《揚子法言》後所附闕名《音義》引《法言序》。故將題目「五則」改爲「六則」。

②先生云，蔣之翹輯注本作「注云」。以下「先生云」蔣之翹輯注本皆作「注云」。

③蔣之翹輯注本將此則《法言》原文與上則合而爲一，「先生云」作「又云」。

④「久曠」二字原闕，據蔣之翹輯注本及諸書補。

【解　題】

［蔣之翹輯注］《揚子》，漢揚雄所著《法言》也。序云：「諸子各以其知舛馳，是非頗謬於經，故人時有問雄者，常用聖人之法應之。譔以爲十三卷，象《論語》，號曰《法言》。」蔣之翹按：《法言》，東晉李軌已爲之注，甚略。子厚删定，雖增釋一二，而亦不能盡補其亡誤。故宋咸云：「中有義易決者反疏之理，尚祕者則虚焉，闕文者弗能正，譌字者乃無辨，至於言不詁而事不屬，議失旨而舉失類。」則其言無足取也。但以爲舊本所存，又果爲子厚之筆，姑存之。乃或者謂昌黎舊有《論語筆解》，而集亦弗録，此注不可以已矣乎？蓋《論語》諸解，大略亦見韓集遺文《答侯生書》中，故不贅。弗可例也。按：《崇文總目》卷五：「《揚子法言》十三卷，柳宗元注。」《宋史·藝文志四》：「柳宗元注《揚子法言》十三卷，宋咸補注。」《四庫全書總目》卷九一揚雄《法言集注》提要云：「考自漢以來，有侯芭注六卷、宋衷注十三卷、李軌解一卷、辛德源注二十三卷，又有柳宗元注、宋咸注、吴祕注。至（司馬）光之時，惟李軌、柳宗元、宋咸、吴祕之注尚存，故光裒合四家，增以己意。」柳宗元《送僧浩初序》云「揚子之書於莊、墨、申、韓皆有取焉」，稱頌揚雄。其所注《法言》因原書不傳，故多佚，僅得六則，其餘不可知矣。

【注釋】

〔一〕［蔣之翹輯注］鐸所以宣教令者也。文事木鐸，武事金鐸。《法言》之意，猶言使諸儒揚宣之爾。

〔二〕［蔣之翹輯注］司馬光曰：修身而不由聖人，則爲棄人矣；視物而不見日月，則爲棄目矣。按：引自司馬光集注《揚子法言》。柳之意爲：精神耗費也會枯竭，目力久用也能失明，故不必精研細討、鑽牛角尖，全面而正確地理解聖人之意即可。

〔三〕［蔣之翹輯注］此即面牆之論。

〔四〕［蔣之翹輯注］謂王莽。按：《尚書·太甲上》：「惟嗣王不惠于阿衡。」孔穎達疏：「伊尹，湯倚以取平，故以爲官名。」引申爲輔佐帝王，主持國政。《漢書·王莽傳》王莽主持朝政，大臣引伊尹爲阿衡、周公爲太宰事，請封莽爲宰衡。故柳言主國政卻不可有篡權之念。洪邁《容齋五筆》卷五：「揚子《法言》云：『周公以來，未有漢公之懿也，勤勞則過於阿衡。』蓋諂王莽也。後之議者謂阿衡之事不可過也，過則反，乃誚莽耳，其旨意固然。」

〔五〕［蔣之翹輯注］宋咸曰：柳子之論非也。蓋子雲觀新莽之强篡而立，復暴桀如是，天下思漢未已，知劉氏之運未去，必有中興而王者。言庶幾乎近也。按：引自司馬光集注《揚子法言》。集注《揚子法言》引吴祕曰：「漢高祖元年至孺子嬰二年，凡二百一十四年。自王莽稱建國元年至獻帝延康元年，凡二百一十二年。」

〔六〕《淵騫》爲《法言》中篇名。「譔淵騫」一語不見於司馬光集注《揚子法言》揚雄《序》，而見之於

《淵騫》篇序，故柳宗元疑《法言》各篇小序爲後人增之。《四庫全書總目》卷九一《法言集注》提要云：「舊本十三篇之序，列於書後。蓋自《書序》、《詩序》以來，體例如是。宋咸不知《書序》爲僞孔傳所移，《詩序》爲毛公所移，乃謂子雲親旨反列卷末，甚非聖賢之旨，今升之章首，取合經義。其説殊謬。」

【集　評】

宋咸《進重廣注揚子法言原表》：雖李郁亭解之於前，柳宗元裁之於後，然多疏略，猶或誤遺。（《揚子法言》卷首）

司馬光《注揚子法言序》：之晉，祠部郎中李軌始爲之注，唐柳州刺史柳宗元頗補其闕。（《揚子法言》卷首）

劉熙載《藝概·文概》：昌黎屢稱子雲，柳子厚於《法言》嘗爲之注，今觀兩家文，修辭鍊字，皆有得於揚子，至義理之多所取資，固矣。

龍城録卷上

序①

柳先生謫居龍城，因次所聞於中朝士大夫，摭其實者爲録。後之及史之闕文者，亦庶幾焉。

【校　記】

① 李劍國《唐五代志怪傳奇叙録》第二卷云：「各本皆無序，此殆魏仲舉所爲，非子厚自撰。」此序不類柳宗元自述語氣，李劍國説是。

【解　題】

此據《新刊五百家注唐柳先生文集》録出，作二卷，題作《新刊唐柳先生龍城録》。宋左圭輯《百川學海》，收入丙集，題《河東先生龍城録》，作二卷。《龍城録》爲宋時葛嶠附入柳集，魏仲舉《五百家注唐柳先生集》、濟美堂本《河東先生集》亦皆作二卷附入。二卷本又收入《稗海》。元陶宗儀《説郛》弓二六作一卷收入，署柳宗元。類書亦時見徵引。《新唐書·藝文志》、《崇文總目》未著録此書，尤袤《遂初堂書目》小説類始著録，但未言作者及卷數。故後人多以爲僞託。陳振孫《直齋書録解題》卷一一：「《龍城録》一卷，稱柳宗元撰。龍城謂柳州也，羅浮梅花夢事出其中。《唐志》無此書，蓋依託也。或云王銍性之作。」又卷一五：「《柳先生集》四十五卷外集二卷别録一卷摭異一卷音釋一卷附録二卷事蹟本末一卷。方崧卿既刻韓集於南安軍，其後江陰葛嶠爲守，復刊柳集以配之。别録而下，皆嶠所裒集也。别録者，《龍城録》及《法言注五則》。《龍城》，近世人僞作。」官修書目文獻最早著録爲柳宗元作者爲《宋史·藝文志五》：「柳宗元《龍城録》一卷。」《四庫全書總目》卷一四四《小説家類存目二》：「《龍城録》二卷，舊本題唐柳宗元撰，宋葛嶠始編之柳集中，然《唐·藝文志》不著録。何薳《春渚紀聞》以爲王銍所僞作。《朱子語録》亦曰：柳文後《龍城録》雜記，王銍之爲也。子厚叙事文字多少筆力，此記衰弱之甚，皆寓古人詩文中不可知者於其中，似暗影出。今觀録中所載帝命取書事，似爲韓愈《調張籍》詩『天官遣六丁，雷電下取將』二句作解。趙師雄羅浮夢事，似爲蘇軾《梅花詩》『月下縞衣來扣門』作解。朱子所論，深得其情。莊季裕作《雞肋編》，乃引此録駁《金華圖經》。季裕與銍爲同時人，或其書初出，僞跡未露，故不暇致詳歟？然自南宋以來，詞賦家已沿爲故實，不可復廢，是亦王充所謂『俗語不實，流爲丹青』者矣。」除云王銍僞託外，洪邁《容齋隨筆》卷一〇謂爲劉無言（燾）所造。蔣之翹輯注《柳河東集遺文》：「《龍城録》一卷，共四十四則。非子厚所撰，今删去。」今人程毅中《唐代小説史》、李劍國《唐五代志怪傳奇叙録》已證劉燾、王銍僞託之説無據，甚是。故仍作柳宗元作品附入。理由詳見辯證。

吴嶠精明天文

吴嶠，霅溪人也〔一〕。年十三，作道士，時煬帝元年。過鄴中，告其令曰：「中星不守太微，主君有嫌，而旺氣流萃於秦地，子知之乎？」令不之信。至神堯即位，方知不誣。嶠精明天文，即袁天剛之師也①〔二〕。

【校記】

①剛，《説郛》作「罡」。

【注釋】

〔一〕李吉甫《元和郡縣圖志》卷二五湖州：「霅溪水一名大溪水，一名苕溪水，西南自長城、安吉兩縣東北流至州南，與餘不溪水、苧溪水合，又流入於太湖。在州北三十五里。」

〔二〕袁天剛，《舊唐書·方伎傳》作「袁天綱」，云：「袁天綱，益州成都人也，尤工相術。」未言其師。

吴嶠之名不見於史。

【集評】

俞樾《茶香室叢鈔》卷二一：唐柳宗元《龍城録》云……至今人知有袁天綱，不知有其師。吴嶠，霅溪人，則吾郡人也。宜表出之。

魏徵嗜醋芹

魏左相忠言讜論，贊襄萬幾，誠社稷臣。有日退朝，太宗笑謂侍臣曰：「此羊鼻公〔一〕，不知遺何好，而能動其情。」侍臣曰：「魏徵嗜醋芹，每食之，欣然稱快，此見其真態也。」明日，召賜食，有醋芹三盃。公見之，欣喜翼然，食未竟而芹已盡。太宗笑曰：「卿謂無所好，今朕見之矣。」公拜謝曰：「君無爲，故無所好。臣執作從事，獨僻此收斂物。」太宗默而感之。公退，太宗仰睨而三歎之。

【注釋】

〔一〕《説郛》弓三四吴淑《諡名録》：「羊鼻公，唐魏徵也。」未云出處。魏徵嗜醋芹事亦不見於他書。

上帝追攝王遠知易總

上元中，台州一道士王遠知善《易》〔一〕，於觀感間曲盡微妙，善知人死生禍福，作《易總》十五卷，世祕其本。一日，因曝書，雷雨忽至，陰雲騰沓，直入卧内。雷殷殷然，赤電遶室，暝霧中一老人下，身所衣服，但認青翠，莫識其制作也。遠知焚香再拜伏地，若有所待。老人叱起，怒曰：「所泄者，書何在？上帝命吾攝六丁雷電追取〔二〕。」遠知方惶懼據地起。旁有六人青衣，已捧書立矣。老人責曰：「上方禁文，自有飛天保衛。玉笈金科，祕藏玄都，汝是何者，輒混藏緗帙，據其所得？實以告我。」遠知戰悸對曰：「青丘元老，以臣不逮，故傳授焉。」老人頤頷，頃曰：「上帝敕下，汝仙品已及於授受，期展二十四年，二紀數也。」遠知拜命次，旋風飂起，拆帷裂幕，時已二鼓。明月在東，星斗燦然，俱無影響。所取將書，乃《易總》耳。遠知志頗自失，後閉户不出，經歲不食。人因窺闞中，但聞勸酬交歡，竟不知爲誰也。光宅中，召至京玉清觀安泊〔三〕。間或逃去，如此者數次。天后封金紫光禄大夫〔四〕，但笑而不謝。一日告殂，遺言屍赴東流湍水中。天后不允其語，敕葬開明原上。後長壽中，台州有人過海，阻風飄蕩，船欲拆，妄行不知所止。忽見畫船一葉，渺自天末來，驚視之，乃遠知也。漸相近，台人拜而呼之，遠知曰：「君陟險，何至於此？」告台人，此洋海之東十萬里也。台人問：「歸計奈何？」遠知曰：「借子迅風正西，一夕可到登州。爲傳語天壇觀張光道士。」台人既辭去，舟回如飛羽，但覺風𦒘𦒘而過〔五〕。明日至登州，方知遠知死久矣。訪天壇道士，其徒云：「死兩日矣。」方驗二人皆仙去。

【注　釋】

〔一〕王遠知，《舊唐書·隱逸傳》、《新唐書·方伎傳》皆有其傳。《太平廣記》卷二三引《談賓録》亦載王遠知事，與此異。《易總》之書不見於史籍。周紫芝《太倉稊米集》卷五〇《辛未雜書》：「王遠知能知人死生禍福，號爲深於《易》者。嘗作《易總》十五卷。一日曝書於廷，雷電大至，火光入户，煙霧中有老人問遠知：『子所注書何在？上帝命六丁下取。』言未絶口，見青衣六人，已執書而立，且曰：『上方禁文，自有飛天保衛，玉笈金科，祕藏之都，子何人，輒混藏緗帙？』余以是知天事之不可洩如此。然則神之書可傳於世，而不爲六丁取，則其不神爲可知矣。世之昧昧者，方且焚香參心，再拜稽首，而問禍福於神，亦可笑矣。」所引則出《龍城録》。

〔二〕六丁，道教火神名。《後漢書·孝明八王傳·梁節王劉暢》：「從官卞忌自言能使六丁，善占夢。」李賢等注：「六丁謂六甲中丁神也。若甲子旬中，則丁卯爲神，甲寅旬中，則丁巳爲神之類也。役使之法，先齋戒，然後其神至。可使致遠方物及知吉凶也。」

〔三〕《舊唐書·高宗紀下》：「（調露二年二月）賜故玉清觀道士王遠知謚曰昇真先生，贈太中大夫。」

〔四〕《舊唐書·隱逸傳·王遠知》：「則天臨朝，追贈金紫光禄大夫。天授二年，改謚曰昇玄先生。」

〔五〕罳罳，風吹拂貌。罳音目。

武居常有身後名

武居常〔一〕，天后高祖也。少時遊洛下，人呼爲猴頰郎，以居常頤下有鬚若猿頷也，其上有四靨。一日伊水上遇一丐者，曰：「郎君當有身後名，面骨法當刑，然有女，當八十年後，起家暴貴，尋亦浸微。」居常不信，後卒如言。丐者豈非異人乎！

【注釋】

〔一〕武則天高祖名居常，見《新唐書·則天順聖武皇后紀》、《宰相世系表·四上》等。此則又見舊題鍾輅《續前定録》。

房玄齡爲相無嗣

房玄齡來買卜成都〔一〕，日者笑而掩象曰：「公知名當世，爲時賢相，奈無嗣，相紹何？」公怒。時遺直已三歲在側，日者顧指曰：「此兒，此兒，絶房氏者此也！」公大悵而還。後皆信然也。

【注　釋】

〔一〕房玄齡爲太宗朝名相，兩《唐書》有傳。有子遺直、遺愛。遺愛尚太宗女高陽公主，永徽中因謀反罪伏誅。遺直以父功宥之，除名爲庶人。

韓仲卿夢曹子建求序

韓仲卿一日夢一烏幘少年〔一〕，風姿磊落，神仙人也，拜求仲卿，言：「某有文集在建鄴李氏，公當名出一時，肯爲我討是文而序之，俾我亦陰報爾。」仲卿諾之。去復回，曰：

「我曹植子建也。」仲卿既寤，檢鄴中書，得子建集，分爲十卷〔二〕，異而序之，即仲卿作也。

【注　釋】

〔一〕韓仲卿，韓愈之父。曾爲武昌縣令，李白爲作《武昌宰韓君去思頌碑》。《新唐書·韓愈傳》云其父終祕書郎。

〔二〕《隋書·經籍志》載魏陳思王《曹植集》三十卷，《舊唐書·經籍志下》載《魏陳思王集》二十卷，又三十卷。此云十卷，與史載不符。或「十」字上有脱字。晁公武《郡齋讀書志》卷一七著録《曹子建集》十卷，爲後出之本。

【集　評】

徐𤊹《徐氏筆精》卷六：「《龍城録》云：韓中卿夢曹子建求序其文集，寤檢曹集，分爲十卷，序而傳之。今世傳本並無韓序，而作序者亦未言及夢中事。」

趙師雄醉憩梅花下

隋開皇中，趙師雄遷羅浮〔一〕。一日天寒日暮，在醉醒間，因憩，僕車於松林間酒肆傍。

舍見一女子，淡粧素服，出迓師雄。時已昏黑，殘雪對月，色微明，師雄喜之，與之語。但覺芳香襲人，語言極清麗，因與之扣酒家門，得數盃，相與飲。少頃，有一緑衣童來，笑歌戲舞，亦自可觀。頃醉寢，師雄亦懵然，但覺風寒相襲。久之，時東方已白，師雄起視，乃在大梅花樹下，上有翠羽，啾㗩相須〔二〕，月落參横，但惆悵而爾。

【注　釋】

〔一〕趙師雄之名不見於他書。《錦繡萬花谷》前集卷七、《施注蘇詩》卷二〇《再和潛師》注、《東坡先生詩集注》卷二五《再用前韻》趙次公注、《山谷外集詩注》卷六《二十八宿歌贈别无咎》史容注等皆引此則。《錦繡萬花谷》題作《淡妝美人》。

〔二〕徐文靖《管城碩記》卷二〇：「《韻府群玉》云：『趙師雄醉寢古梅花樹下，上有翠羽啾嘈相須，月落參横。』按柳子厚《龍城録》本作『啾㗩相須』，諸字書皆曰：『㗩㗩，忍寒聲。』與前寒風相襲意始爲雅切。」須，求。

【集　評】

吴曾《能改齋漫録》卷六：秦少游《和黄法曹梅花詩》：「月落參横畫角哀，暗香銷盡令人老。」世謂少游用《古善哉行》云：「月没參横，北斗闌干，親友在門，忘寢與餐。」按《異人録》載隋開皇中，趙師雄游羅浮，一日天寒日暮，於松林間酒肆旁舍，見美人淡妝素服出迎。時已昏黑，殘雪未消，月色微明，師雄與語，言極清麗，芳香襲人。因與之叩酒家門共飲。少頃，一緑衣童來，笑歌戲舞。師雄醉寢，但覺風寒相襲。久之，東方已白，起視乃在大梅花樹下，上有翠羽啾嘈相顧，月落參横，但惆悵而已。迺知少游實用此事。

洪邁《容齋隨筆》卷一〇：今人梅花詩詞多用「參横」字，蓋出柳子厚《龍城録》所載趙師雄事。然此實妄書，或以爲劉無言所作也。其語云：「東方已白，月落參横。」且以冬半視之，黄昏時參已見，至丁夜則西没矣，安得將旦而横乎？秦少游詩：「月落參横畫角哀，暗香消盡令人老。」承此誤也。唯東坡云：「紛紛初疑月掛樹，耿耿獨與參横昏。」乃爲精當。老杜有「城擁朝來客，天横醉後參」之句，以全篇考之，蓋初秋所作也。

胡仔《苕溪漁隱叢話》後集卷三〇：又《龍城録》云：隋開皇中，趙師雄遷羅浮，一日天寒日暮，於松竹林間見美人淡粧素服出游，時已昏黑，殘雪未消，月色微明，師雄與語，言極清麗，芳香襲人。因與之叩酒家共飲，少頃，一緑衣童來歌舞。師雄醉寢，但覺風寒襲人。久之，東方已白，起視乃在梅花樹下，上有翠羽啾嘈相顧，月落參横，但惆悵而已。凡此之類，其言怪誕，無可考據，誠是虚撰，不足信矣。

王應麟《困學紀聞》卷九：《龍城録》「月落參横」之語，《容齋隨筆》辨其誤。然古樂府《善哉行》云：「月没參横，北斗闌干，親交在門，忘寢與餐。」《龍城録》語本此，而未嘗考參星見之時也。

李太白得仙

退之嘗言，李太白得仙去。元和初，有人自北海來，見太白與一道士在高山上，笑語久之。頃，道士於碧霧中跨赤虬而去〔一〕，太白聳身健步追及，共乘之而東去。此亦可駭也。

【注釋】

〔一〕赤虬亦見李商隱《李賀小傳》，云：「長吉將死時，忽晝見一緋衣人駕赤虬，持一版書，若太古篆或霹靂石文者，云『當召長吉』。」見《唐文粹》卷九九。

韓退之夢吞丹篆

退之常説，少時夢人與丹篆一卷〔一〕，令强吞之，傍一人撫掌而笑。覺後亦似胸中如物噎，經數日方無恙。尚由記其一兩字，筆勢非人間書也。後識孟郊，似與之目熟，思之乃夢中傍笑者。信乎相契如此。

【注　釋】

〔一〕徐應秋《玉芝堂談薈》卷六：「夢呑丹篆而才思日進者韓愈也，夢呑金龜而大有文思者劉贇也。夢林花如錦，摘食之，見天下文詞，遂無不知曉者，馬融也。夢飲西江水浣腸，及睹水中沙石皆篆文，呑之而文性陡高者，王仁裕也。夢人授繡紙百番，又夢裁錦而文思大進者，蕭穎士也。夢彩文鳥入口中而藻思日新者，羅含也。夢蛟龍入懷而作《春秋繁露》者，董仲舒也。若江淹夢張景陽寄錦取還，文章日躓，又嘗夢郭景純索舊筆還，爲詩才盡，豈衰至之徵耶？」

寧王畫馬化去

寧王善畫馬，開元興慶池南華萼樓下〔一〕，壁上有《六馬滚塵圖》。内明皇最眷愛玉面花驄〔二〕，謂無纖悉不備，風鬃霧鬣，信偉如也。後，壁唯有五馬，其一者失去。信知神妙，將變化俱也。

【注　釋】

〔一〕王溥《唐會要》卷三〇：「開元二年七月二十九日，以興慶里舊邸爲興慶宫。……後於西南置樓，西面題曰花萼相輝之樓，南面題曰勤政務本之樓。」寧王善畫事不見於他書。

〔二〕《類説》卷一六引《明皇雜録》：「上所乘馬有玉花驄、照夜白。」

含元殿丹石隱語

開元末，含元殿火〔一〕，去基下出丹石，上有隱語，不可解。云：「天漢二年〔二〕，赤光生粟①。木下有子，傷心遇酷。」此亦不能辨也。

【校　記】

①粟，原作「栗」，《説郛》同。「栗」與「酷」字不押韻，故據《陝西通志》卷四六所引改。《陝西通志》引作《百家繪》。

【注　釋】

〔一〕含元殿，大明宫正殿。開元末含元殿火事不見史載。

〔二〕天漢爲漢武帝的年號，又爲五代前蜀王建的年號。此隱語不可解。

景州龍見三頭

開元四年，景州水中見一龍三頭。時虜中大水，後六日有風，自龍見處西南來，飛屋拔木，半晝暝。

神堯皇帝破龍門賊

神堯皇帝拜河東節度使〔一〕，九月領大使，擊龍門賊母端兒①〔二〕。夜過韓津口〔三〕，時明月方出，白露初澄，於小橋下有二人語，言：「明日母大郎死，我輩勤亦不少矣。」神堯停馬問，二人再拜，起泣曰：「某二人，漢兵也。昨奉東嶽命，嶽神管押七十人，付龍門助將軍討賊。某二人埋骨在此，因少憩於此，亦自感傷，兼欲先知於將軍爾。」神堯訝其言深切，詢其姓氏，但笑謝。言：「將軍貴人也，某僕卒之賤，分不當逾。」言訖，蒼皇辭去，言：「大隊至矣。」倏忽不見。頃，疾風如過矢，風塵蔽天而過，神堯默喜之。明日破賊，發七十二矢，皆中，而復得其矢。信知聖王所向，至靈亦先爲佐佑焉。

【校 記】

① 母，《新唐書·高祖紀》、《資治通鑑》卷一八二皆作「毋」。

【注釋】

〔一〕《新唐書·高祖紀》：「（大業）十一年，拜山西、河東慰撫大使。」《資治通鑑》卷一八二作「撫慰大使。」節度使之名號始於唐中宗景雲二年，見《唐會要》卷七八，隋末未有也。此殆以唐人慣用之名號稱撫慰大使。

〔二〕《舊唐書·高祖紀》：「（大業）十一年，煬帝幸汾陽宮，命高祖往山西、河東黜陟討捕。師次龍門，賊帥母端兒帥衆數千，薄於城下。高祖從十餘騎擊之，所射七十發皆應弦而倒，賊乃大潰。」

〔三〕韓津，韓城的黄河渡口。李吉甫《元和郡縣圖志》卷二同州：「龍門山在（韓城）縣北五十里。」

明皇夢遊廣寒宮

開元六年，上皇與申天師、道士鴻都客〔一〕，八月望日夜，因天師作術，三人同在雲上遊月中。過一大門，在玉光中飛浮宫殿，往來無定，寒氣逼人，露濡衣袖皆濕。頃見一大宫府，榜曰廣寒清虚之府。其守門兵衛甚嚴，白刃粲然，望之如凝雪。時三人皆止其下，不得入。天師引上皇起，躍身如在煙霧中，下視王城崔峩，但聞清香靄鬱，下若萬里琉璃之田。其間見有仙人、道人，乘雲駕鶴，往來若游戲。少焉，步向前，覺翠色冷光相射，目眩極寒，不可進。下見有素娥十餘人，皆皓衣，乘白鸞往來，笑舞於廣陵大桂樹之下。又聽樂音嘈雜，亦甚清麗。上皇素解音律，熟覽而意已傳。頃，天師亟欲歸，三人下若旋風。忽悟，若醉中夢迴爾。次夜，上皇欲再求往，天師但笑謝而不允。上皇因想素娥風中飛舞袖被，編律成音，製《霓裳羽衣舞曲》。自古洎今，清麗無復加於是矣。

【注　釋】

〔一〕申天師殆即《仙傳拾遺》之申元之，見《太平廣記》卷三三引。云開元中徵至京，止開元觀，常扈從帝遊。《太平廣記》卷六九條引《傳記》元和末有薛昭過蘭昌宮，遇張雲容（死復生者），云其爲開元中貴妃侍兒，雲容語有：「帝與申天師談道，予獨與貴妃得竊聽，亦數侍天師茶藥，頗獲天師憫之。」薛昭問申天師之貌，雲容云：乃田山叟之魁梧也。薛昭因悟山叟即天師，已數百歲矣。此又一説。鴻都客則白居易《長恨歌》之「臨邛道士鴻都客」也。明皇遊月宮事，小説所載甚多，至於陪明皇遊者，《太平廣記》卷二二引《神仙感遇傳》、《仙傳拾遺》、《逸史》作羅公遠，卷二六引《集異記》、《仙傳拾遺》作葉法善引明皇西涼府觀燈及遊月宮，卷七七引《廣德神異録》亦作葉法善。考辯之者亦夥，見辯證。

【辯　證】

王灼《碧雞漫志》卷三：《津陽門詩》注：葉法善引明皇入月宮，聞樂歸，留寫其半，會西涼都督楊敬述進《婆羅門》，聲調脗合，遂以月中所聞爲散序，敬述所進爲其腔，製《霓裳羽衣》。月宫事荒誕，惟西涼進《婆羅門曲》，明皇潤色，又爲易美名，最明白無疑。《異人録》云：開元六年，上皇與申天師秋夜同遊月中，見一大宫府，牓曰廣寒清虚之府，兵衛守門不得入，天師引上皇躍超煙霧中，下視玉城，仙人道士，乘雲駕鶴，往來其間，素娥十餘人，舞笑於廣庭大樹下，樂音嘈雜清麗。上皇歸，編律成音，製《霓裳羽衣曲》。《逸史》云：羅公遠中秋侍明皇宫中翫月，以拄杖向空擲之，化爲銀橋，與帝升橋，寒氣襲人，遂至月宫，女仙數百，素練霓衣，舞於廣庭。上問曲名，曰霓裳羽衣。上記其音，歸作《霓裳羽衣曲》。《鹿革事類》云：八月望夜，葉法善與明皇遊月宫，聆月中天樂，問曲名，曰紫雲回。默記其聲，歸傳之，名曰《霓裳羽衣》。此三家者，皆記明皇遊月宫，其一申天師同遊，初不得曲名。其一羅公遠同遊，得今曲名。其一葉法善同遊，得《紫雲回》曲名易之。雖大同小異，要皆荒誕無可稽。據杜牧之《華清宫》詩：「月閒仙曲調，霓裳作舞衣。」詩家搜奇入句，非決然信之也。又有甚者，《開元傳信記》云：帝夢遊月宫聞樂，記其曲名《紫雲回》。《楊妃外傳》云：上夢仙子十餘輩，各執樂器，御雲而下。一人曰：此曲神仙《紫雲回》，今授陛下。《明皇雜録》及《仙傳拾遺》云：明皇用葉法善術，上元夜自上陽宫往西涼州觀燈，以鐵如意質酒而還，遣使取之，不誣。《幽怪録》云：開元正月望，帝欲與葉天師觀廣陵，俄虹橋起殿前，師奏請行，但無回顧，帝步上，高力士、樂官數十從。頃之到廣陵，士女仰望，曰仙人現。師請令樂官奏《霓裳羽衣曲》，乃回。後廣陵奏上元夜仙人乘雲西來，臨孝感寺，奏《霓裳曲》而去。上大悦。唐人喜言開元天寶事，而荒誕相凌奪如此，將使誰信之？予以是知其他飾以神怪者，皆不足信也。

胡仔《苕溪漁隱叢話》前集卷二四：明皇遊月宮事凡見於五書：鄭嵎《津陽門詩注》、《明皇雜録》、《高道傳》，此三書皆云葉法善引明皇遊月宮聞樂，歸作《霓裳羽衣曲》。《唐逸史》云與羅公遠同遊，《異人録》云與申天師同遊，惟此二書爲異。余嘗考《高道傳》亦有《羅公遠列傳》，無遊月宮事。則知《唐逸史》之誤無疑。若《異人録》，别無以證之，未遽以爲誤也。

李上交《近事會元》卷四：唐野史云：明皇開元中，道人葉法善引上入月宮。時秋，上苦淒冷，不能久留，回於天半，尚聞仙樂。及歸，但記其半曲，遂笛中寫之。會西涼都督楊敬述進《婆羅門曲》，與其聲調相符，遂以月中所聞爲之散序，因敬述所進爲曲身，名《霓裳羽衣曲》也。又《楊妃外傳》云：天寶四載七月，於鳳凰園册女道士楊氏爲貴妃。進見之日，奏《霓裳羽衣曲》。注云：明皇三鄉望女几山所作也。又引劉禹錫詩云：「三鄉陌上望仙山，歸作霓裳羽衣曲。」又小説云：術士羅公遠導明皇入月宮聞之。尤甚怪誕，不足爲證。上交嘗聞明皇洞曉音律，必欲神其曲，謂得於天上也。或夢寐所成，亦非異事。若云形體升天，殆欺人也。

周密《癸辛雜識前集》：明皇遊月宫一事，所出亦數處。《異聞録》云：開元中，明皇與申天師、洪都客夜遊月中，見所謂廣寒清虚之府，下視玉城崖峩，若萬頃琉璃田，翠色泠光，相射炫目，素娥十餘，舞於廣庭，音樂清麗，遂歸製《霓裳羽衣》之曲。《唐逸史》則以爲羅公遠，而有擲杖化銀橋之事。《集異記》則以爲葉法善，而有過潞州城奏玉笛、投金錢之事。《幽怪録》則以爲遊廣陵，非潞州事。

要之，皆荒唐之説，不足問也。

王世貞《書真仙通鑑後》：明皇月夜事，一於西涼州觀燈，兩遊月宫，而其所奉引之人，曰葉法善，曰羅公遠，曰申元之。蓋一事一人，而所傳聞異辭耳。然恐亦誣罔，不足信也。申元之、張雲容事，别有傳奇，甚詳。（《弇州四部稿·續稿》卷一五九）

任中宣夢水神持鏡

長安任中宣，家素畜寶鏡，謂之飛精，識者謂是三代物。後有八字僅可曉，然近籀篆。云：「水銀陰精，百鍊成鏡。」詢所得，云商山樵者，石下得之。後中宣南鶩洞庭，風浪洶然，因泊舟。夢一道士，赤衣乘龍詣中宣，言：「此鏡乃水府至寶，出世有期，今當歸我矣。」中宣問姓氏，但笑而不答，持鏡而去。夢迴，亟視篋中，已失所在〔一〕。

【注　釋】

〔一〕《類説》卷一二引《異人録》亦有此則，「任中宣」作「任仲宣」。鏡異之事，前人筆記小説中多有記載。徐應秋《玉芝堂談薈》卷二七：「鏡之奇者，周穆王時，胥渠國火齊鏡，闇中視物如晝，人語則鏡中響應。望蟾閣之青金鏡，炤見魑魅，百鬼不能隱形。秦方鏡，炤人心膽，人直來炤之，影則倒見，人有疾病在内者，則掩心而炤之，必知病之所在，女子有邪心者，炤之則膽張心動。隋《漢史》良姊身毒鏡，炤見妖魅。南唐王氏六鼻鏡，嘗生雲煙，炤之則左、右、前，三方俱見。王度鏡，能卻百病。唐葉法善鐵鏡，鑑物如水，盡見人五臟中所滯之物。長安任仲宣鏡，水府至寶，爲龍所奪。荀諷鐵鏡，自見其形，不見别人影。秦淮漁人鏡，洞見五臟六腑。王宗壽鏡，炤見樓上青衣小兒。宋吕蒙正時朝士古鏡，炤二百里。徐鉉有鏡，止見一眼。孟蜀軍校純鐵鏡，光炤一室，不假燈燭。蘇威有鏡，日蝕則昏，日半蝕則半如墨。盧彦純鏡，背有金花承日，花如金輪。慶曆中宦者鏡，每至月滿夜，當月炤之，背鑄兔形，影在鑑中。」陳耀文《天中記》卷四九則遍載其事。

夜坐談鬼而怪至

君誨嘗夜坐①，與退之、余三人談鬼神變化。時風雪寒甚，窗外點點微明，若流螢，須臾千萬點，不可數度。頃入室中，或爲圓鏡，飛度往來，乍離乍合，變爲大聲去。而三人雖退之剛直，亦爲之動顔。君誨與余，但匍匐掩目，前席而已。信乎？俗諺曰：「白日無談人，談人則害生。昏夜無説鬼，説鬼則怪至。」亦知言也。余三人後皆不利〔一〕。

【校記】

①《類説》卷一二引《異人録》亦有此則，「君」作「居」。即使作「居晦」，亦不詳其人。唐有丁居晦，然年代稍後，非是。「誨」當是「巢」之訛。君巢爲周君巢。柳宗元《答周君巢餌藥久壽書》云自己雖被擯斥，「然猶未肯道鬼神之事」，可知周君巢喜談鬼神。又《柳州寄丈人周韶州》之周韶州亦爲周君巢。韓愈《送李礎歸湖南序》云「惟愈與河南司録周君巢獨存」，又《自袁州還京行次安陸先寄隨州周員外》亦爲周君巢。韓愈與周君巢曾同爲汴州董晉從事，周爲韓、柳友人，年長於韓、柳。同坐夜話當爲貞元中在長安時事。林寶《元和姓纂》卷五江陵周氏有周居巢，即此人。

【注釋】

〔一〕談鬼而鬼至，頗類干寶《搜神記》卷一六及劉義慶《幽明録》所載阮瞻事。阮瞻執無鬼論，有客詣門，與談鬼神之事，客屈，乃曰：「我則鬼也。」《搜神記》卷一六施續門生、《太平廣記》卷三三〇引《玄怪録》崔尚事皆與阮瞻相似。然《龍城録》此則紀事實非有鬼而疑爲鬼也，不可視爲真有其鬼。

裴武公夜得鬼詩而化爲燼

開元末，裴武公軍夜宿〔一〕，武休帳前，見一介冑者擲一紙書而去。武公取視，乃四韻詩，云：「屢策羸驂歷亂峋，叢嵐映日晝如曛。長橋駕險浮天漢，危棧通岐觸岫雲。卻念淮陰空得計〔二〕，又嗟忠武不堪聞〔三〕。廢興盡係前生數，休衒英雄勇冠軍。」武公得詩，大不悦，紙隨手落爲燼，信知鬼物所製也。出師大不利，武公射中臆下，病月餘，薨。

【注　釋】

〔一〕裴武公亦不見於唐代典籍。是詩《全唐詩》卷八六五輯入鬼詩。

〔二〕淮陰，韓信曾封淮陰侯。見《史記·淮陰侯列傳》。

〔三〕忠武，諸葛亮謚爲忠武侯，見《三國志·蜀書·諸葛亮傳》。

房玄齡有大譽①

房玄齡幼穉日，王通説其文〔一〕。謂此細眼奴非立忠志〔二〕，則爲亂賊，輔帝者則爲儒師。綽有大譽矣。

【校　記】

① 有大，《説郛》作「大有」。

【注　釋】

〔一〕王通，隋末大儒。著有《中説》。卒，門人謚曰文中子。杜淹《文中子世家》：「門人自遠而至，河南董常、太山姚義、京兆杜淹、趙郡李靖、南陽程元、扶風竇威、河東薛收、中山賈瓊、清河房玄齡、鉅鹿魏徵、太原温大雅、潁川陳叔達等，咸稱師，北面受王佐之道焉。」見《中説》後附。

〔二〕《説郛》弓三四吴淑《諱名録》：「細眼奴，文中子謂房玄齡也。」

閻立本有丹青之譽

閻立本畫《宣王吉日圖》〔一〕，太宗文皇帝上爲題字。時朝中諸公皆議論東都從幸，上出示圖於諸臣，稱爲越絶前世，而上忽藏於衣袖，笑謝而退。自是立本有丹青之譽。

【注　釋】

〔一〕閻立本，兩《唐書》有傳。《舊唐書·閻立德傳》附立本：「立本雖有應務之才，而尤善圖畫，工於寫真，《秦府十八學士圖》及貞觀中《凌煙閣功臣圖》，並立本之跡也，時人咸稱其妙。太宗嘗與侍臣學士泛舟於春苑池中，有異鳥隨波容與，太宗擊賞數，賜詔坐者爲詠，召立本令寫焉。時閣外傳呼云畫師，閻立本時已爲主爵郎中，奔走流汗，俛伏池側，手揮丹粉，瞻望座賓，不勝媿赧。」其《宣王吉日圖》不見於記載。

王宏善爲八體書

王宏，濟南人，太宗幼日同學，因問爲八體書。太宗既即極，因訪宏，而鄉人竟傳隱去。是亦子陵之徒歟〔一〕？

【注釋】

〔一〕東漢嚴光字子陵，與光武帝劉秀同學。見《後漢書·逸民傳》。

【集評】

王士禛《香祖筆記》卷一一：《龍城録》載：王宏，濟南人，與唐文皇少爲同學，從受八體書。既登極，訪宏，隱去不見。此吾鄉之嚴子陵，而志乘佚不載，故著之。

張袓著龍山史記注

沈休文有《龍山史記注》〔一〕，即張袓著〔二〕。袓後漢末大儒，而世亦不稱譽。余少時，江南李育之來訪予，求進此文，後爲火所焚，更不復得。豈斯文天欲祕者耶？

【注　釋】

〔一〕沈約字休文。

〔二〕張懷瓘《書斷》卷一：「張昶字文舒，伯英（張芝）季弟。爲黄門侍郎，尤善章草，書類伯英，時人謂之亞聖。文舒章草入神，八分入妙，隸入能。」其所著《龍山史記注》不見於史籍。

龍城無妖邪之怪

柳州舊有鬼名五通〔一〕，余始到，不之信。一日，因發篋易衣，盡爲灰燼，余乃爲文醮訴於帝，帝懇我心，遂爾龍城絶妖邪之怪，而庶士亦得以寧也。

【注　釋】

〔一〕五通，鬼神名，亦稱五聖、五郎神等。《唐詩紀事》卷六六鄭愚《大潙虚祐師銘》：「牛阿房，鬼五通，專覷捕，見西東。」項安世《項氏家説》卷八：「按《澧陽志》：五通神出屈原《九歌》，今澧之巫祝呼其父曰太一，其子曰雲霄五郎、山魈五郎，即《東皇太一》、《雲中君》、《山鬼》之號也。劉禹錫論武陵之俗亦曰好事鬼神，與此正合。且《九歌》多言澧陽、澧浦，則其説蓋可信矣。漢谷永言：楚懷王隆祭祀，事鬼神，欲以獲福助，卻秦師，而兵破地削，身辱國危。則原之《九歌》蓋爲是作歟？」洪邁《夷堅丁志》卷一九「江南木客」條：「大江以南多山，而俗禨鬼，其神怪甚佹異，多依巖石樹木爲叢祠，村村有之。二浙、江東曰五通，江西、閩中曰木下三郎，又曰木客，一足者曰獨脚五通，名雖不同，其實則一。考之傳記，所謂木石之怪夔、罔兩，及山獠是也。」今本柳集無驅五通鬼之文，蓋亦《逐畢方文》、《愬螭文》之屬。俞樾《茶香室叢鈔》卷一五：「按《龍城録》雖僞書，然亦宋以前舊帙也，觀此知五通之神，唐已有之，鈕玉樵謂起於明太祖時，真不考之言。」

王漸作孝經義

國初，有孝子王漸作《孝經義》〔二〕，成五十卷，事亦該備。而漸性鄙朴，凡鄉里有鬬訟，漸即詣門，高聲誦義一卷，反爲漸謝。後有病者，即請漸來誦書，尋亦得愈，其名藹然。余時過汴州，適會路逢一老人，亦談此事，頗亦敬其誠也。

【注　釋】

〔一〕王漸作《孝經義》事不見於典籍。

【集　評】

何孟春《餘冬叙録》卷五二：唐初有孝子王漸作《孝義》五十卷，鄉有病者，即請漸來誦書，尋亦得愈。事見《龍城録》。柳子厚謂漸其誠足尚也，此獨非禳惡勝邪效與？夫書固移心治心之具，人有病，尚當不自省耶？然則療病舍藥物可也。

晉哀帝著書深闡至理

晉哀帝著《丹青符經》五卷、《丹臺籙》三卷〔一〕。青符子，即神丘先生也，深闡至理。而近世有胡宗道，海上方士，亦得其術。

【注　釋】

〔一〕晉哀帝司馬丕，見《晉書·哀帝紀》。其所著二書不見於史載。

龍城録卷下

老叟講明種蓺之言

余南遷，度高鄉〔一〕，道逢老叟，帥年少於路次，講明種蓺。其言深耕概種，時耘時耔，卻牛馬之踐履，去螟螣之戕害，勤以朝夕，滋之糞土，而有秋之利，蓋富有年矣。若夫堯、湯之水旱霜雹之不時，則在夫天也。余感此言，將書諸紳，贄於治民理生者，無所施而不可，而又至言也。

【注釋】

〔一〕樂史《太平寰宇記》卷二四密州莒縣：「故高鄉城，漢縣，在今縣東南七十三里，晉永嘉後廢。」柳宗元赴柳州不由高鄉，且高鄉之縣置久廢，《新唐書·地理志二》密州或沂州均無高鄉之名，故疑「高」爲「安」之訛。《新唐書·地理志四》山南道澧州澧陽郡屬縣有安鄉，正由長安赴柳州所經之地。此條所云則即宗元《種樹郭橐駝傳》所云之道也。

李明叔精明古器

建康李生名照，字明叔〔一〕，真可人書生，好古博雅者。一日，就京師謁余，裹飯從遊於秦渭之間。此人宦意畏巧而淡然，蔽於古器。凡自戰國洎於蕭梁之間譜所載者，十得五六，而皆精製奇巧，後世莫迨。然生頗爲文，思澀語苦。勤求古器，心在於文書間，亦足以超偉於當代也。

【注釋】

〔一〕李照明叔，其人亦不見於他書。趙璘《因話録》卷四記有與之相似之人事：「有人説李寰建節晉州，表兄武恭性誕妄，又稱好道及蓄古物，遇寰生日，無餉遺，乃箱擎一故皂襖子與寰，云此是李令公收復京師時所服，願尚書功業一似西平。寰以書謝。後聞知恭生日，箱擎一破膩脂襆頭餉恭，曰：『知兄深慕高貞，求得一洪崖先生初得仙時襆頭，願兄得道，一如洪崖。』賓僚無不大笑。余嘗讀謝綽宗《拾遺録》云：『江夏王義恭性愛古物，常遍就朝士求之。侍中何勗已有所送，而王徵索不已，何甚不平。嘗出行，於道遇狗枷、敗犢鼻，乃命左右取之還，以箱擎送之，𡸣曰：承復須古物，今奉李斯狗枷、相如犢鼻。』此頗與寰、恭相類耳。」

賈奭著書仙去

賈奭，河陽人，字師道〔一〕，與余先人同室讀書，爲人謹慎。少調官河南尉，才吏也。後五十歲，棄家隱伊陽小水鄉和樂村鳴皋山中〔二〕，著書二十卷，號《鳴皋子》。邇年不知其所終，山中人竟言仙去，然詭幻莫之信也。有子餗，字子美，亦有才，然不逮於父風。

【注釋】

〔一〕賈奭爲賈餗之父，然《新唐書·宰相世系表五下》河南賈氏載賈餗祖胄，父寧。《新唐書·賈餗傳》：「賈餗，字子美，河南人。祖渭，父寧。」未知孰是。《鳴皋子》之書亦不見於典籍。王士禛《香祖筆記》卷一一：「《舊唐書·賈餗傳》但言祖渭、父寧，《龍城録》則云餗父名奭，字師道，才吏也，五十歲棄家隱伊陽鳴皋山，著書二十卷，號《鳴皋子》，山中人言其仙去。子餗亦有才，然不逮於父風。」

〔二〕樂史《太平寰宇記》卷五河南道五：「鳴皋山在（伊陽）縣東三十里。」

開元藏書七萬卷

有唐惟開元最備文籍，集賢院所藏至七萬卷〔一〕。當時之學士，蓋爲褚無量、裴煜之、鄭譚、馬懷素、張説、侯行果、陸堅、康子元輩，凡四十七人〔二〕，分司典籍，靡有闕文。而賊逆遽興兵火，交爇兩都，灰燼無存，惜哉！

【注　釋】

〔一〕《舊唐書·經籍志序》：「開元三年，左散騎常侍褚無量、馬懷素侍宴，言及經籍……九年十一月，殷踐猷、王愜、韋述、余欽、毋煚、劉彦真、王劉仲等重修成《群書四部録》二百卷，右散騎常侍元行沖奏上之。自後毋煚又略爲四十卷，名爲《古今書録》，大凡五萬一千八百五十二卷。禄山之亂，兩都覆没，乾元舊籍，亡散殆盡。」

〔二〕王應麟《玉海》卷一六七：「《舊紀》：開元十三年夏四月丁巳，改集仙殿爲集賢殿，麗正殿書院爲集賢殿書院。院内五品已上爲學士，六品已下爲直學士。十八學士：張説知院，徐堅爲副，賀知章、陸堅、趙冬曦、咸廣業、韋述、李子釗、陸去泰、吕向、毋煚、余欽、趙元默、孫季良、康子元、侯行果、敬會真、馮朝隱。（原注：一有東方顥）」所列人名，當據韋述《集賢注記》。《龍城録》所記之裴煜之、鄭譚，不見於其他典籍。

明皇識射覆之術

上皇始平禍亂，在宮所與道士馮存澄因射覆〔一〕，得卦曰合因，又得卦曰斬關，又得卦曰鑄印乘軒。存澄啟謝曰：「昔此卦三，靈爲最善。黄帝勝炎帝，而筮得之。所謂合因斬關、鑄印乘軒，始當果斷，終得嗣天。」上皇掩其口曰：「止矣，默識之矣。」後即位，應其術焉。

【注釋】

〔一〕射覆爲古代的一種遊戲，又類於占卜。《漢書·東方朔傳》：「上嘗使諸數家射覆，置守宫盂下，射之，皆不能中。朔自贊曰：『臣嘗受《易》，請射之。』」顔師古注：「數家，術數之家也。於覆器之下而置諸物，令闇射之，故云射覆。」

明皇夢姚宋當爲相

上皇初登極，夢二龍銜符自紅霧中來，上大隸「姚崇宋璟」四字，掛之兩大樹上，宛延而去。夢迴，上召申王圓兆[一]，王進曰：「兩木，相也。二人名爲天遣龍致於樹，即姚崇、宋璟當爲輔相兆矣。」上歎異之。

【注　釋】

〔一〕申王李撝，睿宗第二子，明皇兄。見《舊唐書·睿宗諸子傳》。

太宗沉書於滹沱

太宗文皇帝平王世充，於圖籍有交關語言、構怨連結文書數百事，太宗命杜如晦掌之。如晦復稟上：「當如何？」太宗曰：「付諸曹吏行。」頃聞於外有大臣將自盡者，上乃復取文書，背裹一物，疑石重。上親裹百重，命中使沉滹沱中[一]，更不復省。此與光武焚交謗數千章者何異[二]？

【注　釋】

〔一〕李吉甫《元和郡縣圖志》卷一八河北道定州：「滹沲水南去（無極）縣三十五里。」陶敏《柳宗元

〈龍城録〉真僞新考》云：「太宗爲秦王時平王世充戰場在河南洛陽，如果要將文書沉入水中的話，拋到黄河、伊水或洛水中都可以，爲什麽要遣人送到遠在千餘里外的滹沱河中呢？」見《文學遺産》二〇〇五年第四期。所疑甚是。

〔二〕《後漢書・光武帝紀上》：「收文書，得吏人與（王）郎交關謗毁者數千章，光武不省，會諸將軍燒之，曰：『令反側子自安。』」

尹知章夢持巨鑿破其腹

尹知章字文叔，絳州翼城人。少時性懵，夢一赤衣人，持巨鑿破其腹，若内草茹於心中，痛甚，驚寤，自後聰敏，爲流輩所尊。開元中，張説表諸朝，上召見延英〔一〕。上問：「曹植《幽思賦》〔二〕，何爲遠取景物爲句，意旨安在？」知章對以：「植所謂賦作不徒然，若『倚高臺之曲嵎』，望且重也。『處幽僻之閒深』，位至卑也。『望翔雲之悠悠，嗟朝霽而夕陰』，以爲物無止定之意，而上多改易也。『顧秋華之零落』，歲將暮也。『感歲暮而傷心』，年將易也。『觀躍魚於南沼』，使智者居於明，非得志也。『聆鳴鶴於北林』，怨寡和也。『搦素筆而慷慨』，守文而感也。『揚大雅之哀吟』，憫其時也。『仰清風以歎息』，思濯煩也。『寄予思於悲絃』，志在古也。

『信有心而在遠』，措者大也。『重登高以臨川』，及上下也。『何余心之煩錯，寧翰墨之能傳』，意不盡也。此幽思所以賦也。」上敬異之，擢禮部侍郎，集賢院正字。

【注釋】

〔一〕《舊唐書·儒學傳下·尹知章》：「睿宗初即位，中書令張説薦知章有古人之風，足以坐鎮雅俗，拜禮部員外郎，俄轉國子博士。」則張説薦知章於朝爲睿宗時事，此則所云與史有出入。又據兩唐書《尹知章傳》，知章僅至禮部員外郎，非禮部侍郎，此云「擢禮部侍郎」，亦有誤。夢巨鑿破腹事，《舊唐書·儒學傳下·尹知章》：「尹知章，絳州翼城人。少勤學，嘗夢神人以大鑿開其心，以藥内之，自是日益開朗，盡通諸經精義。未幾，而諸師友北面受業焉。」《新唐書》其傳略同。

〔二〕曹植《幽思賦》見《藝文類聚》卷二六。

高皇帝宴賞牡丹

高皇帝御群臣賦宴，賞雙頭牡丹。詩惟上官昭容一聯爲絶麗〔一〕，所謂「勢如連璧友，心若臭蘭人」者。使夫婉兒稍知義訓，亦足爲賢婦人，而稱量天下〔二〕，何足道哉？此禍成所以無赦於死也。有文集一百卷行於世〔三〕。

【注釋】

〔一〕上官昭容，名婉兒，上官儀之孫女。計有功《唐詩紀事》卷三「上官昭容」：「高宗後苑雙頭牡丹，昭容詩云」云云，即出《龍城録》。王楙《野客叢書》卷五：「《龍城録》載高宗宴群臣，賞雙頭牡丹。」許顗《彦周詩話》：「唐高宗御群臣宴，賞雙頭牡丹，詩上官昭容一聯云：『勢如連璧友，情若臭蘭人。』計之必一英奇女子也。」

〔二〕《舊唐書·后妃傳上·上官昭容》：「初，婉兒在孕時，其母夢人遺己大秤，占者曰：『當生貴子而秉國權衡。』既生女，聞者嗤其無效。及婉兒專秉内政，果如占者之言。」《新唐書·后妃傳上》亦有相似的記載。又見《太平廣記》卷一三一引《嘉話録》、卷二七一引《景龍文館記》、錢易《南部新書》庚、王讜《唐語林》卷三等書。

〔三〕《舊唐書·后妃傳上·上官昭容》：「玄宗令收其詩筆，撰成文集二十卷，令張説爲之序。」《新唐書·藝文志四》亦載《上官昭容集》二十卷。此云一百卷，與史載不合。

魏徵善治酒

魏左相能治酒，有名曰醽渌、翠濤〔一〕。常以大金罌内貯盛，十年飲不敗其味，即世所未有。太宗文皇帝常有詩賜公，稱：「醽渌勝蘭生，翠濤過玉薤，千日醉不醒，十年味不敗。」蘭生，即漢武百味旨酒也。玉薤，煬帝酒名。公此酒本學釀於西胡人，豈非得大宛之法，司馬遷所謂富人藏萬石蒲萄酒，數十歲不敗者乎？

【注　釋】

〔一〕魏徵善治酒事亦不見於他書。《説郛》弓九四宋伯仁《酒小史》魏徵之醽渌、翠濤，以及漢武蘭生、煬帝玉薤，皆名列其中，顯然皆出自《龍城録》。此則所記唐太宗之詩，《全唐詩》輯入卷一。

裴令公訓子

裴令公常訓其子〔一〕：凡吾輩，但可文種無絶，然其間有成功，能致身爲萬乘之相，則天也。

【注　釋】

〔一〕裴令公爲裴度。然文宗大和九年裴度方册中書令，此前不得稱裴令公，「裴令公」當是「裴相公」之訛，或爲後人所改。周密《齊東野語》卷二〇：「裴度常訓其子云：『凡吾輩，但可令文種無絶，然其間有成功，能致萬乘之相，則天也。』山谷云：『四民皆坐世業，士大夫子弟能知忠信孝友，斯可矣，然不可令讀書種子斷絶。有才氣者出，便當名世矣。』似祖裴語，特易文種爲書種耳。練兼善嘗對書太息曰：『吾老矣，非求聞者，姑下後世種子耳。』余家有書種堂，蓋兼取二公之説云。」

華陽洞小兒化爲龍

茅山隱士吴綽，素擅潔譽。神鳳初〔一〕，因採藥於華陽洞口〔二〕，見一小兒手把大珠三顆，其色瑩然，戲於松下。綽見之，因前詢：「誰氏子？」兒犇，忙入洞中。綽恐爲虎所害，遂連呼，相從入，欲救之。行不三十步，見兒化作龍形，一手握三珠，填左耳中。綽素剛膽，以藥斧斸之，落左耳，而三珠已失所在，龍亦不見。出不十餘步，洞門閉矣。綽後上皇封素養先生。此語賈宣伯説。

【注　釋】

〔一〕神鳳，吴大帝孫權的年號。

〔二〕樂史《太平寰宇記》卷九〇昇州句容縣：「華陽洞去縣四十里。」張敦頤《六朝事蹟類編》卷下：「華陽洞，《舊經》云：即第八金壇大洞天也。唐改爲太平觀，在句容縣東南四十里茅山之側。」周應合《景定建康志》卷一九：「華陽洞在茅山側，三茅、二許俱得道於此洞。其洞門五，三門顯，二門隱。」

【集評】

曾季貍《艇齋詩話》：韓退之《樹雞》詩云：「煩君自入華陽洞，割取乖龍左耳來。」予按割龍耳事兩出。柳子厚《龍城録》載：茅山處士吴綽因採藥於華陽洞，見小兒手把大珠三顆，戲於松下。綽見之，因詢誰氏子，兒奔忙入洞中，綽恐爲虎所害，遂連呼相從入，得不二十步，見兒化爲龍形，一手握三珠，填左耳中。綽以藥斧斸之，落左耳，而失珠所在。又馮贄《雲仙散録》載：崔奉國家一種李，肉厚而無核，識者曰：「天罰乖龍，必割其耳，血墮地，生此李。」未知退之果何事。然《龍城録》載割華陽洞龍左耳事，而《雲仙散録》乃有乖龍割耳之説，二書各有可取也。洪慶善注韓文甚詳，而獨缺此文，不知其如何也。

賈宣伯有治三蟲之藥

賈宣伯有神藥〔一〕，能治三蟲，止熬黄蘗，以熱酒沃之，别無他味。一日過松江〔二〕，得巨魚，置於水罟中，因投小刀圭藥，魚引吸，中即死。取視，則見八足，若爪利焉。後吳江有怪，土人謂蛟爲害，宣伯以數刀圭投潭中，明旦老蛟死，浮於水，而水蟲莫知數，皆爲藥死。山人使此藥云：「本受之於閤皂山王天師。」乃仙方耶？而涉海者亦或需焉，故書之。

【注釋】

〔一〕賈宣伯凡三見。柳宗元《送賈山人南遊序》稱「長樂賈景伯來」，諸本皆注云：「景，一作宣。」可知賈宣伯、賈景伯爲一人，即柳文之賈山人。宗元又有《酬賈鵬山人郡内新栽松寓興見寄二首》、《雨中贈仙人山賈山人》詩，則賈鵬當即賈景（或宣）伯，其名鵬，字景（或宣）伯。又《罵尸蟲文》云：「有道士言：人皆有尸蟲三，處腹中，伺人隱微失誤輒籍記。」三蟲即尸蟲。則道士當即賈山人。

〔二〕李吉甫《元和郡縣圖志》卷二五蘇州：「松江在（吳）縣南五十里，經崑山入海。《左傳》云：越伐吳軍於笠澤。即此江。」

【集評】

方以智《物理小識》卷五：《龍城録》云：「賈宣伯有神藥，能治三蟲，止熬黄蘗木，以熱酒沃之。在松江以刀圭投此藥，魚一吸即死。吳江有蛟怪，宣伯以此投潭，明旦老蛟死。云授之閤皂王天師，涉海者亦需之。」黄蘗有四種，《本草》止載其二。

俞樾《茶香室叢鈔》卷二三：唐柳宗元《龍城録》云……（即此條）按此説未知信否，姑記其説。

李林甫以毒虐弄正權①

惠州一娼女，震厄死於市衢，脇下有朱字云：「李林甫以毒虐弄正權，帝命列仙舉三震之。」疑此女子，偃月公後身耶〔一〕？譎而可懼，元和元年六月也。

【校記】

① 李林甫，原作「李吉甫」，文中亦如之，據濟美堂本《河東先生集》、《説郛》、《百川學海》等本改。洪邁《夷堅支志·戊》卷五亦引作「李林甫」。

【注釋】

〔一〕鄭綮《開天傳信記》：「平康坊南街廢纛院，即李林甫舊宅也。林甫於正堂後别創一堂，製度彎曲，有卻月之形，名曰月堂。土木秀麗精巧，當時莫儔也。林甫每欲破滅人家，即入月堂精思極慮，喜悦而出，必不存焉。」《太平廣記》卷三六二引作「偃月堂」。

【集評】

洪邁《夷堅支志·戊》卷五：柳子厚《龍城録》，蓋劉無言所作，皆寓言也。其一云：「元和元年六月，惠州一娼女震死於市，脅下朱書云：李林甫以毒虐弄權，帝命列仙舉三震之。」近者紹熙元年春，漢陽軍陽臺市蔡民女，七歲遭雷震死，有文在其背若符篆然，識者讀之曰：「唐相李林甫七世爲娼，今生滅形。」凡十三字，甚類前事也。襄陽道士黎大方嘗見之。

張復條山集論世外事

張復，澧州人，飽書帙，作《條山集》三十卷〔一〕，論世外事。此人兼得神鬼趣，隱不仕。有文集行於世。

【注釋】

〔一〕張復，張徹弟。韓愈《故幽州節度判官贈給事中清河張君（徹）墓誌銘》：「君弟復，亦進士。」《五百家注昌黎文集》卷三四引孫汝聽曰：「元和元年，復中進士。」張復《條山集》不見著録。

羅池石刻

羅池北〔一〕，龍城勝地也。役者得白石，上微辨刻畫云：「龍城柳，神所守。驅厲鬼，山左首。福土氓，制九醜。」余得之，不詳其理，特欲隱予於斯歟？

【注釋】

〔一〕《明一統志》卷八三柳州府：「羅池，在府城東，水可溉田。近有柳宗元祠，名羅池廟。」

【集評】

吴子良《荆溪林下偶談》卷一：舊唐史譏退之爲《羅池廟碑》以實柳人之妄然。余按《龍城録》云：「羅池北，龍城勝地也，役者得白石，上微辨刻書云：龍城柳，神所守，驅厲鬼，山左首，福土氓，制九醜。予得之，不詳其理，特欲隱余於斯歟？」審如是，則碑中所載子厚告其部將等云云，未必皆柳人之妄，而詩所謂「驅厲鬼兮山之左」，豈亦用石刻語耶？然子厚嘗曰：「聖人之道不窮異以爲神，不援天以爲高。」其《月令論》、《斷刑論》、《天説》、《禆説》、《非國語》等篇，皆此意。而《龍城録》乃多眩怪不經，又何也？

許顗《彦周詩話》：柳子厚守柳州日，築龍城得白石，微辨刻畫曰：「龍城柳，神所守。驅厲鬼，山左首。福土氓，制九醜。」此子厚自記也。退之作《羅池廟碑》云：「福我兮壽我，驅厲鬼兮山之左。」蓋用此事。

周南《題跋·龍城録》：《龍城録》，柳子厚謫居，次中朝士大夫所聞，凡四十三事。有云：「羅池，龍城勝地，役者得石刻云：龍城柳，神所守，驅厲鬼，於山左，福土氓，制九醜。欲隱余於斯歟？」其後退之廟碑中語，豈推本諸子厚之言歟？（《山房集》卷五）

全祖望《跋柳州羅池廟碑》：世所傳《柳州羅池廟碑》一紙，必以太守印署之，予異而問焉。柳人對曰：吾柳江中時有風浪，若取太守所印碑以過，輒無恐，故相沿用之也。因憶明人劉烶《筆談》，言是碑嘗入瓦礫中，兵火之際，士人取以築城，所築之處即崩，累築皆然。因驚訝而物色之，則碑在焉，石已横裂爲二，相與扶而植之。有是哉，柳子之靈爽爲可畏也。昔田拾遺論柳子，謂其精多魄强，斯語最善知鬼神之情狀。古之人生爲明聖，殁爲明神，其來也有自，其去也有歸，故申甫自岳降而傳爲列星，要不必以禍福驚動人而後使人知其不朽於冥冥中也。……且吾嘗讀柳子《祭吕衡州文》而有會也。柳州之與衡州，八司馬中眉目交情尤篤，而柳州之哭之，已有「蕩爲太虚，結爲光曜，爲雨爲露，爲雷爲霆，復爲賢人，奮爲神明」之問，是其所以抒寫憤懣而爲身後之兆者，豫見於此，亦可傷矣。劉昫以爲柳人之妄，而咎昌黎之遽實之，其議雖近於正，然於鬼神之德，則未通也。雖然，柳子生平操論依乎中庸，故其言曰：「聖人之道，不窮異以爲神，不援天以爲高。」其所以詆《左氏春秋》内外傳、吕不韋《月令》者，不遺餘力，垂老遺言，忽躬蹈之，得毋應自笑耶？且夫柳州之有惠政於柳，其遺愛之惓惓於民，而廟祀之宜也，必以禍福驚動之，以示其奇，則反淺矣。若《龍城録》，爲王性之所僞作，其載羅池石刻之文，蓋因昌黎詩中語而附會以成之，非昌黎反用其語也。《木筆雜鈔》乃還取以證昌黎詩，誤矣。今柳州有柳子遺墨，書此數語，而其文稍與録不符，蓋亦柳人之僞也。（《鮚埼亭集》外編卷三五）

葉廷琯《吹網録》卷三：張譜梅秀才伯鳳粤西歸，貽余龍城柳石刻拓本，其文曰：「城柳神（一行，城上缺龍字）守驅厲（二行，守上缺所字）鬼出匕首（三行）福四民制（四行）九醜（五行）元和十二年（六行）柳宗元（七行）。」而第一行前題「石刻」二字上亦有缺字。後有明人得石題記二行，亦稍漫漶。譜梅言其地頗重此碣，謂可以辟不若，故遊客每求拓本，攜之行篋。至此碣原委，今《柳州府志》有右江道王錦跋云：「柳侯《劍銘》原刻於白石，韓昌黎廟碑亦云『白石齒齒』，此明證也。今廟中所刻並非白石，筆法軟弱入時，又書字不書名，心竊疑之。乾隆二十八年，有王生進攜家藏斷碣來，云『柳侯柑子園舊址在城西，先人向家於此，雍正五六年間掘土得此碣，縱五寸，横一尺四寸，上缺一角，失去龍、所二字，似屬柳侯故物，請歸之廟。』拭塵熟視，見年下書名，又碣尾有『天啟三年龔重得此於柳井中』小字兩行，其跡半明半滅。稍有疑者，石不白耳。然此碣書法蒼勁，縱非元和間物，亦是宋人臨摹，勝廟中石刻遠矣。重修柳祠落成，即將此殘碣砌祠下，以俟識者辨之云。」此即今拓本所從出也。《府志》又載江霞《龍城柳劍銘記》云：「康熙五十三年，桂林東郊外郭氏治舍旁地，浚井得古劍一枚，長約二尺，脊間篆銘一行，即龍城柳全文在焉。其鑄自何匠，銘自何年，俱莫可考。而玩其文義，於劍銘爲合，則子厚所書，即此無疑。」此又王錦跋謂此石刻爲柳侯《劍銘》所由來也。然余頗疑此碣爲僞作，蓋王跋、江記皆以子厚《龍城録》爲根據，按《龍城録》云：「羅池北龍城，勝地也。役者得白石，上微辨刻畫云：『龍城柳，神所守。驅厲鬼，山左首。福土氓，制九醜。』余得之不詳其理，特欲隱余於斯歟？」《許彦周詩話》亦載之，謂「退之作《羅池廟碑》，云『福我兮壽我，驅厲鬼兮山之左』，蓋用此事」。不知《龍城録》乃宋王銍僞撰，非子厚原書。此條「驅厲鬼」等語，即竊取韓碑歌詞爲之，彦周謂翻韓碑用此，未免爲其所愚。若謂石刻即爲劍銘，説尤支離。就使《龍城録》所紀是實，子厚果欲銘劍，何難自製偉詞，而必剿襲古石刻文，僅改「山左首」爲「出匕首」，與劍牽合，決無是理。況既以古刻銘劍，復爲手書勒石，何所取意？此必後人鑄劍，點竄《龍城録》語爲此銘詞，因即祖王銍僞書餘智，附會子厚名爲此石刻，以影射羅池得石之事，或即出王進、江霞輩所造，未可知。不然，一石一劍，何前後皆出井中，若合符節耶？世特以子厚書流傳絶少，故此碣頗著録於金石家，而不察其中之多疑竇也。

【辯證】

鍾輅《續前定録》、《五百家注昌黎文集》卷三一《柳州羅池廟碑》樊汝霖注皆引《龍城録》此則。羅池得白石事，或許有之，然當是好事者爲之。柳州地當柳星之分，故名柳州。所謂「龍城柳」者，即

「柳州龍城」之意，言龍城柳州，自有神靈來守護。恰柳宗元姓柳，遂附會到柳宗元身上。韓愈作《柳州羅池廟碑》，文中頗言怪異。其中「驅厲鬼兮山之左」，便暗用「驅厲鬼，山左首」之語。《舊唐書·韓愈傳》云：「然時有恃才肆意，亦有盭孔孟之旨，若南人妄以柳宗元爲羅池神，而愈撰碑以實之。」陸遊《渭南文集》卷一六《嚴州烏龍廣濟廟碑》：「柳宗元死爲羅池之神，其傳甚怪，而韓文公實之。」即謂此也。劉斧《青瑣高議》前集卷一記子厚死後爲神事，爲據韓文而來。蔡絛《鐵圍山叢談》卷四：「柳州柳侯祠，據羅池者不十許丈爾，廟設甚嚴，其神靈則退之固載諸文辭矣。自吾放嶺外，舉訪諸柳人，云：父老遞傳，柳侯祠中輒聞鳴鑼伐鼓之聲，亦時舉絲竹之音，廟門夜閉，迨曉則或已開，每以爲常。近百許年，則稍稍無此異矣。又紹興乙丑歲，有楊經幹者過柳州，因惕於祠，則據其廡間以接賓客，且笑語自若，及還館舍，纔入屏後，輒仆而卒，繇是終畏之。」要之，宗元死後爲神乃純屬附會傳聞之言，不足爲信。然不得云此記亦向隅虚構也。

又按：王昶《金石萃編》卷一〇七《柳宗元龍城石刻》：「（缺）城柳，神所守。驅厲鬼，出匕首。福四民，制元醜。元和十二年，柳宗元。」云：「石殘缺，僅存横，廣一尺九寸，高八寸三分。八行，行四字，行書。在廣西馬平縣。」又云：「天啟三年龔重得此於柳公井中。」又引謝啟昆《粵西金石略》：「按《龍城録》所云與此微有異同，僞書不足憑，然茲刻實柳宗元書也。」王昶云：「按此碣在廣西柳州府馬平縣柳侯祠内，馬平爲柳州附郭，州在唐天寶初爲龍城郡，乾元初復曰柳州。《寰宇訪碑録》題此碣曰：『龍城柳碣，自歐、趙以來，皆不見著録，故向無標題。而碣文亦祇六句。首句龍城上泐一字，據天寶舊郡名，當爲龍城，而因以龍城柳爲碣名也。末署元和十二年，柳宗元以元和十四年卒，此碣在卒前二年。』……飲酒驛亭事在題此碣之明年，其竄斥荒癘，堙厄感鬱之概，此碣十八字中已略寓之矣。《龍城録》託爲役者得白石，微辨筆劃云云，設爲恍惚之辭，謝中丞斥爲僞書，不足憑，良然。」諸家斷此碣爲柳宗元書不知何據，自不足信。此碣亦斷非《龍城録》所記之碣，文字不一，即其證也。（陸增祥《八瓊室金石補正》卷六九引《平津讀碑記》已正王昶誤辨「九醜」作「元醜」。）此碣雖爲後人僞造，然個别字仍當是沿襲原文而來，如「民」字。唐人假託天石之文字，不應當諱「民」字，即原石文字作「土民」，柳宗元録之，諱「民」爲「氓」，正可證《柳城録》爲柳宗元作。若爲宋人僞託此書，便没有諱「民」爲「氓」之必要了。

劉仲卿隱金華洞

賈宣伯愛金華山〔一〕，即今雙谿别界〔二〕。其北有仙洞，俗呼爲劉先生隱身處。其内有三十六室，廣三十六里，石刻上以松炬照之，云：「劉嚴字仲卿，漢室射聲校尉〔三〕。當恭、顯之際〔四〕，極諫，被貶於東陬，隱跡於此，莫知所終。」即道士蕭至玄所記也。山口人時得玉篆牌，俗傳劉仲卿每至中元日來降洞中〔五〕，州人祈福，尋谿口邊，得此者當巨富。此亦未必爲然。然仲卿，亦梅子真之徒歟〔六〕！

【注　釋】

〔一〕李吉甫《元和郡縣圖志》卷二六婺州：「金華山在（金華）縣北二十里，赤松子得道處。出龍鬚草。」樂史《太平寰宇記》卷九七婺州金華縣：「長山在縣南二十里，一名金華山，即黄初平、初起遇道士教以仙方處。《吴録》：《地理志》云常山，仙人採藥處，謂之長山。山南有春草巖、折竹巖，巖間不生蔓草，盡出龍鬚，不中爲席，但以其穰爲燈炷。《抱朴子》云：左元放言此山可以合神丹，免五兵洪水之患。又按《輿地志》云：金華山連亘三百餘里。」

〔二〕《元和郡縣圖志》卷二六婺州：「浦陽江在（浦陽）縣西北四十里，出雙溪山嶺東，入越州諸暨縣。」《明一統志》卷四二金華府：「雙溪，在府城南。其源有二：一出東陽縣大盆山，一出處州縉雲縣，與東陽、義烏二溪合流，故名。」

〔三〕漢武帝初置八校尉，中有射聲校尉。見《漢書·百官公卿表上》。

〔四〕恭、顯，漢宦官弘恭、石顯。元帝時，恭死，顯代爲中書令，與牢梁、五鹿充宗結爲黨友，把持朝政，譖殺蕭望之、周堪、劉更生等。見《漢書·佞幸傳·石顯》。

〔五〕道家以農曆七月十五爲中元節，道觀於此日作齋醮。見韓鄂《歲華紀麗》卷三。

〔六〕梅福字子真，明《尚書》、《穀梁春秋》，補南昌尉。後去官歸里。王莽專朝政，福乃棄妻子入九江，後有人遇福於會稽。見《漢書·梅福傳》。後世又傳其成仙。

【辯證】

莊綽《雞肋編》卷中：柳子厚《龍城録》載：「賈宣伯愛金華山，即今雙溪别界。其北有仙洞，俗呼以劉先生隱身處。其内有三十六室，廣三十六里。石刻上以松炬照之，云：劉嚴字仲卿，漢射聲校尉，當恭、顯之際，極諫，貶於東甌，隱跡於此，莫知所終。即進士蕭玉玄所記也。山口人時得玉篆牌，俗傳劉仲卿每至中元日來降洞中，州人祈福，尋溪口邊，得牌者當巨富。此亦未必爲然。然仲卿亦梅子真之徒歟？」余嘗觀《金華圖經》，乃謂劉孝標居此洞以集《文選》，其謬誤如此。紹興中，歐陽文忠公孫懋守婺，余嘗録仲卿事與之，使改正舊失，未知曾革其非否。

吴師道《敬鄉録》卷一：梁劉峻字孝標，平原人，隱金華山，事見本傳及《文選》注孝標所自叙。《郡志》：山之紫薇巖，乃其講授處，清修寺即故宅也。峻嘗撰《類苑》一百二十卷，不傳。《世説》注行世，諸文間見《文選》。獨《山棲志》一篇，傳云其文甚美，近出金華智者寺經藏函中，人罕知者。按柳子厚《龍城録》記隱金華山者，漢劉仲卿也。愚考昔人謂：《龍城録》，《唐志》無之，乃王銍僞撰，或云劉燾。今志中叙近代江治中、王徵士，而不及仲卿，尤足以表其妄也。但其間有云「帝鴻鑄鼎，雨師乘煙，山號縉雲」者，且三國以來，處屬臨海，縉雲爲章安縣地方，不與婺相涉，何爲引此？赤松乃黄初平之號，非神農時雨師。竊謂吾邦以文名前代者，實自峻始，而此爲金華山作，既足證僞書之舛。

胡應麟《少室山房筆叢》卷四五《玉壺遐覽四》：《龍城録》云：「金華山即今雙谿别界，其北有仙洞，俗呼爲劉先生隱身處。其内有三十六室，廣三十六里，石刻上以松炬照之，云：劉嚴字仲卿，漢室射聲校尉，當恭、顯之際，極諫，被貶於東陬，隱跡於此，莫知所終。即道士蕭至玄所記也。山口人時得玉篆牌，俗傳劉仲卿每至中元日來降洞中，豈仲卿亦梅子真之徒歟？」按此事不見漢諸雜説，故《吴禮部詩話》以爲即劉孝標紫薇巖也。然孝標名將後此山而朽，則以紫薇爲仙窟，孝標爲仙官，亦亡不可者。

按：此乃子厚轉述蕭至玄之語，蕭云據石刻，石刻之有無不可得而知。蕭至玄其人亦不可考。則漢時劉仲卿之事很可能是妄傳，子厚以訛傳訛也。然據此以證《龍城録》爲僞書，則不足以服人。劉孝標之《東陽金華山棲志》，見《廣弘明集》卷二四。金華山因劉孝標而著名，不誣矣。道家者流嫌劉孝標仙氣不足，遂以劉仲卿代替劉孝標，並將其神仙化，也未可知。古人之書記事不實者多有，何獨苛責於《龍城録》耶？

趙昱斬蛟

趙昱字仲明，與兄冕俱隱青城山〔一〕，後事道士李珏〔二〕。隋末，煬帝知其賢，徵召不起，督讓益州太守臧牘，强起昱至京師。煬帝縻以上爵，不就，獨乞爲蜀太守。帝從之，拜嘉州太守。時犍爲潭中有老蛟爲害日久〔三〕，截没舟船，蜀江人患之。昱涖政五月，有小吏告昱，會使人往青城山置藥，渡江溺使者，没舟航七百艘。昱大怒，率甲士千人及州屬男子萬人，夾江岸鼓譟，聲振天地。昱乃持刀没水，頃，江水盡赤，石崖半崩，吼聲如雷。昱左手執蛟首，右手持刀，奮波而出。州人頂戴，事爲神明。隋末大亂，潛亦隱去，不知所終。時嘉陵漲溢，水勢洶然，蜀人思昱。頃之，見昱青霧中騎白馬，從數獵者，見於波面，揚鞭而過。州人争呼之，遂吞怒。眉山太守薦章太宗文皇帝，賜封神勇大將軍，廟食灌江口〔四〕。歲時，民疾病禱之，無不應。上皇幸蜀，加封赤城王，又封顯應侯。昱斬蛟時年二十六。珏傳仙去，亦封佑應保慈先生。

【注　釋】

〔一〕李吉甫《元和郡縣圖志》卷三一蜀州：「青城山在（青城）縣西北三十二里，仙經云此是第五洞天。上有流泉懸澍，一日三時灑落，謂之潮泉。」樂史《太平寰宇記》卷七三永康軍導江縣：「青城山在縣西北三十二里。《道書福地志》云：上有没溺池，有甘露芝草。《玉匱經》曰：此第五大洞寶仙九室之天，黄帝所奉拜爲五嶽丈人，黄帝刻石拜謁，纂書猶存。又有石，日月象，天師立。青城治於其中。」

〔二〕《太平廣記》卷三一引《續仙傳》云：「李珏，廣陵江陽人，有同姓名節度淮南，改名寬。」則此仙家李珏爲晚唐人。此則之隋末李珏不見於典籍。

〔三〕《舊唐書·地理志四》：「嘉州，隋眉山郡，武德元年改爲嘉州……上元元年，以戎州之犍爲來屬，天寶元年改爲犍爲郡，乾元元年復爲嘉州。」隋時，犍爲爲郡。

〔四〕灌江口，即灌口，地名，戰國時秦蜀郡太守李冰於此建都江堰。唐武德初置盤龍縣，後改導江縣。參見顧祖禹《讀史方輿紀要》卷六七。

【辯證】

俞樾《茶香室叢鈔》卷一五：「唐柳宗元《龍城録》云……（即此條）按此，則灌口二郎神又似即趙昱矣。其年少而行二，所謂二郎者頗合，豈後人失其傳而誤以爲李冰之子邪？」按：灌口二郎神之傳説由來甚遠。朱熹《朱子語類》卷三：「論鬼神之事，謂蜀中灌口二郎廟，當初是李冰因開離堆有功，立廟，今來現許多靈怪，乃是他第二兒子出來。初間封爲王，後來徽宗好道，謂他是甚麽真君，遂改封爲真君。向張魏公用兵，禱於其廟，夜夢神語云：『我向來封爲王，有血食之奉，故威福用得行，今號爲真君，雖尊，凡祭我以素食，無血食之養，故無威福之靈。今須復封我爲王，當有威靈。』魏公遂乞復其封。」則灌口二郎爲秦太守李冰之子，《龍城録》乃記爲隋嘉州刺史趙昱。《孤本元明雜劇》之無名氏《二郎神醉射鎖魔鏡》、《灌口二郎斬健蛟》便以二郎神屬趙昱（後者作「趙煜」），小説《西遊記》二郎神姓楊，爲玉帝外甥，《封神演義》則作楊戩。清楊潮觀《吟風閣雜劇》有《灌口二郎初顯聖》，以二郎神屬李冰之子。

宋單父種牡丹

洛人宋單父字仲孺，善吟詩，亦能種藝術。凡牡丹變易千種，紅白鬭色，人亦不能知其術。上皇召至驪山，植花萬本，色樣各不同。賜金千餘兩，内人皆呼爲花師。亦幻世之絶藝也。

【集評】

葛立方《韻語陽秋》卷一六：柳子厚《龍城録》載宋單父能種藝之術，牡丹變易千種，上皇召至驪山，種花萬種，色樣各不同。信乎人力或能勝天工也。

【辯證】

馮贄《雲仙散録·月兒羹》：《字錦》曰：柳公權以隔風紗作《龍城記》及《八朝名品》，號錦樣書，以進。上方御翦刀麵、月兒羹，即命分賜公權。

何薳《春渚紀聞》卷五：陳（師道）云：嘗見東坡先生言：世傳王氏《元經》、薛氏傳關子明《易傳》、《李衛公對問》，皆阮逸撰著。逸嘗以草示奉常公也。非獨此，世傳《龍城記》載六丁取《易》説事，《樹萱録》載杜陵老、李太白諸人賦詩事，詩體一律。而《龍城記》乃王銍性之所爲，《樹萱録》劉燾無言自撰也。至於書刻亦然，小字《樂毅論》實王著。所書李太白《醉草》則葛叔忱戲欺其婦翁者，山谷道人嘗言之矣。

張邦基《墨莊漫録》卷二：近時傳一書曰《龍城録》，云柳子厚所作，非也，乃王銍性之僞爲之。其梅花鬼事，蓋遷就東坡詩「月黑林間逢縞袂」，及「月落參横」之句耳。又作《雲仙散録》，尤爲怪誕，殊誤後之學者。又有李歜注杜甫詩，及注東坡詩事，皆王性之一手，殊可駭笑，有識者當自知之。又卷八：何薳子楚作《春渚紀聞》云：關子明《易傳》、《李衛公對問》，皆阮逸著撰。予考之《唐·藝文志》及本朝《崇文總目》，皆無之，子楚之言或然也。又云《龍城記》乃王銍性之作，《樹萱録》，劉燾無言作。予謂性之之僞作《龍城録》果不誣，而《樹萱録》，《唐書·藝文志》小説類自有此名，豈無言所作也？

朱熹《朱子語類》卷一三八：柳文後《龍城雜記》，乃王銍性之所爲也。子厚叙事文字多少筆力，此記衰弱之甚，皆寓古人詩文中不可曉知底於其中，似暗影出。（僞書皆然。）

王楙《野客叢書》卷一八：有史氏闕而不書者，又言淮南王安其實昇仙，而遷、固狀以叛逆伏誅。此説不經，難以爲信，往往見於雜説，史傳無聞，好事者附會，亦未可知。又如徐敬業事，《唐書》則曰：敬業亡命，不知所之。而《紀聞》所載甚詳，謂敬業擒所養似己者斬之，而敬業逃入山爲僧，天寶初，有老僧年九十餘名住括者，正敬業也。而《本事詩》亦言敬業之敗，與駱賓王俱逃，捕之不獲，敬業爲衡山僧，賓王亦落髪，徧遊名山，至靈隱，周歲卒。雜説所載有可以補史傳之闕者，而荒誕者在所不取。《龍城録》亦載其事。（按：徐敬業、駱賓王事不見於《龍城録》，或佚文也。亦或王楙誤記。）

王世貞《漢書評林序》：昌黎、河東，爲若心儀之，於傳《毛穎叔》、《段太尉》見一二焉。然以律《順宗紀》、《龍城録》，抑何茶沓不振哉！（《弇州四部稿・續稿》卷四四）

楊慎《丹鉛餘録》卷一四：《省心録》乃沈道原作，非林和靖也。《指掌圖》非東坡所作，《李衛公問對》，阮逸僞作。《文中子》、《元經》、關子明《易》，皆逸僞作。《龍城録》，王性之僞作。子厚叙事何等筆力，此記衰弱之甚，皆寓古人詩文中不可曉者於其中，凡僞書皆然。予聞之朱子云。

胡應麟《少室山房筆叢》卷三二《四部正譌下》：《龍城録》，宋王銍性之撰，嫁名柳河東。銍本意假重行其書耳，今其書竟行，而子厚受誣千載。余嘗笑河東生平抉駁僞書，如《鬼谷》、《鶡冠》等，千百載上無遁情，真漢庭老吏。日後乃身爲宋人誣衊不能辯，大是笑資。然亦亡足欺識者也。

陳景雲《韓集點勘》卷二：《答道士寄樹雞》注，《龍城》、《雲仙》二録，新舊史《藝文志》皆無之。洪容齋力斥《龍城録》爲妄書，而云或以爲劉無言所著。至《朱子語類》及張邦基《墨莊漫録》中，則謂二録皆王銍性之僞撰。按無言名燾，湖州人，元祐三年進士，有文譽，東坡嘗和其詩。銍亦北宋末名士，陸放翁深推其記問該洽，而生平好撰僞書欺世，識者嗤之。則洪、張二説似朱、張，尤爲得實矣。容齋又嘗言孔傳續白氏《六帖》，採摭唐事殊有功，而悉載《雲仙録》諸事，自穢其書。（原注：《雲仙散録》，馮贄撰。）按《孔帖》兼載二録，而容齋獨舉《雲仙》，蓋偶遺其一。要之，此二録皆底下惡書也，注家不辨而俱引之，殆亦穢韓子之詩矣。

曾釗《龍城録跋》：《龍城録》二卷，唐柳子厚撰。《河東集》附録同，浙江採遺書目作一卷，蓋所見别一本也。然《唐志》無此書，何薳《春渚紀聞》、《朱子語録》並以爲王銍性之作。按《許彦周詩話》「柳子厚守柳州日，築城得白石，微辨刻畫曰：龍城柳，神所守，驅厲鬼，山左首，福土氓，制九醜。此柳子厚自記也」云云。……今《龍城録》正載此文。然則許云子厚自記者，謂自記其事於《龍城録》云爾。性之紹興初始以薦爲樞密編修，而許詩話成於建炎戊申，則《龍城録》非性之作一證也。《五百家昌黎集》注引樊汝霖曰「子厚《龍城録》」云云，朱子《韓文考異》二十一《韋侍御盛山十二詩序》載方云樊謂云云，《考異》目録前又載汪季路書，稱樊澤之，第據《文獻通考》樊著《韓文公志》。樊宣和六年進士，是樊在性之前，安有性之依託而樊稱之之理？則非性之作又一證也。但所録似與柳文不類，然出於隨筆札記，本不求工，亦猶昌黎、習之《論語筆解》，與其文集如出兩人耳。又其文句拙樸，終異宋人文字。何可據《唐志》不著録而遂疑其僞耶？至《夷堅志》謂劉無言作，亦屬臆説，不足據也。（《面城樓集鈔》卷二）

章學誠《文史通義》内篇卷五《詩話》：説部流弊，至於誣善黨姦，詭名託姓，前人所論，如《龍城録》、《碧雲騢》之類，蓋亦不可勝數，史家所以有别擇稗野之道也。

按：柳宗元《龍城録》，宋、元人皆以爲僞託，僞託者或云王銍，如何薳《春渚紀聞》、張邦基《墨莊漫録》等；或云劉燾，如洪邁《夷堅支志·戊》、《容齋隨筆》卷一〇。獨清人曾釗謂爲柳宗元作。今人多信從僞託之説，程毅中《唐代小説史》、李劍國《唐五代志怪傳奇叙録》則證其爲柳宗元作。陶敏《柳宗元〈龍城録〉真僞新考》，載《文學遺産》二〇〇五年第四期，認爲程、李所引《全唐詩》中殷堯藩《送劉禹錫侍御出刺連州》、《友人山中梅花》詩爲明人僞託，不能證《龍城録》爲柳宗元所作；《龍城録》非柳宗元作，但作僞者亦非劉燾或王銍，而是另有其人，編造此書大約在北宋前期。筆者以爲程毅中、李劍國所引證據或有問題，但不足以推翻《龍城録》爲柳宗元作之結論。今再作考辨如下：

一，《龍城録》中所涉及的一些人事可證爲柳宗元所作。如卷上「夜坐談鬼而怪至」條云「君誨嘗夜坐，與退之、余三人談鬼神變化」，柳宗元《答周君巢餌藥久壽書》云自己雖被擯斥，「然猶未肯道鬼神之事」，則可知「誨」爲「巢」之訛。此人即周君巢，即柳宗元《答周君巢餌藥久壽書》、韓愈《送李礎歸湖南序》「惟愈與河南司録周君巢獨存」之周君巢。周君巢與韓愈曾同爲汴州董晉從事，亦爲柳宗元友人。上述所記爲三人同在京城時事。此則可證《龍城録》是柳宗元所作，否則他人是虛構不出像周君巢這樣的人來的。又如卷下《華陽洞小兒化爲龍》、《賈宣伯有治三蟲之藥》及《劉仲卿隱金華洞》皆提到賈宣伯，此人即柳宗元在柳州時所作《送賈山人南遊序》之賈景伯，《文苑英華》卷七三二所收此文「賈景伯」名下注：「集作宣。」柳宗元又有《酬賈鵬山人郡内新栽松寓興見贈二首》、《雨中贈仙人山賈山人》詩，則賈鵬當即賈宣（或景）伯，其名鵬，字宣伯，爲道士。宋闕名撰、清程休删定《聖濟總録纂要》卷二一云：「河東柳宗元偶病丁瘡，凡四十日，他藥治之莫效，長樂賈宣伯教用蜣蜋心貼之，一夕而穴，百苦皆已。」也提到賈宣伯爲柳宗元友人。似此賈宣伯也不是作僞者所能僞造得出的。又卷下《賈奭著書仙去》條，云賈奭爲賈餗之父，然《舊唐書·賈餗傳》云其祖渭、父寧，與之不合，未詳孰是。賈餗家世不顯，《新唐書·宰相世系表五下》載賈餗祖胄、父寧，祖父之名便與《賈餗傳》不同。因此就很難説《龍城録》的記載一定有誤。這種不一致正從另一方面説明《龍城録》不可能是宋人僞作，宋人若有意作僞，定去查閲《舊唐書·賈餗傳》，也就不會出現賈餗父名賈奭而非賈寧的説法了。《新唐書·賈餗傳》云其「少孤」，《龍城録》此條云賈餗父賈奭棄家隱鳴皋山中，也是相合的。《先友記》雖不載賈奭之名，然載其同族兄弟賈弇、賈全，也足以説明問題。二，聯繫韓愈詩文，可證《龍城録》是柳宗元所作。韓愈《答道士寄樹雞》：「煩君自入華陽洞，直割乖龍左耳來。」《五百家注昌黎文集》卷一〇引樊汝霖云：「乖龍左耳，取譬也。」意即以龍耳喻木耳，僅此而已。《東雅堂昌黎集注》卷一〇注引《龍城録》，遭陳景雲嚴斥。或云此出《大方便佛報恩經》卷四善友太子欲從龍王「乞左耳中如意摩尼寶珠」事，然與華陽洞無涉，正如葉夢得《巖下放言》卷中所云：「韓退之未嘗過江，而詩有『煩君直入華陽洞，割取乖龍左耳來』，意當有所謂，不止爲洞言也。」所以韓愈此詩是否用了典故，用了什麽典故，頗難説清楚。錢仲聯《韓昌黎詩繫年集釋》繫此詩於元和九年，在柳宗元爲柳州刺史前，即在《龍城録》成書之前，然卻不能證韓詩不是用華陽洞小兒之傳説，也不能證《龍城録》非柳作。《華陽洞小兒化爲龍》條，柳云「此語賈宣伯説」，順便提到賈宣伯顯然不是爲了給韓愈詩作注解，卻由此可知這是賈宣伯所編造的一個故事。韓詩《答道士寄樹雞》之道士爲誰向來無解，《龍城録》卻可證道士即賈宣伯。賈寄木耳與韓，安知不同時向韓愈講了這個故事？賈編造故事本以渲染木耳來歷非同尋常，韓報以詩，自然也把這個故事寫進詩裏。賈到柳州後又把此故事講給柳宗元聽，柳於是把它記了下來。這樣的解釋順理成章。若説有人僞造故事爲韓詩作注解，只有當事人纔能有此興趣，他人未必具此心思。韓愈《答道士寄樹雞》和《龍城録》正可互相發明。作爲二者之間的聯繫人是賈宣伯，而賈正是柳宗元在柳州所結識的朋友，自然可以作爲《龍城録》是柳宗元所作的旁證。三，蘇軾詩與《續前定録》之引《龍城録》，可證《龍城録》非劉燾或王銍僞作。蘇軾《十一月二十六日松風亭下梅花盛開》「月下縞衣來扣門」，是用趙師雄醉卧羅浮山梅花樹下事，施元之《施注蘇詩》卷三五便云：「以下即詠趙師雄事。」晁補之《和東坡先生梅花三首》其一「羅浮幽夢入仙窟，有屨亦滿先生門」，更是用趙師雄事。劉燾，元祐三年進士，爲蘇軾門生，蘇軾不可能用劉燾僞造之書作爲典故出處。王銍，兩宋間人，南宋初曾權樞密院編修官。許顗《彦周詩話》兩引《龍城録》，並云「子厚自記」，許顗與王銍同時，不至於連同時人的僞作之書尚不能分辨。題名鍾輅撰《續前定録》中有五條見之《龍城録》，《四庫全書總目》卷一四二《前定録》提要：「《續録》一卷，不題撰人名氏，《書録解題》亦載之。觀其以唐明皇與唐玄宗析爲兩條，知爲雜采類書而成，失於删併。又柳宗元一條，乃全引《龍城録》語，《龍城録》爲宋王銍僞撰，則非唐以前書明矣。」云《龍城録》爲王銍僞撰，先不論；云《續前定録》抄自《龍城録》，則是。《續前定録》一卷始著録於《崇文總目》卷三，署鍾輅撰。此書因不爲《太平廣記》所徵引，考證家多認爲僞作。然《崇文總目》既已著録，則北宋前期已有此書。《崇文總目》爲王堯臣、王洙、歐陽修等編定，於慶曆元年上之，可知《續前定録》成書於劉、王二人之前，《龍城録》又在《續前定録》之前。既然如此，則《龍城録》不可能是王銍或劉燾所僞作。宋人説《龍城録》是劉燾或王銍僞造，此説既然可以推翻，則原署柳宗元之名就不應有疑。四，内容與史實之出入不足以證非柳宗元作。《龍城録》爲筆記傳奇性質，其中某些記述可視爲神話傳説，既然如此，就不必過分計較其與史實之出入。傳聞者，道聽塗説之辭，即使真有其人其事，時間、地點等也往往與事實有悖，此大可理解也。彼妄言之，予妄記之，有何不可？不能也没有必要以此書爲信史。如孟棨《本事詩》、范攄《雲溪友議》、王仁裕《開元天寶遺事》等，虚妄之處多有，未至於疑其作者也。加以古書傳抄，魯魚亥豕之訛甚多，小説筆記之類尤其如此。如《李林甫以毒虐弄正權》條，五百家注本便將「李林甫」訛作「李吉甫」。至如《神堯皇帝破龍門賊》條云李淵拜河東節度使，不過以盛唐後慣用之節度使稱號隋末李淵也。其他如《裴令公訓子》條，安知「令」不是「相」之訛？《老叟講明種藝之言》條之「高鄉」，安知不是「安鄉」之訛？《韓仲卿夢曹子建求序》條之「十卷」，安知不是「二十卷」或「三十卷」之脱字？五，文筆不類等也不足以證非柳宗元作。由於文體性質不同，正如曾釗所云「出於隨筆札記，本不求工」，必然與精心構思者有別。至於云子厚本不信鬼神、天命之説，此書卻「多眩怪不經」，亦不足爲僞作之證。若據此論，則柳文《雷塘禱雨文》、《祭井文》、《禜門文》等，則皆爲僞文矣。記之不等於信之。葉夢得《避暑録話》卷上言蘇軾在黄州及嶺外，「所與遊者亦不盡擇，各隨其人高下，談諧放蕩，不復爲畛畦。有不能談者，則强之説鬼，或辭無有，則曰：『姑妄言之。』於是聞者無不絶倒，皆盡歡而後去。」李劍國云：「然原子厚之意，實適懷娱意之作，或借天人感應寓慨興亡，或陳鬼神靈異寄思杳渺，或則嗜奇好事耳。」此言甚得其實。至於託名馮贄之《雲仙散録》云柳公權作《龍城記》，更爲無稽之談。柳公權爲京兆華原人，久在朝爲官，與柳州無涉也。

附録

柳宗元年表

柳宗元字子厚，河東人。祖察躬，父鎮。

柳宗元，《舊唐書》卷一六〇、《新唐書》卷一六八有傳。《舊唐書·柳宗元傳》云：「柳宗元，字子厚，河東人。」《新唐書·柳宗元傳》云「其先蓋河東人」。柳宗元《故殿中侍御史柳公墓表》記其叔父「邑居於虞鄉」，《亡友故祕書省校書郎獨孤君墓碣》又自稱「河東解人」，劉禹錫《天論上》稱「余之友河東解人柳子厚作《天説》」，虞鄉與解是否一地？李吉甫《元和郡縣圖志》卷一二河中府：「虞鄉縣，次畿，西至府七十里。本漢解縣地也，後魏孝文帝改置南解縣，屬河東郡。周明帝武成二年廢南解縣，别置綏化縣，武帝改綏化爲虞鄉。」《舊唐書·地理志二》河東道河中府屬縣有解和虞鄉，云：「解，隋虞鄉縣，武德元年改爲解縣，屬虞州。蒲州别置虞鄉縣。貞觀十七年省解縣併入虞鄉，二十二年復析置解縣，屬蒲州。……虞鄉，漢解縣地，後魏分置虞鄉縣。貞觀十七年省解縣併入虞鄉縣，二十年復置解縣，省虞鄉。天授二年復分解縣置虞鄉縣。」可知解縣與虞鄉縣在初唐時有分合，自天授二年後二縣分治，然虞鄉在漢時卻隸屬解縣。故柳宗元祖居之地當是唐之虞鄉縣，稱「解人」是以較大範圍而言，至於稱其河東人則是在更大範圍内的泛泛之稱。

柳宗元《送獨孤申叔侍親往河東序》云：「河東，古吾土也。家世遷徙，莫能就緒。」又爲其父柳鎮作《先侍御史府君神道表》云：「天寶末經術高第，遇亂，奉德清君夫人（按：鎮之母、宗元祖母）載家書隱王屋山。……亂有間，舉族如吴，無以爲食。」又云：「常吏部命爲太常博士，先君固曰：『有尊老孤弱在吴，願爲宣城令。』三辭而後獲，徙爲宣城。」《新唐書·柳宗元傳》云：「父鎮，天寶末避亂，奉母隱王屋山。常間行求養，後徙於吴。」清全祖望作《河東柳氏遷吴考》（《鮚埼亭集》外編卷三一）云：「柳州爲吴人，見於本集與本傳，而蘇之志人物者鮮及焉。」以柳宗元爲吴人。按：柳宗元之祖貫可確定爲河東虞鄉，安史亂時，其父柳鎮便已離開祖居之地。柳宗元云其叔父「邑居於虞鄉」，大概其叔父居虞鄉的時間較長。柳宗元的祖父柳察躬曾爲湖州德清令，柳鎮「舉族入吴」當因其父在湖州爲官，後又云「有尊老孤弱在吴」，當是柳察躬卒於吴中，柳鎮尚有親人在吴，故求爲宣城令。柳宗元生於大曆八年，據《先侍御史府君神道表》所記柳鎮仕歷推算，當是柳鎮爲長安主簿之時。先前柳鎮亦曾爲左衛率府兵曹參軍居長安，當在長安買有房地。大抵唐人爲宦者多於京師買宅而居，甚或亦買地以作歸葬之所。柳宗元爲其母作《先太夫人河東縣太君歸祔志》云：「某始四歲，居京城西田廬中。先君在吴。」又《寄許京兆孟容書》：「城西有田數頃，樹果樹百株，多先人手自封植。……家有賜書三千卷，多在善和里舊宅。」據上述諸文獻，可定柳宗元生於長安。其童年也是在長安度過。長安舊宅在善和里。其高祖以下墓葬，皆在長安萬年縣之少陵原，見柳宗元《故弘農令柳府君墳前石表辭》。要之，柳宗元祖籍河東道河中府虞鄉，生於長安。其祖與父皆曾在吴地爲官，然與柳宗元無關。

柳宗元之世系，《舊唐書·柳宗元傳》云：「後魏侍中濟陰公之系孫。曾伯祖奭，高宗朝宰相。父鎮，太常博士，終侍御史。」韓愈《柳子厚墓誌銘》（《韓昌黎全集》卷三二）：「子厚諱宗元，七世祖慶，爲拓跋魏侍中，封濟陰公。曾伯祖諱奭，爲唐宰相。」然據柳宗元《先侍御史府君神道表》，七世祖柳慶爲後魏侍中平齊公，六世祖柳旦爲周中書侍郎濟陰公。檢《北史·柳慶傳》，柳慶累官至驃騎大將軍、尚書左僕射、領著作，封平齊縣公，知柳慶未嘗封濟陰公。封濟陰公者爲柳旦。又韓誌及兩唐書《柳宗元傳》俱言柳奭爲曾伯祖，柳宗元《先侍御史府君神道表》云「曾伯祖諱奭」，是謂柳鎮的曾伯祖，於柳宗元則實爲高伯祖，誤差一輩。文安禮《柳先生年譜》云：「然奭於侍御史爲曾伯祖，則於子厚爲高伯祖矣。而新史子厚傳及韓退之子厚墓誌皆云曾伯祖奭，恐誤。」關於柳宗元高祖以下世次，《先侍御史府君神道表》等及《新唐書·宰相世系表三上》柳氏、文安禮《柳先生年譜》載之甚詳，略述如下：八世祖僧習，後魏尚書右丞，五子：鷟、慶、虬、檜、鸞。七世祖慶，後魏侍中、平齊公，三子：機、弘、旦、肅。六世祖旦，隋黄門侍郎、新城男，五子：燮、則、綽、楷、亨。五世祖楷，隋濟、房、蘭、廓四州刺史。三子：融、子敬、子夏。高祖子夏，徐州長史。曾祖從裕，滄州清池令。祖察躬，湖州德清令。察躬五子：鎮、縝、繢、綜、續。柳宗元爲柳鎮子。

柳鎮，安史之亂平後上書言事，擢右衛率府兵曹參軍。佐郭子儀軍於朔方，爲左金吾衛倉曹參軍、節度推官，進大理評事、晉州録事參軍。調長安主簿。居父喪，服除，爲宣城令，徙閿鄉令。又爲鄂岳沔都團練判官，遷殿中侍御史。因事忤竇參，貶夔州司馬。參敗，還爲侍御史。貞元九年卒。

柳宗元叔父柳鎮之名，《新唐書·宰相世系表三上》及文安禮《柳先生年譜》皆云「某」，不載其名。陳景雲《柳集點勘》卷一《叔父侍御史府君墓版》解題云：「侍御弟纁、續、綜三人，唐史《世系表》皆詳載其名，而侍御獨闕者，蓋三人名有《侍御墓版》及《代祭伯母文》可據，而《侍御墓版》二作既不書名，且集中它文亦别無可考故耳。按侍御名縝。孟郊有《呈柳評事縝》詩，評事乃侍御初爲朔方從事時所授官，唐史蓋未考及此也。」考出柳宗元此叔父名縝，甚是。孟郊《抒情因上郎中二十二叔監察十五叔兼呈李益端公柳縝評事》（《孟東野詩集》卷六）云：「遊邊風沙意，夢楚波濤魂。」爲孟郊遊邊時所作，可知李益、柳縝當時在邊地。若説「柳縝」爲「柳鎮」之誤，貞元間柳鎮早已離開了朔方，故不可能。李益貞元七年至貞元十二年在邠寧節度使張獻甫幕，其《赴邠寧留别》詩及李觀《邠寧慶三州節度饗軍記》（《全唐文》卷五三四）「宗盟兄侍御史益……從朗寧之軍」之語可證。時柳宗元叔父亦在張獻甫幕，帶大理評事銜，與李益爲同事，可證此叔父即名縝。又，李益《九月十日雨中過張伯佳（原注：一作雄）期柳鎮（原注：一作雄）未至以詩招之》（《全唐詩》卷二八三）：「柳吴興近無消息，張長公貧苦寂寥。唯有角巾霑雨至，手持殘菊向西招。」此詩一向作爲李益與柳鎮交往之證。李益名見柳宗元《先友記》，固是柳鎮之友，但更是柳縝之友。故此詩「柳鎮」當作「柳縝」，蓋二人同爲張獻甫從事。「柳吴興」用柳惲典，非謂柳縝爲吴興人或在吴興爲官。柳宗元《故叔父殿中侍御史府君墓版文》已云柳縝

「文如吴興守」。

柳宗元代叔父作《祭六伯母文》稱「侄男華陰縣主簿纁」，柳纁是其三叔。《故叔父殿中侍御史府君墓版文》云「夫人吴郡陸氏洎仲弟綜、季弟續」，柳綜、柳續爲柳宗元四叔、五叔。文安禮《柳先生年譜》云：「子厚之從兄弟見於集者，有宗一、宗玄、宗直等，世系不可得而詳。」當爲柳宗元諸叔父之子。

柳鎮之妻爲盧氏，涿郡人，即柳宗元之母。夫妻生有二女一子。長女嫁崔簡，次女嫁裴墐。二女皆長於柳宗元。一子即柳宗元。内弟盧遵、盧弘禮即柳宗元母盧氏之侄（未知盧遵、盧弘禮是否爲一人）。

代宗大曆八年癸丑（七七三），柳宗元生。一歲。

韓愈《柳子厚墓誌銘》云：「子厚以元和十四年十一月八日卒，年四十七。」據此推算，柳宗元生於唐代宗大曆八年。此記無疑議。柳宗元《送賈山人南遊序》云「吾長京師三十三年」，可知柳宗元謫永州之前，除短期至鄂岳、江西，及北遊邠寧外，皆在長安度過。其生地當亦爲長安。施子愉《柳宗元年譜》云生時「其父當爲長安主簿」，可從。

大曆十一年丙辰（七七六），四歲。在長安。

柳宗元《先太夫人河東縣太君歸祔志》云：「某始四歲，居京城西田廬中。先君在吴。太夫人教古賦十四首，皆諷傳之。」所云「先君在吴」，當是柳鎮在吴爲其父服喪。施子愉《柳宗元年譜》云：「宗元父雖嘗徙於吴，惟自安史亂平後，即在外遊宦，則除丁憂外，無可解釋其父之在吴也。」可從。柳宗元《先侍御史府君神道表》：「調長安主簿。居德清君之喪，哀有過而禮不逾，爲士者咸服。服既除，常吏部命爲太常博士，先君固曰：『有尊老孤弱在吴，願爲宣城令。』三辭而後獲，徙爲宣城。」則柳察躬之卒在柳鎮爲宣城令前。柳宗元生時柳察躬尚在，疑其祖父即卒於是年，柳鎮遂赴吴料理喪事。居喪期間也許回過長安。疑因路途遼遠，喪事急迫，母子行動不便，柳宗元與其母並未赴吴。

大曆十四年己未（七七九），七歲。在長安。

　是年柳鎮服喪期滿，所云求爲宣城令事當在是年。然柳宗元與其母並未隨赴宣城。

德宗建中四年癸亥（七八三），十一歲。在長安。

《先侍御史府君神道表》云：「四年，作閿鄉令。」爲建中四年事。「四年」指柳鎮爲宣城令四年，亦即建中四年。

德宗興元元年甲子（七八四），十二歲。隨父在夏口。曾至長沙。

　柳宗元《先侍御史府君神道表》云其父柳鎮爲鄂岳沔都團練判官，時鄂岳觀察使爲李兼。趙憬《鄂州新廳記》(《全唐文》卷四五五):「是年(大曆十四年)十月,乃命祕書少監兼侍御史李公授之。公名兼……公之蒞鄂也,今兹四年……時建中三年十有一月也。」至貞元元年四月,李兼遷江西觀察使。《虞鳴鶴誄》:「惟昔夏口,羈貫相親。」虞九皋字鳴鶴。可知與虞九皋結交即在夏口。柳鎮與楊憑約定兒女婚姻亦在是年。柳宗元《亡妻弘農楊氏誌》云:「恭惟先府君重崇友道,於郎中最深。」又云「外王父兼居方伯連帥之任」,郎中謂其岳父楊憑,而楊憑爲李兼之婿。陳景雲《柳集點勘》卷二云:「子厚父侍御史嘗爲鄂岳從事,其府主即楊郎中憑外舅。子厚齠齡,從父在楚,時郎中以館甥與侍御同幕欵密,且早器子厚,婚姻之訂,蓋自是始也。」

又柳宗元《長沙驛前南樓感舊》自注云:「昔與德公別於此。」詩云:「海鶴一爲别,存亡三十秋。」此德公不詳爲誰,然可知柳宗元曾至長沙。此詩作於元和十年,上推三十年即興元元年,是柳宗元曾由夏口赴長沙。詳情未知。

德宗貞元元年乙丑(七八五),十三歲。隨父至江西。

《送蕭鍊登第後南歸序》云「始余幼時,拜兄於九江郡」,則柳宗元曾至江州。《舊唐書·德宗紀上》:「(貞元元年四月)癸酉,鄂岳觀察使李謙爲洪州刺史、江西都團練觀察使。」「謙」爲「兼」之誤。李兼遷江西,柳鎮隨往佐其幕府,柳宗元亦偕其父往江西,遂得於江州結識蕭鍊。

貞元五年己巳（七八九），十七歲。始應進士試，未第。

《先侍御史府君神道表》云：「逾年，卒中以他事，貶夔州司馬。作《鷹鸇》詩。居三年，醜類就殛，拜侍御史。……先君捧以流涕，曰：『吾惟一子，愛甚。方謫去至藍田，訣曰：吾目無涕。今而不知衣之濡也，抑有當我哉？』」柳鎮爲殿中侍御史，因得罪竇參遭貶。竇參得罪貶死在貞元八年，亦即柳鎮得以昭雪回朝之年。推其時，柳鎮被貶在貞元五年。

柳宗元《與楊誨之第二書》云：「吾年十七，求進士，四年乃得舉。」十七歲即貞元五年，可知柳宗元初應進士試即於是年。

貞元六年庚午（七九〇），十八歲。在京師求進士，仍未第。

柳宗元自貞元五年至九年，五年間四舉進士，其所作《送蔡秀才下第歸覲序》云「四進而獲」，貞元八年未應進士試，則此年仍舉進士，然未第。

貞元七年辛未（七九一），十九歲。在京師求進士，仍未第。

柳宗元《送蔡秀才下第歸覲序》云：「僕之始貢於京師，著者卦之曰：『是所謂望而未覩，隱而未見，曭乎遠而有榮者也。今兹歲在鶉首，若合於壽星，其果合乎？』」百家注本引韓醇注曰：「歲在未曰鶉首，貞元七年辛未公在京師。壽星屬辰，酉與辰合，故至九年癸酉，公登第焉。」可知是年柳宗元仍在京師求進士。

貞元八年壬申（七九二），二十歲。赴邠州其叔父柳鎮處，並遊邠寧。年底，以鄉貢進士身份由邠州至京師應試。

是年柳鎮復爲侍御史。

施子愉《柳宗元年譜》載柳宗元於貞元五年首次求進士，其下貞元六年、七年、八年，云連年皆應進士舉，爲據柳宗元「四年乃得舉」語。柳宗元意思是説四年後乃得及第，並不意味着此四年中年年應舉。《送蔡秀才下第歸覲序》云：「後果依違遷就，四進而獲。」自貞元五年至九年爲五年，云「四進而獲」，則中間必有一年未曾應舉進士。其未應進士試之年自是貞元八年。

柳宗元《段太尉逸事狀》云「宗元嘗出入岐、周、邠、斄間，過真、定，北上馬嶺，歷亭鄣堡戍」，然其遊邠寧在何時？柳宗元《故叔父殿中侍御史府君墓版文》云其叔父柳鎮：「無何，朔方節度使張獻甫辟署參謀，受大理評事，賜緋魚袋，改支度判官，轉大理司直，遷殿中侍御史，加支度營田副使。此公從政之大略也。」張獻甫實爲邠寧慶節度使，稱其朔方節度使，蓋以「朔方」泛稱北方。《舊唐書·張獻甫傳》：「貞元四年，遷檢校刑部尚書，兼邠州刺史、邠寧慶節度觀察使。」直至貞元十二年五月去世。又《德宗紀下》：「（貞元四年）秋七月庚戌，以左金吾將軍張獻甫爲邠寧節度使。」柳宗元叔父一直在張獻甫的邠寧慶節度觀察使府任職，施子愉《柳宗元年譜》將柳宗元遊邠寧與其叔父任職邠寧聯繫在一起是甚有見地的。然其叔父在邠寧任職時間甚長，有九年之久，施譜定柳宗元遊邠寧在貞元十年左右，云：「按《故叔父殿中侍御史府君墓版文》云：『……貞元十二年，歲在景子，正月九日壬寅，遇暴疾，終於私館，享年五十。痛矣。夫人吴郡陸氏，洎仲弟綜、季弟續、冢侄某等，抱孤即位，牽率備禮，只奉裳帷，歸於京師。』是貞元十二年正月宗元叔父卒時，宗元尚在邠州。《故叔父殿中侍御史府君墓版文》又云：『小子常以無兄弟，移其睦於朋友；少孤，移其孝於叔父。天將窮我而奪其志，故罔極之痛仍集焉。』綜上所引觀之，當是宗元於父卒後常往邠州省視其叔，至貞元十二年其叔死，乃持喪歸長安。」此説卻無理。其叔父卒於邠州，柳宗元曾護喪歸長安，這些都是不錯的。然邠州距長安不遠，柳宗元即使聞知其叔父去世（或病危）即赴邠州，一個月内足可往返，安知其一直在邠州？柳宗元貞元九年進士及第，依常理論，進士及第後即準備應吏部試，並廣泛接交政界人物，爲入仕做準備，這一段時間是不可能出遊邠寧的。再説，柳宗元父親去世，家中尚有老母在堂，宗元又無兄弟，怎可能較長時間地滯留在外？故其遊邠寧是進士及第之前事。其叔父既在邠寧任職，因工作關係來往於寧州、慶州等地，柳宗元往邠州省親，遂隨其叔父赴寧州、慶州，得以訪知段秀實逸事，當是最合乎情理的推斷。故柳宗元遊歷邠、寧、慶等地，當在貞元九年之前，而非進士及第之後。《與史官韓愈致段秀實太尉逸事書》云「竊自冠好遊邊上」，柳宗元二十歲爲貞元八年，其遊邠寧即在此年。《舊唐書·張獻甫傳》載獻甫爲邠寧慶節度使時，「乃於彭原置義倉，方渠、馬嶺等縣選險要之地以爲烽堡」，《段太尉逸事狀》所云馬嶺即此地。

《送苑論登第後歸覲詩序》云「八年冬，余與馬邑苑言揚聯貢於京師」，可知柳宗元是作爲鄉貢進士入京參加禮部考試的。貞元八年其在邠州，因其叔父的關係，是年冬被推薦入京參加禮部進士試，正是順理成章的事。唐代士子參加鄉試不一定在原籍，異籍求解的現象十分普遍，《唐摭言》卷二：「同、華解最推利市，與京兆無異，若首送，無不捷者。」柳宗元捨棄舉送人數最多、且容易登第的京兆府而作爲鄉貢進士參加省試，當與前三次作爲京兆府解送舉子而落第有關，遂改换途徑。

貞元九年癸酉（七九三），二十一歲。二月，於長安參加進士考試，並及第。五月，其父柳鎮卒於長安。

柳宗元《先侍御史府君神道表》云：「貞元九年，宗元得進士第。上問有司曰：『得無以朝士子冒進者乎？』有司以聞，上曰：『是故抗姦臣竇參者耶？吾知其不爲子求舉矣。』」《送苑論登第後歸覲詩序》：「八年冬，余與馬邑苑言揚聯貢於京師……是歲，小司徒顧公守春官之缺，而權擇士之柄。明年春，同趨權衡之下，並就重輕之試。……二月丙子，有司題甲乙之科，揭於南宫，余與兄又聯登焉。」劉禹錫《唐故尚書禮部員外郎柳君集紀》（《劉夢得文集》卷二三）：「子厚始以童子有奇名於貞元初，至九年爲名進士。」辛文房《唐才子傳》卷五柳宗元「貞元九年苑論榜第進士」。是年，户部侍郎顧少連權知禮部貢舉。試《平權衡賦》、《風光草際浮》詩。柳宗元之試詩、賦皆不存。是年進士及第三十二人，可考者有苑論、穆寂、幸南容、柳宗元、劉禹錫、談元茂、張復元、馬徵、鄧文佐、武儒衡、許志雍、丘絳、丘穎、薛公達、衛中行、裴杞、陳瓘、吴祕、李宗和、陳祜。見徐松《登科記考》及孟二冬《登科記考補正》。

《太平廣記》卷二五六引《嘉話録》：「唐柳宗元與劉禹錫同年及第，題名於慈恩塔，談元茂秉筆。時不欲名字彰著，曰押縫版子上者率多不達，或即不久物故，柳起草，暗斟酌之。張復（元）已下，馬徵、鄧文佐名盡著版子矣。題名皆以姓望，而辛南容，人莫知之。元茂閣筆曰：『請辛先輩言其族望。』辛君適在他處，柳曰：『東海人。』元茂曰：『争得知？』柳曰：『東海之大，無所不容。』俄而辛至，人問其望，曰：『渤海。』衆大笑。慈恩題名起自張莒，本於寺中閒遊而題其同年人，因爲故事。」此記南容姓「辛」，林寶《元和姓纂》卷三辛姓郡望未有渤海，當以「幸」爲是。

柳宗元《上權德輿補闕温卷決進退啟》，舊注云：「時年十八。」依舊注，則此文作於貞元六年，然貞元六年權德輿尚未爲補闕之職，貞元七年徵爲太常博士，八年轉左補闕。故柳宗元此啟作於貞元九年，爲應進士試時上權德輿而作。柳鎮與權德輿曾同佐江西李兼幕府，爲舊同事，柳宗元之進士登第，當與權德輿爲之揄揚有關。

柳鎮是年卒。《先侍御史府君神道表》：「是歲五月十七日，終於親仁里第，享年五十有五。七月某日，葬於萬年縣棲鳳原。」

【編年文】（繫年理由可參看各卷本篇解題，以下同。）

上權德輿補闕温卷決進退啟（第三十六卷）

送苑論登第後歸覲詩序（第二十二卷）

貞元十年甲戌（七九四），二十二歲。在長安。

【編年文】

送崔群序（第二十二卷）。

貞元十一年乙亥（七九五），二十三歲。試博學宏詞，未第。

柳宗元《上大理崔大卿應制舉不敏啟》，爲應博學宏詞不第時上崔大卿者。陳景雲《柳集點勘》卷三：「柳子年二十四，求博學宏詞，二年乃得仕。此啟蓋初試不利後作，貞元十三年也。唐制：試吏部者，皆考功主其事。子厚應宏詞試時，適崔卿已自考功遷大理，故深以不遇知己爲恨，而更求其撫薦於再舉耳。崔卿名儆，歷右丞，卒。又按儆遷右丞，宰相趙憬所擢也。貞元十三年，儆方官丞轄，而此題仍稱前官，當更考之。」《舊唐書・趙憬傳》：「初，憬廉察湖南，令狐峘、崔儆並爲巡屬刺史，峘嘗歷中書舍人、禮部侍郎，儆久在朝列，所爲或虧法令，憬每以正道制之。峘、儆密遣人數憬罪狀，毁之於朝。及憬爲相，拔儆自大理卿爲尚書右丞。峘先貶官爲别駕，又擢爲吉州刺史。時人多之。」趙憬入相在貞元八年，至貞元十二去世，則拔擢崔儆最遲也是貞元十二年事。博學宏詞爲吏部科目選，柳宗元《與楊誨之第二書》云：「吾年十七求進士，四年乃得舉。二十四求博學宏詞科，二年乃得仕。」求博學宏詞即謂博學宏詞登第，二年後授官。二十四歲爲貞元十二年，是年柳宗元宏詞登第。此文云應博學宏詞未第，則柳宗元曾二次應博學宏詞試，初應宏詞未第之年自在貞元十年、十一年此二年間。沈晦《四明新本河東先生集後序》云「曾丞相家本，篇數不多於二本，而有邢郎中、楊常侍二行狀，《冬日可愛》、《平權衡》二賦，共四首，有其目而亡其文」。《平權衡賦》爲貞元九年進士試賦，是年柳宗元進士登第。《文苑英華》卷五有席夔《冬日可愛賦》律賦一首，席夔貞元十年進士登第，徐松《登科記考》貞元十年進士試《風過簫賦》（孟二冬《登科記考補正》以爲試《進善旌賦》），則非進士試所作。據《登科記考》卷一三，博學宏詞貞元十年試《朱絲繩賦》、《冬日可愛》詩，貞元十二年試《披沙揀金賦》、《竹箭有筠》詩，貞元十一年所試賦、詩之題則闕如。席夔貞元十二年宏詞登第，《文苑英華》亦收其《披沙揀金賦》，則《冬日可愛賦》當是貞元十一年博學宏詞試題。柳宗元既然作有《冬日可愛賦》，則其初應宏詞試當在貞元十一年，然未第。可知貞元十一年即《上大理崔大卿應制舉不敏啟》之作年。博學宏詞試歸吏部，一般由吏部郎中或吏部員外郎主持，也有時由他官臨時代理。崔儆最遲貞元十二年已由大理卿爲尚書右丞，則其爲吏部郎官的時間當更在前，貞元十一年其在吏部任職，時間上亦相合。也即於是年遷大理卿，此文亦緣此稱其大理崔大卿。故此大理崔大卿即崔儆。由文義觀之，並非崔儆不録取柳宗元，而是崔儆先被任命主持博學宏詞考試，後被任爲大理卿，考試改由他人主持，結果柳宗元落選。故此文仍對崔儆表示謝意。施子愉《柳宗元年譜》定柳宗元貞元十二年應博學宏詞未第，貞元十四年宏詞登第，此啟爲貞元十二年上大理崔卿作，非是。

劉禹錫當於貞元十一年博學宏詞登第。其《子劉子自傳》（《劉夢得文集》外集卷九）云：「間歲，又以文登吏部取進士科，授太子校書。」禹錫貞元九年進士登第，「間歲」即貞元十一年。即劉、柳二人同考，劉登第而柳宗元落選。

或曰：柳宗元之父卒於貞元九年五月，貞元十一年宏詞試若在春季舉行，則守父喪未滿，可以參加考試嗎？答曰：未見限制。唐代爲父母守喪三年，實止二十五個月。守喪期間不做官，不嫁娶，也不參加娛樂性活動，卻未見有不得參加考試之記載。既使不做官之規定也可變通，有「金革無避、軍旅從權」之説。據《唐會要》卷三八《奪情》所載，貞元十三年七月張茂宗守母喪未滿即尚義章公主；大中五年八月辛臣奏：除特赦及翰林並軍職外，皆須守滿三年之喪。可見不乏例外。《五代會要》卷九：「周廣順三年十一月敕，應内外文武臣寮幕職州縣官舉選人等，今後有父母亡殁未經遷葬，其主家之長不得輒求仕進，所由司亦不得申舉解送。如是卑幼在下者，不在此限。其合赴舉選者，或是葬事禮畢，或是卑幼在下，勒於所納家狀内具言，不得調冒。」可見不得赴選舉指葬事未畢者，何況博學宏詞及第僅是取得做官資格，並不意味着馬上做官。宏詞及第後可能很快得官，也可能仍要等一段時間。如柳宗元即宏詞及第後二年方得官。

【編年文】

上大理崔大卿應制舉不敏啟（崔儆）（第三十六卷）

王氏伯仲唱和詩序（第二十一卷）

送幸南容歸使聯句詩序（第二十二卷）

貞元十二年丙子（七九六），二十四歲。博學宏詞登第。是年正月，叔父柳縝卒，曾赴邠州料理叔父喪事，並護喪回京。是年後期，與楊憑女完婚。

韓愈《柳子厚墓誌銘》及兩《唐書》本傳皆云柳宗元博學宏詞登第，然登第之年卻有三種説法。張敦頤《柳先生歷官紀》云「（貞元）十二年求博學宏詞，十三年中宏詞科，十四年爲集賢殿正字」；徐松《登科記考》繫柳宗元貞元十二年宏詞登科；施子愉《柳宗元年譜》則繫於貞元十四年。柳宗元《與楊誨之第二書》云：「二十四求博學宏詞科，二年乃得仕。」柳宗元二十四歲爲貞元十二年。百家注本引王儔補注：「貞元十二年，公年二十四。貞元十四年，公得集賢正字。」語焉不詳，並未明確貞元十二年應博學宏詞是否登第。對於柳宗元的上述一段話因此便有幾種理解：一種意見是二十四歲求博學宏詞未及第，柳宗元有《上大理崔大卿應制舉不敏啟》，便爲此次落第而作，一年後即貞元十三年宏詞登第，十四年授官。另一種意見爲：貞元十二年求博學宏詞未第，「二年乃得仕」即於貞元十四年宏詞登第並授官。第三種則理解爲：二十四歲求博學宏詞即意味着登第，然二年後即貞元十四年方得官。究竟哪一種理解方是作者本意？單從上述一段話出發解決不了問題，必須再尋找其他依據。

《文苑英華》卷一一八李程《披沙揀金賦》題下注：「貞元十二年宏詞。」可知《披沙揀金》爲貞元十二年博學宏詞所試賦題。同作者有柳宗元、席夔、張仲方，限韻同，《登科記考》卷一四將上述四人皆繫爲貞元十二年博學宏詞登第者。當然也有可能柳宗元貞元十二年應宏詞試而未第。再考劉禹錫《爲鄂州李大夫祭柳員外文》（《劉夢得文集》外集卷一〇）云：「昔者與君，交臂相傳，一言一笑，未始有極。馳聲日下，騖名天衢，射策差池，高科齊驅。」此鄂州李大夫爲李程。由「高科齊驅」之語觀之，李程與柳宗元同年宏詞登科。李程即於貞元十二年宏詞登第，柳宗元宏詞登第也應在貞元十二年。可知柳宗元貞元十三年、十四年宏詞登第之説皆非是，當以《登科記考》所載爲正。同年博學宏詞登第者有李程、柳宗元、李摯、李行敏、席夔、張仲方。

又，《登科記考》載貞元十二年博學宏詞試《披沙揀金賦》、《竹箭有筠》詩。徐松《登科記考》卷一三定貞元九年禮部試詩爲《風光草際浮詩》。徐氏《登科記考》卷一二於貞元六年曰：「按《柳宗元集》有《省試觀慶雲圖詩》，韓注以爲公舉進士時所作。考子厚舉進士於貞元五年，則省試自六年始。七年以後，題皆可考，則《觀慶雲圖》爲六年試題矣。」然考《文苑英華》卷一八〇有李程、柳宗元、李行敏同題之詩，而三人皆貞元十二年同登博學宏詞者，疑爲貞元十二年宏詞試題。《登科記考》繫貞元十二年宏詞試題爲《竹箭有筠詩》，有李程、席夔、張仲方之作，亦無確證。故疑《觀慶雲圖》是貞元十二年博學宏詞試詩。是年當試《披沙揀金賦》、《觀慶雲圖》詩。柳之詩、賦皆存。

是年十一月，叔母柳縝妻陸氏卒。

《亡妻弘農楊氏誌》云：「乃歸於柳氏……未三年，孕而不育……明年，來歸永寧里之私第。八月一日甲子，至於大疾。」楊氏卒於貞元十五年，與柳宗元爲夫妻四年，則娶楊氏在貞元十二年。

柳宗元岳父爲楊憑，《亡妻弘農楊氏誌》云妻父「今禮部郎中凝」，百家注本引韓醇注曰：「『凝』當作『憑』。憑嘗爲禮部郎中，集又有《祭楊詹事文》可見。今作『凝』，非是。」施子愉《柳宗元年譜》、章士釗《柳文指要》上《體要之部》卷一三等皆曾爲之辨，甚是。如施子愉《柳宗元年譜》云：「按《亡妻弘農楊氏誌》謂其夫人父爲楊凝，惟集有《祭楊憑詹事文》，稱憑曰丈人，自稱曰子婿，《與楊京兆憑書》亦如是。丈人雖非專稱岳父之辭，（原注：如杜甫《贈韋左丞丈》：『丈人試靜聽，賤子請具陳。』）本集有《柳州寄丈人周韶州》亦云：『丈人本自忘機事，爲想年來憔悴容。』）然觀其歷次如此稱道，非偶然也。《亡妻弘農楊氏誌》又謂其岳父爲禮部郎中，考《新唐書》卷一百六十《楊凝傳》，凝固未嘗爲禮部郎中，爲禮部郎中者乃憑也（《舊唐書》卷一四六《楊憑傳》）。是《亡妻弘農楊氏誌》中之『凝』當係『憑』之誤。」

【編年文】

披沙揀金賦（外集卷上）

送蕭鍊登第後南歸序（第二十二卷）

終南山祠堂碑并序（第五卷）

太白山祠堂碑并序（第五卷）

邠寧進奏院記（第二十六卷）

故殿中侍御史柳公墓表（柳鎮）（第十二卷）

故叔父殿中侍御史府君墓版文（柳鎮）（第十二卷）

萬年縣丞柳君墓誌并序（柳元方）（外集補遺）

故御史周君碣（周子諒）（第九卷）
叔妣吴郡陸氏夫人誌文（第十三卷）
【編年詩】
省試觀慶雲圖詩（第四十三卷）

貞元十三年丁丑（七九七），二十五歲。在長安。
【編年文】
賀親自祈雨有應表（代崔淙作）（第三十七卷）
送邠寧獨孤書記赴辟命序（獨孤密）（第二十二卷）
送辛殆庶下第遊南鄭序（第二十三卷）

貞元十四年戊寅（七九八），二十六歲。授集賢殿正字。
柳宗元《與楊誨之第二書》已云「二十四求博學宏詞科，二年乃得仕」，即博學宏詞登第後二年方得官。《舊唐書·柳宗元傳》云「授校書郎，藍田尉」，《新唐書》本傳同。然柳宗元實未曾爲校書郎之職。韓愈《柳子厚墓誌銘》云「其後以博學宏詞授集賢殿正字」，柳宗元《與太學諸生喜詣闕留陽城司業書》云「（貞元十四年九月）二十六日，集賢殿正字柳宗元敬致尺牘太學諸生足下」，《故銀青光禄大夫右散騎常侍輕車都尉宜城縣開國伯柳公（渾）行狀》署「從孫將仕郎守集賢殿正字宗元謹上」，可知柳宗元初授官爲集賢殿書院正字。明蔣之翹《柳河東集》附録《新唐書·柳宗元傳》云：「新、舊史皆作授校書郎，非是。」唐集賢殿書院屬中書省，有正字二人，爲正九品下。其所職掌爲整理圖書、校刊謬誤。

韓愈《柳子厚墓誌銘》云：「其後以博學宏詞授集賢殿正字，儁傑廉悍，議論證據今古，出入經史百子，踔厲風發，率常屈其座人。名聲大振，一時皆慕與之交，諸公要人争欲令出我門下，交口薦譽之。」

【編年文】

與太學諸生喜詣闕留陽城司業書（第三十四卷）

國子司業陽城遺愛碣（第九卷）

貞元十五年己卯（七九九），二十七歲。在京爲集賢殿正字。是年八月，妻楊氏卒。

【編年文】

故銀青光禄大夫右散騎常侍輕車都尉宜城縣開國伯柳公行狀（柳渾）（第八卷）

辨侵伐論（第三卷）

送楊凝郎中使還汴宋詩後序（第二十二卷）

壽州安豐縣孝門銘并序（第二十卷）

四門助教廳壁記（第二十六卷）
爲劉同州謝上表（代劉公濟作）（第三十八卷）
亡妻弘農楊氏誌（第十三卷）
送濬上人歸淮南覲省序（第二十五卷）

貞元十六年庚辰（八〇〇），二十八歲。在京爲集賢殿正字。

是年三月，裴氏姊卒。

【編年文】

送獨孤申叔侍親往河東序（第二十二卷）
送辛生下第序略（第二十三卷）
伯祖妣趙郡李夫人墓誌銘（第十三卷）
亡姊前京兆府參軍裴君夫人墓誌（第十三卷）
故温縣主簿韓君墓誌（韓慎）（第十一卷）

【編年詩】

韋道安（第四十三卷）

貞元十七年辛巳（八〇一），二十九歲。爲藍田尉。

柳宗元《與楊誨之第二書》云：「及爲藍田尉，留府庭，旦暮走謁於大官堂下，與卒伍無別，居曹則俗吏滿前，更説買賣商算贏縮。又二年爲此，度不能去，益學老子『和其光同其塵』，雖自以爲得，然已得號爲輕薄人矣。及爲御史、郎官，自以登朝廷，利害益大，愈恐懼，思欲不失色於人。」可知其爲藍田尉在爲御史之前，且爲藍田尉的時間爲兩年。柳宗元遷監察御史裏行在貞元十九年，則其爲藍田尉在貞元十七年。

藍田縣屬京兆府。《新唐書·地理志一》京兆府：「藍田，畿。武德二年析置白鹿縣，三年更曰寧民，又析藍田置玉山縣。貞觀三年皆省。有覆車山，有藍田關、故嶢關，有庫谷，谷有關。」又據《新唐書·百官志四下》：「縣尉分判衆曹，收率課調。」然據柳宗元文「留府庭」之語觀之，柳宗元實則被留在京兆府從事文字工作。府尹爲韋夏卿。

【編年文】

梓人傳（第十七卷）

答貢士沈起書（第三十三卷）

答貢士元公瑾論仕進書（第三十四卷）

送從兄偁罷選歸江淮詩序（第二十四卷）

送文暢上人登五臺遂遊河朔序（第二十五卷）

亡姑渭南縣尉陳君夫人權厝誌（第十三卷）

祭六伯母文（代叔父作）（第四十一卷）

貞元十八年壬午（八〇二），三十歲。仍爲藍田尉。

是年，崔氏姊卒。《故永州刺史流配驩州崔君權厝誌》云「夫人河東柳氏，先崔君十年卒」。崔簡卒於元和七年，計其妻即柳宗元之姊卒在是年。

【編年文】

送元秀才下第東歸序（元公瑾）（第二十三卷）

武功縣丞廳壁記（第二十六卷）

盩厔縣新食堂記（第二十六卷）

京兆府賀嘉瓜白兔連理棠樹等表（第三十七卷）

爲京畿父老上府尹乞奏復尊號狀（第三十九卷）

爲長安等縣耆壽詣相府乞奏復尊號狀（第三十九卷）

爲京兆府請復尊號表三首（代韋夏卿作）（第三十七卷）

爲耆老等請復尊號表二首（第三十七卷）

爲韋侍郎賀布衣竇群除右拾遺表（代韋夏卿作）（第三十八卷）

爲楊湖南謝設表（代楊憑作）（第三十八卷）
亡友故祕書省校書郎獨孤君墓碣（獨孤申叔）（第十一卷）
亡姊崔氏夫人墓誌蓋石文（第十三卷）
爲韋京兆祭杜河中文（爲韋夏卿祭杜確）（第四十卷）
爲韋京兆祭太常崔少卿文（爲韋夏卿祭崔溉）（第四十卷）

貞元十九年癸未（八〇三），三十一歲。閏十月，入爲監察御史裏行。

韓愈《柳子厚墓誌銘》、劉禹錫《唐故尚書禮部員外郎柳君集紀》及《舊唐書·柳宗元傳》皆云爲監察御史，然柳宗元自稱爲監察御史裏行，如《祭李中丞文》稱「承務郎監察御史裏行柳宗元」；《與蕭翰林俛書》：「僕當時年三十三，甚少，自御史裏行得禮部員外郎。」《讓監察御史狀》云「貞元十九年閏十月日，承議郎新除監察御史臣柳宗元奏」，卻無「裏行」二字。韓醇詁訓本云：「公拜監察御史裏行在貞元十九年閏十月，諸集皆載，且狀首有名銜云『承奉郎新除監察御史』當云『裏行』，後人妄削之耳。」韓醇説是。唐代監察御史與監察御史裏行職掌相同，惟帶「裏行」者非正官，亦無定員。《舊唐書·職官志三》：「監察御史十員，正八品上。貞觀初，馬周以布衣進用，太宗令於監察御史裏行，自此因置裏行之名。龍朔元年，以王本立爲監察裏行也。」韓愈、劉禹錫與柳宗元曾爲御史臺同僚，韓、劉爲正官，柳爲裏行，名位稍異。後來韓、劉述此事不作過細區分，當是人之常情。

其爲監察御史裏行之年月，《讓監察御史狀》已自言之。按柳宗元之爲監察御史裏行，當出於李汶所薦，由柳宗元《祭李中丞文》可知。

【編年文】

唐故兵部郎中楊君墓碣（楊凝）（第九卷）

爲李京兆祭楊凝郎中文（代李實作）（第四十卷）

讓監察御史狀（第三十九卷）

禬説（第十六卷）

迎長日賦（外集卷上）

故弘農令柳府君墳前石表辭（第十二卷）

楊氏子承之哀辭并序（第四十卷）

貞元二十年甲申（八〇四），三十二歲。仍爲監察御史裏行。

【編年文】

祀朝日説（第十六卷）

監祭使壁記（第二十六卷）

諸使兼御史中丞壁記（第二十六卷）

館驛使壁記（第二十六卷）

御史臺賀嘉禾表（第三十七卷）

爲武中丞謝賜櫻桃表（代武元衡作）（第三十八卷）

送寧國范明府詩序（范傳真）（第二十二卷）

送韓豐群公詩後序（第二十五卷）

祭李中丞文（李汶）（第四十卷）

唐故尚書户部郎中魏府君墓誌（魏弘簡）（第九卷）

清河張府君墓石（張曾）（外集補遺）

貞元二十一年、順宗永貞元年乙酉（八〇五），三十三歲。正月，自監察御史裏行爲尚書禮部員外郎。永貞元年九月，自禮部員外郎貶爲邵州刺史。未至州，十一月，再貶永州司馬。以交王叔文故也。年底至永州。

是年正月，德宗崩，太子李誦即位，是爲順宗。以風疾不能言。八月，順宗内禪，太子李純即位，是爲憲宗。改貞元二十一年爲永貞元年。

《舊唐書·柳宗元傳》：「順宗即位，王叔文、韋執誼用事，尤奇待宗元，與監察吕温密引禁中，與之圖事，轉尚書禮部員外郎。」《新唐書》本傳略同。順宗即位在貞元二十一年正月，柳宗元撰有《禮部爲文武百寮請聽政表三首》即爲順宗而作，可知是年正月柳宗元已爲禮部員外郎。

韓愈《順宗實録》卷五：「（王）叔文，越州人，以棋入東宫。頗自言讀書知理道，乘間常言人間疾苦。上將大論宫市事，叔文説中上意，遂有寵，因爲上言『某可爲將，某可爲相』，幸異日用之。密結韋執誼，並有當時名欲僥倖而速進者陸質、吕温、李景儉、韓曄、韓泰、陳諫、劉禹錫、柳宗元等十數人，定爲死交，而凌準、程异等又因其黨而進。交遊蹤跡詭祕，莫有知其端者。」又：「叔文既得志，與王伾、李忠言等專斷外事，遂首用韋執誼爲相，其常所交結，相次拔擢，至一日除數人，日夜群聚。伾以侍書幸，寢陋，吴語，上所褻狎，而叔文頗任事自許，微知文義，好言事，上以故稍敬之，不得如伾出入無阻。叔文入至翰林，而伾入至柿林院，見李忠言、牛昭容等，故各有所主。伾主往來傳授，劉禹錫、陳諫、韓曄、韓泰、柳宗元、房啟、凌準等主謀議唱和，採聽外事。上疾久不瘳，内外皆欲上早定太子位，叔文默不發議。已立太子，天下喜，而叔文獨有憂色。常吟杜甫題諸葛亮廟詩末句云：『出師未用身先死，長使英雄淚滿襟。』因歔欷流涕，聞者咸竊笑之。雖判兩使事，未嘗以簿書爲意，日引其黨，屏人切切細語，謀奪宦者兵，以制四海之命。既令范希朝、韓泰總統京西諸城鎮行營兵馬，中人尚未悟，會邊上諸將各以狀辭中尉，且言方屬希朝，中人始悟兵柄爲叔文所奪，乃大怒曰：『從其謀，吾屬必死其手。』密令其使歸告諸將曰：『無以兵屬人。』希朝至奉天，諸將無至者。韓泰白叔文，計無所出，唯曰：『奈何？奈何？』無幾而母死，執誼益不用其語，叔文怒，與其黨日夜謀起復，起復，必先斬執誼，而盡誅不附己者，聞者皆恟懼。皇太子既監國，遂逐之。明年，乃殺之。伾，杭州人，病死遷所。其黨皆斥逐。」《資治通鑑》卷二三六唐順宗永貞元年：「（王）伾寢陋，吴語，上所褻狎，而叔文頗任事自許，微知文義，好言事，上以故稍敬之，不得如伾出入無阻。叔文入至翰林，而伾入至柿林院，見李忠言、牛昭容計事。大抵叔文依伾，伾依忠言，忠言依牛昭容，轉相交結。每事先下翰林，使叔文可否，然後宣於中書，韋執誼承而行之。外黨則韓泰、柳宗元等主采聽外事，謀議唱和，日夜汲汲如狂，互相推獎曰伊曰周、曰管曰葛，僩然自得，謂天下無人。榮辱進退，生於造次，惟其所欲，不拘程式，士大夫畏之，道路以目。」韓愈及後代史家於王叔文多有貶議，至謂王叔文爲「小人」，尤未允當。然記柳宗元與王叔文結交，固屬事實。柳宗元《與許京兆孟容書》：「宗元早歲與負罪者親善，始奇其能，謂可以共立仁義、裨教化，過不自料，懃懃勉勵，唯以中正信義爲志，以興堯舜孔子之道，利安元元爲務，不知愚陋不可力彊，其素意如此也。」所謂「負罪者」即謂王叔文。王叔文柄用凡五六個月，其間頗多善政，如禁宫市、罷横暴閭里之五坊小兒、出掖庭教坊女樂歸其親族，詔追前遭貶謫者忠州刺史陸贄、郴州别駕鄭餘慶、杭州刺史韓皋、道州刺史陽城赴京師。陸贄、陽城未聞詔而卒於貶所。當皆爲王叔文與其同黨所謀議施行也。

然則王叔文之敗，一因叔文驟進，權要側目；二因與韋執誼交惡，集團分化；三因爲韋皋、裴均、嚴綬等藩鎮所反對。而最重要之原因，當是觸動了宦官權勢，至欲奪宦官兵柄，更爲宦官所不容。《資治通鑑》卷二三六唐順宗永貞元年：「上疾久不愈，時扶御殿，群臣瞻望而已，莫有親奏對者。中外危懼，思早立太子，而王叔文之黨欲專大權，惡聞之。宦官俱文珍、劉光錡、薛盈珍皆先朝任使舊人，疾叔文、（李）忠言等朋黨專恣，乃啟上召翰林學士鄭絪、衛次公、李程、王涯入金鑾殿，草立太子制。時牛昭容輩以廣陵王淳英睿，惡之，絪不復請，書紙爲『立嫡以長』字呈上，上頷之。（三月）癸巳，立淳爲太子，更名純。」八月，順宗禪位於太子，改元永貞，憲宗即位於宣政殿，王叔文等遂遭貶逐。《資治通鑑》卷二三六：「（九月）己卯，貶神策行軍司馬韓泰爲撫州刺史，司封郎中韓曄爲池州刺史，禮部員外郎柳宗元爲邵州刺史，屯田員外郎劉禹錫爲連州刺史。」「（十一月）壬申，貶中書侍郎、同平章事韋執誼爲崖州司馬。……朝議謂王叔文之黨或自員外郎出爲刺史，貶之太輕。己卯，再貶韓泰爲虔州司馬，韓曄爲饒州司馬，柳宗元爲永州司馬，劉禹錫爲朗州司馬。又貶河中少尹陳諫爲台州司馬，和州刺史凌準爲連州司馬，岳州刺史程异爲郴州司馬。」即所謂「八司馬」也。唐闕名《玉泉子》：「元和初黜八司馬：韋執誼崖州，韓泰虔州，柳宗元永州，劉禹錫朗州，韓曄饒州，凌準連州，程异郴州，陳諫台州。」《舊唐書・柳宗元傳》云「宗元爲邵州刺史，在道再貶永州司馬」，《新唐書・柳宗元傳》亦云「貶邵州刺史，不半道，貶永州司馬」，可知柳宗元未至邵州。

順宗内禪，以至稍後之死，其時史官當有諱之者。劉禹錫《子劉子自傳》：「（王）叔文，北海人，自言猛之後，有遠祖風。唯東平吕温、隴西李景儉、河東柳宗元以爲言然。三子者皆與予厚善，日夕過言其能。叔文實工言治道，能以口辨移人，既得用，自春至秋，其所施爲，人不以爲非。當時上素被疾，至是尤劇，詔下内禪，自爲太上皇，後謚曰順宗，東宮即皇帝位。是時太上久寢疾，宰臣及用事者都不得召對，宫掖事祕，而建桓立順，功歸貴臣。於是叔文首貶渝州，後命終死。宰相貶崖州。予出爲連州，途至荆南，又貶朗州司馬。」

永州在唐屬江南西道，爲中州，治零陵。轄零陵、祁陽、湘源、灌陽四縣。柳宗元《段太尉逸事狀》稱「永州司馬員外置同正員柳宗元謹上史館」；《與顧十郎書》稱「門生守永州司馬員外置同正員柳宗元」，《祭呂衡州温文》、《祭呂敬叔文》自稱同；《永州法華寺新作西亭記》亦云：「余時謫爲州司，官外乎常員，而心得無事。」所謂「員外置同正員」謂非理事之官，但品階俸禄與正官同。顧炎武《日知録》卷二四云：「又有謂之員外置同正員者，迨乎玄宗，猶不能盡革，故肅宗乾元二年九月詔曰：『應州縣見任員外官並任其所適，其中有材識幹濟曾經任使州縣所資者，亦聽量留。上州不得過五人，中州不得過四人，下州不得過三人，上縣已上不得過一人。』明則副郎而取名員外，於義何居？當緜定制之初，主爵諸臣，未考源流，有乖名實。」據《舊唐書·職官志三》，中州司馬一人，六品上。

柳宗元赴永州，其母盧氏夫人及從弟宗直、内弟盧弘禮同行。

至永州在是年年底。《懲咎賦》云：「凌洞庭之洋洋兮，泝湘流之沄沄。……際窮冬而止居兮，羈纍棼以縈纏。」前述路途景象，後述止永情況。云「窮冬止居」，知至永州在年底。

柳宗元至永州，無以爲居，寓居龍興寺。《永州龍興寺西軒記》：「永貞年，余名在黨人，不容於尚書省，出爲邵州，道貶永州司馬。至則無以爲居，居龍興寺西序之下。」

時永州刺史爲韋某。

【編年文】

禮部爲文武百寮請聽政表三首（第三十七卷）
賀踐祚表（第三十七卷）
賀赦表（外集卷下）
禮部賀立皇太子表（第三十七卷）
禮部賀皇太子册禮畢德音表（第三十七卷）
爲武中丞謝賜新茶表（代武元衡作）（外集卷下）
爲京兆府昭應等九縣訴夏苗旱損狀（代王權作）（第三十九卷）
駁復讎議（第四卷）
興州江運記（第二十六卷）
爲王户部薦李諒表（代王叔文作）（第三十八卷）
爲户部王叔文陳情表（第三十八卷）
禮部賀嘉禾及芝草表（第三十七卷）
禮部賀甘露表（第三十七卷）
禮部賀白龍並青蓮花合歡蓮子黄瓜等表（第三十七卷）
禮部賀白鵲表（第三十七卷）
禮部賀嘉瓜表（第三十七卷）

禮部賀改元永貞元年表（第三十七卷）
禮部太上皇誥宜令皇帝即位賀表（第三十七卷）
禮部爲百官上尊號表（第三十七卷）
禮部賀册太上皇后表（第三十七卷）
禮部賀太上皇后册禮畢賀表（第三十七卷）
爲王京兆皇帝即位禮畢賀表（代王權作）（第三十七卷）
爲王京兆賀嘉蓮表（代王權作）（第三十七卷）
爲王京兆賀雨表（四表，代王權作）（第三十七卷）
潞州兵曹柳君墓誌（外集補遺）
故尚書户部侍郎王君先太夫人河間劉氏誌文（王叔文母）（第十三卷）
唐故祕書少監陳公行狀（陳京）（第八卷）
潭州楊中丞作東池戴氏堂記（楊憑）（第二十七卷）
弔屈原文（第十九卷）
【作於貞元間具體年代不詳之文】
佩韋賦并序（第二卷）
愈膏肓疾賦（第二卷）

箕子碑（第五卷）
虞鳴鶴誄并序（第十一卷）
杜兼對（第十四卷）
天説（第十六卷）
觀八駿圖説（第十六卷）
宋清傳（第十七卷）
弔樂毅文（第十九卷）
沛國漢原廟銘并序（第二十卷）
鞭賈（第二十卷）
吏商（第二十卷）
楊評事文集後序（第二十一卷）
送班孝廉擢第歸東川覲省序（第二十二卷）
送豆盧膺秀才南遊詩序（第二十二卷）
送嚴公貺下第歸興元覲省詩序（第二十三卷）
送蔡秀才下第歸覲序（第二十三卷）
凌助教蓬屋題詩序（第二十五卷）

答劉禹錫天論書（第三十一卷）
答貢士蕭纂欲相師書（第三十四卷）
爲樊左丞讓官表（第三十八卷）
謝賜時服表（第三十八卷）
劉叟傳（外集卷上）
永州司功參軍譚隨亡母毛氏誌文（外集補遺）。

【作於貞元間具體年代不詳之詩】

摘櫻桃贈元居士時在望仙亭南樓與朱道士同處（第四十二卷）
龜背戲（第四十三卷）
渾鴻臚宅聞歌效白紵（第四十三卷）
楊白花（第四十三卷）

憲宗元和元年丙戌（八〇六），三十四歲。在永州司馬任。是年五月，母盧氏卒於永州。

正月，太上皇順宗崩。《舊唐書·憲宗紀上》：「（元和元年八月）壬午，左降官韋執誼、韓泰、陳諫、柳宗元、劉禹錫、韓曄、凌準、程异等八人，縱逢恩赦，不在量移之限。」可見憲宗於王叔文之黨厭惡之深。

是年馮叙爲永州刺史。王昶《金石萃編》卷一〇五柳宗直等華嚴巖題名：「永州刺史馮叙，永州員外司馬柳宗元，永州員外司户參軍柴察，進士盧弘禮，進士柳宗直。元和元年三月八日直題。」

【編年文】

解祟賦并序（第二卷）

晉文公問守原議（第四卷）

代韋中丞賀元和大赦表（代永州刺史韋某作）（第三十七卷）

永州龍興寺西軒記（第二十八卷）

上廣州趙尚書陳情啟（趙昌）（第三十五卷）

劍門銘并序（第二十卷）

上嚴東川寄劍門銘啟（嚴礪）（第三十六卷）

對賀者（第十四卷）

唐故給事中皇太子侍讀陸文通先生墓表（陸質）（第九卷）

故連州員外司馬凌君權厝誌（凌準）（第十卷）

東明張先生墓誌（張因）（第十一卷）

南嶽雲峰寺和尚碑（第七卷）

南嶽雲峰和尚塔銘（第七卷）

【編年詩】

法華寺石門精舍三十韻(第四十三卷)

哭連州凌員外司馬(凌準)(第四十三卷)

元和二年丁亥(八〇七),三十五歲。在永州司馬任。

【編年文】

永州法華寺新作西亭記(第二十八卷)

永州龍興寺修淨土院記(第二十八卷)

先太夫人河東縣太君歸祔誌(柳宗元母)(第十三卷)

先侍御史府君神道表(柳鎮)(第十二卷)

先君石表陰先友記(第十二卷)

【編年詩】

構法華寺西亭(第四十三卷)

巽上人以竹間自採新茶見贈酬之以詩(第四十二卷)

巽公院五詠(第四十三卷)

元和三年戊子（八〇八），三十六歲。在永州司馬任。

是年吴武陵坐事貶永州，柳宗元與之交甚厚。《與楊京兆憑書》云「去年吴武陵來」，書作於元和四年，則吴武陵來永在是年。《新唐書·文藝傳下·吴武陵》：「柳宗元謫永州，而武陵亦坐事流永州，宗元賢其人。及爲柳州刺史，武陵北還，大爲裴度器遇，每言宗元無子，説度曰：『西原蠻未平，柳州與賊犬牙，宜用武人以代宗元，使得優遊江湖。』又遺工部侍郎孟簡書曰：『古稱一世三十年，子厚之斥十二年，殆半世矣。霆砰電射，天怒也，不能終朝。聖人在上，安有畢世而怒人臣邪？且程、劉、二韓，皆已拔拭，或處大州劇職，獨子厚與猿鳥爲伍，誠恐霧露所嬰，則柳氏無後矣。』度未及用而宗元死。」

是年崔敏爲永州刺史。《新唐書·宰相世系表二下》崔氏清河小房：「敏，永州刺史。」

【編年文】

懲咎賦（第二卷）

連山郡復乳穴記（第二十八卷）

爲薛中丞浙東奏五色雲狀（薛苹）（第三十九卷）

塗山銘并序（第二十卷）

濮陽吴君文集序（第二十一卷）

同吴武陵送前桂州杜留後詩序（杜周士）（第二十二卷）

同吴武陵贈李睦州詩序（李幼清）（第二十三卷）

送趙大秀才往江陵謁趙尚書序（趙昌）（第二十二卷）
婁二十四秀才花下對酒唱和詩序（婁圖南）（第二十四卷）
童區寄傳（第十七傳）
唐故特進贈開府儀同三司揚州大都督南府君睢陽廟碑并序（南霽雲）（第五卷）
南嶽般舟和尚第二碑（第七卷）
哭張後餘辭并序（第四十卷）

【編年詩】

遊南亭夜還叙志七十韻（第四十三卷）
自衡陽移桂十餘本植零陵所在精舍（第四十三卷）
湘岸移木芙蓉植龍興精舍（第四十三卷）
貞符并序（第一卷）

元和四年己丑（八〇九），三十七歲。在永州司馬任。

【編年文】

夢歸賦（第二卷）
法華寺西亭夜飲賦詩序（第二十四卷）

辨伏神文并序（第十八卷）
寄許京兆孟容書（第三十卷）
與裴塤書（第三十卷）
與蕭翰林俛書（第三十卷）
與李翰林建書（第三十卷）
與顧十郎書（第三十卷）
小侄女子墓塼記（第十三卷）
唐相國房公德銘之陰（房琯）（第九卷）
故連州員外司馬凌君墓後誌（凌準）（第十卷）
裴墐崇豐二陵集禮後序（第二十一卷）
始得西山宴遊記（第二十九卷）
鈷鉧潭記（第二十九卷）
鈷鉧潭西小丘記（第二十九卷）
至小丘西小石潭記（第二十九卷）
序飲（第二十四卷）
賀趙江陵宗儒辟符載啟（第三十五卷）

上桂州李中丞薦盧遵啟（第三十五卷）
送内弟盧遵遊桂州序（第二十四卷）
上揚州李吉甫相公獻所著文啟（第三十六卷）
上江陵趙相公寄所著文啟（趙宗儒）（第三十六卷）
爲南承嗣請從軍狀（第三十九卷）
爲南承嗣上中書門下乞兩河效用狀（第三十九卷）
送南涪州量移澧州序（南承嗣）（第二十三卷）
與吕道州温論非國語書（第三十一卷）
答吴武陵論非國語書（第三十一卷）
與吕恭論墓中石書書（第三十一卷）
賀進士王參元失火書（第三十三卷）
【編年詩】
法華寺西亭夜飲（第四十三卷）
酬韶州裴曹長使君寄道州吕八大使因以見示二十韻一首并序（裴禮、吕温）（第四十二卷）
酬婁秀才寓居開元寺早秋月夜病中見寄（婁圖南）（第四十二卷）
初秋夜坐贈吴武陵（第四十二卷）

零陵贈李卿元侍御簡吴武陵(李幼清、元克己)(第四十二卷)
遊朝陽巖遂登西亭二十韻(第四十三卷)
湘口館瀟湘二水所會(第四十三卷)
登蒲洲石磯望横江口潭島深迥斜對香零山(第四十三卷)
覺衰(第四十三卷)
冉溪(第四十三卷)
戲題石門長老東軒(第四十三卷)
讀書(第四十三卷)
感遇二首(第四十三卷)
詠史(第四十三卷)
詠三良(第四十三卷)
詠荆軻(第四十三卷)

元和五年庚寅(八一〇),三十八歲。在永州司馬任。

柳宗元《下殤女子墓塼記》:「下殤女子生長安善和里,其始名和娘。既得病,乃曰:『佛,我依也,願以爲役。』更名佛婢。既病,求去髮爲尼,號之爲初心。元和五年四月三日死永州,凡十歲。其母微也，故爲父子晚。」計其年，其女和娘生於貞元十七年。文云「其母微也」，當是柳宗元姬妾所生。

是年，崔敏卒於任。柳宗元《故永州刺史流配驩州崔君權厝誌》云姊夫崔簡「出刺連、永兩州，未至永，而連之人訴君，御史按章具獄，坐流驩州」。又《代韋使君謝上表》云「曠牧守於再秋」，爲代永州刺史韋彪作。崔敏卒元和五年九月，可知韋彪元和七年始到任。計其間一年有餘刺史缺任，觀柳宗元所上湖南觀察使李衆《上湖南李中丞干廩食啟》，疑柳宗元在此期間曾代理永州刺史職事。《唐會要》卷六八：「（大和）四年八月御史臺奏：謹按大曆十二年五月一日敕，刺史有故及缺，使司不得差攝，但令上佐依次知州事。其上佐等多非其才，亦望委外道使臣，精加銓擇。不勝任者，具以狀聞。」州司馬即爲上佐。

【編年文】

閔生賦（第二卷）

趙秀才群墓誌（外集卷上）

下殤女子墓塼記（第十三卷）

太府李卿外婦馬淑誌（李幼清）（外集卷上）

尊勝幢贊并序（第十九卷）

愚溪詩序（第二十四卷）

愚溪對（第十四卷）

全義縣復北門記（第二十六卷）
讀韓愈所著毛穎傳後題（第二十一卷）
送李判官往桂州序（第二十二卷）
送從弟謀歸江陵序（第二十四卷）
送表弟吕讓將仕進序（第二十四卷）
陪永州崔使君讌南池序（崔敏）（第二十四卷）
送婁圖南秀才遊淮南將入道序（第二十五卷）
送元十八山人南遊序（元集虚）（第二十五卷）
送僧浩初序（第二十五卷）
説車贈楊誨之（第十六卷）
與楊誨之書（第三十三卷）
與楊京兆憑書（第三十卷）
答友人求文章書（第三十一卷）
與李睦州論服氣書（李幼清）（第三十二卷）
謝李吉甫相公示手札啟（第三十六卷）
南嶽彌陀和尚碑（第六卷）

龍安海禪師碑（第六卷）

唐故朝散大夫永州刺史崔公墓誌（崔敏）（第九卷）

唐故中散大夫檢校國子祭酒兼安南都護御史中丞充安南本管經略招討處置等使上柱國武城縣開國男食邑三百户張公墓誌銘并序（張舟）（第十卷）

爲安南楊侍御祭張都護文（代楊邈祭張舟）（第四十卷）

祭崔君敏文（第四十卷）

【編年詩】

夏初雨後尋愚溪（第四十三卷）

酬婁秀才將之淮南見贈之什（婁圖南）（第四十二卷）

溪居（第四十三卷）

茆簷下始栽竹（第四十三卷）

聞籍田有感（第四十三卷）

元和六年辛卯（八一一），三十九歲。在永州司馬任。

【編年文】

代廣南節度使謝出鎮表（「廣南」爲「荆南」之誤，代嚴綬作）（第三十八卷）

謝襄陽李夷簡尚書委曲撫問啟（第三十五卷）
上西川武元衡相公謝撫問啟（第三十五卷）
上湖南李中丞干廩食啟（李衆）（第三十五卷）
謝李中丞安撫崔簡戚屬啟（李衆）（第三十五卷）
上李中丞獻所著文啟（李衆）（第三十六卷）
代柳公綽謝上表（第三十八卷）
送巽上人赴中丞叔父召序（柳公綽）（第二十五卷）
送元暠詩序（第二十五卷）
與楊誨之第二書（第三十三卷）
岳州聖安寺無姓和尚碑（第六卷）
祭吕衡州温文（第四十卷）
唐故衡州刺史東平吕君誄（吕温）（第九卷）
唐故邕管招討副使試大理司直兼貴州刺史鄧君墓誌銘并序（第十卷）
故大理評事柳君墓誌（柳寬）（第十一卷）
祭從兄文（柳寬）（第四十一卷）

【編年詩】

旦攜謝山人至愚池（第四十三卷）
送元暠師詩（外集補遺）
同劉二十八哭吕衡州兼寄江陵李元二侍御（劉禹錫、吕温、李景儉、元稹）（第四十二卷）

元和七年壬辰（八一二），四十歲。在永州司馬任。

是年韋彪爲永州刺史。林寶《元和姓纂》卷二東眷韋氏彭城公房：「彪，永州刺史。」即此人。

【編年文】

故永州刺史流配驩州崔君權厝誌（崔簡）（第九卷）
祭姊夫崔使君簡文（第四十一卷）
祭崔氏外甥文（第四十一卷）
代韋永州謝上表（韋彪）（第三十八卷）
永州韋使君新堂記（韋彪）（第二十七卷）
袁家渴記（第二十九卷）
石渠記（第二十九卷）
石澗記（第二十九卷）
小石城山記（第二十九卷）

爲廣南鄭相公奏百姓産三男狀(鄭絪)(第三十九卷)
上嶺南鄭相公獻所著文啟(鄭絪)(第三十六卷)
上江陵嚴司空獻所著文啟(嚴綬)(第三十六卷)
答吴秀才謝示新文書(第三十四卷)
代人進瓷器狀(代元洪作)(第三十九卷)
答元饒州論春秋書(元洪)(第三十一卷)
答元饒州論政理書(元洪)(第三十二卷)
饒娥碑(第五卷)

【編年詩】

同劉二十八院長述舊言懷感時書事奉寄澧州張員外使君五十二韻之作因其韻增至八十通贈二君子(劉禹錫、張署)(第四十二卷)
弘農公以碩德偉材屈於誣枉左官三歲復爲大僚天監昭明人心感悦宗元竄伏湘浦拜賀未由謹獻詩五十韻以畢微志(楊憑)(第四十二卷)
段九秀才處見亡友吕衡州書跡(段弘古)(第四十二卷)
南澗中題(第四十三卷)
遊石角過小嶺至長烏村(第四十三卷)

與崔策登西山（第四十三卷）

元和八年癸巳（八一三），四十一歲。在永州司馬任。

【編年文】

師友箴并序（第十九卷）

逐畢方文并序（第十八卷）

遊黄溪記（第二十九卷）

永州鐵爐步志（第二十八卷）

武岡銘并序（第二十卷）

送崔子符罷舉詩序（崔策）（第二十三卷）

答韋中立論師道書（第三十四卷）

送韋七秀才下第求益友序（韋中立）（第二十三卷）

吕侍御恭墓誌（第十卷）

祭吕敬叔文（吕恭）（第四十卷）

【編年詩】

入黄溪聞猿（第四十三卷）

韋使君黄溪祈雨見召從行至祠下口號（韋彪）（第四十三卷）

元和九年甲午（八一四），四十二歲。在永州司馬任。十二月，有詔追赴京師。

是年崔能爲永州刺史。《舊唐書·崔能傳》：「（元和）六年，轉黔中觀察使。坐爲南蠻所攻，陷郡邑，貶永州刺史。穆宗即位，弟從居顯列，召拜將作監。」

劉禹錫有《元和甲午歲詔書盡徵江湘逐客余自武陵赴京宿於都亭有懷續來諸君子》（《劉夢得文集》卷四），甲午即元和九年。又《問大鈞賦序》（《劉夢得文集》卷一）曰：「因作《謫九年賦》以自廣。是歲臘月，詔追，明年自闕下重領連山郡。」亦云詔追赴都在是年十二月。劉禹錫詩所云「江湘逐客」自然也包括柳宗元在内。可知下詔在元和九年年底，他們起程赴京卻在第二年春。

【編年文】

段太尉逸事狀（第八卷）

與韓愈論史官書（第三十一卷）

與史官韓愈致段秀實太尉逸事書（第三十一卷）

南嶽大明寺律和尚碑（第七卷）

衡山中院大律師塔銘（第七卷）

囚山賦（第二卷）

處士段弘古墓誌并序（外集補遺）
祭段弘古文（第四十卷）
又祭崔簡旅櫬歸上都文（第四十一卷）
起廢答（第十五卷）
道州文宣廟碑（第五卷）
道州毁鼻亭神記（第二十八卷）
答貢士廖有方論文書（第三十四卷）
送詩人廖有方序（第二十五卷）
送易師楊君序（第二十五卷）
嶺南節度使饗軍堂記（第二十六卷）
湘源二妃廟碑（第五卷）
續滎澤尉崔君墓誌（第十一卷）
上河陽烏尚書啟（烏重胤）（第三十六卷）

【編年詩】

從崔中丞過盧少府郊居（崔能）（第四十三卷）

元和十年乙未（八一五），四十三歲。正月，由永州起程赴京師，二月至長安。三月，出爲柳州刺史。六月，至柳州。

柳宗元《詔追赴都二月至灞亭上》：「十一年前南渡客，四千里外北歸人。詔書許逐陽和至，驛路開花處處新。」可知至長安在二月。由永貞元年至元和十年恰爲十一年。

孟棨《本事詩·事感第二》：「劉尚書自屯田員外左遷朗州司馬，凡十年始徵還。方春，作《贈看花諸君子》詩曰：『紫陌紅塵拂面來，無人不道看花回。玄都觀裏桃千樹，盡是劉郎去後栽。』其詩一出，傳於都下。有素嫉其名者，白於執政，又誣其有怨憤。他日見時宰，與坐，慰問甚厚。既辭，即曰：『近者新詩，未免爲累，奈何？』不數日，出爲連州刺史。」《資治通鑑》卷二三九唐憲宗元和十年：「王叔文之黨坐謫官者凡十年不量移，執政有憐其才欲漸進之者，悉召至京師。諫官爭言其不可，上與武元衡亦惡之。三月乙酉，皆以爲遠州刺史。官雖進而地益遠。」《舊唐書·憲宗紀下》：「（元和十年三月）乙酉，以虔州司馬韓泰爲漳州刺史，以永州司馬柳宗元爲柳州刺史，饒州司馬韓曄爲汀州刺史，朗州司馬劉禹錫爲播州刺史，台州司馬陳諫爲封州刺史。御史中丞裴度以禹錫母老，請移近處，乃改授連州刺史。」永貞元年同貶之「八司馬」，此前韋執誼已卒於崖州，凌準卒於連州，程异已遷官，至是皆已遷爲刺史。所云「憐其才」欲進用之宰執疑爲韋貫之。元和九年十二月，尚書右丞韋貫之同平章事。耿耿於永貞之事者是唐憲宗，武元衡不過是承其意而已。

韓愈《柳子厚墓誌銘》：「其召至京師而復爲刺史也，中山劉夢得禹錫亦在遣中，當詣播州。子厚泣曰：『播州非人所居，而夢得親在堂，吾不忍夢得之窮，無辭以白其大人，且萬無母子俱往理。』請於朝，將拜疏，願以柳易播，雖重得罪，死不恨。遇有以夢得事白上者，夢得於是改刺連州。」此事趙璘《因話録》卷一也有記載，云：「憲宗初徵柳宗元、劉禹錫至京，俄而以柳爲柳州刺史，劉爲播州刺史。柳以劉須侍親，播州最爲惡處，請以柳州換，上不許。宰相對曰：『禹錫有老親。』上曰：『但要與惡郡，豈繫母在？』裴晉公進曰：『陛下方侍太后，不合發此言。』上有愧色。既而語左右曰：『裴度終愛我切。』劉遂改授連州。」《資治通鑑》卷二三九亦載其事，司馬光作《考異》曰：「《舊·禹錫傳》：『元和十年自武陵召還，宰相復欲置之郎署，時禹錫作《遊玄都觀詠看花君子》詩，語涉譏刺，執政不悦，復出爲播州刺史。』《禹錫集》載其詩曰：『玄都觀裏桃千樹，盡是劉郎去後栽。』按當時叔文之黨，一切除遠州刺史，不止禹錫一人，豈緣此詩？蓋以此得播州惡處耳。《實録》曰：『中丞裴度奏其母老，必與此子爲死別，臣恐傷陛下孝理之風。憲宗曰：爲子尤須謹慎，恐貽親之憂，禹錫更合重於他人，卿豈可以此論之？度無以對。良久，帝改容而言曰：朕所言，是責人子之事，然終不欲傷其所親之心。明日，改授禹錫連州。』趙元拱《唐諫諍集》：『裴度曰：陛下方侍太后，以孝理天下，至如禹錫，誠合哀矜。憲宗乃從之。明日，制授禹錫連州。既而語左右：裴度終愛我切。』趙璘《因話録》曰……按《柳宗元墓誌》將拜疏而未上耳，非已上而不許也。禹錫除播州時，裴度未爲相。今從《實録》及《諫諍集》。」劉禹錫得改刺連州，雖不因柳宗元上疏而改，卻可見劉、柳交情之篤。

《唐會要》卷六八：「（元和）三年正月，許新除官及刺史等假内於宣政門外謝訖進辭，便赴任。其日授官於朝堂禮謝，並不須候假。」又：「其年（寶曆元年）九月御史臺奏：近日新除刺史赴官，多違條限，請準舊制，在途十日。如妄稱事故不發，奏進止。敕旨從之。」可見唐時刺史須在所限日期之内到任，故柳宗元等任命一下即離京，與劉禹錫一路同行赴南方，至衡陽始分路。

柳州龍城郡，唐時屬嶺南道，爲下州。轄縣五：馬平、龍城、象縣、洛曹、洛容。下州刺史爲正四品下。

是年七月，從弟宗直卒於柳州。

【編年文】

永州崔中丞萬石亭記（崔能）（第二十七卷）

記里鼓賦（外集卷上）

答韋珩示韓愈相推以文墨事書（第三十四卷）

謝除柳州刺史表（第三十八卷）

柳州舉監察御史柳漢自代狀（第三十九卷）

柳州上中書門下舉柳漢自代狀（第三十九卷）

上户部狀（第三十九卷）

柳州上本府狀（第三十九卷）

爲崔中丞請朝覲表（崔詠）（第三十八卷）

爲桂州崔中丞上中書門下乞朝覲狀（崔詠）（第三十九卷）

送薛判官量移序（薛巽）（第二十三卷）
雷塘禱雨文（第四十一卷）
志從父弟宗直殯（第十二卷）
祭弟宗直文（第四十一卷）
祭穆質給事文（第四十卷）
柳州文宣王新修廟碑（第五卷）
曹溪第六祖賜謚大鑒禪師碑（惠能）（第六卷）
唐故嶺南經略副使御史馬君墓誌（第十卷）
唐故安州刺史兼侍御史貶柳州司馬孟公墓誌銘（孟常謙）（第十卷）
送方及師序（第二十五卷）

【編年詩】

朗州竇常員外寄劉二十八詩見促行騎走筆酬贈（劉禹錫）（第四十二卷）
離觴不醉至驛卻寄相送諸公（第四十二卷）
詔追赴都迴寄零陵親故（第四十二卷）
界圍巖水簾（第四十二卷）
過衡山見新花開卻寄弟（第四十二卷）

汨羅遇風（第四十二卷）
北還登漢陽北原題臨川驛（第四十二卷）
善謔驛和劉夢得酹淳于先生（第四十二卷）
清水驛叢竹天水趙云余手種以十二莖（第四十二卷）
商山臨路有孤松往來斫以爲明好事者憐之編竹成援遂其生植感而賦詩（第四十二卷）
李西川薦琴石（李夷簡）（第四十二卷）
詔赴都二月至灞亭上（第四十二卷）
奉酬楊侍郎丈因送八叔拾遺戲贈詔追南來諸賓二首（楊於陵、楊歸厚）（第四十二卷）
六言（第四十二卷）
長沙驛前南樓感舊（第四十二卷）
衡陽與夢得分路贈别（劉禹錫）（第四十二卷）
重别夢得（第四十二卷）
三贈劉員外（劉禹錫）（第四十二卷）
再上湘江（第四十二卷）
再至界圍巖水簾遂宿巖下（第四十二卷）
桂州北望秦驛手開竹逕至釣磯留待徐容州（徐俊）（第四十二卷）

嶺南江行（第四十二卷）
古東門行（第四十二卷）
寄韋珩（第四十二卷）
答劉連州邦字（劉禹錫）（第四十二卷）
登柳州城樓寄漳汀封連四州（第四十二卷）
酬賈鵬山人郡内新栽松寓興見贈二首（第四十二卷）
雨中贈仙人山賈山人（第四十二卷）
銅魚使赴都寄親友（第四十二卷）

【作於永州具體年代不詳之文】

瓶賦（第二卷）
牛賦（第二卷）
乞巧文（第十八卷）
斬曲几文（第十八卷）
宥蝮蛇文并序（第十八卷）
憎王孫文并序（第十八卷）
愬螭文并序（第十八卷）

哀溺文并序（第十八卷）
招海賈文（第十八卷）
弔萇弘文（第十九卷）
伊尹五就桀贊并序（第十九卷）
梁丘據贊（第十九卷）
霹靂琴贊引（第十九卷）
龍馬圖贊并序（第十九卷）
戒懼箴（第十九卷）
憂箴（第十九卷）
三戒并序（第十九卷）
舜禹之事（第二十卷）
謗譽（第二十卷）
咸宜（第二十卷）
設漁者對智伯（第十四卷）
天對（第十四卷）
晉問（第十五卷）

答問（第十五卷）
鶻説（第十六卷）
捕蛇者説（第十六卷）
乘桴説（第十六卷）
謫龍説（第十六卷）
復吴子松説（吴武陵）（第十六卷）
羆説（第十六卷）
東海若（第二十卷）
零陵三亭記（第二十七卷）
永州龍興寺息壤記（第二十八卷）
永州龍興寺東丘記（第二十八卷）
河間傳（外集卷上）
李赤傳（第十七卷）
蝜蝂傳（第十七卷）
柳宗直西漢文類序（第二十一卷）
送薛存義序（第二十三卷）

送琛上人南遊序（第二十五卷）
序棋（第二十四卷）
與劉禹錫論周易九六書（第三十一卷）
與崔連州論石鍾乳書（崔簡）（第三十二卷）
答周君巢餌藥久壽書（第三十二卷）
答嚴厚輿秀才論爲師道書（第三十四卷）
報袁君陳秀才避師名書（第三十四卷）
辯鶡冠子（第四卷）
桐葉封弟辯（第四卷）
辯列子（第四卷）
辯文子（第四卷）
論語辯二篇（第四卷）
辯鬼谷子（第四卷）
辯晏子春秋（第四卷）
辯亢蒼子（第四卷）
馬室女雷五葬誌（第十三卷）

【作於永州具體年代不詳之詩】

中夜起望西園值月上（第四十三卷）
零陵春望（第四十三卷）
夏晝偶作（第四十三卷）
雨晴至江渡（第四十三卷）
江雪（第四十三卷）
種仙靈毗（第四十三卷）
種朮（第四十三卷）
種白蘘荷（第四十三卷）
新植海石榴（第四十三卷）
戲題堦前芍藥（第四十三卷）
始見白髮題所植海石榴樹（第四十三卷）
植靈壽木（第四十三卷）
早梅（第四十三卷）
南中榮橘柚（第四十三卷）
紅蕉（第四十三卷）
梅雨（第四十三卷）

零陵早春（第四十三卷）
田家三首（第四十三卷）
行路難三首（第四十三卷）
跂烏詞（第四十三卷）
籠鷹詞（第四十三卷）
放鷓鴣詞（第四十三卷）
聞黄鸝（第四十三卷）
漁翁（第四十三卷）
飲酒（第四十三卷）
掩役夫張進骸（第四十三卷）
春懷故園（第四十三卷）

元和十一年丙申（八一六），四十四歲。在柳州刺史任。

【編年文】

井銘并序（第二十卷）
祭井文（第四十一卷）

祭獨孤氏丈母文（第四十一卷）
送賈山人南遊序（賈景伯）（第二十五卷）
【編年詩】
奉和楊尚書郴州追和故李中書夏日登北樓十韻之作依本詩韻次用（楊於陵、李吉甫）（第四十二卷）
楊尚書寄郴筆知是小生本樣令更商搉使盡其功輒獻長句（楊於陵）（第四十二卷）
柳州寄丈人周韶州（周君巢）（第四十二卷）
登柳州峨山（第四十二卷）
得盧衡州書因以詩寄（第四十二卷）
酬徐二中丞普寧郡内池館即事見寄（徐俊）（第四十二卷）
柳州二月榕葉落盡偶題（第四十二卷）
別舍弟宗一（第四十二卷）
奉和周二十二丈酬郴州侍郎衡江夜泊得韶州書并附當州生黄茶一封率然成篇代意之作（周君巢、楊於陵）（第四十二卷）
殷賢戲批書後寄劉連州并示孟崙二童（劉禹錫）（第四十二卷）
重贈二首（第四十二卷）
疊前（第四十二卷）

疊後（第四十二卷）
韓漳州書報澈上人亡因寄二絶（韓泰）（第四十二卷）
聞澈上人亡寄侍郎楊丈（楊於陵）（第四十二卷）

元和十二年丁酉（八一七），四十五歲。在柳州刺史任。

【編年文】
祭萬年裴令文（裴墐）（第四十卷）
祭楊憑詹事文（第四十卷）
箏郭師墓誌（外集卷上）
柳州東亭記（第二十九卷）
柳州復大雲寺記（第二十八卷）
代李愬襄州謝上任表（第三十八卷）
與衛淮南石琴薦啟（衛次公）（外集卷下）
救三死方（外集補遺）

【編年詩】
與浩初上人同看山寄京華親故（第四十二卷）

浩初上人見貽絶句欲登仙人山因以酬之（第四十二卷）
柳州城西北隅種甘樹（第四十二卷）

元和十三年戊戌（八一八），四十六歲。在柳州刺史任。

【編年文】

獻平淮夷雅表（第一卷）
上裴晉公度獻唐雅詩啟（第三十六卷）
上襄陽李愬僕射獻唐雅詩啟（第三十六卷）
桂州裴中丞作訾家洲亭記（裴行立）（第二十七卷）
上裴行立中丞撰訾家洲亭記啟（第三十六卷）
上門下李夷簡相公陳情書（第三十四卷）
與邕州李域中丞論陸卓啟（第三十五卷）
朗州員外司户薛君妻崔氏墓誌（第十三卷）
唐故萬年令裴府君墓碣（裴墐）（第九卷）
故襄陽丞趙君墓誌（趙矜）（第十一卷）
祭外甥崔駢文（第四十一卷）

祭崔氏外甥女文（第四十一卷）

【編年詩】

平淮夷雅二篇并序（第一卷）

柳州寄京中親故（第四十二卷）

元和十四年己亥（八一九），四十七歲。在柳州刺史任。是年十一月八日，卒於柳州。

關於柳宗元卒日，韓愈《柳子厚墓誌銘》云元和十四年十一月八日卒，年四十七。朱熹《昌黎先生集考異》曰「或作十月五日」。《文苑英華》卷九五三韓愈此文作十一月八日，《唐文粹》卷六九作十月五日。此從《韓昌黎全集》及《文苑英華》。

柳宗元治柳多善政，於當地教育以及文化事業的發展也做出了極大貢獻。韓愈《柳子厚墓誌銘》云：「子厚得柳州，既至，歎曰：『是豈不足爲政耶？』因其土俗，爲設教禁，州人順賴。其俗以男女質錢，約不時贖，子本相侔，則没爲奴婢，子厚與設方計，悉令贖歸。其尤貧力不能者，令書其傭，足相當，則使歸其質。觀察使下其法於他州，比一歲，免而歸者且千人。衡湘以南爲進士者，皆以子厚爲師，其經承子厚口講指畫爲文詞者，悉有法度可觀。」韓愈《柳州羅池廟碑》亦云：「羅池廟者，故刺史柳侯廟也。柳侯爲州，不鄙夷其民，動以禮法，三年，民各自矜奮，曰：『兹土雖遠京師，吾等亦天氓，今天幸惠仁侯，若不化服，我則非人。』於是老少相教語，莫違侯令。凡有所爲，於其鄉閭，及於其家，皆曰：『吾侯聞之，得無不可於意否？』莫不忖度而後從事。凡令之期，民勸趨之，無有後先，必以其時。於是民業有經，公無負租，流逋四歸，樂生興事，宅有新屋，步有新船，池園潔修，豬牛鴨雞肥大蕃息，子嚴父詔，婦順夫指，嫁娶葬送，各有條法，出相弟長，入相慈孝。」劉斧《青瑣高議》前集卷一：「柳宗元字子厚，晚年謫授柳州刺史。子厚不薄彼人，盡仁愛之術治之。民有鬬争至於庭，子厚分别曲直使去，終不忍以法從事。於是民相告：『太守非怯也，乃真愛我者也。』相戒不得以訟。後又教之植木種禾、養雞蓄魚，皆有條法。民益富。民歌曰：『柳州柳刺史，種柳柳江邊。柳色依然在，千尋緑拂天。』」

故傳言柳宗元死後爲神，韓愈《柳州羅池廟碑》亦述之，實不足信。然可見柳宗元遺惠一方，受民愛戴，故有爲神之説。《新唐書·柳宗元傳》：「既没，柳人懷之，託言降於州之堂，人有慢者輒死，廟於羅池，愈因碑而實之云。」陳思《寶刻叢編》卷一九引《集古録目》：「唐羅池廟碑，唐吏部侍郎韓愈撰，中書舍人沈傳師書。柳州刺史柳宗元死而爲神，州人立廟於羅池。碑以長慶元年正月立。」

柳宗元病時，曾爲書劉禹錫，托以編集及撫孤之事。劉禹錫《唐故尚書禮部員外郎柳君集紀》：「病且革，留書抵其友中山劉禹錫曰：『我不幸，卒以謫死，以遺草累故人。』」劉禹錫爲之編集爲三十卷。

韓愈《柳子厚墓誌銘》：「子厚以元和十四年十一月八日卒，年四十七。以十五年七月十日歸葬萬年先人墓側。……其得歸葬也，費皆出觀察使河東裴君行立。行立有節概，立然諾，與子厚結交，子厚亦爲之盡，竟賴其力。葬子厚於萬年之墓者，舅弟盧遵。遵，涿人，性謹慎，學問不厭。自子厚之斥，遵從而家焉，逮其死不去。既往葬子厚，又將經紀其家，庶幾有始終者。」

韓愈《柳子厚墓誌銘》云：「子厚有子男二人，長曰周六，始四歲。季曰周七，子厚卒乃生。女子二人，皆幼。」劉禹錫《祭柳員外文》（《劉夢得文集》外集卷一〇）云：「誓使周六，同於己子。」未言周七。《新唐書·宰相世系表三上》柳氏載柳宗元有子一人，名告，字用益。未知柳告是周六還是周七。魏仲舉《五百家注昌黎文集》卷三二《柳子厚墓誌銘》注引任淵曰：「咸通四年，右常侍蕭倣知舉，試《謙光賦》、《澄心如水》詩，中第者二十五人，柳告第三人，韓綰第八人。告即子厚之子，字用益。綰即退之之孫。」王定保《唐摭言》卷一四引蕭倣《與浙東鄭裔綽大夫雪門生薛扶狀》：「況孔振是宣父胄緒，韓綰即文公令孫，蘇蕩故奉常之後，雁序雙高，而風埃久處。柳告是柳州之子，鳳毛殊有，而名字陸沉。其餘四面搜羅，皆有久居藝行之士，煩於簡牘，不敢具載。」

【編年文】

爲裴中丞賀克東平赦表（代裴行立作）（第三十八卷）

爲裴中丞賀破東平表（代裴行立作）（外集卷下）

柳州賀破東平表（第三十八卷）

代裴中丞賀分淄青爲三道節度表（代裴行立作）（第三十八卷）

賀分淄青諸州爲三道節度狀（第三十九卷）

爲裴中丞上裴相賀破東平狀（代裴行立上裴度作）（第三十九卷）

賀誅淄青逆賊李師道狀（代裴行立作）（第三十九卷）
上宰相啟（外集補遺）
賀平淄青後肆赦狀（第三十九卷）
蘇州賀赦表（代王仲舒作）（外集補遺）
賀裴桂州啟（裴行立）（外集卷下）
答鄭員外賀啟（外集卷下）
答諸州賀啟（外集卷下）
賀册尊號表（第三十七卷）
賀皇太子牋（代裴行立作）（第三十七卷）
賀皇太子牋（外集卷下）
代裴中丞謝討黄少卿賊表（代裴行立作）（第三十八卷）
爲裴中丞上裴相乞討黄賊狀（代裴行立上裴度作）（第三十九卷）
爲裴中丞舉人自代伐黄賊表（代裴行立作）（第三十八卷）
爲裴中丞奏邕管黄家賊事宜狀（代裴行立作）（第三十九卷）
爲裴中丞伐黄賊轉牒（代裴行立作）（第三十九卷）
祭纛文（第四十一卷）

禡牙文（第四十一卷）

復杜温夫書（第三十四卷）

韋夫人墳記（第十三卷）

唐故邕管經略招討等使朝散大夫持節都督邕州諸軍事守邕州刺史兼御史中丞賜紫金魚袋李公墓誌銘并序（李位）（第十卷）

故嶺南鹽鐵院李侍御墓誌（李澥）（第十卷）

故試大理評事裴君墓誌（第十一卷）

故祕書郎姜君墓誌（姜崿）（第十一卷）

故處士裴君墓誌（第十一卷）

送李渭赴京師序（第二十三卷）

送澥序（柳澥）（第二十四卷）

【編年詩】

酬曹侍御過象縣見寄（第四十二卷）

【作於柳州具體年代不詳之文】

謝賜端午綾帛衣服表（第三十八卷）

上裴桂州狀（裴行立）（外集補遺）

柳州山水近治可遊者記（第二十九卷）
罵尸蟲文并序（第十八卷）
敵戒（第十九卷）
種樹郭槖駝傳（第十七卷）
報崔黯秀才書（第三十四卷）
禜門文（第四十一卷）
龍城録
【作於柳州具體年代不詳之詩】
南省轉牒欲具江國圖令盡通風俗故事（第四十二卷）
柳州峒氓（第四十二卷）
種柳戲題（第四十二卷）
種木斛花（第四十二卷）
【作時未詳之文】
封建論（第三卷）
四維論（第三卷）
天爵論（第三卷）

守道論(第三卷)
時令論上(第三卷)
時令論下(第三卷)
斷刑論下(第三卷)
六逆論(第三卷)
送徐從事北遊序(第二十五卷)
送文郁師序(第二十五卷)
送玄舉歸幽泉寺序(第二十五卷)
代節使謝遷鎮表(第三十八卷)
奏薦從事表(第三十八卷)

【作時未詳之詩】

眎民詩(第一卷)

【誤收之作】

邕州柳中丞作馬退山茅亭記(第二十七卷)
代裴行立謝移鎮表(第三十八卷)
柳州謝上表(第三十八卷)

代廣南節度使舉裴中丞自代狀（第三十八卷）
進農書狀（第三十九卷）
爲文武百官請復尊號表六首（外集卷下）
及大會議户部尚書班宏又請改所上尊號加奉道字故其文如後表（外集卷下）
及大會議國子祭酒韓洄請歷數近日徵應祥瑞故又改其文如後表（外集卷下）
爲崔中丞賀平李懷光表（外集卷下）
爲裴令公舉裴冕表（外集卷下）
永字八法頌（外集補遺）

尹占華編後記：

此年表之編纂，參考文獻有：

宋文安禮《柳先生年譜》，《五百家注音辯唐柳先生集》附録
施子愉《柳宗元年譜》，湖北人民出版社一九五八年版
羅聯添《柳宗元事跡繫年暨資料類編》，臺灣國立編譯館中華叢書編審委員會
霍旭東、謝漢强《柳宗元年表》，《柳宗元大辭典》附録，黄山書社二〇〇四年版

柳宗元研究資料

墓誌　傳記

韓愈《柳子厚墓誌銘》：子厚諱宗元，七世祖慶，爲拓跋魏侍中，封濟陰公。曾伯祖諱奭，爲唐宰相，與褚遂良、韓瑗俱得罪武后，死高宗時。皇考諱鎮，以事母棄太常博士，求爲縣令江南。其後以不能媚權貴，失御史。權貴人死，乃復拜侍御史。號爲剛直，所遊皆當世名人。子厚少精敏，無不通達，逮其父時，雖少年，已自成人。能取進士第，嶄然見頭角，衆謂柳氏有子矣。其後以博學宏詞，授集賢殿正字。儁傑廉悍，議論證據今古，出入經史百子，踔厲風發，率常屈其座人，名聲大振，一時皆慕與之交，諸公要人争欲令出我門下，交口薦譽之。貞元十九年，拜監察御史。王叔文、韋執誼用事，拜尚書禮部員外郎。且將大用，遇叔文等敗，例出爲刺史。未至，又例貶永州司馬。居閒，益自刻苦，務記覽，爲詞章，汎濫渟蓄，爲深博無涯涘，而自肆於山水之間。元和中，嘗例召至京師，又偕出爲刺史，而子厚得柳州。既至，歎曰：「是豈不足爲政邪？」因其土俗，爲設教禁，州人順賴。其俗以男女質錢，約不時贖，子本相侔，則没爲奴婢。子厚與設方計，悉令贖歸。其尤貧力不能者，令書其傭，足相當，則使歸其質。觀察使下其法於他州，比一歲，免而歸者且千人。衡湘以南，爲進士者皆以子厚爲師，其經承子厚口講指畫爲文詞者，悉有法度可觀。其召至京師而復爲刺史也，中山劉夢得禹錫亦在譴中，當詣播州。子厚泣曰：「播州非人所居，而夢得親在堂，吾不忍夢得之窮，無辭以白其大人，且萬無母子俱往理。」請於朝，將拜疏，願以柳易播，雖重得罪，死不恨。遇有以夢得事白上者，夢得於是改刺連州。嗚呼！士窮乃見節義。今夫平居里巷相慕悅，酒食遊戲相徵逐，詡詡强笑語以相取下，握手出肺肝相示，指天日涕泣，誓生死不相背負，真若可信，一旦臨小利害，僅如毛髮比，反眼若不相識，落陷穽不一引手救，反擠之，又下石焉者，皆是也。此宜禽獸夷狄所不忍爲，而其人自視以爲得計，聞子厚之風，亦可少愧矣。子厚前時少年，勇於爲人，不自貴重顧藉，謂功業可立就，故坐廢退。既退，又無相知有氣力得位者推挽，故卒死於窮裔。材不爲世用，道不行於時也。使子厚在臺省時，亦自持其身已能如司馬、刺史時，亦自不斥，斥時有人力解舉之，且必復用不窮。然子厚斥不久、窮不極，雖有出於人，其文學辭章，必不能自力以致必傳於後如今無疑也。雖使子厚得所願，爲將相於一時，以彼易此，孰得孰失，必有能辨之者。子厚以元和十四年十一月八日卒，年四十七。以十五年七月十日，歸葬萬年先人墓側。子厚有子男二人，長曰周六，始四歲。季曰周七，子厚卒乃生。女子二人，皆幼。其得歸葬也，費皆出觀察使河東裴君行立。行立有節概，重然諾，與子厚結交，子厚亦爲之盡，竟賴其力。葬子厚於萬年之墓者，舅弟盧遵。遵，涿人，性謹順，學問不厭。自子厚之斥，遵從而家，逮其死不去。既往葬子厚，又將經紀其家，庶幾有終始者。銘曰：是惟子厚之室，既固既安，以利其嗣人。

（《韓昌黎全集》卷三二）

《舊唐書》卷一六〇《柳宗元傳》：柳宗元，字子厚，河東人，後魏侍中濟陰公之系孫。曾伯祖奭，高宗朝宰相。父鎮，太常博士，終侍御史。宗元少聰警絶衆，尤精西漢詩騷，下筆搆思，與古爲侔，精裁密緻，璨若珠貝，當時流輩咸推之。登進士第。應舉宏辭，授校書郎、藍田尉。貞元十九年爲監察御史。順宗即位，王叔文、韋執誼用事，尤奇待宗元，與監察吕温，密引禁中，與之圖事，轉尚書禮部員外郎。叔文欲大用之，會居位不久，叔文敗，與同輩七人俱貶。宗元爲邵州刺史，在道再貶永州司馬。既罹竄逐，涉履蠻瘴，崎嶇堙厄，蘊騷人之鬱悼，寫情叙事，動必以文。爲騷文十數篇，覽之者爲之悽惻。元和十年，例移爲柳州刺史。時朗州司馬劉禹錫得播州刺史，制書下，宗元謂所親曰：「禹錫有母年高，今爲郡蠻方，西南絶域，往復萬里，如何與母偕行？如母子異方，便爲永訣。吾於禹錫爲執友，胡忍見其若是？」即草章奏，請以柳州授禹錫，自往播州。會裴度亦奏其事，禹錫終易連州。柳州土俗，以男女質錢，過期則没入錢主，宗元革其鄉法，其已没者，仍出私錢贖之，歸其父母。江嶺間爲進士者，不遠數千里，皆隨宗元師法，凡經其門，必爲名士，著述之盛，名動於時，時號柳州云。有文集四十卷。元和十四年十月五日卒，時年四十七。子周六、周七，纔三四歲，觀察使裴行立爲營護其喪及妻子還於京師，時人義之。……史臣曰：貞元、太和之間，以文學聳動搢紳之伍者，宗元、禹錫而已。其巧麗淵博，屬辭比事，誠一代之宏才。如俾之詠歌帝載，黼藻王言，足以平揖古賢，氣吞時輩，而蹈道不謹，昵比小人，自致流離，遂隳素業，故君子群而不黨，戒懼慎獨，正爲此也。韓、李二文公於陵遲之末，遑遑仁義，有志於持世範，欲以人文化成，而道未果也。至若抑楊墨、排釋老，雖於道未弘，亦端士之用心也。贊曰：天地經綸，無出斯文。愈翱揮翰，語切典墳。犧雞斷尾，害馬敗群。僻塗自噬，劉柳諸君。

《新唐書》卷一六八《柳宗元傳》：柳宗元，字子厚，其先蓋河東人。從曾祖奭爲中書令，得罪武后，死高宗時。父鎮，天寶末遇亂，奉母隱王屋山，常間行求養，後徙於吳。肅宗平賊，鎮上書言事，擢左衛率府兵曹參軍，佐郭子儀朔方府。三遷殿中侍御史，以事觸竇參，貶夔州司馬。還，終侍御史。宗元少精敏絶倫，爲文章卓偉精緻，一時輩行推仰。第進士、博學宏辭科，授校書郎，調藍田尉。貞元十九年爲監察御史裏行。善王叔文、韋執誼，二人者奇其才，及得政，引内禁近，與計事，擢禮部員外郎，欲大進用。俄而叔文敗，貶邵州刺史，不半道貶永州司馬。既竄斥，地又荒癘，因自放山澤間，其堙厄感鬱，一寓諸文，倣《離騷》數十篇，讀者咸悲惻。雅善蕭俛，詒書言情，曰：……（文略）又詒京兆尹許孟容曰：……（文略）然衆畏其才高，懲刈復進，故無用力者。宗元久汩振，其爲文思益深，嘗著書一篇號《貞符》，曰：……（文略）宗元不得召，内閔悼悔，念往吝，作賦自儆曰：……（文略）元和十年，徙柳州刺史。時劉禹錫得播州，宗元曰：「播非人所居，而禹錫親在堂，吾不忍其窮，無辭以白其大人。如不往，便爲母子永訣。」即具奏，欲以柳州授禹錫，而自往播。會大臣亦爲禹錫請，因改連州。柳人以男女質錢，過期不贖，子本均則没爲奴婢。宗元設方計，悉贖歸之。尤貧者令書庸，視直足相當，還其質。已没者，出己錢助贖。南方爲進士者，走數千里，從宗元遊。經指授者，爲文辭皆有法，世號柳柳州。十四年卒，年四十七。宗元少時，嗜進，謂功業可就，既坐廢逐，不振，然其才實高，名蓋一時。韓愈評其文曰：「雄深雅健似司馬子長，崔蔡不足多也。」既没，柳人懷之，託言降於州之堂，人有慢者輒死，廟於羅池，愈因碑以實之云。……贊曰：叔文沾沾小人，竊天下柄，與陽貨取大弓，《春秋》書爲盜，無以異。宗元等橈節從之，徼幸一時，貪帝病昏，抑太子之明，規權遂私，故賢者疾，不肖者媢，一僨而不復，宜哉！彼若不傅匪人，自勵材猷，不失爲名卿、才大夫，惜哉！

張敦頤《柳先生歷官紀并序》：唐自開元、貞觀後，以文章顯者，代不乏人，然猥并之氣承於東漢，習治之餘未盡革也。先生出焉，與韓文公相馳騁於貞元、元和間，議論粹然，一返於正。至今數百年，世所推尊者，必曰韓柳，是先生與文公之名同也。名同，則其道亦同；道同，則其進退出處之跡亦宜同。及考其傳，求其立身之本末，容或小異，何也？試叙其略而言之。先生少雋有奇名，年二十有一，登進士科。又四年，中博學宏辭科，明年爲集賢殿正字，次授畿内藍田尉。滿罷，擢監察御史，時實貞元十九年也。永貞初，王叔文、韋執誼用事，奇其才，擢爲禮部員外郎。憲宗元和初，二公敗，先生出爲邵州刺史，道謫零陵。零陵極南，窮陋之區，先生居十年，披榛翦蕪，搜奇選勝，放於山水之間，而獨得其樂。如愚谿、鈷鉧潭、南澗、朝陽巖之類，往往猶在，皆先生昔日杖屨徜徉之地也。凡零陵花草泉石，經先生題品者，莫不爲後世所慕，想見其風流，況在當時哉！至元和九年十二月，召赴京師，復出爲柳州刺史。先生至柳，因其俗而行其政令，州人賴之，號爲柳柳州。嗚呼！先生文章氣焰，所以自期待者，豈一刺史而止哉？惜乎坐廢逐而道不克行於世，退之嘗言其事矣，此姑置而勿論。若夫立身行己之大節，視退之未得爲純全，茲學者所以每嘆息於斯也。乾道五年十月既望，新安張敦頤序。

先生諱宗元，字子厚，河東人。七世祖慶，爲拓拔魏侍中、左僕射，封濟陰公。次子旦，仕隋爲黄門侍郎。旦生楷，仕唐爲濟、房、蘭、廓四州刺史。楷三子，長曰融；次曰子敬，房州刺史；次曰子夏，徐州長史。子夏生從裕，清池令。從裕生察躬，德清令。察躬生鎮，中宗時爲侍御史，以不能媚權貴失御史，後復得終其任，號爲剛直。先生即鎮之長子也。（已上並見唐《宰相世系表》。）以大曆八年癸丑生。少精敏，無不通達。（見退之所作《墓誌銘》。）貞元初，以童子有奇名於時。（時年十三，見劉夢得所撰《先生文集序》。）五年，至京師，求進士舉。（時年十七，見先生《與楊誨之書》。）明年，與權補闕書言志。（時年十八。補闕，權德輿也。）至九年二月，始登進士科，嶄然見頭角，衆謂柳氏有子矣。（見先生《與楊誨之書》及退之所撰《墓誌銘》。）十二年，求博學宏詞科，十三年，中宏詞科。（見先生《與楊誨之書》。）十四年，爲集賢殿正字。有《與太學諸生書》，嘉其伏闕留陽城爲司業。十五年，淮西叛，徵天下兵討之，先生又作《辨侵伐論》。（據文安禮所撰《年譜》云：「十四年，爲藍田尉。」考先生文集有《與太學諸生書》，嘉其留陽城爲司業。書首云「集賢殿正字柳某」，考城自司業出刺道州，時正在十四年，則先生以是年爲正字，明矣。先生作《侵伐論》，謂在集賢院爲徵兵討淮西作。考淮西叛時乃在十五年，是十四年至十五年爲正字，十六年方爲藍田尉，故當時有《爲京兆府作賀嘉瓜白兔》等表。至十八年，尚居尉職，爲陳南仲作《武功縣丞壁記》，又有《盩厔縣新食堂記》。明年，乃爲御史也。且唐之畿赤尉甚重，非初官所授，則先生爲正字後授藍田尉，於叙次亦順。新舊書本傳及退之所作《墓誌銘》，皆不言先生爲正字者，蓋略之爾。）十六年，授校書郎，調藍田尉。雋傑廉悍，議論證據古今，出入經史百子，踔厲風發，率常屈其坐人，名聲大振。一時皆慕與之交，諸公要人争欲令出我門下，交口薦譽之。（見退之所作先生《墓誌銘》。）十九年，擢監察御史，以御史主祀事。作《䄍説》以明䄍義。（見退之所作《墓誌》。《䄍説》見集中。）明年，爲監察御史裏行。作《監察使壁記》。順宗永貞元年，王叔文、韋執誼等用事，二人者奇其才，引内禁近，與計事，遂擢爲禮部員外郎，且將大進用。元和初，憲宗即位，會王叔文等敗，乃出爲邵州刺史，半道又謫永州司馬。（已上並載本傳及退之所作《墓誌》。）先生既竄斥，地又荒癘，因自放山澤間，其湮厄感鬱，一寓諸文。倣《離騷》數十篇，讀者咸悲惻。四年，貽蕭俛書言情，又貽許孟容書。然衆畏其才高，懲艾復進，故無用力者。（見文安禮作先生《年譜》。二《書》載本集。）五年，又與李建書，叙遷謫之懷。十年，嘗例召至京師，又偕出爲刺史，而先生得柳州。（見退之所作《墓誌》。）時劉禹錫得播州，先生曰：「播非人所居，而禹錫親在堂，吾不忍其窮，無辭以白其大人。如不往，便與母子永訣。」即具奏，欲以柳州授禹錫，而自往播。會大臣亦爲禹錫請，因改連州。（事見新書本傳，以舊書及退之所作《墓誌》考之，大臣謂裴度也。）先生既至柳，（時六月二十七。）歎曰：「是豈不足爲政耶？」因其土俗，設爲教禁，州人順賴。其俗以男女質錢，約不時贖，子本相侔，則没爲奴婢。先生爲設方計，悉令贖歸。其尤貧力不能者，令書其傭，足相當，則使歸其質。已没者，出己錢助贖。觀察使下其法於它州，比一歲，免而歸者且千人。衡湘以南爲進士者，走數千里，從先生爲師。凡經其門，必爲名士。（已上並載新、舊唐書本傳，及退之所作《墓誌》。）是年八月，州之先聖廟屋壞，先生乃完舊蓋新。十一月廟成，先生自爲之碑焉。（見先生所作《柳州先聖廟碑》。）十四年，獻《平淮夷雅》，又上李夷簡書，有墜千仞之喻，而卒不報。病革，留書抵其友中山劉禹錫曰：「我不幸卒以謫死，以遺草累故人。」禹錫執書以泣，遂編次其文爲三十二通，行於世。先生以是年十月五日卒，年四十七。先是十三年，與其部將魏忠、謝寧、歐陽翼飲酒驛亭，謂曰：「吾棄於時，而寄於此，與汝等好也。明年，吾將死，死而爲神。後三年，爲廟祀我。」果及期而死。至十五年孟秋辛卯，先生降於州之後堂，歐陽翼等見而拜之。其夕，夢翼而告曰：「館我於羅池。」其月丙辰廟成，韓愈爲碑以記之。（見退之所作《羅池廟碑》。）先生之喪，愈誌其墓，且以書弔。劉禹錫曰：「若人之不淑，吾嘗評其文，雄深雅健似司馬子長，崔、蔡不足多也。安定皇甫湜於文章少所推讓，亦以退之言爲然。」（見劉夢得所作《先生文集序》。）先生少嗜進，謂功業可就，既坐廢逐，遂不振。然其才實高，名蓋一時。（見本傳。）韓退之又云：「使子厚在臺省時，自持其身已能如司馬、刺史時，亦自不斥，斥時有人力能舉之，且必復用不窮。然子厚斥不久、窮不極，雖有出於人，其文學辭章，必不能自以力傳於後如今無疑也。雖使子厚得所願，爲將相於一時，以彼易此，孰得孰失，必有能辯之者。」（見退之所作《墓誌》。）嗚呼！子厚少也勇於爲人，而卒不得施其才、行其道，兹命也夫！非退之，孰知之？孰能明之？（《新刊五百家注音辯唐柳先生文集》附録卷三）

著録

《新唐書·藝文志一》：柳宗元《非國語》二卷。

又《藝文志三》：柳宗元注《揚子法言》十三卷。

又《藝文志四》：《柳宗元集》三十卷。

晁公武《郡齋讀書志》卷四上：《柳宗元集》三十卷集外文一卷。右唐柳宗元子厚也，後魏濟陰公某之裔，貞元九年進士，中博學宏詞科，授校書郎，終於柳州刺史。宗元少精敏絶倫，文章卓偉精緻，既竄斥，堙厄感鬱，一寓諸文，倣《離騷》數十篇，讀者悲惻。在柳州，進士走數千里從學，經指授者，文辭皆有法，世號柳柳州。韓愈評其文曰雄深雅健似司馬子長，崔、蔡不足多云。集中有《御史周君碣》，司馬温公考異以此碣爲周子諒。碣實開元二十五年也，柳作天寶時，誤。按此碣殊疎略，《舊唐書紀》、《牛仙客傳》、《玄宗實録》皆載子諒彈牛仙客，杖流瀼州，死藍田。

趙希弁《郡齋讀書志》附志卷五下：《柳先生文集》四十五卷外集二卷附録二卷。右唐柳宗元子厚之文也。《讀書志》云《柳宗元集》三十卷集外文一卷，希弁所藏卷帙與劉禹錫四十五通之説同。以諸本點校，寫諸公評論於逐篇之上，附録中先後失次者正之，遺缺者補之。若夫昌黎所作先生墓誌、祭文，他本皆在附録中，惟此本在《正符》之後，蓋禹錫自謂附於第一通之末也。朱文公嘗謂柳文後《龍城雜記》王銍性之所爲也。子厚叙事文字多少筆力，此記衰弱之甚，皆寓古人詩文中不可曉知底於其中，似暗影出云。

又：《柳文音釋》一卷。右南城童宗説編。

陳振孫《直齋書録解題》卷一六：《柳柳州集》四十五卷外集二卷，唐禮部員外郎柳州刺史河東柳宗元子厚撰。劉禹錫作序言，編次其文爲三十二通，退之之誌若祭文，附第一通之末。今世所行本皆四十五卷，又不附誌文，非當時本也。或云：沈元用所傳穆伯長本。

又：《柳先生集》四十五卷外集二卷別録一卷摭異一卷音釋一卷附録二卷事跡本末一卷。方崧卿既刻韓集於南安軍，其後江陰葛嶠爲守，復刊柳集以配之。別録而下，皆嶠所裒集也。別録者，《龍城録》及《法言注》五則。《龍城》，近世人僞作。

又：《重校添注柳文》四十五卷外集二卷，姑蘇鄭定刊於嘉興，以諸家所注輯爲一編。曰集注，曰補注，曰章（按：童之訛）、曰孫、曰韓、曰張、曰董氏，而皆不著其名。其曰重校、曰添注，則其所附益也。

又：《韓柳音辨》二卷，南劍州教授新安張敦頤撰，紹興八年進士也。

《宋史·藝文志二》：柳宗元《非國語》二卷。

又《藝文志四》：柳宗元注《揚子法言》十三卷。（宋咸補注）

又《藝文志五》：柳宗元《龍城録》一卷。

又《藝文志七》：《柳宗元集》三十卷。張敦頤《柳文音辨》一卷。

永瑢等《四庫全書總目》卷一五〇：《詁訓柳先生文集》四十五卷外集二卷新編外集一卷（内府藏本）。唐柳宗元撰，宋韓醇音釋。醇字仲韶，臨邛人。其始末未詳。宗元集爲劉禹錫所編，其後卷目增損，在宋時已有四本：一則三十三卷，爲元符間京師開行本；一則曾丞相家本；一則晏元獻家本；一則此四十五卷之本，出自穆脩家云，即禹錫原本。案陳振孫《書録解題》曰：「劉禹錫作序，稱編次其文爲三十二通，退之之誌若祭文，附第一通之末。今世所行本皆四十五卷，又不附誌文，非當時本也。」考今本所載禹錫序，實作四十五通，不作三十二通，與振孫所説不符。或後人追改禹錫之序，以合見行之卷數，亦未可知。要之，刻韓、柳集者，自穆脩始，雖非禹錫之舊，第諸家之本，亦無更古於是者矣。政和中，胥山沈晦取各本參校，獨據此本爲正，而以諸本所餘者别作外集二卷，附之於後，蓋以此也。至淳熙中，醇因沈氏之本爲之箋注，又搜葺遺佚，别成一卷，附於外集之末，權知珍州事王咨爲之序。醇先作《韓集全解》，及是又注柳文，其書蓋與張敦頤《韓柳音辨》同時並出，而詳博實過之。魏仲舉五百家注亦多引其説，明唐覲《延州筆記》嘗摘其注《南霽雲碑》，不知「汧城鑿穴之奇」句本潘岳《馬汧督誄》，是誠一失，然不以害其全書也。

又：《增廣注釋音辨柳集》四十三卷（内府藏本）。舊本題宋童宗説注釋，張敦頤音辨，潘緯音義。宗説，南城人，始末未詳。敦頤有《六朝事蹟》，已著録。緯字仲寶，雲間人。據乾道三年吴郡陸之淵序，稱爲乙丑年甲科，官灊山廣文，亦不知其終於何官也。之淵序但題《柳文音義》。序中所述，亦僅及緯仿祝充《韓文音義》撰柳氏釋音，不及宗説與敦頤。書中所注，各以童云、張云、潘云别之，亦不似緯自撰之體例。蓋宗説之注釋，敦頤之音辨，本各自爲書，坊賈合緯之音義，刊爲一編，故書首不以柳文音義標目，而别題曰《增廣注釋音辨唐柳先生集》也。其本以宗元本集、外集合而爲一，分類排次，已非劉禹錫所編之舊，而不收王銍僞《龍城録》之類，則尚爲謹嚴。其音釋雖隨文詮解，無大考證，而於僻音難字，一一疏通，以云詳博則不足，以云簡明易曉，以省檢閲篇韻之煩，則於讀柳文者，亦不爲無益矣。舊有明代刊本，頗多訛字。此本爲麻沙小字版，尚不失其真云。

又：《五百家注音辨柳先生文集》二十一卷外集二卷新編外集一卷龍城録二卷附録八卷（内府藏本）。宋魏仲舉編。其版式廣狹，字畫肥瘠，與所刻《五百家注昌黎集》纖毫不爽，蓋二集一時並出也。前有評論、訓詁諸儒姓氏，檢核亦不足五百家。書中所引，僅有集注，有補注，有音釋，有解義，及孫氏、童氏、張氏、韓氏諸解，此外罕所徵引，又不及韓集之博。蓋諸家論韓者多，論柳者較少，故所取不過如是，特姑以五百家之名，與韓集相配云爾。書後外集二卷、新編外集一卷，乃原集未録之文，共二十五首。附録二卷，則羅池廟牒及崇寧、紹興加封誥詞之類，而《法言注》五則亦在其中，又附以《龍城録》二卷，序傳碑記共一卷、後序一卷。而《柳文綱目》、文安禮《年譜》，則俱冠之卷首。其中如《封建論》後附載程敦夫論一篇，又揚雄《酒箴》、李華《德銘》、屈原《天問》、劉禹錫《天論》之類，亦俱採掇附入，其體例與韓集稍異。雖編次叢雜，不無繁贅，而旁搜遠引，寧冗毋漏，亦有足資考訂者。且其本槧鍥精工，在宋版中亦稱善本，今流傳五六百年，而紙墨如新，神明焕發，復得與《昌黎集注》先後同歸祕府，有類乎珠還合浦、劍會延津，是尤可爲寶貴矣。

黄丕烈《士禮居藏書題跋記》卷五：《五百家注音辯唐柳先生文集》十一卷（殘宋本）。余向聞柳文以吴門鄭氏本爲最善，東城五聖閣顧氏有殘本。數年前，書賈曾以示余，索重直，且未定其爲鄭本與否，故未之得，時往來與心不能釋。自遷居縣橋，去顧所居不遠，跡之，書主人已作古，無從問津矣。今兹五柳主人以此二册贈余，欣喜之至，蓋即前所見物也。書存十六至二十一、三十七至四十一卷，第之原不可知。因檢近刻《直齋書録解題》，見有《重校添注柳文》四十五卷、外集二卷，姑蘇鄭定刊於嘉興，以諸家所注輯爲一編，曰集注、曰補注、曰章、曰孫、曰韓、曰張、曰董氏，而皆不著其名。其曰重校、曰添注，則其所附益也云云。按諸是本，庶幾近之。然亦有不同者，每卷題「五百家注音辯唐柳先生文集」（或加「新刊」於其前），不云「重校」、「添注」也。卷中曰集注、曰補注外，又有曰舊注者，曰章、曰孫、曰韓、曰張、曰董（此本「董」作「童」）外，又有曰汪、曰黄、曰劉者，未知直齋所解題者，即此否也？世傳《增廣注釋音辯柳集》亦多矣，大抵元、明刻本。惟此殘宋槧十一卷，楮精墨妙，實出宋刻宋印。急收之，以爲續《百宋一廛賦》之助，豈不與前賦昌黎宋槧諸殘本競美乎？戊辰冬至前一日，燒燭書此跋，時已二更餘，新月既墜，微霜乍飛，寒威從窗隙中來，一種清興，祗自領之。卻憶贈書良友，正放舟過梁溪也。復翁。

楊紹和《楹書隅録》卷四：宋刊《添注重校音辯唐柳先生文集》四十五卷外集二卷，二十四册，四函。此本題《添注重校音辯唐柳先生文集》，每半葉九行，行十七字。按何義門《讀書記》云：「康熙丙戌，假吴子誠所收宋槧大字本柳集，緣失序文、目録，不知出於誰氏。合《非國語》二卷，共四十五卷，外集二卷附焉。雖闕十之二，然近代所祖刊本，皆莫及也。」又云：「陳氏《書録》曰：姑蘇鄭定刊於嘉興，以諸家所注輯爲一編，曰集注，曰補注，曰章，曰孫，曰張，曰童氏，而皆不注其名，曰重校、曰添注，則其所附益也。疑即鄭定所刊。」又校語中稱大字本者數條，證之此本，無不吻合，是即義門所據校、直齋所著録者也。又予藏宋槧岳倦翁《愧郯録》，亦剞劂於禾中，其行式字數及板心所記刻工，若曹冠中、曹冠英、丁松、王顯諸姓名，悉同此本。則爲鄭定嘉興所刊，愈無疑義。《愧郯録序》署嘉定焉逢淹茂，此本必同時受梓，蓋鄭定之知嘉興，正在寧宗朝也。斧季謂柳集傳世絶尠，故義門以得見殘帙爲幸。此本通體完整（有鈔葉數十番），彌足珍已。往於江南獲百家注本，乃傳是樓故物。此本卷首有秀水朱氏潛采堂圖書，則竹垞舊藏也。同治丙寅購於都門，庚午山陽東郡楊紹和勰卿甫識。

潘宗周《寶禮堂宋本書録》卷四：《河東先生集》四十五卷外集二卷，十六册。宋廖瑩中刻韓、柳二集，周公謹《志雅堂雜鈔》、《癸辛雜識》屢稱其精好。明徐時泰東雅堂、郭雲鵬濟美堂刊本，相傳即覆廖刊，爲世推重。覆本且然，況其祖本？韓集舊藏豐順丁氏持静齋，知已散出，頻年蹤跡，迄無確耗。至柳集，則從未之前聞，意謂久已湮没矣。忽傳山陰舊家某氏有之，急倩書估往求，至則真廖氏原本也。各卷末有篆隸「世綵廖氏刻梓家塾」八字，木記作長方、橢圓、亞字形不等。全書字均端楷，純摹率更體。紙瑩墨潤，神采奕奕。公謹謂廖氏諸書用撫州萆鈔清江紙造，油煙墨印刷，故能如是。愛不忍釋，遂斥鉅資留之。按卷首有劉禹錫序，次叙説，次凡例，次目録，編次與前本同。惟卷一、卷三十一、卷三十七八、卷四十、卷四十一二，與前本編次稍異。凡四十五卷，又外集二卷，惜卷三、四、五、十諸卷用覆本補配，精采稍遜。又卷三、四、卷六、七、八、九、十，各有一葉亦屬補配，神氣索然，蓋覆刻又在後矣。濟美堂本，版式相同於廖氏，注語大有增減。世傳覆廖本者，實爲奢言。陳景雲著《韓集點勘》，稱東雅堂刊韓集用世綵堂本，或因是而誤爲推測歟？韓集由丁氏持静齋歸於聊城楊氏海源閣，近遭兵燹，流入故都書肆，爲友人陳澄中所收。極欲得此，以爲兩美之合。世間瑰寶，余雅不願其離散，因舉以歸之。七百年僅存之祕籍，分而復合，亦書林之佳話也。版式：半葉九行，行十七字。四周雙闌，版心細黑口雙魚尾。書名題河東卷幾。上間記字數葉數。下有世綵堂三字。下間記刻工姓名。刻工姓名：有孫茂、李文、錢珙、蔡方、翁奕之、陳元清、同甫、從善諸人。又有何、孫、阮、方、馮、李、丁、范、陳、錢、元、介、文、才、奎、升、珙，各單字。宋諱玄、朗、匡、筐、眶、胤、恒、貞、偵、楨、徵、讓、署、樹、豎、頊、勗、戌、昫、桓、完、莞、構、轂、雊、慎、敦、廓等字闕筆。亦有僅闕半筆者。又圜、旋二字，亦闕末筆，此卻罕見。

傅增湘《藏園群書經眼録》卷一二：《柳文》□□卷。（唐柳宗元撰。兩卷均缺首末葉，故不知標題。存卷三十七第二葉至三十三葉止，中缺第三下半葉、四、五、六、七葉、十四葉、三十三下半葉，又卷四十一第八葉至十七葉上半葉。）宋刊本。半葉九行，行十七字，白口，左右雙闌。版心上記字數，下記刊工人名，有張待用、童澄、丁日新、吴鉉、吴椿、王仔、王僖、劉昭、鄭錫、徐安禮、徐禧、朱春、金滋、丁松等。宋諱貞、恒、慎、敦均缺末筆。北京午門歷史博物館藏，亦得之内閣大庫紅本袋中者。（癸亥）

又：《柳文》四十三卷別集二卷外集二卷（唐柳宗元撰）附録一卷。明嘉靖三十五年丙辰莫如是刊本，十一行，二十二字。前王材序。按：據王材序言，寧國本爲遊侍御所刻，已二十年，摹行既廣，輒已剷昧。莫君以御史出南畿，甯國朱守以爲言，乃重加校梓云云。是莫氏實從遊刻翻雕，余細審其版式亦決不同。然則近人謂莫氏取遊版改剜者，殆未深考耳。沅叔。（余藏。丙辰）

又：《唐柳先生文集》三十二卷外集一卷。（唐柳宗元撰。存卷二十九第一、二葉，卷三十二第九至十八葉，外集第一至二十九葉。）宋刊本。半葉九行，每行十七字至十九字不等。後有嘉定改元汪檝跋，録於左方：「舊集日累月益，墨版蠹蝕，字體漫滅，至讀者有以悴爲倅、以邁爲遇者。因委新春陵理掾朱君（敏）集諸家善本校讎之，更易朽腐五百餘版，釐革訛舛幾數百字。半朞而工役成，庶可以傳遠。或尚有缺漏，博古君子能嗣而正之，抑斯文之幸也。嘉定改元十月，日郡守鄱陽汪檝跋。」按：余藏有柳外集一卷，爲乾道元年永州郡齋刊本，有葉桯後序。其文之次第及行欵均與此同，卷中《送元暠師詩》、《上宰相啟》、《上裴桂州狀》三首爲各本所無。第此本無葉桯序而有嘉定汪檝跋爲異耳。考《經籍訪古志》載柳集殘本九卷外集一卷，有乾道元年十二月十五日畢工一行，又有紹熙辛亥永州州學校授錢重跋，略言爲之是正，且俾盡易其板之朽弊者云云，末亦附嘉定汪檝跋，可知余所藏者爲乾道初刊本，紹熙之補訂者爲二次補本，嘉定之釐正數百字易五百餘板者爲第三次補本。惜今所存者外集之外祇得卷二十九、卷三十二寥寥十餘殘葉，非賜蘆文庫所藏之舊矣。（日本静嘉堂文庫藏書，己巳十一月十三日閲。）

又：《唐柳先生外集》一卷（唐柳宗元撰）。宋乾道元年永州零陵郡庠刊本。半葉九行，每行十八字，白口，左右雙闌。版心上魚尾下標「外集」二字，下魚尾下記葉數，又下記字數，最下記刊工姓名。有伍盛、唐宏、陸公才、陸公正、趙世昌、李林、如松、公誠、林、成、材、輝、松等。宋諱讓、徵、恒、玄、貞、煦皆爲字不成。卷首標「外集」二字，次行列目，目後接連本文。末有乾道改元吴興葉桯後序，録如左方……（文略）後有莫繩孫跋……（文略）按：是書字體渾穆端莊，摹仿魯公，精刊初印，墨氣濃厚。紙用羅紋皮料，匀潔堅韌，在宋本亦爲罕覯。癸丑冬張菊生前輩爲余收之。各本外集皆二卷，此獨一卷，與晁志合。又溢出三首，諸本正、外集皆不載，雖寥寥數十葉，亦驚人祕籍也。莫氏仲武考證至詳，兹不贅及。丙寅十月沅叔漫志。又：己巳東瀛訪書，得見静嘉堂藏宋本殘卷，與此正同。文集三十二卷，與劉禹錫序及棟亭目合。莫跋誤爲三十卷，因爲正之。葉桯爲葉石林之子。

又：《河東先生集》四十五卷外集二卷《龍城録》二卷（唐柳宗元撰，宋廖瑩中校正）附録二卷傳一卷。明郭雲鵬濟美堂刊本。九行，十七字，注雙行，黑口，四周雙闌，版心下魚尾下題「濟美堂」三字，下記刊工姓名。每卷後有「東吴郭雲鵬校壽梓」木記，篆隸正書不一。前劉禹錫序，次目録。末附天聖元年穆修、政和四年沈晦、紹興四年李褫、李石、淳熙丁酉韓醇各序。鈐有汲古主人、子晉、唐棲朱氏結一廬圖書記、朱氏文房各印。（余藏。丙辰）

又：《重校添注音辯唐柳先生文集》四十五卷。（唐柳宗元撰。宋童宗説、韓醇等注，殘帙，存目十八葉，卷八至十三、廿三至廿五、廿九、卅、卅五至卅九、四二，計十七卷。每卷皆有殘缺。）宋刊本。半葉九行，行十七字。白口，左右雙闌，版心上記字數，下記刊工姓名。有朱梓、朱春、曹冠中、曹冠英、鄭錫、高春、高文、繆恭、陳良、陳斗南、王仔、王僖、王遇、王顯、毛端、石昌、徐安禮、徐禧、吴鉉、吴叙、丁松、丁日新、張待用、龐知柔、董澄、金滋、劉昭、馬良諸人。貞、朗、恒皆缺末筆。注文有韓曰、孫曰、童曰、張曰、集注、補注各説。文字異同記「重校一作某」。藏印有横經閣收藏圖籍印、仁義里，皆朱文。（甲戌十二月十三見於文友堂。）按：此書楊氏海源閣藏一全帙，前歲曾得一覽，其行欵刊工與此全同。楊氏《楹書隅録》引何義門《讀書記》，言據陳氏《書録解題》，爲姑蘇鄭定刊於嘉興。楊氏又據刊工中有曹冠中、曹冠英、丁松、王顯諸人，與鄭氏在嘉興所刻《愧郯録》同，益可爲鄭刻之確證。

又：《新刊五百家注音辯唐柳先生文集》四十五卷。日本古刊本，十行，二十字。注雙行同，黑口，左右雙闌。卷末有木記，如下式（在陽葉下左方之角）：「祖在唐山福州境界福建行省興化路莆田縣仁德里臺諫坊主人俞良甫久住日本京城阜近幾年勞鹿至今喜成矣歲次丁卯仲秋印題。」（日本帝室圖書寮藏書，己巳十一月十一日觀。）

又：《增廣注釋音辯唐柳先生集》四十五卷。（唐柳宗元撰，宋童宗説、韓醇等注釋，張敦頤音辯，潘緯音義。存卷九至十三，凡五卷，卷九缺一、二葉。）宋刊本。半葉十二行，每行二十一字。黑口，左右雙闌。注雙行同。增注姓氏以白文别之。宋諱貞、徵、恒、桓、匡、敦缺筆。字體秀勁，蓋建本之精者。鈐有元代官印，文曰：「國子監崇文閣官書。借讀者必須愛護，損壞闕失，典掌者不許收受。」（大庫佚書，戊寅元日，劉啟瑞之子文興持來。）

又：《增廣注釋音辯唐柳先生集》四十五卷外集二卷（唐柳宗元撰，宋童宗説注釋，張敦頤音辯，潘緯音義）年譜一卷（文安禮撰）附録一卷。宋淳祐九年刊本。半葉十二行，行二十一字。細黑口，左右雙闌。避宋諱至「慎」字止。有淳祐九年劉欽書後序，以手書上版。（李木齋先生藏書。）

又：《增廣注釋音辯唐柳先生集》四十三卷别集二卷外集二卷（唐柳宗元撰，宋童宗説注釋，張敦頤音辯，潘緯音義）年譜一卷（文安禮撰）附録一卷。元刊本。十二行，二十一字。細黑口，左右雙闌。版心雙魚尾，間記大小字數。（戊午）

又：《柳詩》二卷（唐柳宗元撰）。明刊本。九行，二十字。黑口，四周雙闌。分體編次，先絶句，次律詩，次古詩。（庚申）

序跋

劉禹錫《唐故尚書禮部員外郎柳君集紀》：八音與政通，而文章與時高下。三代之文，至戰國而病，涉秦漢復起。漢之文，至列國而病，唐興復起。夫政龐而土裂，三光五嶽之氣分，大音不完，故必混一而後大振。初貞元中，上方嚮文章，昭回之光，下飾萬物，天下文士，爭執所長，與時而奮，粲焉如繁星麗天，而芒寒色正，人望而敬者，五行而已。河東柳子厚，斯人望而敬者歟？子厚始以童子有奇名於貞元初，至九年爲名進士，十有九年爲材御史，二十有一年以文章稱首，入尚書爲禮部員外郎。是歲，以疎儁少檢獲訕，出牧邵州，又謫佐永州。居十年，詔書徵，不用，遂爲柳州刺史。五歲不得召歸，病且革，留書抵其友中山劉某曰：「我不幸，卒以謫死，以遺草累故人。」某執書以泣，遂編次爲三十通，行於世。子厚之喪，昌黎韓退之誌其墓，且以書來弔曰：「哀哉，若人之不淑！吾嘗評其文，雄深雅健似司馬子長，崔、蔡不足多也。」安定皇甫湜，於文章少所推讓，亦以退之之言爲然。凡子厚名氏與仕與年，暨行己之大方，有退之之誌若祭文在。今附于第一通之末云。（《劉夢得文集》卷二三）

司空圖《題柳柳州集後》：金之精粗，考其聲皆可辨也，豈清於磬而渾於鐘哉！然則作者爲文爲詩，才格亦可見，豈有善於此而不善於彼耶？愚觀文人之爲詩，詩人之爲文，始皆繫其所尚，既專則搜研愈至，故能炫其工於不朽。亦猶力巨而鬬者，所持之器各異，而皆能濟勝以爲勍敵也。愚嘗覽韓吏部歌詩數百首，其驅駕氣勢，若掀雷抉電，撑拄於天地之間，物狀奇怪，不得不鼓舞而徇其呼吸也。其次皇甫祠部文集，所作亦爲遒逸，非無意於深密，蓋或未遑耳。今於華下，方得柳詩，味其探搜之致亦深遠矣，俾其窮而克壽，抗精極思，則固非瑣瑣者輕可擬議其優劣。又嘗覩杜子美《祭太尉房公文》、李太白佛寺碑贊，宏拔清厲，乃其歌詩也。又張曲江五言沉鬱，亦其文筆也。豈相傷哉！噫！後之學者褊淺，片詞隻句，未能自辨，已側目相詆訾矣，痛哉！　因題柳柳州集之末，庶裨後之評詮者無惑偏説，以蓋其全工。（《司空表聖文集》卷二）

穆修《唐柳先生集後序》：唐之文章，初未去周、隋、五代之氣，中間稱得李、杜，其才始用爲勝，而號專雄歌詩，道未極其渾備。至韓、柳氏起，然後能大吐古人之文，其言與仁義相華實而不雜。如韓《元和聖德》、《平淮西》、柳雅章之類，皆辭嚴義偉，製述如經，能崒然聳唐德於盛漢之表蔑愧讓者，非二先生之文，則誰與？予少嗜觀二家之文，常病柳不全見於世，出人間者，殘落纔百餘篇，韓則雖目其全，至所缺墜，亡字失句，獨於集家爲甚。志欲補得其正而傳之，多從好事訪善本，前後累數十，得所長，輒加注竄。遇行四方遠道，或他書不暇持，獨賫韓以自隨，幸會人所寶有，就假取正。凡用力於斯，已蹈二紀外，文始幾定。久惟柳之道，疑其未克光明於時，何故伏其文而不大耀也，求索之莫獲，則既已矣於懷。不圖晚節，遂見其書，聯爲八九大編，夔州前序其首，以卷別者凡四十有五，真配韓之鉅文歟！書字甚樸，不類今蹟，蓋往昔之藏書也。從考覽之，或卒卷莫迎其誤脱，有一二廢字，由其陳故劇滅，讀無甚害，更資研證就真耳。因按其舊，録爲別本，與隴西李之才參讀累月，詳而後止。嗚呼！天厚予嗜多矣，始而饜我以韓，既而飫我以柳，謂天不吾厚，不誣也哉！世之學者，如不志於古則已，苟志於古，求踐立言之域，捨二先生而不由，雖曰能之，非予所敢知也。天聖九年秋九月，河南穆脩伯長後序。（《增廣注釋音辯唐柳先生集》附録、《新刊增廣百家詳補注唐柳先生文》卷末、《新刊五百家注音辯唐柳先生文集》附録卷四）

沈晦《四明新本柳文後序》：學古文必自韓柳始。兩家文字剥落，柳爲尤甚。國初，文章承唐末五代之弊，卑弱不振，至天聖間，穆修、鄭條之徒唱之，歐陽文忠、尹師魯和之，格力始回，天下乃知有韓柳。韓文屢經名士手，頃余又爲讎勘，頗完悉。唯柳文簡古雅奥，不易刊削。年大來試爲紬繹，兩閱歲，然後畢見。凡四本。大字四十五卷，所傳最遠，初出穆修家，云是劉夢得本。小字三十三卷，元符間京師開行，顛倒章什，補易句讀，訛正相半。曰曾丞相家本，篇數不多於二本，而有邢郎中、楊常侍二行狀，《冬日可愛》、《平權衡》二賦，共四首，有其目而亡其文。曰晏元獻家本，次序多與諸家不同，無《非國語》。四本中晏本最爲精密。柳文出自穆家，又是劉連州舊物，今以四十五卷本爲正，而以諸本所餘作外集，參考互證，用私意補其闕，如皇室主宜加「黄」字，馮翊王公宜去「王」字，「緊」當作「掔」，「翊」當作「珝」，「鮑勛」當作「鮑信」，「改規」當作「段規」，「疥瘧」宜爲「痎瘧」，「狼悻」宜爲「狠悻」。吴武陵初貶永州，《貞符》中宜如唐書去「量移」字。韓曄時猶未死，《答元饒州書》中宜於「韓宣英」上去「亡友」字。以唐書《孝友傳》校《復讎議》，以《楚詞・天問》校《天對》，以《左傳》、《國語》校《非國語》，以唐宋類書、唐人牋表校《天論》等篇。其見於《唐書》者，悉改從宋景文，凡漫乙是正二千處而贏。又釐革《京兆請復尊號表》，增入《請聽政第二表》、《賀皇太子牋》、《省試慶雲圖詩》，總六百七十四篇。鋟木流行，購逸拾遺，猶俟後日。政和四年十二月望，胥山沈晦序。（《增廣注釋音辯唐柳先生集》附録、《詁訓唐柳先生文集》外集卷下、《新刊五百家注音辯唐柳先生文集》附録卷四）

李褫《柳州舊本柳文後序》：柳侯子厚，實唐巨儒，文章光豔，爲萬世法，是猶景星慶雲之在天，無不欽而仰之。粤惟柳州，乃侯舊治，其如生爲利澤，殁爲福壽，以遺此土之民者，可謂博厚無窮。然自唐迄今垂四百年，此邦寂未有以侯文刊而爲集者，殆非欽侯英靈而慰侯惠愛，覬其顰笑降鑒而廟食於柳人也。紹興載歲，殿院常公子正，被命守邦，至謁祠下，退而訪侯遺文，則茫然無有，獨得石刻三四存於州治，自餘雖詩章記事所以藻飾柳邦者，亦蔑如爾，又安得所謂全文備集者哉！因喟歎久之，出舊所藏，及旁搜善本，手自校正，俾鳩良工，創刊此集。其編次首尾，門類後先，文理差舛，字畫訛謬，無不畢理。且委僚屬助成其事，未克就，促召公對，眷眷相囑焉。褫雖不才，實獲躡蹤，繼軌於公之後塵，而喜公樂善之心，付託之語，乃督餘工助成一簣，豈惟不墜侯之偉文，抑亦成公之雅志焉。紹興四年三月初一日，右朝奉郎特差權發遣柳州軍州兼管内勸農事借紫金魚袋李褫序。（《增廣注釋音辯唐柳先生集》附録）

文安禮《柳文年譜後序》：昔之論文者，或謂文章以氣爲主，或謂文窮而益工，先生《與楊憑書》亦曰：「凡爲文以神志爲主。」又云：「自貶官來無事，讀百家書，上下馳騁，乃少得知文章利病。」先生自妙齡秀發，連中異科，繼登臺省，旋遭斥逐，故予以先生文集與唐史參考，爲時年譜，庶可知其出處，與夫作文之歲月，得以究其辭力之如何也。紹興五年六月甲子，知柳州軍州事潞國文安禮序。（《增廣注釋音辯唐柳先生集》附録、《新刊五百家注音辯唐柳先生文集》卷首附録文安禮《柳先生年譜》後）

張敦頤《韓柳音釋序》：唐初文章，尚有江左餘習，至元和間，始粹然返於正者，韓柳之力也。兩家之文，所傳寖久，舛剥殆甚。韓文屢經校正，往往鑿以私意，多失其真。余前任邵武教官日，曾爲讎勘，頗備悉，并考正音釋，刻於正文之下。惟柳文簡古，不易校。其用字奥僻，或難曉。給事沈公（晦）嘗用穆伯長、劉夢得、曾丞相、晏元獻四家本參考互證，凡漫乙是正二千餘處，往往所至稱善，今四明所刊四十五卷者是也。惟音釋未有傳焉。余再分教延平，用此本篇次撰集，凡二千五百餘字，其有不用本音而假借佗音者，悉原其來處，或不知來處，而諸韻《玉篇》、《説文》、《類篇》亦所不載者，則闕之。尚慮膚淺，弗辨南北語音之訛，其間不無謬誤，賴同志者正之。紹興丙子十月新安張敦頤書。（《新刊五百家注音辯唐柳先生文集》附録卷二、世綵堂《河東先生集》附録卷下）

嚴有翼《柳文序》：唐之文章無慮三變，武德以來沿江左餘風，則以絺章繪句爲尚，開元好經術，則以崇雅黜浮爲工。至於法度森嚴，抵轢晉魏，上軋周漢，渾然爲一王法者，獨推大曆、貞元間。是時雖曰美才輩出，其能以六經之文爲諸儒倡者，不過韓退之而止耳，柳子厚而止耳。退之之文，史臣謂其與孟軻、揚雄相表裏，故後之學者，不復敢置議論。子厚不幸，其進於朝，適當王叔文用事之時，叔文工言治道，順宗在東宫頗信重之，迨其踐祚，方欲有所施爲，然與文珍、韋皋等相忤，内外讒譖，交口詆誣，一時在朝，例遭竄逐，而八司馬之號紛然出矣。作史者不復審訂其是非，第以一時成敗論人，故黨人之名不可湔洗。嗚呼，子厚亦可謂重不幸矣！尚賴本朝文正范公之推明之也，曰：「劉禹錫、柳宗元、吕温坐王叔文黨，貶廢不用，覽數君子之述作，禮意精密，涉道非淺，如叔文狂甚，義必不交叔文，以藝進東宫，人望素輕，然傳稱知書好論理道，爲太子所信，順宗即位，遂見用，引禹錫等決事禁中。及議罷中人兵權，牾俱文珍輩，又絶韋皋私請，欲斬劉闢，其意非忠乎？皋銜之，會順宗病篤，皋揣太子意請監國，而誅叔文，憲宗納皋之謀而行内禪，故當朝左右謂之黨人者，豈復見雪！《唐書》蕪駁，因其成敗而書之，無所裁正。孟子曰『盡信書不如無書』。吾聞夫子褒貶，不以一毫而廢人之業也。」嗚呼！如文正公之論人，可謂明且恕矣。死者有知，子厚豈不伸眉於地下。余嘗嗜子厚之文，苦其難讀，既稽之史傳，以校其譌繆，又考之字書，以證其音釋，編成一帙，名曰《柳文切正》。雖懸金於市，曾無吕氏之精，然置筆於藩，姑效左思之篤。後之君子，無或誚焉。紹興三十二年歲次壬午春三月十一日，建安嚴有翼序。（《新刊五百家注音辯唐柳先生文集》附録卷二、世綵堂《河東先生集》附録卷下）

李石《題柳文》：石所得柳文凡四本：其一得之於鄉人蕭憲甫，云京師閻氏本；其一得之於范衷甫，云晏氏本；其一得之於臨安富氏子，云連州本；其一得之於范才叔之家傳舊本。閻氏本最善，爲好事者竊去。晏氏本蓋衷甫手校以授其兄偃刊之，今蜀本是也。才叔家本似未經校正，篇次大不類。富氏連州本樸野尤甚。今合三本校之以取正焉。如劉賓客序云有退之之誌并祭文附于第一通之末，蓋以退之重子厚，叙之意云爾也。蜀本往往只作并祭文。其他有率意改竄字句以害義理者尚多，此類或作字一作字衍字去字，此三本之相爲用也，然亦未敢以爲全書，尚冀復得如閻氏本者而取正焉。方舟李石書。（《新刊五百家注音辯唐柳先生文集》附録卷四）

葉桯《重刊柳文後序》：按子厚《年譜》，永貞初自尚書禮部郎出爲邵州刺史，道貶永州司馬，元和中始召至京師，凡居永者十年。今考本集所載，見於遊觀紀詠，在永爲多，蒐訪遺蹟，僅獲一二，佗皆不可考。郡庠舊有文集，歲久頗剥落，因裒集善本，會同僚參校，凡編次之殽亂，字畫之譌誤，悉釐正之。獨詞旨有互見旁出者，兩存之，以竢覽者去取。命工鋟木，歲餘，其書始就。噫！零陵號湖湘佳郡，且多秀民，文物之盛，甲與他州，豈子厚之殘膏賸馥霑丐迨今而然耶！然則新是書以流佈，豈特補是邦之闕遺而已，學者幸察其區區焉。乾道改元季冬丙子，吴興葉桯書。（永州本《柳柳州外集》）

陸之淵《柳文音義序》：余讀韓柳文，常思古人奇字齟齬吾目，且梘吾喙也，開卷必與篇韻俱撿閲，反切終日，不能通一紙。偶得二書釋音，如獲指南，猶恨字畫差小，不便老眼。至灊山郡齋，屬廣文是正，將大其刻，以傳學者。一旦，廣文攜音訓數帙示余曰：「昌黎文有江山祝充音義，既反切難字，又注其所從出，亡以復加。惟子厚集，諸家音義不稱是。」自詭規模祝充，撰柳氏釋音，數月書成。余實濫觴權輿是書者，序引其意，詎敢以語言不工爲解？自小學不興，六書罔詔，學者平日簡牘間，頗有不分點畫，不辨偏傍，任私意，失本原，雖以字學名世者，未免斯弊。若虞永興不知姓，顔平原不知名，況下二子者耶？甚者以「弄璋」爲「麞」，「伏臘」爲「獵」，「金根」爲「銀」，至於古文奇字，能不失句讀，辨重輕清濁者，幾何人哉？惟柳州内外集凡三十三通，莫不貫穿經史，轇轕傳記，諸子百家，虞初稗官之言，古文奇字，比韓文不啻倍蓰，非博學多識前言者，未易訓釋也。廣文中乙丑年甲科，恬於進取，尚淹選調。生平用心於内，不求諸外。遂能會稡所長，成一家言，將與柳文並行不朽無疑矣。非刻意是書者，未必知論著之不易也。廣文諱緯，字仲寶，雲間人，姓潘氏。乾道三年十二月吴郡陸之淵書。（《增廣注釋音辯唐柳先生集》卷首）

趙善湛《柳文後跋》：前輩謂子厚在中朝時所爲文，尚有六朝規矩，至永州，始以三代爲師，下筆高妙，直一日千里。退之亦云：「居閒，益自刻苦，務記覽爲詞章。」而子厚自謂貶官來無事，乃得馳騁文章。此殆子厚天資素高，學力超詣，又有佳山水爲之助，相與感發而至然耶？子厚居永最久，作文最多，遺言措意最古。衡湘以南，士之經師承講畫爲文詞者，悉有法度可觀。意其故家遺俗，得之親授，本必精良，與它所殊。及到官，首取閱之，乃大不然，訛脱特甚。推原其故，豈非以子厚嘗居是邦，姑刻是集，傳疑承誤，初弗精校歟？抑永之士子，當時傳寫藏去，久而廢散，不復可考歟？因委廣文錢君多求善本訂正，且併易其漫滅者，視舊善矣。雖然，安知不猶有舛而未真，遺而未盡者乎？後之君子，好古博雅，當有以是正盡善云。紹熙二年八月旦，零陵郡守鄅國趙善愖跋。（《新刊五百家注音辯唐柳先生文集》附録卷二、世綵堂《河東先生集》附録卷下）

韓醇《柳文後記》：世所傳昌黎文公文，雖屢經名儒手，余昔校以家集，其舛誤尚多有之，用爲之訓詁。柳柳州文，胥山沈公謂其參考互證，是正漫乙，若無遺者。余紬繹既久，稽之史籍，蓋亦有所未盡。《南嶽律和尚碑》以廣德先乾元，《御史周君碣》以開元爲天寶，則時日差矣。竇群除左拾遺，而表賀爲右拾遺；連山復乳穴，而記以爲零陵郡，則名稱差矣。《代令公舉裴冕狀》，時柳州尚未生；《賀册尊號表》，時已刺柳，而云禮部作。其他舛誤，類是不一。用各疏其説於篇，視文公集益詳。諸本所餘，復編爲一卷，附於外集之末，如胥山之識云。淳熙丁酉秋八月中瀚臨邛韓醇記。（《詁訓唐柳先生文集》新編外集、《新刊五百家注音辯唐柳先生文集》附録卷四）

陸游《跋柳柳州集》：「此一卷集外文，其中多後人妄取他人之文冒柳州之名者，聊且裒類於此。子京。」右三十一字，宋景文公手書，藏其從孫晸家。然所謂集外文者，今往往分入卷中矣。淳熙乙巳

五月十七日。務觀校畢。(《渭南文集》卷二七)

錢重《柳文後跋》：重讀柳文，至《吏商》篇首句曰：「吏而商也，汙吏之爲商，不如廉吏之商，其爲利也博。」常疑其造端無含蓄，必有脱句。後得善本，乃云：「吏非商也，吏而商，汙吏之爲商，不如廉吏之商，其爲利也博。」於是欣然笑曰：「此子厚之所以爲文也。」且使子厚不首言「吏非商也」四字，則不足以見此文之作出於不得已，欲誘爲利而仕者之意。故古文或有脱字及訛舛處，能使一篇文意不貫，精神索然者，信矣。子厚居愚溪幾十年，間中捨，尋遊山水，外往往沈酣於文字中，故其文至永尤高妙，爲後世學士大夫所宗師。重冒昧分教此邦，意爲柳文必有佳本，及取觀之，脱繆訛誤特甚，而又墨板，歲久漫滅大半。今史君趙公，天族英傑，平生酷好古文，所謂落筆妙天下者也。一日命重爲之是正，且俾盡易其板之朽弊者。然重，吴興人也，來永幾五十程，柳文善本在鄉中士夫家頗多，而永反難得所可校勘者，止得三兩本，他無從得之。其所是正，豈無遺恨，尚賴後之君子博求而精校之，庶子厚妙思寓於一字一句中者，悉呈露，爲益不淺矣。紹熙辛亥仲秋一日，迪功郎永州州學教授錢重謹書。(《新刊五百家注音辯唐柳先生文集》附録卷二、世綵堂《河東先生集》附録卷下)

吴中傳《刻柳文題辭》：唐柳子厚先生以瑰琦倜儻才籍，甚貞元中，蓋與韓昌黎氏相伯仲云。嗣坐王叔文黨，貶永州司馬，載起又貶柳州刺史。其司馬永州也，居閑務簡，冥搜奇探，放情於山澤間，愚谿、朝陽，燁燁生色焉，且發爲詞章，淵深閎博。衡湘以南操觚氏靡然嚮之，士得脱侏儺習，爲絃頌風，霖霖偕上國齒，先生力也。零陵治狀，不減昌黎潮陽矣。即集中諸篇稱雄渾彙司馬子長也者，半零陵作也，而獨以柳州名，何故哉？蓋永州摽其奇而柳州集其成耳。永故有剟而傳之者，奈文多掛漏，木亦乘蝕。郡守葉君萬景，裒而付之剞，人足稱柳氏全書矣。余謬惟古今，推尊韓、柳二先生，率曰文而已。韓昌黎崇道德，排佛老，起衰拯溺，於聖賢之道獨得旨趣矣。先生年少，不自貴重，傳匪人，竟以不振，而説者隨謂未馴於道，吁，豈深知先生者哉？夫叔文沾沾小人，竊天子柄，與陽虎盗大弓亡異。先生永州，又子厚當年謫守之邦，彼豈施施漫漫，毫無蔕蓟，益肆力筆硯間，而其所爲集，大都著自永者强半。試讀其《息壤》、《西亭》、《黄溪》、《鈷鉧》諸篇，琳琳琅琅，與湘水嶷山争相映發，豈所謂文必窮而後工耶？今永山河未改，世代已非，而維時葉君，且撫子厚之舊隸，誦子厚之遺編，欣然想見其人，又安能已於兹刻也。萬世之下，撫兹集者，誦葉君之功，不將與中山河間諸子並稱不朽哉！客曰：「公微獨知子厚且免而贖歸者數千人，觀督者下其令，爲他州法，南方爲進士者，走千里外從之遊，指授經學，悉中矩矱，誰謂先生於道茫乎？未之有得也。」余嘗讀昌黎氏之傳先生，蓋有餘慨焉。零陵一淵谷、一卉木，咸賴先生口吻著聲於今，則是集之刻也，雖與天壤共不朽可也。永司理林君汝詔，樂觀厥成，懇余一言，以紀歲月。余靡能以不文辭，聊綴數語，弁之簡端，且爲先生解嘲也，永人士以爲然否？時萬曆歲在壬辰端陽吉旦，賜進士亞中大夫湖廣承宣布政使司右參政分守上湖南道東郡吴中傳謹譔。（明萬曆刻葉維時編《柳文》卷首）

李懋檜《永州新刻柳子厚全集序》：柳子厚全集，清寰葉君刻於永州。客以問余曰：「夫河東柳公，爲唐貞元間文人冠冕，其所爲集，在唐則有中山劉氏諸公爲之次，至我國朝，歷千餘年，然而大家世族書林藝圃付之剞劂氏者，亦即屢更楮墨矣，今兹之刻，無迺贅乎？」余曰：不然。君不見乎想像高蹤者，慕藺百年之前，寂寞玄亭者，期雲千載之後，何者？精神臭味非可以虚詞借也，志同道合未可以時代殊也。彼子厚距今雖千百年乎，然青簡未没，春蘭堪把，遺徽漸杳，梗概具存。彼其《梓人》、《種樹》諸傳，史贊其爲有理文章，而元獻公且以爲祖述典墳，憲章騷雅，上傳往古，下籠百世，横行闊視於綴述之場者，惟子厚一人。則其人品文章之殊絶百代，與今日之家傳户誦邀惠於詞人墨客者，蓋所謂惟其有之也。葉公人品文章精神臭味，與之千載同符，安得不感慨於斯！况兹締交劉禹錫輩，皆奇材也，曷不知趣冰山之可恥乎！或以叔文誠小人，至欲誅内豎，强公室，亦狥國家急也。特計出下下，反爲所勝，而善彙率不免爾。時宰相見忌，力詆其非，後續史者，附會其説，終非與人爲善意也。至宋王荆公、范文正公，咸爲之伸一喙，八司馬稍稍生氣矣。矧八司馬既困矣，材不用於世，均能自奮列於豪士之林。迺先生載得刺柳，能讓劉禹錫，欲自往播州，比至郡，禁州人以男女質錢。知葉君矣，請以公言弁諸集端，不佞曰唯唯。萬曆壬辰歲仲夏吉旦，賜進士湖廣添注按察司經歷前刑部湖廣司員外安溪李懋檜頓首拜書。（明萬曆刻葉維時編《柳文》卷首）

林汝詔《柳文後序》：夫扶輿博大之氣，舒而爲道德，鬱而爲文章，文章者道德之緒餘，而其精則藴奥也。屈、宋、兩司馬而下，紛紛郁郁，視六籍抑又次之，至五季則神情傷矣。唐承綺靡之流，文人學子，争以鉤棘詰曲相誇詡，雖則掇華獵豔，而本質日斲，氣象萎薾。獨昌黎韓先生原本六經，摭剔微言，力振八代之衰，蓋所云文章之澤於道者。河東柳子厚氏，其流亞也。先生居永州十年，竄斥崎嶇蠻瘴間，感鬱一寓於文，爲《懲咎》、《夢歸》、《閔生》之辭，以自傷其志。世謂子厚不斥不窮極不能大有聲於來世，似以溪上十年之身得之者。愚獨搜其一二，窺先生之微意焉。當先生時，永爲南楚夷獠之鄉，風浮俗窳，户爲胥徒，家有禳禋，轉徙頓踣，脊脊相望。食其土者，頭會箕斂莫之省，憂不能已，設爲《橐駝》、《捕蛇》之説，俟觀風者。若曰永之民力竭矣，除穢革邪，敷和於下土之罷人，庶幾去亂即治，變呻爲謡。若起萎而瞭矇乎，故其作《吏商》也，曰：「苟修嚴潔白以理政，其利月益。」又曰：「吾哀夫没於利者以亂人以自敗也，姑設是庶由利之大小登進其志，幸而不撓乎下，以成其政。」蓋豪傑志有所憤，意有所寓，類若此，而豈僅僅雕蟲末技爲壯夫所羞哉！昔管子不欲以民廉爲征，故有殺畜伐木之説，而齊以敬仲基治。令先生當元和時得志而行，與禹錫輩效用於朝，其政業奚翅如晚唐之造，竟以群小側目，躚躚蓬藋，樂囚紓愁，聊以容吾軀。或者不窺其大，而以叔文之黨病之。夫蘇秦揣摩之文耳，史遷猶謂其無蒙惡聲焉，況子厚也。堂翁清寰葉公，出守芝陽，以永故先生舊遊地，新先生祠宇，暇又出先生全帙，屬不佞編次校刻之。夫先生緒言在集中，多零陵時筆，如愚溪、愚丘、乳穴、小石潭諸景，人人道識之，迺其激世寓言未有味及者。讀柳子之文，而不窮柳子之意，得無糟粕之乎！諸如《貞符》以杜邪萌，傳梓人以立相體，贊梁丘以嚴斧鉞，表箕子以揚忠仁，論《易》論《春秋》論封建辯諸子之旨，此均道德之緒煒爲詞章。諸不暇具論，而特闡其風世之微術，以爲官戒焉。萬曆壬辰夏五之吉，賜進士文林郎永州府推官閩漳林汝詔書於復清堂公署。（明萬曆刻葉維時編《柳文》卷末）

愛新覺羅·弘曆《題五百家注柳先生集》：《五百家注昌黎集》實宋槧之佳者，柳子厚集雖亦五百家注，版式、行款、標題並同，而紙色墨香遜韓集遠甚。且正集廿二卷以下至末皆闕，又改目録終以彌縫之，更非完善。第柳集注刊本今鮮存者，亦覺片羽可珍，惟當居韓之次耳。附識《題韓集》詩之後，並書冠此集卷端。乾隆甲午仲秋御筆。（文淵閣四庫全書本《五百家注音辯唐柳先生集》卷首附録）

陳景雲《柳先生年譜跋》：柳集久逸年譜，獨存其序。廣陵馬君嶰谷涉江購韓譜後未久，復收宋槧柳集殘帙，其中年譜完好，乃諸本所無，因與韓譜同梓。是譜辨柳奭爲柳子高伯祖，非曾伯祖，足訂前賢之疎。又陽城自國子司業出判道州，唐史無年月，《通鑑考異》據柳子厚所作《司業遺愛碣》，謂在貞元十四年，譜則以《遺愛碣》及《與太學諸生書》並繫貞元十五年，與《通鑑》異。然諦觀碣文，則譜爲是也。集中《與太學諸生書》，題下注貞元十四年，乃後人承《通鑑》之文而失之，當據譜釐正。至於譜文甚簡，蓋倣吕汲公韓譜體例，略具作者出處梗概，讀者更詳考之可也。雍正庚戌春日長洲陳景雲識。（《柳先生年譜》卷末）

陳景雲《柳集點勘跋》：越己酉仲冬，又從齎研齋假得宋槧五百家注柳集二册，自十六至二十一，又自三十七至四十一，凡十一卷。每卷首行標云「新刊五百家注音辨唐柳先生文集卷第幾」。其書乃南宋慶元中建安魏仲舉所編，與五百家注韓集同刊。康熙庚寅，在先師案上獲見魏本韓集，嘗借閲數旬，雖非全本，然止逸十之二，今所假柳集則僅存原文四之一耳。魏氏所輯注釋，因不曉持擇，故中多蕪累。二册外又假得宋槧小字本柳集十二册，其注亦集諸家舊解，而甚略。卷首標「丹陽洪慶善音注」七字，乃書賈假名流以張聲價耳。如《上權補闕温卷啟》，三十卷及三十六卷中前後複出。又三十卷下側注「辨謗責躬」四字，而以《上權補闕啟》綴《寄許京兆》諸人書之末。案是啟止應舉求知之辭，於辨謗責躬義無涉。使當日編次者粗涉文義，必不至此，蓋又出建安本下遠矣。（《柳集點勘》後附）

又：前代萬曆中刊柳集書，篇首劉序者爲錢唐莫睿，未知此集即刊於杭否也。正集有《凌準墓後志》，外集有柳元方、段弘古、柳兵曹、譚隨母等誌文四篇，皆近刻所無。（原注：此五篇宋刊小字音注本皆編入正集，不知後來刊本何以遺之。）又後附《龍城録》及《法言注》五則並事跡雜文，蓋承南宋葛嶠刊本之舊。柳注《法言》十三卷見於唐志者已久逸不存，此五則者乃採之司馬温公所纂《法言集注》。至《龍城録》又僞書也。葛嶠字景温，江陰人，其守南安，刻柳集，因慕前守莆田方崧卿刊韓集於郡齋，特欲以是配之。然方刊韓集如世傳文公《論語筆解》能辨其贋，未嘗附刊集末，葛則愛博不精，贅刻底下惡書，以穢配韓鉅文，其識相去遠矣。雍正乙酉秋日雨窗校畢，因書其後。（同上）

全祖望《跋柳先生年譜》：《柳先生年譜》一卷，不知誰人所作，大略宋儒仿呂汲公韓譜爲之。江都馬涉江昆弟因購宋槧，得見舊本，遂與韓譜合刻。中有辨《新唐書》二條，謂據子厚《先侍御史神道表》稱中書令奭，乃於侍御史爲曾伯祖，列傳蓋仍韓退之墓志之誤。而奭字子燕，列傳以爲子邵者非，俱見讀書之精。但子厚《柳評事墓志》則濟、房、蘭、廓四州刺史，楷實仕於唐，而譜以爲隋，豈固歷事兩朝者耶？至楷生夏縣令繹，同葬長安少陵，則譜所載三子，竟遺其名。以是知考證之學，其難如此。涉江歎曰：「有是哉！」因書之於其後。（《鮚埼亭集》外編卷三四）

又《再跋柳先生年譜》：王厚齋曰：「柳州之文多冒名者，《馬退山茅亭記》，見於獨孤及集。《百官請復尊號表》六首，皆出於崔元翰。《請聽政第三表》，《文苑英華》乃林逢第四表，云「兩河之寇盜雖除，百姓之瘡痍未合」，乃穆宗、敬宗時事。《代裴行立謝移鎮表》，行立移鎮在後。《柳州謝上表》其一，乃李吉甫《郴州謝上表》。《舜禹之事》、《謗譽》、《咸宜》三篇，晏元獻曰恐是博士韋籌作。而《愈膏肓疾賦》，晏公亦云膚淺不類。若《爲裴令公舉裴冕》乃邵説作，柳州之生，冕薨已五年。」今按譜中所列《尊號表》六首、《柳州謝上表》，未及別擇其餘，似亦知其非而不載。（《鮚埼亭集》外編卷三四）

錢大昕《跋柳河東集》：注柳集者，南城童宗説、新安張敦頤、雲間潘緯。不知何人合而刻之。潘氏音義成於乾道三年，此本於「敦」字尚未缺筆，當刊行於乾道淳熙之朝矣。《南府君廟碑》「汧城鑿穴之奇」句蓋用潘安仁《馬汧督誄》，而注家不知出處，疑其用田單火牛事，殊可笑也。（《潛研堂文集》卷三一）

莫繩孫《宋乾道永州本柳柳州外集跋》：唐、宋志，柳集並三十卷。晁氏《讀書志》亦三十卷、外集一卷，趙希弁《附志》作四十五卷、外集二卷。陳氏《書録解題》所載凡三種，並四十五卷、外集二卷。《天禄琳琅書目》前編宋槧二：一爲魏仲舉集注本，正集二十一卷、外集二卷；一爲韓醇詁訓本，正集四十五卷、外集二卷。元槧三，並童宗説注釋本，正集四十三卷、外集二卷。後編宋槧四：元槧二，亦童注本，卷同。以上諸本，分卷各異，要以三十卷者爲最古。陳氏《解題》謂劉禹錫作序，言編次其文爲三十二通，退之之誌若祭文附第一通之末。今世行皆四十五卷，不附誌文，非當時本也。是宋世所刊，已非劉氏之舊。四庫提要謂或後人追改劉序，以合見行之卷。按劉集《柳文序》實作三十二通，則各本柳集所載劉序之作四十五，確爲後人追改。金陵氏出此宋槧外集一卷，詩文凡四十三首，他本已闌入正集三十二，入外集纔八首，又溢出《送元暠師》詩、《上宰相啟》、《上裴桂州狀》三首，則諸本正、外集皆不載。卷末有乾道改元吴興葉桯刊書跋，蓋桯官永州，刻之郡庠者也。所見柳集近十本，外集皆二卷，唯晁志作一卷。昭德于桯同時，所棄或即此永本也。是册爲曹楝亭舊藏，其藏書目注云三十二卷，乃合此外集暨附録計之，益足證永州本正集爲三十卷無疑。以此外集例之，其正集必有大異於諸本者，惜佚不可見矣。（永州本《柳柳州外集》）

劉壽曾《宋乾道永州本柳柳州外集跋》：此宋乾道本《柳州外集》一卷、附録一卷，吴興葉桯刻於永州者。莫君仲武得於金陵市上，蒯君禮卿愛之，用西法曬照鋟諸木。仲武謂唐、宋志載柳集並三十卷，晁昭德《讀書志》亦三十卷、外集一卷，疑昭德所棄即此永州本。柳集以三十卷爲最古是也，劉夢得序柳集作三十二通，當是正集三十卷、外集一卷、目録一卷耳。余從禮卿得明吴人郭雲鵬本，載宋四明本跋，謂有大字四十五卷本，出自穆修家，云是劉夢得本。則宋人於四十五卷本已有疑詞矣。郭本外集分二卷，與此本次第多異。其可證此本之誤者，如《謗譽》「内是謗行於上」，「内」作「由」；《河間傳》「天下之言朋友相慕望者有如河間」下，有「與其夫之切密者乎河間」十字；《賀踐祚表》「湯文聰明」，「湯」作「漢」；《賀赦表》「歸還留竄」，「留」作「流」；《謝設表》「覃希遠人」，「希」作「布」；《舉裴冕表》「吴任宰齀而五胥誅」，「五」作「伍」；《賀竇群除右拾遺表》「抱蒙養正」，「抱」作「苞」；「以永其志」，「永」作「求」；《爲王京兆賀雨表》「臣即須祈禱」，無「臣」字；《第二表》「慙荷」下有「無極」；《爲樊左丞讓官表》「危身莫諭於曠職」，「諭」作「踰」。皆可據正。《賀平李懷光表》「頓軍咸陽」下有缺文；《謝賜時服表》「重劚丘山」奪四字，郭本亦同，恐是承訛已久。附録昌黎《羅池廟碑》「春與猨吟兮秋與鶴飛」，「與鶴」當乙轉，石本可徵也。其他文字，則勝於通行本者致多，讀者當自得之。《文苑英華》表類所收柳文，注「集作某」者，又多與此本合，益可證仲武三十卷本最古之説也。（永州本《柳柳州外集》）

藝文

寄贈

韓愈《答柳柳州食蝦蟆》：蝦蟆雖水居，水特變形貌。强號爲蛙蛤，於實無所校。雖然兩股長，其奈脊皴皰。跳躑雖云高，意不離濘淖。鳴聲相呼和，無理只取鬧。周公所不堪，灑灰垂典教。我棄愁海濱，恒願眠不覺。叵堪朋類多，沸耳作驚爆。端能敗笙磬，仍工亂學校。雖蒙句踐禮，竟不聞報效。大戰元鼎年，孰强孰敗撓。居然當鼎味，豈不辱釣罩。余初不下喉，近亦能稍稍。常懼染蠻夷，失平生好樂。而君復何爲，甘食比豢豹。獵較務同俗，全身斯爲孝。哀哉思慮深，未見許回櫂。（《韓昌黎全集》卷六）

劉禹錫《闕下口號呈柳儀曹》：綵仗神旗獵曉風，雞人一唱鼓逢逢。銅壺漏水何時歇，如此相催即

老翁。（《劉夢得文集》卷四）

劉禹錫《答柳子厚書》：禹錫白：零陵守以函置足下書，爰來屑末三幅小章書，僅千言，申申亹亹，茂勉甚悉。相思之苦懷，膠結贅聚，至是泮然以銷，所不如晤言者無幾。書竟獲新文二篇，且戲余曰：「將子爲巨衡以揣其鈞石銖黍。」余吟而繹之，顧其詞甚約，而味奫然以長，氣爲幹，文爲支，跨躒古今，鼓行乘空，附離不以鑿枘，咀嚼不有文字，端而曼，苦而腴，佶然以生，癯然以清，余之衡誠懸于心，其揣也如是，子之戲余，果何如哉？夫矢發乎羿彀而中，微存乎它人，子無曰必我之師而能我衡，苟然，則譽羿者皆羿也，可乎？索居三歲，理言蕪而不治，臨書軋軋，不具。禹錫白。（《劉夢得文集》卷一四）

劉禹錫《謝柳子厚寄疊石硯》：常時同硯席，寄此感離群。清越敲寒玉，參差疊碧雲。烟嵐餘斐亹，水墨兩氛氲。好與陶貞白，松窗寫紫文。（《劉夢得文集》外集卷八）

元稹《題藍橋驛留呈夢得子厚致用》：泉溜才通疑夜磬，燒煙餘煖有春泥。千層玉帳鋪松蓋，五出銀區印虎蹄。暗落金烏山漸黑，深埋粉堠路渾迷。心知魏闕無多地，十二瓊樓百里西。（《元氏長慶集》卷一九）

紀　念

韓愈《祭柳子厚文》：維年月日，韓愈謹以清酌庶羞之奠，祭于亡友柳子厚之靈。嗟嗟子厚，而至然邪？自古莫不然，我又何嗟！人之生世，如夢一覺，其間利害，竟亦何校。當其夢時，有樂有悲，及其既覺，豈足追惟。凡物之生，不願爲材，犧罇青黄，乃木之災。子之中棄，天脱馽羈，玉佩瓊琚，大放厥辭。富貴無能，磨滅誰紀，子之自著，表表愈偉。不善爲斲，血指汗顔，巧匠旁觀，縮手袖間。子之文章，而不用世，乃令吾徒，掌帝之制。子之視人，自以無前，一斥不復，群飛刺天。嗟嗟子厚，今也則亡，臨絶之音，一何琅琅。徧告諸友，以寄厥子，不鄙謂余，亦託以死。凡今之交，觀勢厚薄，余豈可保，能承子託。非我知子，子實命我，猶有鬼神，寧敢遺墮。念子永歸，無復來期，設祭棺前，矢心以辭。嗚呼哀哉！尚饗。（《韓昌黎全集》卷二三）

韓愈《柳州羅池廟碑》：羅池廟者，故刺史柳侯廟也。柳爲州，不鄙夷其民，動以禮法，三年，民各自矜奮，曰：「茲土雖遠京師，吾等亦天氓，今天幸惠仁侯，若不化服，我則非人。」於是老少相教語「莫違侯命」。凡有所爲，於其鄉閭，及於其家，皆曰：「吾侯聞之，得無不可於意否？」莫不忖度而後從事。凡令之期，民勸趨之，無有後先，必以其時。於是民業有經，公無負租，流逋四歸，樂生興事，宅有新屋，涉有新船，池園潔修，豬牛鴨雞，肥大蕃息。子嚴父詔，婦順夫指，嫁娶葬送，各有條法，出相弟長，入相慈孝。先時民貧，以男女相質，久不得贖，盡没爲隸。我侯之至，按國之故，以傭除本，悉奪歸之。大修孔子廟，城郭道巷，皆治使端正，樹以名木，柳民既皆悦喜。嘗與部將魏忠、謝寧、歐陽翼飲酒驛亭，謂曰：「吾棄於時而寄於此，與若等好也。明年吾將死，死而爲神，後三年爲廟祀我。」及期而死。三年孟秋辛卯，侯降于州之後堂，歐陽翼等見而拜之。其夕，夢翼而告曰：「館我於羅池。」其月景辰，廟成大祭，過客李儀醉酒，慢侮堂上，得疾，扶出廟門即死。明年春，魏忠、歐陽翼使謝寧來京師，請書其事于石。余謂柳侯生能澤其民，死能驚動禍福之，以食其土，可謂靈也已。作迎享送神詩，遺柳民，俾歌以祀焉，而并刻之。柳侯，河東人，諱宗元，字子厚。賢而有文章，嘗位於朝，光顯矣，已而擯不用。其詞曰：荔子丹兮蕉黄，雜肴蔬兮進侯堂。侯之船兮兩旗，度中流兮風泊之，待侯不來兮不知我悲。侯乘駒兮入廟，慰我民兮不嚬以笑。鵝之山兮柳之水，桂樹團團兮白石齒齒。侯朝出遊兮暮來歸，春與猿吟兮秋與鶴飛。北方之人兮爲侯是非，千秋萬歲兮侯無我違。福我兮壽我，驅厲鬼兮山之左。下無苦濕兮高無乾秔，稌充羨兮蛇蛟結蟠。我民報事兮無怠其始，自今兮欽于世世。（《韓昌黎全集》卷三一）

劉禹錫《重至衡陽傷柳儀曹并引》：元和乙未歲，與故人柳子厚臨湘水爲別，柳浮舟適柳州，余登陸赴連州。後五年，余從故道出桂嶺，至前別處，而君歿於南中，因賦詩以投弔：憶昨與故人，湘江岸頭別。我馬映林嘶，君帆轉山滅。馬嘶循故道，帆滅如流電。千里江蘺春，故人今不見。（《劉夢得文集》卷一〇）

劉禹錫《傷愚溪三首并引》：故人柳子厚之謫永州，得勝地，結茅樹蔬，爲沼沚，爲臺榭，目曰愚溪。柳子歿三年，有僧遊零陵，告余曰：「愚溪無復曩時矣。」一聞僧言，悲不能自勝，遂以所聞，爲七言以寄恨：溪水悠悠春自來，草堂無主燕飛回。隔簾惟見中庭草，一樹山榴依舊開。　草聖數行留壞壁，木奴千樹屬鄰家。唯見里門通德榜，殘陽寂寞出樵車。　柳門竹巷依依在，野草青苔日月多。縱有鄰人解吹笛，山陽舊侶更誰過。（《劉夢得文集》卷一〇，《新刊增廣百家詳補注唐柳先生文》附於卷四三

（《夏初雨後尋愚溪》詩後）

劉禹錫《祭柳員外文》：維元和十五年歲次庚子正月戊戌朔日，孤子劉禹錫銜哀扶力，謹遣所使黄孟萇具清酌庶羞之奠，敬祭于亡友柳君之靈。嗚呼子厚！我有一言，君其聞否？惟君平昔，聰明絶人，今雖化去，夫豈無物？意君所死，乃形質耳，魂氣何托？聽余哀詞。嗚呼痛哉！嗟余不天，甫遭閔凶，未離所部，三使來弔，憂我哀痛，諭以苦言。情深禮至，欵密重複，期以中路，更申願言。途次衡陽，云有柳使，謂復前約，忽承訃書。驚號大叫，如得狂病，良久問故，百哀攻中。涕洟迸落，魂魄震越，伸紙窮竟，得君遺書。絶絃之音，悽愴徹骨，初托遺嗣，知其不孤。末言歸輤，從祔先域，凡此數事，職在吾徒。永言素交，索居多遠，鄂渚差近，表臣分深。想其聞訃，必勇於義，已命所使，持書徑行。友道尚終，當必加厚，退之承命，改牧宜陽。亦馳一函，候於使道，勒石垂後，屬于伊人。安平宣英，會有還使，悉已如禮，形於具書。嗚呼子厚，此是何事？朋友凋落，從古所悲，不圖此言，乃爲君發。自君失意，沉伏遠郡，近遇國士，方伸眉頭。亦見遺草，恭辭舊府，志氣相感，必踰常倫。顧余負釁，營奉方重，猶冀前路，望君銘旌。古之達人，朋友則服，今有所厭，其禮莫申。朝晡臨後，出就别次，南望桂水，哭我故人。孰云宿草，此慟何極！嗚呼子厚，卿真死矣，終我此生，無相見矣。何人不達，使君終否，何人不老，使君夭死。皇天后土，胡寧忍此？知悲無益，奈恨無已。君之不聞，余心不理，含酸執筆，輒復中止。誓使周六，同於己子，魄兮來思，知我深旨。嗚呼哀哉！尚饗。（《劉夢得文集》外集卷一〇）

劉禹錫《重祭柳員外文》：嗚呼！自君之没，行已八月，每一念至，忽忽猶疑。今以喪來，使我臨哭，安知世上，真有此事。既不可贖，翻哀獨生。嗚呼！出人之才，竟無施爲，炯炯之氣，戢于一木。形與人等，今既如斯，識與人殊，今復何託？生有高名，没爲衆悲，異服同志，異音同歎。唯我之哭，非弔非傷，來與君言，不成言哭。千哀萬恨，寄以一聲，唯識真者，乃相知爾。庶幾儻聞，君儻聞乎？嗚呼痛哉！君有遺美，其事多梗，桂林舊府，感激主持。俾君内弟，得以義勝，平昔所念，今則無違。旅魂克歸，崔生實主，幼穉甬上，故人撫之。敦詩退之，各展其分，安平來贈，禮成而歸。其他赴告，咸復於素，一以誠告，君儻聞乎？嗚呼痛哉！君爲已矣，余爲苟生，何以言别，長號數聲。冀乎異日，展我哀誠。嗚呼痛哉！尚饗。（《劉夢得文集》外集卷一〇）

劉禹錫《爲鄂州李大夫祭柳員外文》：嗚呼！至人以在生爲傳舍，以軒冕爲儻來，達於理者，未嘗惑此。昔余與君，論之詳熟。孔氏四科，罕能相備，惟公特立秀出，幾於全器。才之何豐，運之何否！大川未濟，乃失巨艦，長途始半，而喪良驥，搢紳之倫，孰不墮淚。昔者與君，交臂相傳，一言一笑，未始有極。馳聲日下，騖名天衢，射策差池，高科齊驅。攜手書殿，分曹藍曲，心志諧同，追歡相續。或秋月銜觴，或春日馳轂，甸服載朞，同升憲府，察視之列，斯焉接武。君遷外郎，予侍内闈，出處雖間，音塵不虧。勢變時移，遭罹多故，中復賜環，上京良遇，曾不踰月，君又即路。遠持郡符，柳江之壖，居陋行道，疲人歌焉。予來夏口，忽復三年，離索則久，音貺屢傳。篋盈草隸，架滿文篇，鍾索繼美，班揚差肩。賈誼賦鵩，屈原問天，自古有死，奚論後先。痛君未老，美志莫宣，邅回世路，奄忽下泉。嗚呼哀哉！令妻早謝，穉子四歲，天喪斯文，而君永逝，翩翩丹旐，來自遐裔。聞君旅櫬，既及岳陽，寢門一慟，貫裂衷腸。

執紼禮乖，出疆路阻，故人奠觴，莫克親舉。馳神假夢，冀獲寤語，平生密懷，願君遺吐。遺孤之才與不才，敢同己子之相許。嗚呼哀哉！尚饗。（《劉夢得文集》外集卷一〇）

崔群《祭柳州柳員外文》：惟靈天資秀異，才稱雋傑，早著嘉名，遠播芳烈。揔六藝之要妙，踐九流之治切。鏌鋣鋒利，浮雲可決，騏驥逸步，飛塵可絶。閉匣不用，伏櫪何施，才命罕并，今古同悲。五嶺三湘，寒暑潛推，樂道忘憂，襟靈甚夷。掞藻揮毫，騫翔是期，奈何終否，神也我欺。嗚呼！鵬飛半空，羊角中戾，彼蒼難詰，善人斯逝。群宿受交分，行敦情契，遺文在篋，贈言猶佩。撫孤追往，泫然流涕，孑孑丹旐，翩翩素帷。鵬弔是月，龜從有時，路出長阡，將赴京師。旨酒一觴，哭君江湄，往矣子厚，魂期來斯。尚饗。（《文苑英華》卷九八七）

皇甫湜《祭柳子厚文》：嗚呼柳州，秀氣孤稟。弱冠遊學，聲華藉甚，肆意文章，秋濤瑞錦。吹迴蟲濫，王風凛凛，連收甲科，驟閲班品。青衿搢紳，屬目歛衽，公卿之禄，若在倉廩。至駿難馭，太白易慘，華鐘始撞，一頓聲寢。梧山恨望，桂水愁飲，鬱鬱群議，悠悠積稔。竟淹荒瘴，遂絶羈枕。嗚呼柳州，命實在天，賢不必貴，壽不必賢。雖聖與神，無如命何，自古以然，相視咨嗟。歸葬秦原，即路江皋，聲容蔑然，相嘆增勞。惟有令名，日遠日高，式薦誠辭，以佐羞醪。尚饗。（《皇甫持正文集》卷六）

田錫《題羅池廟碑陰文》：柳子厚終於柳州，以精多魄强，爲羅池之神，昌黎韓退之叙其事而銘之於碑矣。其有遺意，錫幸得而紀焉古。人或有其言而無其行，或有其質而無其文，故周勃持重而詞則寡焉，子夏美才而行或缺焉，猶能安漢皇之祚，遊仲尼之門。惟公之文，緯地經天，惟公之行，希聖齊賢，彬彬然若黼黻之華袞，鏘鏘然若咸韶之在懸。古人或有其才而無其時，必避害以巽，令人以隨。顔子之賢，當周德之衰微，孟軻之仁，值王道之陵遲，亦能服膺於聖人之道，偃蹇爲霸者之師。惟公策名於貞元之間，通籍於元和之時，闊步高視，飛聲流輝，謂佐王之才得以施，謂當朝大臣不我遺。古人或雖得其時而無知己，設有知己一人而已，故國僑出涕以子皮之死，夷吾之慟以鮑君亡矣。唯公有劉公禹錫之交，有韓侯退之在朝，有吕衡州以倜儻與公爲遊處，有皇甫湜以文章與公相遊遨，而公位不過爲南宫外郎，命不過爲柳州之牧，以謫而出，至死不服，如明堂之材朽於谿谷，如千里之馬輾於輦轂，時耶命耶？以是知爲仁者未必獲祐，修德者或虧多福。予聞四瀆視諸侯，五嶽視三公，爲靈神甚貴，在祀典尤崇。所職者以明以晦，所主者爲雷爲風，助天以總萬靈，助國以濟三農，所以籩豆有加，蘋蘩用豐。其疏爵也有袞冕劍舄，其用樂也有簫笳笙鏞。安得公之生也，惠惟及於一州，公之亡也，神猶介於遐陬。唯裔夷感慕，而靈祠潔修，迓神之威，有荃橈兮桂舟，饋神之奠，有椒漿兮蘭羞。無金策追封之贈，無袞衣加寵之優。使公與沈湘之魂爲偶，而配濤之神作儔。以公之齊聖廣淵，聰明正直，宏深之量，昭明之誠，而不爲星爲辰，斡運陰陽，拱於北辰·，不爲嶽爲瀆，含吐風雲，康於黎民，胡爲在柳州之陋，爲羅池之神？是知天命難諶兮命靡常，因紀爲碑陰之文。（《新刊五百家注音辯唐柳先生文集》附録卷一、世綵堂《河東先生集》附録卷上）

柳拱辰《柳子厚祠堂記》：子厚謫永十餘年，永之山水亭榭題詠固多矣。韓退之謂衡湘以南爲進士者皆以子厚爲師，其經承子厚口講指畫，爲文詞者悉有法度可觀。今建州學，成立子厚祠堂於學舍東偏，録在永所著詞章，漆於堂壁，俾學者朝夕見之，其無思乎？至和三年丙申二月二日，尚書職方員外郎知永州柳拱辰記。（王昶《金石萃編》卷一三四）

陶弼《柑子堂》：子厚才名甲有唐，謫官分得荔枝鄉。羅池水盡黄柑死，獨有穹碑在晝堂。（《邕州小集》）

郭祥正《寄題羅池廟》：種柳江邊不得歸，殁將靈魄寓羅池。名參韓子猶爲幸，黨入王生最可悲。簾卷瘴雲燈斷續，門荒秋雨菊離披。旱穰請禱年年事，瓦鼓巫歌奠一巵。（《青山集》卷二二）

薛昂《初封文惠侯告詞》：敕：文章在册，功德在民，昔有其人，是爲不朽。生而昭爽，後且不亡，惠我一方，是宜崇顯。柳州靈文廟，唐刺史柳公仕于唐室，卓有才名，勵志精顓，記覽浩博，貫穿經史，溢爲詞華，覽其遺編，灼見志學。龍城雖遠，不鄙其民，爰出教條，動以禮法。家富有業，經學有師，風行俗成，田里悦喜。自言將死，館我羅池，今數百年，英靈猶在。祈禳禱祀，如響應聲，水旱疾憂，咸有歸賴。啟封侯爵，因民之情，尚其知歆，永庇南土。可特封文惠侯。崇寧三年七月七日中書舍人臣薛昂行。（《新刊五百家注音辯唐柳先生文集》附録卷一、世綵堂《河東先生集》附録卷上）

吴致堯《文惠侯贊并序》：崇寧三年秋七月戊寅，詔曰：「文章在册，功德在民。昔有其人，是爲不朽。靈文廟，唐柳州刺史，可封文惠侯。」於是大司空丞相暨三省執政官頓首奉詔，頒諸南服，以慰柳民之思。夫文無古今，其致一也；俗無遠邇，其化均也。子厚視古如今，故能振一代之文，而爲之宗；視遠如邇，故能惠一方之俗，而爲之師。其人遠矣，遺風善政，凛然猶存。是以昭代崇顯之禮益嚴，而柳民報事之誠彌謹。嗚呼！在子厚可以無憾矣。孟子言：「人之有德慧術智者，常存乎疢疾。」蓋其困於心而操心也危，衡於慮而慮患也深。則志全而氣定，不爲外物所襲，是其所建立，卓乎其不可及已。若荀卿、揚雄之於《書》，丘明、馬遷之於史，杜甫、孟郊之於詩，皆以窮而後工者也。韓愈謂子厚斥不久，窮不極，雖有出于人，未必傳於今無疑也。真知言哉！致堯雖未獲登侯之堂，拜侯之像，竊嘗誦侯之文，思侯之政，而喜爲南方之民道也。迺爲贊以寄柳州朱使君，庶附於羅池集之末。其詞曰：志以帥氣，如帥三軍。軍帥可奪，我志獨存。因衡以作，惟德功言。跲且獲奮，詘而克伸。猗歟子厚，超軼離倫。仕於有唐，籍通帝閽。一斥湖湘，易麾海垠。平心正氣，談笑遺紛。天馬脱羈，朝吴暮秦。又如長河，浩浩東奔。源守孔氏，詞媲皇墳。既落芬華，迺復其根。昌黎吏部，推以雄渾。思軋莊騷，才邁卿雲。涵停鬱積，式教遠民。不鄙夷之，是撫是循。侯來之初，攻剽成群。枹鼓籠銅，老壯愁呻。至止期月，風移俗醇。子嚴婦順，屋美船新。在昔孔圉，敏學多聞。公叔同升，暨大夫僎。考行稱伐，誄之曰文。申伯邑謝，南國式遵。子産相鄭，法則是陳。允謂之惠，以詔德人。猗歟子厚，亹亹溫溫。貞符平淮，鏘洋韶鈞。以柳易播，朋友歸仁。除復質子，抑富紓貧。蔽芾柳柑，不夭斧斤。文惠具美，祀典攸尊。鵝山巉巉，柳水沄沄。荔丹蕉黄，桂蘭苾芬。欽于世世，有石祠門。士民永思，典刑弗泯。古今名賢，題跋評論。（《新刊五百家注音辯唐柳先生文集》附録卷一）

闕名《敕賜靈文廟額牒》：尚書省牒柳州靈文廟。禮部狀准都省批送下廣南西路轉運司奏。據柳州申據本州鄉民父老嚴後等狀陳，伏覩唐柳州刺史元和年立廟於羅池，至今三百年來廟享不絶，州境凡有水旱疾疫之災，及公私祈禱，無不感應，乞加封爵或廟額。柳州本司保明委是詣實，尋符太常寺依條看詳，據太常寺狀勘會。唐柳州刺史立廟於羅池，係前代名賢，轉運司及州司保明立廟，至今三百年來廟享不絕，凡有水旱疾疫，祈禱感應，自熙寧二年八月已後，至去年六月，計十餘次祈禱感應。伏候指揮牒，奉敕宜賜靈文之廟爲額，牒至準敕故牒。元祐七年六月三日牒。中大夫守右丞蘇　右光禄大夫守左丞蘇　右正議大夫守左僕射　（《新刊五百家注音辯唐柳先生文集》附録卷一、世綵堂《河東先生集》附録卷上。世綵堂本無最後一行署名）

鄒餘《柳侯畫像贊并序》：元祐七年春，建安曹公出守龍城郡，視事之初，具肴酒，詣唐刺史柳侯廟祠之。祠訖，公徘徊廷序，瞻想遺跡，疑其歲月之久，塑像不類，因博訪之，得侯舊畫像於民間。公敬視之，釋然自喜曰：「此真柳侯也。天骨峻聳，風度爽秀，雖圖繪剥缺，而神采氣焰，自爾卓越。文人才士，宜其如此。余將模之，以廣其傳。」夫身賢，賢也；敬賢，亦賢也。柳侯固賢而可敬者也。曹公之來後數百年，不緣姻故，不附勢利，乃敬而慕之如此，則曹公之心可見矣。曹公諱現，字晦之。是年四月，屬吏鄒餘謹序而贊之。贊曰：峩峩柳侯，器範高雅。少年才名，雷搏電射。睥睨青雲，萬里一跨。憸人用事，貶守龍城。設教禁俗，政治益精。鵝山柳水，棲遲神靈。廟饗血食，逾三百年。遺像在紙，英氣飄然。宜其文章，皎日青天。建安曹公，分符兹土。下車之初，徘徊祠宇。遐想風儀，肅若目覩。載惜遺像，泯没無傳。指畫畫工，模寫其全。偉哉曹公，心惟敬賢。（《新刊五百家注音辯唐柳先生文集》附録卷一）

曹輔《祭柳侯文》：維紹聖二年歲次乙亥十有一月癸巳朔十二日甲辰，朝奉郎權提點廣南西路刑獄公事兼本路勸農提舉河渠公事飛騎尉借紫曹輔，謹以清酌時羞之奠，敬祭于柳侯子厚靈文之祀。惟天元之默運兮，初渾淪而絪緼。惟萬生之併鶩兮，悉壞陶乎一鈞。物有小大之不齊兮，人亦智愚之萬倫。何夫子之毓質兮，獨爽邁秀發而不群。其學也囊括今古而該百氏兮，或參之駁雜而取之粹純。若大田之摰斂兮，莫知其千倉與萬囷。其文也若秋濤之鼓雷風兮，洶湧澎湃而無垠。若八駿之騁通衢兮，王良執策而造父挾輪。老韓駭汗以縮手兮，翺湜喪氣而噤脣。夫何天命之不畀兮，亶遇蹇而罹屯。三湘一斥之十年兮，悵遠符之再分。意冥冥以即夜兮，志鬱鬱而不伸。彼高爵厚禄以夸耀於一時之人兮，皆泯没而無聞。惟夫子之名不可以既兮，愈遠而彌新。柳江演漾以清泚兮，鵝山奇秀而嶙峋。惟夫子血食於此千祀兮，民至今而懷仁。余幼服夫子之遺言兮，不足以追逸軌而襲遊塵。刺嶺嶠之荒服兮，弔蒼梧之愁雲。奠桂酒之旨潔兮，薦蘭肴之苾芬。物雖至薄兮，吾誠甚勤。嗚呼！其來享兮靈文。尚饗。（《增廣注釋音辯唐柳先生集》附録、《新刊五百家注音辯唐柳先生文集》附録卷三）

丘崇《重修羅池廟記》：唐元和十年，州刺史柳侯至，以聖人所常行之道善其民，四年不幸，而平時浹人胸中者已深，人將釋之而不得，追其嘗與部將魏忠輩驛亭酒間語，乃祠於羅池。自歐陽翼之夢、李儀之死，人尤神之，以憂患乞憐者，每每獲報，如所庶幾，三百餘年，英靈猶存。皇朝元祐五年，賜額曰靈文廟。崇寧三年，賜爵曰文惠侯，從斯民之欲也。廟閲日深，仰見星斗，螘封蠹蝕，幾莫能支，而承糟踐籩，袂猶相屬。所謂施利錢者，歲不知幾何，率以十萬爲公帑，用餘則廟得之，以備營繕。然一歲之間，給公而外，所存無幾，雖欲改作，將焉能爲。郴陵朱公以政和二年十一月視守事，三日，具禮謁欵見其所託，大不足以稱侯，四顧躊躇，隱然於中者久之。退而考其故事，得廟利歲時移用之狀，語諸僚佐曰：「侯生死皆有功德於斯民，而祠宇敝陋如此，吾曹當思有以崇大之，奈何牟其利以事封靡乎？侯無譴，寧獨不愧於吾心？燕衎可寢也，豆觴可裁也，土木之役，上求則費公，下斂則耗衆，曷若歸其利於廟，纖毫籍之，久自可舉。」咸曰然。未幾，籍以羡告。州監兵陳莘者，開敏有幹局，俾掌其事。購材募能，取足於籍。堂室門序，卑高如儀，煥然一新，觀者嗟異。又撫其餘材，構亭於羅池之北，因以名之。亭與廟，異區而同名者，不特謂江山之勝作也。嗚呼！洞酌可以祀皇天，噫嘻可以祈上帝，未有誠而不能動者也。心者靈之府，而誠出於其中，神人殊方，靈未始異。以其出於未始異者，合之於冥冥之間，神能違之乎？世俗膴仕，情隨泰遷，燕衎自娱，豆觴自奉，凡可以適己者，無所不爲。公則不爾，惟崇大於侯是思，卒使侯祠既壯而麗，則其誠可謂至矣。千里而郡，非獨其守，任民之責，神與有焉。年無饑饉，氣無乖癘，此民之所望於神者，民之所望、公之所祈也。致其誠於神，以祈民福，公豈可與世俗者同日而語哉！政和三年十月望日，承事郎通判融州軍州事丘崇記。（《新刊五百家注音辯唐柳先生文集》附録卷二、世綵堂《河東先生集》附録卷下）

許尹《祭柳侯文》：惟先生德厚而位不稱，仁深而年不長，歛此大惠，施於一方，終焉廟食，如古桐鄉。雖去此幾於千祀，而至今猶有耿光。尹以不才，嗣守封疆，顧取法於何有，賴先生之循良。莅事之始，奠酒一觴。神兮歸來，鑒兹不忘。（《增廣注釋音辯唐柳先生集》附録、《新刊五百家注音辯唐柳先

生文集》附録卷三）

汪藻《永州柳先生祠堂記》：先生以永貞元年冬，自尚書郎出爲邵州刺史，道貶永州司馬，至元和九年十二月詔追赴都，復出爲柳州刺史，蓋先生居零陵者將十年，至今言先生者必曰零陵，有零陵者亦必曰先生。零陵去長安四千餘里，極窮陋之區也，而先生辱居之，零陵徒以先生居之之故，遂名聞天下，在先生謂不幸可也，而零陵獨非幸歟？先生始居龍興寺西序之下，間坐法華西亭，見西山，愛之，命僕夫過瀟水，翦薙榛蕪，搜奇選勝，自放於山水之間。入冉溪二三里，得尤絶者家焉，因結茅樹蔬，爲沼沚臺榭，目曰愚溪，而刻八愚詩於溪石之上。其謂之鈷鉧潭、西小丘、小石潭者，循愚溪而出也。其謂之南澗、朝陽巖、袁家渴、蕪江、百家瀨者，泝瀟水而上也，皆在愚溪數里間，爲先生杖履徜徉之地。惟黄溪爲最遠，去郡城七十餘里，遊者未嘗到。則豈先生好奇，如謝康樂伐木開徑，窮山水之趣，而亦遊之不數耶？紹興十四年，予來零陵，距先生三百餘年，求先生遺跡，如愚溪、鈷鉧潭、南澗、朝陽巖之類皆在，獨龍興寺并先生故居曰愚堂、愚亭者，已湮蕪不可復識。八愚詩石，亦訪之無有。黄溪則爲峒獠侵耕，嶝危徑塞，無自而入。郡人指高山寺曰：「此法華亭故處。而龍興者，今太平寺西瞰大江者是也。」其果然歟？周衰，言文章之盛者莫如漢、唐，賈誼馳騁於孝文之初，時漢興纔三十餘年耳，其談治道、述騷辭，已追還三代之風如此。自是踵相躡有之，末而至於劉向、揚雄，益精深不可及，去古未遠故也。唐承貞觀、開元習治之餘，以文章顯者如陳子昂、蕭穎士、李邕、燕許之徒，固不爲無人，東漢以來猥並之氣未除也。至元和，始粹然一返於正。其所以臻此者，非先生及昌黎韓公之力歟？故以唐三百年世所推尊者，曰韓柳而已，豈非盛哉！先生雖坐貞元黨，與劉夢得同。夢得，會昌時猶尊顯於朝，先生未及爲時君所省，而遽没於元和之世，事業遂不大見於時，可深惜哉！然零陵一泉石、一草木，經先生品題者，莫不爲後世所慕，想見其風流。而先生之文載集中，凡瓌奇絶特者，皆居零陵時所作，則予所謂幸不幸者，豈不然哉！零陵之祠，先生於學於愚溪之上，更郡守不知其幾，而莫之敢廢，顧未有求其遺跡而紀之者。余於是採先生之集，與劉夢得之詩可見者，書而置之祠中，附零陵圖志之末，庶幾來者有考焉。（《浮溪集》卷一九）

王剛中《加封文惠昭靈侯告詞》：敕：柳州靈文廟文惠侯，生傳道學，文章百世之師，没以神靈，福祐一方之庇，是有功德於人者，其於爵號何愛焉？惟神望冠河東，名高唐室，其才足以命世，其政足以裕民。出守柳城，終享廟食，焄蒿之際，肹蠁必通。屬者春夏之交，雨暘愆候，禱焉即應，歲以是豐。故郡人願請諸朝，而使者遂上其事。朕嘉神孚惠，爰益褒封，尚赫光靈，保有常享，可特封文惠昭靈侯。紹興二十八年八月二十六日中書舍人臣王剛中行。（《新刊五百家注音辯唐柳先生文集》附録卷一、世綵堂《河東先生集》附録卷上）

黄翰《祭柳侯文》：世傳不朽，文學辭章，惟公之文，駕韓蹴張，雄深雅健，實比子長。民思無斁，政事循良，惟公之政，祖龔述黄，深仁遺愛，實比甘棠。孔門四科，達者升堂，公兼得之，光于有唐。天才俊偉，議論慨慷，交口薦譽，名聲益彰。要路立登，臺省翱翔，擢列御史，拜尚書郎。時將大用，器博難量，譬如八駿，奔逸康莊。追風掣電，萬里騰驤，亦如利器，鏌鋣干將。直視無前，其鋒孰當，不慎交友，玷于韋王。群飛刺天，讒口如簧，一斥不復，困于三湘。譬如鸞鳳，不巢高岡，棲之枳棘，六翮摧傷。亦如巧匠，睥睨觀旁，縮手袖間，善刀以藏。一麾出守，惠此南方，龍城雖遠，毋敢怠荒。動以禮法，率由典常，公無負租，私有積倉。居處有屋，濟川有航，黄柑緑柳，至今滿鄉。修夫子廟，次治城隍，農歌于野，士歌于庠。孝弟怡怡，絃誦洋洋，生能澤民，死且不亡。春秋享祀，旱潦祈禳，四百餘年，血食不忘。翰幼學公文，久服餘芳，遺風善政，凛若冰霜。目想英靈，如在其傍，桂酒清旨，肴蔬雜香。拜獻蕪詞，公其來饗。（《增廣注釋音辯唐柳先生集》附録、《新刊五百家注音辯唐柳先生文集》附録卷二）

曾丰《蘭石重修柳侯祠記》：祠在柳，建於唐長慶初，歐陽某經紀之。在吾邑建於本朝元豐間，徐邵經紀之，久輒壞。紹興丙子，徐忠彦經紀之，爲一新，久復壞。慶元庚申，徐元老、夏邦英經紀之，又爲一新。吾里四士者，知侯爲一代文章家，讀其書起慕，覩其像起敬。横身任經紀責寓，吾慕若敬爾，非爲其能禍福人設也。惟侯之生抗志高，既第既仕，内之志爲公卿，其爲御史，爲郎，未得志也。外之志在方伯、連率，其專爲瘴州，失志也。夫人未得志小憤，不得志中憤，失志大憤。憤則思，所以泄之。御史有簡，郎有牘，州有甲兵刀鑽，蓋泄憤具也。而侯入爲御史，爲郎，望遷；出爲州，望還，小不忍則亂大謀矣。故事至前，重發其憤，無所泄，一於詩文泄之。死則志於爲星辰，爲仙爲神，其爲鬼，不得志也，憤何所泄歟？蓄憤無泄，迕之者裂，此李儀之所以侮慢死也。韓文公有成説，人無他辭矣。揆以俚見，古之士養成吾清死爲星，養成吾虚死爲仙，傅説、老聃是也。養未成爲神，無所養爲鬼，侯壯歲未有所養也，一紊黜之，百藉養之。余自邵之永，自永之柳，之後之文之詩闕焉。言事者去激未盡，言理者造談已多，蓋其所養而成矣。藉其死，未免爲神，與人爲福而已矣，其屑爲禍人之事耶？夫死生數也，公豈不知？儀之死，數與慢期會，特與侯善。慮久而慕者忘、敬者怠，祠且不保，用神道設教，意張而大之爾。見謂誠然，非有得於公者也。祠又新以還，每禱輒應，吾里人於是加敬焉。夏與徐，敬與人同，所以敬與人異，余不敢以見謂誠然者語之矣。故其請記，不敢不以所得於公者薦之也。（《緣督集》卷一九）

唐順之《永州祭柳子厚文》（代父作）：竊惟山川之與人文，同於擅天地之靈祕，顧若有神物愛惜乎其間，深扃固鑰，而不輕以示。永之山水，天作地藏，經幾何年，埋没於灌莽蛇豕之區，至公始大發其瓌偉而搜剔其荒翳。公之文章，開陽闔陰，固所自得，至於縱其幽遐詭譎之觀而邃其要眇沉鬱之思，則江山不爲無助。而公之窮愁困阨，豈造物者亦有深意。蓋公之自記鈷鉧、小丘也，嘗以賀茲丘之有遭，而韓退之亦以公窮不久、斥不極，或不能以文自見於世，歷千載而較失得，亦何尤乎偃蹇而擯棄！某少而誦公之文，見其模寫物狀，則已爽然神遊黄山之顛、冉溪之涘。今來吏茲土，周覽四顧，而親覩其所謂迴奇獻巧者，則又恍然若見乎公之文，而挹其餘波之綺麗。自顧樗散之才，未能庶幾乎公之愚，而戒貪於鼠，懲猛於蛇，敢不因公言以自勵！睠風景之如昔，想公之神恒往來於斯地，聊奠觴而陳詞，尚彷佛其來至。（《荆川先生文集》卷一三）

袁袠《謁柳祠》：羅池非昔日，柳廟亦荒頽。秋草重門閉，寒花獨樹開。文章真命世，今古孰憐才？猿鶴如相訴，松風晚更哀。（朱彝尊《明詩綜》卷四五）

嚴嵩《尋愚溪謁柳子廟》：柳侯祠堂溪水上，溪樹荒煙非昔時。世遠居民無冉姓，蹟奇泉石有愚

詩。城春湘岸雜花木，洲晚漁歌清竹枝。才子古來多謫宦，長沙猶痛賈生辭。（曹學佺《石倉歷代詩選》卷四八一）

戴欽《謁柳子厚祠》：窈窕山門入柳堂，陰陰松檜洒秋香。多才憐汝終疎放，往跡令人倍感傷。荒塚草寒惟夜月，斷碑蕪没自斜陽。遥將萬古英雄淚，洒向江流孰短長。（汪森《粤西詩載》卷一七）

謝少南《謁柳子厚祠》：落落疎松隱墓門，羅池祠廟至今存。林間聞鴂堪垂淚，嶺外啼猿更斷魂。自是遠夷聞聖化，非緣逐客誤朝恩。當年舊恨休重省，信有文章百代尊。（同上）

王士性《謁柳柳州祠墓》：天寶貞元人已死，千年大業竟誰是？手提大冶鑄乾坤，後來共説河東氏。並轡中原有幾人，愈也角立河之濱。百川卻障狂瀾折，風雨延津會有神。解道河清苦難俟，瞥驚白日風塵起。去國投荒十二年，驅鱷開雲八千里。魅魍蛟螭作比鄰，强開闇昒就陽春。耐可呼天作知己，詎知天意難具論。刻物肖形神理在，尺管疇令握真宰。爾曹自取造化忌，夭死炎荒託蓬磊。侯死較先韓較後，羅池之碑及韓手。敖氏春秋鬼不饑，桐鄉丘隴人應守。潯水南流即舊津，黄蕉丹荔伏猶新。手披蔓草荒祠下，余亦東西落魄人。（汪森《粤西詩載》卷九）

謝肇淛《重修羅池廟碑銘》：柳羅池有廟，廟唐河東柳侯者也。侯以黨累，謫守是州，多惠政，没而自定廟地，州民俎豆之，靈響示禍福，至於今八百餘年矣。而春秋伏臘，蘋藻不替，蓋州之荒确固陋，不足以禦魑魅，而文人志士，往往喜譚而樂觀其勝者，以侯故也。夫民何常之有？華而夷之則夷矣，夷而華之則華矣。侯不夷柳民，而教以禮法，還定安集，俾有寧宇，其載昌黎碑中，蓋忘其州之荒确固陋，而並忘其身之爲讁者，故能俾民翕然顧化。自唐以來，邕管象郡之間，畔服不恒，幾不復知有王度，而龍城彈丸，猶足生聚教訓，老死而有恒心，侯之造柳，與柳無極，宜永食於兹土也。相傳韓碑舊没城下，城築輒崩，掘而出之，迺成。又永樂時，韓大將軍觀駐師羅池，夢冕而謁者，左右曰：「柳侯也。」覺瞻廟像惟肖，垣壁四垝，新之而行。侯之靈爽不磨，洵足畏矣。天啟改元，余提刑八桂，柳城令吴君仕訓來告曰：「廟久且圮，爲之瞿然。」亟檄守陳君舜道，鳩工葺之，不閱月竣事。茨丹雘，翼如焕如，春秋伏臘，享祀有加焉。舉廢，仁也；妥神，禮也。使民知惠政，而勿忘義也。既落而紀之，且爲之銘。銘曰：柳山兮圭植，柳水兮矢激，孰使爾兮芸菑以食？柳山之岷兮瘠以少，水爲胥兮穴爲獠，孰使爾兮絃歌以姣？矯矯兮侯之造，耕鑿兮胥好。生明德兮死食其報。薦牛蕉兮擘龍荔，釃桂醑兮奏横吹。寢成兮孔安，神之來兮祉萬世。（《小草齋文集》卷一六）

謝天樞《柳侯祠》：龍城君舊治，到此每停船。側問羅池廟，皆言刺史賢。主恩蘋藻地，臣罪聖明天。官是文章誤，情因朋友偏。量移猶拜郡，塞憤借投邊。門見魚山立，祠陰桂樹圓。鬼燈吹瘴出，硯鼓應雩闋。蟲跡仍碑字，蛛絲補屋椽。生時已不達，死後亦誰憐？蠻窟詩名入，山靈才子專。土風尊作祖，慧業静依禪。下馬墮丹荔，閒庭鎖木棉。逐臣予更遠，瘴地爾尤先。灑淚問夫子，千秋事果然。（鄧漢儀《詩觀初集》卷五）

錢楷《柳州謁柳侯祠》（三首）：文章在天地，如泰山一塵。榮名照千古，豈不貴立身。侯誠賢刺史，咄哉黨伾文。昌黎一銘墓，大筆力千鈞。遂使俎豆光，今耀羅池濱。當時走京國，告者歐陽君。嗟嗟賢從事，附兹名弗淪。死生朋友間，高義懷古人。　青青松柏枝，不見龍城柳。惟餘劍銘字，筆法辨跟肘。傳聞涉洞庭，攜鎮風濤吼。行客争椎摹，登登徹座右。不知劍與柳，何者神所守。墨雲荔子碑，並護燭南斗。　文詞湖湘南，實始侯講畫。距今二千年，士類昧程尺。六經誦未完，妄念科名弋。語以論孟義，理解半扞格。安得乞侯靈，蓬心一洗易。再拜爲薦馨，群言丐瀝液。（徐世昌《晚晴簃詩彙》卷一〇六）

阮元《柳州柳侯祠》：柳江猶抱柳侯祠，定是風光異昔時。青箬緑荷得舊峒，黄蕉丹荔有殘碑。徙移故蹟頻消瘴，想望高樓合詠詩。多少文章留恨在，鶯啼花落又羅池。（《揅經室四集》詩卷一一）

評　論

論人事

王禹偁《與李宗諤書》：某讀唐史，見元和中劉禹錫擬刺播州，播非人所處，而夢得有母，時柳宗元同制貶柳州，固欲以柳易播，會宰臣裴度亦爲啟奏其事，憲宗遂移善地，書諸信史，以爲美談。至今君子伏裴、柳之義，而嘉章武之仁也。（《小畜集》卷一八）

范仲淹《述夢詩序》：劉與柳宗元、吕温數人，坐王叔文黨，貶廢不用。覽數君子之述作，而禮意精密，涉道非淺，如叔文狂甚，義必不交。叔文以藝進東宫，人望素輕，然傳稱知書好論理道，爲太子所信。

順宗即位，遂見用，引禹錫等決事禁中，及議罷中人兵權，牾俱文珍輩，又絶韋皋私請，欲斬劉闢，其意非忠乎？皋銜之，會順宗病篤，皋揣太子意，請監國，而誅叔文，憲宗納皋之謀而行内禪，故當朝左右謂之黨人者，豈復見雪？《唐書》蕪駁，因其成敗而書之，無所裁正。孟子曰：「盡信書，不如無書。」吾聞夫子褒貶，不以一疵而廢人之業也。因刻三君子之詩而傷焉。至於柳、吕文章，皆非常之士，亦不幸之甚也。韓退之欲作唐之一經，誅姦諛於既死，發潛德之幽光，豈有意於諸君子乎？故書之。（《范文正公集》卷六）

王安石《讀柳宗元傳》：余觀八司馬，皆天下之奇材也，一爲叔文所誘，遂陷於不義，至今士大夫欲爲君子者，皆羞道而喜攻之。然此八人者既困矣，無所用於世，往往能自强以求列於後世，而其名卒不廢焉。而所謂欲爲君子者，吾多見其初而已，要其終，能毋與世俯仰以自别於小人者少耳，復何議彼哉！（《臨川先生文集》卷七一）

蘇軾《續歐陽子朋黨論》：孔子曰：「仁者安仁，智者利仁。」未必皆君子也。冉有從夫子則爲門人之選，從季氏則爲聚斂之臣。唐柳宗元、劉禹錫，使不陷叔文之黨，其高才絶學，亦足以爲唐名臣矣。（《蘇軾文集》卷四）

晁補之《續楚辭序》：柳宗元、劉禹錫皆善屬文，而朋邪得廢，韓愈薄之。王文公曰……禹錫不暇議。宗元之才蓋韓愈比，愈薄而惜之，稱其論議出入經史百子，踔厲風發，而謂其少年勇於爲人，不自貴重，使在臺省時已能持身如其斥時，亦自不斥。愈於宗元惓惓如此，豈亦知夫才難，與王之意無異也。

抑息夫躬類江充禍國，宗元、禹錫誠邪不至於爲躬躬之辭録，則凡不至於爲躬而辭録者，皆録躬之意也。

（《雞肋集》卷三六）

葛立方《韻語陽秋》卷一一：柳子厚可謂一世窮人矣。永貞之初，得一禮部郎，席不煖，即斥去，爲永州司馬，在貶所歷十一年。至憲宗元和十年，例召至京師，喜而成詠，所謂「投荒垂一紀，新詔下荆扉」，又云「十一年前南渡客，四千里外北歸人」是也。既至都，乃復不得用，以柳州去。由永至京已四千里，自京徂柳又復六千，往返殆萬里矣。故贈劉夢得詩云「十年顦顇到秦京，誰料飜爲嶺外行」，贈宗一詩云「一身去國六千里，萬死投荒十二年」是也。嗚呼，子厚之窮極矣！觀贈李夷簡書云：「曩者齒少心鋭，徑行高步，不知道之艱，以陷於大阸，窮躓隕墜，廢爲孤囚，日號而望，十四年矣。」當時同貶之士，程异爲宰相，而夢得亦得召用，則子厚望歸之心爲如何？然竟不生還，畢命於蛇虺瘴癘之區，可勝歎哉！韓退之有言曰：「子厚斥不久、窮不極，雖有出於人，其文學辭章，必不能自以力致必傳於後如今無疑也。雖使得所願於一時，以彼易此，孰得孰失？」

洪邁《容齋續筆》卷七：唐順宗即位，抱疾不能言，王伾、王叔文以東宫舊人用事，政自己出，即日禁宫市之擾民、五坊小兒之暴閭巷，罷鹽鐵使之月進，出教坊女伎六百還其家。以德宗十年不下赦令，左降官雖有名德才望，不復叙用，即追陸贄、鄭餘慶、韓皋、陽城還京師，起姜公輔爲刺史，人情大悦，百姓相聚讙呼。又謀奪宦者兵，既以范希朝及其客韓泰總統京西諸城鎮行營兵馬，中人尚未悟，會諸將以狀來辭，始大怒，令其使歸告其將，無以兵屬人。當是時，此計若成，兵柄歸外朝，則定策國老等事，必不至後日之患矣。所交黨與如陸質、吕温、李景儉、韓曄、劉禹錫、柳宗元，皆一時豪儁，知名之士，惟其居心不正，好謀務速，欲盡據大權，如鄭珣瑜、高郢、武元衡，稍異己者，皆亟斥徙，以故不旋踵而身陷罪戮。後世蓋有居伾、文之地，而但務嘯引沾沾小人以爲鷹犬者，殆又不足以望其百一云。白樂天諷諫，元和四年作，其中《賣炭翁》一篇，蓋爲宫市，然則未嘗能絶也。

趙彦衛《雲麓漫鈔》卷一〇：唐八司馬皆天下奇材，豈皆見識卑下而附於叔文？蓋叔文雖小人，欲誅宦官，强王室，特計出下下，反爲所勝被禍耳。善良皆不免，當時有所拘忌，不得不深誅而力詆之。後人修書，尚循其説，似終不與爲善者，非《春秋》之意也。惟范文正公嘗略及之，八司馬庶乎氣稍伸矣。

劉克莊《後村詩話》續集卷二：漢、唐皆有宦官之禍，而唐之禍尤烈，幽明皇，殺張后，脅憲宗，劫僖、昭，譖汾陽、西平族，甘露宰相六族禍死十六，宅諸王，終於亡唐而後已。前輩謂漢宦者與政，而唐使之典兵之故。八司馬附麗伾、文，固無足議，但謀奪宦者兵柄，使范希朝、韓泰總統諸城鎮行營兵馬，邊上諸將各以狀辭，中尉中人大怒曰：「從其謀，吾族必死其手。」嗟乎，此豈伾文之智所及哉！八司馬多儁才，必有爲畫策者，事雖不成，與晁錯、竇武、陳蕃何異？而退之《永貞行》云：「北軍百萬虎與貔，天子自將非它師。一朝奪印封私黨，凜凜朝士何能爲。」嗚呼！天子安能自將？不過付之中尉及觀軍容使爾。以成敗論人，世俗不足責，退之豪傑，亦以天子自將北軍爲是，而奪印爲非耶？

顧長卿《讀柳文》：大德壬寅夏，余以事趣福唐寓所，卑濕鬱蒸，悒悒如墮甑間，出入又倦應酬，益無事。搜故篋，得柳文數帙，與客味誦以彌日。客曰：「河東文刻削，多微詞，間未脱駢儷習，間又好爲浮屠代作慧語，去韓迥甚。」予曰：「二公生相好，文筆相糾軶，然柳非抑膝韓者。毋輕訾。」讀《宋清傳》，客曰：「予謂刻削，多微詞，非邪？」至《李赤傳》，曰：「甚矣。」又讀《謫龍説》，曰：「爲尚書郎例貶後懟筆也。」累累讀《蝜蝂傳》、《麋驢鼠戒》，愀然曰：「子厚以譎怪妄尊而儕人類，於是蠢蠢者，抑又甚矣。」最後讀《河間傳》曰：「嘻！君臣之際，尚忍言之，是不可以訓。」撫卷喟喟，若不能平者。予曰：「是惡足爲之懲忿而喟喟者邪？夫始貞而終凶，倏忽而乍棄，飽食厚貨，狎非其類，以是非好惡遷其神，卒飲愧死，以取訾於世，世或有之。或子厚之飾説寢語，峻文醜詆，則適足以爲己之訾，而烏足以訾人？子厚踵世業，躐高節，躋膴仕，廉悍自表襮，其禮節猶未改也。一旦勢利攖於前，意不能無動。伾、文陰詭險詖，鬼蜮之雄，其並緣以爲名高者，群惡少無賴男子爾。頑嚚沓貪，權賄重輕，曾溷廁不若。固乃詭笑側視，以爲是我良友，過矣。又謂可以共立仁義，裨教化，安元元，豈狂易病惑邪？利帝之昏，抑太子之明，睢盱澒涊，盜暴萬狀，以爲真飽食無禍也。重離繼天，陰類惡物棄隱處，而子厚亦頓踣鬱於楚越之郊。晚坐夢得玄都語，又例徙，卒躓仆不能起。悲夫！子厚異時不自顧藉，遂厄窮以斥，其才高，其負詬重，又不自緘默，顧欲以文墨語言之技戕囊隔角，懟懟然取勝於人，至死不悟。噫！失身撓節，貽笑千祀，文雖文，無益也。然則畢之爲溷濁，極之爲荒淫，下之爲市人，反之爲異類，是皆不足以訾人，而適足以爲己之訾也，果矣。」客曰：「唯唯，是足以爲戒。」（蔣之翹輯注《柳河東集》附録）

王世貞《書王叔文傳後》：嗟乎！叔文以不良死，而史極意苛擿，以當權姦之首，至與李訓輩齊稱，抑何寃也！伾貧不足道也。叔文以一言而合順宗，然亦未爲非深思遠慮，而至順宗即位之所注措，如罷宫市、斥貢獻，召用陸贄、陽城，貶李實，相杜佑、賈躭諸耆碩，皆能革德宗大敝之政，收已涣之人心。而其所最要而最正者，用范希朝爲神策行營節度使，而韓泰爲司馬，奪宦官之兵，而授之文武大吏，卒爲宦官所持，不能全身，亟貶而至砐死。蓋其事之最要且正，而禍之烈實由之，即劉闢爲韋臯求三川，而許以死相助，金錢溢於進奏之邸。叔文小有欲，寧不爲所餌，顧叱而欲斬之，抑何壯也！臯時已逆知叔文之失宦官心，故敢抗疏直言其失，而亡所顧。且神策諸將，尚爲啟以辭，宦官使之知而激其怒，何況裴均、嚴綬輩也。均、綬素附中人者也，其所用韋執誼、韓泰等，固不能盡當。執誼鄙，亡論，然亦以文學爲德宗之寵臣，而泰等則天下之所謂名儁有才識者也。觀柳宗元寄所知書，謂與罪人交十年，則必不趣勢而後合。又云「早歲□□，始奇其能，謂可以立仁義、興教化」，則又不必爲富貴而求顯。獨史所云互相推奬，曰伊與周，曰管曰葛，僴然自得，謂天下無人。又云叔文及其黨十餘家，晝夜車如市，候見叔文、伾者，至宿其坊中，餅肆酒鑪，一人得千錢，乃容之。此事則醜而不可掩。而宗元又云：「素卑賤，暴起領事，人所不信，射利求進，填門排户，百不一得。一旦快意，更造怨讟。」此最爲實録，而苟非賢人君子，則亦勢之所必至也。嗟乎！叔文誠非賢人君子，然其禍自宦官始，不五月而身被天下之惡名以死，死又至與李訓輩伍，寧不寃也？夫訓非叔文比也，即使幸而勝之，失一仇士良而得一仇士良，何益也？（《讀書後》卷三）

茅坤《與查近川太常書》：僕嘗讀韓退之所誌柳子厚墓銘，痛子厚一斥不復，以其中朝之士無援之者。今之人或以是罪子厚氣岸過峻，故人不爲援。以予思之，他鉅人名卿，以子厚不能爲脂韋滑澤，遂踈而置之，理固然耳。獨怪退之於子厚，以文章相頡頏於時，其相知之誼不爲不深，觀其所叙子厚以柳易播，其於友朋間，若欲爲欷歔而流涕者。退之由考功晉列卿，抑嘗光顯於朝矣。當是時，退之稍肯出氣力，謁公卿間，如三《上宰相書》十之一二焉，子厚未必窮且死於粤也。退之不能援之於縉帶而交之時，而顧弔之於墓草且宿之後，抑過矣。然而子厚以彼之材且美，使如今之市人攖千金之利者，舋唼蒲伏以自媚於當世，雖無深交如退之，文章之知如退之，當亦未必終擯且零落以至於此。而今卒若爾者，寸有所獨長，尺有所獨短。子厚寧飲瘴於鈷鉧之潭，而不能遣一使於執政者之側，寧以文章與椎髻卉服之夷相牛馬，而不能奴請於二三故知如退之輩者，彼亦中有所自將故也。後之人寧能盡笑而非之耶？吾故於退之所誌子厚墓，未嘗不欲移其所以弔子厚者，而唁且詰乎退之也。然子厚在當時，其所同劉夢得附王叔文輩，蓋已陷於世之公議。然而後世有士，其文章之盛雖或不逮，而平生所從吏州郡，及佩印千里之間，文武將吏，未嘗不憐其能而悲其罷官之無罪者。（《茅鹿門先生文集》卷三）

周思兼《八司馬論》：執朝廷之政，以亂天下者，小人也。然亦有好奇功而不量力，不幸而入小人之黨者，唐之八司馬也。夫八司馬之用事，天下莫不以小人目之，而一旦廢棄，遂終其身不復齒於清議，吾獨悲夫。八司馬之材皆天下偉人，而爲小人之所誘，雖悔之而不可復洗也。天子寢疾於内，而伾、文之徒，以東宮之舊，用事於外，其心之邪正猶未著，而一時之政亦未至於甚悖，則雖當時士大夫，未必不想望丰采，而又持爵禄之權以誘天下之士，亦足以感其心而奪其不從之願。故雖八司馬之材，亦墮其術中而不覺，雖覺之而不可復叛。伾、文奴隸之材，八司馬非不能識之，而業已同之，又戀戀於富貴，是以不能決策而去。元和之盛，君子莫不以其材自顯於世，而伾、文之黨，獨憂愁抑鬱於遐荒，雖欲發憤以白其志，而竟以貶死者，其素行不足以取信於朝廷，而其材又天下之所忌也。夫行不足以取信，故君子不敢任其咎以開其入仕之路，而材足以起人之忌，則小人亦從而交阻之，是以天下皆惜其才，坐視而莫爲之言。以裴度之賢，不能寬禹錫之貶，而楊於陵與宗元爲婣屬，亦終不能少爲之助，蓋疑而忌之者盈於朝廷，而一人之力無所容其間，故寧屈數人之材，而不敢强人之所忌，以起天下之謗。八司馬之黨，惟程异之材爲下，而元和之末猶得以自進於朝廷者，忌之者寡也。夫然後知劉、柳之名愈盛於天下，而貶斥之禍愈不得以自伸也。嗚呼！始以其才誘於伾、文，而復取忌於元和之世，八司馬之才，乃其所以自禍也與？（張英等《御定淵鑑類函》卷二九二）

全祖望《韓柳交情論》：茅鹿門責退之，謂其嘗以列卿光顯於朝，不能援子厚於縉帶而交之日，而顧弔之於墓草既宿之後，是乃目不見唐史之言。近日臨川李丈穆堂據兩家歷官之年駁之，是也，而於韓柳交情委曲，則似尚未有盡者。予乃更爲論以申之。退之官御史時，於子厚爲寮友，然當是時，子厚實據要津，參大政，其視退之之孤立者不同。夷考伾、文當日原有澄清天下之思，故能收神策軍之權，卻藩方之請，事事皆爲唐室罷政起見，其心未可盡非，而不自知任重之非其才也。順宗不久其位，新舊猜嫌之際，伾、文遂不克自支，一蹶而滿朝皆加以奸邪目之，遂使八司馬蒙謗，是固出於後世成敗論人之口，而范文正公所極以爲寃者。獨是時，方有一退之而不能用，偶爾建言，遽有陽山之貶，斯則當路諸公所不能辭其咎，而其卒不克大有所爲，亦正於此可見，況其中疑案尚未易明也。退之《寄三學士》詩有曰：「同官多才俊，偏善柳與劉。或慮語言洩，傳之落寃讎。」其《别竇司直》詩有曰：「愛才不擇行，觸事得讒謗。」是因陽山之貶，而歸過於柳、劉者，殆不一口。退之雖不遽信人言，而其中亦不盡帖然也。然吾以爲子厚必無排退之之事，使其有之，則後此豈有靦顔而託之以子女者？特其不能力争於伾、文，則誠足抱友朋之媿，而人言亦有自來矣。故使子厚再假數年，則必還朝，還朝則其與退之必有剖晰前事，可以釋然於形跡者。而不意子厚竟不得再見退之以死。若退之經紀其身後，斯則古人之誼，不以蒼黄易節者也。謂其中年竟未嘗有纖毫之相失者，非也。古人於論交一事，蓋多有難言者。而陽山一案，關係舊史，又不獨爲世之處功名之際，妨才嫉能，遺棄故舊，而妄藉口於古人者戒也。迨退之銘子厚，力稱其以柳易播之舉，夫同一子厚也，豈獨於退之爲小人，於夢得爲君子乎？吾知退之是時亦固諒前事之虚矣。（《鮚埼亭集》外編卷三七）

評文

孫光憲《北夢瑣言》卷六：唐代韓愈、柳宗元洎李翺、李觀、皇甫湜數君子之文，陵轢荀、孟，糠秕顔、謝，其所宗仰者，唯梁浩補闕而已。

姚鉉《唐文粹序》：惟韓吏部超卓群流，獨高遂古，以二帝三王爲根本，以六經四教爲宗師，憑陵轔轢，首倡古文，遏横流於昏墊，闢正道於夷坦，於是柳子厚、李元賓、李翺、皇甫湜又從而和之，則我先聖孔子之道，炳焉懸諸日月。（《唐文粹》卷首）

柳開《東郊野夫傳》：或問退之、子厚優劣，野夫曰：「文近而道不同。」或人不諭，野夫曰：「吾祖多釋氏，於以不迨韓也。」（《河東先生集》卷二）

宋祁《宋景文筆記》卷上：李淑之文，自高一代，然最愛劉禹錫文章。以爲唐稱柳、劉，劉宜在柳柳州之上。淑所著論多類之，末年尤奥澀，人讀之至有不能曉者。柳州爲文，或取前人陳語用之，不及韓吏部卓然不朽，不丐於古，而語一出諸己。劉夢得巧於用事，故韓、柳不加目品焉。

王安石《上人書》：自孔子之死久，韓子作，望聖人於百千年中，卓然也，獨子厚名與韓並。子厚非韓比也，然其文卒配韓以傳，亦豪傑可畏者也。韓子嘗語人以文矣，曰云云，子厚亦曰云云，疑二子者徒語人以其辭耳，作文之本意不如是其已也。（《臨川先生文集》卷七七）

《五百家注音辯唐柳先生集》附録卷一引王安石《金陵語録》：柳開不及柳子厚，穆修亦常儒耳。張景道勝柳開，如《太玄》準《易》論好，餘文論亦多好。

《五百家注音辯唐柳先生集》卷首《看柳文綱目》引浮休先生（張舜民）云：扶導聖教，剗除異端，以經常爲己任，死而無悔，韓愈一人而已，非獨以屬辭比事爲工也。如其祖述典墳，憲章騷雅，上轢三古，下籠百氏，極萬變而不華，會衆流而有居，逌然沛然，横行闊視於綴述之場，子厚其人也。彼韓子者，特以醇正高雅，凜然無雜，乃得與之齊名爾必也。兼誦博記，馳騖奔放，則非柳之敵。

王正德《餘師録》卷三引李樸《送徐行中序》云：吾嘗論唐人文章，下韓退之爲柳子厚，下柳子厚爲劉夢得，下劉夢得爲杜牧，下杜牧爲李翺、皇甫湜，最下者爲元稹、白居易。蓋元、白以澄瀹簡質爲工，而流入於鄙近，譬如哇滛之歌，雖足以快心便耳，而類乏韶濩。翺、湜優柔泛濫，而詞不掩理。杜牧清深勁峻，而體乏步驟。夢得俊逸麗縟，而時窘邊幅。子厚雄健飄肆，有縣崖峭壑之勢，不幸不發於仁義，而發於躁誕。至退之而後淳粹温潤，駸駸乎爲六經之苗裔。

又引李樸《謁顧子敦侍郎書》云：唐興，三光五嶽之氣不分，文風復起。韓愈得其温淳深潤，以爲貫道之器。柳子厚得其豪健雄肆，飄逸果决者，僅足窺馬遷之藩鍵，而類發於躁誕。下至孫樵、杜牧，峻峰激流，景出象外，而裂窘邊幅。李翺、劉禹錫刮垢見奇，清勁可愛，而體乏雄渾。皇甫湜、白居易閑澹簡質，斵去雕篆，而拙跡每見，回宫轉角之音，隨時間作，類乏韶夏，皆滛哇而不可聽。

張鎡《仕學規範》卷三五引吕本中云：韓退之文渾大廣遠，難窺測，柳子厚文分明見規摹次第。初學者當先學柳文，後熟韓文，則工夫自易。

施德操《北窗炙輠録》卷上：先覺論文，以謂退之作古，子厚復古，此天下高論。

陳善《捫蝨新話》卷九：晏元獻公嘗言：「韓退之扶導聖教，剗除異端，是其所長。若其祖述墳典，憲章騷雅，上傳三古，下籠百氏，横行闊視於綴述之場者，子厚一人而已。」然學者至今但雷同稱述，其實李、杜、韓、柳豈無優劣，達者觀之，自可默喻。

沈作喆《寓簡》卷四：柳子厚作楚詞卓詭譎怪，韓退之不能及。退之古文深閎雄毅，子厚又不及。

《五百家注音辯唐柳先生集》卷首《看柳文綱目》引陳長方云：柳子厚之才，韓退之有所不逮，但韓公下筆便以三代爲法，其文章如人少年、暮年，毛髮不同，而風儀皆此人也。子厚在中朝時尚有六朝規矩，讀之令人鄙厭，至永州以後，始以三代爲師。至淮西一事，退之作碑，子厚作雅，逞其餘力，便覺退之不逮子厚，直一日千里也。死於元和十四年。退之長慶間著述，覺子厚瞠若其後耳。余嘗以三言評子厚文章曰：其大體如紀渻子養鬭雞，在中朝時方虚驕而恃氣，永州以後猶聽影響，至柳州後，望之似木雞矣。

《五百家注音辯唐柳先生集》卷首《看柳文綱目》引金華先生程子山曰：前輩謂退之、子厚皆於遷謫中始收文章之極功，蓋以其落浮誇之氣，得憂患助，言從字順，遂造真理耳。

邵博《邵氏聞見後録》卷一四：韓退之之文自經中來，柳子厚之文自史中來。歐陽公之文和氣多英氣少，蘇公之文英氣多和氣少。

李如箎《東園叢説》卷下：韓退之、柳子厚皆唐之文宗，儒者之論，則退之爲首，而子厚次之。二人平時各相推許，退之論子厚之文則曰：「雄深雅健似司馬子長，崔、蔡之流，不足多也。」子厚論退之之文則曰：「退之所敬者，司馬遷、揚雄。遷之文與退之固相上下，如揚雄《太玄》、《法言》，退之特不作，無作之加瑰奇。」詳究其作，二公之論，皆非溢美。但退之之文，其間亦有小疵。至子厚，則惟所投之，無不如意。如退之《元和聖德詩序》，劉闢與其子臨刑就戮之狀，讀之使人毛骨凛然，風雅中安有此體？至子厚《平淮雅》，讀之如清風襲人，穆然可愛，與吉甫輩所作無異矣。

王十朋《策問》一則：問：韓愈、柳宗元俱以文鳴於唐世，目曰韓柳，二人更相推遜，雖議者亦莫得而雌雄之，然其好惡議論之際，顧多不同者。韓排釋氏甚嚴，其《送浮屠序》責子厚不以聖人之道告之，柳謂釋氏之説與《易》、《論語》合，且譏退之知石而不知韞玉。韓謂世無孔子則已不在弟子列，作《師説》以號召後學，柳則以好爲人師爲患，有《師友箴》，有答韋、嚴二書，且有雪白之喻，又有毋以韓責我之説。韓著《獲麟解》以麟爲聖人之祥，《賀白龜表》以龜爲獲蔡之驗，柳則作《正符》詆談符瑞者爲淫巫瞽史。韓碑淮西歸功裴度而不及李愬，柳於裴、李則各有雅章。韓以作史有人禍天刑之可畏，柳則移書以辯之。韓以人禍元氣爲天所罰，柳則著論以非之。其指意不同，多此類者。且退之名在子厚《先友記》中，蓋其父兄行，且年又長，柳宜以兄事之可也，然韓每及柳則字而稱之，柳語及韓則斥而名之爾，抑又何耶？今二文並行於世，學者之所取法，真文章宗匠也，然讀其文，切疑二人陽若更譽而陰相矛盾者，不可以不辯。夫韓柳邪正，士君子固能言之，至於議論，則未可因人而輕重，願與諸君辯其當否。（《梅溪王先生文集》前集卷一五）

又《讀蘇文》：唐宋文章，未可優劣。唐之韓、柳，宋之歐、蘇，使四子並駕而争馳，未知孰後而孰先，必有能辨之者。不學文則已，學文而不韓、柳、歐、蘇是觀，誦讀雖博，著述雖多，未有不陋者也。韓、歐之文，粹然一出於正，柳與蘇，好奇而失之駁，至論其文之工、才之美，是宜韓公欲推遜子厚，歐陽子欲避路放子瞻出一頭地也。（《梅溪王先生文集》前集卷一九）

又《雜説》：唐宋之文，可法者四：法古於韓，法奇於柳，法純粹於歐陽，法汗漫於東坡。餘文可以

博觀，而無事乎取法也。（《梅溪王先生文集》前集卷一九）

洪邁《容齋隨筆》卷七：韓退之自言作爲文章，上規姚姒《盤》、《誥》、《春秋》、《易》、《詩》、《左氏》、《莊》、《騷》、太史、子雲、相如，閎其中而肆其外。柳子厚自言每爲文章，本之《書》、《詩》、《禮》、《春秋》、《易》，參之穀梁氏以厲其氣，參之孟、荀以暢其支，參之莊老以肆其端，參之《國語》以博其趣，參之《離騷》以致其幽，參之太史公以著其潔。此韓、柳爲文之旨要，學者宜思之。

朱熹《朱子語類》卷一二二：自孟子後，聖學不傳，所謂軻之死不得其傳。如荀卿説得頭緒多了，都不純一。至揚雄所説底話，又多是莊老之説。至韓退之唤做要説道理，又一向主於文詞。至柳子厚卻反助釋氏之説。因言異端之教，漢魏以後，只是老莊之説，至晉時肇法師，釋氏之教始興。其初只是説，未曾身爲，至達磨面壁九年，其説遂熾。（木之）

又卷一三七：或問：文中子僭擬古人，是如何？曰：這也是他志大，要學古人。如退之則全無要學古人底意思。柳子厚雖無狀，卻又占便宜，如致君澤民事，也説要做，退之則只要做官，如末年潮州上表，此更不足説了。退之文字儘好，末年尤好。（燾）

又卷一三九：漢末以後，只做屬對文字，直至後來，只管弱。……到得陸宣公奏議，只是雙關做去。又如子厚，亦自有雙關之文。向來道是他初年文字，後將年譜看，乃是晚年文字。蓋是他效世間模樣做，則劇耳。文氣衰弱，直至五代，竟無能變。

又：大率文章盛則國家卻衰，如唐貞觀、開元，都無文章，及韓昌黎、柳河東以文顯，而唐之治已不如前矣。

又：退之要説道理，又要雜劇，有平易處極平易，有險奇處極險奇，且教他在潮州時好，止住得一年。柳子厚卻得永州力也。

又：柳子厚文，有所模倣者極精，如自解諸書，是倣司馬遷《與任安書》。劉原父作文，便有所倣。

又：文之最難曉者，無如柳子厚。然細觀之，亦莫不自有指意可見，何嘗如此不説破，其所以不説破者，只是吝惜，欲我獨會而他人不能，其病在此。大概是不肯蹈襲前人議論，而務爲新奇，惟其好爲新奇，而又恐人皆知之也，所以吝惜。（僩）

又：方之文有澀處，因言陳阜卿教人看柳文了，卻看韓文，不知看了柳文便自壞了，如何更看韓文？（方）

又：因論今日舉業不佳，曰：今日要做好文者，但讀史、漢、韓、柳而不能，便請斫取老僧頭去。

吕祖謙《古文關鍵·總論》：看柳文法：關鍵出於《國語》。當學他好處，當戒他雄辨。議論文字亦反覆。

高似孫《緯略》卷三古人文章：韓愈雄深雅健（似司馬子長，崔蔡不足多也）。柳宗元卓偉精緻。

李塗《文章精義》：子厚文學《國語》（《國語》段全，柳段碎，句法卻相似）、西漢諸傳（髣髴似之）。

又：韓如海，柳如泉，歐如瀾，蘇如潮。

又：退之雖時有譏諷，然大體正。子厚發之以憤激，永叔發之以感慨，子瞻兼憤激感慨，發之以諧謔。讀柳、歐、蘇文，方知韓文不可及。

又：文有圓有方。韓文多圓，柳文多方。

又：退之墓誌，篇篇不同，蓋相題而施設也。子厚墓誌，千篇一律。

又：褚少孫學太史公，句句相似，只是成段不相似。子厚學《國語》，段段都似，只是成篇不似。

又：子厚文不如退之，退之詩不如子厚。

羅大經《鶴林玉露》甲編卷五：韓柳文多相似。韓有《平淮碑》，柳有《平淮雅》；韓有《進學解》，柳有《起廢答》；韓有《送窮文》，柳有《乞巧文》；韓有《與李翊論文書》，柳有《與韋中立論文》；韓有《張中丞傳叙》，柳有《段太尉逸事》。至若韓之《原道》、《佛骨疏》、《毛穎傳》，則柳有所不能爲；柳之《封建論》、《梓人傳》、《晉問》，則韓有所不能作。韓如美玉，柳如精金；韓如静女，柳如名姝；韓如德驥，柳如天馬。歐似韓，蘇似柳。歐公在潁，於破筐中得韓文數册，讀之始悟作文法；東坡雖遷海外，亦惟以陶、柳二集自隨，各有所悟入，各有所酷嗜也。然韓、柳猶用奇字、重字，歐、蘇唯用平常輕虚字，而妙麗古雅，自不可及。

蔣之翹輯注《柳河東集》卷首《讀柳集叙説》引葉世傑曰：唐以詩文取士，三百年中，能文者不啻千餘家，專其美者，獨韓、柳二人而已。柳稍不及，止又一韓。能詩者亦不啻千餘家，專其美者，獨李、杜二人而已。李頗不及，止又一杜。世之至寶，非獨造物所吝惜，而亦造物所難成。

嚴羽《滄浪詩話·詩評》：唐人惟柳子厚深得騷學，退之、李觀皆所不及。

劉克莊《石塘閒話序》：佛學起於六經、諸子之後，其説奇特，孤行於天地間，有何不可？至李習之、柳子厚稍引《易》、《論語》、莊、列之書，以印證之，此乃儒者不能自守，求附於佛，非佛之不能自立，求附於儒也。（《後村先生大全集》卷九四）

黄震《黄氏日鈔》卷六〇：柳以文與韓並稱焉。韓文論事説理，一一明白透徹，無可指擇者，所謂貫道之器非歟？柳之達於上聽者皆諛辭，致於公卿大臣者皆罪謫後羞縮無聊之語，碑碣等作亦老筆與俳語相半，間及經旨義理，則是非多謬於聖人，凡皆不根於道故也。惟紀志人物以寄其嘲罵，模寫山水以舒其抑鬱，則峻潔精奇，如明珠夜光，見輒奪目。此蓋子厚放浪之久，自寫胸臆，不事諛，不求哀，不關經義，又皆晚年之作，所謂大肆其力於文章者也。故愚於韓文無擇，於柳不能無擇焉，而非徒曰並稱然。此猶以文論也，若以人品論，則歐陽子謂如夷夏之不同矣。歐陽子論文，亦不屑稱韓柳，而稱韓李。李指李翺云。

史繩祖《學齋佔畢》卷四：先儒謂韓昌黎文無一字無來處，柳子厚文無兩字無來處，余謂杜子美詩史亦然，惟其字字有證據，故以史名。

黄仲元《鄭雲我存藁序》：唐人語言妙天下者，莫若韓柳氏。韓以李漢一序傳，柳以劉賓客（禹錫）一序傳。二序之所以傳者，序乎文也。文者天地之正氣，亦天地之奇氣。天地間惟正人能養天地之正氣，故其文正，韓氏似之。惟奇人能發天地之奇氣，故其文奇，柳氏似之。柳之醇正固不及韓，柳之奇崛，亦韓所不及。《天對》文義聱牙難讀，山水諸記出語崔嵬，似窘邊幅。若《段太尉（秀實）逸事狀》，老史筆當避三舍。《晉問》峭拔高妙，夐出魏晉。《南澗》、《田家》等詩，絶有淵明風味。回視《淮西碑》、《中丞傳後叙》、《鰐魚文》、《毛穎傳》、《南溪秋懷》，前後差相頡頏。其與韋中立書論作文源委，一一有所自來，殆如《答李翊》與誨館下諸生，時政未可少柳而多韓。韓亦正患不能奇，柳亦正未易步趨也。（原注：公文酷似柳，故甚取柳，以韓不及柳之奇也。）（《四如集》卷三）

《説郛》弓二五引宋無名氏《讀書隅見》：作記之法，《禹貢》是祖。自是而下，《漢官儀》載馬弟伯《封禪記儀》爲第一，其體勢雄渾莊雅，碎語如畫，不可及也。其次柳子厚山水記，法度似出於《封禪儀》中，雖能曲折回旋，作碎語，然文字止於清峻峭刻，其體便覺卑薄。

王若虚《文辨》：邵氏云：「韓文自經中來，柳文自史中來。」定是妄説。恰恨韓文皆出於經，柳文皆出於史。或謂東坡學《史記》、《戰國策》，山谷專法《蘭亭序》者，亦不足信也。（《滹南遺老集》卷三五）

又：世稱李杜，而李不如杜；稱韓柳，而柳不如韓；稱蘇黄，而黄不如蘇，不必辨而後知。歐陽公以爲李勝杜，晏元獻以爲柳勝韓，江西諸子以爲黄勝蘇，人之好惡固有不同者，而古今之通論不可易也。（《滹南遺老集》卷三五）

又：晏殊以爲柳勝韓，李淑又謂劉勝柳，所謂一蟹不如一蟹。（《滹南遺老集》卷三五）

又：子厚才識不減退之，然而令人不愛者，惡語多而和氣少耳。（《滹南遺老集》卷三五）

劉壎《隱居通議》卷一七《艾軒先生跋韓柳蘇黄集》：蘇黄之別，猶丈夫女子之應接。丈夫見賓客，信步出將去，如女子，則非塗澤不可。韓柳之别，則猶作室，子厚先量自家四至所到，不敢略侵他人田地，退之則惟意所指，横斜曲直，只要自家屋子飽滿，初不問田地四至，或在我與别人也。此譬亦可人意。

又卷一八《經文妙出自然》：經文所以不可及者，以其妙出自然，不由作爲也。左氏已有作爲處。太史公文字多自然，班氏多作爲。韓有自然處，而作爲處亦多。柳則純乎作爲。歐、曾俱出自然，東坡亦出自然，老蘇則皆作爲也。荆公有自然處，頗似曾文。惟詩也亦然。故雖古作者，俱不免作爲。淵明所以獨步千古者，以其渾然天成，無斧鑿痕也。韋、柳法陶，純是作爲，故評者曰：「陶彭澤如慶雲在霄，舒卷自如。」

袁桷《答高舜元十問》：問古賦當祖何賦？其體製理趣何由高古？答：……私謂賦有三變，自後漢之變爲初，柳子厚之賦爲第二，蘇、黄爲第三。今欲稍近古，觀屈原《橘賦》、賈生《鵩賦》爲正體。（《清容居士集》卷四二）

祝堯《古賦辯體》卷七：李太白天才英卓，所作古賦，差强人意，但俳之蔓雖除，律之根故在，雖下筆有光焰，時作奇語，只是六朝賦爾。惟韓、柳諸古賦，一以騷爲宗，而超出俳律之外。韓子之學，自言其正葩之詩，而下逮於騷。柳之學，自言其本之詩，以求其恒，參之騷，以致其幽。要皆是學古者。唐賦之古，莫古於此。至杜牧之《阿房宫賦》，古今膾炙，但大半是論體，不復可專目爲賦矣。

劉謐《三教平心論》卷下：韓柳俱以文鳴，韓則詆佛，柳則學佛。觀子厚《贈重巽法師序》曰：「吾自幼學佛，求其道，積三十年。且由儒而通者，鄭中書、孟常州、連中丞。以中丞之辨博、常州之敏達、中書之清直嚴重，且猶崇重其道，況若吾之昧昧者乎！」其《送文暢上人序》曰：「晉宋以來，有道林、道安、遠法師、休上人，其所與遊，則謝安石、王逸少、習鑿齒、謝靈運、鮑昭之徒，皆時之選。由是真乘法印，與儒典並用，而人知嚮方。」至於《送琛上人序》、《送舉上人序》、《送暠上人序》，製《南嶽大明律師碑》，製《六祖賜謚碑》，製《南嶽彌陀和尚碑》，作《法證律師塔碑》，作《永州浄土院記》，作《柳大雲寺記》，無非闡明佛法，開示冥愚。故東坡過曹溪而題曰：「釋教譯於中國，必託於儒之能言者然後傳遠。子厚南遷，作曹溪、南嶽諸碑，妙絶古今。蓋推本其言與孟軻氏合，可不使學者日見而誦之？」然則子厚之裨於佛教如此，宜東坡喜稱而樂道之也。然儒家不滿於子厚者，以其失節於王叔文耳。斯固子厚之失，而深求子厚之心，亦下惠不羞汙君之意，初非附權勢而饕富貴也。觀其永州之斥，怡然自得，所謂請封禪、求仙翁、禱二妃之事，未嘗有焉。則其安恬處順，亦可見矣。及起爲柳州刺史，而友人劉禹錫得播州，子厚曰：「播非人所居，禹錫親在堂，吾不忍其窮。」即具表請以柳易播。雖禹錫得改連州，不待以柳、播相易，然即此一念，其賢於愈之患失者，豈不猶伯夷之於盜跖乎？深求韓、柳之爲人，大概韓嗜進而柳安静，韓奔競而柳恬退，故子厚《送浩初上人序》曰：「儒者韓退之，嘗病予嗜浮圖，予以爲凡爲其道者，不愛官，不争能，其賢於逐逐然惟印組是務者亦遠矣。」妙哉子厚之言，深中愈之膏肓也。又曰：「浮圖誠有不可斥者，往往與《易》、《論語》合，不與孔子異道。雖聖人復生，不可得而斥也。」又曰：「退之所罪者其跡也，曰髡而緇，無夫婦父子，不爲耕農蠶桑，忿其外而遺其中，是知石而不知韞玉也。」又曰：「果不通道而斥焉以夷，則將友惡來、盜跖而賤季札、由余乎？」詳觀子厚之言，則韓、柳之見，豈不天淵也哉！

葉子奇《草木子》卷四：唐以詩文取士，三百年中能文者不啻千餘家，專其美者，獨韓、柳二人而已。柳稍不及，止又一韓。

方孝孺《張彥輝文集序》：退之俊傑善辨說，故其文開陽闔陰，奇絶變化，震動如雷霆，淡泊如韶濩，卓矣爲一家言。其同時則有柳子厚、李元賓、李習之之流，子厚爲人精緻警敏，習之志大識遠，元賓激烈善持論，故其文皆類之。（《遜志齋集》卷一二）

李時勉《東里續集序》：夫文章之見重於世，以其人也。苟非其人，雖美而傳，反以爲病矣。揚雄、柳子厚、王安石，文非不美也，人或因是而訾之，由其所行悖焉耳。（《明文衡》卷四四）

王鏊《震澤長語》卷下：吾讀柳子厚集，尤愛山水諸記，而在永州爲多。子厚之文，至永益工，其得山水之助耶？及讀元次山集，記道州諸山水，亦曲極其妙。子厚豐縟精絶，次山簡淡高古，二子之文，吾未知所先後也。唐文至韓、柳始變，然次山在韓、柳前，文已高古，絶無六朝一點氣習，其人品不可及歟？

蔣之翹輯注《柳河東集》卷首《讀柳集叙説》引廖道南曰：三代之後無文人，六經之後無文法，非文之難也，文載乎道之難也。世之稱唐大家者必曰韓柳，以今觀之，高山大川，雄峙奔洶，雖不見其震虧湮塞，而其秀挺迴紆，不可盡藏，韓之文也。巍巖絶湍，峭奇環曲，使人暇眺留睨，而其靈氛怪氣，固克籠罩，柳之文也。又如平原曠埜，大將指麾，天衡地衡，自有紀律，其韓之變乎？閒道斜谷，驚飆掣電，不可方物，其柳之變乎？

楊慎《李耆卿評文》：李耆卿評文曰：「韓如海，柳如泉，歐如瀾，蘇如潮。」余謂柳如泉未允，易「泉」以「江」可也。（《升庵集》卷五二）

又《評李杜韓柳》：晏元獻公嘗言：韓退之扶導聖教，剗除異端，則誠有功，若其祖述墳典，憲章騷雅，上傳三古，下籠百世，横行闊視於綴述之場者，子厚一人而已。（《升庵集》卷五八）

王文禄《文脈》卷一：學稱孟荀，文稱韓柳，韓發孟，柳類荀。孟、韓氣昌而理顯，荀、柳氣濯而理晦。是以孟、韓屬陽，故盛行，荀、柳屬陰，則否。

又卷二：或曰柳子厚之文憤激，或曰蘇明允之文縱横，或曰文忌綺麗，或曰文忌誹刺，或曰文貴渾厚。

又：韓昌黎有志古學，但性坦率，不究心精邃，非柳匹也。

王文禄《竹下寤言》卷一：韓退之學不如柳深，柳子厚氣不如韓達。韓詩優於文，柳文優於詩。韓不能賦，柳辭賦之才也。若論其世，柳非黨伾、文，伾、文援柳爲重，韓之求薦，可恥尤甚於柳。世以成敗論人，是以知柳者鮮也。

茅坤《復王暘谷乞文書》：夫古之善記山川，莫如柳子厚。子厚材固雋，然亦以朝夕鈷鉧、愚溪間，故得以恣其盤谿邃谷飛泉峭壁之好，而肆焉以爲文。（《茅鹿門先生文集》卷五）

又《復陳五嶽方伯書》：僕平生覽古之善記佳山水，惟柳子厚爲最，雖奇崛如韓昌黎，當讓一步。已而移官南粤間，過永、柳二州，探其洞壑，所誅茅而亭，甃石而臺，一切勝概，猶疑柳子厚筆力不到也。（《茅鹿門先生文集》卷八）

茅坤《唐宋八大家文鈔・論例》：予覽子厚之文，其議論處多鑱畫，其紀山水處多幽邃夷曠，至於墓誌碑碣，其爲御史及禮部員外時所作多沿六朝之遺。予不録，録其貶永州司馬以後稍屬雋永者凡若干首，以見其風概云。然不如昌黎多矣。

又：予嘗有文評曰：屈宋以來，渾渾噩噩，如長川大谷，探之不窮，攬之不竭，藴藉百家，包括萬代者，司馬子長之文也。閎深典雅，西京之中，獨冠儒宗者，劉向之文也。斟酌經緯，上摹子長，下採劉向父子，勒成一家之言者，班固也。吞吐騁頓若千里之駒，而走赤電、鞭疾風，常者山立，怪者霆擊，韓愈之文也。巉巖崱屴，若遊峻壑削壁，而谷風淒雨四至者，柳宗元之文也。遒麗逸宕，若攜美人宴遊東山，而風流文物，照耀江左者，歐陽子之文也。行乎其所當行，止乎其所不得不止，浩浩洋洋，赴千里之河而注之海者，蘇長公也。嗚呼！七君子者，可謂聖於文矣。其餘若賈、董、相如、揚雄諸君子，可謂才問炳然西京矣，而非其至者。曾鞏、王安石、蘇洵、轍至矣，鞏尤爲折衷於大道而不失其正，然其才或疲薾，而不能副焉。吾聊次之如左，俟知音者賞之。

又《唐宋八大家文鈔・柳州文鈔引》：昌黎韓退之崛起八代之衰，又得柳柳州相爲羽翼，故此唱彼和，譬之噴嘯山谷，一呼一應，可謂盛已。昌黎之文，得諸古六藝及孟軻、揚雄者爲多，而柳州則間出乎

《國語》及《左氏春秋》諸家矣，其深醇渾雄，或不如昌黎，而其勁悍泬寥，抑亦千年以來曠音也。予故讀許京兆、蕭翰林諸書，似與司馬子長《答任少卿書》相上下，欲爲掩卷纍欷者久之。再覽鈷鉧潭諸記，杳然神游沅湘之上，若將凌虚御風也，已奇矣哉！

王世貞《書柳文後》：柳子才秀於韓，而氣不及。金石之文亦峭麗，與韓相争長，而大篇則瞠乎後矣。《封建論》之勝《原道》，非文勝也，論事易長，論理易短故耳。其他駁辨之類，尤更破的。永州諸記，峭拔緊潔，其小語之冠乎！獨所行諸書牘，叙述艱苦，酸鼻之辭，似不勝楚，摇尾之狀，似不勝屈。至於他篇，非掊擊則夸毗，雖復斐然，終乖大雅。似此氣質，羅池之死，終墮神趣，有以也。吾嘗謂柳之蚤歲多棄其日於六季之學，而晚得幽僻遠地，足以深造韓堂奥，便超六季而上之，而晚爲富貴功名所分，且多酬應，蓋於益損各中半耳。（《讀書後》卷三）

王世貞《藝苑卮言》卷一：韓、柳氏，振唐者也，其文實。歐、蘇氏，振宋者也，其文虚。臨川氏法而狹，南豐氏飫而衍。

又卷四：文至於隋唐而靡極矣，韓柳振之，曰斂華而實也。至於五代而冗極矣，歐蘇振之，曰化腐而新也。然歐蘇則有間焉，其流也，使人畏難而好易。

蔣之翹輯注《柳河東集》卷首《讀柳集叙説》引何良俊曰：風人推柳儀曹，去屈宋不遠，然亦只是彷佛其體格耳。及觀劉賓客諸賦，雖不規模騷雅，然議論超卓，鋪寫詳贍，而鑄詞亦自平典，當出儀曹之上。

蔣之翹輯注《柳河東集》卷首《讀柳集叙説》引孫鑛曰：韓柳一時並稱大家，人謂唐時柳名重於韓，然子厚不知因何每事皆讓退之而居其次。如退之學《左傳》，子厚則學《國語》；退之學《史記》，子厚則學《漢書》；退之學《莊子》，子厚則學《荀》，豈性好所近固然邪？

又曰：古人作文多欲相角，良然。如韓有《張中丞傳後叙》，柳有《段太尉逸事狀》；韓有《進學解》，柳有《晉問》；韓有《平淮碑》，柳有《平淮雅》；韓有《送窮文》，柳有《乞巧文》，若相配者。子厚有《韓公毛穎傳後題》，云「急與之角而力不敢暇然」，則前數篇，當是有意力角者耶？

又曰：嘗語人之爲文，其造意立格，必專宗一家，如子厚之《國語》，歐陽之韓文，斯爲要領。其他書則但以助談資。

蔣之翹輯注《柳河東集》卷首《讀柳集叙説》引陳仁錫曰：劉禹錫與宗元書，端而曼，苦而腴，佶然以生，臒然以清，已嚼出柳文佳處。

艾南英《韓丹水先生詩文集序》：從古征行之詠，莫詳於杜少陵，而山水奇偉怪癖之好，無如柳子厚。子厚之愚溪、西山，幾於酈、滈、鄠、杜爭泉石之價。而少陵自陷賊至行在中，更鄜、秦、梓、閬、雲安、夔、巫，艱難百折，盡見於詩。然讀子厚之記，如復乳穴、志苛政，一似不忘情於時事，而誦少陵者，必以其飢寒流離一飯不忘君爲重，以爲此三百篇之意也。（《天傭子集》卷三）

方苞《書柳文後》：子厚自述爲文皆取原於六經，甚哉，其自知之不能審也！彼言涉於道，多膚末支離，而無所歸宿，且承用諸經字義尚有未當者。蓋其根源雜出周、秦、漢、魏、六朝諸文家，而於諸經，特用爲采色聲音之助爾。故凡所作，效古而自汩其體者，引喻凡猥者，辭繁而蕪、句佻且稚者，記、序、書、説、雜文皆有之，不獨碑誌仍六朝、初唐餘習也。其雄厲悽清醲郁之文，世多好者，然辭雖工，尚有町畦，非其至也。惟讀魯論、辨諸子、記柳州近治山水諸篇，縱心獨往，一無所依藉，乃信可肩隨退之，而嶢然於北宋諸家之上，惜乎其不多見耳。退之稱子厚文必傳無疑，乃以其久斥之後爲斷。然則諸篇，蓋其晚作，與子厚之斥也，年長矣，乃能變舊體以進於古。假而其始學時即知取道之原，而終也天假之年，其所至可量也哉？（《方望溪先生全集》卷五）

又《答程夔州書》：柳子厚惟記山水，刻雕衆形，能移人之情。至監察使、四門助教、武功縣丞廳壁諸記，則皆世俗人語言意思，援古證今，指事措語，每題皆有現成文字，一篇不假思索。是以北宋文家，於唐多稱韓李，而不及柳氏也。凡爲學佛者傳記用佛氏語，則不雅。子厚、子瞻，皆以兹自瑕。至明錢謙益，則如涕唾之令人嗀矣。（《方望溪先生全集》卷六）

又《古文約選序例》：退之自言所學在辨古書之真僞，蓋黑之不分，則所見爲白者，非真白也。子厚文筆古雋，而義法多疵。歐、蘇、曾、王亦間有不合，故略指其瑕，俾瑜者不爲揜耳。（《方望溪先生全集》集外文卷四）

姚範《援鶉堂筆記》卷四四：漢體自是高似唐體，唐體自是高似宋體。昌黎無論，即如柳州永、柳諸記，削壁懸厓，文境似覺偪側，歐公情韻或過之，而文體高古莫及。

田同之《西圃文説》卷一：巉巖崱屴，若遊峻壑削壁，而谷風淒雨四至者，柳宗元之文也。

張謙宜《絸齋論文》卷二：柳子厚人非君子，文實清高，其學《國語》、《水經》不見其痕，是爲融化。

又卷四：游覽之文，不患無景，患在無法。凡山川草木、煙霞泉石，俱與我性情有關會處，然後言之有味。尤須精於體物，妙於摛詞，於起伏轉換之法貫徹首尾，超騰象外爲妙。惟柳州、廬陵獨擅其長。

又：游山水之文無如柳州，須看他如何恁底孤峭，如何恁般乾净，掃去了多少俗情，洗刷了多少鄙態。固是他讀得書好，也是他腕力悍勁。

又：柳子厚永州諸游記，全是瀉其憤怨鬱屈，如太史公之《貨殖》、《任俠傳》，意思與人不同，是以必傳。

又卷五：柳州不及韓，氣魄略小耳。記則是獨步，峭潔湍悍，出自天性。少時在江南見子厚全集，其應試在官之文仍是四六，但渠骨格勁、氣質悍，都煉得堅凝，絶不纖靡。其祭母文哀慘激楚，洵爲絶調，諸家選本皆不載，須訪其全集録之。

惲敬《游通天巖記》：二君語及柳子厚諸游記，敬以爲體近六朝末爲至，凡狀山水，莫善於《爾雅》，而《説文》次之。（《大雲山房文稿》二集卷三）

又《與王廣信書》：記之體始于《禹貢》記地之名也，《考工記》記工作之法也，《坊記》、《表記》、《樂記》、《檀弓》記言記事之法也。其體當辭簡，而意之曲折能盡之。是故退之《畫記》、《汴州水門記》其正也，子厚八記正而之變矣。其發也以興，其行也以致，雜詞賦家言，故其體卑。其餘唐、宋、元、明諸名家，作記如作序，如作論，而開其始者，亦退之《新修滕王閣記》是也。（《大雲山房文稿》補編）

孫梅《四六叢話》卷三二：惟柳子厚晚而肆力古文，與昌黎角立起衰，垂法萬世，推其少時，實以詞章知名，詞科起家。其鎔鑄烹鍊，色色當行，蓋其筆力已具，非復雕蟲篆刻家數。然則有歐、蘇之筆者，必無四傑之才；有義山之工者，必無燕公之健。沿及兩宋，又與徐庾風格去之遠矣。獨子厚以古文之筆，而爐鞲於對仗聲偶間，天生斯人，使駢體、古文合爲一家，明源流之無二致，嗚呼，其可及也哉！

又：吾於有唐作家集大成者，得三家焉。於燕公極其厚，於柳州致其精，於文公（令狐楚）仰其高。

又：柳子厚少習詞科，工爲箋奏，及竄永州，肆力古文，爲深博無涯涘，一變而成大家。李玉溪少能古文，不喜聲偶，及事令狐，授以章奏，一變而爲今體，卒以四六名家。此二家者，從入各有自，而始終成就相反如此，所謂學焉得其所近者。何以稱焉，蓋子厚得昌黎遥爲之應和，而玉溪惟令狐爲之親炙，其遇合遭際，自是不同。要之天資學力，固大有逕庭矣。

王之績《鐵立文起》前編卷二引沈石夫曰：宗元文，以鍊字勝他人，廢之乎者也處，柳獨簡與廉峭。

孫琮《山曉閣選唐大家柳柳州全集》卷首：韓柳並驅，當時已有同稱，雖退之亦嘗言其文雄深雅健似司馬子長，崔蔡不足多也。夫其驅駕氣勢，掀雷扶電，撑抉於天地之垠，與昌黎倡和千古，豈瑣瑣者可輕擬其優劣哉？迨既遭竄斥，湮厄感鬱，一寓諸文，又倣《離騷》數篇，情文悽惻。後人編其集者，别爲數十卷，而摭異音釋疏别精審，乃知其好奇字如揚子雲，世推之誠至矣。若以《河間》一傳不得入館閣，此俗人之論，又何足以輕重子厚耶？史稱子厚喜進失志，或少短之，不知其志氣沉鬱，念所藉以不朽者，絶功名而恃文章，其精神自足獨行千古，造物之所以厄子厚者，正所以厚子厚也，人何能窮子厚哉！

語云窮愁之言易工，非知言已。

吴德旋《書柳子厚文集》：靈皋方氏論退之、永叔諸家之文，當矣，而深致貶於子厚爲失中。子厚遭貶謫後，文格較前進數倍。其所與諸人書，惻愴嗚咽，雖不與司馬子長争雄，固是楊子幼之亞。而靈皋以嵇叔夜方之，非知言之選也。《辯列子》以下諸篇，雖使子長爲之，殆無以過，班彪、固父子所不能及。記柳、永諸山水及他雜文，時出入屈原、莊周，崔、蔡固不足多，酈道元之徒又寧足道耶？子厚，文士之傑，其所論著，雖不概於儒者道，然亦往往有合者。而詞特妍妙，足以使人愛玩，樂之忘疲。蘇子瞻之於文事，可謂能盡具才矣，而晚歲於子厚集有偏嗜，後之人可以思其故也。詎得謂子厚非韓敵也，而遽少之哉？（《初月樓文鈔》卷一）

包世臣《書韓文後下篇》：唐文退之外，推子厚。子厚貶斥後乃盡變少壯風格，力追秦漢，與退之相軋。然其先爲駢麗時，氣骨清健，固自度越世俗。是外燕、許之宏麗雄肆，權、李之幽艶宕逸，俱足自植。（《藝舟雙楫·論文》）

黄世三《讀柳子厚文集》：唐之文，韓、柳二子爲冠，定論也，而文有同有異，異者未嘗不同。韓子與李翊論文云：「行之乎仁義之途，游之乎《詩》、《書》之原。」與劉正夫論文云：「用功深者，其收名也遠，若與世沉浮，不自樹立，雖不爲當時所怪，亦必無後世之傳。」柳子亦云：「榮古虐今，比肩疊跡，揚雄殁而《法言》大興，馬遷存而《史記》未振。大抵生則不遇，死而垂聲。」又云：「文以行爲本，在先誠其中，復讀六經、《論語》、《孟子》書，其歸在不出孔子。」是韓、柳之論文同也。韓子作《師説》與李子蟠，言其不拘於時。柳子作避師書，言韓子奮不顧流俗，犯笑侮，收召後學，世果群怪聚罵，指自牽引。此韓、柳之異也。然韓曰雪柳，蜀、越之犬自吠，日雪何過？是則韓、柳之意同矣。韓子言「古之爲史者，不有人禍，則有天刑」。柳子直破其説，此韓、柳之異也。顧反覆韓子之書，原因褒貶過實而懼之，作史而輕於抑揚，疏於考核，在己既不得中道，必並取怒於鬼神而有天刑，是亦韓、柳之意所同矣。韓子作《争臣論》以激陽城，柳子有《與太學生喜詣闕留陽城司業書》，有《國子司業陽城遺愛碣》，此韓、柳之異也。顧韓文激勸於未諫之先，柳文讚美於廷諍懇至司業功著之後，其意未嘗不同矣。韓子《讀鶡冠子》，稱其《博選》四稽五至之説，如援其道而施於家國，功德非少，而子厚以爲鄙淺之書，此韓、柳之異也。顧柳子既遭斥逐，不得一有力者推挽，韓子惜之，則中流失船，一壺千金，固韓、柳之所同悲矣。柳子受羈於王叔文，近馮山公辨之甚詳，讀之有可信亦有可疑。而觀柳集有《答韋珩示韓愈相推以文墨書》，韓集有柳之墓誌銘，有祭文，其相推以斯文宗主，固無可疑，貶柳文者多見其不知量也。（《儆居集讀子集》一）

秦篤輝《平書》卷七《文藝篇·上》：韓之文，揚而明，乾也。柳之文，抑而奥，坤也。歐陽可悦，受以兑。老蘇可畏，受以震。離其大蘇乎，文而明。巽其小蘇乎，婉而章。百折不窮，王爲坎。守經不渝，曾爲艮。

劉熙載《藝概·文概》：酈道元叙山水，峻潔層深，奄有楚辭《山鬼》、《招隱士》勝境。柳柳州游記，此其先導耶？

又：昌黎謂柳州文「雄深雅健似司馬子長」，觀此評，非獨可知柳州，並可知昌黎所得於子長處。

又：東萊謂學柳文當戒他雄辯，余謂柳文兼備各體，非專尚雄辯者，且雄辯亦正有不可少處，如程明道謂孟子儘雄辯是也。

又：柳文如奇峰異嶂，層見疊出，所以致之者有四種筆法：突起、紆行、峭收、縵迴也。

又：柳州記山水、狀人物、論文章，無不形容盡致，其自命爲牢籠百態，固宜。

又：柳子厚《永州龍興寺東丘記》云：「游之適，大率有二：曠如也，奥如也，如斯而已。」《袁家渴記》云：「舟行如窮，忽又無際。」《愚溪詩序》云：「漱滌萬物，牢籠百態。」此等語，皆若自喻文境。

又：文以鍊神鍊氣爲上半截事，以鍊字鍊句爲下半截事，此如《易》道有先天後天也。柳州天資絶高，故雖自下半截得力，而上半截未嘗偏絀焉。

又：昌黎之文如水，柳州之文如山。浩乎沛然，曠如奥如，二公殆各有會心。

陳衍《石遺室論文》卷四：桐城人號稱能文者，皆揚韓抑柳，望溪訾之最甚，惜抱則微詞。不知柳之不易及者有數端：出筆遣詞，無絲毫俗氣，一也；結構成自己面目，二也；天資高，識見頗不猶人，三也；根據具，言人所不敢言，四也；（如《封建論》之類，甚至如《河間婦人傳》，則大過矣。）記誦優，用字不從抄撮塗抹來，五也。此五者，頗爲昌黎所短。昌黎長篇，在聚精會神，用功數十年，所讀古書，在在擷其菁華，在在效法，在在求脱化其面目，然天資不高，俗見頗重。自負見道，而於堯舜孔孟之道，實模糊出入，故其自命因文見道之作，皆非其文之至者。其文之工者：第一傳狀碑誌，第二贈序，第三雜記，第四序跋，第五乃書説論辨。柳文，人皆以雜記爲第一，雖方、姚不能訾議。蓋於古書類能採取其精鍊處也。

林紓《春覺齋論文・流别論》：乃知《騷經》之文，非文也，有是心血，始有是至言。……後人引吭佯悲，極其摹仿，亦咸不能似，似者唯一柳柳州。柳州《解祟》、《懲咎》、《閔生》、《夢歸》、《囚山》諸賦，則直步《九章》，而《宥蝮蛇》、《斬曲几》、《憎王孫》，則又與《卜居》、《漁父》同工而異曲。惟屈原之忠憤，故發聲滿乎天地，惟柳州之自歎失身，故追懷哀咎，不可自已，而各成爲至文。即劉勰所謂真也，實也。不實不真，佳文又胡從出哉？

又：姚氏姬傳曰：「雜記類者，亦碑文之屬。碑主於稱頌公德，記則所紀大小事殊，取義各異，故有作序與銘詩全用碑文體者，又有爲記事而不爲刻石者。柳子厚記事小文，或謂之序，然實記之類。」按姚氏所言，蓋指柳子厚《陪永州崔使君遊讌南池序》及《序飲》、《序棋》也。然右軍之《蘭亭》、李白之《春夜宴桃李園》，雖序亦記，實不權輿於柳州。所謂全用碑文體者，則祠廟廳壁亭臺之類。記事而不刻石，則山水游記之類。然勘災、濬渠、築塘、修祠宇、紀亭臺，當爲一類；記書畫、記古器物，又别爲一類；記山水又别爲一類；記瑣細奇駭之事，不能入正傳者，其名爲書某事，又别爲一類。學記則爲説理之文，不當歸入廳壁。至遊讌觴詠之事，又别爲一類。綜名爲記，而體例實非一。勘災、濬渠、築塘，語務嚴實，必舉有益於民生者，始矜重不流於佻。祠宇之記，或表彰神靈，及前賢之宦蹟隱德。亭臺之記，或傷今悼古，或歸美主人之仁賢，務出以高情遠韻，勿走塵俗一路，始足傳之金石。書畫古器物之記，務尚考訂，體近於跋尾。昌黎之《畫記》專摹《考工》，後人仿效，雖語語皆肖，究同木偶。記古器物固須刻畫，必一一摹擬，又似鑿矣。記山水則子厚爲專家，昌黎不能及也。子厚之文，古麗奇峭，似六朝而實非六朝，由精於小學，每下一字必有根據，體物既工，造詣尤古，讀之令人如在鬱林、陽朔間，奇情異采，匪特不易學，而亦不能學。

又《論文十六忌》：柳子厚文幾抗昌黎之席，然其《送文暢序》則與昌黎大異。昌黎斥僧徒如禽獸，貶佛法爲夷狄，子厚則曰：「王城雄都，宜有大士。」又曰：「勤求祕寶，作禮大聖。」則禮僧徒爲大士，去禽獸遠矣，尊佛氏爲大聖，去夷狄又遠矣。計河東集中碑版之文，曰《曹溪大鑒禪師碑》，曰《南嶽彌陀和尚碑》，曰《岳州聖安寺無姓和尚碑》，曰《龍安海禪師碑》、《南嶽雲峰和尚碑》及《塔銘》，曰《南嶽般舟和尚第二碑》，曰《南嶽大明和尚碑》，曰《衡山中院大律師塔銘》。則贈送之序，文暢以外，尚有方及師、巽上人、僧浩初、元暠師、琛上人、文郁師、玄舉、濬上人，不一而足。推崇象教，引用內典，其著者謂「佛書往往與《易經》、《論語》合，且不與孔子異道」。其碑版文字摭天竺故典，更不待言。柳州負一時重名，人重其文，哀其遇，故亦無復論議之者。

林紓《韓柳文研究法·柳文研究法》：柳州之學騷，當與宋玉抗席，幽思苦語，悠悠然若傍瘴花密箐而飛。每讀之，幾不知身在何境也。《石林詩話》謂柳州諸賦，更不蹈襲屈宋一句，似與昌黎皆在嚴忌、王褒以上。真知言哉！賦學自詞苑窳敗，遂寡問津，然有韻之文，亦治文者不可不講。發源於屈、宋，取範於柳州，斯得矣。

又：宋嚴有翼曾序柳文，苦其難讀，考證音釋，名曰《柳文切正》。此書惜不曾見。不佞恒謂柳州精於小學，熟於《文選》，用字稍新特，未嘗近纖，選材至恢富，未嘗近濫。麗而能古，博而能精，至吞言咽理，變化離合，固遜昌黎，然而生峭壁立，棱棱然使人生慄，亦斷不類於樊紹述之奇詭也。

評詩

蘇軾《書黄子思詩集後》：蘇李之天成，曹劉之自得，陶謝之超然，蓋亦至矣，而李太白、杜子美以英瑋絶世之姿，凌跨百代，古今詩人盡廢，然魏晉以來，高風絶塵，亦少衰矣。李、杜之後，詩人繼作，雖間有遠韻，而才不逮意。獨韋應物、柳宗元發纖穠於簡古，寄至味於澹泊，非餘子所及也。（《蘇軾文集》卷六七）

又《題柳子厚詩二首》二：詩須要有爲而作，用事當以故爲新，以俗爲雅，好奇務新，乃詩之病。柳子厚晚年詩極似陶淵明，知詩病者也。（《蘇軾文集》卷六七）

又《評韓柳詩》：柳子厚詩在陶淵明下、韋蘇州上。退之豪放，奇險則過之，而温麗清深不及也。所貴乎枯澹者，謂其外枯而中膏，似澹而實美，淵明、子厚之流是也。若中邊皆枯澹，亦何足道！佛云：「如人食蜜，中邊皆甜。」人食五味，知其甘苦者皆是，能分别其中邊者，百無一二也。（《蘇軾文集》卷六七）

《苕溪漁隱叢話》前集卷一九引東坡曰：柳儀曹詩憂中有樂，樂中有憂，蓋絶妙古今矣。然老杜云：「王侯與螻蟻，同盡隨丘墟。」儀曹何憂之深也。

黄庭堅《跋書柳子厚詩》：予友生王觀復作詩有古人態度，雖氣格已超俗，但未能從容中玉佩之音，左準繩，右規矩爾。意者讀書未破萬卷，觀古人之文章未能盡得其規摹及所總覽籠絡，但知玩其山龍黼黻成章耶，故手書柳子厚詩數篇遺之。欲知子厚如此學陶淵明，乃爲能近之耳。如白樂天自云效陶淵明數十篇，終不近也。（《豫章黄先生文集》卷二七）

《説郛》弓四三張耒《明道雜志》：退之作詩，其精工乃不及柳子厚。子厚詩律尤精，如「愁深苑猿夜，夢知越雞晨」、「亂松知野寺，餘雪記山田」之類，當時人不能到。退之以高文大筆，從來便忽略小巧，故律詩多不工。如陳商小詩，叙情賦景，直是至到，而已脱詩人常格矣。柳子厚乃兼之者，良由柳少習時文，自遷謫後始專古學，有當世詩人之習耳。

《苕溪漁隱叢話》前集卷一九引《蔡寬夫詩話》：子厚之貶，其憂悲憔悴之歎，發於詩者，特爲酸楚，閔已傷志，固君子所不免，然亦何至是，卒以憤死，未爲達理也。樂天既退閒，放浪物外，若真能脱屣軒冕者，然榮辱得失之際，銖銖校量，而自矜其達，每詩未嘗不着此意，是豈真能忘之者哉？亦力勝之耳。惟淵明則不然。觀其《貧士》、《責子》與其他所作，當憂則憂，遇喜則喜，忽然憂樂兩忘，則隨所遇而皆適，未嘗有擇於其間，所謂超世遺物者，要當如是而後可也。觀三人之詩，以意逆志，人豈難見，以是論賢不肖之實，亦何可欺乎！

《苕溪漁隱叢話》前集卷二引闕名《雪浪齋日記》：爲詩欲詞格清美，當看鮑照、謝靈運，欲渾成而有正始以來風氣，當看淵明，欲清深閒淡，當看韋蘇州、柳子厚、孟浩然、王摩詰、賈長江，欲氣格豪逸，當看退之、李白，欲法度備足，當看杜子美，欲知詩之源流，當看三百篇及楚詞、漢魏等詩。

《苕溪漁隱叢話》前集卷四引韓子蒼（駒）云：予觀古今詩人，惟韋蘇州得其清閑，尚不得其枯淡，柳州獨得之，但恨其少遒爾。柳州詩不多，體亦備衆家，惟效陶詩是其性所好，獨不可及也。

《苕溪漁隱叢話》後集卷三三引蔡絛《西清詩話》：柳子厚詩雄深簡淡，迥拔流俗，至味自高，直揖陶謝，然似入武庫，但覺森嚴。……柳柳州詩若捕龍蛇，搏虎豹，急與之角，而力不敢暇，非輕蕩也。

《詩人玉屑》卷一五引休齋（陳知柔）評子厚詩：柳子厚小詩幼眇清妍，與元、劉並馳而争先，而長句大篇便覺窘迫，不若韓之雍容。

吴可《藏海詩話》：有大才，作小詩輒不工，退之是也。子蒼然之。劉禹錫、柳子厚小詩極妙，子美不甚留意絶句。子蒼亦然之。

張戒《歲寒堂詩話》卷上：柳柳州詩字字如珠玉，精則精矣，然不若退之之變態百出也。使退之收斂而爲子厚則易，使子厚開拓而爲退之則難，意味可學而才氣則不可强也。

又：韓退之之文，得歐公而後發明。陸宣公之議論、陶淵明柳子厚之詩，得東坡而後發明。子美之詩，得山谷而後發明。

陳善《捫蝨新話》卷七：山谷常謂曰：「白樂天、柳子厚俱效陶淵明作詩，而唯子厚詩爲近。」然以予觀之，子厚語近而氣不近，樂天學近而語不近。子厚氣悽愴，樂天語散緩，各得其一，要於淵明詩未能盡似也。

楊萬里《誠齋詩話》：五言古詩句雅淡而味深長者，陶淵明、柳子厚也。如少陵《羌村》、後山《送內》，皆有一唱三歎之聲。

胡仔《苕溪漁隱叢話》後集卷二：若唐之李、杜、韓、柳，本朝之歐、王、蘇、黄，清辭麗句，不可悉數，名與日月争光，不待摘句言之也。

孫奕《履齋示兒編》卷九：柳儀曹押轉聲韻亦復有之，《遊南亭叙志》云「衆生均覆燾（音陶）」，《望横江口》云「島嶼疑摇振（音真）」，《詠三良》云「猛志填黄壤（音攘）」，《詠韋道安》云「朅來事儒術，十年所能逞（音呈）」。雖曰杜與韓、柳喜取别聲押韻，然自建安而來已皆然矣。左太沖《雜詩》云「壯齒不常居，歲暮常慷慨」，則已轉「慷」爲平聲也。陸士衡《爲顧彦先贈婦》云「京路多風塵，素衣化爲緇」，則已轉「緇」爲上聲也。劉公幹《雜詩》云「安得肅肅羽，從爾游波瀾」，此以去聲郎肝切用「瀾」字也。顔延年《登巴陵城》云「卻倚雲夢林，前瞻京臺囿」，此以入聲于六切用「囿」字也。即此觀之，則知四聲皆有可通押者矣。

趙與時《賓退録》卷二引敖器之（陶孫）《詩評》：柳子厚如高秋獨眺，霽晚孤吹。

姜夔《白石道人詩説》：詩有出於《風》者，出於《雅》者，出於《頌》者。屈、宋之文，《風》出也。韓、柳之詩，《雅》出也。杜子美獨能兼之。

葉適《習學記言序目》卷四七：四言自韋孟、司馬遷、相如、班固、束晳、陶潛、韓愈、柳宗元、尹洙、梅堯臣、歐陽脩、王安石、蘇軾，工拙略可見。余嘗怪五言而上，往往世人極其材之所至，而四言雖文詞巨伯，輒不能工，何也？

劉克莊《竹溪詩序》：唐文人皆能詩，柳尤高，韓尚非本色。（《後村先生大全集》卷九四）

又《林子㬐序》：唐初如陳子昂《感寓》，平挹騷選，非開元、天寶以後作者所及。李，大家數，故置勿論。五言如孟浩然、劉長卿、韋蘇州、柳子厚，皆高簡要妙，雖郊、島才思拘狹，或安一字而斷數髭，或先得上句，經歲始足下句，其用心之苦如此，未可以唐風少之。（《後村先生大全集》卷九八）

劉克莊《後村詩話》前集卷一：柳子厚才高。它文惟韓可對壘。古、律詩精妙。韓不及也。當舉世爲元和體，韓猶未免諧俗，而子厚獨能爲一家之言，豈非豪傑之士乎？昔何文縝常語李漢老云：「如柳子厚詩，人生豈可不學他做幾百首。」漢老退而歎曰：「得一二首似之，足矣。」何文縝從北狩病中詩云：「歷歷通前刦，依依返舊魂。人生會有死，遺恨滿乾坤。」雖意極忠憤，而語不刻急，亦學柳之驗。

又新集卷五：韓柳齊名，然柳乃本色詩人。自淵明没，雅道俱熄，當一世競作唐詩之時，獨爲古體以矯之。未嘗學陶和陶，集中五言凡十數篇，雜之陶集，有未易辨者。其幽微者可諷而味，其感慨者可悲而泣也。其七言五十六字尤工，五七言絶句已别選。退之作《羅池廟碑》云：「侯常語部曲歐陽翼等曰：明年吾死，死而爲神。後三年降于州之後堂，歐陽翼等見而拜之。」又云：「生能澤其民，死能驚動禍福之。」又云：「過客李儀醉酒慢侮，扶出即死。」恐非不語神怪之義。王初寮詩云：「子厚文章百世師，尋常稽首望羅池。雷霆不碎韓詩板，醉侮何心怒李儀。」若爲子厚分疏者。

嚴羽《滄浪詩話·詩評》：大曆以後，吾所深取者，李長吉、柳子厚、劉言史、權德輿、李涉、李益耳。

嚴羽《答出繼叔臨安吴景僊書》：又謂韓、柳不得爲盛唐，猶未落晚唐，以其時則可矣。韓退之固當別論，若柳子厚五言古詩尚在韋蘇州之上，豈元、白同時諸公所可望耶？高見如此，毋怪來書有甚不喜分諸體製之説，吾叔誠於此未瞭然也。（《滄浪詩話》附録）

《詩人玉屑》卷五引范季隨《室中語》：又云：「人生作詩不必多，只要傳遠，如柳子厚能幾首詩？萬世不能磨滅。」僕曰：老杜《遺興》詩謂孟浩然云：「賦詩不必多，往往凌鮑謝。」正謂此也。

《唐詩品彙》卷一五引劉辰翁曰：子厚古詩短調紆鬱，清美閑勝，長篇點綴精麗，樂府託興飛動，退之故當遠出其下。並言韓柳，亦不偶然。

蔣之翹輯注《柳河東集》卷首《讀柳集叙説》引劉辰翁曰：柳子厚叙事議論，無不善者，取古人之菁華，中當時之體製，酌古準今，自是一家，比退之微方耳。

元好問《論詩三十首》二十：謝客風容映古今，發源誰似柳州深。朱絃一拂遺音在，卻是當年寂寞心。（《遺山集》卷一一）

元好問《東坡詩雅引》：五言以來，六朝之謝、陶，唐之陳子昂、韋應物、柳子厚，最爲近風雅，自餘多以雜體爲之。詩之亡久矣，雜體愈備，則去風雅愈遠，其理然也。近世蘇子瞻絶愛陶、柳二家，極其詩之所至，誠亦陶、柳之亞，然評者尚以其能似陶、柳而不能不爲風俗所移，爲可恨耳。（《遺山集》卷三六）

虞集《楊叔能詩序》：蘇州學詩於憔悴之餘，子厚精思於竄謫之久，然後世慮銷歇，得發其過人之才、高世之趣，於寬閒寂寞之地，蓋有懲創困絶而後至於斯也。（《道園學古録》卷三一）

吴寬《完庵詩集序》：抑唐人何以能此？由其蓄於胸中者有高趣，故寫之筆下，往往出於自然，無雕琢之病，如韋、柳又其首稱也。世傳應物所至焚香掃地，而子厚雖在遷謫中能窮山水之樂，其高趣如此，詩其有不妙者乎？（《家藏集》卷四四）

倪瓚《謝仲野詩序》：《詩》亡而爲騷，至漢爲五言，吟詠得性情之正者，其惟淵明乎？韋、柳沖淡蕭散，皆得陶之旨趣，下此則王摩詰矣。何則？富麗窮苦之詞易工，幽深閒遠之語難造。（《清閟閣全集》卷一〇）

李東陽《麓堂詩話》：陶詩質厚近古，愈讀而愈見其妙。韋應物稍失之平易。柳子厚則過於精刻。世稱陶韋，又稱韋柳，特概言之。惟謂學陶者須自韋柳而入，乃爲正耳。

又：若柳子厚永州以前，亦自有和平富麗之作，豈盡爲遷謫之音耶？

謝榛《四溟詩話》卷四：詩用難韻，起自六朝。若庾開府「長代手中浛」，沈東陽「願言反魚簃」，從此流於艱澀。……韓昌黎、柳子厚長篇聯句，字難韻險，然誇多鬭靡，或不可解，拘於險韻，無乃庾、沈啟之邪？

徐獻忠《唐詩品》：柳州古詩得於謝靈運，而自得之趣鮮可儔匹，此其所短。然在當時作者，凌出其上多矣。（朱警《唐百家詩》卷首附）

陸時雍《詩鏡總論》：詩貴真，詩之真趣又在意似之間，認真則又死矣。柳子厚過於真，所以多直而寡委也。三百篇賦物陳情，皆其然而不必然之詞，所以意廣象圓，機靈而感捷也。

又：讀柳子厚詩，知其人無與偶。讀韓昌黎詩，知其世莫能容。

又：劉夢得七言絶、柳子厚五言古，俱深於哀怨，謂騷之餘派可。劉婉多風，柳直損致，世稱韋柳，則以本色見長耳。

陸時雍《唐詩鏡》卷三七：子厚清峭壁立，深於哀怨。

吴訥《晦庵詩抄序》：唐興，沈宋變爲近體，至陳伯玉始力復古作，迨李杜後出，詩道大興，而作者日盛矣。然於其間求夫音節雅暢，辭意渾融，足以繼絶響而闖淵明之閫域者，惟韋應物、柳子厚爲然爾。自時厥後，日以律法相高，議論相尚，而詩道日晦焉。（《明文衡》卷四三）

高棅《唐詩品彙總叙》：曁元和之際，則有柳愚溪之超然復古，韓昌黎之博大其詞；張王樂府，得其故實，元白序事，務在分明。與夫李賀、盧仝之鬼怪，孟郊、賈島之饑寒，此晚唐之變也。

又《唐詩品彙·五言古詩叙目·名家》：乾元以後，劉錢接跡，韋柳光前，人各鳴其所長。今觀……韋之静而深，柳之温而密，此皆宇宙山川、英靈間氣萃於時以鍾乎人矣。

王世貞《藝苑卮言》卷四：韋左司平淡和雅，爲元和之冠。……柳州刻削雖工，去之稍遠，近體卑凡，尤不足道。

又：韓退之於詩本無所解，宋人呼爲大家，直是勢利他語。子厚於風雅騷賦，似得一班。

賓客⋯
工愈⋯
然元和⋯
體固未⋯
又《⋯
散自然，⋯
集》卷一⋯
胡應⋯
工，夢得之⋯
之，亦足⋯
胡震亨⋯
乏，自是唐⋯
周珽《⋯

然也⋯

較應物有同有異。如「新沐換輕幘」、「悠悠雨初霽」、「杪秋霜露重」、「發地結菁茅」、「汲井漱寒齒」等篇，蕭散沖和，與應物相類。如「秋氣集南磵」、「南楚春候早」、「志楚山静」、「竄身楚南極」等篇，語雖蕭散，而功用始周，與應物小異。至如「稍稍雨侵」、「九疑濬傾奔」、「隱憂倦永夜」、「瘴茅葺爲宇」、「窮巷闃自養」、「守閒事服餌」、「生死悠悠爾」、「束帶值明后」、「燕秦不兩立」等篇，則經緯綿密，氣韻沉鬱，與應物□《詩眼》所謂「尤深難識」，學者非熟讀諷詠不能有得也。予讀柳詩二十年，始悟⋯

⋯厚雅好《國語》，其文長枝大節處，多得於《國語》。」予謂子厚五言古，氣韻沉鬱，亦⋯

⋯格雖勝，然鍛鍊深刻，已近於變。

⋯言律流於委靡，元和諸公群起而力振之，賈島、王建、樂天創作新奇，遂爲大變，⋯厚上承大曆，下接開成，乃是正對階級。然子厚才力雖大，而造詣未深，興趣亦⋯言長律及七言律對多湊合，語多粧構，始見斧鑿痕，而化機遂亡矣。要亦正變⋯，遐步仰龍驤」、「雅歌張仲德，頌祝魯侯昌」、「司儀六禮洽，論將七兵揚」。合樂⋯璧非真盜客，金有誤持郎」、「訓刑方命吕，理劇德推張」、「采綬還垂艾，華簪更截肪」，「淵龍過許劭，冰鯉弔王祥」，「不言縲絏枉，徒恨纆牽長」。七言如「一身去國六千里，萬死投荒十二年。桂嶺瘴來雲似墨，洞庭春盡水如天」，「林邑東迴山似戟，牂牁南下水如湯。蒹葭淅瀝含秋霧，橘柚玲瓏透夕陽」，「驚風亂颭芙蓉水，密雨斜侵薜荔牆。嶺樹重遮千里目，江流曲似九迴腸」，「印文生綠經旬合，硯匣留塵盡日封。梅嶺寒煙藏翡翠，桂江秋水露鰅鱅」，「山腹雨晴添象跡，潭心日暖長蛟涎」，「三畝空留懸磬室，九原猶寄若堂封」，「青箬裹鹽歸峒客，綠荷包飯趁虛人」等句，對皆湊合，語皆粧構，較之大曆，則自不同矣。

又：或問：「子厚上承大曆，何得爲正對階級？」曰：開、寶至大曆，則流暢清空，風格始降。元和至開成，則工巧襯帖，作用日深。前以風格言，後以作用言也。蓋風格既降，自應作用耳。

又：或問：「子厚七言律，較錢、劉諸子，氣格似勝，何謂不如大曆？」曰：子厚詩，語多粧構，其聲調乃失之重，非氣格有勝耳。再以許渾、韋莊相比，則知之矣。

又：或問：「律詩湊合粧構者，元和間僅得子厚一人，安足概一時乎？」曰：《唐書·藝文志》唐詩凡五百家，宋室南渡，僅存其半。今雖有百數十家，亦非全集，意山林隱逸之士，當時且未必收，況今復有存乎？故知湊合粧構，必非子厚一人也。

賀貽孫《詩筏》：詩文中潔字最難。柳子厚云「本之太史以著其潔」。惟太史能潔，惟柳子能著其潔。

又：詩中之潔，獨推摩詰。即如孟襄陽之淡，柳柳州之峻，韋蘇州之警，劉文房之雋，皆得潔中一種，而非其全。

賀裳《載酒園詩話又編·柳宗元》：大曆以還，詩多崇尚自然，柳子厚始一振厲，篇琢句錘，起頹靡而蕩穢濁，出入《騷》、《雅》，無一字輕率。其初多務谿刻，故神峻而味洌，既亦漸近温醇。如「高樹臨清池，風驚夜來雨」；「寒月上東嶺，泠泠疏竹根。石泉遠逾響，山鳥時一喧」；「道人庭宇静，苔色連深竹」，不意王、孟之外，復有此奇。宋人詩法，以韋、柳爲一體，方回謂其同而異，其言甚當。余以韋、柳相同者神骨之清，相異者不獨峭淡之分，先自憂樂之别。（黄白山評：東坡「發穠纖於簡古，寄至味於澹泊」，上句指韋，下句指柳，本有分别。後人動以二子並稱，而不别其風格之異，總是隔壁聽耳。）如《贈吴武陵》曰：「希聲閟大樸，聾俗何由聰。」《種朮》曰：「單豹且理内，高門復如何。」韋安有此憤激？《遊南亭夜還叙志》曰：「知罃懷褚中，范叔戀綈袍。」《湘口館》曰：「升高欲自舒，彌使遠念來。」韋又安有此愁思？東坡又謂柳在韋上，此言亦甚可思。柳構思精嚴，韋出手稍易，學韋者易以藏拙，學柳者不能覆短也。

又：柳五言詩猶能强自排遣，七言則滿紙涕淚，如「桂嶺瘴來雲似墨，洞庭春盡水如天」，「鵝毛禦臘縫山罽，雞骨占年拜水神」，「山腹雨晴添象跡，潭心日暖長蛟涎」，「梅嶺寒煙藏翡翠，桂江秋水露鰅鱅」，「驚風亂颭芙蓉水，密雨斜侵薜荔牆」，「蒹葭淅瀝含秋霧，橘柚玲瓏透夕陽」，「歸目並隨迴雁盡，愁腸正遇斷猿時」。只就此寫景，已不可堪，不待讀其「一身去國六千里，萬死投荒十二年」矣。

汪森《韓柳詩選》：柳州諸律詩，格律嫻雅，最爲可玩。

王士禛《分甘餘話》卷三：東坡謂柳柳州詩在陶彭澤下、韋蘇州上，此言誤矣。余更其語曰：韋詩在陶彭澤下、柳柳州上。余昔在揚州作《論詩絶句》，有云：「風懷澄澹推韋柳，佳句多從五字求。解識無聲絃指妙，柳州那得並蘇州。」

王士禛《居易録》卷五：嘗戲論唐人詩：王維佛語，孟浩然菩薩語，劉眘虚、韋應物祖師語，柳宗元聲聞辟支語，李白、常建飛仙語，杜甫聖語，陳子昂真靈語，張九齡典午名士語，岑參劍仙語，韓愈英雄語，李賀才鬼語，盧仝巫覡語，李商隱、韓偓兒女語。蘇軾有菩薩語，有劍仙語，有英雄語，獨不能作佛語、聖語耳。

吴喬《圍爐詩話》卷三：韋詩皆以平心静氣出之，故近有道之言。宋人以韋柳並稱，然韋不造作，而柳極鍛鍊也。

又：宋人詩法以韋柳爲一體，更有憂樂也。柳構思精嚴，韋出手少易。學韋易以藏拙，學柳不能覆短。東坡有云：「外枯而中腴，似淡而實美。」淵明、子厚足以當之。中外皆枯，亦何足道哉！自是至言。

田雯《古歡堂集》卷一七《雜著》：中唐韋蘇州、柳柳州，一則雅澹幽静，一則恬適安閒。漢魏六朝諸人而後，能嗣響古詩正音者，韋、柳也，非廑貞元、元和間推獨步矣。

張謙宜《絸齋詩談》卷五：柳柳州氣質悍戾，其詩精英出色，俱帶矯矯凌人意，文詞雖掩飾些，畢竟不和平。使柳州得志，也了不得。柳文讓韓，詩則獨勝。

葉矯然《龍性堂詩話初集》：韓、柳二家以詩論，韓具别才，柳卻當家。韓之氣魄奇矯，柳不能爲，而雅淡幽峭，得騷人之致，則韓須讓柳一席也。

喬億《劍谿説詩》卷上：柳州哀怨，騷人之苗裔，幽峭處亦近是。

又：永、柳山水孤峻，與永嘉、隴、蜀各别，故子厚詩文，不必謝之森秀、杜之險壯，但寓目輒書，自然獨造。

又《劍溪説詩又編》：柳州歌行甚古，遒勁處非元、白、張、王所及。

薛雪《一瓢詩話》：蘇黄門謂杜詩雄、韓詩豪。杜詩之雄可以兼韓之豪。若柳柳州不若韓之變態百出也，使昌黎收斂而爲柳州則易，使柳州開拓而爲昌黎則難。此無他，意味可學，才氣不可學也。

沈德潛《説詩晬語》卷上：柳子厚哀怨有節，律中騷體，與夢得故是敵手。

又卷下：游山詩，永嘉山水主靈秀，謝康樂稱之。蜀中山水主險隘，杜工部稱之。永州山水主幽峭，柳儀曹稱之。略一轉移，失卻山川真面。

沈德潛《唐詩别裁集》卷四：柳州詩長於哀怨，得騷之餘意。東坡謂在韋蘇州上，而王阮亭謂不及蘇州。各自成家，兩存其説可也。

李重華《貞一齋詩説》：五言古以陶靖節爲詣極，後人輕易摹仿不得。王、孟、韋、柳雖與陶爲近，亦各具本色。

姚範《援鶉堂筆記》卷四四：韋自在處過於柳，然亦病弱，柳則體健，以能文故也。

袁枚《隨園詩話》卷五：詩人家數甚多，不可硜硜然域一先生之言，自以爲是，而妄薄前人。須知王、孟清幽，豈可施諸邊塞；杜、韓排奡，未便播之管絃；沈、宋莊重，到山野則俗；盧仝險怪，登廟堂則野；韋、柳雋逸，不宜長篇；蘇、黄瘦硬，短於言情。

李調元《雨村詩話》卷下：柳子厚文配韓，其詩亦可配韓，在王摩詰、孟浩然、韋蘇州之上。根柢厚，取精多，用物宏也。

洪亮吉《北江詩話》卷二：有唐一代詩文兼善者，惟韓、柳、小杜三家，次則張燕公、元道州。他若孫可之、李習之、皇甫持正，能爲文而不能爲詩，高、岑、王、李、杜、韋、孟、元、白，能爲詩而不能爲文，即有文，亦不及其詩。

周中孚《鄭堂札記》卷二：陶靖節詩祇百餘首，有唐王、孟、韋、柳諸公，得其一體，無不名家。可知好詩不貴多也。

姚瑩《論詩絶句六十首》十八：史潔騷幽並有神，柳州高詠絶嶙峋。吴興卻選淮西雅，不及平生五字真。（《後湘詩集》卷九）

施山《望雲詩話》卷二：蘇長公、嚴滄浪皆謂柳子厚五古勝韋左司，漁洋論詩云「柳州那得並蘇州」。不知柳州宗大謝，蘇州宗靖節，門逕自殊，未易優劣。坡公與柳州處逆境，阮亭與蘇州處順境，二公各以聲筌同音，遂有左右袒也。

劉熙載《藝概·詩概》：陶謝並稱，韋柳並稱。蘇州出於淵明，柳州出於康樂，殆各得其性之所近。

錢振鍠《詩話》下：柳詩有支澀生硬之病，韋則無之，此柳所以不如韋也。東坡、滄浪佩服柳詩，阮亭伸韋抑柳，是定論。竟陵評柳云：「非不似陶，只覺調外不見一段寬然有餘處。」此語不特爲柳詩發，道盡不會作五古人病痛。

吴汝綸《跋所書柳子厚詩》：柳州五言佳處在長篇，世徒賞其短章，以配韋蘇州，未爲知言。又稱柳多以五言，不知其七言古詩清深高邁，足與韓公相敵。如此惜其所作殊少，不足衣被後世耳。（《桐城吴先生文集》卷四）

宋育仁《三唐詩品》卷二：五言整飭，其源蓋出任彦升。至其馳騁之作，則前無所阻，宋元詩派此濫觴焉。七言造懷自喻，饒費苦吟，俊逸生新，神傷刻露，要處之儲、韋以降，無愧一家之言。《淮雅》、《貞符》，純爲文體，無復和音，雖精意求章，而麗則衰矣。《鐃歌鼓吹》猶存魏晉之遺。

雜　録

長安慈恩塔題名：韓愈退之、李翺翔之、孟郊東野、柳宗元子厚、石洪濬川同登。（《韓昌黎全集·遺文·題名》）

柳宗直等華嚴巖題名：永州刺史馮叙，永州員外司馬柳宗元，永州員外司户參軍柴察，進士盧弘禮，進士柳宗直。元和元年三月八日，直題。（王昶《金石萃編》卷一〇五）

韓愈《贈别元十八協律六首》三：吾友柳子厚，其人藝且賢。吾未識子時，已覽贈子篇。寤寐想風采，於今已三年。不意流竄路，旬日同食眠。所聞昔已多，所得今過前。如何又須别，使我抱悁悁。

(《韓昌黎全集》卷六)

劉禹錫《祭韓吏部文》:子長在筆,予長在論。持矛舉楯,卒不能困。時惟子厚,竄言其間。贇詞愉愉,辨道顔顔。磅礴上下,羲農以還。(《劉夢得文集》外集卷一〇)

杜牧《唐故太子少師奇章郡開國公贈太尉牛公(僧孺)墓誌銘并序》:故丞相韋公執誼以聰明氣勢,急於褒拔,如柳宗元、劉禹錫輩,以文學秀少,皆在門下。韋公亟命柳、劉於樊鄉訪公,曰:「願一得相見。」(《樊川文集》卷四)

《太平廣記》卷二五六引《嘉話録》:唐柳宗元與劉禹錫同年及第,題名於慈恩塔,談元茂秉筆。時不欲名字彰著,曰押縫版子上者率多不達,或即不久物故,柳起草,暗斟酌之。張復(元)已下,馬徵、鄧文佐名盡著版子矣。題名皆以姓望,而辛南容,人莫知之。元茂閣筆曰:「請辛先輩言其族望。」辛君適在他處,柳曰:「東海人。」元茂曰:「争得知?」柳曰:「東海之大,無所不容。」俄而辛至,人問其望,曰:「渤海。」衆大笑。慈恩題名起自張莒,本於寺中閒遊而題其同年人,因爲故事。

趙璘《因話録》卷一:憲宗初,徵柳宗元、劉禹錫至京,俄而以柳爲柳州刺史,劉爲播州刺史。柳以劉須侍親,播州最爲惡處,請以柳州换,上不許。宰相對曰:「禹錫有老親。」上曰:「但要與惡郡,豈繫母在?」裴晉公進曰:「陛下方侍太后,不合發此言。」上有愧色。既而語左右曰:「裴度終愛我切。」劉遂改授連州。

又卷三:韓文公與孟東野友善,韓公文至高,孟長於五言,時號孟詩韓筆。元和中,後進師匠韓公,文體大變。又柳柳州宗元、李尚書翺、皇甫郎中湜、馮詹事定、祭酒楊公、余座主李公，皆以高文爲諸生所宗，而韓、柳、皇甫、李公，皆以引接後學爲務，楊公尤深於奬善，遇得一句，終日在口，人以爲癖，終不易初心。長慶以來，李封州甘爲文至精，奬拔公心，亦類數公。甘出於李相國武都公門下，時以爲得人，惜其命運迍厄，不得在掄鑒之地。又元和以來詞翰兼奇者，有柳柳州宗元、劉尚書禹錫，及楊公。劉、楊二人，詞翰之外，别精篇什。

又：元和中，柳柳州書，後生多師傚，就中尤長於章草，爲時所寶。湖湘以南，童稚悉學其書，頗有能者。長慶已來，柳尚書公權，又以博聞强識工書，不離近侍。柳氏言書，近世有此二人。

又卷六：柳員外宗元自永州司馬徵至京，意望録用。一日詣卜者問命，且告以夢，曰：「余柳姓也，昨夢柳樹仆地，其不吉乎？」卜者曰：「無苦，但憂爲遠官耳。」徵其意，曰：「夫生則柳樹，仆則柳木，木者牧也，君其牧柳州乎？」卒如其言。（原注：或傳是陳子諒。）

《類説》卷四五引皇甫枚《三水小牘》：柳子厚溪、丘、泉、溝、池、亭、堂、島，皆以愚名之，號八愚。

范攄《雲溪友議》卷中《中山誨》：中山公謂諸賓友曰：「予昔與權丞相德輿庾詞，同舍郎莫之會也。（原注：庾詞，隱語，時人罕知。）與韓退之愈優劣人物，而浙袁給事同肩。與李表臣程突梯，而侮李兵部紳。與柳子厚宗元評修國史，而薄侍郎裒。與吕光化論制誥，而鄙席舍人夔。余二十八年在外，五爲刺史（言遵道路，知蘇、杭五郡），而不復親臺省。以此將知清途隔絶，其自取乎？」

又《贊皇勳》：先是韋相公執誼得罪，薨變於此，今朱崖有韋公山。柳宗元員外與韋丞相有齠年之好，三致書與廣州趙尚書宗儒相公，勸表雪韋公之罪，始詔歸葬京兆，至今山名不革矣。

又《南黔南》：先柳子厚在柳州，吕衡州温嘲謔之曰：「柳州柳刺史，種柳柳江邊。柳館依然在，千株柳拂天。」至南公（卓）至黔南，又以故人嘲曰：「黔南南太守，南郡在雲南。閒向南亭醉，南風變俗談。」

張讀《宣室志》卷四：唐柳州刺史河東柳宗元，嘗自省郎出爲永州司馬，途至荆門，舍驛亭中。是夕夢一婦人，衣黄衣，再拜而泣曰：「某家楚水者也，今不幸，死在朝夕，非君不能活之。倘獲其生，不獨戴恩而已，兼能假君禄，益君壽，爲將爲相，且無難矣。幸明君子一圖焉。」公謝而許之。既寤，默自異之。及再寐，又夢婦人，且祈且謝，久而方去。明晨，有吏來，稱荆帥命將宴宗元。宗元既命駕，以天色尚早，因假寐焉。既而，又夢婦人嚬然其容，憂惶不暇，顧謂宗元曰：「某今之命，若縷之懸風中，危將斷而飄矣，而君不能念其事之急耶？幸疾爲計，不然，亦與敗縷皆斷矣。願君子許之。」言已，又祈拜。既告去，心亦未悟。宗元俛而念曰：「吾一夕三夢婦人告我，辭甚懇，豈吾之吏有不平於人者耶？抑將宴者以魚爲我膳耶？得不捨之，亦吾是也。」即命駕詣郡宴，既而以夢話於荆帥，且召吏訊之。吏曰：「前一日漁人網獲一巨黄鱗魚，將爲膳，今已斷其首。」宗元驚曰：「果昨夕之夢也。」遂挈而投江中，然而其魚已死矣。是夕，又夢婦人來，失其首，宗元益異之。

王定保《唐摭言》卷一四引蕭倣《與浙東鄭裔綽大夫雪門生薛扶狀》：況孔振是宣父胄緒，韓綰即文公令孫，蘇蕩故奉常之後，雁序雙高，而風埃久處。柳告是柳州之子，鳳毛殊有，而名字陸沉。其餘四面搜羅，皆有久居藝行之士，煩於簡牘，不敢具載。

馮贄《雲仙雜記》卷六：柳宗元吟春水如藍詩，久之不成，乃取九腳牀於池邊沙上玩味，終日僅能成篇。（《白氏金鎖》）

又：柳宗元得韓愈所寄詩，先以薔薇露盥手，薰玉蕤香，後發讀，曰：「大雅之文，正當如是。」（《好事集》）

柳開《宋故柳先生（闢）墓誌銘》：雍熙中，開守寧邊軍，不見瀛半年，一日封所爲文自魏來，辭直理勝，若古人所作，即與之詩曰：「皇唐二百八十年，柳氏家門世有賢。出衆文章惟子厚，不群書札獨公權。本朝事去同灰燼，聖代吾思紹祖先。感歎盡應餘慶在，今來見汝又堪憐。」（《河東先生集》卷一四）

《新唐書·文藝傳下·吴武陵》：初柳宗元謫永州，而武陵亦坐事流永州，宗元賢其人。及爲柳州刺史，武陵北還，大爲裴度器遇。每言宗元無子，説度曰：「西原蠻未平，柳州與賊犬牙，宜用武人以代宗元，使得優游江湖。」又遺工部侍郎孟簡書曰：「古稱一世三十年，子厚之斥十二年，殆半世矣。霆砰電射，天怒也，不能終朝。聖人在上，安有畢世而怒人臣邪？且程、劉、二韓，皆已拔拭，或處大州劇職，獨子厚與猿鳥爲伍，誠恐霧露所嬰，則柳氏無後矣。」度未及用，而宗元死。

蘇軾《答程全父十二首》十一：便舟來，辱書問訊，既厚矣，又惠近詩一軸，爲賜尤重。流轉海外，如逃深谷，既無與晤語者，又書籍舉無有，惟陶淵明一集、柳子厚詩文數册，常置左右，目爲二友。今又

辱來䀼，清深温麗，與陶、柳真爲三友矣。（《蘇軾文集》卷五五）

黄庭堅《跋陰符經後》：《陰符經》出於唐李筌，熟讀其文，知非黄帝書也。蓋欲其文奇古，反詭譎不經。蓋糅雜兵家語作此言，又妄託子房、孔明諸賢訓注，尤可笑，惜不經柳子厚一掊擊也。（《豫章黄先生文集》卷二八）

晁説之《柳集亡食蝦蟇詩因有作》：我讀柳侯詩，不見蝦蟇篇。所亡諒非一，撫卷爲慨然。不應流落人，吟詠亦不傳。問爾胸中奇，何以能棄捐。湯湯柳之水，漁無魴與鱣。背脊得蝦蟇，樽俎薦春鮮。莫言形貌惡，素蛾與嬋娟。柳侯比豢豹，賴以韓詩傳。如聞大吕方，乃無黄鐘圓。問之州鳩氏，政令恐不宣。我嘗求元唱，其深在九淵。侯詩蝦蟇美，人人垂饞涎。蝦蟇竊自懼，子孫將不延。奈此文字何，偷攘付蜿蜒。蜿蜒與蝦蟇，腥介每相憐。遂令連璧孤，不知今幾年。念我少年日，未識侯詩妍。晚見海上老，口誦盡殘編。因之得揚摧，今古共周旋。此老可補亡，已矣淚潺湲。（《嵩山文集》卷五）

又《行縣途中讀柳子厚詩》：征衣窮塞暮冬時，讀盡龍城太守詩。若使生平詩盡在，濯纓無淚爲君垂。（《嵩山文集》卷六）

惠洪《次韻題子厚祠堂》：元和八司馬，子厚獨奇偉。謫官無以敵，妙語凌山翠。山以囚自名，谿以愚爲字。醉心谿山間，勝處無不至。至今永州祠，大類羅池祀。生存伍猨鳥，遺像土偶侍。經游香火罷，感歎追前事。才高出不容，起坐終夜喟。（《石門文字禪》卷七）

劉斧《青瑣高議》前集卷一：柳宗元字子厚，晚年謫授柳州刺史。子厚不薄彼人，盡仁愛之術治之。民有鬬争至於庭，子厚分别曲直使去，終不忍以法從事。於是民相告：「太守非怯也，乃真愛我者也。」相戒不得以訟。後又教之植木種禾、養雞蓄魚，皆有條法。民益富。民歌曰：「柳州柳刺史，種柳柳江邊。柳色依然在，千尋緑拂天。」公預知死，召魏望、謝寧、歐陽翼曰：「吾某月某日當去世，子爲吾見韓公，當世能文，爲吾求廟碑。後三年，吾當食此。」如期而死。後三年，公之神見於後堂壁下，歐陽翼見而拜之，公曰：「羅池之陽，可以立廟。」廟成，乃割牲置位，酌酒祭公，郡人畢集。時有賓州軍將李儀還京，入廟升堂駡詈，儀大叫仆於堂下，腦鼻流血，出廟即死。郡民愈畏謹。謝寧入京見韓公，求廟碑，公詰之曰：「子厚生愛彼民，死必福之。」寧曰：「神威甚肅。」公問其故，寧曰：「或過廟不下，致祭不謹，則蛇出廟庭，或有異物現出，民見即死。」公曰：「爾將吾文祭而焚之，無使人見。」寧如公言祭之，蛇不復出。其文人或默傳之，今亦載之。韓公祭文：「公生愛此民，死當福此民。何輒爲怪蛇靈物，驚懼之至死者？公平生不足，憤懑不能發洩，今欲施於彼民，民何辜焉？謝寧説甚可驚，始封何戾焉？無爲怪異之跡，敗子平生之美名。余與子厚甚厚，其聽吾言。」

許顗《彦周詩話》：東坡在海外，方盛稱柳柳州詩。後嘗有人得罪過海，見黎子雲秀才説：海外絶無書，適渠家有柳文，東坡日夕玩味。嗟乎！雖東坡觀書，亦須着意研窮，方見用心處邪？

朱弁《曲洧舊聞》卷四：穆修伯長在本朝，爲初好學古文者。始得韓、柳善本，大喜，自序云：「天既饜予以韓，而又飫我以柳，謂天不予饗過矣。」欲二家文集行於世，乃自鏤板，鬻於相國寺。性伉直不容物，有士人來，酬價不相當，輒語之曰：「但讀得成句，便以一部相贈。」或怪之，即正色曰：「誠如此，修豈相欺者？」士人知其伯長也，皆引去。

葛立方《韻語陽秋》卷五：韓愈自監察御史貶連州山陽令，所坐之因，傳記各異。《唐書》本傳謂上疏論宫市，德宗怒，故貶。李翱《行狀》謂爲幸臣所惡，故貶。皇甫湜作《神道碑》謂貞元十九年關中旱饑，公請寬民徭，專政者惡之，故貶。按文公集，宫市之疏不傳，而《文公歷官記》及《年譜》以謂京師旱，民饑，詔蠲租半，有司征求反急，愈與同列上疏言狀，爲幸臣所讒，幸臣者，李實也。予考退之《自連山移江陵》詩云：「孤臣昔放逐，泣血追愆尤。汗漫不省識，恍如乘桴浮。或自疑上疏，上疏豈其由。」則所坐之因，雖退之猶疑之也。集中有《上京兆李實書》，盛稱其能，曰：「愈來京師，所見公卿大臣，未有赤心事上憂國如閣下者。」又云：「今年以來，不雨者百餘日，種不入土，而盜賊不敢起，穀價不敢貴，老姦宿贓，銷縮摧沮。」亹亹百餘言，皆叙其歌慕之意。其後實出爲華州，又有書云：「愈於久故遊從之中，蒙恩獎，知遇最厚，無與比者。」愈既爲實所讒，不應此書拳拳如是。及觀《江陵途中》詩云：「同官盡才俊，偏善柳與劉。或慮語言泄，傳之落寃讎。」又《岳陽别竇司直》云：「愛才不擇行，觸事得讒謗。前年出官日，此禍最無妄。」又《和張十一憶昨行》云：「伾文未揃崖州熾，雖得赦宥常愁猜。近者三姦悉破碎，羽窟無底幽黄能。眼中了了見鄉國，知有歸日眉方開。」又有《永貞行》以快伾、文之貶，其末云：「郎官清要爲世稱，荒郡僻野嗟可矜。具書目見非妄徵，嗟爾既往宜爲懲。」則知陽山之貶，伾、文之力，而劉、柳下石爲多，非爲李實所讒也。

又卷一一：郎官之選，唐朝尤重。順宗初政，柳子厚爲禮部郎，與蕭俛書云：「僕年三十三，年甚津、浮梁、孟州。歲以致貢。」柳宗元嘗爲文刻置禹廟。

俞文豹《吹劍續録》：學者犯不韙，斥先聖名，自唐人始，雖韓文公亦然。我朝諸公，亦未有知其非者。《莊子》云「仲尼語之以爲博」，東坡《寶墨堂記》改作「孔丘語之以爲博」。子由《和歸去來辭》曰「或以佞而疑丘」，文豹前集嘗論之。近閲柳文，見其前後所稱，不曰夫子孔子，則曰仲尼父，則知子厚有識也。

張端義《貴耳集》卷上：東坡在儋耳無書可讀，黎子家有柳文數册，盡日玩誦。一日遇雨，借笠屐而歸，人畫作圖，東坡自贊：「人所笑也，犬所吠也，笑亦怪也。」用子厚語。

魏仲舉《五百家注昌黎文集》卷三二《柳子厚墓誌銘》引任淵注：咸通四年，右常侍蕭倣知舉，試《謙光賦》、《澄心如水詩》，中第者二十五人，柳告第三人，韓綰第八人。告即子厚之子，字用益。綰即退之之孫。

曾季貍《艇齋詩話》：前人論詩，初不知有韋蘇州、柳子厚；論字，亦不知有楊凝式。二者至東坡而後發此祕，遂以韋、柳配淵明，凝式配顔魯公。東坡真有德於三子也。

劉克莊《後村詩話》後集卷一：退之有《答柳柳州食蝦蟆》詩，是柳倡而韓和矣，今柳集乃無此作。唐家數詩，往往一集可采者止一二首，餘皆不必傳，而傳子厚詩□□妙□□□□不入集者，可惜也。周六、周七輩能登科而不能收拾父詩，必是其時尚幼。

又後集卷二：（韓愈）《江陵道中寄三翰林》云：「同官多材雋，偏善柳與劉。或疑言語洩，傳之落寃仇。」按退之陽山之貶，此詩及史皆云因論官市，似非劉、柳漏言之故，當時乃有此説，市之風波，可畏久矣。然退之於劉、柳豁然不疑，故有「二子不宜爾之」句，庶幾不怨天、不尤人矣。

高斯得《跋南軒永州諸詩》：杜子美詩自二十一歲以後，韓退之二十五歲以後，歐陽永叔、蘇子瞻二十六歲以後，皆載集中，至今讀者誰敢以少作少之？惟劉禹錫編柳子厚詩，斷自永州以後，少作不録一篇，故柳詩比韓、歐、蘇詩少而加嚴。（《恥堂存稿》卷五）

王若虚《文辨》：舊説楊大年不愛老杜詩，謂之村夫子語。而近見傅獻簡《嘉話》云：「晏相常言大年尤不喜韓柳文，恐人之學，常横身以蔽之。」嗚呼！爲詩而不取老杜，爲文而不取韓柳，其識見可知也。（《滹南遺老集》卷三七）

周昂《讀柳詩》：功名翕忽負初心，行和騷人澤畔吟。開卷未終還復掩，世間無此最悲音。（元好問《中州集》卷四）

陸友仁《研北雜誌》卷上：柳子厚自言僕蚤好觀古書，家所蓄晉魏時尺牘甚具，又二十年來徧觀長安貴人好事者所蓄，殆無遺焉，以是善知書。雖未嘗見名氏，望而識其時也。

錢謙益《跋高麗版柳文》：高麗國刻唐柳先生集，繭紙堅緻，字畫瘦勁，在中華亦爲善本。（《牧齋有學集》卷四六）

全祖望《河東柳氏遷吴考》：柳柳州爲吴人，見於本集與本傳，而蘇之志人物者鮮及焉。按本傳云：「柳宗元，其先蓋河東人，後徙於吴。」此明文也。柳州作《先侍御府君神道表》云：「天寶末遇亂，奉德清君、夫人，（德清君，侍御父察躬也。夫人，侍御母也。舊人皆誤連讀之，故本傳亦止云奉母避亂。考柳州逮事王父，是時豈得奉母遺父？）載家書隱王屋山。間行求食。亂有間，舉族如吴。居德清君之喪，服除，常吏部命爲太博。先君固曰：有尊老孤弱在吴，其祖父願爲宣城令。三辭而後獲。」是侍御已定居於吴。柳州生於大歷九年，當在侍御爲朔方推官晉州參軍之時，其家於吴久矣。且不特家於吴，并婚於吴。柳州爲楊詹事憑之壻，其作《楊郎中凝墓志》云：「君與季弟凌同日生，不周月而孤，伯兄憑翦髪爲童，家居於吴。」是楊氏之稱宏農，猶柳氏之稱河東，皆推原其族望，而實則皆吴人也。其作《亡妻弘農楊氏墓誌》云：「夫人三歲，依於外族，間在他國，凡十有三年，而二姓克合。」蓋柳與楊同居吴下，而柳州之婦鞠於外家，故有間在他國之語。然竊嘗疑柳州再世居吴，而其集中未嘗有一語及於洞庭林屋之勝，韓吏部之誌、劉賓客之祭文，亦不及焉。及夷考之，乃知柳州雖居吴，而在吴之日甚淺。大抵唐人之世宦者多居京師，蓋當時不特有里第，兼有家廟，枝附葉連，久而重去。柳氏自河東之虞鄉，遷京兆之萬年，已累世矣。其少陵原之大墓，則高祖蘭州府君而下，皆在焉。侍御雖挈家南轅，而柳州作《太夫人歸祔志》云：「宗元生四歲，居京西田廬中。先君在吴，家無書，太夫人教古賦十四首。」是柳州少日，固多居長安。侍御之總三司，自夔州再入朝，則又隨侍在長安。已而登進士，歷官至尚書郎，則又在長安。且柳州享年四十七歲，其自序曰「長京師三十三年」，合之南竄十四年之數，已自相符。則中間不過偶一至吴。其《游朝陽巖西亭》詩云：「羈貫去江介，世仕尚函殽。」是明言居吴未久，而以世仕不能忘情於秦，南竄而後，詩文酬答，總惓惓於鄠杜之間。使其得再入朝，殆有挈其群從西歸之意焉。然自柳州南竄，其子弟無復有居萬年者。其《答許京兆孟容書》言：「先墓所在城南，更無子弟。善和里宅，已三易主。」則其後柳州雖歸葬萬年，而子弟已即安於吴矣。不然，則柳氏在吴，祇可以言寓公，本傳不得竟斷之曰徙吴也。唐人最重舊籍，故雖數世之後，必行歸葬之禮，不得以此而疑柳氏之非吴産也。宋人作柳州年譜，於其居吴，顛末不詳，而蘇人亦莫之考，吾故表而出之。（《鮚埼亭集》外編卷四〇）

王鳴盛《十七史商榷》卷七四：八月壬午，左降官韋執誼、韓泰、陳諫、柳宗元、劉禹錫、韓曄、凌準、程异等八人，縱逢恩赦，不在量移之限。諸人雖輕狂，而其中才士亦多，自去年九月至此，一年之中，已經四度降旨，貶斥禁錮，何其頻數，惡之一至於此。而其爲黨魁者，則已賜死矣。憲宗讎視其父所任用之人，居心殆不可問。諸人罪亦不過躁進，豈真醜類比周，黨邪害正者哉？考（程）异傳，异於元和初旋因鹽鐵使李巽薦其曉達錢穀，請棄瑕録用，遂擢爲侍御史，亦足見帝之好貨矣。异之湔雪尚速，而柳竟死貶所，劉亦久乃牽復，又見才士之多命蹇也。

趙翼《柳州》：我聞吴中桑民懌，得官不赴柳州城。謂昔子厚擅其地，去恐掩卻前人名。斯言抑何過自譽，毋乃蚍蜉撼大樹。昔者東坡到嶺南，未聞潮州祧韓愈。將毋自揣實不如，翻作大言高自署。名士取名非一端，鉤奇弔詭多用權。遥望古人已不朽，附之者傳攻亦傳。郭象注莊固同久，劉幾糾史亦並懸。桑生用意蓋在是，乃詭不欲厄兩賢。後來文苑爲立傳，竟因斯語特著篇。此正文人狡獪處，被我説破不直錢。（《甌北詩鈔·七言古二》）

趙翼《甌北詩話》卷三：昌黎以主持風雅爲己任，故調護氣類，宏獎後進，往往不遺餘力。如薦孟郊於鄭相，薦侯喜於盧郎中，可類推也。其於友誼亦最篤，先與柳宗元、劉禹錫交好，及自監察御史貶陽山令，實以上疏言事，柳、劉洩之於王伾、王叔文等，故有此遷謫。然其《赴江陵》詩云：「同官盡才俊，偏善柳與劉。或慮言語洩，傳之落怨讎。二子不宜爾，將疑斷還不。」是尤隱約其詞，而不忍斥言。及劉、柳得罪南竄，昌黎憂其水土惡劣，作《永貞行》云：「吾嘗同僚情可勝，具書所見非妄徵。」則更惓惓於舊日交情，無幸災樂禍之語。迨昌黎貶潮州，柳尚在柳州，昌黎《贈元協律》詩謂：「吾友柳子厚，其人藝且賢。」且有《答柳州食蝦蟆》等詩。既死，猶爲之作《羅池廟碑》。是昌黎與宗元始終無嫌隙，亦可見其篤於故舊矣。

趙翼《廿二史札記》卷一八：歐、宋二公皆尚韓、柳文，故景文於《唐書》列傳，凡韓、柳文可入史者，必採摭不遺。《張巡傳》則用韓愈文，《段秀實傳》則用柳宗元《書逸事狀》，《吴元濟傳》則用韓愈《平淮西碑》文，《張籍傳》又載愈答籍一書，《孔戣傳》又載愈《請勿聽致仕》一疏，而於《宗元傳》載其貽蕭俛一書、許孟容一書、《貞符》一篇、自儆賦一篇。可見其於韓、柳二公有癖嗜也。又於《劉禹錫傳》載其所自作《子劉子》一篇，以見其處境之志。《杜牧傳》載其《罪言》一篇，以見其經世之才。此皆文人氣類相惜，有不期然而然者。

錢大昕《十駕齋養新録》卷一六：宋子京好韓退之、柳子厚文，其修《唐書》，於韓傳載《進學解》、《佛骨表》、《潮州謝上表》、《祭鱷魚文》四篇，《藩鎮傳》載《平淮西碑》，《陳京傳》載《禘祫議》，《孝友傳》載《復讎議》，《許遠傳》載《張中丞後序》，《李渤傳》載韓愈所與書，《張籍傳》載愈答書，《甄濟傳》載愈《答元微之書》，韋丹、石洪傳亦取愈所撰墓誌也。於柳傳載《與蕭翰林俛》、《與許京兆孟容書》、《貞符》、《懲咎賦》四篇。《孝友傳》載《駁復讎議》、《孝門銘》，《宗室傳》載《封建論》，《貞行傳》載《何蕃傳》，《段秀實傳》亦采宗元《逸事狀》增益之。《趙宏智傳》附矜事，亦采宗元所撰墓誌也。

《四庫全書總目》卷五九《史部傳記類存目一》：《韓柳年譜》八卷：《韓文類譜》七卷，宋魏仲舉撰。仲舉，建安人，慶元中書賈也。嘗刊韓集五百家注，輯吕大防、程俱、洪興祖三家所撰譜記，編爲此書，冠於集首。《柳子厚年譜》一卷，宋紹興中知柳州事文安禮撰，亦附刊集中。近時祁門馬曰璐得宋槧柳集殘帙，其中年譜完好，乃與韓譜合刻爲一編，總題此名云。

章學誠《文史通義》外篇卷二《韓柳二先生年譜書後》：宋汲郡吕大防撰韓吏部文公集《年譜》一卷，信安程俱致道撰《韓文公歷官記》一卷，丹陽洪興祖慶善撰《韓子年譜》五卷。南宋慶元中建安魏仲舉刊韓集五百家注，總輯三家譜記爲《韓文類譜》七卷。紹興中，潞國文安禮撰《柳文年譜》一卷。嗣是刻韓柳集者，俱不刊譜。故韓譜散見於方崧卿《舉正》及朱子《考異》所援引，而不見其全。柳譜則未有言及者矣。雍正庚戌，揚州馬嶰谷購訪韓譜於藏書家，復得宋槧柳集殘本，其中年譜尚爾完好，遂合刻爲八卷，款式一依宋刻，楮版精好，良可寶貴，而長洲陳景雲俱爲之跋，並志其搜訪始末，今併附於卷後。年譜之體，倣於宋人，考次前人撰著，因而譜其生平時事與其人之出處進退，而知其所以爲言，是亦論世知人之學也。文集者，一人之史也。家史、國史與一代之史，亦將取以證焉，不可不致慎也。嘗讀茅鹿門《與查近川太常書》，痛柳子厚一斥不復，而怪韓退之由考功晉列卿，光顯於朝矣，竟不能爲子厚稍出氣力。李穆堂謂茅氏不考韓、柳時世，退之光顯乃在子厚既卒之後。今按茅氏之書，乃是詩之比興，欲望查太常之援手，而借古事以爲抑揚，義取斷章，固不必泥韓、柳之實事也。若就其事考之，則退之陽山之貶在貞元十九年，子厚正由藍田尉授監察御史，韋、王用事，退之爲其黨人所排，子厚固未嘗有顧惜也。後子厚坐黨人貶永州司馬，自永貞元年乙酉至元和十年乙未，凡十年，乙未例召至京，又出爲柳州刺史，至十四年己亥，又五年而子厚死矣。退之於元和九年甲午拜考功郎中、知制誥，十一年丙申拜中書舍人，轉右庶子，明年丁酉，兼御史中丞充彰義軍行軍司馬，旋拜刑部侍郎，從裴度討淮蔡。是時子厚猶在柳州，吴武陵爲營説於裴度，謂西原蠻未平，柳州與賊犬牙，宜用武人，又謂子厚無子。考吴武陵北還在元和十年，其營解於裴度，正當退之自右庶子辟爲行軍司馬之時，何爲不可稍出氣力？蓋韓、柳雖以文章互相推重，其出處固自不同，臭味亦非投契，觀二公文集，俱可考見。李氏不暇細考，而遽責茅氏之疏，殆非其質矣。文人之有年譜，前此所無，宋人爲之，頗覺有補於知人論世之學，不僅區區考一人文集已也。蓋文章乃立言之事，言當各以其時，即同一言也，而先後有異，則是非得失，天壤相懸。酈食其請立六國之後，時勢不同楚、漢之初，是亦其一端也。前人未知以文章爲史之義，故法度不具，必待好學深思之士，探索討論，竭盡心力，而後乃能仿佛其始末焉，然猶不能不缺所疑也。其穿鑿附會與夫鹵莽而失實者，則又不可勝計也。文集記傳之體，官階、姓氏、歲月、時務，明可證據，猶不能無參差失實之弊。若夫詩人寄託，諸子寓言，本無典據明文，而欲千百年後，歷譜年月，考求時事，與推作者之志意，豈不難哉！故凡立言之士，必著撰述歲月，以備後人之考證，而刊傳前達文字，慎勿輕削題注與夫題跋評論之附見者，以使後人得而考鏡焉。至於傳記碑碣之文與哀誄策誥之作，前人往往偏重文辭，或書具官，或書某官而不載其何官，或書某某而不載其何名何姓，或書年月日，或書某年某月某日而不載其何年月日，撰者或不知文爲史裁，則空著其文，將以何所用也？傳録者或以爲無關文義，略而不書，則不知録其文將欲何所取也。凡此諸弊，皆是偏重文辭，不求事實之過，前人已誤，不容復追，後人繼作，不可不致意於斯也。

吴從先《小窗自紀雜著》：杜子美《八哀》、皮日休《七愛》，一樣憐才之心。柳子厚八愚、東萊公六悔，總屬自憐之念。

沈曾植《海日樓札叢》卷八《日本書法》：釋空海入唐留學，就韓方明受書法，嘗奉憲宗敕補唐宫壁上字。所傳執筆法、腕法有：一，枕腕（左手置右手之下），小字用之；二，提腕，中字用之；三，懸腕，大字用之。橘逸（按「免」之訛）勢傳筆法於柳宗元，唐人呼爲橘秀才。（《雜家言》）

引用書目

周易　［魏］王弼、韓康伯注［唐］孔穎達等正義　中華書局影《十三經注疏》本
尚書　［漢］孔安國傳［唐］孔穎達等正義　中華書局影《十三經注疏》本
詩經　［漢］毛公傳［漢］鄭玄箋［唐］孔穎達等正義　中華書局影《十三經注疏》本
周禮　［漢］鄭玄注［唐］賈公彦疏　中華書局影《十三經注疏》本
禮記　［漢］鄭玄注［唐］孔穎達等正義　中華書局影《十三經注疏》本
左傳　［晉］杜預注［唐］孔穎達等正義　中華書局影《十三經注疏》本
公羊傳　［漢］何休注［唐］徐彦疏　中華書局影《十三經注疏》本
穀梁傳　［晉］范甯注［唐］楊士勛疏　中華書局影《十三經注疏》本
論語　中華書局一九五八年版楊伯峻《論語譯注》本
孟子　中華書局一九六〇年版楊伯峻《孟子譯注》本
孝經　［唐］李隆基注［宋］邢昺疏　中華書局影《十三經注疏》本
尚書大傳　［漢］伏勝撰［漢］鄭玄注［清］陳壽祺輯　四部叢刊初編本
韓詩外傳　［漢］韓嬰　中華書局一九八〇年版許維遹《韓詩外傳集釋》本

大戴禮記　［漢］戴德　影印文淵閣四庫全書本

爾雅　［晉］郭璞注［宋］邢昺疏　中華書局影《十三經注疏》本

説文解字　［漢］許慎　中華書局影印本

方言疏證　［漢］揚雄［清］戴震疏證　中華書局影印《小學名著六種》本

廣雅疏證　［魏］張揖［清］王念孫疏證　中華書局影印《小學名著六種》本

玉篇　［梁］顧野王　中華書局影印《小學名著六種》本

經典釋文　［唐］陸德明　影印文淵閣四庫全書本

廣韻　［宋］陳彭年等重修　中華書局影印《小學名著六種》本

集韻　［宋］丁度　中華書局影印《小學名著六種》本

埤雅　［宋］陸佃　影印文淵閣四庫全書本

爾雅翼　［宋］羅願撰［元］洪焱祖音釋　影印文淵閣四庫全書本

通雅　［明］方以智　影印文淵閣四庫全書本

爾雅義疏　［清］郝懿行　中國書店影清咸豐刻本

史記　［漢］司馬遷［南朝宋］裴駰集解［唐］司馬貞索隱、張守節正義　中華書局一九七五年校

點本

漢書　［漢］班固［唐］顔師古注　中華書局一九六二年校點本
後漢書　［南朝宋］范曄［唐］李賢等注　中華書局一九六五年校點本
三國志　［晉］陳壽［南朝宋］裴松之注　中華書局一九五九年校點本
宋書　［梁］沈約　中華書局一九七四年校點本
南齊書　［梁］蕭子顯　中華書局一九七二年校點本
梁書　［唐］姚思廉　中華書局一九七三年校點本
晉書　［唐］房玄齡等　中華書局一九七四年校點本
隋書　［唐］魏徵、令狐德棻　中華書局一九七三年校點本
南史　［唐］李延壽　中華書局一九七五年校點本
北史　［唐］李延壽　中華書局一九七四年校點本
舊唐書　［五代］劉昫等　中華書局一九七五年校點本
新唐書　［宋］歐陽修、宋祁等　中華書局一九七五年校點本
宋史　［元］脱脱等　中華書局一九七七年校點本
元史　［明］宋濂等　中華書局一九七六年校點本
資治通鑑　［宋］司馬光［元］胡三省注　中華書局一九五六年校點本

明通鑑　〔清〕夏燮　上海古籍出版社影清同治刻本
東觀漢記　〔漢〕班固等　叢書集成初編本
漢官舊儀　〔漢〕衛宏　影印文淵閣四庫全書本
唐六典　〔唐〕李隆基〔唐〕李林甫注　影印文淵閣四庫全書本
貞觀政要　〔唐〕吴兢　影印文淵閣四庫全書本
通典　〔唐〕杜佑　中華書局影萬有文庫本
唐會要　〔宋〕王溥　中華書局一九五五年排印本
五代會要　〔宋〕王溥　影印文淵閣四庫全書本
通志　〔宋〕鄭樵　影印文淵閣四庫全書本
文獻通考　〔元〕馬端臨　中華書局影印本

元和郡縣圖志　〔唐〕李吉甫　中華書局一九八三年賀次君點校本
太平寰宇記　〔宋〕樂史　中華書局二〇〇七年王文楚等點校本
元豐九域志　〔宋〕王存等　中華書局一九八四年王文楚等點校本
方輿勝覽　〔宋〕祝穆編〔宋〕祝洙增訂　中華書局二〇〇三年施和金點校本
輿地紀勝　〔宋〕王象之　續修四庫全書影清道光揚州刻本

明一統志　［明］李賢等　影印文淵閣四庫全書本
大清一統志　［清］和珅等　影印文淵閣四庫全書本
陝西通志　［清］劉於義、馬爾泰等　影印文淵閣四庫全書本
廣東通志　［清］郝玉麟等　影印文淵閣四庫全書本
廣西通志　［清］金鉷等　影印文淵閣四庫全書本
江西通志　［清］尹繼善、謝旻等　影印文淵閣四庫全書本
湖廣通志　［清］邁柱等　影印文淵閣四庫全書本
讀史方輿紀要　［清］顧祖禹　中華書局二〇〇五年賀次君等點校本
水經注　［北魏］酈道元　上海古籍出版社一九九〇年陳橋驛點校本
三輔黄圖　［漢］闕名　四部叢刊三編本
華陽國志　［晉］常璩　叢書集成初編本
長安志　［宋］宋敏求　影印文淵閣四庫全書本
雍録　［宋］程大昌　中華書局二〇〇二年黄永年點校本
會稽續志　［宋］張淏　影印文淵閣四庫全書本
景定建康志　［宋］周應合　影印文淵閣四庫全書本
新安志　［宋］羅願　影印文淵閣四庫全書本

戰國策　闕名撰〔漢〕高誘注　上海書店影國學基本叢書本
國語　闕名撰〔三國〕韋昭注　上海古籍出版社一九八八年校點本
孔叢子　（舊題）孔鮒　上海古籍出版社諸子百家叢書本
孔子家語　闕名撰〔魏〕王肅注　上海古籍出版社諸子百家叢書本
吕氏春秋　〔秦〕吕不韋編著〔漢〕高誘注　學林出版社一九八四年陳奇猷校釋本
淮南子　〔漢〕劉安等　上海古籍出版社諸子百家叢書本
法言　〔漢〕揚雄撰〔晉〕李軌注〔宋〕闕名音義　四部叢刊初編本
揚子法言　〔漢〕揚雄撰〔宋〕司馬光集注　影印文淵閣四庫全書本
太玄經　〔漢〕揚雄撰〔晉〕范望注　影印文淵閣四庫全書本
白虎通義　〔漢〕班固　影印文淵閣四庫全書本
新序　〔漢〕劉向　上海古籍出版社諸子百家叢書本
説苑　〔漢〕劉向　上海古籍出版社諸子百家叢書本
論衡　〔漢〕王充　上海古籍出版社諸子百家叢書本
抱朴子　〔晉〕葛洪　上海古籍出版社諸子百家叢書本
中説　〔隋〕王通　影印文淵閣四庫全書本

山海經　闕名撰［晉］郭璞注　上海古籍出版社一九八〇年袁珂《山海經校注》本
穆天子傳　闕名撰［晉］郭璞注　上海古籍出版社諸子百家叢書本
神異經　（舊題）東方朔　上海古籍出版社諸子百家叢書本
海内十洲記　（舊題）［漢］東方朔　上海古籍出版社諸子百家叢書本
别國洞冥記　［漢］郭憲　明刻顧氏文房小説本
列女傳　［漢］劉向　四部叢刊初編本
列仙傳　［漢］劉向　上海古籍出版社諸子百家叢書本
吴越春秋　［漢］趙曄　上海古籍出版社一九九七年周生春輯校彙考本
越絶書　［漢］袁康　上海古籍出版社一九八五年吴平輯録本
博物志　［晉］張華　上海古籍出版社諸子百家叢書本
高士傳　［晉］皇甫謐　叢書集成初編本
西京雜記　（舊題）［晉］葛洪　江蘇廣陵古籍刻印社影筆記小説大觀本
神仙傳　［晉］葛洪　上海古籍出版社諸子百家叢書本
搜神記　［晉］干寶　中華書局一九七九年汪紹楹校注本
拾遺記　［晉］王嘉　中華書局一九八一年齊治平校注本
世説新語　［宋］劉義慶撰［梁］劉孝標注　中華書局一九八三年余嘉錫《世説新語箋疏》本

續齊諧記　［梁］吴均　影印文淵閣四庫全書本
宣室志　［唐］張讀　江蘇廣陵古籍刻印社影筆記小説大觀本
續前定録　（舊題）［五代］鍾輅　百川學海本
青瑣高議　［宋］劉斧　上海古籍出版社一九八三年排印本
夷堅志　［宋］洪邁　中華書局一九八一年何卓點校本

黄帝内經素問　闕名撰［唐］王冰注　影印文淵閣四庫全書本
靈樞經　闕名撰［宋］史崧音釋　影印文淵閣四庫全書本
政和證類本草　［宋］唐慎微撰　影印文淵閣四庫全書本
重修政和證類本草　［宋］唐慎微撰［宋］寇宗奭衍義［金］張存惠重修　四部叢刊初編本
證類普濟本事方　［宋］許叔微撰　影印文淵閣四庫全書本
聖濟總録纂要　［宋］闕名撰［清］程休删定　影印文淵閣四庫全書本
普濟方　［明］朱橚撰　影印文淵閣四庫全書本
本草綱目　［明］李時珍　中國書店影清光緒刻本

阿彌陀經　鳩摩羅什譯　半畝園叢書新刊釋氏十三經本

維摩詰所説經　鳩摩羅什譯　半畝園叢書新刊釋氏十三經本
大智度論　鳩摩羅什譯　大藏經本
大般涅槃經　曇無讖譯　大藏經本
大佛頂如來密因修證了義諸菩薩萬行首愣嚴經　般刺密帝譯　大藏經本
法華經玄贊　［唐］窺基　大藏經本
大日經疏　［唐］一行　續大藏經本
高僧傳　［梁］釋慧皎　中華書局一九九二年校點本
續高僧傳　［唐］釋道宣　上海古籍出版社《高僧傳合集》本
宋高僧傳　［宋］釋贊寧　中華書局一九八七年點校本
景德傳燈録　［宋］釋道原　四部叢刊三編本
五燈會元　［宋］釋普濟　中華書局一九八四年蘇淵雷校注本
開元釋教録　［唐］釋智昇　影印文淵閣四庫全書本
法苑珠林　［唐］釋道世　四部叢刊初編本
佛祖歷代通載　［元］釋念常　影印文淵閣四庫全書本
弘明集　［梁］釋僧祐編　四部叢刊初編本
廣弘明集　［唐］釋道宣編　四部叢刊初編本

樂邦文類　［宋］釋宗曉編　大藏經本
釋文紀　［明］梅鼎祚編　影印文淵閣四庫全書本
一切經音義　［唐］釋慧琳　上海古籍出版社二〇〇八年版三種《一切經音義》校勘合刊本
翻譯名義集　［宋］釋法雲　四部叢刊初編本
東海若解　［清］釋實賢　清乾隆刻本

藝文類聚　［唐］歐陽詢等　上海古籍出版社一九六五年排印本
北堂書鈔　［唐］虞世南等　影印文淵閣四庫全書本
初學記　［唐］徐堅等　中華書局一九六二年排印本
太平御覽　［宋］李昉等　中華書局影印本
太平廣記　［宋］李昉等　中華書局一九六一年校點本
册府元龜　［宋］王欽若等　中華書局影明刻本
類説　［宋］曾慥　影印文淵閣四庫全書本
玉海　［宋］王應麟　影印文淵閣四庫全書本
海録碎事　［宋］葉廷珪　中華書局二〇〇二年李之亮校點本
記纂淵海　［宋］潘自牧　影印文淵閣四庫全書本

錦繡萬花谷　［宋］闕名　上海辭書出版社影明嘉靖刻本
説郛　［元］陶宗儀　上海古籍出版社《説郛三種》影宛委山堂本
天中記　［明］陳耀文　影印文淵閣四庫全書本

風俗通義　［漢］應劭　上海古籍出版社諸子百家叢書本
急就篇　［漢］史游撰［唐］顔師古注　四部叢刊續編本
異物志　［漢］楊孚　叢書集成初編本
獨斷　［漢］蔡邕　上海古籍出版社諸子百家叢書本
毛詩草木鳥獸蟲魚疏　［三國吴］陸璣　影印文淵閣四庫全書本
禽經　（舊題）師曠撰［晉］張華注　影印文淵閣四庫全書本
南方草木狀　［晉］嵇含　影印文淵閣四庫全書本
古今注　［晉］崔豹　影印文淵閣四庫全書本
荆楚歲時記　［梁］宗懔　影印文淵閣四庫全書本
金樓子　［梁］蕭繹　影印文淵閣四庫全書本
太白陰經　［唐］李筌　影印文淵閣四庫全書本
書斷　［唐］張懷瓘　影印文淵閣四庫全書本

茶經　［唐］陸羽　影印文淵閣四庫全書本
元和姓纂　［唐］林寶　中華書局一九九四年岑仲勉四校記、郁賢皓、陶敏整理本
大唐新語　［唐］劉肅　江蘇廣陵古籍刻印社影筆記小説大觀本
唐國史補　［唐］李肇　上海古籍出版社一九五七年校點本
次柳氏舊聞　［唐］李德裕　上海古籍出版社一九八五年校點《開元天寶遺事十種》本
歷代名畫記　［唐］張彦遠　叢書集成初編本
酉陽雜俎　［唐］段成式　中華書局一九八一年方南生點校本
因話録　［唐］趙璘　上海古籍出版社一九五七年校點本
桂林風土記　［唐］莫休符　影印文淵閣四庫全書本
北户録　［唐］段公路　影印文淵閣四庫全書本
嶺表録異　［唐］劉恂　影印文淵閣四庫全書本
大唐傳載　［唐］闕名　影印文淵閣四庫全書本
資暇集　［唐］李乂　影印文淵閣四庫全書本
蘇氏演義　［唐］蘇鶚　影印文淵閣四庫全書本
劇談録　［唐］康軿　影印文淵閣四庫全書本
雲溪友議　［唐］范攄　上海古典文學出版社一九五七年校點本

尚書故實　［唐］李綽　影印文淵閣四庫全書本
開天傳信記　［唐］鄭綮　上海古籍出版社一九八五年校點《開元天寶遺事十種》本
歲華紀麗　［唐］韓鄂　叢書集成初編本
玉泉子　［唐］闕名　上海古籍出版社一九八八年新一版校點本
桂苑叢談　［五代］馮翊子　影印文淵閣四庫全書本
開元天寶遺事　［五代］王仁裕　上海古籍出版社一九八五年校點《開元天寶遺事十種》本
北夢瑣言　［五代］孫光憲　中華書局二〇〇二年賈二强點校本
唐摭言　［五代］王定保　上海古典文學出版社一九五七年校點本
雲仙雜記　［五代］馮贄　中華書局一九九八年張力偉校點《雲仙散録》本
賈氏譚録　［五代］張洎　影印文淵閣四庫全書本
清異録　［五代］陶穀　影印文淵閣四庫全書本
南部新書　［宋］錢易　叢書集成初編本
近事會元　［宋］李上交　影印文淵閣四庫全書本
宋景文筆記　［宋］宋祁　影印文淵閣四庫全書本
唐語林　［宋］王讜　中華書局一九八七年周勛初《唐語林校證》本
東坡志林　［宋］蘇軾　影印文淵閣四庫全書本

東坡易傳　［宋］蘇軾　影印文淵閣四庫全書本
二程遺書　［宋］程顥、程頤　上海古籍出版社諸子百家叢書本
夢溪筆談　［宋］沈括　影印文淵閣四庫全書本
後山談叢　［宋］陳師道　影印文淵閣四庫全書本
文昌雜録　［宋］龐元英　影印文淵閣四庫全書本
師友談記　［宋］李廌　中華書局二〇〇二年孔凡禮點校本
墨客揮犀　［宋］彭乘　中華書局二〇〇二年孔凡禮點校本
青箱雜記　［宋］吴處厚　江蘇廣陵古籍刻印社影筆記小説大觀本
游城南記　［宋］張禮　影印文淵閣四庫全書本
珩璜新論　［宋］孔平仲　影印文淵閣四庫全書本
韓子年譜　［宋］洪興祖　中華書局一九九一年版《韓愈年譜》本
鐵圍山叢談　［宋］蔡絛　中華書局一九八三年點校本
冷齋夜話　［宋］惠洪　中華書局一九八八年陳新點校本
東觀餘論　［宋］黄伯思　影印文淵閣四庫全書本
猗覺寮雜記　［宋］朱翌　江蘇廣陵古籍刻印社影筆記小説大觀本
避暑録話　［宋］葉夢得　影印文淵閣四庫全書本

邵氏聞見後録　［宋］邵博　中華書局一九八三年校點本
雲麓漫鈔　［宋］趙彦衛　中華書局一九九六年傅根清點校本
曲洧舊聞　［宋］朱弁　中華書局二〇〇二年孔凡禮點校本
讀史管見　［宋］胡寅　續修四庫全書影宋本
東園叢説　［宋］李如箎　影印文淵閣四庫全書本
墨莊漫録　［宋］張邦基　中華書局二〇〇二年孔凡禮點校本
步里客談　［宋］陳長方　影印文淵閣四庫全書本
南窗紀談　［宋］闕名　影印文淵閣四庫全書本
春渚紀聞　［宋］何薳　中華書局一九八三年校點本
北窗炙輠録　［宋］施德操　影印文淵閣四庫全書本
老學庵筆記　［宋］陸游　中國書店影《陸放翁全集》本
入蜀記　［宋］陸游　中國書店影《陸放翁全集》本
吴船録　［宋］范成大　中華書局二〇〇二年點校《范成大筆記六種》本
驂鸞録　［宋］范成大　中華書局二〇〇二年點校《范成大筆記六種》本
桂海虞衡志　［宋］范成大　中華書局二〇〇二年點校《范成大筆記六種》本
文苑英華辨證　［宋］彭叔夏　中華書局影印《文苑英華》附

九經三傳沿革例　［宋］岳珂　影印文淵閣四庫全書本
金佗稡編　［宋］岳珂　影印文淵閣四庫全書本
愧郯録　［宋］岳珂　江蘇廣陵古籍刻印社影筆記小説大觀本
耆舊續聞　［宋］陳鵠　中華書局二〇〇二年點校《西塘集耆舊續聞》本
習學記言序目　［宋］葉適　中華書局一九七七年排印本
真西山讀書記　［宋］真德秀　影印文淵閣四庫全書本
揮麈録　［宋］王明清　影印文淵閣四庫全書本
揮麈餘話　［宋］王明清　四部叢刊續編影宋鈔本
墨池編　［宋］朱長文　影印文淵閣四庫全書本
書苑菁華　［宋］陳思　影印文淵閣四庫全書本
雞肋編　［宋］莊綽　中華書局一九八三年蕭魯陽點校本
捫蝨新話　［宋］陳善　影印文淵閣四庫全書本
卻掃編　［宋］徐度　影印文淵閣四庫全書本
經外雜鈔　［宋］魏了翁　影印文淵閣四庫全書本
蘭亭考　［宋］桑世昌　影印文淵閣四庫全書本
考古編　［宋］程大昌　中華書局二〇〇八年劉尚榮校證本

演繁露　［宋］程大昌　影印文淵閣四庫全書本
野客叢書　［宋］王楙　江蘇廣陵古籍刻印社影筆記小説大觀本
碧雞漫志　［宋］王灼　中華書局唐圭璋編《詞話叢編》本
能改齋漫録　［宋］吴曾　上海古籍出版社一九八〇年排印本
西溪叢語　［宋］姚寬　中華書局一九九三年孔凡禮點校本
容齋隨筆　［宋］洪邁　上海古籍出版社一九九六年校點本
學林　［宋］王觀國　影印文淵閣四庫全書本
寓簡　［宋］沈作喆　影印文淵閣四庫全書本
履齋示兒編　［宋］孫奕　叢書集成初編本
仕學規範　［宋］張鎡　影印文淵閣四庫全書本
藏一話腴　［宋］陳郁　影印文淵閣四庫全書本
項氏家説　［宋］項安世　影印文淵閣四庫全書本
六朝事跡類編　［宋］張敦頤　影印文淵閣四庫全書本
嶺外代答　［宋］周去非　影印文淵閣四庫全書本
游宦紀聞　［宋］張世南　中華書局一九八三年校點本
松窗百説　［宋］李季可　江蘇廣陵古籍刻印社影筆記小説大觀本

雲谷雜記　［宋］張淏　影印文淵閣四庫全書本
子略　［宋］高似孫　影印文淵閣四庫全書本
緯略　［宋］高似孫　影印文淵閣四庫全書本
鶴林玉露　［宋］羅大經　中華書局一九八三年王瑞來點校本
考古質疑　［宋］葉大慶　上海古籍出版社一九八五年李偉國校點本
群書考索　［宋］章如愚　影印文淵閣四庫全書本
吹劍録　［宋］俞文豹　古典文學出版社一九五八年張宗祥編校《吹劍録全編》本
貴耳集　［宋］張端義　中華書局上海編輯所一九五八年排印本
荆溪林下偶談　［宋］吴子良　影印文淵閣四庫全書本
鼠璞　［宋］戴埴　影印文淵閣四庫全書本
黄氏日鈔　［宋］黄震　影印文淵閣四庫全書本
愛日齋叢鈔　［宋］葉寘　影印文淵閣四庫全書本
困學紀聞　［宋］王應麟　四部叢刊三編本
餘師録　［宋］王正德　影印文淵閣四庫全書本
賓退録　［宋］趙與時　上海古籍出版社一九八三年齊治平校點本
學齋佔畢　［宋］史繩祖　影印文淵閣四庫全書本

隨隱漫録　［宋］陳世崇　影印文淵閣四庫全書本
羅氏識遺　［宋］羅璧　學海類編本
齊東野語　［宋］周密　中華書局一九八三年張茂鵬點校本
癸辛雜識　［宋］周密　中華書局一九八八年吴企明點校本
浩然齋雅談　［宋］周密　遼寧教育出版社二〇〇〇年版新世紀萬有文庫本
歸潛志　［金］劉祁　中華書局一九八三年崔文印點校本
隱居通議　［元］劉壎　影印文淵閣四庫全書本
研北雜誌　［元］陸友仁　江蘇廣陵古籍刻印社影筆記小説大觀本
唐才子傳　［元］辛文房　中華書局傅璇琮主編《唐才子傳校箋》本
庶齋老學叢談　［元］盛如梓　江蘇廣陵古籍刻印社影筆記小説大觀本
湛淵静語　［元］白珽　影印文淵閣四庫全書本
敬齋古今黈　［元］李治　中華書局一九九五年劉德權點校本
勤有堂隨録　［元］陳櫟　影印文淵閣四庫全書本
玉堂嘉話　［元］王惲　影印文淵閣四庫全書本
三教平心論　［元］劉謐　叢書集成初編本
敬鄉録　［元］吴師道　影印文淵閣四庫全書本

學易居筆録 〔元〕俞鎮 叢書集成初編本
竹譜 〔元〕李衎 影印文淵閣四庫全書本
書史會要 〔元〕陶宗儀 影印文淵閣四庫全書本
草木子 〔明〕葉子奇 影印文淵閣四庫全書本
霏雪録 〔明〕鎦績 影印文淵閣四庫全書本
讀書録 〔明〕薛瑄 影印文淵閣四庫全書本
讀書札記 〔明〕徐問 叢書集成初編本
雙槐歲鈔 〔明〕黄瑜 叢書集成初編本
井觀瑣言 〔明〕鄭瑗 影印文淵閣四庫全書本
震澤長語 〔明〕王鏊 影印文淵閣四庫全書本
讕言長語 〔明〕曹安 影印文淵閣四庫全書本
兩山墨談 〔明〕陳霆 叢書集成初編本
聽雨紀談 〔明〕都穆 叢書集成初編本
江漢叢談 〔明〕陳士元 影印文淵閣四庫全書本
責備餘談 〔明〕方鵬 叢書集成初編本
涌幢小品 〔明〕朱國禎 江蘇廣陵古籍刻印社影筆記小説大觀本

餘冬叙録　［明］何孟春　清光緒刻本
丹鉛餘録　總録　［明］楊慎　影印文淵閣四庫全書本
丹鉛雜録　［明］楊慎　叢書集成初編本
適園語録　［明］陸樹聲　叢書集成初編本
七修類稿　［明］郎瑛　上海書店出版社二〇〇一年排印本
四友齋叢説　［明］何良俊　中華書局一九五九年排印本
少室山房筆叢　［明］胡應麟　上海書店出版社二〇〇一年排印本
真珠船　［明］胡侍　叢書集成初編本
竹下寤言　［明］王文禄　叢書集成初編本
寒夜録　［明］陳宏緒　叢書集成初編本
藏書　［明］李贄　中華書局一九五九年排印本
焚書　［明］李贄　中華書局一九五九年排印本
疑耀　［明］張萱　影印文淵閣四庫全書本
桂故　［明］張鳴鳳　影印文淵閣四庫全書本
説略　［明］顧起元　影印文淵閣四庫全書本
格物通　［明］湛若水　影印文淵閣四庫全書本

玉芝堂談薈　［明］徐應秋　影印文淵閣四庫全書本
山堂肆考　［明］彭大翼　影印文淵閣四庫全書本
六研齋筆記　［明］李日華　影印文淵閣四庫全書本
翰林記　［明］黄佐　影印文淵閣四庫全書本
雨航雜録　［明］馮時可　影印文淵閣四庫全書本
徐氏筆精　［明］徐𤊹　影印文淵閣四庫全書本
小窗自紀雜著　［明］吴從先　古今説部叢書本
剡溪漫筆　［明］孫能傳　中國書店影明萬曆刻本
鈍吟雜録　［明］馮班　影印文淵閣四庫全書本
巵林　［明］周嬰　影印文淵閣四庫全書本
讀書鏡　［明］陳繼儒　叢書集成初編本
書畫題跋記　［明］郁逢慶　影印文淵閣四庫全書本
物理小識　［明］方以智　影印文淵閣四庫全書本
日知録　［清］顧炎武　上海古籍出版社二〇〇六《日知録集釋》欒保群、吕宗力校點，黄汝成集釋
金石要例　［清］黄宗羲　影印文淵閣四庫全書本
西堂雜俎　［清］尤侗　上海中華圖書館石印本

經義考　［清］朱彝尊　影印文淵閣四庫全書本
書法正傳　［清］馮武　影印文淵閣四庫全書本
六藝之一録　［清］倪濤　影印文淵閣四庫全書本
池北偶談　［清］王士禛　影印文淵閣四庫全書本
香祖筆記　［清］王士禛　影印文淵閣四庫全書本
居易録　［清］王士禛　影印文淵閣四庫全書本
分甘餘話　［清］王士禛　影印文淵閣四庫全書本
古夫于亭雜録　［清］王士禛　影印文淵閣四庫全書本
管城碩記　［清］徐文靖　中華書局一九九八年范祥雍點校本
訂譌襍録　［清］胡鳴玉　影印文淵閣四庫全書本
榕村語録　［清］李光地　影印文淵閣四庫全書本
義門讀書記　［清］何焯　中華書局一九八七年崔高維點校本
援鶉堂筆記　［清］姚範　清道光刊本
茶餘客話　［清］阮葵生　中華書局一九五九年版
十七史商榷　［清］王鳴盛　叢書集成初編本
廿二史札記　［清］趙翼　中華書局一九八四年王樹民《廿二史札記校證》本

陔餘叢考　［清］趙翼　中華書局一九六三年排印本
平書　［清］秦篤輝　叢書集成初編本
柳南隨筆　［清］王應奎　中華書局一九八三年王彬等點校本
十駕齋養新録　［清］錢大昕　商務印書館一九三五年排印本
蠡勺編　［清］淩揚藻　叢書集成初編本
文史通義　［清］章學誠　中華書局一九六一年版
文史通義校注　［清］章學誠　中華書局一九九四年葉瑛校注本
唐尚書省郎官石柱題名考　［清］勞格、趙鉞　中華書局一九九二年徐敏霞、王桂珍點校本
登科記考　［清］徐松　中華書局一九八四年趙守儼點校本
冷廬雜識　［清］陸以湉　江蘇廣陵古籍刻印社影筆記小説大觀本
吹網録　［清］葉廷琯　江蘇廣陵古籍刻印社影筆記小説大觀本
退庵隨筆　［清］梁章鉅　江蘇廣陵古籍刻印社影印本
藻川堂譚藝　［清］鄧繹　清光緒刻本
鄭堂札記　［清］周中孚　叢書集成初編本
銅熨斗齋隨筆　［清］沈濤　校經山房叢書本
求闕齋讀書録　［清］曾國藩　清同治刊《曾文正公全集》本

有不爲齋隨筆　［清］光聰諧　清光緒刊本
粟香隨筆　［清］金𣶏生　清光緒刊本
酒令叢鈔　［清］俞敦培　江蘇廣陵古籍刻印社影筆記小説大觀本
海日樓札叢　［清］沈曾植　上海古籍出版社二〇〇九年版錢仲聯輯本
茶香室叢鈔　［清］俞樾　中華書局一九九五年貞凡等點校本
霞外攟屑　［清］平步青　上海古籍出版社一九八二年排印本

王荆石先生批評柳文　［唐］柳宗元［明］王錫爵批　明刻本
孫月峰評點柳柳州全集　［唐］柳宗元［明］孫鑛評　明刻本
柳文　［唐］柳宗元［明］闕名選評　明刊本
柳子厚集選　［唐］柳宗元［明］陸夢龍選、顧懋、樊霖調參評　明刊本
河東先生全集録　［唐］柳宗元［清］儲欣評　四庫全書存目叢書影康熙刻《唐宋十大家全集録》本
山曉閣選唐大家柳柳州全集　［唐］柳宗元［清］孫琮選評　錦章圖書局石印本
柳文　［唐］柳宗元［清］焦循批明萬曆刻本　轉引自賴貴三《焦循手批萬曆刊本〈柳文〉鈔釋》　復旦大學中國古代文學研究中心編《中國文學研究》第四輯　江西教育出版社二〇〇一年出版
柳柳州集　［唐］柳宗元［日本］近藤元粹評　明治三十八年版《韋柳詩集》本

柳集點勘　［清］陳景雲　蟫隱廬印行本
柳州集點勘　［清］吴汝綸　鉛印本《桐城吴先生群書點勘》本
陶淵明集　［晉］陶淵明　中華書局一九七九年逯欽立校注本
李太白全集　［唐］李白［清］王琦注　中華書局一九七七年排印本
杜詩詳注　［唐］杜甫［清］仇兆鰲注　中華書局一九七九年排印本
李遐叔文集　［唐］李華　影印文淵閣四庫全書本
元次山集　［唐］元結　四部叢刊初編本
杼山集　［唐］皎然　影印文淵閣四庫全書本
毘陵集　［唐］獨孤及　四部叢刊初編本
權載之文集　［唐］權德輿　四部叢刊初編本
孟東野詩集　［唐］孟郊　四部叢刊初編本
歐陽行周文集　［唐］歐陽詹　四部叢刊初編本
韓昌黎全集　［唐］韓愈　中國書店影印世綵堂本
五百家注昌黎文集　［唐］韓愈［宋］魏仲舉編　影印文淵閣四庫全書本
劉夢得文集　［唐］劉禹錫　四部叢刊初編本
吕衡州集　［唐］吕温　影印文淵閣四庫全書本

白氏長慶集　［唐］白居易　上海古籍出版社一九八八年朱金城《白居易集箋校》本
元氏長慶集　［唐］元稹　四部叢刊初編本
李文公集　［唐］李翺　四部叢刊初編本
會昌一品集　［唐］李德裕　影印文淵閣四庫全書本
皇甫持正文集　［唐］皇甫湜　四部叢刊初編本
樊川文集　［唐］杜牧　上海古籍出版社一九七八年排印本
樊南文集　［唐］李商隱　上海古籍出版社一九八八年排印本
司空表聖文集　［唐］司空圖　四部叢刊初編本
皮子文藪　［唐］皮日休　影印文淵閣四庫全書本
咸平集　［宋］田錫　影印文淵閣四庫全書本
河東先生集　［宋］柳開　四部叢刊初編本
小畜集　［宋］王禹偁　四部叢刊初編本
徂徠集　［宋］石介　影印文淵閣四庫全書本
邕州小集　［宋］陶弼　影印文淵閣四庫全書本
盱江集　［宋］李覯　影印文淵閣四庫全書本
范文正公集　［宋］范仲淹　四部叢刊初編本

宛陵先生集　[宋]梅堯臣　四部叢刊初編本
歐陽文忠公文集　[宋]歐陽修　四部叢刊初編本
臨川先生文集　[宋]王安石　四部叢刊初編本
廣陵集　[宋]王令　影印文淵閣四庫全書本
鄖溪集　[宋]鄭獬　影印文淵閣四庫全書本
長興集　[宋]沈括　影印文淵閣四庫全書本
雲巢編　[宋]沈遼　影印文淵閣四庫全書本
蘇軾文集　[宋]蘇軾　中華書局一九八六年孔凡禮點校本
蘇軾詩集　[宋]蘇軾　中華書局一九八二年孔凡禮點校本
欒城集　[宋]蘇轍　四部叢刊初編本
豫章黄先生文集　[宋]黄庭堅　四部叢刊初編本
黄庭堅詩集注　[宋]黄庭堅[宋]任淵等注　中華書局二〇〇三年劉尚榮點校本
雞肋集　[宋]晁補之　四部叢刊初編本
青山集　[宋]郭祥正　影印文淵閣四庫全書本
參寥子詩集　[宋]釋道潛　影印文淵閣四庫全書本
北磵集　[宋]釋居簡　影印文淵閣四庫全書本

嵩山文集　［宋］晁説之　四部叢刊續編本
龍雲集　［宋］劉弇　影印文淵閣四庫全書本
眉山文集　［宋］唐庚　影印文淵閣四庫全書本
灊山集　［宋］朱翌　影印文淵閣四庫全書本
姑溪居士前集　［宋］李之儀　影印文淵閣四庫全書本
盧溪文集　［宋］王庭珪　影印文淵閣四庫全書本
梁谿集　［宋］李綱　影印文淵閣四庫全書本
老圃集　［宋］洪芻　影印文淵閣四庫全書本
北山集　［宋］程俱　影印文淵閣四庫全書本
紫微集　［宋］張嵲　影印文淵閣四庫全書本
浮溪集　［宋］汪藻　影印文淵閣四庫全書本
鴻慶居士集　［宋］孫覿　影印文淵閣四庫全書本
簡齋集　［宋］陳與義　影印文淵閣四庫全書本
石門文字禪　［宋］釋惠洪　影印文淵閣四庫全書本
北山集　［宋］鄭剛中　影印文淵閣四庫全書本
東牟集　［宋］王洋　影印文淵閣四庫全書本

緣督集　［宋］曾豐　影印文淵閣四庫全書本
梅溪王先生文集　［宋］王十朋　四部叢刊初編本
文忠集　［宋］周必大　影印文淵閣四庫全書本
誠齋集　［宋］楊萬里　四部叢刊初編本
渭南文集　［宋］陸游　四部叢刊初編本
朱子語類　［宋］朱熹［宋］黎敬德編　中華書局一九九四年王星賢點校本
陸象山先生全集　［宋］陸九淵　四部備要本
雪山集　［宋］王質　影印文淵閣四庫全書本
浪語集　［宋］薛季宣　影印文淵閣四庫全書本
九華集　［宋］員興宗　影印文淵閣四庫全書本
太倉稊米集　［宋］周紫芝　影印文淵閣四庫全書本
攻媿集　［宋］樓鑰　四部叢刊初編本
陳亮集　［宋］陳亮　中華書局一九七四年排印本
八面鋒　［宋］陳傅良　影印文淵閣四庫全書本
水心集　［宋］葉適　影印文淵閣四庫全書本
竹溪鬳齋十一藳續集　［宋］林希逸　影印文淵閣四庫全書本

艾軒集　［宋］林光朝　影印文淵閣四庫全書本
雙溪類藳　［宋］王炎　影印文淵閣四庫全書本
後村先生大全集　［宋］劉克莊　四部叢刊初編本
鶴山先生大全文集　［宋］魏了翁　四部叢刊初編本
西山文集　［宋］真德秀　影印文淵閣四庫全書本
南軒集　［宋］張栻　影印文淵閣四庫全書本
澗泉日記　［宋］韓淲　影印文淵閣四庫全書本
篔窗集　［宋］陳耆卿　影印文淵閣四庫全書本
山房集　［宋］周南　影印文淵閣四庫全書本
鶴林集　［宋］吴泳　影印文淵閣四庫全書本
秋崖集　［宋］方岳　影印文淵閣四庫全書本
丹陽集　［宋］葛勝仲　影印文淵閣四庫全書本
蛟峰文集　［宋］方逢辰　影印文淵閣四庫全書本
張氏拙軒集　［宋］張侃　影印文淵閣四庫全書本
恥堂存稿　［宋］高斯得　影印文淵閣四庫全書本
雪磯叢稿　［宋］樂雷發　影印文淵閣四庫全書本

牟氏陵陽集　［宋］牟巘　影印文淵閣四庫全書本
四如集　［宋］黄仲元　影印文淵閣四庫全書本
魯齋集　［宋］王柏　影印文淵閣四庫全書本
雪坡集　［宋］姚勉　影印文淵閣四庫全書本
孝詩　［宋］林同　影印文淵閣四庫全書本
滹南遺老集　［金］王若虚　四部叢刊初編本
遺山集　［金］元好問　影印文淵閣四庫全書本
剡源文集　［元］戴表元　影印文淵閣四庫全書本
牆東類稿　［元］陸文圭　影印文淵閣四庫全書本
牧庵集　［元］姚燧　影印文淵閣四庫全書本
紫山大全集　［元］胡祗遹　影印文淵閣四庫全書本
石田文集　［元］馬祖常　影印文淵閣四庫全書本
清容居士集　［元］袁桷　四部叢刊初編本
道園學古録　［元］虞集　四部叢刊初編本
陵川集　［元］郝經　影印文淵閣四庫全書本
吴文正集　［元］吴澄　影印文淵閣四庫全書本

待制集　［元］柳貫　影印文淵閣四庫全書本
圭峰集　［元］盧琦　影印文淵閣四庫全書本
師山文集　［元］鄭玉　影印文淵閣四庫全書本
蒲室集　［元］釋大訢　影印文淵閣四庫全書本
俟庵集　［元］李存　影印文淵閣四庫全書本
秋澗集　［元］王惲　影印文淵閣四庫全書本
淵穎吴先生文集　［元］吴萊　四部叢刊初編本
金華黄先生文集　［元］黄溍　四部叢刊初編本
至正集　［元］許有壬　影印文淵閣四庫全書本
蘭軒集　［元］王旭　影印文淵閣四庫全書本
玉笥集　［元］張憲　影印文淵閣四庫全書本
清閟閣全集　［元］倪瓚　影印文淵閣四庫全書本
明太祖文集　［明］朱元璋　影印文淵閣四庫全書本
誠意伯文集　［明］劉基　影印文淵閣四庫全書本
鳧藻集　［明］高啟　影印文淵閣四庫全書本
白雲集　［明］唐桂芳　影印文淵閣四庫全書本

清江文集　［明］貝瓊　影印文淵閣四庫全書本
文憲集　［明］宋濂　影印文淵閣四庫全書本
覆瓿集　［明］朱同　影印文淵閣四庫全書本
遜志齋集　［明］方孝孺　影印文淵閣四庫全書本
芻蕘集　［明］周是修　影印文淵閣四庫全書本
家藏集　［明］吴寬　影印文淵閣四庫全書本
抑菴文集　［明］王直　影印文淵閣四庫全書本
具茨集　［明］王立道　影印文淵閣四庫全書本
始豐稿　［明］徐一夔　影印文淵閣四庫全書本
空同集　［明］李夢陽　影印文淵閣四庫全書本
升庵集　［明］楊慎　影印文淵閣四庫全書本
小草齋文集　［明］謝肇淛　齊魯書社一九九七年影印本
震川集　［明］歸有光　影印文淵閣四庫全書本
弇州四部稿　［明］王世貞　影印文淵閣四庫全書本
讀書後　［明］王世貞　影印文淵閣四庫全書本
荆川先生文集　［明］唐順之　四部叢刊初編本

茅鹿門先生文集　［明］茅坤　明萬曆刻本
方洲集　［明］張寧　影印文淵閣四庫全書本
椒丘文集　［明］何喬斯　影印文淵閣四庫全書本
王文成全書　［明］王守仁　影印文淵閣四庫全書本
少室山房集　［明］胡應麟　影印文淵閣四庫全書本
見素集　［明］林俊　影印文淵閣四庫全書本
沙溪集　［明］孫緒　影印文淵閣四庫全書本
徐霞客游記　［明］徐宏祖　齊魯書社二〇〇七年校點本
儼山外集　［明］陸深　影印文淵閣四庫全書本
涇皋藏稿　［明］顧憲成　影印文淵閣四庫全書本
趙考古文集　［明］趙撝謙　影印文淵閣四庫全書本
翠渠摘稿　［明］周瑛　影印文淵閣四庫全書本
容春堂全集　［明］邵寶　影印文淵閣四庫全書本
天傭子集　［明］艾南英　清道光刻本
與古人書　［明］張自烈　學海類編本
南雷文約　［清］黃宗羲　梨洲遺著彙刊本

初月樓文鈔　［清］吴德旋　清光緒刻本
海雅堂集　［清］淩揚藻　清道光刻本
孟塗文集　［清］劉開　清道光刊本
經德堂文集　［清］龍啟瑞　清刊《嶺西五家詩文集》本
桐城吴先生文集　［清］吴汝綸　吴氏家刻本

楚辭補注　［戰國］屈原等［漢］王逸注［宋］洪興祖補注　中華書局一九八三年標點本
楚辭集注　［戰國］屈原等［宋］朱熹集注　朱熹《楚辭後語》附　上海古籍出版社一九七九年標點本
七十二家集注楚辭　［明］蔣之翹輯注　忠雅堂刊本
山帶閣注楚辭　［清］蔣驥注　影印文淵閣四庫全書本
文選　［梁］蕭統編［唐］李善注　中華書局影印清胡克家刻本
文選　［梁］蕭統編［唐］李善等六臣注　四部叢刊初編本
玉臺新詠　［陳］徐陵編　四部叢刊初編本
竇氏聯珠集　［唐］竇常等　四部叢刊三編本
文苑英華　［宋］李昉等編　中華書局影印明刊本
唐文粹　［宋］姚鉉編　四部叢刊初編影明本

唐大詔令集　［宋］宋敏求編　中華書局二〇〇八年排印本
樂府詩集　［宋］郭茂倩編　中華書局一九七九年校點本
古文苑　［宋］闕名編　四部叢刊初編本
宋文鑑　［宋］吕祖謙編　中華書局一九九二年齊治平點校本
古文關鍵　［宋］吕祖謙　影印文淵閣四庫全書本
文章正宗　［宋］真德秀　影印文淵閣四庫全書本
文章正宗　［宋］真德秀編［清］李開鄴、盛符升評　清康熙刻本
崇古文訣　［宋］樓昉　影印文淵閣四庫全書本
古文集成　［宋］王霆震　影印文淵閣四庫全書本
文章軌範　［宋］謝枋得　影印文淵閣四庫全書本
三體唐詩　［宋］周弼編［元］釋圓至注［清］高士奇輯注　影印文淵閣四庫全書本
中州集　［金］元好問編　四部叢刊初編本
唐詩鼓吹　［元］元好問編［元］郝天挺注　影印文淵閣四庫全書本
唐詩鼓吹　［元］元好問編［元］郝天挺注［明］廖文炳解［清］錢朝鼒、王俊臣校注　四庫全書存目叢書影乾隆刻本
唐詩鼓吹　［金］元好問編［清］錢謙益、何焯評注　河北大學出版社韓成武等點校本

東嵒草堂評訂唐詩鼓吹[金]元好問編[清]朱三錫評訂　清康熙刻本
瀛奎律髓彙評　[元]方回編　李慶甲集評校點　上海古籍出版社一九八六年版
瀛奎律髓刊誤　[元]方回編[清]紀昀批　中國書店影印《唐宋詩三千首》本
唐音　[明]楊士弘編、張震注　影印文淵閣四庫全書本
批點唐詩正音　[明]楊士弘編、顧璘批點　明嘉靖刻本
唐詩選　[明]李攀龍選、王穉登評　續修四庫全書影明閔氏刻本
唐詩品彙　[明]高棅　上海古籍出版社影印本
批點唐詩正聲　[明]高棅編、桂天祥批點　明嘉靖刻本
明文衡　[明]程敏政編　影印文淵閣四庫全書本
唐宋八大家文鈔　[明]茅坤　影印文淵閣四庫全書本
四六法海　[明]王志堅　影印文淵閣四庫全書本
偶雋　[明]蔣一葵　續修四庫全書影明木石居刻本
唐詩歸　[明]鍾惺、譚元春　四庫全書存目叢書影明萬曆刻本
唐詩鏡　[明]陸時雍　影印文淵閣四庫全書本
唐詩解　[明]唐汝詢　四庫全書存目叢書影明萬曆刻本
删補唐詩選脈箋釋會通評林　[明]周珽　四庫全書存目補編叢書影明崇禎刻本

古文正集　［明］葛鼒、葛鼐　四庫全書存目補編叢書影明崇禎刻本

唐風定　［明］邢昉　思適齋一九三四年影明刻本

明文海　［清］黄宗羲編　影印文淵閣四庫全書本

唐詩評選　［清］王夫之　嶽麓書社一九九六年排印《船山全書》本

唐詩快　［清］黄周星　清康熙刻本

詩觀初集　［清］鄧漢儀　四庫全書存目補編叢書影印本

金聖歎批才子古文　［清］金人瑞　湖北人民出版社排印《才子必讀古文》本

貫華堂選批唐才子詩　［清］金人瑞　浙江古籍出版社一九八五年標點《金聖歎評點唐詩六百首》本

韓柳詩選　［清］汪森　稿本

粤西詩載　［清］汪森　影印文淵閣四庫全書本

唐宋八大家類選　［清］儲欣　清刻《古文彙選》本

唐宋八大家文鈔　［清］張伯行　叢書集成初編本

唐詩貫珠　［清］胡以梅　清康熙刻本

山滿樓箋注唐詩七言律　［清］趙臣瑗　清康熙刻本

删訂唐詩解　［清］吴昌祺　續修四庫全書影清康熙刻本

唐人試帖　［清］毛奇齡　清康熙刻本
晚村先生八家古文精選　［清］吕留良　清康熙刻本
明詩綜　［清］朱彝尊　影印文淵閣四庫全書本
御選古文淵鑒　［清］愛新覺羅玄曄等　影印文淵閣四庫全書本
御定淵鑑類函　［清］張英等　影印文淵閣四庫全書本
石倉歷代詩選　［清］曹學佺　影印文淵閣四庫全書本
全唐詩　［清］彭定求等　中華書局一九六〇年據揚州書局刻本排印
古文雅正　［清］蔡世遠　影印文淵閣四庫全書本
古文觀止　［清］吴楚材、吴調侯　中華書局一九五九年版
古文喈鳳新編　［清］汪基　清刻本
古文析義　［清］林雲銘　上海翠英書局一九二三年印本
古文小品咀華　［清］王符曾　書目文獻出版社排印本
古今小品　［清］陳天定　清刻本
御選唐宋文醇　［清］愛新覺羅弘曆　影印文淵閣四庫全書本
全唐文　［清］董誥等　中華書局影印清内府刻本
金石萃編　［清］王昶編　中國書店影印掃葉山房本

八瓊室金石補正　［清］陸增祥　文物出版社影印本
唐詩觀瀾集　［清］李因培　清乾隆刻本
唐詩箋要　［清］吴瑞榮　清乾隆刻本
唐詩向榮集　［清］陶元藻　清乾隆刻本
唐詩成法　［清］屈復　清乾隆刻本
唐詩箋注　［清］黄叔燦　清乾隆刻本
而庵説唐詩　［清］徐增　四庫全書存目叢書影清康熙刻本
唐詩別裁集　［清］沈德潛　上海古籍出版社據重訂本排印
唐宋八家文讀本　［清］沈德潛　安徽文藝出版社一九九八年于石校注本
古文眉詮　［清］浦起龍　清乾隆刻本
唐詩合解箋注　［清］王堯衢　河北大學出版社單小青等點校本
唐詩摘抄　［清］黄生選評［清］朱之荆增訂　黄山書社何慶善點校《唐詩評三種》本
唐詩三百首　［清］孫洙選編、章燮注　浙江文藝出版社一九八三年排印本
古文析觀解　［清］章懋勳　清刻本
蔡氏古文評注補正全集　［清］過珙評、蔡鑄補正　商務印書館一九一八年排印本
古文辭類纂　［清］姚鼐　續修四庫全書影清道光刻本

碧溪詩話　［宋］黄徹　中華書局排印《歷代詩話續編》本
對牀夜語　［宋］范晞文　中華書局排印《歷代詩話續編》本
環溪詩話　［宋］吴沆　中華書局一九八八年陳新點校本
後村詩話　［宋］劉克莊　中華書局一九八三年校點本
文章精義　［宋］李塗　人民文學出版社一九六〇年校點本
苕溪漁隱叢話　［宋］胡仔　人民文學出版社一九六二年校點本
詩人玉屑　［宋］魏慶之　上海古籍出版社一九七八年新一版
竹莊詩話　［宋］何汶　中華書局一九八四年校點本
詩林廣記　［宋］蔡正孫　中華書局一九八二年點校本
滄浪詩話　［宋］嚴羽　中華書局排印《歷代詩話》本
北山詩話　［宋］闕名　江蘇古籍出版二〇〇二年張伯偉《稀見本宋人詩話四種》本
吴禮部詩話　［元］吴師道　中華書局排印《歷代詩話續編》本
古賦辯體　［元］祝堯　影印文淵閣四庫全書本
風雅翼　［元］劉履　影印文淵閣四庫全書本
唐詩品　［明］徐獻忠　明刻本朱警《唐百家詩》卷首
升庵詩話　［明］楊慎　中華書局排印《歷代詩話續編》本

藝苑卮言　［明］王世貞　中華書局排印《歷代詩話續編》本
四溟詩話　［明］謝榛　中華書局排印《歷代詩話續編》本
歸田詩話　［明］瞿佑　中華書局排印《歷代詩話續編》本
南濠詩話　［明］都穆　中華書局排印《歷代詩話續編》本
麓堂詩話　［明］李東陽　中華書局排印《歷代詩話續編》本
詩鏡總論　［明］陸時雍　中華書局排印《歷代詩話續編》本
文章辨體序説　［明］吴訥　人民文學出版社一九六二年校點本
文體明辨序説　［明］徐師曾　人民文學出版社一九六二年校點本
文脈　［明］王文禄　叢書集成初編本
詩的　［明］王文禄　叢書集成初編本
詩藪　［明］胡應麟　上海古籍出版社一九七九年排印本
唐音癸籤　［明］胡震亨　上海古籍出版社一九八一年校點本
詩源辯體　［明］許學夷　人民文學出版社一九八七年校點本
詩話類編　［明］王昌曾　齊魯書社一九九七年影印本
墓銘舉例　［明］王行　影印文淵閣四庫全書本
金石要例　［清］黄宗羲　影印文淵閣四庫全書本

詩辯坻　［清］毛先舒　上海古籍出版社《清詩話續編》本
載酒園詩話　［清］賀裳　上海古籍出版社《清詩話續編》本
詩筏　［清］賀貽孫　上海古籍出版社《清詩話續編》本
圍爐詩話　［清］吴喬　上海古籍出版社《清詩話續編》本
西圃詩説　［清］田同之　上海古籍出版社《清詩話續編》本
西圃文説　［清］田同之　續修四庫全書影清乾隆刻本
鐵立文起　［清］王之績　四庫全書存目叢書影清康熙刻本
歷代詩話　［清］吴景旭　影印文淵閣四庫全書本
古今通韻　［清］毛奇齡　清康熙刻本
柳亭詩話　［清］宋長白　四庫全書存目叢書影清光緒刻本
帶經堂詩話　［清］王士禛　人民文學出版社一九六三年校點本
隨園詩話　［清］袁枚　人民文學出版社一九八二年校點本
宋詩紀事　［清］厲鶚　上海古籍出版社一九八三年排印本
讀賦卮言　［清］王芑孫　香港生活·讀書·新知三聯書店《賦話六種》本
復小齋賦話　［清］浦銑　香港生活·讀書·新知三聯書店《賦話六種》本
緦齋詩談　［清］張謙宜　上海古籍出版社《清詩話續編》本

絸齋論文　［清］張謙宜　續修四庫全書影清乾隆刻本
龍性堂詩話　［清］葉矯然　上海古籍出版社《清詩話續編》本
劍谿説詩　［清］喬億　上海古籍出版社《清詩話續編》本
甌北詩話　［清］趙翼　上海古籍出版社《清詩話續編》本
雨村詩話　［清］李調元　上海古籍出版社《清詩話續編》本
賦話　［清］李調元　叢書集成初編本
説詩晬語　［清］沈德潛　上海古籍出版社《清詩話》本
一瓢詩話　［清］薛雪　上海古籍出版社《清詩話》本
讀雪山房唐詩序例　［清］管世銘　上海古籍出版社《清詩話續編》本
葚園詩説　［清］冒春榮　上海古籍出版社《清詩話續編》本
北江詩話　［清］洪亮吉　人民文學出版社一九八三年陳邇冬校點本
詩法易簡録　［清］李瑛　清道光刻本
四六叢話　［清］孫梅　人民文學出版社二〇一〇年李金松校點本
昭昧詹言　［清］方東樹　人民文學出版社一九六一年汪紹楹校點本
唐音審體　［清］錢良擇　上海古籍出版社《清詩話》本
秋窗隨筆　［清］馬位　上海古籍出版社《清詩話》本

貞一齋詩説　［清］李重華　上海古籍出版社《清詩話》本
峴傭説詩　［清］施補華　上海古籍出版社《清詩話》本
石園詩話　［清］余成教　上海古籍出版社《清詩話續編》本
小清華園詩談　［清］王壽昌　上海古籍出版社《清詩話續編》本
養一齋詩話　［清］潘德輿　上海古籍出版社《清詩話續編》本
問花樓詩話　［清］陸鎣　上海古籍出版社《清詩話續編》本
筱園詩話　［清］朱庭珍　上海古籍出版社《清詩話續編》本
詩法萃編　［清］許印芳　民國刊雲南叢書本
藝舟雙楫　［清］包世臣　世界書局藝林名著叢刊本
望雲詩話　［清］施山　舊鈔本
夢痕館詩話　［清］胡薇元　清刻本
詩話　［清］錢璜　清光緒刻本
藝概　［清］劉熙載　上海古籍出版社一九七八年校點本
越縵堂讀書記　［清］李慈銘　上海書店出版社二〇〇〇年排印本
初月樓古文緒論　［清］吴德旋　人民文學出版社一九五九年校點本
石遺室詩話　［清］陳衍　人民文學出版社二〇〇四年鄭朝宗、石文英校點本

石遺室論文　［清］陳衍　無錫國學專修學校叢書本
春覺齋論文　［清］林紓　人民文學出版社一九五九年校點本
韓柳文研究法　［清］林紓　商務印書館一九一四年版
湘綺樓説詩　［清］王闓運　成都日新社鉛印本
三唐詩品　［清］宋育仁　古今文藝叢書本
唐人行第録　岑仲勉　中華書局二〇〇四年新一版
唐集質疑　岑仲勉　中華書局二〇〇四年新一版《唐人行第録》附
讀全唐文札記　岑仲勉　中華書局二〇〇四年新一版《唐人行第録》附
唐史餘瀋　岑仲勉　上海古籍出版社一九七九年新一版
柳宗元年譜　施子愉　湖北人民出版社一九五八年版
柳文指要　章士釗　文匯出版社二〇〇〇年版
唐刺史考　郁賢皓　江蘇古籍出版社一九八七年版
唐五代志怪傳奇叙録　李劍國　南開大學出版社一九九三年版
登科記考補正　［清］徐松撰、孟二冬補正　北京燕山出版社二〇〇三年版

後記

霍旭東先生告訴我：關於《柳宗元集》彙校集注集評的整理工作，上世紀七十年代末曾由國務院國家古籍整理出版小組立項，主編爲殷孟倫先生。一九八五年國家古籍整理出版小組將此項目交付全國高校古籍整理委員會管理，又聘請孫望先生爲副主編。殷、孫二位先生去世後，先後又確定由吴文治、陳新、霍旭東爲副主編，霍旭東負責具體工作，負責單位爲山東大學古籍所。由於主編殷孟倫先生、副主編孫望先生的先後去世、編寫人員非常分散與工作變動、副主編先後改變數人等情況，再加上各單位對科研成果的量化統計政策，致使編寫人員無暇顧及此事，雖然收集了一些資料，但最終還是導致此項工作中途而廢，不了了之。

後來霍旭東先生調西北師範大學古籍所工作，全國高校古籍整理研究工作委員會的負責人安平秋先生與楊忠先生來西北師範大學主持博士研究生的論文答辯會，順便向霍旭東先生提及能否將《柳宗元集》的整理工作繼續下去，霍先生找我商量，想把這件事繼續做下去。我一開始有些猶豫，覺得此項任務工作量巨大，擔心能否完成。還是霍旭東先生鼓勵了我，於是由霍先生與我共同負責，聯絡李潤强、韓文奇、丁宏武等幾個年輕同仁也來參加，遂於二〇〇八年向全國高校古籍整理研究工作委員會上報申請了《柳宗元集校注》的研究項目。

此項目很快得到了批准，並列爲重點項目，資助十萬元作爲工作經費。我倍受鼓舞，決心將此項工作做好，交出一份令人滿意的答卷。工作遂進入着手階段，每人開始進行原所分配的任務，限在一定的期間内完成。然而不斷地有新問題出現。先是丁宏武教授因手頭科研任務繁多，又負責着中文系的工作，無法進行此項任務，我只好將他的工作攬入自己份下。後來李潤强教授又因單位事務繁忙和母親生病等原因，任務無法按時完成，只好退出此項工作。韓文奇教授正年富力强，也因所在單位的教學、科研工作繁重，因而進度緩慢，也只好減少他的工作量。霍旭東先生年事已高，後來身體狀況也不大好，他便將此項任務以及原定由他完成的《柳宗元年表》全部交付給我，我也只好義不容辭，勉力爲之。我於是將除去教學及指導研究生工作以外的所有時間和精力用在了《柳宗元集校注》上。至於參加學術會議、撰寫論文，也都顧不上了。最終結果是，除第三十至三十四卷的「書」由韓文奇教授完成外，其餘便皆由我所作了。亦非欲獨居其功，不得已也。

好在此項工作終算完成，我也長出了一口氣。没有辜負先生們的信任，心中自然十分快慰。不敢自以爲完成了前輩學者的未竟事業，但也總算做成了一件事。這不僅是一項彙集資料的工作，還必須對許多問題作出判斷或補充、修正，寫出自己的見解。限於學識，肯定有的地方不盡如人意，有些問題也是可以再研究的。沈作喆《寓簡》卷八記歐陽修晚年自竄定平生所爲文，用思極苦，其夫人止之曰：「何自苦如此，當畏先生嗔耶？」歐陽修説：「不畏先生嗔，卻怕後生笑。」此老先生做事認真的態度頗令人感佩，我也就再不敢偷懶，遂核對引文，校勘文字，不得馬虎潦草，得過且過。當然自己心裏也明白，人有慮所不及，百密一疏之處在所難免，敬請各位方家批評指正。

無論如何，此項工作得以順利完成，與許多人給予的大力支持分不開。因此，我要感謝的人很多。首先感謝全國高校古籍整理研究工作委員會，是他們的信任與資助，使我得以完成此項工作。其次是霍旭東先生，雖然没有具體從事全書的文字工作，但將他所存日本藏柳集五百家注的複印件、陳景雲《柳集點勘》等資料全部供我使用，節省了多少時間和精力是可想而知的。中華書局文學編輯室俞國林主任，在本書的書名及體例方面提出了寶貴建議。本書責任編輯馬婧在編排與校對方面做了大量認真而細緻的工作，爲此書的出版付出了艱辛的勞動。此書字數浩繁，引書龐雜，校勘良爲不易，馬婧幾多伏案之苦，可想而知。在此也向他們表示誠摯的感謝。還有我的妻子李寶堅，她多次替我赴北京國家圖書館查抄文獻資料，使我得以在家專心做文字工作。李潤强、丁宏武二教授雖因種種原因未能終其事，我仍要感謝他們的積極參與。因複印的明闕名評選《柳文》的批語字跡不甚清晰，當時在陝西師範大學做博士後的王曉鵑老師，原是我校伏俊璉教授指導的博士研究生，爲此親赴西安交通大學圖書館核鈔。我所指導的博士研究生王豔花、李天保，也替我赴圖書館或做書影，或抄録評論資料。他們的支持和幫助對於此項任務的完成是至關重要的，我要感謝他們。

關於柳宗元的評論和研究亦可謂多矣。此項任務主要是做文獻工作，並彙集關於《柳宗元集》的研究成果，以客觀求實、網羅齊備爲目標，以期知人論事。隨着此項工作的進行，我對柳宗元自然也有了一定的認識。事後作二絶句，以爲紀念：

淹蹇先前逞志難，羈魂誰奉上神壇？但留惠澤馨香在，莫問曾經幾品官。

投荒寂寞轉求真，不似諸儒拜典墳。欲覓驚天思與想，須從柳子看唐文。

尹占華

公元二〇一〇年九月記於蘭州西北師範大學寓所

二十二畫

二十三畫

二十四畫

《柳宗元集校注》
篇目索引

説　明

一、本索引收録《柳宗元集校注》中的詩文作品,《非國語》、《龍城録》之細目未納入本索引。

二、本索引在各篇目之後分别使用三個數字標明該篇所在的册數、卷數和頁數,三者之間以 / 隔開。例如:

入黄溪聞猿　九/43/2972

表示《入黄溪聞猿》篇在本書第九册卷四三的第二九七二頁。

三、本索引以篇名首字筆畫爲序,篇名首字筆畫相同時,按其第二字筆畫爲序。餘類推。

二畫

三畫

四畫

五畫

六畫

七畫

八畫

九畫

十畫

十一畫

十二畫

十五畫

十六畫

十七畫

十八畫

十九畫

二十畫

二十一畫